LES SEMAILLES
ET
LES MOISSONS

DU MÊME AUTEUR
CHEZ POCKET

LA FOSSE COMMUNE.
LE MORT SAISIT LE VIF.
LES SEMAILLES ET LES MOISSONS.
I. LES SEMAILLES ET LES MOISSONS.
II. AMÉLIE.
III. LA GRIVE.
IV. TENDRE ET VIOLENTE ÉLISABETH.
V. LA RENCONTRE.
GRANDEUR NATURE.
LA TÊTE SUR LES ÉPAULES.
FAUX JOUR.
L'ARAIGNE.
LA CLÉ DE VOÛTE.
LE SIGNE DU TAUREAU.
LE JUGEMENT DE DIEU

HENRI TROYAT
de l'Académie française

LES SEMAILLES ET LES MOISSONS

roman

LIBRAIRIE PLON

ISBN 2-266-03336-0

A
MA FEMME

PREMIÈRE PARTIE

1

QUAND le bruit roulant de la carriole eut dépassé l'angle de la maison, Jérôme Aubernat traversa rapidement la cuisine, se pencha par la fenêtre et jeta un regard dans la rue.

« Ce sont les Calamisse, dit-il. La famille entière!

— Tu crois qu'ils y vont? demanda Amélie.

— Tout le monde y va. Les Calamisse, les Ferrière, les Barbezac... Tout le monde, sauf nous!... »

Il soupira sans se retourner. Son veston d'alpaga se tendit sur ses épaules rondes. Vu de dos, il paraissait encore plus trapu et plus fort. Sa tête aux cheveux noirs bouclés reposait sur le socle blanc d'un faux col en celluloïd.

« Pourquoi n'irais-tu pas, tout de même? reprit Amélie.

— Sans ta mère?

— Puisqu'elle ne veut pas!

— Et sans toi?

— Je resterai auprès d'elle. Je la raisonnerai. Si elle change d'avis...

— Elle ne changera pas d'avis.

— Si elle change d'avis, nous trouverons bien le moyen de te rejoindre. Il n'est jamais que dix heures! Laisse-moi arranger les choses, papa. »

Il pivota sur ses talons et montra son visage fautif. Des touffes de poils bruns sortaient de ses narines et avançaient en brosse au-dessus de ses lèvres. Entre les sourcils charbonneux et les pommettes saillantes, couleur de rouille, ses yeux brillaient d'un éclat de pierre grise, humide et douce.

« Oh! toi, murmura-t-il, tu useras ton cœur à penser aux autres. »

Elle sourit et baissa les paupières. Debout devant lui, elle respirait calmement. Elle savait qu'il était fier d'avoir une fille de dix-sept ans, si grande, si belle et si sage!

« Et ton frère qui n'est pas là? dit-il encore sur un ton humble, comme pour retarder la décision qu'elle attendait de lui.

— Il ne tenait plus en place, il est parti devant.

— A pied?

— Oui, à pied. C'est de son âge.

— La route est longue.

— Ne t'inquiète pas pour lui. Alors, c'est convenu? Tu t'en vas et je m'occupe de tout? »

Au lieu de répondre, il s'assit sur une chaise, les mains aux genoux, le regard perdu. La vieille cuisine basse, aux solives enfumées, ne recevait de l'extérieur qu'un rayon de soleil étroit et poudroyant. Sous le manteau de la grande cheminée, dans le *cantou* profond, s'abritaient le fourneau, le banc de paille et *l'archaban* de bois, avec son fond pour le sel. Les bols du petit déjeuner étaient encore empilés sur l'évier creusé dans une dalle. Des miettes de pain traînaient sur la longue table en chêne poli. Jérôme Aubernat fronça les sourcils et avança la mâchoire, comme un cheval qui tire sur sa bride. Enfin, il dit :

« Non, Amélie, ta mère ne comprendrait pas que je m'en aille ainsi. Cela finirait de tout gâcher entre nous. Il faut que je lui parle encore.

— Elle s'est enfermée dans sa chambre!

— Eh bien... à travers la porte... j'essaierai... »

Il s'était levé avec un air de volonté opiniâtre.

« Viens », dit-il.

L'un derrière l'autre, ils sortirent de la cuisine. Un raide escalier en planches menait à l'étage des chambres. Les ardoises, cuites par le soleil, rabattaient toute la chaleur du ciel dans cette partie de la maison. Jérôme s'arrêta devant la première porte, posa sa main sur la poignée et dit :

« C'est moi, Maria. Ouvre. Je voudrais causer avec toi... »

Il attendit la réponse, le visage plissé dans une expression de sourd. Puis, comme le silence durait, il éleva la voix :

« Tu m'entends, Maria? Nous n'allons pas rester fâchés pour cette histoire de rien! Si je t'ai offensée, je te demande pardon... »

Le panneau de bois, revêtu d'une peinture café au lait fendillée, opposa à ce deuxième appel un mutisme stupide et décevant. Des gouttes de sueur coulaient sur les joues de Jérôme. Il semblait sur le point de perdre patience.

« Je sais pourquoi tu m'en veux! s'écria-t-il. Mais je t'assure que je ne pouvais pas refuser! Qu'est-ce qu'on y perd? C'est de la terre à cailloux, tu l'as dit toi-même!... »

Amélie tira son père par la manche et posa un doigt sur ses lèvres. Pourquoi s'obstinait-il à reprendre des arguments qui avaient le don d'exaspérer sa femme? Pour ramener la paix dans le ménage, il ne fallait pas chercher à convaincre la mère de son inconséquence, mais à lui représenter simplement le chagrin et l'inquiétude que son accès d'humeur inspirait à toute la famille. Jérôme glissa vers sa fille un regard interrogateur et chuchota, la main placée en écran devant sa moustache :

« Ce n'est pas ça qu'il fallait dire?... Je ne sais plus, moi!... Parle-lui à ma place, si tu veux... »

Satisfaite, elle fléchit les genoux et approcha sa bouche de la serrure :

« Je suis là, maman! Comment te sens-tu? N'as-tu besoin de rien? Papa est si malheureux!... Il tourne en rond comme une âme en peine! Ouvre-lui... »

Elle se tut et colla son oreille au battant. Pas un son de voix. Pas un signe de vie.

« Si tu ne veux pas ouvrir à papa, ouvre-moi. J'entrerai seule. Je t'expliquerai... »

Adossé au mur, Jérôme s'épongeait le front avec un mouchoir et balbutiait :

« C'est insensé!... Elle n'ouvrira pas!... Elle mourra de dépit, mais elle n'ouvrira pas!...

— Maman, maman, réponds-moi! reprit Amélie. Que dirons-nous aux autres? Tous y sont allés : les Calamisse, les Ferrière... Denis est parti à pied... Il nous attend là-bas... »

Elle secoua la poignée et cria encore :

« Maman! Maman! »

Puis, se tournant vers son père, elle dit tranquillement :

« Il n'y a rien à faire, papa. Laissons-la. A midi, peut-être, elle sortira de sa coquille. C'est son caractère, tu le sais bien... »

Ils descendirent dans la cuisine en marchant sur la pointe des pieds, comme s'ils se fussent éloignés du lit d'une malade. Jérôme déboutonna son faux col et posa son veston sur une chaise. Sa chemise blanche bouffait de part et d'autre du double sillon creusé par les bretelles. Une paire d'élastiques enserrait ses bras pour maintenir les manches à la bonne longueur.

« Et voilà, dit-il, un beau dimanche de perdu! C'est un peu ma faute! J'aurais mieux fait de la préparer doucement à la chose. Mais je n'ai pas osé. J'ai attendu la dernière minute. J'ai pensé que si je lui disais ça juste avant de nous mettre en route, elle accepterait tout, pour le plaisir de la promenade et de la société. Tant pis! Aux autres, je raconterai que ta mère a eu des malaises, que j'ai dû rester auprès d'elle... »

Il s'arrêta de parler et arrondit les yeux, frappé par une révélation terrible :

« Amélie, Amélie, elle est peut-être vraiment malade!... »

Ses mains se joignaient, comme s'il eût écrasé une noix entre ses paumes calleuses :

« Une crise de fièvre, comme l'autre soir! Ou plus forte encore! Et sa porte qui est fermée!... »

Amélie eut pitié de son père. Plus il s'affolait et plus elle se sentait raisonnable :

« Pourquoi joues-tu à te faire peur, papa? A chaque dispute, c'est la même chose. Tu imagines le pire. Tu ne veux pas comprendre que maman a besoin d'être seule pour se ressaisir. Prends patience. Elle reviendra d'elle-même... »

Il laissa tomber ses poings sur ses cuisses :

« Tu as raison. Mais, que veux-tu? je crains pour elle quand je ne la vois pas.

— Elle ne le sait que trop », dit Amélie.

Et, aussitôt, elle regretta cette réplique. Son père la considérait avec reproche. Amélie baissa le front. Tout près de son oreille, une voix enrouée grommelait :

« Il ne faut pas juger, fillette... Ce n'est pas bien... Tu n'as pas le droit... »

Soudain, il y eut un mouvement dans la maison. Amélie leva les yeux. Un pas net heurtait les marches de l'escalier. Transfiguré, Jérôme décocha à sa fille un regard de complicité joyeuse :

« Écoute. C'est elle!... »

La porte de la cuisine s'ouvrit avec lenteur. Maria parut dans l'encadrement du chambranle. Un chapeau de paille noire, à larges bords, écrasait son petit visage aigu et cireux, où les yeux scintillaient d'une lumière de fièvre. Sa lèvre inférieure avançait dans une moue de mépris boudeur. Une longue robe marron, à boutons de jais, moulait sa poitrine plate, ses hanches sèches, et se cassait sur le bout de son soulier pointu.

« Maria! s'écria Jérôme. Tu nous en as fait une peur! »

Elle déplaça légèrement les épaules et demanda d'une voix modérée :

« Alors? Cette promenade? »

Jérôme eut un haut-le-corps. Ses dents brillèrent sous sa moustache :

« Tu veux bien?

— Je n'ai pas à vouloir ou à ne pas vouloir, dit Maria. Je suis prête.

— Ça, par exemple! »

Il riait en ouvrant les bras, comme pour prendre l'univers entier à témoin de sa chance. La punition était levée. Délivré de son remords, Jérôme se donnait tout entier à la joie d'avoir de nouveau une femme. Pour un peu, il l'eût embrassée. Mais c'était encore trop tôt. Il saisit son faux col et essaya de le fixer à sa chemise. D'habitude, c'était son épouse qui se chargeait de cette opération. Privé de son aide, il haussait le menton, grimaçait de la bouche, soufflait, geignait, tandis que ses doigts gourds tâtaient maladroitement le bord des boutonnières. Indifférente au spectacle de ces efforts, Maria ne bougeait pas de sa place. Elle n'accordait jamais son pardon d'un seul coup, mais à petites doses, savamment calculées. En aidant son mari à remettre son col, elle eût brûlé les étapes de la pénitence et compromis la valeur finale du châtiment. Après quelques secondes d'hésitation, Amélie décida de porter secours à son père :

« Attends, papa. Tu n'y arriveras pas tout seul... »

Il se laissa faire, tel un enfant, les bras ballants, l'œil au plafond, le cou offert avec confiance aux mains diligentes de sa fille. Elle lui noua sa cravate et lui tendit son veston, qu'il enfila en donnant deux coups de poing, à droite et à gauche, dans le vide :

« Merci, Amélie. Me voilà paré. Occupe-toi du panier pendant que j'attelle... »

Quand son père eut quitté la cuisine, Amélie ouvrit la huche, d'où s'échappa le parfum aigre du pain bis. Les crêpes de sarrasin étaient là, pliées dans une serviette. Elle les déposa dans un panier et joignit à ces provisions une bouteille de vin, un jambonneau et de la caillade. Maria l'observait, immobile et pâle, raidie dans l'attitude de la réprobation. Au bout d'un moment, elle demanda :

« Comment se fait-il que vous ayez laissé partir Denis ?

— Il était si impatient d'y aller !

— Je n'aime pas le voir courir les routes, comme un va-nu-pieds. Vous auriez pu me prévenir !

— Tu t'étais retirée dans ta chambre.

— Ce n'était pas une raison pour me laisser ignorer l'escapade de ton frère. Si j'avais su... »

Elle n'acheva pas sa phrase, s'approcha de l'évier et puisa de l'eau dans la seille pour rincer les bols.

« Tu vas mouiller ta robe, maman ! dit Amélie.

— Je me soucie bien de ma robe !

— Tu es encore fâchée ? »

Maria se tourna d'un bloc. Des larmes brillaient dans ses yeux. Ses pommettes étaient rouges.

« Je ne suis pas fâchée, dit-elle, Je suis malheureuse. »

Un bol à décor de fleurettes multicolores tremblait entre ses doigts. Elle l'essuya d'un coup de torchon en vrille et le plaça sur un rayon du buffet. Visiblement, elle ne savait pas dominer son émotion et cherchait un prétexte pour se soustraire à la curiosité de sa fille :

« Va jeter un coup d'œil dans le magasin pour vérifier si les volets sont bien mis. En passant tu diras à Justin qu'il n'oublie pas de fermer la forge avant de partir. Il est si bête, qu'il serait capable de laisser tout ouvert!... »

Amélie, aussi bien que sa mère, savait que les volets étaient soigneusement posés sur la devanture et que Justin, l'ouvrier de Jérôme, n'avait pas besoin qu'on lui rappelât les consignes. Pourtant, elle n'eut pas l'insolence de protester contre cette précaution inutile. Le couloir du rez-de-chaussée séparait la cuisine du magasin. Un battant à pousser, deux marches à descendre. Amélie pénétra dans la salle sombre, où régnait une odeur complexe de café grillé, de poivre et de savon. Des plumeaux et des brosses pendaient du plafond, par grappes. Quelques sacs de légumes secs se tenaient accroupis autour du comptoir. Sur les rayons de bois, s'étageaient des rouleaux de rubans, des piles d'assiettes et des tourelles de casseroles emboîtées l'une dans l'autre. Mercerie, épicerie, quincaillerie, la petite boutique croulait sous un excès de marchandises, rangées par spécialités et désignées par des étiquettes en carton blanc. Au fond, se trouvait une porte étroite, encaissée, qui conduisait à la forge. Il en venait un tintement léger de métal. Comme chaque dimanche, l'ouvrier restait là jusqu'à midi pour préparer des lopins avec de vieux fers hors d'usage. Amélie monta deux marches et cria à travers le vantail de planches disjointes :

« Justin, nous partons! Vous n'oublierez pas de fermer!

— Non pas, mademoiselle. »

Quand elle rentra dans la cuisine, sa mère n'y était déjà plus. On entendait un bruit de harnais secoué derrière le mur. La jeune fille prit le panier et sortit dans la rue. Jérôme et Maria s'étaient installés sur la banquette avant de la carriole. Amélie vit dans ce rapprochement inattendu le signe précurseur d'une réconciliation à brève échéance.

« Monte derrière », dit Jérôme.

Il avait coiffé un chapeau d'épaisse paille jaune. Des mouches folles tournaient dans le soleil. Quand Amélie se fut assise à sa place, la vieille jument grise, sans attendre l'ordre du maître, tendit l'encolure et tira sur les brancards. La carriole s'ébranla en geignant. Les roues prirent de la vitesse.

Basses et sales, les maisons de la Chapelle-au-Bois n'avaient pas d'âge déterminé. Leurs fenêtres noires s'ouvraient sur le monde, comme des bouches qui cherchent l'air. Entre deux cubes de pierre, des palissades édentées contenaient à peine la poussée d'un potager, d'un dépôt de ferraille ou d'une pente d'herbes folles. Dans cette bourgade corrézienne, les vrais paysans étaient rares, mais chaque boutiquier, chaque artisan, chaque ouvrier avait gardé la tradition de la terre et possédait au moins, à distance raisonnable de son logis, un bout de champ galeux qu'il cultivait avec patience. Par la rue de la Poste, on arrivait vite à la grande place. Solidement enracinée dans le sol, et soutenue, de part et d'autre, par les béquilles de ses arcs-boutants, l'église dressait haut son clocher de granit moussu aux cloches apparentes. Quelques femmes, vêtues de noir, se pressaient sur le parvis. Au bruit de la carriole, elles tournèrent la tête. Il y eut des regards et des chuchotements. Jérôme sourit et fit claquer son fouet. N'allant jamais à la messe, il n'avait même pas songé que son passage, à cette heure et dans ce lieu, pût être interprété comme une manifestation anticléricale. D'ailleurs, tout en respectant la robuste figure de l'abbé Pradinas, curé de la Chapelle-au-Bois, la plupart des habitants de la commune négligeaient de se rendre aux offices. Cette habitude d'incroyance remontait à une époque si ancienne, qu'elle était devenue proverbiale dans la région. On disait : « A la Chapelle-au-Bois, tout le monde court au bois et personne à la chapelle. » Maria partageait les idées de son mari, mais, par fidélité envers certaines illusions bourgeoises de sa jeunesse, elle s'était mariée à l'église et avait exigé le baptême pour ses deux enfants. Là s'était arrêtée l'influence de la religion sur la famille et, aujourd'hui, Amélie et Denis n'éprouvaient pas plus que leurs parents le besoin d'observer les pratiques du culte.

En face de l'église était la mairie. Et, tout à côté, l'école. Privée d'élèves, cette longue bâtisse, couleur jaune d'œuf, faisait sa cure de silence et de solitude. Les fenêtres étaient fermées. Le linge de l'instituteur séchait dans la cour de récréation. Après le lavoir, la rue donnait du coude contre le mur de la gendarmerie et repartait, droite et plate, vers le pont. De la rivière bouillonneuse montait un frais parfum d'herbe et de pierre humide. Derrière les bouquets de hêtres et de chênes, s'étalaient des prairies vertes, spongieuses, coupées de rigoles et hérissées de buissons épineux. C'était la mauvaise partie du pays, où la terre refusait la semence. Cahotant dans les ornières, la carriole gravissait la première côte avec lenteur. Amélie regardait les dos de son père et de sa mère, qui oscillaient à chaque secousse. Elle eût souhaité entendre leur voix pour être tout à fait rassurée. Mais Jérôme se retenait de parler par crainte, évidemment, de ranimer la querelle. Quant à Maria, retirée du monde, elle pensait, sans doute, à ce qu'elle avait dit, à ce qu'elle n'avait pas dit, à ce qu'elle aurait dû dire, à ce qu'elle pouvait dire encore. Elle mâchait les dernières bribes de la colère. Elle se donnait raison pour la centième fois. Bercée par le pas du cheval, la jeune fille se mit à réfléchir au sort de ses parents, dont les caractères s'appareillaient si mal, et qui, pourtant, ne pouvaient se passer l'un de l'autre. A son avis, il était impossible que deux êtres, unis depuis tant d'années, continuassent à s'aimer tout en se disputant. Elle ne comprenait pas que sa mère, affectueuse, prévenante et gaie en temps normal, changeât de cœur et de visage à la moindre contrariété. Si elle avait été moins volontaire, elle se fût plus facilement accommodée des menus travers de son mari. Mais elle nourrissait dans son esprit un besoin de domination qui ne tolérait aucune résistance. Sa faiblesse physique, loin de la desservir, l'aidait à mieux assujettir ses proches. Elle régnait sur eux par ses pâleurs, ses malaises, ses bouderies, comme d'autres l'eussent fait par la puissance de leur raisonnement ou l'autorité de leur voix. Quand elle se jugeait outragée, ses nerfs paraissaient soumis à une si rude secousse, que chacun, autour d'elle, avait hâte de lui céder pour éviter le pire. « Ne l'aimerais-je donc plus? » se demanda Amélie. « Si, si, je l'aime encore. Mais je l'aime malgré ses défauts, tandis que j'aime mon père à cause de ses défauts! » Ce qu'elle savait de l'enfance de son père le lui rendait doublement aimable. Dernier-né d'une famille très pauvre et très nombreuse, il avait été loué, dès son plus jeune âge, dans les fermes. Son travail consistait à garder les moutons. Pendant des journées entières, il restait seul avec les bêtes sur quelque haute colline herbue, avec, dans son sac, un quignon de pain et un morceau de lard. Quand il était fatigué de regarder le ciel, il tirait de sa poche des lambeaux de journaux et d'almanachs, dont il faisait collection, et s'appliquait à épeler les titres à mi-voix. Un berger de ses amis lui avait appris l'alphabet et les chiffres. Plus tard, un instituteur s'était amusé à lui prêter des livres sérieux. Sa passion de la connaissance l'incitait à trouver un enseignement dans tous les ouvrages qui lui tombaient sous la main. Mais, aujourd'hui encore, s'il savait lire, compter sans erreur, et citer des dates historiques et des noms de villes et de fleuves étrangers, il était incapable d'écrire et se contentait de signer son nom au bas des missives qu'il dictait, dans les grandes occasions, à sa femme ou à sa fille. Souvent, il avait raconté à Amélie comment de berger il était devenu casseur de cailloux, puis apprenti cordonnier, puis aide-forgeron. Le patron de la forge était veuf et gardait près de lui sa fille de dix-sept ans, Maria. Quand il mourut à son tour, un conseil de famille réunit ses deux autres filles et leurs maris. Les gendres du défunt examinèrent ses comptes et reconnurent que leur beau-père s'était gravement endetté et qu'il ne pouvait être question ni de fermer l'atelier, ni d'y placer un ouvrier appointé, dont la paye eût suffi à engloutir les bénéfices de l'entreprise. La solution idéale consistait, sans nul doute, à persuader Jérôme Aubernat d'épouser Maria et de faire marcher la forge, quitte à désintéresser les créanciers sur le produit de son travail. Lui ne disait pas non, car Maria était fraîche et jolie, bien qu'un peu jeunette. Mais elle se rebiffait. Elle n'éprouvait aucun sentiment pour ce garçon ignorant aux mains calleuses et au regard hardi. Elle avait son brevet. Elle voulait entrer dans l'enseignement. Comme sa sœur aînée Clotilde, qui, ayant épousé un instituteur, régnait maintenant avec lui sur la petite école de la Jeyzelou. Il fallut deux semaines de discussions pour contraindre la jeune fille à céder. Les premières années du mariage furent assombries par l'obsession de l'économie. Jérôme trimait douze heures par jour à l'atelier. Maria faisait des besognes de couture à domicile. L'un comme l'autre, ils ne s'accordaient pas de loisirs, mangeaient mal, dormaient peu et voyaient des additions en rêve. A ce train-là, peu de temps avant la naissance d'Amélie, les dettes du père étaient payées et on mettait déjà de l'argent de côté pour acheter le magasin attenant à la forge. Encore trois ans d'efforts, et toute la maison était à eux, avec, en plus, un bout de terrain inculte, sur le Veixou. « Comme ils ont dû être heureux, se dit Amélie, quand ils ont ouvert cette boutique, fraîchement repeinte, avec leur nom sur la devanture! S'ils pouvaient se souvenir de cette joie ancienne, ils se réconcilieraient sans tarder! »

Tandis qu'elle méditait sur ce point, les dos, insensiblement, se rapprochèrent. Le veston d'alpaga soupirait, se plissait, comme en proie à une idée fautive. La robe marron demeurait imperturbable dans sa perfection dominicale. Le chapeau de grosse paille jaune osa une inclination timide vers le chapeau de fine paille noire. Et celui-ci, sous le coup de l'indignation, se cabra, frémit, comme prêt à s'envoler dans les airs. D'habitude, à cet endroit de la côte, toute la famille descendait pour alléger la carriole. Mais Jérôme était trop absorbé par ses pensées pour prendre garde à la fatigue de la jument. Soudain, Amélie l'entendit qui annonçait d'une voix sourde :

« Advienne que pourra, Maria, je vais leur dire que je ne suis plus d'accord. Après tout, je n'ai pas encore signé!

— Mais tu as donné ta parole, dit-elle, c'est tout comme!

— Eh! oui...

— Tu n'as pas pensé une seconde que le Veixou, même s'il ne nous servait à rien, c'était de la terre à nous, de l'argent à nous...

— Si, j'y ai pensé.

— Et cela ne t'a pas empêché de le laisser à leur disposition?...

— La moitié seulement... la plus mauvaise moitié...

— Mauvaise ou pas mauvaise, tu pouvais la leur vendre, puisqu'ils en avaient besoin!

— Ils n'avaient pas les crédits nécessaires, Maria.

— Cela ne nous regarde pas! Maintenant, il y aura des étrangers chez nous. Des étrangers qui vont remuer la terre...

— S'ils réussissent, ce sera intéressant pour tout le monde dans le pays. »

Elle tourna la tête, et son profil aigu, troué d'un grand œil noir, tragique, se découpa sur le fond de la route :

« Je ne te reproche pas tant d'avoir dit oui, que de ne m'avoir pas consultée d'abord. Depuis combien de temps avais-tu pris ta décision?

— Depuis six jours.

— Qui était au courant?

— Calamisse, Ferrière...

— Bref, tout le monde sauf moi!

— Mais non...

— De quoi aurais-je eu l'air si quelqu'un m'avait abordée pour me parler de cette affaire? D'une femme qui n'a pas la confiance de son mari!...

— Voyons, Maria, les gens savent bien que...

— Les gens ne savent que ce qu'on leur montre. Et toi, tu fais tout ce que tu peux pour leur donner une mauvaise opinion de moi!

— J'avais peur que tu refuses... alors... j'ai attendu... un peu trop...

— Ne dirait-on pas que je te terrorise?

— Tu ne me terrorises pas, mais je n'aime pas te contrarier.

— Et pour ne pas me contrarier, tu me mens.

— Maria! Je ne t'ai jamais menti.

— Il n'est pas nécessaire de parler pour mentir. Le silence aussi est parfois un mensonge. »

A ces mots, elle dressa la tête et regarda au loin. De nouveau, Amélie ne vit plus de sa mère que la coiffe du chapeau, piquée de deux grosses épingles. Pourquoi, même quand elle était dans son droit, son attitude semblait-elle si irritante et si fausse? Souvent, elle déshonorait ses sentiments les plus justes par l'expression forcée qu'elle en donnait devant son entourage.

« Je crois qu'il faut descendre, dit Jérôme. La côte est trop rude. »

Ils mirent pied à terre. Jérôme prit la jument par la bride. Amélie et Maria marchaient derrière la carriole en relevant leurs jupes. Le Veixou était encore à trois kilomètres. La route s'étalait, nue et grésillante, au soleil. Plus d'arbres, plus d'arbustes, plus de ruisseaux, mais, à perte de vue, des croupes de pierrailles et de fougères ondoyantes. Quelques moutons étaient accrochés dans l'herbe d'une pente, comme des houppes de laine blanche, dispersées par le vent. Une buse planait très haut. Le feu venait du sol et du ciel à la fois. L'air léger chantait aux oreilles. Les essieux grinçaient. Le cheval soufflait avec un gros bruit de lèvres tremblantes. Au sommet de la côte, le chemin s'effilochait jusqu'à n'être plus qu'un sentier au dessin fuyant. La jument s'arrêta. Tous remontèrent en voiture. Du plateau chauve et sec, le regard découvrait le bas pays, avec ses veines d'eau, ses boqueteaux de velours vert, ses routes souples, lancées en coup de fouet vers l'horizon, et ses flots de toitures grises, groupées autour d'un clocher pointu. Pour aller au Veixou, il fallait tourner le dos à la campagne vivante. Brusquement, le sentier se détachait du terre-plein et plongeait, par paliers, vers une dépression en forme de cuvette. Toujours, à cet endroit de la promenade, Amélie éprouvait le sentiment qu'elle entrait dans un domaine d'hostilité, de mystère et de haine. Déjà, devant ses yeux, s'ouvraient les abords de la vaste fondrière, hérissée de grands blocs de granit taillé. Ces amas de rocs disparates, enlisés dans la terre, enfouis dans les branchages, avaient été longtemps considérés comme les débris d'une très ancienne carrière, et les paysans venaient chercher sur place les matériaux dont ils avaient besoin pour consolider leurs maisons ou agrandir leurs étables. Puis, au commencement du siècle, des savants, arrivés spécialement de Paris, avaient déclaré qu'il s'agissait en l'espèce des ruines banales d'un petit temple gallo-romain.

Pendant des années, les choses en étaient restées là. Baptisées vestiges historiques, les pierres servaient, comme par le passé, de tables pour les repas de famille en plein air, d'abris pour les rendez-vous d'amour et de cachettes pour les jeux des enfants. Le mois dernier enfin, exactement le 9 juillet 1912, un architecte départemental et un professeur de Lyon avaient procédé aux premières fouilles, avec une équipe de six ouvriers recrutés dans les fermes du voisinage. Au début, il n'était question que de dégager le tracé du temple, qui couvrait une terre de pacage appartenant à la commune de la Chapelle-au-Bois. Mais, très vite, avec le développement des travaux, ces messieurs avaient reconnu la nécessité de pousser les recherches plus au nord, où se situait le bien de Jérôme Aubernat. Ce dernier avait donné son accord, en secret, à une entreprise qui lui paraissait digne d'estime. Au reste, il ne désespérait pas de gagner Maria à ses vues.

« Regarde! s'écria-t-il. Regarde tout ce monde! Ah! ça travaille dur, là-dedans! »

Dressée dans la voiture, une main appuyée sur la ridelle, Amélie considérait le fond de la combe, où, parmi les récifs séculaires, s'agitaient des hommes dont les outils étincelaient au soleil. Les carrioles, les charrettes, les *charretous,* qui avaient amené tous ces gens à pied d'œuvre, étaient dételés et rangés à l'écart des ruines, dans un grand désordre de brancards. De petits ânes et des chevaux d'humeur paisible se promenaient en liberté dans la campagne. D'autres, tenus par une longe, broutaient l'herbe autour d'un piquet. Dans un coin d'ombre, siégeaient des femmes coiffées de chapeaux et entourées de paniers et de serviettes blanches. A distance, on pouvait se dire qu'un cataclysme venait d'anéantir un village et que, chassés de leurs demeures, les habitants cherchaient les restes de leur fortune dans les décombres. Le son des pioches sur la terre dure ponctuait le murmure des voix confondues. Debout sur le dallage du temple, partiellement découvert, deux silhouettes remarquables dominaient les opérations.

« Ils doivent être contents, dit Jérôme. Celui-ci, c'est M. Langlade, un jeune agrégé d'histoire à la Faculté de Lyon. L'autre, c'est M. Dupertuis, l'architecte départemental... »

Il prononça les titres de ces deux personnages avec une intonation de respect.

« Des gens instruits, Maria, reprit-il. Des savants. Tu leur demanderas ce qu'ils pensent du Veixou!

— Je me moque bien de ce qu'ils pensent! dit Maria. C'est ce que je pense moi qui m'intéresse. Si tu avais un peu plus de cervelle... »

Elle n'acheva pas la phrase. Jérôme poussa son cheval. Assis à l'extrême bord de la banquette, il conduisait avec élégance, la tête haute, les bras éloignés du corps. Des traces d'écume marquaient la robe de la jument. Elle avançait au petit trot. Les guides relâchées claquaient mollement sur sa croupe. Un cri monta de la combe :

« C'est Aubernat! Aubernat qui arrive! »

Sans voir le visage de son père, Amélie devina qu'il était fier d'avoir été reconnu et salué de loin.

2

D'UN geste galant, M. Dupertuis tendit la main à Maria, puis à Amélie, pour les aider à gravir la haute marche qui donnait accès au dallage du temple. Jérôme et M. Langlade les rejoignirent sur la plate-forme faite de larges pierres grossièrement assemblées. Au-delà de cette terrasse rectangulaire, s'étalait un chaos de rocs souillés de terre et de mousse, dont la disposition désordonnée évoquait plus l'idée d'une forte avalanche que celle d'une masse architecturale démantelée par le temps. D'habitude, quand il prenait pied sur cet observatoire, Jérôme avait l'impression de communier avec les âges révolus. Mais, cette fois-ci, son plaisir était gâché par le souci que lui causait l'attitude réservée de Maria. Elle n'était pas venue au Veixou depuis le début des fouilles. Entre-temps, ce paysage, dont elle connaissait par cœur les moindres recoins, avait changé d'aspect sous les coups de pelle et de pioche. Aussi, l'architecte départemental et l'agrégé d'histoire, après l'avoir remerciée pour l'autorisation de continuer les recherches dans la partie nord du Veixou, lui avaient-ils proposé de l'initier sur place à leurs premières découvertes. Traitée en visiteuse de marque, Maria n'en avait pas moins accepté l'offre de ces messieurs avec un air de mélancolie hautaine, qui ne laissait rien augurer de bon. Au lieu de s'intéresser aux ruines gallo-romaines dont on commentait près de lui les particularités, Jérôme épiait sur la figure de sa femme le signe précurseur d'une détente. Suspendu au dessin de cette bouche, à l'éclat de cet œil, il s'étonnait lui-même d'accorder une telle importance au comportement capricieux de son épouse. Devant cette petite personne, d'une fabrique si fine et si précieuse, il était constamment sur ses gardes, constamment inquiet. Sans doute était-elle la seule créature au monde qui lui inspirât de la crainte. De nouveau, le cœur serré, il la supplia, en pensée, d'être plus aimable avec ses interlocuteurs. M. Langlade, l'agrégé d'histoire, dressait au-dessus d'un corps malingre son visage pâle, intelligent et doux, orné d'une courte moustache blonde et d'un lorgnon frémissant. M. Dupertuis, l'architecte départemental, avait plus de volume, avec son ventre bombé, sa barbe noire striée de poils blancs et son crâne en ogive, recouvert par un mouchoir noué aux quatre bouts. Tous deux portaient, à la boutonnière de leur veston noir, le ruban violet des palmes académiques.

« Certes, disait M. Dupertuis, à première vue, ces ruines sont assez décevantes. Mais il faut savoir interpréter le langage des pierres. L'endroit où nous nous trouvons représente la façade du temple, tournée, selon l'usage, vers le levant. Des colonnes, au piédestal et au chapiteau moulés, devaient décorer l'avant du *podium*...

— Vous pouvez voir des restes de ces colonnes juste en face de vous, dit M. Langlade. Les hommes sont en train d'en dégager un fragment important. Tout à côté, les blocs que vous apercevez d'ici sont des débris se rapportant à la frise et à l'architrave des entablements. »

Il était si excité par son propos, que sa langue butait contre ses dents avec un bruit de sifflement mouillé :

« Hier, en creusant à dix mètres au sud, nous avons découvert aussi des éléments de balustrade à deux côtés ornés par des arcatures aveugles plein-cintrées.

— Et, en plus, reprit M. Dupertuis, trois morceaux de tuiles.

— C'est très intéressant », dit Maria.

Jérôme poussa un soupir de soulagement. Elle avait parlé.

Et d'une manière tout à fait courtoise. Pour l'encourager dans cette heureuse disposition d'esprit, il s'écria :

« Je te l'avais bien dit, Maria, qu'il y avait là des choses étonnantes! Des tuiles, des tuiles du temps des Romains! Tu te rends compte?

— Parfaitement, dit M. Langlade. Des tuiles à rebords, en latin *tegulæ,* ou des tuiles en gouttière, en latin *imbrices.* »

Il glissa la main droite dans la poche de son veston et en retira une petite pastille de métal, cabossée et verdie.

« Qu'est-ce que c'est? demanda Amélie.

— Une monnaie à l'effigie de Marc-Aurèle. »

Tous se penchèrent vers la main de M. Langlade. Pour mieux présenter la pièce, il l'avait placée au milieu de sa paume. On aurait pu croire qu'il venait de la toucher en paiement d'un travail.

« Marc-Aurèle? dit Jérôme. Quand vivait-il, celui-là?

— Au IIe siècle après Jésus-Christ. »

Malgré l'usure et l'encrassement du bronze, Jérôme discerna, au centre de la rondelle, le dessin écrasé d'un profil. A l'idée que des individus, morts depuis tant d'années, s'étaient servis de cet objet comme d'un moyen d'échange, une émotion intense étreignit son cœur. Il toucha de son doigt la surface rugueuse et fraîche de la piécette en murmurant :

« Vous permettez?

— Où avez-vous trouvé cette monnaie, monsieur? demanda Maria.

— A la limite de votre champ, dit M. Langlade. Aussi voudrais-je vous l'offrir, chère madame, comme premier gage de notre gratitude. »

Incapable de prononcer une parole, Jérôme jeta un coup d'œil à sa femme. Une onde rose avait coloré les joues de Maria. Ses sourcils se levèrent. Sa bouche s'arrondit. Le temps d'un éclair, elle ressembla à une très jeune fille.

« C'est trop, monsieur, balbutia-t-elle. Je ne peux pas accepter.

— Mais si, madame, répliqua M. Dupertuis. N'ayez pas de scrupules, je vous en prie. Nous en trouverons d'autres... »

Maria cueillit la pièce entre le pouce et l'index, l'examina longuement sur les deux faces et la tendit à son mari en disant :

« Prends-la, Jérôme. Elle nous portera bonheur... »

Stupéfié par la reconnaissance, Jérôme ne savait ce qui le réjouissait le plus : d'avoir reçu en cadeau cette monnaie vénérable ou d'avoir retrouvé la confiance de son épouse. Son regard allait de la médaille de bronze au visage vivant, comme s'il les eût comparés l'une à l'autre. Doublement comblé, il rangea la pièce dans son porte-monnaie et finit par dire :

« Merci, monsieur... Merci, Maria... »

Puis, tout à coup, il s'approcha de sa femme, la saisit dans ses bras et lui baisa, assez maladroitement, le menton.

« Jérôme! » s'écria Maria en essayant de se dégager.

M. Dupertuis fit rouler un petit rire caverneux dans les plis de sa barbe, et M. Langlade, rajustant son lorgnon, susurra :

« J'avais oublié de vous dire que ce temple était, selon toute vraisemblance, dédié au culte de Junon, déesse de l'amour conjugal. »

Amélie trouva cette remarque tout à fait déplacée et rougit pour M. Langlade et pour ses parents. Mais la satisfaction qu'elle éprouvait à voir son père et sa mère unis comme avant leur dispute l'emporta très vite sur la gêne que suscitait en elle toute manifestation de tendresse en présence des étrangers. Ragaillardi, Jérôme ne tenait plus en place.

« Ce n'est pas tout ça! s'écria-t-il. Quand allez-vous commencer les fouilles sur notre lot à nous?

— L'année prochaine, je pense, dit M. Dupertuis.

— Seulement? »

Maria se mit à rire :

« Que tu es donc pressé de voir défoncer ta terre par ces messieurs!

— J'ai hâte de savoir ce qu'il y a dessous!

— D'après ce que nous avons pu dégager à l'extrême pointe du terrain communal, dit M. Dupertuis, il s'agirait d'une station balnéaire, composée d'une douzaine de salles, dont subsistent à peine les soubassements. Les foyers extérieurs et les huit premières salles sont de ce côté-ci de la limite. Les deux dernières salles et le bac d'alimentation sont vraisemblablement chez vous.

— C'étaient donc des étuves? demanda Jérôme.

— Parfaitement, dit M. Langlade. De la cellule de chauffe, une canalisation intérieure conduisait les gaz sous les dallages et dans les murs des différentes pièces, dont les plus rapprochées du foyer étaient chauffées fortement, d'où leur nom de *caldarium,* et les plus éloignées faiblement, d'où leur nom de *tepidarium.*

— Un établissement de bains dans notre champ! dit Jérôme. Des hommes qui se lavaient, se chauffaient, discutaient entre eux en latin, à l'endroit où, l'année dernière, j'ai voulu faire pousser des choux! »

Il était écrasé par cette révélation. Il exigeait de nouveaux détails :

« Mais qui étaient-ils, ces gens-là? Des Romains?

— Des Gaulois colonisés par les Romains et gagnés à leurs habitudes d'hygiène, de religion et de confort, dit M. Langlade. Il existe de nombreuses stations gallo-romaines dans le département. Mais, comme celle-ci, elles ont été en majeure partie détruites aux époques mérovingienne et carolingienne. Si vous voulez me suivre, je vais vous montrer le tracé approximatif des thermes. »

La suite de la promenade ne put que décevoir Jérôme, car M. Langlade et M. Dupertuis se contentaient de vestiges infimes pour asseoir leur conviction. De place en place, les deux experts s'arrêtaient pour désigner une pierre grisâtre, creusée d'un caniveau :

« Voici le conduit prévu pour le déversement des eaux de pluie, disaient-ils. Évidemment, il devait faire le tour de l'édifice. »

Plus loin, ils invitèrent Maria à s'approcher d'un monceau de briques pâles, enfoncées dans un lit de bruyère :

« Ces carreaux de brique ont servi au carrelage des salles. Vous noterez les traces de crépissage... »

Ailleurs encore, ils s'extasièrent devant un petit bac rond, en granit, destiné sans doute à conserver de l'eau chaude.

Quand il ne resta plus rien de remarquable à voir, ils prirent congé des visiteurs et s'en allèrent surveiller les travaux. Aussitôt Jérôme voulut se mettre à la tâche avec les terrassiers bénévoles. Comme on était un dimanche, quelques habitants de la Chapelle-au-Bois, payant d'exemple, avaient remplacé les ouvriers sur le chantier des fouilles. Même le maire, M. Calamisse, avait roulé ses manches et piochait autour d'un cube de pierre, enfoncé de guingois dans le sol. Gros et fort, le sang à la nuque, le menton luisant de sueur, il attaquait la terre avec rage, en grognant à chaque coup :

« Je t'aurai!... Je te sortirai!... Je te ferai voir! »

A côté de lui, Léon Eyrolles, le patron de la scierie, soufflait de toute la poitrine, mais refusait d'avouer que l'ouvrage était au-dessus de ses moyens. Dans son visage fripé, les yeux, les sourcils, le nez, la moustache étaient logés à l'étroit entre le front volumineux et le menton en galoche.

« On n'est pas assez nombreux, grommelait-il. Il faudrait dire aux jeunes de venir par là. Si mon fils...

— Laisse ton fils où il est, dit Jérôme. Avec moi, tu verras que vous ne serez pas en peine. »

Tous les travailleurs s'étaient groupés par affinité de générations. Les hommes mûrs se démenaient autour du temple, sous la direction de M. Calamisse. Les jeunes, commandés par le fils Eyrolles, unissaient leurs efforts autour des ruines de l'établissement thermal. Jérôme retira sa veste, son faux col, choisit une pelle dans la cabane à outils et vint prendre sa place parmi les gens de son âge. Pendant quelques minutes, Amélie et Maria restèrent derrière lui et suivirent ses mouvements avec curiosité. Émergeant des bruyères, l'angle supérieur du bloc était d'un gris mort, semé de champignons jaunâtres, mais, plus bas, la surface récemment découverte gardait encore l'humidité et la couleur de la glèbe.

« Tu sais, Aubernat, dit M. Calamisse, nous faisons tous une bonne affaire en poussant la besogne. Si ces ruines sont comme ils disent, les touristes viendront en foule. On leur fera payer des droits de visite. Tu auras ta part.

— Il ne faut pas penser au rapport, dit Jérôme. Moi, ce qui me plaît, c'est de sortir une preuve de la terre.

— Un plaisir n'empêche pas l'autre, dit Léon Eyrolles.

— Que non pas ! dit M. Calamisse. Tous ces Romains chez nous ! Quelle histoire !...

— C'est plutôt nous qui sommes chez eux », dit Jérôme.

M. Calamisse se redressa afin de rire à l'aise, de tout son ventre. Mais Jérôme, lui, ne riait pas. Il s'était arrêté pour reprendre haleine. La transpiration marquait le dos de sa chemise. Appuyé sur le manche de sa pelle, il regardait au loin.

« Voilà ton père de nouveau perdu dans la rêverie, soupira Maria. On ne le changera pas, le pauvre ! »

Elle hocha la tête, prit le bras d'Amélie et se dirigea vers le groupe des femmes, installées à l'ombre des buissons. Non loin de là, des fillettes sages, aux cheveux bouclés et ornés de rubans, jouaient à la poupée. Elles avaient disposé sur l'herbe de petites bouteilles, de petites assiettes, des lambeaux d'étoffe multicolores. Penchées sur des travaux minuscules, elles se parlaient à voix basse, avec des mines graves et renseignées de gardeuses d'enfants. Ayant tapoté quelques joues au passage, Maria continua son chemin vers les mères de famille, qui la saluaient déjà par des exclamations de bienvenue :

« On croyait que vous ne viendriez plus !...

— Votre fils nous avait pourtant dit...

— Il est là-haut, avec les autres gamins...

— Mettez-vous donc ici !... Vous serez mieux !... Tu en as une jolie robe, Amélie !...

— Et M. Aubernat ?... Déjà à la peine ?... Ah ! il leur a bien rendu service en leur permettant de creuser son champ ! Il paraît que le conseil municipal va lui voter une motion de reconnaissance !... Si !... si !... Il le mérite !... C'est justice !... »

Ces hommages successifs donnaient à Maria l'impression d'être la reine de la fête. Ayant oublié ses griefs, elle s'abandonnait tout entière au plaisir d'être congratulée. Cependant, assise dans l'herbe, sur un journal déplié, Amélie observait sa mère en silence. « De deux choses l'une, se disait la jeune fille, ou il a suffi que M. Langlade lui débite quelques compliments et lui offre une pièce de monnaie ancienne pour qu'elle pardonne à mon père, et, dans ce cas, elle est une enfant ; ou elle lui avait depuis longtemps pardonné dans son cœur et retardait par jeu l'instant de le lui faire savoir, et, dans ce cas, elle est une comédienne. » En fait, ni l'une ni l'autre de ces opinions ne satisfaisait son esprit critique. Il n'était pas facile d'enfermer un être sous un jugement, comme une mouche sous un verre. De nouveau, elle se reprocha de porter un avis désobligeant sur sa mère tout en l'aimant avec ferveur. Mais sa sévérité était à la mesure de son amour. Les faiblesses qu'elle eût tolérées chez une personne dont elle n'attendait rien, elle ne pouvait les accepter de la part de quelqu'un dont la présence réchauffait sa vie. « Serais-je trop exigeante? Demanderais-je trop à ceux qui me sont chers? » Soudain, elle eut peur d'elle-même comme d'un monstre. La voix de sa mère la tira de ses méditations :

« Amélie, va voir ce que fait ton frère.

— Il doit être en train de jouer...

— Justement! Je ne veux pas qu'il m'abîme ses vêtements. Gronde-le, si c'est nécessaire!

— Bien, maman. »

Amélie se leva, secoua le bas de sa jupe et se mit à gravir la pente du Veixou. A mi-côte, elle trouva son frère et six autres gamins de la Chapelle-au-Bois, tous décoiffés, débraillés et armés de bâtons. Denis la regardait venir en dressant, dans un mouvement de hardiesse, sa fine tête d'oiseau huppé. Il avait douze ans et ressemblait à sa mère. Ses genoux étaient sales. Des mèches brunes, collées par la sueur, descendaient sur son front têtu. Dans ses yeux, aux longs cils lustrés, l'animation du jeu éveillait une lumière virile.

« Laisse-nous! dit-il. On joue aux Gaulois et aux Romains. Je suis Vercingétorix et ils sont avec Jules César.

— Vous reprendrez votre partie plus tard, dit Amélie. Reposez-vous un peu...

— Pourquoi? s'écria Denis. On n'a pas encore appelé pour le déjeuner. Alors?

— Tu cours trop. Tu vas te déchirer...

— Permettez-lui, mademoiselle Amélie, dit un rouquin au long torse et aux courtes jambes cagneuses. C'est juste maintenant que c'est le plus intéressant.

— Bon, dit-elle, mais soyez un peu moins violents, au moins! Battez-vous sur place!

— On est forcés, dit Denis, c'est le siège d'Alésia! »

Ayant rempli sa mission, elle descendit, à pas lents, vers le groupe des dames, tandis que, dans son dos, éclataient des clameurs discordantes :

« Faites avancer les légions!... Tous les Gaulois aux remparts!... Amenez le bélier!... Marcel, je t'ai vu, tu es tué!... Une... deux... Bzz!... Bzz!... Je vous lance des flèches! Encore des flèches!... »

Amélie ne put s'empêcher de sourire. Derrière elle, des enfants évoquaient, à leur façon, les combats des Gaulois et des Romains; devant elle, des hommes mûrs se fatiguaient à tirer de la terre les reliefs d'un décor antique. Malgré la différence d'âge, une même ardeur animait les uns et les autres dans la poursuite de leur rêve. Seules les femmes étaient raisonnables dans cette conjoncture. Gardiennes de l'économie domestique, elles n'avaient ni le droit, ni l'envie, de trahir leurs préoccupations matérielles au profit d'un divertissement illusoire. Le souci du lendemain suffisait à nourrir leur imagination. Quand Amélie vint se rasseoir à sa place, on parlait du prix des choses. Une complicité ménagère unissait toutes les mères de famille dans l'indignation. Des chiffres effrayants volaient de bouche en bouche :

« Vingt-huit sous? C'est à ne pas comprendre!

— Moi, j'ai dit à Verjoul : « Tu peux les garder à ce tarif-là!... »

— Si tout le monde faisait comme vous!

— Et le kilo de sucre à dix-sept sous?... le litre de pétrole à huit sous?... Où allons-nous, je vous le demande?... »

Attaquée sur ses terres, Maria répliqua d'un air consterné :

« Vous avez raison. Mais ce ne sont pas les commerçants qui profitent de la hausse. L'État mange tout. A des prix pareils, servir le client n'est plus un plaisir... »

Les dames l'approuvèrent par un bourdonnement de sympathie. Après avoir commenté le prix du vin, de la viande, des légumes et du beurre, elles passèrent avec le même entrain à la discussion des dernières nouvelles du pays. Mme Eyrolles, haute, sèche, la face en lame de couteau, raconta que des romanichels, qui campaient dans le bois, avaient dérobé des instruments dans la scierie de son époux. C'était une personne très considérable. Le fait qu'elle fût venue au Veixou avec son mari, son fils Jean et sa fille Antoinette rehaussait aux yeux de tous l'importance de la réunion. On l'écouta avec respect. On se récria quand elle eut fini d'exposer ses doléances. Elle fut relayée par la petite Mme Ferrière, toute tarie et tannée, avec des yeux comme des trous noirs et une verrue au menton. Elle révéla qu'à la ferme du Tourtillou il se tramait des intrigues inqualifiables entre un journalier italien et la fille de ce pauvre Baptiste, qui déjà n'était pas si heureux du temps de sa coureuse de femme! Pendant qu'elle parlait, Mme Barbezac, la poitrine gonflée sous un jabot de dentelle écrue, contenait à grand-peine le flot d'informations qui lui montait aux lèvres. Enfin, elle explosa :

« Les Lagadoux se sont remis ensemble! Elle va revenir habiter chez son mari, à la Chapelle-au-Bois! Ma fille l'a rencontrée à Limoges! C'est chose faite...

— Non?

— Si!

— Et alors? Que fera-t-elle de l'autre? »

Tout à coup, les dames se turent et jetèrent un regard méfiant autour d'elles.

« Jeunes filles, vous devriez aller vous promener un peu, dit Mme Eyrolles.

— En passant, vous préviendrez les hommes que nous les attendons pour manger », ajouta Maria.

Les jeunes filles, cinq en tout, se levèrent sans mot dire et s'éloignèrent du groupe. Françoise Roubaudy, Jeanne Lamarsaude et Sophie Barbezac se rassirent dans l'herbe à quelques pas de là; Amélie et Antoinette Eyrolles continuèrent leur chemin vers les ruines. Derrière elles, dans le clan des mères de famille, les chapeaux se rapprochaient en couronne et les voix baissaient jusqu'à n'être plus qu'un murmure.

« Elles se figurent vraiment que nous sommes des anges d'innocence! » dit Antoinette.

Elle avait un visage rond et blond, à la chair mollette, drôlement animé par le rouge gras des lèvres et le bleu vif des yeux. Le bras passé sous la taille d'Amélie, elle marchait près d'elle en se dandinant.

« Ma tante Joséphine me répétera tout ce soir, reprit-elle avec un rire qui gonfla sa gorge.

— Et ça t'intéresse? demanda Amélie.

— C'est amusant!

— Pourquoi?

— Parce que c'est de l'amour!

— Quel genre d'amour?

— Celui qui enchaîne l'homme à la femme, dit Antoinette avec emphase. On se caresse, on se trompe, on se retrouve...

— Ma pauvre, dit Amélie, si c'est cela que tu cherches dans le mariage, tu seras bien malheureuse!

— Qui te parle de mariage? s'écria Antoinette. On dirait que, pour toi, le mariage c'est tout! Tu négliges les « avant » et les « après », tu oublies le meilleur!... »

Amélie ne répondit pas. Elles étaient arrivées devant les ruines du temple. Ce fut du haut de la terrasse qu'elles poussèrent le cri de ralliement :

« Ohô! A table! Tout le monde! »

En descendant de son piédestal, Antoinette pressa la main d'Amélie et lui dit :

« Il y a deux ans, à ton âge, j'étais plus dégourdie que toi. Tu es jolie. Pourquoi sortons-nous si rarement ensemble? »

Amélie voulut la repousser d'une franche bourrade, mais elle se sentait troublée et lasse soudain, incapable de la moindre réaction.

« Je n'aime pas que tu parles de ces choses », dit-elle.

Et, comme son père venait à elle, soufflant, le visage cuit de fatigue et la pelle sur l'épaule, elle se précipita à sa rencontre et lui prit le bras dans un mouvement de douceur et d'autorité.

Pour le déjeuner, les femmes mirent en commun les victuailles de leurs paniers, et il se trouva que toutes, sans s'être concertées, avaient apporté une bouteille de vin, des crêpes de sarrasin, de la caillade et un jambonneau. En revanche, les napperons, disposés bout à bout sur l'herbe, étaient tous dissemblables, et attestaient, par la plus ou moins bonne qualité du tissu et des broderies, la fortune et le rang social de leurs propriétaires. A l'insu des convives masculins, le pique-nique devenait donc pour les ménagères une occasion de comparer leur linge de table, symbole héréditaire, inusable et cent fois blanchi des plus hautes vertus familiales. Unies par une secrète connivence féminine, elles s'étaient toutes installées du même côté de la jetée de toile, et, les jupes tirées, le soulier pudique, mangeaient à petite bouche en glissant à droite et à gauche des regards scrutateurs. Les hommes, assis en face d'elles, avaient écarté les cuisses et noué un mouchoir autour du cou pour plus de commodité. La lassitude les rendait muets et gourds. Ils taillaient la nourriture avec leur couteau de poche et serraient fortement chaque morceau dans leurs doigts, comme par crainte de le laisser échapper. Leurs mâchoires broyaient les aliments avec lenteur, avec respect. Leurs yeux étaient dénués d'expression. Même M. Langlade et M. Dupertuis avaient trop faim pour prendre la parole. Vers la fin du repas, pourtant, le vin aidant, ils s'échauffèrent. M. Léon Eyrolles cita un article de journal qui conseillait d'interdire la pêche pendant un an pour repeupler les rivières de France. M. Calamisse dit que c'était de la blague, M. Langlade donna des éclaircissements sur le sens symbolique du poisson chez les Romains. Puis, la conversation languit et les travailleurs se retirèrent pour faire la sieste. Allongés côte à côte, la ceinture dégrafée, le chapeau poussé sur le nez, ils dormirent, le temps de la digestion. A quatre heures, de nouveau, les ruines s'animèrent, envahies par des groupes de chercheurs qui parlaient haut, crachaient dans leurs mains, et attaquaient la terre avec des outils blessants. Un peu plus tard, des charrettes amenèrent en renfort quelques familles de la Chapelle-au-Bois, qui n'avaient pas pu venir le matin, retenues par la messe ou par les travaux des champs. Déjà, les enfants avaient repris leurs jeux criards sur la pente. Après avoir plié les napperons et rangé la vaisselle dans les paniers, les femmes, n'ayant plus rien à faire, plus rien à dire, restèrent silencieuses, immobiles, en poussant des soupirs. Leur bien-être était comparable à une grande tristesse, étouffante et douce. Maria tira de son sac un ouvrage de broderie. Amélie fit de même. Bientôt, presque toutes eurent une aiguille ou un crochet à la main. Seules quelques dames pratiquantes, arrivées dans l'après-midi, s'abstenaient de travailler parce qu'on était un dimanche et regardaient leurs compagnes avec un sentiment de blâme. De temps en temps, un homme s'approchait du groupe pour demander l'heure et boire du vin coupé d'eau. Ou bien, c'était un gamin qui dévalait la côte et réclamait des croûtons de pain pour les provisions des assiégés. Les femmes accueillaient du même air leurs maris et leurs fils. Aux uns comme aux autres, elles disaient :

« Quelle idée de s'échiner ainsi! Souffle un peu, tu es tout trempé! Que la fraîcheur tombe, et tu m'attraperas du mal!... »

Grands et petits les écoutaient sans les entendre et, au bout d'un moment, repartaient chacun de leur côté, avec sur le visage une expression heureuse et déterminée.

Le soleil tournait dans un ciel pâle et chaud, où dérivaient des écharpes de nuages. Avec la venue du soir, les ruines se soulevaient dans un relief saisissant. Quand la lune parut, jeune encore et à peine marquée, le travail cessa sur toute l'étendue du chantier. Les femmes, Maria en tête, voulurent prendre immédiatement le chemin du retour. Mais les hommes s'attardaient, causaient entre eux, roulaient des cigarettes, avec leurs gros doigts sales et tremblants de fatigue. Ils ne pouvaient se résoudre à quitter des lieux où ils avaient goûté tant de plaisir dans la peine. Ils disaient :

« On a bien le temps!

— Ce n'est pas tous les jours dimanche! »

Jérôme proposa de casser la croûte sur place, avec les restes du déjeuner. D'abord réticentes, les épouses finalement se laissèrent convaincre. Seuls M. Dupertuis et M. Langlade invoquèrent l'obligation d'un souper chez M. Dieulafoy, au château des Aylettes, et partirent, très dignes, dans un *charretou* tiré par un âne.

Le dîner fut gai et frugal. La dernière bouchée avalée, quelques garçons coururent vers les ruines pour y allumer des brasiers. Les flammes refoulèrent des manteaux d'ombre autour des blocs hiératiques. Frappées par un éclairage surnaturel, les pierres palpitaient, noires et dorées, comme si le temple éboulé eût repris vie pour la fête du feu. L'odeur âcre de la fumée se mêlait au parfum nocturne des bruyères. Des étincelles folles s'échappaient des fagots craquants. On s'approcha. On admira. On dit :

« Si c'était la Saint-Jean, tout de même!... »

Soudain, une musique gaie, sautillante, jaillit des ténèbres. Le fils Eyrolles avait apporté son accordéon. Une ovation salua les premières notes de la bourrée. Jérôme claqua ses mains l'une contre l'autre :

« On la danse?

— Où?

— Là-haut!

— Ce n'est guère commode!

— On s'arrangera bien! »

Amélie vit son père apparaître sur la plate-forme du temple, éclairée par deux foyers rougeoyants. Maria le rejoignit en disant :

« Non, Jérôme!... Je ne veux pas!... C'est absurde!... »

Antonin Ferrière, puis le fils Barbezac, s'approchèrent d'Amélie pour l'inviter à danser. Elle refusa, confuse, rougissante et flattée dans le fond. « Ah! bien... Excusez... » Ils s'éloignaient, l'œil penaud, en roulant des épaules. Tous deux étaient des habitués du bal qui se donnait le samedi soir à la Chapelle-au-Bois, dans la hangar servant de salle des fêtes. Bien que, de l'avis général, ces réjouissances fussent de celles qui n'offensaient ni la décence ni le bon goût, Maria estimait que sa fille était trop jeune encore pour y prendre part. Ainsi, ne dansant qu'à l'occasion des mariages et des baptêmes, Amélie manquait de pratique et sa timidité en était accrue.

Cependant, une douzaine de personnes se pressaient déjà sur la terrasse. A cause des dénivellations et des crevasses qui séparaient les dalles, chaque couple devait danser sur le carré de granit qui lui servait de socle. Distants l'un de l'autre, ils ressemblaient à des figurines rangées deux par deux sur les cases d'un échiquier. D'abord gênés dans leurs mouvements, ils prirent peu à peu conscience de l'espace qui leur était réservé et s'enhardirent. Transportées par la musique, la sévère Maria, la grosse Mme Barbezac, Mme Calamisse, courte et voûtée, Mme Eyrolles, raide et rude comme un bûcheron, devenaient des jouvencelles infatigables, dont les jupes s'évasaient à chaque pirouette. Devant elles, les hommes, oubliant leurs courbatures, se muaient en diables hurleurs. Les bras à demi levés, la tête haute, le jarret nerveux, ils pivotaient, s'approchaient ou s'éloignaient de leurs partenaires, et frappaient du talon les tables de pierre en poussant le vieux cri de joie :

« Hi-fou-fou! »

Bien sûr, il n'était pas question de se dépenser sans mesure sur cette aire incommode. On regardait où on posait les pieds. On n'avançait et on ne reculait que de deux pas à peine. Mais, dans l'ensemble, éclairées par une lueur d'incendie, ces silhouettes mouvantes étaient d'un effet entraînant. Antoinette dansait avec Antonin Ferrière. Jeanne Lamarsaude avec l'aîné des Calamisse. Françoise Roubaudy avec Martin Barbezac. Ils semblaient s'amuser de si bon cœur, qu'Amélie regretta d'avoir renoncé à les suivre. Par sa faute, elle restait en marge du tourbillon, avec deux grand-mères, un vieux appuyé sur sa canne et quelques mioches somnolents. Ses lèvres souriaient tristement et elle dodelinait de la tête en mesure. Soudain, elle tressaillit. Ayant passé l'accordéon à l'un de ses amis qui surveillait les feux, Jean Eyrolles se dirigeait vers elle d'une démarche mal assurée. Il était grand et maigre, avec de longs bras, un long cou et une petite tête osseuse, où brillaient les fentes obliques des yeux. Récemment libéré du service militaire, il travaillait avec son père à la scierie. Amélie le connaissait à peine, mais il la saluait toujours quand il la rencontrait dans la rue.

« Voulez-vous qu'on y aille ensemble? demanda-t-il d'une voix traînante.

— Je vous remercie, balbutia-t-elle, mais c'est impossible... J'ai déjà refusé à d'autres... Je ne danse pas assez bien... Je gâcherais tout...

— Ne vous mettez pas en peine pour ça, dit-il. Je vous apprendrai. »

Subitement, il lui apparut sous les espèces d'un sauveur.

« Vous venez? » reprit-il.

Elle inclina la tête.

Ils choisirent une dalle libre, à l'extrême bord de la terrasse. Détachée des autres, elle était cernée de bruyères sur deux côtés.

« A nous! » dit Jean Eyrolles.

Très vite, elle reconnut qu'il était un excellent danseur. Il ne balançait ni la tête, ni les épaules, pendant que ses pieds esquissaient sur la pierre de petits pas précis, rapides et claquants. En le regardant faire, Amélie n'avait pas de difficulté à suivre le rythme de la musique. Sa propre aisance lui était une surprise et un enchantement. De temps à autre, elle disait :

« C'est affreux! Je suis sûre que je me trompe!... »

Il la tranquillisait en riant :

« Mais pas du tout! Continuez! C'est très bien!... »

Après la bourrée, l'accordéoniste joua une valse. Les parents se dispersèrent pour laisser la place aux jeunes. Amélie craignit que son cavalier ne se retirât à son tour. Pourtant, tout essoufflé encore, il dit :

« Et celle-ci, on la danse?

— Si vous voulez », répondit-elle.

Un flot de chaleur courait dans ses veines.

« Seulement, on n'a guère de place », reprit Jean Eyrolles.

Ils firent quelques pas prudents. Tant qu'ils marchèrent en mesure, il n'y eut rien à craindre. Mais, quand ils s'élancèrent dans une série de tours, Amélie sentit que ses pieds, déportés par la vitesse, approchaient dangereusement du vide. A deux reprises, elle faillit perdre l'équilibre et basculer dans les buissons. La plupart des couples avaient déjà renoncé à cet exercice difficile.

« Arrêtons-nous », dit-elle.

L'accordéon se tut. Le chœur des parents décréta la fin de la fête. Les garçons éparpillèrent les derniers tisons, les écrasèrent à coups de talons, les étouffèrent sous la cendre. La nuit retomba, avec toute son ombre et toutes ses étoiles, sur les hommes désenchantés. Comme tirée trop brusquement d'un rêve, Amélie regardait sans comprendre les gens qui se pressaient autour des charrettes, amenaient les chevaux et les ânes aux brancards, bouclaient les courroies et enlevaient les pierres qui calaient les roues. Derrière eux, rendus à leur sommeil séculaire, les blocs de granit luisaient tristement au clair de lune. Bientôt, l'une suivant l'autre, les voitures s'engagèrent dans le chemin montant. Antonin Ferrière marchait devant, en poussant sa bicyclette. Il était fier de cette machine neuve, aux nickels brillants, la plus belle du pays. Parfois, il faisait tinter le grelot pendu au guidon.

Installée avec Denis sur la banquette du fond, Amélie écoutait les rires et les propos confus qui venaient du cortège. La tête de l'enfant reposait sur l'épaule de sa sœur. Il somnolait, les sourcils froncés, la bouche ouverte. Quelques notes d'accordéon voltigèrent dans l'air calme et se perdirent. Était-ce Jean Eyrolles qui jouait? La jeune fille pencha le visage en arrière pour boire, par les yeux, l'immense étendue du ciel. Quand elle abaissa les regards, le cheval avançait sur un chemin plat, bordé de buissons aux longues soies noires et rigides. Les cailloux brillaient. Une vapeur bleue montait du bas pays. Sur le siège avant de la carriole, Jérôme et Maria étaient assis tout près l'un de l'autre.

3

CINQ heures venaient de sonner quand Jérôme, éveillé en sursaut, se dressa dans son lit et repoussa les couvertures. Une voix rauque criait son nom, juste sous la fenêtre. Encore quelque paysan « lève-tôt », qui amenait ses bêtes au ferrage! C'était leur habitude de se présenter à l'aube pour être sûrs d'être servis les premiers. Justin, l'ouvrier, logeait de l'autre côté du bourg, chez sa mère. Une fois de plus, Jérôme déplora de n'avoir pas insisté pour que son aide couchât dans la mansarde et prît ses repas à la maison, comme c'était la coutume. Ainsi, il l'aurait payé moins cher et l'aurait eu constamment sous la main.

« Aubernat! Eh! Aubernat! »

Sans hâte, il se mit debout, s'étira et marcha vers la croisée, tandis que Maria, mécontente, se retournait sous les couvertures. Le coq des voisins lança un appel enroué. D'autres coqs répondirent au loin, dans la campagne brumeuse et fraîche. Les volets entrebâillés laissèrent passer une flèche de lumière pâle. Le père Cazaud, du hameau des Étrives, était là avec sa paire de vaches. Dans sa grosse face renversée, hérissée de poils bleus, les yeux étaient plantés comme des boutons de bottine.

« Ah! te voilà, forgeron. C'est pour ferrer. Et il y en a une qui a pris une saleté quelconque dans le pied. Un clou, je pense. Elle boite...

— Je descends », dit Jérôme.

Il s'habilla rapidement, dégringola l'escalier et entra dans la forge. Sur le gros soufflet perchait une pie, à la livrée noire et blanche, que Denis avait prise au nid, deux ans plus tôt, et qui, depuis, s'était apprivoisée. En apercevant le maître, elle agita ses ailes rognées et fit entendre une clameur aigre de bienvenue :

« Salu-ut à t-t-toi!

— Salut à toi », répondit Jérôme.

Avec : « Bon appétit » et « Adieu », c'était tout ce qu'elle savait dire. Elle sauta sur la pierre du foyer, puis, de là, sur l'enclume, cueillit à la pointe du bec une parcelle de métal brillant et s'envola lourdement pour la cacher dans un trou du mur. Jérôme vérifia d'un coup d'œil l'ordonnance des outils que Justin avait rangés la veille, avant de partir. Chaque chose était à sa place. Il bâilla, se frotta les yeux, revêtit son tablier de cuir et ouvrit la porte vitrée qui donnait sur la cour. Le père Cazaud avait déjà poussé ses bêtes vers le travail à poteaux, où elles seraient sanglées, l'une après l'autre, pour le ferrement.

« Je suis venu un peu tôt, dit-il, pour ne pas attendre.

— Je sais, je sais, dit Jérôme.

— Tu ne dormais pas?

— Eh! non... »

Ensemble, ils dénouèrent les lanières du joug, pour découpler les bêtes. Justin arriva sur ces entrefaites. Boiteux, voûté, bégayant, il avait une figure molle de demeuré et des épaules d'une largeur et d'une puissance surprenantes.

« Pa-ardonnez! grommela-t-il. Si-si tôt qu'on se lève, il est déjà trop t-ard!

— Celle-ci, pour les pieds de derrière seulement », dit Cazaud.

Il fit entrer la première vache entre les montants du travail. Jérôme fixa les sangles sous le ventre de l'animal, ajusta le joug de l'appareil derrière les cornes, et serra une chaîne sur le mufle humide et frémissant. L'œil rond et triste, la vache poussa un meuglement de détresse. Ses flancs roux se soulevaient par saccades. Mais elle ne ruait pas. Elle avait l'habitude. Justin planta un levier dans le rouleau, donna un tour, et la lourde masse fut hissée par les bretelles de cuir, au point que ses sabots effleuraient à peine le sol. Sa compagne la regardait d'un air stupide, apeuré. La pie sortit de la forge en sautillant et vint se percher sur une caisse pour assister au spectacle. Dès que l'aide eut attaché le pied de la bête sur un petit socle en bois, Jérôme extirpa les clous de la corne, la dégarnit de son vieux fer et raccourcit l'ongle avec le rogne-pied pour préparer la ferrure. Entre-temps, Justin, qui connaissait bien les vaches de Cazaud, choisit des fers convenables dans l'atelier et les martela à froid pour leur donner la tournure et l'ajusture requises. Il ne restait plus qu'à brocher les pointes dans le sabot paré. L'opération fut menée rondement. La vache tressaillait à chaque coup de marteau. Quand ses deux sabots postérieurs eurent été ferrés et égalisés à la râpe, on la relâcha. Pour l'autre, il fallut, après l'avoir immobilisée dans le travail, retirer le clou qui s'était enfoncé dans la sole et dégager le tissu corné autour de la blessure. Le pus gicla avec violence et Jérôme se pencha de côté pour éviter de recevoir le jet au visage. Puis, il cautérisa la plaie au fer rouge, fit une application de crésyl et ajusta au sabot malade un fer légèrement bombé pour maintenir le pansement. Une odeur de corne brûlée s'était répandue dans l'air. La bête haletait de douleur et d'impuissance.

« Tu ne me l'as pas abîmée, au moins? » demanda Cazaud.

Il y avait un tremblement de tendresse inquiète dans sa voix.

« Si elle pouvait parler, elle nous dirait merci », répondit Jérôme.

En effet, peu à peu, la vache se calmait, sa respiration devenait régulière. Détachée et conduite vers sa compagne, elle reprit en silence sa place sous le double joug. Cazaud appliqua une tape sur l'épaule de Jérôme :

« Tu sais tout faire, toi! Combien je te dois?

— Comme d'habitude.

— Je ne sais plus ce que tu me fais, d'habitude.

— A seize sous le fer, cela te coûtera trente-deux sous pour la première et autant pour la seconde.

— Pour la seconde?

— Oui, à cause des soins en plus. En tout, trois francs vingt!

— *Fi de loup!*

— C'est le tarif!

— Tu gagnes bien ta vie!

— *Nei gro!* Tu crois ça! Et le matériel, qui l'achète? Et l'ouvrier, qui le paie?

— Bien sûr, mais, à la ferme, on ramasse moins que ça dans sa journée. »

Entre ses grosses paupières rapprochées, son regard prit une expression de ruse. Jérôme devina qu'il aurait du mal à obtenir son dû.

« Ne te plains pas, dit-il. Je t'ai vu à la dernière foire! Tu avais un portefeuille gros comme ça!

— Il a fondu. On a réparé le toit de la grange. Tu peux bien me faire crédit jusqu'à la fin de la semaine? »

Jérôme se gratta la nuque. Sa tendance naturelle à rendre service au premier venu l'empêchait de se montrer intransigeant en affaires. Dès qu'il s'agissait de réclamer le prix de son travail, il manquait d'assurance. Maria, connaissant sa faiblesse, vérifiait chaque semaine les comptes de la forge. A la pensée de ce contrôle inévitable, Jérôme eut un élan d'énergie.

« Je ne peux plus travailler à perte, dit-il. Tu me dois déjà quarante sous de la dernière fois.

— Je te donnerai tout ensemble.

— Non.

— Alors, je te donne quarante sous maintenant et le reste samedi. »

C'était mieux que rien. Jérôme accepta. Il avait le sentiment qu'en insistant un peu plus il eût été payé, séance tenante, jusqu'au dernier centime. Mais il eût fallu discuter, menacer, crier, et il n'aimait pas se mettre en colère pour des questions d'argent.

Cazaud s'éloigna, le fouet sur l'épaule, suivi de ses deux vaches, qui marchaient, l'une d'un pas régulier, l'autre en boitant un peu. Jérôme rentra dans la forge, prit un morceau de craie et écrivit sur le mur noirci par la fumée : « 3,20 F, Cazaud. »

La cloche de l'église tinta pour l'angélus. Comme chaque jour, cette sonnerie fêlée exaspéra les chiens du voisinage, qui donnèrent furieusement de la voix. Justin tirait sur la chaîne du soufflet pour attiser la braise. Il y avait trois socs de charrue à recharger, deux autres à ressuer, des pelles, des binettes, des pioches à remettre en état. Et aussi des serrures à réparer, des landiers à forger pour M. Dieulafoy, des jougs à tailler et à garnir. Tout cela faisait un ouvrage courant, mais avec l'ouvrier qui coûtait soixante francs par mois, et les clients qui rechignaient pour régler leurs dettes, la forge ne procurait en fin de compte qu'un bénéfice dérisoire.

Pourtant, même s'il avait perdu de l'argent dans cette entreprise, Jérôme n'aurait pu y renoncer par sagesse. Il ne concevait pas d'autre occupation pour lui-même que celle de travailler le fer, dans ce rougeoiement de flammes irritées, dans ce tintement joyeux de marteaux. Vis-à-vis de sa femme, il justifiait son activité en vendant, de temps à autre, quelque machine agricole, dont il avait pris la représentation et qui lui laissait une commission appréciable. Mais, indubitablement, c'était d'abord le magasin qui faisait vivre la famille. Et le magasin était soumis à la compétence exclusive d'Amélie et de Maria. Toutes deux s'entendaient pour appliquer dans le commerce des méthodes d'ordre, de bienveillance et de ferme comptabilité. Il sourit en pensant qu'elles étaient, sans doute, déjà levées et préparaient le café dans la cuisine. Justin porta une pièce de fer rougi sur l'enclume. Ils la travaillèrent ensemble, l'ouvrier maniant le lourd marteau à frapper devant, et Jérôme tournant la barre et faisant l'accompagnement avec un marteau plus léger.

Amélie ouvrit la porte :

« Tu viens, papa ? Tout est prêt. »

Elle déposa sur l'établi du pain beurré et un bol de café chaud pour Justin, qui s'empourpra, rentra le cou dans les épaules et bafouilla un remerciement incompréhensible. Puis, ayant embrassé son père, elle le pria de retirer son tablier de cuir pour passer à table :

« Tu sais que maman n'aime pas te voir ainsi dans la maison. »

Il lui obéit en riant, se lava les mains dans un baquet d'eau et glissa ses doigts humides dans ses cheveux et sur sa moustache :

« Suis-je assez bien ainsi? »

Ils entrèrent, bras dessus, bras dessous, dans la cuisine, où Maria et Denis les attendaient devant quatre bols de café et une assiette de tartines. Contrairement aux prévisions de Jérôme, sa femme ne lui demanda même pas qui était venu le déranger de si bon matin, ni s'il avait touché le prix de son travail. Elle s'était levée plus tard que de coutume et avait hâte d'ouvrir le magasin, par crainte de manquer des ventes. Le café bu, Jérôme l'aida à décrocher les volets de la devanture. Il n'avait pas plus tôt fini, que Justin passa la tête par l'entrebâillement de la porte :

« Patron!

— Oui.

— On vous demande à la forge.

— Qui?

— Je ne connais pas. Un maigre, qui... qui n'est pas d'i-ici...

— Il apporte du travail?

— *Nei gro*... Il a-a dit son n-nom... Balioux... Spalioux... je crois...

— Je vais le voir.

— Je t'accompagne, papa? demanda Denis. J'aiderai Justin pendant que tu parleras à l'autre...

— Tu vas encore te salir! dit Maria.

— On lui passera un tablier, dit Jérôme. Il faut bien qu'il apprenne, s'il veut me remplacer un jour... »

*

Ayant fait rapidement le ménage des chambres et de la cuisine, Amélie entra dans le magasin, où sa mère était déjà aux prises avec une cliente. Celle-ci hésitait entre des boutons de passementerie et des boutons de corne. La jeune fille s'assit à la caisse pour vérifier les comptes de la semaine écoulée.

« Un kilo de sucre : 0,95 F ; une livre de macaronis : 0,40 F ; un paquet de bougies : 0,90 F ; un litre de pétrole : 0,40 F... » Son regard glissait sur les chiffres comme l'eau sur un lit de cailloux. Retranchée dans une rêverie agréable, elle se rappelait la fête du Veixou, les pierres antiques éclairées par les flammes, la musique nocturne, la danse avec Jean Eyrolles, le retour sous le vaste ciel étoilé. Plusieurs jours avaient passé depuis l'événement, et, pourtant, elle le sentait qui se continuait en elle par une vibration suave d'ombres et de lumières.

« Croyez-moi, madame Chastagnoux, disait Maria, la corne vous fera peut-être plus d'usage, mais des boutons-tailleur, dans le tissu de votre robe, vous habilleront mieux.

— Je ne dis pas, madame Aubernat, mais cela me détourne de mon idée. J'ai presque envie de mettre des boutons-pression !

— Avantagée comme vous êtes, ils ne tiendront guère ! »

A travers la cloison, parvenait le choc musical des marteaux. Comme toujours, à la même heure, les quatre vaches des Ferrière passèrent d'un pas lourd devant la vitrine. Un gamin, chaussé de sabots, la face croûteuse et la blouse trouée, les conduisait vers le pâturage. Une tiède odeur de bouse flua dans la salle. Par une fâcheuse habitude, les bêtes se soulageaient invariablement à la hauteur de la boutique.

« On dirait qu'elles le font exprès ! s'écria Mme Chastagnoux.

— C'est une question de distance, dit Maria. Le temps qu'elles marchent des Ferrière jusqu'à chez nous suffit juste à les mettre en train. Mon mari a bien conseillé à M. Ferrière de détacher les bêtes et de les laisser à l'étable tant qu'elles n'auraient pas fait ! Pensez-vous ! Ce serait trop de travail !...

— Mais pourquoi M. Calamisse n'intervient-il pas, en qualité de maire ?

— Il dit qu'aussi longtemps que nous serons une bourgade rurale nous devrons supporter des inconvénients de ce genre.

— Et le fumier, qui le ramasse ?

— Il ne manque pas d'amateurs.

— Je vous en prendrai bien un peu la prochaine fois, pour mon jardin.

— A votre disposition, madame Chastagnoux. Alors, ces boutons?

— Eh bien, voyez-vous, j'hésite... Après tout, j'ai ce qu'il faut à la maison. Mais montrez-moi ce que vous faites comme galon de soie, dans les bleus... »

Infatigable et souriante, Maria rangea les cartons de boutons et sortit les boîtes de passementerie fine. Un bourdonnement rageur attira l'attention d'Amélie. Elle leva les yeux vers la bande de papier collant qui descendait du plafond, avec sa charge d'insectes morts. Une grosse mouche, engluée par les pattes, se débattait pour échapper au piège.

« Celui-ci ira très bien, dit Mme Chastagnoux. Mettez-m'en soixante centimètres, en moyenne largeur. Ah! et puis serait-ce trop de demander à M. Aubernat qu'il m'arrange ma petite hache à casser le bois, qui est tout émoussée?...

— Nullement, dit Maria. Amélie, porte donc la hache de Mme Chastagnoux à ton père. Tu lui diras qu'il essaie de la faire pour demain.

— Bien, maman », dit Amélie.

Elle prit la hachette que lui tendait Mme Chastagnoux et se dirigea vers la porte de la forge. Derrière son dos, elle entendit la cliente qui disait :

« Quelle grande fille déjà! Et si gracieusement tournée! Elle doit vous donner bien du contentement!... »

Amélie monta deux marches. Dès le seuil de l'atelier, une odeur de scorie chaude lui emplit la gorge. Justin n'était pas là. On l'entendait remuer des tôles dans la cour. C'était Denis qui manœuvrait la chaîne du soufflet.

« Ah! te voilà, fillette, dit Jérôme. J'allais justement t'appeler.

— Tu as besoin de moi?

— Je t'expliquerai tout à l'heure. Que m'apportes-tu là?

— Une hache à recharger pour Mme Chastagnoux.

— Pose-la sur l'établi. »

Il tenait dans les mâchoires d'une pince une barre en fer, dont l'extrémité chauffée à blanc reposait sur l'enclume. Le marteau tapota la table d'acier comme une bête qui piétine avant de prendre son élan. Et, subitement, levé dans un geste large, l'outil retomba sur le point lumineux, qui s'écrasa légèrement sous le choc. Battu avec précision, le métal incandescent prenait la forme d'une langue aiguë. A mesure qu'il se refroidissait, sa couleur passait du jaune feu au rose cerise, et des grumeaux noirs apparaissaient par endroits sur la gaine fluorescente.

« Que fais-tu là ? demanda Amélie.

— M. Dieulafoy, celui du château des Aylettes, m'a demandé une paire de landiers. Je m'y suis mis un peu pendant que Justin trie les vieux fers... »

Il reporta la barre sur la plate-forme de chauffe et l'enfonça dans une petite caverne de braises rougeoyantes. La tuyère du soufflet donnait de l'air au foyer, et deux flammes vives, en forme de croissant, jaillissaient hors de la carapace de charbon noir, grenu. Jérôme s'essuya le front avec le revers de la main, et dit :

« Si je réussis bien ces landiers, il me commandera peut-être une porte en fer forgé pour l'entrée du parc. Voilà du travail que j'aime. On n'en a plus guère de cette façon... »

Denis avait revêtu un vieux tablier de Justin. Ses joues et ses mains étaient encore propres. Il tirait sur la chaîne, et la palpitation du foyer éclairait par saccades son joli visage, durci dans une expression d'importance professionnelle. Son père ne pouvait lui faire de plus grand plaisir qu'en l'appelant à le seconder dans sa tâche. Amélie prit sur l'établi un dessin représentant deux landiers avec les cotes en regard.

« Ils seront beaux, n'est-ce pas ? dit Denis avec fierté.

— Très beaux.

— Papa m'a promis qu'il me laisserait battre le fer pour les crochets. »

Le soufflet haletait d'une voix grinçante. Un geste brusque, et, de nouveau, la barre fut sur l'enclume, livrée au pilonnage du marteau. Quand Jérôme se trouvait dans sa forge, il était difficile de reconnaître en lui le personnage affable et songeur, qui, le reste du temps, vivait dans la crainte de déplaire à sa femme. Au fond de cette grotte enchantée, il était le maître des éléments. Amélie aurait pu suivre pendant des heures ce jeu de l'homme dominant la matière et tirant d'une masse en fusion la forme délicate et durable d'un objet. Mais, déjà, il faisait signe à son fils d'arrêter le soufflet. La barre façonnée demeurait sur l'enclume et prenait, en se reposant, la teinte morte de la cendre. Des écailles de sable brûlé recouvraient le bout de l'épieu, où se voyait encore une luminosité violâtre et vibrante.

« Tu as fini? demanda Amélie.

— Je vais respirer un brin, dit-il en posant ses outils.

— Mais, papa, balbutia Denis, tu m'avais promis...

— Eh bien, nous reprendrons plus tard. Va aider Justin dans la cour. »

Avant de quitter la forge, Denis jeta à sa sœur un regard de basse rancune :

« Tu ne pouvais pas nous laisser ensemble? On ne sait rien faire de bien quand tu es là!

— Denis! » cria Jérôme sur un ton de rappel à l'ordre.

Mais, quand son fils eut refermé la porte, il se mit à rire :

« Pauvre drôle! c'est vrai, nous lui gâchons sa joie. Seulement, je ne voulais pas qu'il entende. Il ne comprendrait pas...

— Est-ce donc si grave? » demanda Amélie.

Elle posait cette question par habitude, mais sans la moindre émotion dans la voix. Le visage contrit de son père l'avait déjà renseignée sur le genre de confidences qu'elle allait entendre. Assis sur un baquet renversé, Jérôme plissait le front, comme en proie à une pensée torturante.

« Tu connais le père Espalioux? demanda-t-il enfin.

— Celui qui est venu ce matin?

— Oui. C'est un ami. Nous avons fait notre service militaire ensemble. Mais on ne se voit plus guère. Il allait à la scierie. En passant, il m'a dit le bonjour. Il ne savait même pas qu'avec la quincaillerie j'avais pris la représentation des machines agricoles pour le canton. Justement, il a un pré tout pentu et difficile à faucher. Je lui ai proposé de lui vendre une faucheuse. Il ne dit pas non. Mais c'est sa femme qui tient les sous. Alors, il ne peut pas décider sans elle. Il m'a demandé de venir chez eux, avec l'outil, pour une démonstration.

— Eh bien, vas-y.

— C'est loin! A la Croix-du-Jouneix! Le temps d'y aller, de faucher le pré, de discuter l'affaire, tout le clair de la journée y passera. Il faudrait, à l'avis d'Espalioux, que je reste coucher à la ferme.

— Qui t'en empêche?

— Personne », dit Jérôme.

Et il baissa la tête. Amélie se mordit les lèvres pour ne pas sourire.

« C'est entendu, dit-elle. J'en parlerai à maman. »

Il se leva en frottant ses mains sur son tablier de cuir :

« Tu feras comme tu voudras... Je disais ça pour te prévenir... A tout hasard... C'est important, la vente d'une faucheuse... »

Il reprit la barre de fer en main et l'approcha de la fenêtre, comme pour l'examiner mieux à la lumière du jour. Partagée entre le désir de le railler et celui de le plaindre, Amélie demanda :

« Quand veux-tu que je la prévienne? Maintenant? »

Il sursauta :

« Oh! non... Attends un peu...

— A l'heure du déjeuner?

— A l'heure du souper, plutôt. La journée finie, elle est plus calme, mieux disposée à comprendre... »

Et, détournant les yeux, il ajouta faiblement :

« Je te remercie... »

Dans le magasin, Amélie retrouva sa mère, qui, assiégée par Mme Calamisse et Mme Croux, la sage-femme, volait d'un rayon à l'autre, pesait des légumes secs, débitait du ruban rose, coupait du fromage et recommandait une marque de savon. En passant devant Amélie, elle chuchota :

« Tu n'es jamais là quand la clientèle arrive! Occupe-toi de Mme Calamisse. Un kilo de sel et trois de lentilles... »

Mme Calamisse fut remplacée par la servante de M. l'abbé Pradinas, qui désirait se renseigner sur le prix des lessiveuses, puis par une paysanne en grosse jupe de droguet et bonnet de coton, qui venait acheter du sucre et ne parlait que le patois :

« *Bâillo — me dau boun sucre!*

— *L'ei be toujours boun chaz nous,* répondait Maria.

— *Eh bé! qu'ei qu'au ei char!*
— *Pas mei qu'alliour. Naû sos lo lioro!* »
Du côté de la forge, retentit de nouveau le son du fer battu. Jérôme, soulagé, s'était remis à l'ouvrage.

*

Le soir venu, quand le dernier client eut quitté la boutique, Amélie et Maria fixèrent les volets de bois à la devanture. Toute la famille se réunit dans la cuisine pour le souper. Une lampe à pétrole brûlait sur la table. Chaque convive avait son ombre adossée au mur. Le vent s'engouffrait par à-coups dans la cheminée. Des pommes de terre au lard fumaient dans les assiettes. Jérôme mangeait, sans lever les yeux. Amélie jugea que le moment était venu de déclencher l'offensive. Elle but une gorgée de lait, reposa son verre et dit sur un ton de curiosité naïve :

« Est-il vrai, papa, que le père Espalioux veut acheter une faucheuse? »

Jérôme faillit s'étrangler, abaissa sa fourchette et grommela :

« Espalioux?... Une faucheuse?

— C'est Justin qui m'a dit ça. Vous en avez discuté ce matin, devant lui, paraît-il.

— Ah!... oui... C'est juste... Espalioux est venu... Il m'a expliqué qu'il aimerait avoir une faucheuse... Et puis après?...

— Pourquoi ne m'en as-tu pas parlé? demanda Maria.

— Parce que... parce que ce n'est guère plaisant, dit Jérôme en s'essuyant la moustache avec son index plié.

— Tu ne veux pas lui vendre? reprit Amélie.

— Non.

— Et pour quelle raison?

— Il habite trop loin. Je ne vais pas perdre une journée à grimper là-haut pour lui faire la démonstration! »

Il mentait mal, l'œil oblique, la voix hésitante, mais Maria, aisément bernée, ne remarquait rien de suspect dans le comportement de son mari.

« Ne croirait-on pas que la Croix-du-Jouneix est au bout du

monde! dit Amélie. En partant demain de bonne heure, tu pourrais être de retour après-demain pour midi.

— Et où passerait-il la nuit? s'écria Maria, dont le visage rougit aux pommettes.

— A la ferme des Espalioux, dit Amélie.

— Tu n'y penses pas! dit Maria.

— Tu n'y penses pas », répéta Jérôme dans un souffle.

Instinctivement, il avait rentré la tête dans les épaules, comme sous la menace d'une averse. Ses gros sourcils dérobaient son regard. Il tenait ses mains cachées sous la table.

« Qu'y a-t-il donc de grave à ce que papa couche chez les Espalioux? demanda Amélie.

— Il n'y a rien de grave, dit Maria, mais ce ne sont pas des façons. Quand on a un chez-soi, on ne dort pas dans le lit des autres!

— Une fois n'est pas coutume! dit Amélie.

— Et puis, ces Espalioux, nous ne les connaissons pas! dit Maria.

— C'est un ami de régiment », dit Jérôme.

Sa femme lui lança un coup d'œil incisif :

« Je ne considère pas cela comme une référence.

— Non, bien sûr, dit-il. D'ailleurs, nous ne nous fréquentons plus. Il est passé à la forge, comme ça. Un mot sur l'autre, on en est venu à parler de faucheuses...

— Et tu lui as promis de monter jusqu'à sa ferme? dit Maria.

— Je ne lui ai rien promis du tout!

— Mais tu aimerais bien y aller?

— Que non pas! L'affaire se présente trop mal. Quatre heures de route dans un sens, quatre heures dans l'autre, la fauche du pré, le marchandage, la nuit loin de vous... Non, je n'ai pas envie de faire le voyage.

— Ni de vendre une faucheuse de 390 francs, qui te rapportera dans les 40 francs de commission? dit Amélie.

— Je ne suis pas sûr de la vendre!

— Si tu la vendais, tout de même!... »

Il y eut un silence. Maria repoussa son assiette et ferma les paupières comme pour s'isoler dans la réflexion.

« Si tu la vendais, papa? répéta Denis.

— Tais-toi, dit Jérôme. Laisse parler les grands. »

Denis coucha sa figure dans son coude replié et fit mine de dormir.

« Y a-t-il d'autres fermes autour des Espalioux? reprit Amélie.

— Oui, quatre fermes, dit Jérôme. De belles fermes...

— Ont-elles des faucheuses?

— Non.

— Si Espalioux t'achetait une faucheuse, les autres, en le voyant à l'ouvrage, se décideraient peut-être à leur tour?

— Peut-être. Mais n'y pense pas. C'est inutile. »

Il planta sa fourchette dans une pomme de terre et se força à manger, les yeux fixes, les joues pleines.

« Cinq faucheuses, murmura Amélie. Tu n'es pas raisonnable, papa! »

Maria dressa le cou et une lueur dorée brilla dans ses prunelles.

« C'est vrai, tu n'es pas raisonnable, Jérôme, dit-elle soudain. Nous n'avons pas le droit de laisser passer une occasion pareille. Il faut que tu y ailles... »

Le visage de Jérôme se défendait par de petites crispations chagrines contre le flot de joie qui l'envahissait tout entier.

« Ah! là, là, grogna-t-il. Enfin, si vous croyez que c'est nécessaire! Après tout, vous avez peut-être raison!... »

Il cédait un peu trop vite au gré de sa fille.

« Le plus tôt serait le mieux, reprit-elle. Tu devrais partir demain matin, n'est-ce pas, maman? »

Il eut la force de balbutier :

« Pourquoi demain? Cela peut attendre...

— Non, dit Maria. Amélie voit juste. Il faut battre le fer pendant qu'il est chaud. Si tu attends, Espalioux peut changer d'avis, ou s'adresser à quelqu'un d'autre.

— Ça, bien sûr, dit-il. C'est un risque à courir.

— Le seul ennui, reprit Maria, c'est que le représentant de Limoges nous a annoncé sa visite pour demain, deux heures. Tu ne seras pas là.

— Nous n'avons pas besoin de papa pour passer nos commandes de vaisselle à M. Dubech », dit Amélie.

Maria eut un sourire condescendant :

« Le fait est que, dans des cas pareils, ton père ne nous est pas d'un grand secours! »

Jérôme hocha la tête :

« C'est dommage. J'aurais bien aimé le revoir, cet homme!

— Tu verras le père Espalioux à la place, dit Amélie.

— Ce n'est pas la même chose. Pendant que vous prendrez du bon temps, toutes les deux, au magasin, moi là-haut, avec ma faucheuse et mon Espalioux, je ne m'amuserai qu'à demi, je vous assure!...

— Ne fais pas l'enfant, Jérôme », dit Maria sur un ton sec.

Elle se leva pour porter les assiettes sur l'évier. Dès qu'elle eut le dos tourné, Jérôme cligna de l'œil à sa fille.

« Tu m'emmènes, papa? demanda Denis d'une voix pâteuse.

— Je t'emmène au lit, dit Jérôme. Et sur mon dos encore! Ça te va? »

Il rit si fort que Maria pivota sur ses talons et lui lança un regard soupçonneux.

4

LE lendemain matin, à six heures, Jérôme, ayant tiré la faucheuse du hangar, la nettoya et la graissa en vue d'une démonstration concluante. Quand elle fut prête, il fallut relever la lame et sa glissière contre le bâti. Maria, Amélie et Denis, réunis dans la petite cour, assistaient aux préparatifs du départ.

« Quel ennui! grommelait Jérôme. Ah! vous avez bien de la chance, vous autres!... »

Mais l'expression malicieuse de ses yeux démentait la moue désabusée de ses lèvres. « S'ennuierait-il avec nous? se demanda Amélie. Non. Mais, sans doute les hommes ont-ils besoin parfois de sortir de leur maison, de leur famille, de retrouver des amis un peu simples, et de se donner auprès d'eux, pendant quelques heures, l'illusion de l'indépendance? Ma mère est incapable de comprendre cette nécessité d'évasion. Moi, en revanche, quand je serai femme, je laisserai une grande liberté à mon mari. Et il m'en saura gré. Il me dira tout, parce qu'il saura que je peux tout entendre... » Elle rentra dans la maison pour remplir, à tout hasard, une fiche de commande au nom de Joachim Espalioux. En effet, dans cette conjoncture, ni le vendeur, ni l'acheteur ne savaient écrire. Quand elle revint dans la cour, Justin amenait la petite jument vers la carriole et la poussait entre les brancards, qui étaient trop larges pour elle.

« J'ai préparé la feuille, dit Amélie. Qu'il signe simplement là où j'ai mis une croix.

— Tu te fais des illusions, dit Jérôme en empochant le papier. Je suis sûr, moi, que j'y vais pour rien. »

La faucheuse fut attachée par des cordes de gros chanvre à l'arrière de la carriole. Avec ses hautes roues de fer, peintes en bleu, sa chaîne, ses dentelures, ses engrenages, son siège perforé, en forme de cuvette, et son sabot rabatteur, cette mécanique compliquée et absurde faisait songer à quelque insecte destructeur grossi par le jeu d'une loupe. Comme si son mari se fût apprêté pour un très long voyage, Maria lui chuchotait à l'oreille des recommandations fiévreuses :

« Ne t'échauffe pas... Prends ton temps pour faucher... Arrête-toi dès que la fraîcheur te tombera sur le dos... »

Amélie remarqua que les yeux de son père devenaient sombres et humides :

« Toi, alors!... Tu en dis trop!... Que ferais-tu si j'étais voyageur de commerce, comme M. Dubech? »

Il se força à rire. Maria, elle, ne riait pas. Justin caressait la tête du cheval.

« Pour les choses importantes, tu demanderas qu'on revienne demain, lui dit Jérôme. Je serai là. Ne touche pas aux landiers. Fais des lopins. On n'en aura jamais trop. Et recharge le soc de Ferrière...

— Com-ompris, patron... »

Le soleil rasait les toits. Des coqs se répondaient d'une cour à l'autre. Les cloches sonnèrent. Les chiens aboyèrent. Jérôme embrassa sa femme, son fils, sa fille, s'installa sur la banquette, fit claquer son fouet, et la carriole s'ébranla, traînant derrière elle, dans un victorieux fracas de ferrailles entrechoquées, la faucheuse aux vives couleurs.

Après le départ de Jérôme, la maison retomba dans le silence. Denis s'était échappé pour jouer avec des camarades sur le champ de foire. Le magasin paraissait plus sombre et plus triste que d'habitude. Maria, très pâle, les yeux cernés, comptait les bonbons multicolores qui garnissaient un bocal.

Elle soupirait souvent, comme si elle eût manqué d'air. La première cliente qui se présenta fut Mme Barbezac, qui n'avait rien à acheter, mais venait aux nouvelles.

« Ce matin, en ouvrant mes volets, j'ai vu M. Aubernat qui s'en allait avec sa faucheuse. Il va loin, comme ça?

— Pensez donc! dit Maria. Chez les Espalioux, à la Croix-du-Jouneix. Il y passera la journée et la nuit!

— Pour la vente?

— Pour la démonstration et pour la vente, oui.

— Si c'est tout profit, ne vous en plaignez pas! »

Réfugiée derrière la caisse, les coudes sur la table, le menton dans les mains, Amélie écoutait, avec un sentiment de remords, la voix plaintive de sa mère :

« Je n'aime pas le savoir parti.

— C'est manque d'habitude, dit Mme Barbezac.

— Surtout que, ces gens, je ne les connais même pas, reprit Maria. Ils ne sont pas d'ici. La femme ne descend jamais à la foire... »

Tout au long de la matinée, qu'elle rangeât le magasin, servît une cliente, rendît la monnaie ou compulsât des livres de comptes, la jeune fille fut poursuivie par la même idée : « Ma mère ne peut se passer de mon père. Après vingt ans de mariage. C'est incroyable! » Habituée à vivre entre ses parents, il lui était difficile de concevoir qu'ils fussent unis, aujourd'hui encore, par un amour aussi déraisonnable que s'ils venaient à peine de se rencontrer. Le repas de midi fut lugubre. L'ordre de la maison était aboli. Les êtres et les choses flottaient dans le vide. Maria mangeait du bout des dents, lorgnait la fenêtre, comme si elle eût attendu un appel de l'extérieur, et gourmandait Denis d'une voix criarde, hors de propos. Le gamin, les paupières gonflées, la lippe pleurarde, finit par s'écrier :

« Qu'est-ce que tu as contre moi, maman? Ce n'est pas ma faute si papa est allé là-bas avec la faucheuse! »

Une gifle s'écrasa sur sa joue. Mais, aussitôt après, Maria, les larmes aux yeux, l'attirait à elle et le couvrait de baisers voraces :

« Pauvre petit! Non, ce n'est pas ta faute! Va jouer! Ne reste pas là!... »

Elle retrouva un peu de calme, aux approches de deux heures, parce que M. Dubech n'allait pas tarder à venir. La visite du voyageur de commerce était toujours une fête pour la famille. Avec lui entrait dans la maison un air de nouveauté, d'espace et de mystère. Prospectant la région par petites étapes, il donnait à chacun des nouvelles de tous. En outre, ses valises d'échantillons recelaient des merveilles, dont on s'entretenait longtemps, à la veillée, après son départ vers d'autres horizons.

Quand le carillon de la porte sonna pour annoncer l'entrée de M. Dubech, Amélie et Maria se précipitèrent à sa rencontre. Menu et sec, la moustache frisée, le faux col raide et la chaîne de montre apparente, il éclaira le magasin avec son sourire. Tout en déballant ses marchandises, avec des mains prestes aux ongles soignés, il étourdissait Amélie et Maria de mille propos plaisants :

« Vous avez encore embelli, madame Aubernat, en mon absence! Moi, je perds mes cheveux, et vous, vous rajeunissez! Et Mlle Aubernat! Un lis! Un lis dans la vallée!... Et M. Aubernat? Parti? Quel dommage! J'espère qu'il ne va pas vous gronder pour tous les achats que vous allez me faire... »

Cette fois-ci, en plus de la mercerie et de la quincaillerie courantes, M. Dubech apportait dans ses valises une collection de sujets en porcelaine, qu'il dégagea de leur manteau de paille et disposa sur le comptoir. Entre les piles de casseroles, apparurent des marquises aux robes roses comme l'aurore, des danseuses levant un petit pied pointu sous un flot de dentelles de sucre, des bergères graciles, respirant un bouquet de fleurs, tandis qu'un pâtre au tricorne bleu et aux sabots dorés jouait à leur intention sur un pipeau de dimensions modestes.

« Nos dernières productions, dit M. Dubech avec un orgueil qui lui gonflait le cou et faisait jaillir ses petits yeux de pie. Toute la grâce du XVIIIe siècle pour un prix modique! Nous sommes déjà accablés de commandes. Je vous conseille de retenir quelques sujets que nous vous livrerons, sans faute, pour les fêtes de fin d'année. Peut-on rêver plus gracieuses étrennes?

— Nos clients, dit Maria, recherchent surtout les étrennes utiles. Nous sommes un pays pauvre, monsieur.

— La pauvreté n'est pas l'ennemie du rêve. Le pain se digère, la statuette reste. A Tulle, j'en ai placé vingt-cinq pièces, d'un seul coup!... »

Amélie eût volontiers insisté pour que sa mère commandât quatre ou cinq groupes de porcelaine, et notamment celui qui représentait la marquise avec un lévrier couché à ses pieds et un négrillon penché sur son épaule. Elle voyait dans ces objets inutiles les messagers d'une vie de luxe et d'oisiveté, qui lui paraissait enviable. Placés sur une table ou sur une commode, ils devaient distiller de la poésie dans toute la maison. Mais Maria s'obstinait à prétendre que les habitants de la Chapelle-au-Bois n'étaient pas préparés à certains raffinements artistiques. Malgré les supplications de sa fille et les arguments du voyageur de commerce, elle refusa de donner asile dans sa boutique au peuple aimable des bergers, des marquises, des danseuses et des négrillons galants. En revanche, elle commanda de robustes soupières, des assiettes à rébus et des cafetières de toutes dimensions. Puis, comme M. Dubech, ayant noté ses instructions, s'apprêtait à prendre congé, elle lui fit servir un gobelet de marc par Amélie. Pendant qu'il buvait son alcool, à petites gorgées gourmandes, Maria énumérait les diverses commissions dont il devait se charger pour elle. Écrivant peu, elle utilisait volontiers ce moyen pour donner des nouvelles à sa famille et à ses relations. Sa sœur aînée, Clotilde, était institutrice à la Jeyzelou. Son autre sœur, Hermance, avait une quincaillerie à Brive. Sa cousine tenait une petite épicerie à Treignac. Toutes se trouvaient sur l'itinéraire du voyageur de commerce :

« Vous direz à ma sœur Clotilde Chazal que nous sommes tous en bonne santé et que nous nous languissons de ne pas la voir... à Hermance, que j'ai toujours son grand châle vert, et que, si elle le veut, elle doit m'écrire... »

Après le départ du voyageur de commerce, Maria se tint

longtemps sur le pas de la porte, les bras pendants. Enfin, elle soupira :

« Ton père doit être arrivé, maintenant. Peut-être même est-il déjà en train de faucher le pré?... »

Une toux rauque la plia en deux.

« Qu'as-tu, maman? demanda Amélie.

— Ce n'est rien. Mon restant de grippe. Tu devrais te mettre dehors pour griller le café. J'en ai promis du frais, pour demain, à toutes les clientes. »

Amélie aimait bien cette occupation. Il y avait deux autres épiceries à la Chapelle-au-Bois, mais, pour le café, tout le monde convenait que celui de la maison Aubernat était incomparable. La jeune fille installa le brûloir dans la rue, devant le magasin. Assise sur une banquette, elle tournait le manche de la sphère métallique, chargée de café vert. Les grains, en roulant à l'intérieur de leur prison de tôle, produisaient un bruit léger de grêlons rabattus sur un toit. La braise du réchaud faisait rendre au mélange un parfum léger et encore indéfinissable.

Jeanne Lamarsaude et Françoise Roubaudy, qui avaient été en classe avec Amélie, passèrent devant elle en se tenant par la taille :

« Ça va, Amélie?

— Ça va.

— Il sent bon, ton café!

— Pas encore, il grille à peine. »

Connaissant toutes les jeunes filles de la Chapelle-au-Bois, elle n'était vraiment liée avec aucune. Sa sauvagerie naturelle décourageait les confidences. La seule amie qu'elle eût gardée de son passage à l'école était Marthe Tabaraud, la fille du médecin. Mais, l'année dernière, le docteur Tabaraud s'était installé avec sa famille à Limoges, où il avait repris le cabinet médical de son beau-père, trop âgé pour exercer lui-même. Les deux jeunes filles s'écrivaient souvent. Cette correspondance était un grand souci pour Amélie. Elle voulait que chacune de ses lettres fût sincère dans le fond et élégante dans la forme. Marthe Tabaraud se pliait à la même consigne. « Voici dix jours que je n'ai rien reçu d'elle. Sans doute est-elle très occupée. Les visites avec sa mère, les sorties en ville, les spectacles... » Elle soupira en songeant au tourbillon des cités heureuses. Une odeur âcre et chaude se développait dans l'air. Amélie ouvrit le brûloir, vida les grains torréfiés sur un papier journal étalé à ses pieds et rechargea la machine avec trois sortes de café vert. Deux petites vieilles en bonnet, assises sur le pas de leur porte, ravaudaient des bas. De temps en temps, une cliente entrait dans le magasin. Amélie entendait la voix de sa mère, le choc des poids sur la balance, le froissement d'un papier d'emballage. Une femme appela son fils, à grands cris : « Julien, reviens immédiatement! Reviens ou je le dis à ton père! » Des chiens traversèrent la place, poursuivant une chienne rousse au poil hérissé. Le coq de Barbezac picorait la poussière autour des bouses. Petit, robuste, le plumage gris et bleu, il avait un cou dénudé, car son maître, grand amateur de truites, lui arrachait des plumes pour pêcher à la mouche artificielle. Des poules caquetèrent. Une vache meugla.

Tout à coup, Amélie releva la tête. Antoinette Eyrolles se tenait devant elle, les mains sur les hanches, le ventre en avant :

« Toi, quand tu grilles le café, on peut dire que tu ne vois personne! »

Amélie se poussa un peu pour permettre à la jeune fille de s'asseoir à côté d'elle sur la banquette. La robe bleue d'Antoinette était froissée aux genoux. Des herbes sèches pendaient dans sa chevelure.

« D'où viens-tu? demanda Amélie.

— J'étais à la rivière, près des gros cailloux.

— Toute seule?

— Presque. »

Sur les joues rondes d'Antoinette, deux fossettes se sèrent, annonçant le rire. Elle avança le nez comm toucher le nez d'Amélie, et répéta dans un souffle cha

« Presque!

— Avec qui étais-tu? demanda Amélie.

— Devine.

— Avec Maurice Grignoux?

— Il y a longtemps que c'est fini!

— Avec le fils Marchelat? »

Antoinette secoua la tête, comme prise par un frisson de dégoût.

« Avec Antonin Ferrière, dit-elle. On est cousins. C'est permis? Tu as vu sa bicyclette? Il m'apprend à monter dessus. Veux-tu que je te raconte?

— Non », dit Amélie.

Son regard glissa vers le cou d'Antoinette, dont la chair fraîche et grasse luisait au-dessus d'une collerette en piqué blanc. Toujours, en face d'elle, Amélie était partagée entre la répugnance et la curiosité. Elle se sentait hostile, physiquement, à cette fille potelée, animale et vulgaire, mais, en même temps, elle subissait l'attirance d'un caractère si différent du sien.

« Bon, bon, je ne te parlerai plus de moi, dit Antoinette. On a d'autres sujets de conversation, tout de même! Sais-tu que mon frère te trouve bien à son goût? »

Un sursaut de colère ébranla Amélie jusqu'aux mâchoires. Comment Jean Eyrolles osait-il porter un jugement aussi cavalier sur son compte?

« Je me moque de l'appréciation de ton frère! » répondit-lle.

us le coup de la surprise, elle s'était arrêtée, pendant s secondes, de tourner la boule du brûloir.

s folle! murmura Antoinette. Il ne te fait pas tort en e tu es jolie et que tu danses bien!

e suis pas jolie et je ne danse pas bien.

raît que si. »

n eau, la main d'Amélie appuya sur le manche, et les fé reprirent leur ronde crépitante dans la boîte de

« donc demande rien, à ton frère, dit-elle. Qu'il reste e!

— l'autre s bien contente qu'il n'y soit pas resté, à sa place, Cette n eixou! »

d'Amélie. e inattendue jeta le trouble dans le cœur

« C'est possible, dit-elle d'une voix assourdie. J'avais envie de danser. Vas-tu me le faire regretter maintenant ? »

Déjà, elle se reprochait sa brusquerie, qui pouvait laisser croire à une mésentente sentimentale. C'était absurde ! Son bras, toujours en mouvement, s'engourdissait entre le coude et l'épaule.

« Quelle drôle de bête tu fais ! soupira Antoinette. Une autre, à ta place, serait fière. Tu ne veux pas le revoir ?

— Non.

— Il ne te plaît pas ?

— Je ne me le suis même pas demandé.

— Il est gentil, tu sais ? Raisonnable et travailleur. Pas du tout le genre d'Antonin. Un jour, si tu es d'accord, nous lui rendrons visite à la scierie.

— Pour quoi faire ?

— On bavardera. On se promènera le long de la rivière. En amis, tu comprends ?... »

Il y eut une pause, durant laquelle Amélie écouta le bruissement continu du brûloir. Dans ce globe de tôle, mille petites voix chuchotaient quelque chose d'incompréhensible. A présent, l'odeur du café torréfié donnait le vertige. Les maisons d'en face vibraient, se déformaient, sous un voile de vapeur ténue. Les chiens repassèrent, courant toujours derrière la même chienne rousse, qui tirait la langue.

« Je vais te laisser, dit Antoinette. Aujourd'hui, c'est moi qui fais la cuisine. Il faut que je rentre. Que dois-je dire à mon frère ?

— Rien », répondit Amélie.

Elle reçut sans déplaisir les deux baisers qu'Antoinette déposa sur ses joues et la regarda s'éloigner d'une démarche légère dans la lumière cendreuse du soir.

Le souper réunit autour de la table une famille plus éprouvée encore qu'à midi par l'absence du père. Maria ne parlait pas et regardait souvent la chaise de son mari. A deux reprises, elle fut saisie par une quinte de toux et dut porter le mouchoir à ses lèvres. Denis, recru de fatigue, somnolait en mâchant sa nourriture. Amélie avait un poids sur le cœur. L'odeur forte du café lui avait coupé l'appétit. A moins que ce ne fût sa conversation avec Antoinette. On monta se coucher sitôt que la vaisselle fut lavée. La chambre qu'Amélie occupait au premier étage, entre celle de ses parents et celle de son frère, était petite et sobrement meublée : un lit décoré de cretonne à fleurs, une table, une chaise, un pot à eau, une armoire à glace et une étagère supportant une dizaine de livres : *Notre-Dame de Paris, les Misérables, Mon frère Yves, les Lettres de mon moulin*... Tous ces ouvrages étaient des cadeaux de sa tante Clotilde Chazal, l'institutrice. Le prestige de cette tante lointaine rayonnait sur toute la famille. Il ne pouvait y avoir de bonne éducation que dirigée par elle. Après qu'Amélie eut obtenu son certificat d'études, Maria l'avait envoyée compléter son instruction à l'école de la Jeyzelou. Pendant un an, elle avait vécu avec ce ménage d'instituteurs proprets, maniaques et diserts. Ils avaient une fille, Thérèse, qui, elle aussi, se destinait à l'enseignement. Maintenant encore, c'était en pensant à l'irréprochable Clotilde Chazal qu'Amélie et sa mère s'efforçaient de parler et d'écrire correctement dans un pays où la plupart des gens ne surveillaient pas leur langage. Peut-être même, par réaction contre la rusticité de leur entourage, versaient-elles, parfois, dans le défaut d'un raffinement excessif. Amélie évoqua le souvenir de la tante Clotilde, avec son col baleiné, son lorgnon et ses doigts poudrés de craie blanche. Cette femme savait tout, se levait à l'aube, et n'était jamais malade. « Si maman n'avait pas eu besoin de moi pour le ménage et le magasin, peut-être aurais-je continué mes études? Mais, devenue institutrice, j'aurais dû, sans doute, quitter la maison, vivre loin de mes parents. Ah! pour rien au monde! » Elle sourit à cette crainte vaine et posa la lampe à pétrole sur le bord de la table.

La touffeur du jour restait prisonnière de ces murs bas, tapissés d'un papier jaune à losanges mauves. Les volets étaient clos sur le silence nocturne de la rue. Nulle part Amélie ne se sentait aussi consciente d'elle-même, de son volume, de sa vie, que dans ce réduit où chaque objet était à son service. « Dommage que je n'aie pas ici une statuette sur un guéridon! » Elle bâilla, frotta ses yeux avec ses mains et commença à dégrafer sa robe, qui se fermait par une ligne de crochets dans le dos. Mais, soudain, elle suspendit son geste et ramena ses bras en avant, comme étonnée par une présence étrangère dans la pièce. La glace de l'armoire lui renvoyait une image d'elle-même, qui, par un singulier effet d'optique, lui paraissait familière dans les détails et neuve dans l'ensemble. Avait-elle changé en quelques heures? Ou ne s'était-elle jamais encore regardée dans un miroir avec toute l'attention nécessaire? Devant elle se dressait une jeune fille grande et mince, serrée dans une robe de drap gris souris, avec trois rangs de ganses noires disposés autour du col et des manchettes. Sa poitrine se devinait à peine sous l'étoffe tendue. Les bandeaux de ses cheveux, légèrement renflés sur les oreilles, luisaient d'un éclat brun et bleu. Une courte natte, repliée et épinglée en épaisseur, retombait sur sa nuque. Sa mère lui interdisait encore de porter le chignon. Amélie s'était habillée et coiffée de la même façon pour aller au Veixou. Jean Eyrolles l'avait vue ainsi. « Est-ce bien moi, se dit-elle, moi telle que j'apparais aux autres? C'est vrai que je suis jolie! » Comment ne s'en était-elle pas avisée plus tôt. Elle apprenait à se connaître. Soulevant la lampe, elle fit un pas en avant pour se voir de plus près. Son visage, éclairé par la petite flamme jaune, lui sembla taillé dans une matière qui avait la pâleur et le poli de la cire. Une ombre soulignait la courbe creuse de la joue et descendait jusqu'au menton, marqué en son milieu par une fine dépression verticale. Son nez était droit, un peu masculin, avec des narines légères. La bouche charnue et souple demandait à sourire. Sous les sourcils noirs, nettement arqués, les yeux avaient la couleur et la profondeur de la nuit. Mais, quand on les observait longtemps, on discernait des rayons verts et dorés qui convergeaient des bords de l'iris vers le centre de la pupille. Les paroles d'Antoinette lui revinrent en mémoire : « Mon frère te trouve bien à son goût. » Pourquoi s'était-elle fâchée? Douée d'un extérieur agréable, ne fallait-il pas qu'elle s'habituât à recevoir de pareils hommages? Elle tourna le dos à la glace, comme pour se séparer d'un témoin gênant. Certes, il lui était doux de convenir qu'elle avait du charme, mais elle n'éprouvait nul besoin d'user de cet avantage dans ses rapports avec les jeunes gens. Puisqu'ils ne l'intéressaient pas, pourquoi se fût-elle souciée de leur plaire? Elle n'était pas une Antoinette Eyrolles, toujours à la recherche d'un nouveau soupirant. Son existence, à elle, était heureusement et honnêtement remplie. Elle ne manquait de rien. Elle avait un homme à aimer : son père. A lui seul, il valait tous ceux de la Chapelle-au-Bois. Elle songea à lui avec ferveur, avec reconnaissance. Ce soir, un secret les liait l'un à l'autre. Elle était sa complice. Une toux sèche résonna derrière la cloison. « Maman tousse trop. Nous devrions consulter le docteur. J'en parlerai au retour de papa. Demain, il y aura grosse vente au magasin, à cause du café grillé. Ne pas oublier d'obliger Denis à faire ses devoirs de vacances. » La toux se tut. Un tiroir claqua. Des ressorts grincèrent. « Maman s'est couchée. Seule dans le grand lit. Sans mon père. Comme elle doit être malheureuse! Mais que se passe-t-il quand ils sont à deux? » Elle imagina son père baisant sa mère sur la bouche, comme font les fiancés que l'on surprend dans les foins. « Non! Pas eux! Pas à leur âge! Pas dans la maison où vivent leurs enfants! » De grands battements de cœur secouaient sa poitrine. Elle souffla dans le manchon de verre pour éteindre la lampe et ouvrit les volets. La rue était vide. Le clair de lune brillait sur les toits. Un chat miaulait. La rumeur très lointaine d'un train rampait comme une chenille à travers la campagne. Amélie recula dans l'ombre, se déshabilla, se lava à tâtons et se glissa dans son lit.

Au milieu de la nuit, un bruit de roulement l'éveilla en sursaut. Le vacarme se rapprochait de la maison. On eût dit un tombereau qui dévalait une pente raide. D'un bond, Amélie fut sur ses jambes. Comme elle sortait en courant de sa chambre, la porte de sa mère s'ouvrit, lancée contre le mur. Elles se retrouvèrent, en chemise, dans le corridor. Maria tenait une lampe à la main. Sous le bonnet de nuit en dentelle, son visage avait une expression ahurie et joyeuse.

« C'est papa! Papa qui rentre! cria Amélie.

— Je ne dormais pas! dit Maria. Je l'ai entendu de loin! En pleine nuit sur les routes! Il est fou! Pourvu qu'il ne lui soit pas arrivé quelque malheur!

— S'il revient, c'est qu'il ne lui est rien arrivé du tout!

— Tu as raison... Je ne sais pas... Il faut descendre... »

Elles entrèrent dans la cuisine au moment où la carriole s'arrêtait devant la maison.

Maria souleva le loquet de la porte, franchit le seuil, poussa une exclamation et tomba dans les bras de son mari. Il la ramena dans la pièce éclairée. Elle répétait : « Jérôme! Jérôme! » et lui palpait les épaules, les mains, comme pour s'assurer qu'il était bien vivant.

« Eh! oui, c'est moi, dit-il en la forçant à s'asseoir sur une chaise. Vous ne vous attendiez pas à me voir, hein? »

La moustache et les joues salies de poussière grise, les cheveux en désordre, le veston fripé, il riait, tel un enfant qui a réussi une farce. Denis, éveillé à son tour, était, lui aussi, descendu dans la cuisine; il regardait ses parents sans bien comprendre leur joie. Amélie tenait la main de son père. Maria s'essuyait les yeux avec le revers du poignet :

« As-tu mangé au moins? N'es-tu pas trop fatigué? Veux-tu un verre de vin? A quelle heure es-tu parti? »

Accablé de questions, Jérôme répondait à contretemps et coupait ses explications par des grimaces énigmatiques à l'intention de sa fille.

Revenue enfin de sa stupeur, Maria respira profondément et demanda d'une voix plus tranquille, presque sévère :

« Pourquoi as-tu fait ça, Jérôme?

— Pour la surprise.

— Tu savais, en quittant la maison, que tu rentrerais cette nuit?

— Non, mais, là-haut, une fois le travail fait, la nuit venue, la soupe avalée, je n'ai plus pu tenir.

— Ah! oui? » dit Maria, avec une feinte indifférence.

Amélie devina que, pour des raisons inexplicables, sa mère ne voulait rien laisser paraître du plaisir que lui causait cette preuve d'attachement.

« Oui, dit Jérôme, les Espalioux m'avaient préparé un lit dans la cuisine. Et moi, je regardais ce lit et je songeais au nôtre. Ça ne me vaut rien d'être séparé de toi. Je languis, je deviens bête. Alors, tout à coup, j'ai décidé de partir...

— Et la route est si mauvaise! dit Maria.

— Il y avait clair de lune, heureusement. La jument a bien marché. Et, comme je pensais à vous tous, je ne me suis pas ennuyé en chemin.

— Tout de même, murmura Maria, tu n'aurais pas dû... »

Mais elle manquait de conviction. Tout à coup, elle parut gênée d'être vue en chemise de nuit par toute sa famille. Sa petite main faible et sèche tourmentait le bord coulissé du col, d'où l'étoffe blanche tombait en larges plis sur son corps.

« Non, tu n'aurais pas dû, reprit-elle. Ce n'est pas prudent.

— On ne pense point tant à être prudent quand on a une bonne nouvelle à annoncer, dit Jérôme.

— Une bonne nouvelle?

— J'ai vendu la faucheuse. »

Un cri de joie lui répondit. Amélie lui entourait le cou de ses deux bras. Denis, enfin tiré de sa somnolence, le bourrait de coups de poing affectueux. Maria dit avec majesté :

« Calmez-vous, les enfants. C'est bien, Jérôme. Je suis contente. Raconte-nous comment cela s'est passé.

— Il faut d'abord que j'aille dételer la jument. »

Quand il revint de l'écurie, Maria avait servi du saucisson et de la caillade sur la table. Toute la famille participa à ce médianoche. Jérôme parlait, la bouche pleine :

« Eh bien, voilà! Au début, cela se présentait très mal... Coupe-moi du pain, Amélie... La mère Espalioux ne voulait rien entendre : « On l'a toujours fait sans faucheuse. On ne va pas commencer maintenant. *Et si quelo mecaniquo se detraquo?* » Quand je leur ai fauché leur pré, Espalioux a dit à sa femme : « Tu as vu? » « J'ai vu la faucheuse. Mais tu ne m'empêcheras pas de voir aussi le prix... *Lai be vido quelo faucheuzo. Mai ei be vi lou prix tabé!* »

Il les imitait, dans leurs intonations et leurs mimiques. Amélie et Denis exultaient. Maria, qui jugeait que le rire était une manifestation indécente, serrait les lèvres et poussait, de temps à autre, un petit gloussement scandalisé.

« Au souper, rien n'était décidé encore, reprit Jérôme. Tu sais que la mère Espalioux est célèbre pour son avarice. « Donne-nous de ton fromage », disait le père Espalioux. « Est-ce qu'il me donne sa faucheuse, lui? » répondait-elle. J'ai fini par dire que je n'aimais pas leur fromage, que j'avais assez mangé et que j'allais partir de nuit. Alors, ils sont passés dans leur chambre pour discuter une dernière fois. J'ai entendu des cris, un bruit de claques...

— Jérôme! s'écria Maria.

— Quand ils sont revenus, la mère Espalioux avait les yeux rouges, le bonnet de travers et le nez humide. Son mari lui a lancé un regard de maître et m'a demandé la fiche de commande. Il a signé et versé 150 francs d'acompte. Le reste en cinq mois. Après, nous avons bu un verre de vin. Je les ai remerciés. Je leur ai laissé la faucheuse. Et j'ai attelé la jument... »

Il s'était renversé sur le dossier de sa chaise, les bras pendants, comme un lutteur après l'effort.

« Et ici, demanda-t-il, le temps ne vous a pas trop duré?

— Ma foi non, dit Maria. Nous avons eu beaucoup à faire. M. Dubech est venu. Je lui ai passé une commande. Amélie a grillé le café... »

La jeune fille regarda sa mère avec étonnement. Pourquoi cachait-elle à son mari l'impatience, la confusion qu'elle avait éprouvées après son départ? Craignait-elle de le rendre trop sûr de lui, en lui révélant à quel point elle avait souffert pendant son absence?

« Très bien, très bien, marmonnait Jérôme.

— Moi, je me suis beaucoup ennuyée de toi », dit Amélie, comme pour prendre position vis-à-vis de sa mère.

Mais Jérôme n'entendit même pas sa réplique. Les yeux à demi clos, il avait déjà la respiration du sommeil.

« Au lit tout le monde », dit Maria.

Elle prit la lampe en main, et, d'un pas ferme, se dirigea vers la porte. Jérôme la suivit en traînant les semelles. Amélie venait derrière. Denis fermait le cortège. Ce fut dans cet ordre qu'ils gravirent l'escalier. Leurs quatre ombres se découpaient, mouvantes et trapues, sur le mur blanchi à la chaux. La lumière montait par degrés vers le plafond. Les marches criaient sous le poids des corps. On se souhaita bonne nuit sur le palier.

5

C'ÉTAIT une lettre de Marthe Tabaraud! Amélie se réfugia dans sa chambre pour la lire. De l'enveloppe déchirée s'échappa une petite rose sèche aux pétales écrasés. Le papier était de teinte mauve avec des initiales gravées dans le coin. Quatre pages seulement. L'écriture large et décousue piquait du nez au bout de chaque ligne.

Ma chère Amélie,

Ta dernière lettre m'a remis en mémoire nos délicieuses conversations de jadis, quand nous nous promenions au bord de la rivière. Toi aussi tu manques à mon âme. Je t'imagine dans le magasin, entre ta mère si douce et ton père si charmant, et je voudrais voler vers vous d'un grand coup d'aile. Certes, je suis flattée d'apprendre que tu ne veux pas te faire de nouvelles amies, mais je te conseille pourtant de ne pas trop t'enfermer dans tes pensées et dans tes travaux. On se durcit le cœur à ne fréquenter personne. J'ai été enchantée par la description que tu m'as faite de cette soirée féerique au Veixou. Mais tu ne me dis pas avec qui tu as dansé. Ni quelle robe tu portais pour la circonstance. La bleue à col rabattu, ou la grise que j'aime tant? Aurais-tu des secrets pour moi, vilaine? Même sans t'avoir vue, je sais que tu devais être très belle et que tous les regards se tournaient vers toi. Pour ma part, je ne te cacherai pas que j'ai eu, moi aussi, l'occasion d'une grande réjouissance. Nous sommes allés au théâtre. On jouait Chatterton, *une pièce d'Alfred de Vigny, que tu aurais aimée, car elle est très poétique et très noble. Les acteurs venaient de Paris. J'avais mis cette robe rose à entre-deux de dentelle dont je t'ai parlé dans ma dernière missive. A l'entracte, dans le foyer du théâtre, nous avons été présentés à un conseiller municipal, très important, qui sera peut-être un jour député. Il a un fils, qui prépare l'école des Arts et Métiers pour devenir ingénieur. Ses yeux sont noirs. Il a une petite moustache. Et il est un peu plus grand que moi. Nous avons longtemps parlé de choses et d'autres. Il fumait une cigarette. Maman m'avait prêté son éventail. Je crois que nous nous reverrons. Mais assez sur ce sujet, qui, je le crains, ne t'intéresse guère. Mon cœur est toujours au repos. Je n'aime que toi et je m'en trouve bien. Quand nous reverrons-nous? Comme la vie est cruelle de nous séparer ainsi! Je joins à cette lettre une fleur que je portais à mon corsage, l'autre soir, au théâtre. Qu'elle te dise dans son langage silencieux toute la tendresse de celle qui te l'envoie et qui signe*

MARTHE.

Amélie, qui avait parcouru la lettre d'une traite, la relut, sans hâte, en s'arrêtant aux passages importants. Émue par l'affection dont témoignaient certaines phrases du texte, elle essayait de se figurer le monde où vivait son amie, le cabinet médical, avec des clients distingués assis dans des sièges en tapisserie, le docteur, somme de science froide derrière sa barbe et ses lunettes à monture d'or, les visites des dames dans les grandes maisons de la ville où l'on buvait du thé en parlant de musique et de préséances, le théâtre flamboyant de lumières, de marbres et de velours, et un cercle de fils de famille à petite moustache devisant avec une robe rose à entre-deux de dentelle, qu'animait le jeu d'un éventail mutin. Longtemps, l'esprit de la jeune fille s'amusa de cette vision supraterrestre. Puis, comme si elle eût épuisé toutes les ressources de la contemplation intérieure, elle prit une plume, du papier et commença à écrire :

Ma lointaine et douce compagne,

Pourquoi t'imagines-tu que je me désintéresse de ta rencontre avec le fils de ce brillant conseiller municipal? Tout ce qui te touche est émouvant pour moi. Mais, je t'en prie, ne te laisse pas prendre aux fausses séductions du premier garçon venu. Il ne suffit pas qu'il ait de bonnes manières pour mériter un trésor tel que toi. De toute façon, tiens-moi au courant du développement de cette aventure. En ce qui me concerne, je te dirai que...

Elle s'arrêta d'écrire pour chercher la suite de sa phrase. Qu'allait-elle offrir en échange des merveilleuses confidences qu'elle avait reçues? Marthe Tabaraud pouvait-elle s'intéresser encore à la torréfaction du café, à la vente d'une faucheuse, ou à la visite d'un voyageur de commerce? Non, ces événements, qui suffisaient à meubler l'existence d'Amélie, n'étaient pas dignes d'être relatés à une jeune fille habitant Limoges et fréquentant les théâtres. Il fallait trouver autre chose. Comme perdue dans un désert, Amélie promenait ses regards sur toute l'étendue de sa vie, sans découvrir à l'horizon le moindre relief qui valût la peine d'être signalé. Et, pourtant, elle était heureuse. Elle ne se plaignait pas. Elle n'eût pas accepté de troquer son destin contre celui de Marthe. Ayant réfléchi un moment, elle continua d'une plume ferme :

... je te dirai que je n'ai pas grand-chose à te dire. Mais n'interprète pas cette déclaration comme un aveu de tristesse. Je ne suis pas de celles, tu le sais, qui ont besoin d'imprévu. Au contraire, il me semble que la seule vie qui me convienne vraiment est celle que je mène entre mes parents chéris. Même les séductions de Limoges (j'y suis allée deux fois avec papa et maman) ne suffiraient pas à me faire changer d'avis. Que veux-tu? c'est mon caractère. La seule chose dont je me plaigne, c'est de ne plus t'avoir auprès de moi! Comment te remplacerais-je? Je n'en ai ni l'envie, ni l'occasion. Tu connais les jeunes filles d'ici. Elles ont des manières qui ne me conviennent pas. Quant aux jeunes gens, ils ne sont ni des paysans, ni des citadins...

Quelqu'un frappa à la porte. D'un geste vif, Amélie cacha la lettre dans le tiroir de sa table :

« Qui est là?

— C'est moi, Antoinette. Puis-je entrer? »

Amélie ne se rappelait plus qu'elle avait fixé rendez-vous à Antoinette, le matin même, pour une promenade du côté de la voie ferrée.

« Entre », dit-elle avec humeur.

Antoinette se glissa dans la chambre, qu'emplit la lumière de ses cheveux blonds :

« Je suis passée par le magasin. Ta mère m'a dit que tu étais montée chez toi. J'ai pensé que tu te préparais...

— Je suis prête, dit Amélie.

— Tu ne t'arranges pas mieux que ça?

— Pourquoi veux-tu que je m'arrange?

— Pour rien. Il est six heures. Dépêche-toi. Il faut que nous partions maintenant, si nous voulons voir le passage du train. »

Pour les jeunes filles de la Chapelle-au-Bois, le passage du train était un divertissement appréciable. Il y avait bien une petite gare à l'entrée du bourg. Mais, de l'avis général, il était plus intéressant d'aller jusqu'à la sortie du nouveau tunnel pour regarder défiler, à vive allure, les wagons venant d'Ussel ou de Limoges. Amélie regrettait un peu de laisser sa lettre inachevée. Pourtant, elle ne pouvait pas renvoyer Antoinette après avoir accepté de sortir avec elle. Ensemble, elles descendirent dans la rue, tournèrent le dos à la rivière, et, au lieu de suivre la grand-route, s'engagèrent dans le chemin sinueux qui s'en éloignait. Des nuées de moustiques vibraient dans la clarté du soleil. Au loin, s'étageaient des coteaux rayés par les bandes vertes, jaunes et brunes des cultures. Amélie ne regardait même plus ce paysage, qui lui était aussi familier que le papier de sa chambre. Elle marchait d'un pas rapide, et sa jupe, en s'évasant par le bas, fouettait les herbes. Inconsciemment, elle avait peur de « manquer le train ». Antoinette lui prit le bras et murmura :

« Je suis contente que tu sois venue!

— Tu t'amuses donc avec moi? dit Amélie. Pourtant, nous ne nous ressemblons guère.

— Justement! C'est ça qui est drôle! Tu m'étonnes et je t'étonne. Si nous étions pareilles, nous finirions par nous ennuyer... »

Le chemin se perdait entre des buissons de genêts sans fleurs. En contrebas, dans une tranchée de cailloutis obscurs, luisaient les traits parallèles des rails. Plus loin, le petit tunnel bossu, coiffé de bruyère, ouvrait sa gueule noire et vomissait devant lui une portée de rubans d'acier. Les fourrés, alentour, étaient habillés de suie. Des brindilles jaunâtres poussaient entre les traverses. Antoinette et Amélie s'installèrent, en retrait du ballast, à la sortie du souterrain. Un halètement secouait le silence de la campagne.

« Il arrive! » dit Antoinette.

Des minutes passèrent. Le grondement approchait. Soudain, Amélie vit la locomotive qui bondissait à l'air libre dans un grand bruit de fer battu et de vapeur contrariée. Une odeur de charbon brûlé piquait la gorge. Le tournoiement des roues donnait le vertige. Derrière les vitres, rêvaient des visages pâles et attentifs. Qui étaient-ils, ces voyageurs? Que pensaient-ils? Où allaient-ils? Leur regard croisait celui des jeunes filles. Un contact, un échange. Le temps d'un éclair, Amélie existait pour ces inconnus comme ils existaient pour elle. Mais la vitesse inexorable déchirait la trame des questions et des réponses. Tous liens rompus, chacun retombait dans sa solitude. Le train emportait au loin sa charge de mystères incommunicables. Et, au bord de la voie, Antoinette disait :

« Voilà, c'est fini. »

Elles restèrent sur place jusqu'au moment où le wagon de queue eut disparu, avalé par un repli du terrain.

« On s'en retourne? demanda Amélie.

— Ma foi, oui. On n'a plus rien à faire ici.

— C'était amusant. Tu as vu cette dame en noir avec un grand chapeau?

— Je suis sûre qu'elle va à un enterrement!

— Et le soldat?

— Un permissionnaire sans doute. Il doit être impatient de rentrer chez lui et de retrouver ses parents, sa fiancée... »

Elles avançaient lentement, bras dessus, bras dessous, dans l'étroit chemin de terre battue, d'où on apercevait déjà les premières maisons du bourg.

« Nous devrions faire le grand tour et rentrer par le bord de la rivière, dit Antoinette. C'est plus joli.

— Si tu veux. »

Un sentier, à peine visible, les entraîna dans un petit bois de chênes aux branches basses. Entre les troncs se devinaient de grands espaces usés jusqu'à l'os, des plates-formes de rocaille blême et sèche. De détour en détour, d'étage en étage, les arbres devenaient plus rares. La crête surgit, nue et rousse, avec une cabane au sommet. Sur le versant opposé, la piste plongeait en zigzag, à travers un pays de sapins grêles. Leurs fûts étaient gainés de lichens. Des barbes de mousse grise descendaient du ciel. Çà et là, un moignon de bois rougeâtre et rongé sortait de la terre semée d'aiguilles. La rivière s'annonça enfin par son murmure coléreux et son odeur limoneuse.

« Ouf! dit Antoinette. Je n'en peux plus. Reposons-nous. »

Elle se laissa tomber sur une grosse pierre qui surplombait le courant et déboutonna le haut de ses bottines. Amélie s'assit dans l'herbe. La fraîcheur de l'eau lui baignait le visage. Elle suivait des yeux les reflets argentés qui se rétractaient et s'étiraient dans les vagues.

« J'aime bien ce coin, dit-elle.

— C'est encore plus beau du côté de la scierie, répliqua Antoinette. Là-bas, l'eau est toute furieuse. Un vrai torrent! »

Elle se massait les chevilles avec ses deux mains. Soudain, elle leva la tête et dit d'une voix enjouée :

« Tiens, voilà mon frère qui revient de l'atelier... »

Dressée d'un bond, Amélie défripa sa jupe et jeta un regard dans la direction que lui indiquait Antoinette. En effet, suivant la courbe de la berge, une haute silhouette s'avançait lentement vers les jeunes filles.

« Pourquoi m'as-tu amenée ici? s'écria Amélie. Tu savais qu'il viendrait! Tu l'avais prévenu!

— Jamais de la vie! D'habitude, à cette heure-ci, il travaille encore!

— Tu mens!

— Ne me crois pas si cela t'arrange. Moi, je t'explique ce qui est. Dirait-on pas que je t'ai attirée dans un guet-apens? Si cela te déplaît de le rencontrer, va-t'en!

— Eh bien, c'est cela, dit Amélie, je vais partir... »

Pourtant, elle ne bougeait pas, affaiblie et désorientée par sa propre colère. En vérité, elle souffrait surtout d'avoir été si aisément bernée. Sa vanité se refusait à admettre qu'Antoinette eût disposé d'elle à son insu. Mais ne se couvrirait-elle pas de ridicule en ramassant ses jupes pour fuir à l'approche de Jean Eyrolles? Il était trop tard à présent pour esquiver la rencontre. Elle devait jouer le jeu que lui imposait ce couple de tricheurs. Tête haute, des paroles de mépris aux lèvres, elle attendait le moment où Jean Eyrolles serait à portée de sa voix. Sans doute s'était-il lavé à la fontaine, car il avait un visage propre, aux oreilles rouges bien frottées. Une étrange casquette, à petits carreaux verts et bruns et à visière déviée, le coiffait jusqu'à mi-front. Son veston le serrait aux épaules. Les manches trop courtes découvraient ses poignets osseux et tannés. Une cravate en cordonnet de soie était nouée sous son menton. « Il s'est habillé pour moi », se dit Amélie. Cette pensée l'étonna et elle dut faire un effort pour la chasser de son esprit. Ce fut à ce moment-là que Jean Eyrolles lui tendit la main. Mais il lui tendait la main gauche. La main droite, entourée d'un linge souillé, pendait sur sa hanche.

« Tu t'es blessé? » demanda Antoinette.

Cette seule phrase jeta le désordre dans les intentions d'Amélie. Les événements se déroulaient à l'encontre de ce qu'elle avait prévu. Machinalement, elle toucha du bout des doigts la main valide qui se présentait à elle.

« Rien de grave, dit Jean Eyrolles. Une entaille. C'est arrivé bêtement. J'affûtais une scie au touret. Un moment de distraction. J'aurais pu y laisser le pouce...

— Tu es tout pâle! s'écria Antoinette. N'est-ce pas, Amélie? »

Amélie, malgré son dépit, fut obligée de convenir que Jean Eyrolles n'avait pas bonne mine.

« Il faut vite rentrer à la maison, reprit Antoinette. Nous allons te reconduire. Tu as perdu beaucoup de sang?

— Laisse donc, dit Jean Eyrolles en écartant sa sœur qui voulait lui prendre le bras. Dans notre métier, s'il fallait s'inquiéter de la moindre écorchure, on travaillerait un jour sur deux. »

Et, se tournant vers Amélie, il ajouta :

« C'est gentil d'être venue jusqu'ici. On s'était perdu de vue depuis le Veixou. »

Amélie ne répondit pas. Elle considérait avec fixité la main bandée. On lui avait changé son principal adversaire. Au lieu d'un garçon arrogant, elle devait affronter un blessé, au front pâle et au regard sérieux. Les reproches qu'elle avait préparés fondaient dans sa bouche.

« Comment veux-tu qu'on ne la perde pas de vue, celle-là? dit Antoinette. Au magasin avec ses parents, du matin au soir! Ce n'est pas une existence!

— Je trouve que si », dit Amélie d'une voix sourde.

Elle rougit et se mordit l'intérieur des lèvres, comme pour se punir d'avoir parlé.

« Vous avez raison, reprit Jean Eyrolles. Chacun selon son goût. Pour ma sœur, il n'y a que le bal et la promenade dans la vie. Elle ne comprend pas qu'on puisse aimer son chez-soi. Moi, je comprends.

— Si vous vous entendez tous les deux contre moi!... » dit Antoinette en faisant une mine indignée.

Mais on devinait que son seul désir était de les mettre d'accord au plus vite et qu'elle était même heureuse de faire les premiers frais de la conciliation. Le sentier étant très étroit, elle ralentit le pas pour rester un peu en arrière. Amélie remarqua cette manœuvre, mais n'eut pas le courage de protester. Indépendamment de sa volonté, des images d'accidents horribles traversaient son esprit : la veste happée par une courroie de transmission, un éclat de bois crevant un œil, une scie tranchant un poignet d'où le sang jaillit avec force. Elle demanda d'une voix faible :

« Votre père se trouvait là quand... quand c'est arrivé?

— Oui, dit-il. Mais c'était si peu grave qu'on n'a même pas débrayé. Ma main a glissé. La lame a effleuré la pulpe du pouce. Un morceau large comme un sou, peut-être. On m'a fait un pansement et j'ai continué. Cela vous amuserait de visiter la scierie?

— Je la connais, dit Amélie. Étant petites, nous y allions souvent, Antoinette et moi, en sortant de classe.

— Oui, mais depuis il y a eu du changement!

— De quoi parles-tu? demanda Antoinette. De nous ou de la scierie?

— De la scierie qu'on a agrandie, où on a mis de nouvelles machines... »

Il marqua un temps et dit encore dans un début de sourire :

« Et de vous aussi... »

Son visage long, aux pommettes proéminentes, aux yeux petits et vifs, était disgracieux mais sympathique dans l'ensemble. Marchant à côté de la jeune fille, il gardait ses distances et ne cherchait pas à profiter de la situation. « Il est vraiment mieux que sa sœur », se dit-elle.

« Il faudra venir à la scierie, reprit Jean Eyrolles.

— Vous aimez votre métier? demanda Amélie.

— C'est un bon métier. Il veut du coup d'œil et de la méthode. Et puis, chez nous, on travaille dans du vrai. C'est la forêt qui nous passe entre les mains. Je ne sais pas comment vous expliquer cela... Bien sûr, si j'avais pu choisir, j'aurais peut-être fait autre chose...

— Quoi donc?

— Serrurier... forgeron... comme votre père...

— Ah! oui?... »

Amélie sentit une petite corde qui lâchait dans son cœur.

« C'est moins monotone que le sciage, reprit Jean Eyrolles. On varie la forme, le tour de main. On façonne la matière à son idée. On est un peu artiste, quoi? »

Il parlait lentement, avec réflexion, en cherchant ses mots. Amélie fut sur le point de dire : « Si cela vous intéresse, venez voir travailler mon père : il vous apprendra. » Mais elle se retint, par crainte de paraître trop familière.

« Que fait-il, en ce moment, votre père? demanda Jean Eyrolles.

— Des landiers.

— Il trace le dessin avant?

— Oui, dit-elle avec fierté. Et il n'est jamais allé à l'école.

— Je sais, je sais, murmura Jean Eyrolles. On me l'a dit. C'est un homme comme on en rencontre rarement. Tout le monde l'aime par ici. Tout le monde le respecte... »

A la chaleur de ce langage, l'orgueil filial d'Amélie s'épanouissait voluptueusement. Elle n'eût pas toléré que Jean Eyrolles lui fît des compliments sur elle, mais, puisqu'il rendait hommage à son père, elle était conquise. Elle cueillit une herbe et la glissa entre ses dents. Au bout du sentier, on apercevait le pont. La promenade tirait à sa fin. Jean Eyrolles souriait, sous sa casquette verdâtre, comme si une pensée aimable eût occupé son esprit.

« Quand il était jeune, mon père voulait s'établir à Paris, dit-il. Et il est resté ici, à cause de la scierie. Moi aussi, je rêve d'une autre vie. Et la scierie décidera. On crée des machines. Et on est à leur merci. On se croit le maître des choses. Et les choses nous font la loi.

— Toi, quand tu penses à l'avenir, dit Antoinette, c'est seulement le métier qui te préoccupe.

— Non, dit Jean Eyrolles. Mais, pour le reste, c'est trop profond. Je n'en parle pas. »

La maison des Eyrolles se trouvait de l'autre côté du pont, au-dessus de la rivière. Un petit jardin la bordait sur la rue. Derrière la palissade, il y avait quelques poiriers à l'écorce noire, deux cerisiers rabougris et des plants de légumes aux verdures fades, enchevêtrées.

« Entrez cinq minutes, dit Jean Eyrolles en poussant le portillon. Ma mère sera contente de vous voir.

— Non, dit Amélie. Mes parents doivent m'attendre pour le souper. »

Elle tendit la main. Il lui serra gauchement le bout des doigts, inclina sa haute taille et dit :

« J'espère que vous ne m'en voulez pas pour la promenade!

— Pas du tout », dit-elle.

En entendant ces mots, Antoinette embrassa vivement son amie :

« Je suis si contente! Quelle belle soirée! Tu sais que j'ai eu peur, un moment?

— Peur? De quoi? » demanda Amélie en la foudroyant du regard.

Et elle s'éloigna sans attendre la réponse. Elle marchait vite, en relevant sa jupe sur le côté. Ses yeux aimaient les façades grises, le ciel crépusculaire, les rares visages entrevus aux fenêtres. Elle avait l'impression d'être messagère d'une bonne nouvelle. Toute la substance de son être en était réchauffée. Et, cependant, elle eût été incapable de préciser la raison de sa joie.

Quand elle entra dans la cuisine, sa mère disposait déjà les assiettes sur la table. Un parfum de poireaux venait de la casserole. Les traits de Maria étaient tirés par la fatigue. Ses yeux brillaient dans le creux de ses orbites sombres. Un tremblement agitait ses mains.

« Elle a encore eu ses quintes de toux, dit Jérôme. C'est un malheur que cette grippe ne veuille pas lâcher! Un jour ou l'autre, il faudra bien se décider à appeler le docteur.

— Et il ordonnera des médicaments qui coûtent cher et ne servent à rien! dit Maria. Je sais mieux que lui ce qu'il me faut. Du lait avec du miel dedans. J'en ai bu tout à l'heure et, déjà, je me sens mieux. »

Durant tout le repas, il ne fut question que des malaises de Maria et des ventes qu'elle avait réussies au magasin. Personne ne s'inquiéta de savoir si Amélie était satisfaite de sa promenade. A plusieurs reprises, elle fut tentée d'annoncer qu'elle avait rencontré Jean Eyrolles. Mais, dès qu'elle voulait prononcer ce nom, un accès de timidité lui liait la langue. Elle n'entendait pas ce qu'on disait. Elle ne savait pas ce qu'elle mangeait. Ce fut avec soulagement qu'elle se retrouva seule dans sa chambre.

Après s'être déshabillée et avoir dénoué ses cheveux, elle s'assit, en chemise de nuit, devant sa table, et sortit du tiroir la lettre inachevée. En la relisant, elle s'étonnait de n'en être pas davantage satisfaite. Certaines expressions la choquaient comme venant d'une autre. Ayant réfléchi, elle conclut qu'il s'agissait là d'un brouillon, rectifia quelques adjectifs, et biffa tout le dernier paragraphe relatif à la jeunesse de la Chapelle-au-Bois. Comme chaque fois qu'elle s'adonnait à un exercice de style, l'image de la tante Clotilde, avec son lorgnon et son col baleiné, surgit d'un coin de sa mémoire. Inspirée par ce souvenir, elle resta un instant la plume suspendue. Puis, brusquement, elle se décida :

Tu connais aussi bien que moi les jeunes filles et les jeunes gens d'ici. La plupart ont des manières qui ne me conviennent pas. Ceux qui se détachent de la foule n'en ont que plus de mérite. Tu me demandes le nom du garçon avec qui j'ai dansé au Veixou. C'est Jean Eyrolles, celui de la scierie. Il est rentré du service militaire. Je l'ai revu aujourd'hui, tout à fait par hasard. J'avoue qu'il m'a paru très...

Elle fixa ses yeux sur le mur, comme pour y découvrir la meilleure épithète : « Très sympathique... très charmant... très comme il faut... très bien... » Rien ne lui convenait. En désespoir de cause, elle écrivit : ... *il m'a paru très intéressant...*

Elle voulut ajouter qu'il s'était blessé à la main, qu'il aimait son métier, qu'il avait un veston trop étroit, un regard loyal, une casquette neuve à petits carreaux et une façon de parler qui donnait confiance, mais l'ampleur de cette description l'effraya. Sa pudeur se révoltait à l'idée que Marthe Tabaraud pût voir dans son récit une confidence sentimentale. Toute chaude de honte, elle saisit sa lettre et la déchira en menus morceaux. Ni ce qu'elle avait dit, ni ce qu'elle se préparait à dire ne correspondait à la vérité. Plus tard, demain peut-être, quand elle se serait calmée, elle saurait dépeindre son état d'âme avec précision. Mais, de toute façon, elle ne citerait pas le nom de Jean Eyrolles dans sa correspondance.

Ayant renoncé à sa confession, elle était légère et libre, sûre d'elle-même. Sans plus attendre, elle se coucha et éteignit la lampe. Pendant qu'elle cherchait le sommeil, sous ses paupières closes défilaient de longues théories de wagons, et des voyageurs inconnus lui souriaient au passage.

6

LES fouilles progressaient avec une lenteur décevante. Aux dernières nouvelles, le ministère de l'Instruction publique et des Beaux-Arts envisageait, pour l'année prochaine, une réduction des crédits affectés aux opérations de déblaiement. Sans doute les rapports de l'archéologue de Paris, délégué sur les lieux pour contrôler les résultats obtenus par M. Dupertuis et M. Langlade, avaient-ils démontré que les premiers vestiges dégagés des broussailles ne présentaient qu'un intérêt médiocre. A la Chapelle-au-Bois, bien des gens étaient convaincus que, tôt ou tard, l'administration se désintéresserait complètement de l'affaire et laisserait les ruines à l'abandon. Gagné par l'inquiétude générale, Jérôme décida de monter seul au Veixou, afin de se rendre compte par lui-même du degré d'avancement des travaux. Il ne trouva sur le chantier que trois ouvriers cagnards, creusant une tranchée sous la surveillance de M. Langlade. Pressé de questions, l'agrégé d'histoire finit par avouer que les pouvoirs publics, après avoir encouragé les débuts de son entreprise, lui avaient fait savoir officieusement qu'il ne devait pas espérer recevoir le même appui financier pour la campagne de l'année 1913.

« Ils se figuraient peut-être que j'avais découvert un second Pompéi en Corrèze! grommela-t-il.

— Pourtant, dit Jérôme, ces ruines sont intéressantes!

— Très intéressantes. Mais ces messieurs cherchent l'exceptionnel. Évidemment, il existe de nombreux vestiges comparables à ceux-ci dans le reste de la France. Est-ce une raison pour négliger de les mettre tous en état? On jette l'argent par les fenêtres pour équiper l'armée, et on pousse les hauts cris devant les quelques milliers de francs que nous demandons pour sauver de la destruction les souvenirs de nos ancêtres! C'est un scandale, monsieur Aubernat, un scandale! Mon éminent ami, M. Dupertuis, se trouve d'ailleurs à Paris, en ce moment, pour plaider notre cause. Souhaitons qu'il réussisse. Mais je vous confesse que je n'ai pas grand espoir.

— Si l'État ne nous aide pas, nous continuerons par nos propres moyens! dit Jérôme. Les communes du voisinage donneront l'argent nécessaire. Au besoin, les hommes travailleront pour rien...

— Vous êtes un idéaliste, monsieur Aubernat », dit M. Langlade.

Ses lèvres souriaient, mais, derrière les verres du lorgnon, son regard était triste. Un ouvrier l'interpella pour lui demander des instructions au sujet d'un pan de muraille qu'il fallait consolider avant la venue des premières gelées. Jérôme se dirigea seul vers son champ et s'arrêta à la ligne de bornage, faite de plaques de schiste superposées. Malgré son peu de goût pour les examens de conscience, il était obligé d'admettre que la découverte des ruines du Veixou avait apporté dans sa vie un changement aux conséquences imprévisibles. Certes, il n'avait pas attendu les premiers coups de pioche pour réfléchir au passé de son pays. Mais, avant le début des fouilles, quand il remontait dans le temps par la pensée, c'était pour évoquer ses parents, ses grands-parents qu'il avait connus, son arrière-grand-père, dont il avait entendu parler et qui était mort peu avant sa naissance. Son inspection ne le menait jamais au-delà de cette limite chronologique rassurante. Maintenant, comme si un voile se fût levé devant lui, il plongeait ses regards dans le gouffre des âges anciens. Au lieu de quelques ascendants aux figures familières, c'étaient les représentants de trente, de quarante générations qui se dressaient en désordre à son appel. L'air qu'il respirait se peuplait de fantômes. Il imaginait cette parcelle du monde restaurée dans sa splendeur première, avec ses colonnes blanches, ses étendards, ses chars roulant dans la poussière, ses boutiques ouvertes, ses hommes, ses femmes, ses enfants, dont chacun se croyait irremplaçable. Il se disait que, malgré la différence des habits, du langage, des dogmes et des lois, les gens de cette époque reculée devaient avoir les mêmes passions que ceux qui vivaient aujourd'hui. Allant plus loin dans sa rêverie, il ne doutait pas que, parmi ces lointains ancêtres, il aurait pu trouver quelqu'un qui partageât ses idées, quelqu'un qui lui ressemblât, un autre Jérôme Aubernat, avec une épouse, une fille, un fils, des embarras d'argent, l'amour du travail et le souci de l'honnêteté. Les demeures humaines étant périssables, que resterait-il de la Chapelle-au-Bois dans mille ans, dans deux mille ans? Un amas de pierres mangées par les ronces, le dallage de l'église, une borne enfoncée dans un terrain vague... Peut-être, à l'emplacement de la forge, des savants, creusant le sol, découvriraient-ils quelques débris de fer, une pince rouillée, un bout de chaîne? Mais ils ne sauraient ni le visage ni le nom de celui qui leur avait laissé ce témoignage incomplet de son existence. Ils noteraient dans leur rapport : « Ici vivait un forgeron. »

Il soupira et regarda le ciel, qui, lui, n'avait pas d'âge, pas de souvenirs, pas d'histoire. Les nuages gris qui dérivaient dans l'espace étaient semblables à ceux que des Gaulois, poussant leur charrue primitive, voyaient venir de l'horizon aux approches de l'automne. Rien ne changeait là-haut, cependant qu'ici-bas l'homme s'ingéniait à bouleverser profondément les paysages. En face du sol, où chaque génération imprimait les signes de son orgueil, s'étalait une page vide, qui rappelait aux mortels la vanité de leurs entreprises.

Immobilisé par un hébètement attentif, Jérôme resta quelques minutes debout sur sa terre, le regard ébloui, les cheveux au vent. La pluie n'était pas loin. Les décombres, figés dans un mauvais éclairage, se détachaient en masses grises sur le vert pauvre de la végétation. Le squelette de la cité poussait ses os par les trous d'une défroque d'herbe et de bruyère, usée jusqu'à la trame. Quelques gouttes d'eau cinglèrent cette carcasse de pierre morte. Des tignasses de fougères frémirent en longues ondulations jaunissantes. Jérôme releva son col et descendit vers le temple. Il avait hâte, à présent, de retrouver sa maison, sa femme, ses enfants, sa vie. Sans écouter M. Langlade, qui lui conseillait de laisser passer l'ondée, il remonta dans sa carriole et fouetta son cheval pour s'éloigner au plus vite de ce sanctuaire de silence et de désolation.

La petite pluie s'arrêta, à bout de souffle, après avoir rincé les plus hautes feuilles des chênes. Les toits d'ardoise de la Chapelle-au-Bois étaient lustrés tels des plumages de pigeons. Une écharpe de brume montait de la rivière. Comme la carriole traversait le pont, Jérôme s'entendit héler par une voix impérieuse :

« Eh! Aubernat! Arrête! Arrête donc! Tu es sourd? »

Il tira sur les guides et jeta un regard en arrière. Léon Eyrolles sortait de son jardin :

« Alors, quoi? On ne reconnaît plus les amis? Je reviens de chez toi. Ta femme m'a dit que tu étais monté au Veixou. Quoi de neuf, là-haut?

— Ça n'avance guère, dit Jérôme. Il leur faudrait plus de crédit. Tu voulais me voir?

— Une idée comme ça, oui. »

Jérôme fut intrigué par cette réponse évasive. Léon Eyrolles était de son âge, de sa classe, et, pourtant, les deux hommes ne se rencontraient que très rarement, au hasard des foires, des mariages, des enterrements et des baptêmes. Cela tenait sans doute au fait qu'ils avaient des opinions politiques différentes. Le père d'Antoinette, en tant que patron d'une scierie à grand débit, fréquentait des gens de sa condition et ne cachait pas ses sympathies pour la droite. Jérôme, lui, se disait socialiste, vénérait la haute figure de Jaurès, et lisait à l'occasion de vieux numéros de *L'Humanité,* que son beau-frère lui envoyait de Brive.

« Tu as bien le temps de prendre un verre chez le père Mazalaigue? » reprit Léon Eyrolles.

Ses cheveux étaient poudrés de sciure. Il tenait la jument par la bride.

« Si tu veux », dit Jérôme.

Il fit monter Léon Eyrolles à côté de lui. Le cheval repartit au pas. Jérôme avait le sentiment d'être entraîné dans une aventure. Pourquoi Léon Eyrolles se montrait-il si aimable avec lui? Que devait-il augurer de cette invitation à boire, qui n'était pas dans les façons du personnage?

Le café du père Mazalaigue se trouvait sur le champ de foire. La salle était basse, enfumée, avec une cheminée profonde, et, au plafond, en souvenir des fêtes du 14 Juillet, des guirlandes de papier, déteintes, déchiquetées et salies par les mouches. Tous les bancs étaient vides. Le père Mazalaigue eut un mouvement de surprise en voyant entrer ces deux hommes, qui ne se promenaient jamais ensemble et n'étaient pas des habitués de l'établissement. Aussi dépaysés l'un que l'autre, ils avaient retiré leurs chapeaux et se dandinaient un peu en cherchant du regard une table à leur convenance.

« Mettez-vous près de la fenêtre, dit Mazalaigue. Vous serez bien... »

Pansu, sanguin, le crâne chauve, les joues barrées par une moustache d'un blanc pisseux, il se déplaçait avec peine derrière son comptoir et gémissait :

« Voilà... Je m'en vais vous servir de mon meilleur...

— Tu trinqueras bien avec nous? dit Jérôme.

— Que non!... Je ne bois plus... Un mauvais poids dans la tête... C'est trop dur pour moi, ici... Il faudrait qu'on soit deux... J'ai écrit à mon fils, à Paris, qu'il vienne m'aider un brin... Il ne veut pas... C'est la jeunesse... »

Il posa la bouteille et les verres sur la table et alla s'asseoir au fond de la salle, les cuisses ouvertes, le menton appuyé sur le ventre. Léon Eyrolles mesura d'un regard méfiant la distance qui le séparait du tenancier. Jérôme comprit que son compagnon avait une nouvelle importante à lui apprendre et hésitait à entamer la conversation, par crainte d'être entendu. Enfin, il murmura :

« L'endroit est calme à cette heure.

— Oui, dit Jérôme.

— On ne croirait pas que tant de monde y vient, vers le soir.

— Non. »

Léon Eyrolles leva son verre, trinqua avec Jérôme, but une gorgée et dit encore :

« J'ai préféré qu'on se rencontre ici. A la maison, nous n'aurions pas été à l'aise pour parler.

— Ça dépend de ce que tu as à me dire », répliqua Jérôme.

Instinctivement, il s'était mis sur ses gardes.

« Rien de mauvais, dit Léon Eyrolles. C'est au sujet de nos enfants.

— De nos enfants? » répéta Jérôme.

Il crut, sur le moment, qu'il s'agissait d'Amélie et d'Antoinette. Mais, devant l'expression énigmatique de son interlocuteur, sa conviction changea et il éprouva une faiblesse au creux de la poitrine.

« De quels enfants veux-tu parler au juste? demanda-t-il.

— De ta fille et de mon fils, dit Léon Eyrolles.

— Ah! oui? balbutia Jérôme. Et alors? Qu'est-ce qui te préoccupe?

— Le mien a des intentions.

— Sur qui?

— Sur elle, parbleu!

— Sur Amélie? » s'écria Jérôme.

Jamais encore il n'avait envisagé sérieusement qu'elle pût le quitter pour aller vivre sous un autre toit. Il la connaissait assez bien pour savoir qu'elle n'était pas préparée à devenir une femme. Sa droiture, son innocence, la préservaient contre la tentation commune aux filles de son âge.

« Est-elle au courant? demanda-t-il.

— Non pas, dit Léon Eyrolles. Mon fils m'a parlé avant-hier, puis hier, puis ce matin. Avant de se déclarer, il a voulu que je prenne ton sentiment sur la chose. C'est correct, il me semble.

— Oui, c'est correct, dit Jérôme. Je te remercie. »

La salive séchait dans sa bouche.

« Qu'est-ce que tu en penses? reprit Léon Eyrolles.

— Je pense qu'elle est bien jeune!

— Quand tu as épousé ta femme, elle n'était guère plus vieille.

— C'est vrai.

— Et mon fils, tout de même, n'est pas le premier venu!

— C'est vrai aussi.

— Tu le connais, il est sérieux et capable. N'importe qui le voudrait pour gendre.

— S'il plaît à Amélie, c'est l'essentiel.

— S'il ne lui plaisait pas, elle aurait bien trouvé à le lui faire savoir. J'avoue que, moi, je visais ailleurs.

— Moi, je ne visais pas du tout.

— Ce n'est pas contre Amélie que je dis cela.

— Je le pense bien.

— Nos familles ont beau ne pas se fréquenter, elles s'estiment.

— Chacun ses idées, c'est la loi de la République.

— Ta fille, je ne te cacherai pas que je la trouve bien aimable et que je serai heureux de l'avoir pour bru. Mais, depuis longtemps, je pensais comme ça, dans ma tête, à la fille du minotier de Treignac. Les fortunes, les goûts, tout était en rapport...

— Alors, pourquoi t'avises-tu d'une autre?

— Ce n'est pas moi. C'est lui!

— Il se décide peut-être en l'air...

— Mon garçon n'est pas de ce genre. Quand il veut, il sait pourquoi. J'ai bien essayé de le raisonner. Penses-tu! Amélie! Amélie, ou personne! Voilà sa réponse! »

Déconcerté, Jérôme cherchait en vain à dominer le tumulte de son esprit. Amélie n'ayant pas de dot, il aurait dû se réjouir de la proposition avantageuse qui lui était faite. Mais, tout en reconnaissant que Jean Eyrolles était un parti inespéré pour sa fille, il ne pouvait s'empêcher d'être triste à l'idée qu'elle trouverait ailleurs une existence plus large que celle dont elle avait joui auprès de ses parents. Au plaisir de la savoir promise à un avenir enviable se mêlait pour lui le regret de n'être pour rien dans la construction d'un bonheur qui dépassait ses moyens. Pour la première fois de sa vie, il déplora de n'être pas assez riche pour se permettre de dédaigner les offres des prétendants les mieux nantis de la région. Qu'il le voulût ou non, en face de Léon Eyrolles il prenait figure d'obligé. On lui faisait l'honneur de lui demander la main de son enfant. On était sûr qu'il n'aurait pas le front de repousser une pareille aubaine. On attendait même, de sa part, des paroles de gratitude.

Léon Eyrolles vida son verre, s'essuya la moustache et dit :

« A quand la noce?

— Pas si vite, dit Jérôme. Il faut encore que j'en parle à ma femme. Puis, à ma fille...

— Elles ne vont pas refuser?

— Je ne pense pas... je ne sais pas... c'est à voir...

— En tout cas, dit Léon Eyrolles, j'ai déjà pris mes dispositions pour le futur. Je ne crois pas que tu puisses donner grand-chose à Amélie.

— Non, dit Jérôme. Pas grand-chose.

— Son trousseau, quatre meubles et de la vaisselle?...

— A peu près, oui.

— De mon côté, je leur ferai aménager une maison, près de la scierie. Les murs et le toit y sont. Le plancher aussi. Ce sera simple de les remettre en état. Dans quelques années, je me retire et l'affaire passe à mon fils. Il aura de quoi vivre et faire vivre. En attendant, pour les débuts, je lui donne mille francs. Et sa paye, comme avant, bien entendu. Ça te va?

— Ça me va, dit Jérôme.

— Tu m'excuses de parler de ces choses, mais, quand il s'agit du bonheur des enfants, il faut tout éclairer devant.

— Oui, oui...

— J'attendrai ta réponse demain.

— C'est peut-être un peu tôt.

— Pourquoi?

— Eh! tu connais les femmes. Elles hésitent, elles s'interrogent, elles se conseillent et se déconseillent.

— Alors, après-demain?

— Après-demain, je te le promets. »

Il tendit sa main et Léon Eyrolles y déposa une grosse tape, en signe de conclusion, comme au marché. Puis, n'ayant plus rien à se dire, ils restèrent silencieux, buvant le vin et regardant le monde.

A l'approche du soir, la salle s'emplissait peu à peu de clients, qui parlaient, riaient, fumaient des cigarettes tordues et changeaient de table en transportant leurs verres. Une voix grasse cria :

« Eh! Aubernat! Eh! Eyrolles! Qu'est-ce que vous faites par ici? Serait-ce que vous traitez une affaire? Si elle est bonne, on l'arrose. Si elle est mauvaise, on la noie!... »

Un braconnier, le grand Courtil, sortit de son sac quatre truites, que Léon Eyrolles lui acheta, sans discuter, pour dix sous. Il les avait pêchées, selon son habitude, en plongeant, nu, dans la rivière. Ses mains, fouillant entre les gros cailloux, découvraient le poisson au repos, glissaient imperceptiblement le long de son ventre, et, le saisissant sous les ouïes, le tiraient brusquement hors de l'eau.

« C'est un coup à prendre, disait Courtil en présentant les truites d'argent, couchées sur un lit d'herbe dans sa main. Demain, j'irai à l'aube. J'en aurai davantage. Qui en veut? »

Il recueillit quelques commandes, but un verre et se retira, avec la dignité nonchalante d'un grand seigneur. Le père Mazalaigue alluma un quinquet sur le comptoir. Les visages devinrent verdâtres, avec des écailles noires sous les yeux. Excités par le vin, les consommateurs haussaient le ton, criaient d'une voix enrouée. Jérôme se leva.

« Il faut que je m'en aille, dit-il. On m'attend. »

Léon Eyrolles l'accompagna jusqu'à la porte et lui serra la main en le regardant droit dans les yeux.

Malgré l'impatience qui tiraillait ses nerfs, Jérôme ne laissa rien paraître de son trouble pendant le souper et attendit d'être seul, dans la chambre, avec sa femme, pour lui faire part de la proposition qu'il avait reçue. Contrairement à sa prévision, Maria accueillit ses paroles d'un air attentif et bienveillant. Elle semblait trouver naturel qu'un jeune homme se fût épris de sa fille au point de la demander en mariage. Les références du prétendant ne donnaient-elles pas à sa démarche la valeur d'un hommage sérieux? Quelle que fût la grâce d'Amélie, elle ne pouvait espérer trouver mieux dans le département.

« Tu penses aux avantages, dit Jérôme, et moi je pense aux inconvénients. La scierie, c'est très bien. Et tout le reste. Mais Amélie est une enfant!

— Tu la vois avec des yeux de père. Sais-tu seulement ce

qui se passe dans son cœur, pendant que tu la regardes? Elle le souhaite peut-être autant que lui, ce mariage! Ils se sont mis d'accord avant d'en parler aux parents. »

Cette supposition le dérouta. Il n'avait pas envisagé la possibilité d'une entente préalable entre les jeunes gens. Bien qu'un tel comportement fût de règle chez les amoureux, il ne pouvait consentir à l'idée qu'Amélie lui eût caché ses intentions comme à un étranger. En toute circonstance, elle le consultait avant d'agir, et il lui rendait fidèlement la pareille. Soudain, il se sentit dépouillé de son privilège. Quelqu'un l'avait dépassé dans la confiance de sa fille. Il se tourna vers sa femme. Mais elle avait déjà disparu derrière un grand paravent, tendu de papier marron, qui dissimulait la table de toilette. Par une ancienne habitude de pudeur, elle ne se déshabillait jamais devant son mari. Il entendit le froissement d'une robe jetée sur une chaise. De l'eau coula dans la cuvette.

« De toute façon, Jérôme, nous la laisserons décider seule.

— Bien sûr! »

Il était gêné de parler à sa femme sans pouvoir la regarder à loisir. Marchant en rond dans la chambre, il avait l'impression de s'adresser à une absente. Il reprit, en forçant sa voix, comme pour contraindre Maria à sortir de sa retraite :

« Nous n'essaierons pas de la convaincre...

— Sans essayer de la convaincre, nous pouvons la conseiller. »

L'intonation était calme, mais persuasive. Un léger clapotis accompagna cette réplique. Jérôme toisa le panneau marron avec reproche :

« Non, Maria, ce ne serait pas honnête.

— Allons, bon! dit Maria. Je n'ai pas de serviette! Donne-m'en une propre, veux-tu? »

Il ouvrit la grande armoire à deux battants, prit une serviette sur un rayon et, détournant la tête, la jeta sur le rebord du paravent, où une main preste, au poignet nu, vint la cueillir.

« Pourquoi ne serait-ce pas honnête? demanda Maria.

— Tu ne comprends pas?

— Ma foi, non! Tu as dit toi-même qu'Amélie était trop

jeune pour choisir en connaissance de cause. Livrée à elle-même, elle risque, par manque d'expérience, de repousser une occasion qu'elle regrettera toute sa vie durant. Puisque nous ne sommes pas contre cette union, notre devoir est de la lui présenter sous le meilleur jour. En agissant autrement, nous lui donnerions le droit de nous reprocher, plus tard, notre négligence. Elle nous en voudrait de ne l'avoir pas mieux dirigée. Et elle aurait raison. »

Il s'arrêta de marcher et s'assit sur une chaise, comme accablé par la logique de la démonstration. Ne sachant que répondre, il laissait courir ses regards sur les meubles de la chambre. L'armoire aux vieux bois disjoints, le lit haut et large, avec ses oreillers jumeaux et son édredon rose, pansu, les rideaux de filet, le miroir encadré de fleurs séchées, tout, en ce lieu, portait l'empreinte de Maria, tout était gagné à sa cause. Il fixa ses yeux sur une lithographie, pendue à gauche de la fenêtre : elle représentait une femme blonde et vertueuse, la mère de famille, ouvrant ses bras pour barrer la route à une armée de monstres grimaçants, dont chacun avait une inscription au-dessus de sa tête : « l'Ivrognerie », « la Luxure », « la Paresse », « la Convoitise ». Sous l'image, on lisait ces mots : « Halte-là ! Je veille ! » Jérôme se pencha en avant et murmura, dans le vide :

« Alors, vraiment, tu crois que ce que je t'ai dit là, c'est une bonne nouvelle ?

— Une très bonne nouvelle, Jérôme.

— Et tu es d'avis qu'il faut accepter ?

— Sans hésitation.

— Mais si elle ne l'aime pas ?

— Elle l'aime.

— Qu'en sais-tu ? »

Le paravent frémit, heurté par un geste d'impatience. La lumière de la lampe projeta au plafond deux ailes grises et mouvantes. Maria dénouait son chignon et brossait ses cheveux pour la nuit.

« Qu'en sais-tu ? répéta Jérôme.

— Ne regarde pas, dit Maria. Je sors. »

Il tourna son visage vers le mur. Des pieds nus claquèrent

sur le plancher. Le lit fit un soupir en recevant sa charge coutumière.

« Je peux? demanda Jérôme.

— Oui. »

Blottie sous les couvertures, elle ne laissait voir que son visage lisse, dont le menton pinçait le bord du drap. Le bonnet de nuit, enfoncé jusqu'aux oreilles, lui donnait l'air d'une fillette déguisée en aïeule. Ses joues, fraîchement lavées, étaient roses. Elle respirait rapidement. Elle dit :

« Va te préparer maintenant. »

Mais il suivait son idée :

« Écoute, Maria, nous devrions peut-être laisser passer quelques mois avant d'annoncer la chose. De cette façon, Amélie aura le temps de réfléchir. Et, si elle change d'avis, ce sera moins grave qu'après de vraies fiançailles...

— Pourquoi changerait-elle d'avis? »

Il se dressa sur ses jambes et écarta les bras dans un mouvement de défaite :

« Je ne sais pas!... Je ne la vois pas mariée!... C'est bête!...

— Je lui parlerai demain matin », dit Maria.

Il passa derrière le paravent pour se déshabiller et se laver à son tour. Quand il eut revêtu sa chemise de nuit, Maria éteignit la lampe. Il entra dans le lit à tâtons. Elle ne lui permettait de la prendre dans ses bras qu'une fois la lumière éteinte. Mais, ce soir, il n'avait pas envie de se rapprocher d'elle. Isolé dans son angoisse, il ne sentait même pas la chaleur de la femme qui reposait à son côté. Moins que personne, elle pouvait le comprendre. Il se souleva sur un coude, effleura d'un baiser ce visage obscur, qui avait le parfum du savon aux amandes, et retomba de tout son poids sur l'oreiller. Maria s'endormit la première. Il écouta son souffle dans la nuit. La maison couvait un événement prodigieux : « Amélie va peut-être se marier! » Jérôme se tourna sur le flanc, comme si, en changeant la position de son corps, il allait renouveler les données du problème. Le poids de l'édredon l'étouffait. Il le repoussa. A présent, l'esprit en alerte, il s'efforçait de mettre bout à bout les différents souvenirs de la journée. Amélie, Léon Eyrolles, les fouilles du

Veixou. Les pierres lui enseignaient une philosophie sereine : celle de l'éternel recommencement. Combien de pères s'étaient déjà posé la même question que lui au sujet de leur fille? Chacun croyait inventer une façon de souffrir. Et, cependant, ils ne faisaient que prêter leur cœur à des sentiments aussi vieux que le monde. Il déboutonna le col de sa chemise et ouvrit la bouche sur l'air habité de la chambre. « Elle fera comme elle voudra. Mon rôle est terminé auprès d'elle. Un autre me succédera dans sa pensée. Ce sera bien ainsi. » Il tendit le bras et toucha la main de Maria sous les couvertures. Elle frémit. Ses doigts bougèrent.

« Tu ne dors pas? » demanda Jérôme avec un espoir subit.

Mais son appel demeura sans réponse.

7

« AMÉLIE ! Où vas-tu ? » cria Jérôme.

Elle sortit de la cuisine et se mit à marcher droit devant elle dans la rue, la poitrine oppressée et les joues en feu. Ce qu'elle venait d'entendre, de la bouche de sa mère, était décidément incroyable. Surprise par la brusquerie de la révélation, elle n'avait su répondre ni oui, ni non, et s'était enfuie pour cacher sa honte. Restés seuls à la maison, ses parents devaient attendre qu'elle rebroussât chemin après avoir pris une décision. Mais l'énormité de l'événement décourageait tout jugement raisonnable. On ne pouvait que s'étonner, sans même essayer de comprendre. Rien, semblait-il, dans l'attitude de Jean Eyrolles ne laissait prévoir qu'il fût sur le point de se déclarer. Amélie ne l'avait revu que deux fois, depuis leur rencontre au bord de la rivière. Les deux fois, Antoinette étant de la promenade, il s'était montré d'une gentillesse et d'une discrétion exemplaires. Et voici que, soudain, il chargeait son père de présenter une demande en mariage ! Elle pressa le pas pour dépasser les dernières maisons du bourg. Sa principale crainte était d'être aperçue par quelque amie de sa mère ; dans l'état où elle se trouvait elle ne doutait pas que les motifs de son trouble fussent inscrits en signes évidents sur sa figure.

Quand elle se fut engagée dans le sentier qui menait à la voie du chemin de fer, elle se sentit enfin à l'abri de la curiosité générale. Elle avait besoin d'errer longtemps dans la campagne pour fatiguer son corps et apaiser son esprit. De gros nuages de lait pesaient sur la ligne ondulée des collines. Les fougères du talus laissaient pendre leurs palmes aux bords roussis. La bruyère mauve poussait par bouquets hors des nids de cailloux et de mousse. Il faisait frais. Le soleil ne perçait pas la brume. Amélie écrasa ses mains contre son cœur, comme pour le réduire au silence. Que faire? Elle était prise au piège. De quelque côté qu'elle se tournât, elle trouvait les issues gardées. Ses parents, les parents de Jean Eyrolles, Antoinette, Jean Eyrolles lui-même, tous exigeaient qu'elle se prononçât sans tarder. De la brève conversation qu'elle avait eue, dans la cuisine, il ressortait que sa mère était enchantée par la perspective d'un aussi brillant mariage. Son père, lui, paraissait également d'accord, mais conseillait la patience et la réflexion. Il était indéniable que Jean Eyrolles avait les qualités requises pour devenir leur gendre. « Mais il ne sera pas seulement leur gendre. Il sera aussi mon mari. Voilà ce qu'ils oublient! » se dit-elle avec rage. Les larmes lui montaient aux yeux. « C'est stupide! Comment puis-je savoir si j'ai envie de l'épouser? »

Irritée par la charge d'espoir qu'on faisait reposer sur elle, Amélie n'en était pas moins forcée d'admettre qu'elle était fière d'avoir été distinguée par ce garçon entre toutes les jeunes filles de sa connaissance. Même en ce moment, elle convenait qu'il lui avait plu dès l'abord par son caractère paisible, son maintien poli, sa voix grave, et son visage aux pommettes saillantes. « Est-ce suffisant pour que je consente à devenir sa femme? Suis-je amoureuse à mon insu? Et lui, est-il amoureux? Bien sûr! Sinon, il n'aurait pas demandé ma main! » Cette formule consacrée la troubla par sa précision. Elle répéta à mi-voix : « Il a demandé ma main. » Son regard s'abaissa vers sa main droite, qui soulevait la robe, sur le côté. Les doigts minces, aux ongles courts, tenaient l'étoffe serrée. Une teinte bleuâtre marquait la courbe du pouce. Amélie s'arrêta de marcher. Un homme était épris d'elle. L'idée lui parut si neuve, qu'elle se sentit comme revêtue de lumière et haussée sur un piédestal. Soudain, mille visions saugrenues l'assaillirent. Elle pensait, tout ensemble, à la préparation de son trousseau, à la liste des invités, à l'église illuminée, au repas de noces, avec la pièce de pâtisserie montée et les chants joyeux du dessert, et aussi à la manière dont elle installerait son nouveau logis. « Nous habiterons une jolie maison bien à nous. J'aurai de beaux meubles, une grande cuisine, des piles de linge dans l'armoire et des rideaux grenat dans la chambre à coucher. Oui, grenat, c'est indispensable! Pour les fauteuils, je ferai des appuis-tête au crochet. Sur la table de la salle à manger — car nous aurons une salle à manger —, je mettrai un vase avec des épis. Et, pour garnir la cheminée, un groupe de porcelaine, que nous commanderons à M. Dubech. » Tant de bonheur venait d'entrer en elle, que ses craintes, balayées, fuyaient à la dérive. Elle dut faire un effort pour se rappeler que rien n'était encore décidé. « Oui, mais tout cela dépend de moi. Tout cela m'est offert. Je n'ai qu'à dire un mot. Je n'ai qu'à vouloir... » Elle s'attendrit en songeant à la joie de Jean Eyrolles, quand il saurait qu'elle consentait à devenir son épouse. Étant sûre d'être tout pour lui, elle était bien près de croire qu'il était tout pour elle. « Et pourtant, nous nous connaissons à peine! Est-ce possible? En fut-il ainsi pour mes parents? » Elle dit à mi-voix :

« Jean... Jean... Jean Eyrolles... Madame Jean Eyrolles... »

Ce nom sonnait bizarrement à ses oreilles. Elle l'essayait sur elle-même et se demandait s'il lui allait bien. « Où est-il, à présent? A la scierie, sans doute. Il pense à moi. Il espère. Il souffre... » A la chaleur de cette affection, elle mollissait de corps et d'âme. « Ça y est, se dit-elle. Cette fois, je suis amoureuse. Quand Marthe apprendra ça!... » Elle se remit à marcher avec une ardeur nerveuse. Déjà, elle composait, en esprit, la lettre qu'elle adresserait à sa meilleure amie : « Figure-toi que j'ai une grande nouvelle à t'annoncer! J'ose à peine te le dire, Marthe. Je rougis. Je tremble. Je suis fiancée. Bientôt je m'appellerai Mme Jean Eyrolles... »

Sans y prendre garde, elle était arrivée au bord de la voie

ferrée. Les lames d'acier luisaient sous le ciel blanc, savonneux. La bosse du tunnel était comme poudrée de tabac. Du souterrain venait un air tiède et âcre. En regardant les rails, Amélie se laissait entraîner vers des mirages de départ, de fumées, d'horizons fuyants. « Peut-être ferons-nous un voyage de noces? » Le déroulement des tableaux aimables fut arrêté net, comme par un coup de tranchoir. Elle avait réfléchi à bien des choses, mais pas au fait qu'il lui faudrait abandonner ses parents pour suivre un homme qui aurait tous les droits sur elle. Crispée par une répulsion instinctive, elle répétait mentalement cette expression dont elle ignorait le sens : « Tous les droits... tous les droits... » Son imagination surexcitée lui présentait une succession de privautés conjugales, contre lesquelles toute défense était vaine. « Du jour au lendemain, il pourra m'embrasser, me donner des ordres, exiger de dormir dans mon lit. » Valeureusement, elle tenta de repousser une obsession si outrageante. Mais l'évidence de cet avenir l'aveuglait. En l'épousant, Jean Eyrolles deviendrait pour elle ce que son père était pour sa mère. Comme eux, ils seraient unis pour la vie. Jour et nuit. Dans le travail et dans le sommeil. Elle porta les deux mains devant son visage. Sa peau dégageait une chaleur fébrile. Ses doigts tremblaient contre ses lèvres. « Puisqu'on ne peut pas faire autrement? Puisque ma mère et mon père ont agi de même?... »

Un sifflement lugubre répondit à sa plainte intérieure. Le train venait, poussant au-dessus des arbres son panache de fumée grise et bleue. Immobile, Amélie écoutait le vacarme des roues, qui s'amplifiait et faisait vibrer le sol sous ses pieds. La locomotive jaillit du virage et roula vers le tunnel, qui l'attendait, la bouche ouverte. « S'il y a moins de cinq wagons, je ne me marie pas. S'il y a plus de cinq wagons... » Les wagons défilèrent devant elle dans un miroitement de vitres carrées. Quand ils eurent disparu, happés par la nuit du souterrain, elle s'aperçut qu'elle ne les avait pas comptés. Le passage bruyant du convoi l'avait étourdie et rompue. Sa tête était vide. Ses bras pendaient. Elle ne savait plus si elle était heureuse ou désespérée.

Elle rentra à la maison. Son père était sorti. Sa mère préparait le repas dans la cuisine. En voyant Amélie, elle demanda d'une voix douce :

« Eh bien, as-tu réfléchi?

— Oui, dit Amélie. Je veux bien l'épouser, maman. »

8

MARIA se trouvant occupée à peser des sachets de berlingots, ce fut Amélie qui s'avança vers la cliente. Vêtue d'un manteau de forme vague en tissu écossais, et coiffée d'un grand chapeau aux plumes jaunes ébouriffées, la nouvelle venue appuyait sa main gantée de chevreau blond sur le pommeau d'un parapluie à long manche. Une voilette tendait un triangle de brume sur son visage encore jeune, aux traits pâles et réguliers. Déconcertée par la toilette élégante et l'air mystérieux de la visiteuse, Amélie mit quelque temps à reconnaître en elle Mme Dieulafoy, du château des Aylettes. Elle ne descendait que très rarement dans le bourg, s'habillait avec extravagance et conduisait elle-même son tilbury aux roues orange et à la caisse cannée. On la disait très riche et un peu folle. Ayant fait un sourire à la jeune fille, elle demanda d'une voix mourante :

« Pourrais-je voir M. Aubernat, mademoiselle?

— Mais certainement, madame, dit Amélie. Si vous voulez vous asseoir une minute... »

Elle lui avança une chaise.

« C'est à quel sujet? » demanda Maria en sortant de l'ombre.

Son visage avait une expression sévère. Mme Dieulafoy se tourna vers elle dans un mouvement gracieux, qui fit jouer des lumières dorées dans les plumes de son chapeau :

« Mon mari avait commandé une paire de landiers à M. Aubernat.

— Je suis au courant, dit Maria.

— Sont-ils terminés?

— Je l'ignore, madame. Amélie, va chercher ton père. Il doit être à la forge.

— A la forge? s'écria Mme Dieulafoy.

— Sans doute.

— Quelle chance! Moi qui aime tant voir travailler le fer! Abuserais-je de votre complaisance en vous priant de me conduire jusqu'à lui?

— Nullement, madame, dit Maria d'un ton sec. Ma fille se fera un devoir de vous montrer le chemin. »

Mme Dieulafoy remercia d'une inclination de tête, effaça une épaule et suivit Amélie, qui ouvrait la porte de l'atelier.

Devant cette apparition, Justin faillit laisser échapper son marteau et la pie sauta sur le soufflet en criant :

« Salut-t-t-à toi!... »

Jérôme était confus. Un seul landier était prêt. L'autre ne le serait qu'à la fin de la semaine. Mme Dieulafoy s'extasia sur le modèle qu'on lui présentait, accorda tous les délais voulus et promit de passer d'autres commandes.

« Vous êtes trop bonne, madame », balbutiait Jérôme, en frottant ses mains contre son tablier de cuir.

Visiblement, il souffrait de se montrer en sabots, la face cuite, les doigts noirs de charbon, à une personne si joliment attifée. Il finit par dire :

« Vous ne devriez pas rester ici, vous allez vous salir!

— La belle affaire! dit Mme Dieulafoy en riant. Montrez-moi plutôt comment vous vous y prenez pour forger!

— Ce n'est pas sorcier...

— Je ne suis pas éloignée de croire que si! »

Amélie laissa Mme Dieulafoy dans la forge et rejoignit sa mère dans le magasin.

La joue creuse, l'œil sombre, le sourcil frémissant, Maria vendait du ruban rose à la bouchère. Derrière le mur, on entendait le tintement du fer battu sur l'enclume.

« Et avec ça, madame Lange?

— Deux bidons d'oriflamme et deux boîtes de petits pois.

— Ils sont à cinquante centimes la boîte, maintenant, dit Maria. Mais de qualité extra... »

Tout en parlant, elle lançait vers la porte de l'atelier des regards chargés de rancune. D'autres clientes entrèrent. Amélie s'empressa de les servir. Mais sa pensée n'était pas à l'ouvrage. En entendant sonner l'horloge de l'église, elle eut un sursaut de joie. Antoinette l'attendait avec son frère, à cinq heures, sur le pont. De là, ils iraient dans la forêt, pour cueillir des cèpes. Il était quatre heures et demie. Elle avait juste le temps de se préparer. Quelle robe mettrait-elle? La grise, bien sûr! Celle qu'il préférait. Il le lui avait dit. Elle s'approcha de sa mère et murmura :

« Il faut que je m'en aille, maman. Sinon, je vais être en retard...

— Va, va, mon enfant, dit Maria d'une voix brisée.

— Tu n'as plus besoin de moi?

— Je n'ai besoin de personne.

— Veux-tu que j'appelle papa?

— Laisse-le. Il est trop occupé. Il apprend le métier de forgeron à Mme Dieulafoy. C'est important... »

Amélie réprima un sourire. Par l'expérience, par la raison, c'était elle qui avait quarante ans et sa mère dix-sept.

« Il ne peut tout de même pas la mettre à la porte, maman! dit-elle.

— S'il ne le fait pas, c'est qu'il n'en a pas envie.

— Ce ne serait pas poli envers cette dame.

— Mais ce serait poli envers moi.

— Ne t'impatiente pas, maman. Elle va bientôt s'en aller, j'en suis sûre. »

Maria toussota et passa une main maigre sur son visage en grommelant :

« Cette personne... cette personne... »

Amélie embrassa lestement sa mère et monta dans sa chambre, où la robe grise, fraîchement repassée, était étalée sur le lit.

*

Les feuilles mortes, chassées à petits coups de baguette, laissèrent apparaître un cèpe vigoureux, au ventre renflé et à la ronde coiffe brune, luisante. Amélie cueillit le champignon, respira son parfum de terre humide, et, le brandissant au-dessus de sa tête, poussa une exclamation de victoire :

« J'en ai un beau!

— Moi aussi! » répliqua Antoinette.

Elle était enfoncée jusqu'à mi-jambes dans les fougères. Amélie la rejoignit. Elles s'amusèrent à comparer leurs trouvailles. Devant elles, dans les profondeurs de la forêt, des branches sèches craquaient.

« Jean! Viens par ici! reprit Antoinette. C'est une bonne place! Que fais-tu au loin?

— Je ramasse des girolles! répondit la voix de Jean.

— Ici, il y a des cèpes! cria Amélie. C'est meilleur!

— Bon! Attendez! Je nettoie mon coin et j'arrive...

— Je suis sûre qu'il en aura pris la moitié de mauvaises, dit Antoinette. Il n'y connaît rien. L'année dernière, il nous avait rapporté un plein panier d'oronges vénéneuses. Si tu avais entendu ma mère!... »

Elles continuèrent à fureter au pied des arbres. Leurs chaussures s'imprimaient dans un tapis spongieux de feuilles mordorées et de mousse pourrissante. Les fougères caressaient leurs jupes au passage. Parfois, d'un revers de la main, elles écartaient un lacis de ramures, qui, en se refermant derrière elles, faisaient pleuvoir des gouttes d'eau sur leur nuque. Lasse de se tenir courbée en deux, Amélie se redressa. Au-dessus de sa tête, le feuillage éclairci était fait de nappes vertes et jaunes, aux transparences superposées.

« Il n'aime peut-être pas les cèpes? dit-elle.

— Qui? Mon frère? demanda Antoinette.

— Oui.

— Mais si, il les aime! Quand tu l'auras vu en manger!...

— Il ne préfère pas les girolles?

— Tu n'as qu'à le lui demander, si ça t'intéresse! »

Amélie se rendit compte qu'elle était en train de se renseigner sur les goûts de son futur mari. Cette constatation la troubla, mais ne lui fut pas désagréable. Il y avait même, à son avis, quelque chose d'amusant dans cette initiation ménagère. Déjà, elle se sentait responsable du bien-être d'un homme. La nourriture prenait pour elle une signification majeure. Elle songeait au travail qui ouvre l'appétit du mâle. Elle se voyait dans sa cuisine neuve. Elle se rappelait la recette des plats qu'elle réussissait le mieux.

Après de longues conversations entre les parents, il avait été décidé que, pour laisser aux jeunes gens un délai de réflexion convenable, les fiançailles officielles n'auraient lieu qu'en décembre. Quant au mariage, il pourrait être célébré vers la mi-janvier, une fois le trousseau terminé et la maison remise en état et meublée. Cet accommodement provisoire avait été marqué par un déjeuner intime chez les Eyrolles. Pour éviter que la nouvelle ne s'ébruitât prématurément, aucune personne étrangère à la famille n'avait été invitée au repas de premières accordailles. Depuis cet événement, Amélie et Jean se rencontraient plusieurs fois par semaine, sous la garde d'Antoinette. Mais on eût dit que la conscience d'être promis l'un à l'autre les rendait plus timides encore que par le passé. Comme s'il eût craint d'effaroucher la jeune fille, Jean Eyrolles ne lui parlait de leur avenir qu'en des termes vagues et édulcorés. A table, quelques jours plus tôt, il avait fallu l'insistance de ses parents pour qu'il lui donnât un rapide baiser sur la joue. Pendant les promenades, il évitait de trop s'approcher d'elle et se contentait de lui prendre la main pour l'aider à gravir un talus ou à franchir un ruisseau. Antoinette avait beau s'ingénier à les laisser seuls, ils ne changeaient pas de conduite quand elle avait le dos tourné. Cette réserve, cette patience, Amélie les appréciait comme les preuves d'une extrême délicatesse de sentiments à son égard. Elle souhaitait même que son compagnon ne se départît jamais de cette bonne tenue. Le mariage n'était-il pas compatible avec le respect dû à la personne aimée? Ne pouvait-on vivre ensemble, tout en gardant une certaine décence dans le déroulement des rapports conjugaux? Perdue dans ses pensées, elle marcha sur un cèpe, sans le remarquer.

« Regarde ce que tu fais, malheureuse! s'écria Antoinette. Un beau tout gras, et avec son petit collé à côté, encore! Quel gâchis! Les amoureux, ça vit dans les nuages!

— Je t'en prie! dit Amélie sur un ton irrité. Ménage tes expressions.

— Je n'ai pas le droit de dire que vous êtes amoureux?

— Non.

— Parce que ce n'est pas vrai?

— Parce que cela ne regarde que nous! »

Antoinette haussa les épaules :

« Une drôle de belle-sœur que je me prépare! Et l'autre qui cherche de son côté, au lieu d'être dans tes jupes. Tu crois que c'est normal? Jean! Eh! Jean!

— Laisse-le, dit Amélie.

— Ça me fait mal au cœur de vous voir si loin l'un de l'autre. Vous devriez être en train de vous embrasser dans les buissons à bouche que veux-tu. Et vous vous traitez comme de vieux époux qui savent tout l'un de l'autre. Je me demande pourquoi vous ne restez pas chacun dans votre chambre, puisque, quand vous êtes ensemble, vous ne profitez pas de l'occasion! Si j'étais à la place de mon frère, il y a longtemps que... »

Elle se tut, parce que Jean Eyrolles débouchait d'un fourré, un sac dans la main gauche, une badine dans la main droite.

« Bonne chasse? » demanda-t-il.

Amélie montra son panier où gisaient quatre cèpes aux pieds souillés de terre.

« Ils sont jolis, dit-il. Moi, je n'ai cueilli que quelques mounes et des girolles. C'est bon, cuit au beurre, avec un peu d'ail dessus...

— Tu tombes mal, susurra Antoinette. Ta fiancée n'aime que les cèpes. Et encore!

— Pourquoi dis-tu cela? s'écria Amélie, en rougissant. Ce n'est pas vrai... J'aime, j'aime tous les champignons... Et je sais très bien les préparer... Justement ainsi, au beurre avec un peu d'ail... »

Elle était furieuse contre son amie, qui ricanait sottement, les paupières plissées et la main devant la bouche.

« Enfin, reprit Antoinette, vous avez les mêmes goûts en matière de champignons. C'est déjà quelque chose, à la veille du mariage!...

— Ce que tu racontes n'est pas drôle, dit Amélie. Et je te conseille de changer de conversation, si tu ne veux pas que je m'en aille!

— Elle nous taquine! dit Jean Eyrolles. Elle est bête! Ne faites pas attention à elle... »

Il fronça le nez :

« Je sens que, par ici, à droite, nous trouverons des merveilles... »

Il fit quelques pas en remuant les feuilles mortes, sur le sol, avec la pointe de son bâton. Amélie le suivit. Tout à coup, elle pensa que leur démarche avait une signification symbolique : « Ce jeune homme qui cherche des cèpes sera bientôt mon mari. » Sans mot dire, elle le regardait, se penchant, se relevant, enjambant des barrages de fougères. Elle l'imaginait à tous les âges de la vie, vêtu du même costume, coiffé de la même casquette, et parcourant la même forêt. Les cheveux un peu plus gris, de saison en saison, le dos un peu plus voûté, le regard un peu plus faible. « Dans dix ans, dans trente ans, dans cinquante ans, toujours lui, toujours lui et moi. » Son cœur fondait. Elle était heureuse et triste. « Peut-être aurons-nous des enfants? » Elle s'arrêta, le souffle ravalé.

« En voici un qui nous attendait! » dit Jean Eyrolles.

Il s'accroupit et dégagea un champignon avec ses grandes mains lentes.

« Je l'aurais parié! dit Amélie dans un sourire. Vous vous êtes trompé, une fois de plus!

— Il est vénéneux?

— Je pense bien! Un bolet satan! Il devient bleu à la brisure.

— Il faut le jeter?

— Eh oui, dit-elle. Je ne tiens pas à ce que vous vous empoisonniez! »

Elle reçut son regard clair, un peu étonné, et détourna les

yeux, comme éblouie. Jean Eyrolles jeta le champignon suspect et essuya ses mains contre son pantalon. Il avait eu le même geste, elle le remarqua avec plaisir, que son père, dans la forge, devant Mme Dieulafoy. « Beaucoup d'hommes ont honte de leurs mains, songea-t-elle. C'est drôle. Pourvu que cette femme soit partie et que maman ait retrouvé son calme! »

« Maintenant, dit Jean Eyrolles, puisque vous ne voulez pas que je m'empoisonne, je ne vais plus chercher de champignons. Ce sera plus sûr... »

Il rit d'un air embarrassé, engourdi, sans desserrer les lèvres. Sa pomme d'Adam bougeait au-dessus de son col.

« Ce sera plus sûr, en effet, dit-elle.

— Savez-vous, reprit-il, que même à la scierie je suis deux fois plus prudent qu'avant?...

— Qu'avant quoi?

— Qu'avant vous.

— Il le faut, Jean, chuchota-t-elle. Je vous le demande. »

Une fois de plus, elle se figura un accident. Son fiancé amputé d'un bras ou d'une jambe. « Je l'épouserais malgré tout », se dit-elle dans un élan de générosité sauvage. Son âme entière acquiesçait à cette décision. Elle se sentait fière d'être femme.

« Il y a tant de choses que je voudrais vous dire, Amélie! murmura-t-il. Mais, c'est trop fort. Au moment de parler, je vous regarde et les mots s'en vont. Est-ce que vous me comprenez, tout de même? Est-ce que vous sentez tout ce que vous êtes pour moi? »

Sous la visière à petits carreaux verts et marron, ses yeux exprimaient une prière instante et humble. Il lui serrait fermement la main. Elle devina qu'il voulait l'embrasser. Déjà, un grand visage maladroit se penchait sur elle et lui demandait de ne pas se fâcher, de permettre... Son corps réagit plus vite que sa pensée. Une crainte instinctive, irréfléchie, la fit reculer d'un pas.

« Non, dit-elle.

— Mais, Amélie, je vous aime...

— Moi aussi, Jean, je vous aime.

— Alors?

— Alors... tout est très bien ainsi... Je suis heureuse avec vous... Soyez raisonnable...

— Excusez-moi », dit-il.

Elle eut peur de l'avoir blessé. Il sourit. Elle fut rassurée.

Antoinette avait disparu de leur champ visuel. D'ailleurs, ils avaient oublié son existence. Et ils ne pensaient pas davantage aux champignons. Unis par la même idée, ils marchaient côte à côte, en silence, sous les lourdes frondaisons où se mourait la lumière du jour. Amélie se surprit à compter les mois qui la séparaient du mariage, de fin septembre à la mi-janvier! C'était bien long! Cette impatience nouvelle lui donnait la mesure de son amour. Elle se reprocha de n'avoir pas encore confié son secret à Marthe Tabaraud.

Un souffle froid venait du ciel. Quelques gouttes de pluie s'écrasèrent sur le feuillage.

« Il faut rentrer, dit Amélie. Sinon, nous serons pris par l'averse. »

Après avoir hélé Antoinette à tous les échos, ils la retrouvèrent assise sur un talus, en bordure de la forêt.

« Avez-vous cueilli beaucoup de cèpes? » demanda-t-elle.

Amélie rougit.

« Non, dit Jean Eyrolles.

— Tant mieux, reprit Antoinette. Si vous étiez revenus avec un panier plein, je n'aurais pas été tranquille pour l'avenir du ménage!

— La voilà qui recommence! » dit Jean Eyrolles en riant.

Il la bouscula un peu pour l'obliger à se lever, et tous trois reprirent le chemin qui menait au bourg.

La nuit était déjà venue quand Amélie arriva devant la maison. Il pleuvait à peine. Les vitres de la boutique étaient éclairées. A l'intérieur, Jérôme empilait des cartons de boutons devant une matrone à la face pétrifiée de mécontentement. Lorsqu'il aperçut Amélie, son regard s'éclaira :

« Viens vite! Je ne m'en sors plus. Mme Lissajoux voudrait des boutons de nacre à deux trous, et tous ceux que je trouve en ont quatre. Nous n'avons peut-être pas cet article en vente?

— Mais si, papa, dit Amélie. Laisse-moi faire. »

Elle dénicha les boutons à deux trous dans la réserve, fit le paquet, encaissa l'argent et raccompagna la cliente jusqu'au seuil du magasin. La porte refermée, elle se tourna vers son père et demanda :

« Maman n'est pas là?

— Non, Amélie, dit-il d'une voix rauque. J'espérais que tu l'aurais rencontrée, que vous reviendriez ensemble...

— Comment l'aurais-je rencontrée? J'étais avec Antoinette et Jean Eyrolles dans la forêt...

— Elle aurait pu y aller aussi...

— Pour quoi faire?

— Pour rien... Comme ça... C'est affreux, Amélie!... »

Elle comprit qu'un drame s'était déroulé en son absence. Jérôme avait son visage de catastrophe conjugale. L'œil rond et vitreux, les traits pendants, de gros plis en travers du front et aux coins de la bouche.

« Que s'est-il passé? » demanda-t-elle.

Il secoua la tête :

« C'est à cause de cette Mme Dieulafoy!

— Eh bien?

— Elle est restée une bonne demi-heure à me voir travailler... Cela me gênait un peu, mais que pouvais-je faire?... Si tu avais entendu ta mère, après le départ de cette dame!... Elle m'a dit des choses, des choses!... »

Il levait ses deux poings devant ses joues. Amélie le prit par les poignets et le força à découvrir sa figure :

« Que t'a-t-elle dit?

— Elle criait que c'était ma faute, que j'étais un misérable, que je ne la respectais pas, que... que je trouvais du plaisir, oui, du plaisir, tu entends? à la ridiculiser devant une créature!

— Et qu'as-tu répondu?

— Je n'ai pas eu le temps de répondre. Tout à coup, elle a ouvert la porte et elle s'est jetée dans la rue. Sans manteau, sans chapeau...

— Sans chapeau?

— Oui, Amélie.

— C'est donc qu'elle n'allait pas loin!

— Mais il y a deux heures qu'elle est sortie! Deux heures! Tu te rends compte? Et c'est déjà la nuit! Et il pleut! »

Amélie ne voulait pas se laisser gagner par l'inquiétude de son père.

« Ne te tourmente pas, dit-elle. Elle a obéi à un mouvement d'humeur. Elle ne tardera pas à rentrer.

— D'habitude, elle s'enferme dans sa chambre, dit-il humblement.

— Est-ce moins grave que de sortir dans la rue?

— Je le crois... Je ne sais pas... Quand elle est à la maison, même fâchée, je suis plus tranquille...

— Où est Denis?

— A la cuisine. Il lit. Il est sage.

— Il vous a entendus?

— Oui », dit Jérôme.

Elle réfléchit encore un moment et conclut :

« Elle doit être chez sa couturière. Mlle Bellac l'avait prévenue ce matin que tout était prêt pour l'essayage. Je vais la chercher.

— Allons ensemble!

— Non. Cela pourrait l'indisposer. Reste ici. Ferme le magasin.

— Bien, Amélie. »

Vaincu par l'autorité et la compétence de sa fille, il s'était depuis longtemps résigné à lui abandonner la conduite des opérations. Elle prit un parapluie, le manteau de Maria, et sortit dans la rue froide, noire et mouillée.

Décidée à ne pas exagérer la gravité de cette fugue, elle était sûre que sa mère se trouvait chez Mlle Bellac et guettait, bien au chaud, les réactions affolées de son entourage. Mais la couturière, interrogée par Amélie, lui affirma qu'elle n'avait pas vu Mme Aubernat de la journée. Sans se laisser abattre, la jeune fille poursuivit son enquête auprès de la bouchère, du boulanger et du pharmacien. Personne n'avait reçu la visite de Maria. Après avoir fait le tour des magasins, Amélie rentra à la maison, où son père et Denis l'attendaient avec impatience.

« Alors? » s'écria Jérôme en faisant un pas vers elle.

Elle pénétra dans la cuisine, s'assit sur une chaise et raconta le résultat de ses démarches. Son père la considérait d'un air égaré en broyant ses mains l'une contre l'autre.

« Qu'allons-nous faire? gémit-il. Nous ne pouvons pas rester ainsi, sans savoir! »

Comme toujours dans les occasions désespérées, Amélie se sentait ferme et froide, vivant au-dessus d'elle-même, à distance des événements. Maîtresse de ses nerfs, elle puisait dans la vue de son père désemparé un regain de confiance en sa propre raison.

« Je crois, dit-elle, que le plus sage serait d'attendre encore!

— Et si elle était en danger?... Si... si elle avait eu un accident?...

— Pourquoi veux-tu qu'elle ait eu un accident, papa? dit Denis.

— Tu n'as pas vu dans quel état elle m'a quitté! » soupira Jérôme.

La pluie redoublait de violence, fouettait les fenêtres et ruisselait avec des gargouillements sinistres dans les gouttières. Des coups de vent entraient par la cheminée.

« Et elle est seule dehors! reprit-il. Sans être couverte! Par ce temps-là! Avec sa toux de bronchite!... »

Il colla son front à la vitre, se retourna d'un bloc et murmura :

« Il faut aller la chercher, Amélie.

— Oui! s'écria Denis. On va la chercher. J'emprunterai le vélo à Antonin Ferrière pour avancer plus vite! »

Il avait un visage éclairé par la fièvre de l'aventure.

« Tais-toi, Denis! dit Amélie. Tu feras ce qu'on te dira de faire. Où veux-tu la chercher, papa?

— Comme ça... Partout... Dans le bourg... Aux environs... Il y a six ou sept ans, tu te rappelles bien, nous nous étions disputés à propos de je ne sais quoi... Elle s'était cachée dans le vieux hangar, près de la rivière... Je l'ai retrouvée là... Nous devrions essayer... »

De grosses larmes perlaient au bord de ses paupières.

Incapable de dominer son émotion, Amélie se jeta au cou de son père. Contre ses lèvres, elle sentit le contact d'une joue mal rasée, au poil raide. Une pitié enivrante l'envahit.

« Oui, dit-elle. Nous irons la chercher, papa. Mais nous nous partagerons la besogne. Tu monteras avec Denis vers la rivière. Je descendrai vers la gare. »

Le père et le fils parurent immédiatement ragaillardis par la perspective de cette entreprise commune. Très vite, ils furent prêts, Jérôme avec un gros manteau jeté sur les épaules et un chapeau aux larges bords enfoncé jusqu'aux sourcils, Denis en capuchon et les pieds chaussés de sabots.

« Alors, vraiment tu ne veux pas que j'emprunte le vélo à Antonin Ferrière? demanda Denis.

— Non », dit Amélie.

Et, tournée vers son père, elle ajouta :

« J'emporte mon parapluie. Prends celui de maman, à tout hasard... »

Jérôme alluma deux lampes portatives à acétylène.

Ils sortirent ensemble et se séparèrent devant la maison. Amélie, tenant le parapluie d'une main et le fanal de l'autre, avançait à petits pas sur le sol glissant. La rue était déserte, sombre. Le bourg semblait abandonné de tous ses habitants. Une pluie drue crépitait dans les flaques. Le froid pénétrait les os. La lueur verdâtre de la lampe éclairait des façades aux volets clos, souillées de longues traînées humides, des enseignes luisantes, des palissades disloquées derrière lesquelles rêvaient des choux géants. Parfois, la jeune fille croyait discerner une ombre tapie dans l'encoignure d'une porte. Une conviction irraisonnée la poussait en avant. Elle levait son fanal. Rien. Un battant de bois lisse, une caisse éventrée, d'où s'échappaient des débris de légumes et des ruisseaux de cendre mouillée. Ou bien encore, un bruit la faisait sursauter. Quelqu'un avait bougé. Juste dans son dos. C'était sûr. Elle tournait là tête. Un chien détalait, traversait la rue et disparaissait dans un trou. Ces illusions, rapidement déçues, entamaient progressivement son espoir. Quel rapport y avait-il entre la personne heureuse et calme, qui, quelques heures plus tôt, marchait avec Jean Eyrolles dans la forêt, et celle qui, maintenant, pataugeait dans la boue, à la recherche de sa mère? Maria n'aurait-elle pas dû contenir sa colère pour ne pas déranger la merveilleuse aventure que sa fille vivait pour la première fois? « Elle ne pense qu'à elle. Son égoïsme l'aveugle! Mon père l'a trop gâtée! » Soudain, le cœur lui manqua. Un corps était étendu devant elle, contre le mur d'une boutique. Elle se pencha. Non. C'étaient deux cageots recouverts d'une bâche. Une eau noire stagnait dans les creux de l'étoffe. Amélie reprit sa marche, les jambes molles, les tempes bourdonnantes. « Mon Dieu! Si ç'avait été elle, vraiment! Elle, mourante! Ou morte déjà! » Elle frissonna. Le parapluie devait être percé, car des gouttes glacées coulaient sur sa figure. Une fenêtre éclairée. Un *charretou,* les brancards levés. Un tas de fumier juteux. Une porte. Une autre porte. Elle s'engagea dans une rue transversale, revint sur ses pas, entra dans la cour de M. Marchelat, le marchand de vin. Des barriques alignées bombaient le dos sous l'averse. A l'abri sous un auvent, un chat miaulait, l'œil rond et vert, le poil hérissé. « Jean m'a dit qu'il aimait bien les chats. Ils en ont deux à la maison. Ne pas penser à lui. Plus tard. Quand tout sera terminé. » Elle tourna encore autour de deux maisons isolées, cubes de pierres sales dans le fouettement oblique du déluge. Des bruits de voix traversaient les murs. Une dispute? L'eau montait dans ses souliers. Elle glissa sur une bouse de vache et continua sa route. Au-delà d'un terrain vague, se dressait le bâtiment de la gare. Deux faibles lueurs carrées s'imposaient dans la nuit. Fascinée, Amélie avançait, sans réfléchir à rien, comme si le poids de son corps l'eût entraînée sur la pente. Des bourrasques d'eau lui coupaient le souffle. Entre ses cils rapprochés miroitaient des étoiles liquides. Elle serrait le manche de son parapluie, dont les baleines frottaient contre son dos, à chaque pas. Machinalement, elle poussa un portillon en fer. Devant elle, s'étendait un quai nu et brillant, comme enduit d'encre fraîche. Dans la tranchée, les rails alignaient quatre traces d'argent poli. En ce lieu lugubre, la pluie avait un goût de charbon. Un peu plus loin, une marquise en tôle, supportée par quatre piquets, couvrait l'entrée des voyageurs. Sous l'avancée du toit, le sol était sec. Un quinquet brûlait dans le bureau du chef de gare. Un autre, dans la salle d'attente. « Que suis-je venue faire ici? » se demanda Amélie. Elle regardait stupidement les horaires placardés au mur et défendus par un grillage qui les rendait illisibles. Une pancarte rouillée pendait au-dessus de sa tête : « La Chapelle-au-Bois. » Des ballots de marchandises étaient empilés à l'autre bout du quai. Elle était sur le point de rebrousser chemin, mais, par acquit de conscience, elle s'approcha de la porte qui donnait accès à la salle d'attente. Les vitres étaient embuées. Elle tourna la poignée de cuivre. Le battant s'ouvrit. Amélie fut comme soulevée de terre. Un cri monta à ses lèvres :

« Maman! »

Elle était là, recroquevillée sur une banquette, le visage livide, le regard fixe, des mèches de cheveux collées en travers du front et sur les joues. En apercevant sa fille, elle n'eut pas un mouvement vers elle.

« Que fais-tu ici, maman? reprit Amélie.

— Tu le vois bien, chuchota Maria. J'attends que la pluie cesse. »

Amélie se précipita vers sa mère, s'assit à côté d'elle, la serra dans ses bras, l'enveloppa dans le manteau qu'elle avait apporté. Maria se laissait faire, grelottante et faible.

« Maman, maman, ce n'est pas possible! balbutiait Amélie. Nous te cherchions partout!

— Ce n'était pas la peine!

— Papa est fou d'inquiétude!

— Ne me parle pas de ton père.

— Où étais-tu allée?

— Au cimetière.

— Au cimetière?

— Sur la tombe de ma mère, oui...

— Mais pourquoi?

— Tu ne peux pas comprendre.

— Et après?...

— Après, je suis venue à la gare pour m'abriter de la pluie.

— Il faut rentrer à la maison.

— Non.

— Tu veux rester ici toute la nuit?

— Oui.

— Et demain, que feras-tu?

— Je ne sais pas. »

Elle répondait d'une manière saccadée, rapide, sans donner la moindre intonation à sa voix. On eût dit qu'aucun sentiment ne dictait ses paroles. Penchée sur elle, Amélie palpait ses genoux, ses bras, à travers ses vêtements humides.

« Tu es trempée, maman! Tu vas prendre froid!... »

Maria haussa les épaules. Ses dents s'entrechoquaient. Elle avait de la peine à former ses mots :

« Laisse... laisse-moi... Va-t'en... Toi aussi... Tous...

— Non, je ne te laisserai pas! s'écria Amélie avec une décision soudaine. Tu vas me suivre. Je te sécherai, je te réchaufferai...

— Je n'ai pas besoin qu'on me réchauffe...

— Je te réchaufferai. Après, tu feras ce que tu voudras.

— Je... je suis bien ici... »

Amélie passa un bras autour des épaules de sa mère et l'obligea à se lever. Contrairement à son attente, Maria n'opposa qu'une faible résistance à cet acte d'autorité. Peut-être, en dépit de ses protestations, n'était-elle pas fâchée qu'on fût venu la tirer d'une situation embarrassante. En outre, elle était à bout de forces. L'idée d'une boisson chaude, d'un lit chaud, devait la hanter depuis longtemps. Ses joues étaient rouges. Une lumière de fièvre brillait dans ses prunelles. Elle haletait. Elle dit encore :

« Pour quoi faire? Je ne veux pas! Je te dis que je ne veux pas!... »

Mais elle s'appuyait sur le bras de sa fille. Serrées sous le même parapluie, elles sortirent ensemble de la gare, traversèrent le terrain vague, et prirent la rue sombre et sinueuse qui menait au centre du bourg. La pluie s'était apaisée. Des gouttes d'eau, rares et lourdes, faisaient des bulles dans les flaques. Ayant retrouvé sa mère, Amélie se préoccupait de limiter les effets du scandale. Il était probable que ses visites chez les commerçants avaient déjà suscité de nombreux commentaires. Pour peu que quelqu'un eût aperçu Maria dans la salle d'attente, dès le lendemain tout le pays serait informé. La gravité de cette menace incita la jeune fille à sortir de sa réserve.

« N'as-tu rencontré personne à la gare, maman? » demanda-t-elle.

Maria secoua la tête en signe de négation.

« Et sur ton chemin? »

Même réponse. Mais, dans son accès d'aberration, elle avait fort bien pu croiser des gens sans les reconnaître, sans les voir. Il était trop tôt pour se réjouir encore. Amélie ralentit le pas afin de ne pas essouffler sa mère. Durant la dernière partie du trajet, ni l'une ni l'autre ne prononça un mot. Quand elles arrivèrent à la maison, Jérôme et Denis n'étaient pas encore rentrés de leur battue. Sans perdre de temps, la jeune fille conduisit Maria dans sa chambre et lui ordonna de se mettre au lit.

« Pendant ce temps, je vais te chauffer du lait et te préparer une boule chaude.

— Non, non, dit Maria. C'est inutile, je t'assure... »

Mais sa plainte rendait un son monotone et faux. Amélie attendit que sa mère fût couchée et descendit dans la cuisine pour porter l'eau et le lait sur le feu. Elle était devant le fourneau, lorsque la porte s'ouvrit avec force. Une bouffée d'air froid et de pluie entra dans la pièce.

« Tu l'as trouvée? »

Émergeant de la nuit, le parapluie à la main, les souliers boueux, le bas du manteau mouillé et crotté, Jérôme tendait vers sa fille un visage décomposé par l'angoisse. Derrière lui, Denis, encapuchonné comme un petit moine, levait le fanal et ouvrait des yeux ronds, éblouis.

« Oui, dit-elle. Tout va bien. Elle est dans sa chambre. Elle repose. »

Jérôme s'adossa au mur et inclina la tête. La peau de ses joues vibrait par petites secousses. Il murmura :

« Enfin!... Enfin!... Je te remercie!... »

Elle lui raconta tout, ses recherches longtemps déçues, son arrivée dans la salle d'attente, l'abattement, la fatigue de Maria, et leur retour par les rues noires où bruissaient les dernières gouttes de l'averse. Il l'écoutait sans bouger, affaibli, stupéfié par un soulagement trop rapide. Il avait posé le parapluie contre le mur et laissait pendre ses bras le long de son corps. Au bout d'un moment, il demanda d'une voix implorante :

« Tu crois que je peux monter la voir?

— Pas tout de suite, dit Amélie. Je vais d'abord lui porter sa boule chaude et son lait. Quand elle sera réchauffée, elle se sentira mieux, elle se détendra et je t'appellerai auprès d'elle...

— Oui, murmura-t-il, fais pour le mieux. Je t'attends. »

Avant de sortir, elle se ravisa et dit :

« Il y a de la soupe sur le feu, papa.

— Je n'ai pas faim.

— Moi, j'ai faim, dit Denis.

— Eh bien, sers-toi, dit Amélie. Puis, tu iras te coucher.

— Sans dire bonsoir à maman?

— Ce n'est pas le moment de la déranger. Elle doit te croire au lit. De toute façon, il ne faut pas qu'elle sache que tu l'as cherchée avec papa.

— Tu as raison, dit Jérôme, elle ne serait pas contente...

— Je suis pas fou, dit Denis; je vais pas lui raconter... »

Il prit son assiette sur la table et s'approcha du fourneau.

En pénétrant dans la chambre, Amélie trouva sa mère blottie sous les couvertures, un bonnet en dentelle sur la tête et les draps tirés jusqu'au menton. Dès que sa fille eut refermé la porte, Maria se dressa sur ses coudes et chuchota :

« Ce bruit, en bas, qu'est-ce que c'était?

— Papa est rentré. Il te cherchait de son côté. »

Les yeux de Maria s'agrandirent. Sa bouche pâle et sèche trembla :

« C'est un monstre!... Il m'a manqué de respect!...

— Oui, maman », dit Amélie d'une voix conciliante.

Et elle enfonça la boule chaude dans le lit.

« Il m'a tournée en dérision devant cette... cette intrigante!...

— Oui, maman.

— Il l'a fait exprès... Elle l'a fait exprès...

— Oui, maman.

— Je ne veux pas le voir!

— Tu ne le verras pas. Mais bois ton lait.

— Non!

— Cela te fera du bien.

— Qu'avez-vous tous contre moi? » gémit-elle en détournant la tête.

Amélie appliqua le bord du récipient contre les lèvres de sa mère. Elle fit la grimace, balbutia encore :

« Non, je te dis que non... »

Puis, elle se mit à boire en respirant fort entre chaque gorgée comme une enfant. De grosses larmes coulaient sur ses joues. Sa poitrine se soulevait et s'abaissait sous la camisole. Ayant vidé le bol, elle eut un sanglot et se laissa tomber sur ses oreillers. Deux virgules de mousse blanche marquaient sa lèvre supérieure. Elle hoquetait :

« Qu'il ne vienne pas ici!... Je ne le veux pas dans ma chambre!... Qu'il aille... qu'il aille au château... chez cette... cette Dieulafoy!... »

Le bol échappa de ses mains et roula sur la carpette. Amélie le ramassa et dit :

« Sois tranquille, maman. Personne ne viendra te déranger. Maintenant, il faut dormir. »

L'escalier craqua. La soupe avalée, Denis regagnait furtivement sa chambre. Toute à son indignation, Maria ne l'entendit même pas qui se glissait dans le corridor. Elle trépignait des deux pieds sous les couvertures. Ses genoux faisaient danser l'édredon :

« Dis-lui... Dis-lui bien!... »

Amélie resta encore un quart d'heure assise dans un fauteuil, près du lit, puis, constatant que sa mère s'était calmée, elle prit la lampe, se retira sur la pointe des pieds et ferma la porte. Son père l'attendait au bas de l'escalier :

« C'est arrangé? demanda-t-il.

— Non. Elle ne veut pas. »

Tout s'écroulait devant Jérôme. Sa bouche mollit. Il répéta :

« Elle ne veut pas?

— Il ne faut pas la contrarier, dit Amélie. Demain, elle sera mieux disposée à te revoir. Je te conseille...

— Quoi?

— Si tu t'installais dans la mansarde, sur le lit pliant?

— Tu crois?

— Pour cette nuit seulement. Il y a deux bonnes couvertures, là-haut. Tu n'as pas besoin de draps?

— Oh! non... »

Elle fit un effort pour ne pas laisser paraître la compassion qu'il lui inspirait par son obéissance.

Ils montèrent l'escalier, l'un derrière l'autre. Amélie s'arrêta sur la dernière marche et souhaita une bonne nuit à son père. Il serrait dans son poing un chandelier portant une bougie allumée. La flamme droite éclairait vivement le contour de ses narines et sa moustache rêche.

On accédait au grenier par une échelle dressée sur le palier et dont les montants supérieurs butaient contre le bord de la trappe. Jérôme gravit les échelons avec la lenteur d'un condamné allant au supplice. Ses chaussures faisaient gémir le bois des barreaux. Enfin, il disparut dans l'embrasure. Amélie s'avança de deux pas dans le couloir et ouvrit la première porte. Brisée par la fatigue et l'émotion, Maria s'était assoupie. Une respiration sifflante traversait l'épaisseur de la nuit. Sans bruit, Amélie referma le battant et maintint la poignée pour que le pêne glissât doucement dans la gâche. Puis, dépassant sa chambre, elle marcha jusqu'au bout du corridor où se trouvait la chambre de Denis. Là aussi, tout était immobile, tout dormait. La lueur de la lampe à pétrole, que la jeune fille tenait à la main, révéla un désordre garçonnier, des vêtements jetés sur une chaise, une serviette trempant dans un seau, des cannes à pêche posées contre le mur, et la figure de Denis, écrasée de sommeil, les lèvres enflées et luisantes comme s'il venait de boire. Ayant achevé sa tournée d'inspection, Amélie rentra chez elle pour se coucher à son tour. Elle était harassée et contente d'elle-même. Le péril était conjuré. Demain, elle s'appliquerait à poursuivre son œuvre de pacification. En hâte, elle se déshabilla, éteignit la lampe et se coula dans son lit.

Elle n'était pas allongée depuis dix minutes, qu'un bruit insolite la dressa sur son séant. L'échelle craquait sous un poids qui se déplaçait avec une extrême prudence. Des pieds nus prenaient appui sur le plancher du corridor. La porte de la chambre voisine s'ouvrit dans un soupir. Ce n'était pas possible! Son père! Comment osait-il? Qu'allait-il se passer? Instantanément, elle imagina le réveil de Maria, sa stupeur, ses imprécations, une crise de nerfs peut-être... Elle rejeta les couvertures, prête à s'élancer au secours de ses parents. Mais, derrière la cloison, le silence se prolongeait. Interdite, la jeune fille ne bougeait plus, retenait le souffle, tendait l'oreille. Un chuchotement confus lui parvint. Elle reconnut les deux voix alternées. Mais elle ne pouvait pas entendre ce qu'on disait. Les ressorts d'un sommier grincèrent. Tout se tut. Amélie ne cherchait plus à comprendre. Le rapprochement de son père et de sa mère lui paraissait aussi déraisonnable que leur querelle. Au bout d'un moment, elle se recoucha, tira les couvertures.

Mais, malgré sa lassitude, elle ne put s'endormir comme elle le souhaitait. Longtemps, les yeux ouverts, la tête pleine d'ombre, elle écouta les heures qui sonnaient au clocher de l'église pour une ville qui ne les entendait pas.

9

LE lendemain matin, après avoir fait sa toilette et bu un bol de café brûlant, Maria dut se remettre au lit. Ses jambes ne la portaient plus. Elle se plaignait de frissons et de maux de tête. Des accès de toux secouaient sa poitrine et la laissaient affaiblie, la bouche humide, le regard inquiet. Jérôme déplorait que le docteur Tabaraud, qui avait soigné la famille, eût quitté la Chapelle-au-Bois pour s'installer à Limoges. Avec celui-là, on était sûr de guérir. C'était un savant et un ami. Dès qu'il franchissait le seuil de la maison, sa grosse voix, son rire et son regard paternel mettaient les microbes en déroute. Le petit docteur Delattre, qui l'avait remplacé, connaissait peut-être les remèdes, mais ignorait tout des malades. Nouveau venu dans la région, il n'avait pas la confiance de la clientèle. Maria répugnait à se laisser toucher par des mains étrangères :

« Comment peux-tu vouloir ça, toi, mon mari?

— Puisqu'il n'y a pas moyen de faire autrement! Si j'étais moi-même médecin...

— Toi, médecin? »

Elle se mit à rire nerveusement. Amélie, assise au bord du lit, s'étonnait qu'aucune animosité ne subsistât entre les époux après la scène violente de la veille. Une nuit avait suffi à reconstituer leur habituelle tendresse. Il sembla à la jeune fille qu'elle faisait auprès d'eux l'apprentissage de son propre avenir. Elle était dans la situation d'une élève avide de s'instruire. Inconsciemment, elle rapportait tout ce qu'elle voyait, tout ce qu'elle entendait, à Jean Eyrolles et à elle-même. Mais elle était sûre que leur couple serait très différent de celui que formaient ses parents : mieux accordé, plus pondéré, et, sans doute, plus heureux.

« Je ne suis pas si malade! reprit Maria. Quelques heures de lit et les forces reviendront. Avec ses mixtures, le docteur ne ferait que me tourner l'estomac. »

Son regard trop brillant démentait cette affirmation lancée entre deux quintes de toux.

Après le déjeuner, comme elle paraissait encore fiévreuse, Amélie décida de lui poser des ventouses. Mais Maria refusait de se laisser faire. Pendant que sa fille essayait de la raisonner, Jérôme retourna à la forge. En gardant la porte de l'atelier ouverte, il lui était facile de surveiller aussi le magasin.

« Tu vas me brûler avec tes ventouses! geignait Maria. Je ne veux pas!... »

Là-dessus, Denis vint lui annoncer qu'il allait pêcher des *gardèches* à la bouteille, avec ses camarades :

« Et, ce soir, tu auras une bonne friture, maman! »

Elle l'embrassa avec transport et lui recommanda de ne pas mouiller ses vêtements. L'enfant écoutait ses conseils sans marquer la moindre impatience. Habitué aux malaises et aux fâcheries de sa mère, il ne s'étonnait pas de la voir au lit et se réjouissait même, peut-être, secrètement, du surcroît d'indépendance que lui conférait le désordre de la maison. De tout temps, Amélie l'avait connu ainsi, aimant ses parents, sa sœur, mais pressé de les fuir pour courir s'amuser dans la rue, dans la forêt, ou au bord de l'eau. Son besoin d'évasion bravait toutes les réprimandes. Mille projets insensés hantaient sa petite tête aux yeux vifs et aux cheveux drus. Loin de la famille, il menait une existence étrange d'explorations dans les broussailles, de braconnage facile, de batailles d'honneur, d'indigestions de mûres et d'élevage de hannetons.

« Ne rentre pas trop tard, dit Maria.

— Oh! non! maman, je te le promets! » s'écria-t-il en la regardant droit dans les yeux.

Mais il était visible qu'il pensait à autre chose. Après son départ, Maria fut prise d'une agitation affligeante. Condamnée à la chambre, elle ne pouvait pas renoncer à ses obligations ménagères et commerciales. Le logis, privé de ses directives, devait être, évidemment, sens dessus dessous. Avait-on vérifié les caisses de savon de Marseille? Avec quoi Amélie allait-elle préparer le souper de son frère et de son père? Jérôme connaissait-il les derniers tarifs de Lyon pour les balais et les brosses? Chaque fois qu'elle entendait tinter le grelot de la porte, elle dressait le cou et disait :

« Qui cela peut-il bien être? Mme Ferrière? Ou Mlle Bellac? Saura-t-il les servir, seulement? Écoute, Amélie! Je ne me trompe pas! La cliente est ressortie! Déjà! Ton père m'aura encore manqué une vente!...

— Ne t'occupe pas de la vente, maman, murmurait Amélie. Je veux te soigner. Sois sage. Après, tu te sentiras mieux. »

Elle avait préparé les ventouses et la lampe à alcool sur la table de chevet. Maria considérait ces objets avec une crainte puérile, qui tirait les coins de sa bouche :

« Tu crois vraiment que c'est nécessaire?

— J'en suis sûre! »

La malade soupira, se tourna sur le ventre et remonta sa chemise jusqu'aux épaules. Amélie chauffa les ventouses, l'une après l'autre, et les appliqua prestement sur le dos nu et maigre de sa mère. La peau se gonflait, violette, sous les cloches au dôme brillant. Maria gémissait :

« Celle de gauche me tire, me tire!...

— Tant mieux, c'est qu'elle prend bien! »

Jérôme entrebâilla la porte.

« N'entre pas! cria Maria.

— Non, non », dit Jérôme en faisant un pas en arrière.

Il paraissait horrifié par la vue de sa femme, aplatie, la face dans l'oreiller, les cheveux défaits et la chair du dos hérissée de grosses bulles de verre. Amélie plaça une nouvelle ventouse sous l'omoplate gauche. Maria fit un mouvement. Les petits vases dérangés se heurtèrent dans un tintement cristallin. Jérôme détourna les yeux et balbutia :

« Ne t'inquiète pas... C'est pour savoir... Le litre de vinaigre est bien à sept sous, n'est-ce pas?...

— Oui, dit Amélie.

— Et le quart de café? Je lui ai dit quatorze sous. Elle a paru mécontente...

— Qui?... Qui a paru mécontente? souffla Maria.

— Mme Barbezac.

— Bien sûr! Nous le lui faisons à douze!

— Je ne savais pas.

— Quel malheur! » bredouilla Maria, les lèvres collées à la taie d'oreiller.

Ses doigts griffaient la couverture. Elle cambra les reins.

« Ne bouge pas, maman, dit Amélie. Ce n'est pas grave. Ces dames se doutent bien que papa n'est pas au courant des prix!...

— Elles vont peut-être s'imaginer que je cherche le bénéfice!

— Mais non, maman.

— Tu ne les connais pas! »

Jérôme s'excusa, fit un sourire contrit et se retira en fermant la porte. Il revint quelques instants plus tard, pendant qu'Amélie finissait d'enlever les ventouses.

« Je m'excuse, dit-il, mais je voudrais que tu vérifies l'addition, Amélie. J'ai bien peur de m'être trompé... »

Amélie détacha la dernière ventouse, qui se sépara de la peau avec un léger bruit de succion, rabattit la couverture sur le dos de la malade et prit le carnet que lui tendait son père. Tandis qu'elle se livrait à ce calcul, Maria se retourna dans son lit et montra à la lumière une figure ravagée par la transpiration.

« Il ne faut pas laisser le magasin vide, marmonna-t-elle. Les gosses... tu sais bien... ils en profitent pour chiper les bonbons dans les bocaux!... »

Elle ne consentit à se calmer qu'à partir du moment où Amélie eut cédé la place à son père et fut descendue elle-même dans la boutique. Là, elle dut subir les questions de quelques commères, qui venaient moins au ravitaillement qu'aux nouvelles. Leur curiosité se parait de mines douceâtres et compatissantes :

« On m'a raconté !... Cette pauvre Maria !... Elle n'aurait pas dû sortir, hier, avec la pluie !... Paraît que vous l'avez cherchée une partie de la nuit !... Elle aurait tout de même pu vous prévenir... Vous dire où elle allait... »

A ces colporteuses de ragots, Amélie répliquait invariablement :

« Maman s'était rendue au cimetière. »

Cette réponse coupait court aux interprétations malveillantes. Les femmes de la Chapelle-au-Bois vouaient aux morts un respect qui excusait toutes les extravagances commises en leur nom. Pour ces esprits simples, le deuil était une distinction honorifique. Plus on avait de défunts à son actif, plus on méritait d'être plaint et considéré. Bien des familles, vivant dans des maisons sordides, économisaient leur argent, sou par sou, pour se payer un caveau taillé dans le granit.

« Au cimetière ? Sur la tombe de sa pauvre mère, au moins ?

— Oui.

— Ah ! misère !... Bien sûr !... C'était une sainte femme !... Les meilleures s'en vont !... Hélas !... »

La cliente mâchait sa ration de mystère funèbre et, de soupir en soupir, gagnait la porte du magasin. En passant le seuil, elle disait :

« Vous lui ferez mes amitiés... Qu'elle se soigne bien... Qu'elle se rétablisse en bonne santé !... »

La réputation de Maria sortait grandie de l'aventure.

A cinq heures, Amélie monta rendre visite à sa mère et la trouva épuisée par une brusque poussée de fièvre. Cette fois-ci, elle ne fit aucune objection quand sa fille lui parla d'appeler le docteur Delattre.

Le médecin ne put se présenter que tard dans la soirée, après la fermeture du magasin. C'était un homme d'une trentaine d'années, petit, malingre, avec un visage flétri par l'insomnie, de gros yeux bleus à fleur de tête, et des cheveux d'un blond verdâtre, qui lui descendaient en pointe dans le cou. Maria exigea de rester seule avec lui pendant l'auscultation. Relégués dans le couloir. Amélie et Jérôme ne quittaient pas du regard la porte qui leur dérobait une scène inimaginable : un homme collant son oreille contre le dos de Maria, lui tapotant la poitrine avec son doigt et lui posant des questions qui la faisaient rougir de honte. Après dix minutes d'attente, ils entendirent la voix de la malade qui les appelait faiblement :

« Venez, c'est fini. »

Assis devant une petite table à ouvrage, le docteur rédigeait son ordonnance.

« Eh bien, dit-il, nous sommes en présence d'une bonne bronchite, qui tombe sur un terrain... en quelque sorte prédisposé...

— Mais ce n'est pas grave? demanda Jérôme.

— Non, non. Sérieux, mais pas grave. De bons soins, le repos... Vous avez bien fait de poser des ventouses... Ajoutez-y des tisanes chaudes alcoolisées, le sirop thébaïque que je vous prescris... »

Les lèvres soudées, le regard fixe, Maria vivait encore dans le souvenir de l'outrage qu'elle avait subi. Elle était pressée de voir disparaître cet homme qui avait mis sa pudeur à l'épreuve. Cependant, Jérôme retardait le départ du docteur Delattre par son bavardage. On eût dit qu'il voulait entrer dans les bonnes grâces du médecin pour s'en faire un allié contre la maladie :

« Il faut qu'elle guérisse vite, docteur. Nous comptons sur vous. C'est bien vous qui avez tiré M. Calamisse de sa bronchite? Avec les mêmes médicaments, n'est-ce pas?

— A peu de chose près, oui.

— Alors, je suis rassuré. Quand reviendrez-vous?...

— Après-demain. D'ici là, tenez-moi au courant de la température... »

Quand il fut parti, Maria eut une crise de larmes. Elle ne voulait pas le revoir. Puis, elle se calma et demanda si Denis était rentré de la pêche. Elle désirait manger une friture de *gardèches*. Elle l'avait promis à son fils. Elle était sûre qu'après le repas elle se sentirait mieux. Denis, en effet, avait pris quelques maigres *gardèches* dans la rivière.

« Fais-les frire, tout de suite, Amélie! » s'écria Maria avec entrain.

Mais, quand Amélie lui apporta le plat, elle eut une grimace écœurée :

« Excuse-moi. Je n'en ai plus envie. Enlève-les. Cette odeur... Je ne peux pas... je ne peux pas!... »

Les jours suivants, l'état de Maria ne s'étant pas amélioré, la vie de ses proches s'organisa selon les exigences de la maladie. Jérôme négligeait sa forge et laissait Justin expédier la besogne courante, quitte à lui venir en aide lorsqu'un paysan amenait des bêtes à ferrer. Le reste de son temps, il le passait au chevet de sa femme. Il avait pris quelques livres dans la chambre de sa fille et, quand Maria n'était pas trop lasse, il lui lisait à haute voix, en scandant chaque syllabe, des passages d'un manuel d'histoire, un conte d'Alphonse Daudet, ou un chapitre des *Misérables*. Ce roman lui plaisait, parce qu'il dénonçait en termes vigoureux la misère des petites gens, écrasés sous le poids de l'ignorance, de la faim et des lois aveugles.

« Si j'avais eu de l'instruction, disait-il, j'aurais aimé écrire des choses dans ce genre-là. Tous les hommes seront coupables, tant qu'il y aura un pauvre sur la terre! »

Il haussait le ton, puis se taisait soudain, craignant de fatiguer Maria par sa gesticulation et ses éclats de voix. Quand elle faisait mine de s'assoupir, il sortait sur la pointe des pieds et rejoignait Justin devant l'enclume. Pendant un moment, ils besognaient ensemble, sans rien dire. C'était une serrure à réparer, ou une chaîne à raccourcir, ou un ciseau de tailleur de pierre à tremper. Requis par le métier, Jérôme oubliait son souci. Quand l'ouvrage était terminé, Justin demandait :

« Et là-à-haut?

— Ça va, disait Jérôme.

— Pauvre dame!

— Eh! oui... »

Le charme était rompu. Jérôme courbait les épaules. Une tristesse malsaine s'insinuait en lui. Il donnait quelques coups de marteau, triait de vieux fers, caressait la tête de la pie avec la pointe de l'ongle, et passait dans le magasin pour tromper le temps. Habituée à aider sa mère, Amélie servait les clientes avec une précision et une célérité irréprochables. Même lorsque la boutique était vide, elle ne s'arrêtait pas de travailler, rangeant des tiroirs, transportant des emballages dans la réserve, ou vérifiant les livres de comptes. Jérôme échangeait quelques mots avec elle, retournait dans l'atelier, sortait dans la cour, et, subitement, pris de scrupule, se hâtait de regagner la chambre. Son pas résonnait au-dessus de la tête d'Amélie. Elle levait les yeux vers le plafond. « Il ne bouge plus. Il s'est assis. Tout va bien. »

Tard dans la soirée, la silhouette de Jean Eyrolles glissait derrière la vitrine. Il jetait un coup d'œil à l'intérieur, et, si Amélie se trouvait seule dans le magasin, poussait la porte, avec tant de discrétion que la sonnette tintait à peine. Séparés par le comptoir, les deux jeunes gens se parlaient à voix basse :

« Comment va votre mère?

— Ni mieux, ni plus mal. Le sirop n'arrive pas à calmer sa toux. Et puis, la fièvre, la fatigue, le manque d'appétit... Elle n'est pas solide. Elle mettra du temps à se rétablir...

— Vous êtes si pâle, Amélie! Vous devriez vous reposer.

— Pas avant que ma mère ne soit sur pied.

— Ce n'est pas raisonnable. »

Il la regardait avec admiration. Elle baissait les yeux. Jean Eyrolles tournait sa casquette entre ses doigts, demandait timidement :

« Cela ne vous ennuie pas que je vienne, de temps en temps, vous tenir compagnie?

— Non, Jean. Mais il faut être prudent. On nous voit trop souvent ensemble.

— Puisque nous sommes fiancés!

— Pas officiellement.

— Oh! l'opinion des autres!...

— Je suis une jeune fille. Je dois veiller à ma réputation.

— Oui, Amélie. Quand pourrais-je revenir? Demain?

— Ce serait trop tôt. Disons : après-demain. »

Jean Eyrolles se penchait vers elle et touchait sa joue d'un baiser. Elle se laissait faire, troublée, gênée, l'œil fixé sur la porte. Il lui serrait la main, attendait qu'elle l'autorisât à l'embrasser encore. Enfin, ne recevant pas l'encouragement espéré, il mettait tout son amour dans un long regard et s'en allait, timide, léger et souriant. Restée seule, Amélie ne pouvait même pas s'attarder, comme elle l'aurait voulu, dans le souvenir agréable de cette visite. Trop de soucis extérieurs réclamaient son attention. Il était l'heure de préparer le repas. Maria avait-elle pris sa potion? Qu'était devenu Denis? Profitant de ses derniers jours de vacances, il multipliait les prétextes d'évasion et ne ralliait la famille que pour manger et dormir. « Enfin, le voici! » Il faisait son entrée dans la boutique, ébouriffé, rieur, les genoux sales, une besace sur l'épaule :

« Devine ce que j'ai là-dedans! »

C'était une couleuvre morte, ou une paire de truites, ou un œuf de cane.

« Va te débarbouiller, disait-elle. Nous mangeons dans une demi-heure.

— Je veux d'abord montrer ça à maman.

— Tu la dérangeras.

— Mais non, ça l'amuse! »

Il montait l'escalier en courant. Amélie posait les volets sur la devanture. Après le magasin, la cuisine. Trois assiettes sur la table. La soupe sur le feu. « Que feraient-ils sans moi? » Se sachant indispensable, elle goûtait un plaisir orgueilleux à ne pas mesurer sa peine.

La veille de la rentrée des classes, elle poussa le dévouement jusqu'à remplacer Maria dans la visite traditionnelle à M. Castagnol, l'instituteur. Une femme de charge balayait la salle. La chaire avait été descendue de l'estrade. Le tableau noir était fraîchement lavé. Debout sur une échelle, M. Castagnol clouait au mur des pancartes qui proclamaient les rapports étroits existant entre le travail et la joie, les bonnes mœurs et l'enrichissement, le sens de l'orthographe et la paix de l'âme. Consciente de ses responsabilités, Amélie parla de Denis, qui avait un gros effort à fournir pour passer son certificat d'études à la fin de l'année scolaire. La paresse et l'étourderie de l'enfant nuisaient au développement de son intelligence. Il avait tout ce qu'il fallait pour réussir, à condition qu'une discipline stricte l'inclinât quotidiennement vers les études. Touché par ce langage vigoureux, l'instituteur promit de redoubler d'attention envers ce jeune élève, qu'il connaissait de longue date et dont les nombreuses capacités méritaient, en effet, d'être tirées de l'ombre. Amélie répéta ces paroles à sa mère, qui en fut émue plus que de raison. Elle appela son fils :

« Tu entends, Denis? Tu peux, tu dois rapporter de bonnes notes! Je me remettrai plus vite, si tu ne me donnes pas de soucis. »

L'enfant l'écouta sans broncher, le regard planté dans le mur, renifla un bon coup et dit qu'il tenterait l'impossible pour satisfaire tout le monde. Le lendemain, vêtu d'une blouse noire, chaussé de socques neufs, et le cartable sur le dos, il prit le chemin de l'école. A son retour, il avait une mine renfrognée. L'instituteur l'avait placé au premier rang pour mieux le surveiller.

« C'est ta faute, dit-il à Amélie. Pourquoi es-tu allée le voir? Tu n'es pas maman, tout de même?

— Pour l'instant, je la remplace, dit Amélie. Et je te demande de ne pas l'oublier. »

Pour son premier dimanche de malade, bien que le médecin eût interdit les visites, Maria exigea d'être habillée dans sa plus belle chemise de nuit et parée de son plus beau châle, comme si de nombreuses amies fussent appelées à la voir. En effet, sans ajouter le moindre crédit aux solennités dominicales prescrites par l'Église, elle avait toujours estimé que, ce jour-là, les personnes de condition devaient se laver des pieds à la tête, mettre leurs vêtements neufs et éviter de se salir les mains. Son opinion était d'ailleurs partagée par tous les habitants de la commune. Croyants et incroyants s'endimanchaient avec le même entrain. Dès les premières heures de la matinée, les rues de la Chapelle-au-Bois se peuplaient d'hommes méconnaissables, lents et désœuvrés, rasés de près, engoncés dans des costumes aux plis raides, qui paraissaient coupés dans le carton. Les femmes, de leur côté, arboraient des robes et des chapeaux qui gênaient leurs mouvements et donnaient un air de vanité à leur physionomie. Ainsi déguisées, elles ressemblaient à des citadines venues à la campagne pour changer d'air. Dans les bonnes demeures, on dédaignait le salé de porc, qui avait constitué l'ordinaire de la semaine, pour servir de la viande de boucherie, comme en ville. Par esprit d'émulation, Amélie voulut obtenir de Jérôme et de Denis une tenue plus soignée encore que celle des dimanches précédents. Sur son ordre, ils accomplirent leurs ablutions à tour de rôle, dans un grand baquet, placé au centre de la cuisine, enfilèrent du linge propre, des habits sans taches, chaussèrent des souliers cirés et se présentèrent, guindés et rouges, à l'examen de la maîtresse de maison. De son côté, la jeune fille s'était préparée comme pour une fête. Maria les passa tous en revue et se déclara satisfaite du résultat.

Comme chaque dimanche, Jérôme et son fils allèrent se promener sur le champ de foire, pendant qu'Amélie s'occupait du ménage. Une heure plus tard, ils étaient de retour. Ils avaient vu bien des gens. Mme Barbezac voulait demander au médecin une permission spéciale pour venir bavarder au chevet de Maria. M. Langlade avait abandonné les fouilles, faute de crédits, et était reparti pour Lyon. M. Calamisse s'était fait arracher une dent. Jules Mazalaigue, le patron du café, avait eu un coup de sang dans sa cave. Le docteur Delattre avait été appelé d'urgence auprès de lui. Maria écoutait ces nouvelles avec une expression de vif intérêt. Quand ils n'eurent plus rien à lui raconter, elle les renvoya d'un geste mou de la main :

« Allez... Je suis fatiguée... »

Après le déjeuner, Jérôme lui demanda si elle ne voyait pas d'inconvénient à ce qu'il descendît dans la forge avec Denis.

« Pour quoi faire?

— J'ai du travail à finir, Maria.

— Les landiers de Mme Dieulafoy? »

Il n'eut pas le courage de nier. Tête basse, il attendait la réprimande. Mais Maria se mit à rire :

« Eh bien, va vite. Qu'attends-tu? Ne dirait-on pas que tu as besoin de ma permission?

— Je poserai mon costume. Je changerai de chaussures.

— Je pense bien!

— Amélie te tiendra compagnie.

— Oui, oui...

— J'aurai vite fait. »

Il sortit, suivi de son fils, et l'escalier retentit sous le choc joyeux de leurs pieds dévalant les marches.

Amélie avait décidé de mettre à profit la fermeture du magasin pour continuer à préparer son trousseau. Assise près du lit, sur une chaise basse, elle ourlait de grands draps à jours. Son aiguille rapide enveloppait les fils libres du tissu, et les nouait, quatre par quatre, pour former de petites ouvertures carrées. Blanche et maigre, le buste soutenu par des oreillers, les épaules couvertes d'un châle tricoté en laine mauve, Maria observait sa fille avec une tendre sollicitude :

« Tu n'avances guère, ma pauvre petite, avec ma maladie qui te prend tout ton temps!

— Quand tu seras guérie, je me rattraperai, dit Amélie.

— Tu ne veux pas que je t'aide?

— Plus tard, maman.

— Je peux bien tirer les fils?

— Non. Tu as entendu le docteur : repos complet. »

Maria répéta avec un vague sourire :

« Repos complet. »

Deux larmes se détachèrent de ses paupières et glissèrent sur ses joues :

« Serai-je seulement debout pour tes fiançailles?

— Mais bien sûr, maman!

— Et si c'était autre chose qu'une bronchite?

— Le docteur nous l'aurait dit.

— Oui, sans doute... Il doit savoir... Encore trois mois jusqu'à ton mariage... Tu n'es pas impatiente? »

Amélie rougit :

« Non.

— Il y a vingt ans, non, vingt-deux ans, quand ton père et moi... »

Elle n'acheva pas sa phrase et resta un moment la bouche ouverte, le souffle court. Sans doute songeait-elle à ses propres fiançailles avec ce petit forgeron, qu'elle avait épousé pour obéir au vœu de sa famille. Des souvenirs indéchiffrables assombrissaient le fond de ses yeux. Elle fronça les sourcils et reprit d'une voix étouffée :

« Dès que je serai sur pied, nous irons voir Mlle Bellac pour choisir le modèle de ta robe. La mienne était, je m'en souviens, toute brodée de petites perles blanches sur le corsage et sur les manches.

— Comment se fait-il que vous vous soyez mariés religieusement? demanda Amélie.

— Quelle question!

— Ni toi ni papa n'allez jamais à l'église.

— Ma fille, qu'on le veuille ou non, pour certaines choses on ne peut pas se passer de l'Église. Le baptême, le mariage, l'enterrement... Nous ne sommes pas des croyants dans la famille. C'est entendu. Mais nous ne sommes pas, non plus, des païens!... Comme tu seras belle! Je te vois d'ici!... »

Elle haletait. Ses narines se pinçaient. Ses lèvres s'ouvraient largement aux commissures. Un accès de toux sèche la rejeta en arrière.

« Calme-toi, maman, dit Amélie. Ne parle plus. Sinon, je vais aller travailler dans ma chambre.

— Non, non, reste. Je serai raisonnable. Je te le promets... »

Elle se tut, en effet, le regard au plafond. Amélie tirait l'aiguille, le dos rond, les yeux fascinés par la blancheur de l'étoffe. Dans la chambre, comme dans son cœur, rien ne bougeait. A cinq heures, elle prit la température de sa mère.

« Combien, ce soir? demanda Maria.

— 37°8 », dit Amélie.

Elle mentait. Le thermomètre marquait 38°5.

« Tu vois que je vais mieux!

— Oui, maman.

— Si j'avais un peu plus d'appétit!

— Je vais te préparer un lait de poule.

— Non... non... Cela me donne la nausée!... »

A la tombée du soir, Jérôme et Denis revinrent de la forge.

« Les landiers sont finis, dit Jérôme. Mais j'ai bien cru qu'on n'y arriverait pas, tant on a été dérangés!...

— Par qui? demanda Maria.

— Eh! que veux-tu? Tous les amis qui passaient devant s'arrêtaient pour dire un mot!

— Ils vous ont vus en tabliers et en sabots?... Un dimanche!...

— La belle affaire!

— Je n'aime pas cela, Jérôme! »

Pressentant la tempête, Jérôme s'empressa de changer de conversation :

« J'ai encore eu des nouvelles de ce pauvre Mazalaigue. Il s'agit bien d'un coup de sang. Il est dans le coma.

— Oui! s'écria Denis. Il paraît qu'il est tombé sans dire ouf! entre ses bouteilles. Quand on l'a ramassé, il avait le visage comme de la pierre.

— C'est affreux! dit Maria. Il n'était pas âgé, pourtant?

— La soixantaine passée, dit Jérôme. Veuf depuis longtemps. Personne pour le soigner...

— Comment personne? Et son fils?

— Tu sais bien qu'il est à Paris. Cela fait huit ans que son père le réclame pour l'aider au café. Il ne pouvait plus, tout seul, le pauvre vieux! Mais l'autre a sa situation. C'est compliqué...

— Il faut le prévenir.

— Calamisse va s'en occuper demain matin. On alertera aussi les cousines Mazalaigue de Treignac, le beau-frère de Saint-Yrieix...

— Mon Dieu! Mon Dieu! » soupirait Maria.

Elle semblait bouleversée par l'infortune de cet homme qu'elle connaissait à peine. Entre elle et lui, la maladie établissait une sympathie aveugle. De toute son âme, elle volait vers le moribond.

Le jour suivant, quand le docteur Delattre vint la voir, elle lui demanda d'abord des nouvelles de Jules Mazalaigue. En apprenant qu'il était paralysé du côté droit, elle ne put retenir ses larmes :

« Vous allez le sauver, docteur! »

Le médecin fit une moue dubitative. Les yeux de Maria se chargèrent d'épouvante. Elle se mit à trembler, comme si on lui eût annoncé qu'un être cher se trouvait en danger de mort.

« N'y a-t-il vraiment rien à faire?

— Si, bien sûr. Jusqu'au dernier moment, il est permis d'espérer...

— A-t-on télégraphié à son fils?

— Oui.

— A-t-il répondu?

— Pas encore.

— Il faut qu'il vienne coûte que coûte... Qu'il soit là... quand... quand son père... »

Elle passa la langue sur ses lèvres sèches et renversa la tête pour chercher une bouffée d'air frais.

« Parlons un peu de vous, dit le docteur Delattre. Voudriez-vous avoir l'obligeance de vous asseoir dans votre lit?... »

Après l'auscultation, le médecin retrouva Jérôme et Amélie dans la cuisine. Il n'était pas satisfait de sa patiente. L'organisme de Maria se défendait mal. Sa fièvre baissait chaque matin et revenait vers le soir avec une insistance alarmante. Elle se plaignait d'une gêne respiratoire, d'un point douloureux sous l'omoplate gauche.

« Je ne vous cache pas, dit le docteur Delattre, que nous devrons la garder au lit plus longtemps que je ne le prévoyais.

— Combien de temps, docteur? demanda Amélie.

— Quinze jours... un mois, peut-être... L'état général de votre mère... pour ainsi dire... favorise le développement du microbe... Elle est épuisée, elle n'a pas de résistance... Il faut la nourrir davantage...

— Elle ne veut rien manger!

— Tâchez d'exciter son appétit... Demandez-lui ses goûts... Amusez-la par des recettes inhabituelles...

— J'essaierai, mais je n'ai pas grand espoir.

— C'est ça... essayez... Vous verrez bien... Évidemment, pas de corps gras qui alourdiraient la digestion. Des œufs, du lait, des légumineux, des viandes rouges. Tout cela par petites quantités. Bref, des repas légers, savoureux et en grand nombre. Cinq ou six par jour. Veillez à ce qu'elle boive chaud... Mais pas d'alcool, pas de vin...

— Non, non, dit Amélie.

— Pour le reste, ne changez rien à la médication prescrite. Il est urgent de réparer les pertes de son organisme en matières azotées et en sels minéraux. En fortifiant le terrain par une alimentation appropriée, nous le rendrons réfractaire aux bacilles, vous comprenez?

— Oui, balbutiait Jérôme. En somme, ce serait surtout une question de nourriture? »

Cette idée le soulageait d'un grand poids. La maladie de Maria ne devait pas être très grave, puisque son traitement relevait plus de la cuisine que de la pharmacie. Conseiller de bons petits plats à une personne alitée, n'était-ce pas reconnaître qu'elle entrait dans la période de convalescence? Ce fut avec effusion que Jérôme remercia le docteur et le reconduisit jusqu'à la porte. Déjà, des menus de choix s'élaboraient dans son esprit.

« On va la guérir à notre façon, dit-il à Amélie. La régaler, la requinquer! Va chez le boucher et prends-lui des cervelles... Je passerai voir le grand Courtil pour avoir des truites... »

Amélie eut beaucoup de peine à détourner son père de ses projets gastronomiques. Lui, si docile d'habitude, n'acceptait qu'avec mauvaise grâce de laisser sa fille veiller seule au régime de Maria. Afin de le rassurer, elle dut lui promettre qu'elle ne reculerait devant aucune dépense pour éveiller l'appétit capricieux de la malade.

Jules Mazalaigue mourut quelques jours plus tard, sans avoir repris connaissance. La cloche de l'église sonna pour annoncer l'événement à toute la paroisse. En entendant ce tintement fêlé, obsédant, Maria fit un effort pour s'asseoir dans son lit. Amélie, qui se trouvait à son chevet, la regarda avec inquiétude. Il y avait sur ce visage, affiné par la maladie, un air de pâmoison implorante, d'impuissance craintive. Elle murmura :

« C'est lui...

— Ou quelqu'un d'autre, dit Amélie.

— Non, non, j'en suis sûre... C'est lui... »

Elle appliqua ses mains sur ses oreilles, comme pour se soustraire au rythme lugubre du glas. Enfin, la cloche se tut. Denis fit irruption dans la chambre. Il revenait de l'école et paraissait tout fier d'être porteur d'une grande nouvelle :

« Vous savez? Jules Mazalaigue... »

Mais il s'arrêta là, jeta un coup d'œil à sa mère et baissa la tête. Amélie lui fit signe de sortir. Maria se recoucha. Un tremblement convulsif tirait le bord de ses lèvres. Le feu de ses prunelles s'éteignit. Elle rêvait. Elle chuchota :

« C'est fini!... Si vite!... Tout à coup, plus rien!...

— Il faut prendre ta potion, maman.

— Déjà? »

Elle ouvrit la bouche. Amélie avança la cuillère. Maria but une gorgée de sirop et fit la grimace.

« Aimerais-tu une tranche de foie de veau pour ce soir? demanda Amélie.

— Je n'ai pas faim.

— Préfères-tu autre chose?

— Non. »

Soudain, son regard se ralluma et elle dit avec décision :

« Amélie, je te demande d'aller à l'enterrement. »

La jeune fille eut un mouvement de surprise :

« Mais pourquoi, maman? Je ne le connaissais presque pas, ce monsieur!

— Je ne le connaissais pas beaucoup, moi non plus.

— Il ne se servait même pas chez nous!

— Parce qu'il était cousin avec les Calajoux, de l'épicerie de la Poste!

— Ce serait plutôt à papa d'y aller!

— Non, Amélie! Ah! comment t'expliquer? Cet homme a été malade en même temps que moi. Si j'étais sur pied, j'irais là-bas... moi... sûrement... »

Un sourire triste effleura ses lèvres.

« Tu me remplaceras, n'est-ce pas? reprit-elle. C'est mon désir. Ton père restera à mon chevet pendant que tu seras absente. »

Amélie comprit qu'elle se heurtait à une lubie de femme malade et qu'il valait mieux ne pas discuter sur ce point.

Le surlendemain, tout au long du service funèbre, la jeune fille fut distraite par les évolutions des enfants de chœur, le chant de l'harmonium, et les flammes des cierges qui brûlaient autour du cercueil, drapé d'une lourde étoffe noire à galons d'argent. L'abbé Pradinas, blond, trapu et rougeaud, officiait avec une extrême lenteur. N'ayant pas l'habitude de la messe, Amélie ne songeait ni au mort, ni à Dieu, ni à la vie éternelle, mais admirait le spectacle. Une émotion respectueuse dilatait son cœur. De temps en temps, elle glissait un coup d'œil à ses voisines. Dans la travée, la plupart des visages lui étaient connus. Mais, sous les mantes noires, ils paraissaient plus blancs et plus dignes que de coutume. Il n'y avait que des femmes dans les premiers rangs. Les hommes étaient groupés derrière, au fond de l'église. Amélie ne pouvait pas les voir. Elle se demanda si Jean Eyrolles était venu. Les gens se levaient, s'agenouillaient. Elle les imitait sans les comprendre. Des sous tintèrent dans les poches. La cloche sonna. Les portes s'ouvrirent. Amélie se retrouva dans la rue où se formait la procession. Ni Antoinette ni son frère n'étaient là. Elle en fut déçue. Le ciel était bleu et sec. Des visages se montraient aux fenêtres. Devant le corbillard, selon l'usage, des amis du défunt portaient deux draps noirs tendus, comme pour recueillir l'âme si elle retombait du ciel sur la terre. En arrivant au cimetière, le cortège se disloqua. Amélie était pressée de rentrer chez elle. Mais elle avait promis à sa mère de rester jusqu'au défilé de condoléances. Elle se tint à l'écart de la fosse, pendant que le prêtre disait les dernières prières. Enfin, il y eut un grand mouvement silencieux dans la foule. On se détournait du défunt pour s'intéresser à sa famille. Amélie emboîta le pas à un groupe de femmes, qui devisaient à voix basse :

« Ça fait combien qu'on ne l'a vu? Sept ou huit ans, comme un seul jour!...

— N'empêche qu'il a aidé son père jusqu'au bout!...

— Il pouvait!

— Un mandat de quinze francs au début de chaque mois. C'est le facteur qui me l'a dit... »

Amélie n'entendit pas la suite. On approchait de la sortie. Par-dessus les têtes, la jeune fille découvrit quatre personnes dressées en rang à la lisière du chemin. D'abord, un homme jeune, de haute taille, les cheveux au vent. Le fils Mazalaigue, sans doute. A côté de lui, un peu en retrait, deux femmes ensevelies sous des voiles de deuil et un monsieur corpulent, à la face marbrée de plaques roses : les cousines de Treignac et le beau-frère de Saint-Yrieix. En passant devant eux, les gens s'inclinaient, marmonnaient quelques mots, tendaient la main. Mâchoires serrées, sourcils froncés, le fils Mazalaigue paraissait excédé par le murmure compatissant qui s'élevait jusqu'à lui. En le voyant de plus près, Amélie remarqua qu'il avait les yeux secs. Son regard se posait durement sur le visage de ceux qui lui adressaient la parole. Quand il leur répondait, ses lèvres bougeaient à peine sous sa grosse moustache brune, tombante. De tout son être émanait une impression de force et de dédain. Il n'était pas possible de le plaindre. Encore moins de le trouver sympathique. Comme elle arrivait à sa hauteur, Amélie s'aperçut qu'elle n'avait pas préparé la phrase qu'elle devait lui dire. Prise de court, elle avança la main et chuchota :

« Je suis bien peinée pour vous... »

Une étreinte dure se referma sur ses doigts. Étonnée par la brusquerie du geste, elle leva les yeux et rencontra un regard glacé. Il ne semblait pas la voir. Il grommela :

« Merci, madame. »

Cette réplique, qui paraissait destinée à une autre, la troubla. Elle retira sa main, inclina la tête et passa devant les cousines de Treignac et le beau-frère de Saint-Yrieix en oubliant de les saluer.

10

En moins de trois semaines, la maladie avait usé Maria au point de la rendre méconnaissable. La peau de son visage était tendue à craquer sur une ossature fragile. Ses yeux, profondément enfoncés, brillaient au creux d'une ombre charbonneuse. Un rictus misérable ouvrait les commissures de ses lèvres. Elle respirait prudemment, se plaignait de migraines et ne pouvait souffrir l'odeur des plats qu'on lui présentait. Chaque matin, au réveil, de violentes quintes de toux arrachaient à sa bouche des crachats jaunâtres, qu'elle considérait ensuite avec stupeur dans la cuvette.

« C'est l'infection qui s'en va », disait Jérôme.

Le docteur Delattre était moins optimiste. Sans rien changer au traitement, il ne parlait plus de bronchite, mais de bacillose. Sur son conseil, pour éviter de déranger Maria, Jérôme dormait sur un petit lit pliant, qu'il avait descendu de la mansarde et dressé à côté du grand lit conjugal. Mais, après avoir exigé cette précaution, le médecin ne paraissait plus vouloir s'en contenter. A l'entendre, il fallait que tous les membres de la famille observassent une hygiène très stricte dans leurs rapports avec la patiente. Se savonner et se brosser les mains après l'avoir soignée. Interdire à Denis d'embrasser sa mère en rentrant de l'école. Veiller à ce que la vaisselle et le linge de la malade fussent réservés à son seul usage et lavés séparément, dans de l'eau bouillante. Cette dernière recommandation irrita Jérôme, comme une marque d'impolitesse à l'égard de sa femme.

« Ne dirait-on pas qu'elle peut nous passer son mal? s'écria-t-il.

— Mon devoir est de vous mettre en garde contre le danger de contagion, dit le docteur Delattre.

— Nous sommes tous solides. Une bronchite ne nous fait pas peur.

— Ce n'est pas une simple bronchite. »

La conversation avait lieu dans la cuisine. Une lampe à pétrole brûlait sur la table. Jérôme fit un pas en avant. Son visage était lourd, avec de grosses cordes d'ombre tendues en travers du front :

« Qu'est-ce que vous dites?

— Nous appelons cela une bronchite spécifique...

— Et alors? »

Amélie prit le bras de son père et murmura :

« Ne nous cachez rien, docteur.

— Je ne vous cache rien.

— Il ne s'agit pas de?... »

Elle hésitait à prononcer le mot. Enfin, reprenant son souffle, elle articula distinctement :

« ... de tuberculose? »

Le visage mou et blond du docteur Delattre se ramassa dans une grimace perplexe.

« Pas exactement », dit-il.

Amélie s'attendait à une dénégation plus péremptoire. L'embarras du médecin la rejetait dans le doute. Elle lâcha le bras de son père et s'adossa au mur.

« Pas exactement? dit-elle. Je ne comprends pas. Expliquez-vous, docteur. »

Il évitait de la regarder dans les yeux.

« Une bronchite normale aurait été guérie en neuf jours, dit-il. Étant donné la persistance de certains symptômes, nous devons agir comme si nous nous trouvions en présence de ce que vous redoutez. Pour plus de sûreté, n'est-ce pas?...

Envisager le pire dans l'intérêt du mieux... Pécher par excès de précautions plutôt que par négligence... Voilà mon sentiment...

— Très bien, très bien », disait Jérôme.

Il éprouvait un tel besoin d'être rassuré, qu'il ne retenait dans le discours du docteur Delattre que les phrases destinées à endormir l'inquiétude de la famille. Amélie, en revanche, était surtout sensible à la pensée secrète du médecin. Derrière ce flot de paroles lénifiantes, elle devinait la gêne, l'indécision, la fatigue d'un homme dépassé par les événements. Soudain, elle le détesta pour son incompétence ou sa dissimulation. Il tirait ses manchettes, relevait le col de son manteau.

« D'ailleurs, dit-il encore, même s'il s'agissait d'une tuberculose, il ne faudrait pas désespérer. Dans bien des cas, la tuberculose est curable. Et, je vous le répète, nous n'en sommes pas là!... »

Il eut un sourire forcé, qui parut déclenché par un mécanisme. Un autre mécanisme lui fit tendre la main. Quand il fut parti, Amélie se tourna vers son père. Il s'était assis sur la chaise, dans le *cantou,* et regardait le sol entre ses pieds.

« Eh bien, dit-il, tout cela n'est pas drôle. Mais, l'important, c'est qu'il n'y ait pas de danger de tuberculose. Moi aussi, j'en avais peur. Je n'osais point te l'avouer, mais j'y pensais bien un peu. Maintenant, nous sommes au clair.

— Oui, papa », dit-elle.

Sa gorge se serrait.

« Pour ce qui est des précautions dont il parle, reprit-il, il faut en prendre et en laisser. Les docteurs exagèrent toujours. Ils en demandent beaucoup pour qu'on en fasse un peu.

— Il vaut tout de même mieux suivre son conseil.

— Pour Denis, peut-être...

— Et pour nous aussi. Ce n'est pas compliqué.

— Non... ce n'est pas compliqué... Espérons que, demain, elle sera plus vaillante... Il y a des maladies qui vous lâchent tout à coup, comme elles vous ont saisis!...

— Papa, dit-elle soudain, je vais écrire au docteur Tabaraud.

— Pour quoi faire?

— Pour lui demander de venir.

— Tu es folle! Il a sa pratique à Limoges! Et puis, le docteur Delattre ne serait pas content!...

— Je lui en parlerai d'abord.

— Tu n'as pas confiance en lui?

— Si. Mais deux avis valent mieux qu'un. »

Décontenancé par cette proposition, il n'osait ni l'approuver, ni la rejeter d'emblée.

« Patiente encore un peu, dit-il. Nous avons bien le temps.

— Peut-être pas. »

Il lui lança un regard effrayé :

« Serais-tu donc si inquiète? »

Elle retint le cri qui lui montait aux lèvres, attendit d'être plus calme et murmura :

« Je ne suis pas inquiète, non, mais je veux mettre toutes les chances de notre côté. »

Il l'embrassa :

« Tu as raison. Écrivons-lui. Et nous montrerons la lettre au docteur Delattre avant de l'envoyer. »

Séance tenante, ils rédigèrent la missive. C'était Jérôme qui dictait, penché sur l'épaule de sa fille :

« Mon cher docteur et ami, une circonstance bien malheureuse m'oblige à vous envoyer la présente, qui, j'espère, vous trouvera en bonne santé, vous et les vôtres. Il n'en est pas de même chez nous... »

Sans l'avouer à son père, Amélie craignait un peu la réaction du jeune médecin devant cet appel de détresse, lancé par-dessus sa tête à l'un de ses confrères. Mais, le lendemain, ayant pris connaissance de la lettre, le docteur Delattre ne fit aucune difficulté pour approuver le projet de consultation. Il paraissait même soulagé à l'idée de n'être plus seul à assumer la responsabilité de sa thérapeutique. Dans l'enveloppe préparée par Amélie, il glissa un billet, par lequel il invitait personnellement le docteur Tabaraud à venir au chevet de son ancienne cliente. On décida, d'un commun accord, que Maria ne serait pas avertie de cette démarche, pour lui épargner une déception dans le cas d'une réponse négative.

Depuis quelques jours, c'était Jérôme qui se tenait au magasin. Pour l'aider dans ce travail, auquel il n'était pas habitué, Amélie avait dressé, à son intention, le tarif détaillé de toutes les denrées et une liste des clientes ayant droit au crédit. Elle-même ne quittait pas le chevet de sa mère et épiait les progrès de la destruction sur cette figure délicate. On eût dit qu'une puissance vorace rongeait les racines du corps. La vie, délogée de ses assises profondes, se réfugiait à la surface. Il n'y avait plus de sang, plus de force, que dans cette mince enveloppe de protection. La chair des joues semblait éclairée par une source lumineuse placée à l'intérieur. Les yeux, aux larges cernes mauves, prenaient la couleur du sucre brûlé. Dès qu'elle faisait un mouvement, ses narines se pinçaient et ses lèvres se teintaient de rose. Le matin, après ses grosses quintes de toux, ses spasmes et ses crachements, il n'était pas rare qu'elle montrât soudain une humeur enjouée. Faible et haletante encore, elle demandait à Amélie de se poster à la fenêtre pour lui décrire les gens qui passaient dans la rue. Ou bien, elle la priait de lui lire quelques pages des *Misérables*. Mais, très vite, elle donnait des signes de lassitude :

« Ne lis plus... Cela m'agace... Parle-moi plutôt... As-tu revu Jean Eyrolles?...

— Il est venu hier soir au magasin, pendant que je préparais le souper.

— Vous avez parlé?

— Oui.

— De quoi?

— De toi.

— Pourquoi de moi? disait-elle. Je ne suis pas intéressante. Occupez-vous donc de vous! Ce mariage est une grande chance... Oh! je serai debout pour les fiançailles... Il me semble que, ce matin, je suis plus solide... Peut-être pas?... Je ne sais plus... »

Une expression de panique traversait son visage. Pour chasser son angoisse, elle se lançait dans les projets :

« Il faudrait retapisser cette chambre... Repeindre les volets... Acheter une autre table à ouvrage... Mais ma maladie aura coûté tant d'argent!... Oui, la table à ouvrage... Celle-ci, je ne peux plus la voir... Glisse-la derrière le paravent... »

Amélie s'exécutait. Sa mère poussait un soupir :

« Non, c'était mieux avant... Excuse-moi... Je suis insupportable, n'est-ce pas?... Remets-la en place... Et soulève un peu le rideau... Il fait si sombre!... Assez!... Maintenant, j'ai la lumière dans les yeux... J'ai froid... Je suis mal couchée... »

Amélie l'aidait à s'asseoir dans le lit, et, tout en la soutenant avec le bras gauche, déplaçait et retapait avec la main droite les quatre oreillers qui servaient à étayer le dos.

« Mes épaules étaient bien, gémissait Maria. C'était ma nuque qui n'avait pas d'appui. Celui-ci, pousse-le. Encore!... Non, c'est trop!... Oh! tu ne comprends pas!... »

Elle se recouchait, épuisée. Son front était moite de sueur. Posées sur la couverture, ses mains blanches laissaient voir l'appareil maigre de l'ossature. Enfin, ses paupières s'abaissaient. Elle ne parlait plus. Elle paraissait assoupie, contente. Amélie songeait tout à coup à la mort. L'idée que sa mère fût en train, peut-être, de vivre ses derniers instants la plongeait dans une stupéfaction horrifiée. Debout devant le lit, elle la regardait changer, devenir une autre. Maria ne bougeait pas, et pourtant elle s'éloignait. Elle était encore ici, chez elle, parmi les siens, mais ceux qui l'aimaient le plus étaient impuissants à la retenir. « Ce n'est pas vrai. On doit pouvoir tenter quelque chose. Je suis folle! » Pour réagir contre sa terreur, elle se disait que le docteur Delattre continuait à soigner sa patiente comme si elle allait guérir, et que le docteur Tabaraud ne pouvait refuser de venir au secours de son jeune confrère. A eux deux, ils auraient vite fait d'arrêter les ravages du mal. En effet, la réponse du docteur Tabaraud ne se fit pas attendre. Accablé de travail, il promettait néanmoins de se libérer pour être dimanche, en fin de matinée, à la Chapelle-au-Bois. Le docteur Delattre reçut confirmation du rendez-vous par pli séparé. Au même courrier, Amélie trouva une longue lettre de son amie Marthe. Ayant lu et relu ces quatre feuillets chargés de tendresse et de compassion, la jeune fille les cacha dans la poche de son tablier, entra dans la chambre de sa mère et dit gaiement :

« J'ai une bonne nouvelle à t'annoncer, maman! Marthe m'écrit que son père est obligé de venir pour affaires à la

Chapelle-au-Bois. Nous en profiterons pour lui demander de t'examiner sérieusement.

— C'est vrai? » s'écria Maria.

Une flambée de joie éclaira son visage.

« Je suis contente, chuchota-t-elle, contente de le voir... Ce bon docteur!... Lui, je suis sûre qu'il me guérira!... Quand vient-il?

— Dimanche.

— Dimanche?... C'est dans combien de jours?

— Dans trois jours, maman.

— Trois jours à attendre... Comme c'est long!... Non, ce n'est pas long... Juste le temps de nous préparer... Sans doute logera-t-il chez sa mère?... Cette bonne vieille Mme Tabaraud, elle se languit toute seule dans sa petite maison!... Je ne l'ai pas vue depuis... depuis... Je ne sais plus... Nous inviterons le docteur à déjeuner... Je sais ce qu'il aime... Tu lui feras... »

Sa pensée se figea. L'effroi élargit ses prunelles.

« Il ne vient pas pour affaires! dit-elle soudain. Vous l'avez prévenu. Tu as écrit à Marthe... »

Amélie supporta le choc sans broncher :

« En effet, je lui ai écrit.

— Quoi?

— Que tu étais souffrante.

— Simplement?

— Oui.

— Ce n'est pas vrai! S'il se dérange, c'est qu'il me considère comme gravement... très gravement malade... Ne me trompe pas!... Je devine... Je sais... Tu lui as fait dire par Marthe que j'étais... »

Elle porta ses deux mains crispées devant sa bouche. Les pointes de ses ongles abaissaient sa lèvre inférieure et découvraient un peu ses gencives. Un cri s'échappa de sa gorge :

« Tu crois, Amélie, tu crois que je vais mourir? »

Amélie s'attendait si peu à cette question, qu'elle demeura un moment interloquée et comme privée de contact avec le monde réel.

« Que vas-tu chercher là, maman? dit-elle enfin. Le docteur

Tabaraud est trop occupé à Limoges! Même si j'avais été très inquiète, je n'aurais pas osé faire appel à lui! »

D'un rapide coup d'œil elle s'assura que Maria acceptait le mensonge.

« Et puis, reprit-elle, qui nous dit qu'il acceptera de t'ausculter, puisque tu es entre les mains d'un autre docteur?

— Comment? » balbutia Maria.

Amélie poussait son avantage, se grisait de sa témérité :

« Eh oui! Peut-être le docteur Tabaraud passera-t-il simplement nous dire bonjour. Bien sûr, nous insisterons pour qu'il t'examine. Mais c'est délicat. A cause du docteur Delattre...

— Je le raisonnerai... Je lui dirai... »

Son désir d'être prise en charge par un médecin en qui elle mettait toute sa confiance lui faisait oublier les soupçons qu'elle avait conçus en apprenant justement qu'il se préparait à lui rendre visite.

« Dis-moi qu'il me verra! gémit-elle.

— Je le pense... J'en suis sûre, maman...

— Et qu'il me sauvera!

— Oui.

— Je ne veux pas mourir!

— Maman chérie, si tu parles encore de cela, je me fâche! s'écria Amélie.

— Ne me gronde pas », dit Maria.

Quand Jérôme, à son tour, pénétra dans la chambre, elle renonça à lui parler, mais concentra toute son allégresse, toute son espérance, dans un regard brillant de fièvre. Il prit la main exsangue et la pressa contre sa joue en murmurant :

« Tu vois, Maria, tout s'arrange... »

Il était sincère. Amélie l'observait, penché sur sa femme et communiant avec elle dans une illusion réconfortante. En face de ces deux êtres favorisés par un même mirage, elle se sentait seule, durcie dans la lucidité, la logique et la peur.

Jusqu'à l'arrivée du docteur Tabaraud, Maria vécut dans un état de surexcitation enthousiaste. Elle mettait ses dernières réserves d'énergie au service de sa foi. Tout, pour elle, devait changer à partir du moment où cet homme charitable et savant franchirait le seuil de sa chambre.

Il fut exact au rendez-vous. Le docteur Delattre était allé le chercher à la gare. Jérôme et sa fille sortirent au-devant d'eux pour les accueillir.

« Docteur, comment vous remercier? bredouillait Jérôme. Elle vous attend avec une telle impatience!... »

Ses exclamations se croisaient avec les protestations bourrues du médecin :

« Voulez-vous vous taire!... C'était la moindre des choses! Vous avez l'air bien fatigué, mon bon!... Et ma petite Amélie a une mine de peu!... Ah! misère!... Oui, je sais... Le docteur Delattre m'a mis au courant... On verra... on verra... Ne perdons pas de temps... Conduisez-nous auprès d'elle!... »

Amélie et son père le précédèrent dans l'escalier. Gros et lourd, la barbe grise couvrant le plastron, les lunettes descendues à mi-course sur la pente du nez, il soufflait rudement à chaque marche et faisait glisser sur la rampe une main épaisse aux doigts hérissés de poils. Le docteur Delattre le suivait. Denis sortit de sa chambre pour les voir déboucher sur le palier. Quand la porte s'ouvrit, Maria dressa la tête, comme frappée d'extase. Une vision céleste ne l'eût pas réjouie davantage. Elle remuait les lèvres sans pouvoir prononcer un mot. Le docteur Tabaraud fronça les sourcils. Puis, sa face s'élargit, ses dents brillèrent, et il dit avec un entrain professionnel :

« Eh bien, ma chère Maria, qu'est-ce que j'apprends? En voilà une histoire! Moi qui me promettais d'oublier, pour quarante-huit heures, que j'étais médecin!... »

Elle eut un pauvre sourire et proféra dans un souffle :

« Ne m'en veuillez pas... ne refusez pas... »

Le docteur Delattre s'était déjà débarrassé de son manteau. Jérôme aida le docteur Tabaraud à retirer le sien.

« C'est entendu, dit-il. Nous allons examiner ça de plus près. La table de toilette est derrière ce paravent, si j'ai bonne mémoire! Passez le premier, mon cher... »

Amélie versa de l'eau dans la cuvette. Après s'être lavé les mains, le docteur Delattre s'assit au chevet du lit pour prendre le pouls de la malade. Elle suffoquait, les lèvres retroussées, les yeux à demi clos :

« Il faut... je veux guérir...

— Si vous le voulez vraiment, notre tâche sera plus facile, dit le docteur Tabaraud en se penchant sur la cuvette qu'Amélie venait de remplir.

— Quatre-vingt-dix, dit le docteur Delattre.

— Quatre-vingt-dix, répéta le docteur Tabaraud. Parfait!... »

Amélie plongea dans ses yeux un regard suppliant. Il détourna la tête, comme s'il lui eût été pénible de supporter l'interrogation muette et tendre de ce visage.

« Je veux guérir vite, reprit la voix de Maria. Très vite... avant la fin de l'année...

— Pourquoi cette date limite? demanda le docteur Tabaraud.

— A cause des fiançailles... »

La jeune fille se sentit rougir et faiblir de confusion. Le médecin s'empara de la serviette qu'elle tenait sur le bras.

« De quelles fiançailles voulez-vous parler? » dit-il en dépassant le paravent pour s'avancer dans la chambre.

Tout en marchant, il s'essuyait les mains avec une vigueur alerte.

« Amélie... Amélie et Jean Eyrolles, dit Maria. Ils vont se marier... Vous ne saviez pas?... »

La barbe du docteur Tabaraud se décrocha dans un demi-sourire :

« Ma foi, non! En voilà une bonne nouvelle! Je te félicite de tout cœur, mon enfant... C'est Marthe qui va être contente! Comment se fait-il que tu ne lui aies rien écrit à ce sujet?

— Ce n'est pas encore officiel, balbutia Amélie. J'ai préféré attendre.

— Moi qui croyais que vous n'aviez pas de secrets entre vous! Tant pis pour toi! C'est moi qui lui apprendrai tout! Je l'ai connu haut comme trois pommes, ton futur mari!... »

Il attira une chaise, mais le docteur Delattre se leva pour lui céder la sienne :

« Vous serez mieux ici.

— Je vous remercie. Oui, un bon garçon. Et le mariage est, si j'ai bien compris, pour les derniers jours de décembre?

— Pour les derniers jours de janvier, murmura Maria.

— Cela nous laisse deux bons mois devant nous.

— Oui... Est-ce que vous croyez que je pourrais... en deux mois?...

— Chut! dit-il. Pas d'impatience! Pas d'énervement! C'est en vous agitant ainsi que vous vous faites le plus de mal. »

D'un mouvement doux, il repoussait les couvertures.

Jérôme, pétrifié de respect, suivait chaque geste du médecin, comme si ces fortes mains velues eussent été chargées d'un fluide miraculeux.

« Non, non, inutile de retirer la chemise », dit le docteur Tabaraud.

Les doigts tâtonnants de Maria ramenèrent les pans du châle mauve sur ses épaules :

« J'ai froid, docteur... Et puis, j'ai chaud... Et, quand je respire... j'ai là, dans le dos...

— Je sais, je sais, ne parlez pas. Détendez-vous... »

La porte s'ouvrit et Denis passa la tête par l'entrebâillement.

« Va-t'en! Va-t'en dans ta chambre! chuchota Amélie.

— Je croyais que c'était fini, dit-il.

— Non. Va-t'en. »

Il disparut et referma la porte. En apercevant son fils, Maria s'était légèrement soulevée sur ses oreillers. Ce mouvement lui fit perdre le souffle. Une toux brusque secoua sa poitrine et lui jeta le sang au visage. Elle hoquetait, elle étouffait, les joues violettes, les yeux saillants, une main crispée à hauteur du cou.

« Mon Dieu! » s'écria Jérôme.

Il voulut lui présenter le crachoir. Mais le docteur Delattre l'avait devancé. Maria retomba, haletante, sur sa couche et ferma les paupières, comme prête à s'évanouir. Le docteur Tabaraud posa une main sur son poignet en grommelant :

« Eh bien, calmez-vous. C'est fini... »

Puis il changea de lunettes pour examiner le contenu du vase.

« C'est bien ce que je vous ai signalé, dit le docteur Delattre. Liquide muqueux, aéré, avec grosses concentrations opaques.

— J'ai honte! gémit Maria.

— Il n'y a vraiment pas de quoi! dit le docteur Tabaraud. Je suis bien content, moi, de vous avoir vue tousser. Vous nous donnez là un élément qui nous sera très utile pour établir notre diagnostic.

— Jérôme... qu'il s'éloigne...

— Il s'éloignera. Et Amélie aussi. Voilà. Maintenant, plus un mot. Laissez-vous faire. Je ne vous embêterai pas longtemps. »

Amélie et son père se réfugièrent dans l'embrasure de la fenêtre. Deux dos noirs, penchés au-dessus du lit, leur cachaient le visage de Maria. Ils voyaient sa main pâle, pendante. Ils entendaient sa respiration oppressée. Jérôme, les traits tirés par l'insomnie, paraissait subir, dans sa chair, la même souffrance que sa femme endurait à quelques pas de lui. Tête basse, il nouait et dénouait ses mains aux jointures craquantes. La jeune fille évitait de le regarder, par crainte de ne pouvoir retenir ses larmes. Son esprit était occupé par une prière, qui la berçait comme le trot d'un cheval : « Pourvu que ce soit autre chose... autre chose... autre chose... »

Elle devina la percussion légère d'un doigt sur la cage thoracique.

« Bon... bon... » grognait le docteur Tabaraud.

Amélie ferma les yeux : « Et s'il se relevait, tout joyeux, en nous déclarant : « Rien de grave! » Et s'il s'écriait devant le docteur Delattre : « Vous vous êtes trompé, mon cher. Nous la sauverons! » Et s'il lui faisait une piqûre, qui instantanément la guérisse! » Un vertige montait de son ventre à sa tête. Elle rouvrit les paupières. Les deux médecins s'écartaient du lit. Une voix faible résonna dans la chambre :

« Qu'est-ce que j'ai, docteur? »

Le docteur Tabaraud rabattit la couverture. Trois plis, en forme de fourchette, creusaient la peau de son front entre ses sourcils. Il souffla rudement dans sa barbe, dont les poils bougèrent autour de la bouche :

« Ce que vous avez? Une bronchite, ma chère Maria. Une bronchite carabinée...

— Mais quand pourrai-je me lever?

— Je n'en sais rien encore. Pour l'instant, il s'agit de parer au plus pressé. Reposez-vous. Ne faites pas de projets, qui ne serviraient qu'à vous donner des poussées de fièvre. Et laissez-vous soigner, bien sagement, par mon excellent confrère, avec qui, si vous le permettez, nous allons nous consulter pour établir un traitement... un traitement plus énergique... »

Il corrigea par un sourire la sévérité de ses conclusions. Jérôme, un peu déçu, murmura :

« En somme... rien de nouveau?

— Ma foi, non! » dit le docteur Tabaraud.

Et, se tournant vers Amélie, il ajouta :

« Veux-tu nous conduire dans ta chambre. Nous y serons très bien pour bavarder un peu et rédiger l'ordonnance. »

La jeune fille passa devant les deux hommes pour leur montrer le chemin. La porte de sa chambre était entrouverte. Ils entrèrent. Sans y être invitée, elle franchit le seuil à son tour. Le docteur Tabaraud leva les sourcils :

« Merci, ma petite. Laisse-nous, maintenant... »

Amélie n'eut pas l'air d'entendre ce qu'il lui disait. Au lieu de partir, elle allongea la main et ferma la porte derrière elle. Dans tout son être régnait un silence précurseur. Comme si sa chair et son esprit se fussent immobilisés dans l'expectative d'une horrible commotion.

« Que veux-tu, Amélie? demanda le docteur Tabaraud avec douceur.

— Je veux savoir la vérité, dit-elle.

— Tu la connais. Le docteur Delattre t'a bien prévenue...

— Il ne m'a pas tout dit.

— Mais si, mademoiselle, murmura le jeune médecin. Rappelez-vous...

— C'est moi qui soigne maman. Je me doute de son état. Elle est très malade, n'est-ce pas?

— Oui, mon enfant, dit le docteur Tabaraud. Très malade.

— Et... vous ne pourrez pas la guérir? »

Le docteur Tabaraud glissa ses deux mains sous les basques de sa jaquette. Sa face aux rides lourdes s'inclinait lentement vers le sol. Passant au-dessus des lunettes, son regard avait une fixité gênante. Il dévisageait la jeune fille comme pour évaluer sa capacité de résistance. Le docteur Delattre, intimidé, s'écarta de son confrère, afin de signifier qu'il lui laissait l'entière responsabilité de ce qui allait suivre.

« Je suis forte, reprit Amélie. Vous pouvez parler franchement. »

Soudain, les traits du docteur Tabaraud se relâchèrent dans une grimace de compassion rageuse. Sa barbe se mit à trembler. Il grommela :

« C'est bien, Amélie. Il faut que tu sois courageuse... très courageuse.

— Ah? »

Elle n'avait pas besoin qu'on l'éclairât davantage. Ses jambes faiblissaient sous le poids de son corps. Un engourdissement funèbre s'emparait de son cerveau. Sans forces, le regard fondu, elle s'appuya au chambranle de la porte. Une voix étrangère, calme, un peu rauque, sortit de sa bouche :

« N'y a-t-il vraiment plus rien à faire?

— Il est bien tard, ma petite. Ta mère est tuberculeuse au dernier degré. Cette bronchite a précipité la crise...

— Elle souffre tant, docteur!

— Nous la soulagerons de notre mieux.

— Mais vous ne la sauverez pas?

— Que te répondre? Un miracle est toujours possible... »

Un miracle! Elle se saisit de ce dernier mot, follement, le fit tourner dans sa tête, et le rejeta, désappointée. C'était une consolation à l'usage des faibles. Elle n'avait pas le droit de se leurrer à si bon compte! Le docteur Tabaraud lui prit les poignets dans ses grosses pattes chaudes. Elle fit appel à toute son énergie, retira ses mains et dit :

« Je vous remercie, docteur. »

Maintenant, elle avait hâte de s'en aller. Ses doigts cherchaient le bouton de la porte. Au moment de sortir, elle se retourna :

« Docteur, je vous en supplie, ne dites pas à mon père que maman va si mal! Laissez-lui croire... quelque temps encore...

— Je te promets que cette conversation restera entre nous », dit le docteur Tabaraud.

Dressé devant elle, il l'enveloppait dans un regard où il y

avait tant de compréhension et tant de loyauté, qu'elle fut sur le point de se jeter contre sa poitrine. Le docteur Delattre se moucha pour masquer son émotion. Sans ajouter un mot Amélie se glissa dans le corridor. Comme elle arrivait devant la chambre de sa mère, la porte s'ouvrit, Jérôme se montra :

« Que font-ils? »

Elle était trop bouleversée pour supporter la vue de son père, qui ne savait rien, qui espérait encore. Dans un mouvement irréfléchi, elle continua son élan vers l'escalier. En abordant la première marche, elle dit, par-dessus son épaule, d'une voix qui s'efforçait d'être naturelle :

« Ils discutent. Ils n'en ont pas pour longtemps...

— Où vas-tu? » demanda Jérôme.

Cet appel la frappa dans le dos, comme une balle. Sa main se crispa sur la rampe. Que répondre? A court d'idées, elle murmura :

« Je vais faire chauffer de l'eau pour une infusion.

— Ah bien! Ne tarde pas trop... »

La porte se referma. Soulagée, la jeune fille descendit dans la cuisine et s'assit sur une chaise, devant la table. D'un œil hébété, elle considérait les casseroles, la huche, l'évier, la marmite. Elle avait envie de dire à ces objets : « Elle ne vous touchera plus. » Mais ils le savaient déjà. Toute la maison, chaude encore de la vie quotidienne, avait reçu l'avertissement extraordinaire. Dans ce réceptacle sacré la mort s'apprêtait à déposer sa marque. « Ici? Chez nous? Comment le croire? Pourquoi elle et non une autre? Pourquoi maintenant? Pourquoi pas dans dix ans, dans vingt ans? » Saisie par le sentiment d'une injustice, elle voulut se plaindre, réclamer son dû. Mais à qui? Au nom de quoi? Maria était parvenue au point où des forces inconnues l'emportent sur la volonté humaine. Quelle que fût l'affection de ses proches, sa chute était certaine, comme celle d'une pierre, lancée dans l'espace, et qui, au sommet de sa trajectoire, est reprise par les lois de la pesanteur. Les menues réalités de chaque jour ne tenaient pas devant cette irréalité sans mesure et sans nom, dévorante, aveugle, éternelle. Amélie eut un sanglot et coucha sa figure dans son bras replié sur la table. Le bois fleurait la cire et le café au lait. Cette odeur lui rappelait son enfance. Et son enfance, c'était encore Maria. Maria grondeuse, rieuse, tendre, attentive. Maria penchée sur son lit, pendant sa coqueluche. Maria lui essayant une robe en taffetas rose. Maria lui apprenant à compter avec des bonbons de couleur. Amélie la revoyait si bien dans le passé, qu'il lui était impossible d'imaginer un avenir où elle ne tiendrait pas son rôle. La vie sans sa mère, la maison sans sa mère! A la place de ce regard, de cette voix, de ce mouvement, un vide, un silence qui n'auraient plus de fin. Au lieu de ces ordres, de ces jalousies, de ces dévouements, de cette pudeur ardente, le règne décevant d'un souvenir pâli et déformé par l'usage. Ne plus pouvoir crier : « Maman! » et que quelqu'un réponde! Elle écrasa son poing contre ses lèvres. Et son père? Qu'allait-il advenir de lui dans le naufrage?

Des pas firent résonner le plafond. Les médecins avaient fini de se consulter. Revenus auprès de la malade, ils devaient la rassurer à leur manière. Et Jérôme avec elle. Amélie se leva. Que faisait-elle ici? Ah! oui, l'eau chaude. Il ne fallait pas l'oublier. Machinalement, elle poussa une bouilloire pleine sur la plaque du fourneau, raviva le feu, et sortit du buffet une tasse, une soucoupe et la boîte de tilleul. Sans apaiser son désespoir, ces gestes ménagers l'aidaient à reprendre conscience de sa mission dans le logis. Elle renouait avec elle-même. Elle rentrait dans son existence, après un moment de délire. La perspective de l'effort surhumain qu'elle aurait à fournir pour continuer à dissimuler sa peine ne l'effrayait plus, mais, au contraire, exaltait son courage. Comme si elle eût trouvé une compensation à son chagrin dans la souffrance qu'elle s'imposait pour n'en rien laisser paraître. Elle prépara l'infusion. « Combien de fois encore remplirai-je cette tasse pour maman? » Cette question la frappa avec la soudaineté d'un éclair. Sa bouche frémissait. Ses yeux se voilaient de larmes. Elle se croyait plus vaillante. Elle se rassit, les jambes coupées, et attendit un long moment que le calme fût revenu dans son cœur. Puis, prenant la tasse, elle se dirigea vers l'escalier. Elle posait ses pieds l'un devant l'autre, en essayant de ne penser à rien. Arrivée à la dernière marche, elle s'arrêta pour maîtriser sa respiration. Un bruit de voix traversait le battant. La toux de sa mère. « Elle vit. Elle vit encore! » Résolument, Amélie ouvrit la porte. La chambre était très claire. Le docteur Tabaraud se lavait les mains. Le docteur Delattre enfilait son manteau. Jérôme tenait entre deux doigts une feuille de papier, qui devait être l'ordonnance. Son visage était grave, mais confiant. Le dos soutenu par une pile d'oreillers, Maria, pâle, essoufflée et dolente, tourna ses yeux vers Amélie et dit, comme chaque fois que sa fille lui apportait une tisane :

« Encore!... Je n'en veux pas!... Tu sais bien que cela m'écœure!... »

11

« M'ENTENDS-TU, Amélie ?

— Oui, maman.

— Où est ton père ?

— Dans ma chambre.

— Pourquoi ?

— Il s'est étendu sur mon lit pour se reposer un peu, et moi, tu vois, j'ai pris sa place à ton chevet. Dans un moment, il viendra me relayer.

— Vous ne voulez pas me laisser seule ?

— Non.

— Quelle heure est-il ?

— Minuit passé. Mais ne parle pas, maman. Essaie de dormir.

— J'ai bien le temps... Je voulais te dire... c'est trop difficile de vivre... Je ne peux plus...

— Tais-toi, maman, je t'en supplie ! »

Pour apaiser la malade, Amélie arrangea ses oreillers et passa un linge trempé d'eau froide sur son front, sur ses joues, qui transpiraient abondamment.

« Mes mains... Mouille mes mains aussi... »

Amélie prit les mains, l'une après l'autre, au creux de la serviette humide, et les massa délicatement pour les rafraîchir.

« Oh! c'est bon... encore un peu... cela suffit... Écoute... quand je ne serai plus, tu t'occuperas de tout à ma place...

— Je te défends de penser à cela, maman. Tu joues à te faire du mal! Veux-tu que je change la boule chaude?...

— Non... Il faut que tu saches... c'est important... Pour le magasin... Le livre de comptes... Tu verras... J'ai fait crédit à Mlle Bellac jusqu'au 15 janvier... C'est un... un accord entre nous...

— Oui, maman...

— L'envoi de Limoges... Il y avait trois tasses cassées... dans la caisse... Je l'ai signalé à M. Dubech... Insiste... Il doit... il doit les remplacer... Et ton père... Je veux le voir...

— Il est si fatigué! Laisse-le dormir, maman.

— C'est vrai... Je suis égoïste... Pardonne-moi... »

Il y eut un silence. Puis la voix reprit, sifflante, monotone :

« Amélie, le tiroir de la table de nuit... Ouvre-le... Il y a là cette petite pièce de monnaie romaine... Tu sais bien?...

— Tu veux la regarder?

— Mets-la dans ma main... »

Amélie prit la pièce de monnaie et la glissa entre les doigts de Maria, qui se refermèrent mollement :

« Elle est fraîche sur ma peau... Tu te rappelles?... Le Veixou... Les vieilles pierres... Le feu... Jean Eyrolles... Sois heureuse... Soyez heureux... »

Comme étouffée par cet excès de paroles, elle resta un instant les yeux écarquillés, la face injectée de sang, les bras contractés, pliés sur la poitrine. Une toux sauvage l'ébranla soudain, la jeta en avant, vers le crachoir qu'Amélie tenait à deux mains. Enfin, les spasmes se ralentirent et le corps exsangue retomba sur sa couche. La jeune fille épongea les lèvres, le menton de sa mère, barbouillés de sueur et de salive. Un râle montait en grelottant de la poitrine rompue. Les prunelles, brouillées de larmes, regardaient le plafond. La main droite n'avait pas lâché la petite médaille :

« C'est affreux... J'ai mal... Que ça finisse!... Que ça finisse!... »

La plainte s'acheva en un bourdonnement de chanson enfantine. Exténuée par la secousse, Maria s'assoupissait doucement. Amélie se rassit dans son fauteuil. Huit jours avaient passé depuis la visite du docteur Tabaraud, huit jours de soins constants, d'illusions déçues et de souffrances inutiles. Depuis quatre nuits, la jeune fille et son père ne prenaient presque pas de repos. Jérôme n'osait plus montrer le même entêtement dans la confiance. Ce soir, quand Amélie lui avait conseillé de dormir un peu, il avait dit : « Je suis trop inquiet... Je ne pourrais pas... — Allonge-toi donc, simplement... — Mais pour un petit quart d'heure, alors? Si quelque chose ne va pas, tu viens me chercher... » En la quittant, il avait le visage d'un homme privé de soutien et qui marche, en aveugle, vers un but connu de lui seul.

La maison était immergée dans le silence comme dans une eau stagnante. Pour ne pas blesser les yeux de la malade, Amélie avait placé la lampe à pétrole sur la table de toilette, à demi masquée par le paravent. De ce coin irradiait une lumière douce, qui mettait en valeur des fioles de médicaments, le bord d'une tasse, la courbe argentée d'une cuillère. L'air était saturé par des relents de peau fiévreuse et de pharmacie. Sur le mur d'en face, dans son cadre de bois noir, la mère de famille barrait toujours la route à l'assaut d'une troupe de monstres, personnifiant les principaux défauts de l'humanité. Amélie contemplait cette image, dont elle connaissait les moindres détails par cœur. « Halte-là! Je veille. » Un goût salé montait dans sa gorge. Sa nuque était douloureuse, ses paupières brûlées comme par un vent de sable. Elle devait serrer les accoudoirs du fauteuil pour s'assurer qu'elle ne rêvait pas. Elle reporta ses regards sur le lit. Jamais sa mère ne lui avait paru plus petite, plus vulnérable et plus belle. La peau de ses narines était diaphane. Ses lèvres s'ouvraient sur deux rangées de dents blanches et régulières. Sa poitrine se soulevait, s'abaissait. Les inspirations étaient courtes, saccadées et rauques, les expirations très lentes, comme si Maria eût voulu conserver le plus longtemps possible une bouffée de cet air précieux dans ses poumons ruinés. Obsédée par les alternances de ce souffle laborieux, Amélie songeait à une mécanique usée, qui tourne encore par à-coups avant de s'immobiliser définitivement. « Un jour, le cœur s'arrêtera de battre, le cerveau de penser. A la place de maman, il y aura quoi? Une chose! » Elle chassa de son esprit cette menace, à laquelle, malgré l'évidence, elle refusait de s'accoutumer encore. Quand elle réfléchissait à l'avenir, elle voyait une interminable succession de jours, signalés par la même toux, la même fièvre, les mêmes plaintes et les mêmes potions. Entraînée par la routine de la maladie, elle admettait inconsciemment que ni la guérison ni la mort n'en marquerait le terme.

Par habitude, elle se pencha sur sa mère et prit le poignet si maigre, entre ses doigts. Une faible palpitation heurta le gras de son pouce, comme un fil tendu et desserré. Ce rythme animal se communiquait à toute la main d'Amélie, à son avant-bras, à son épaule, à sa tête. Elle lâcha le pouls. Maria rouvrit les yeux et poussa un soupir :

« Tu es là... encore?...

— Comment te sens-tu, maman?

— Mieux... je vais... enfin... dormir... »

En effet, la figure close, elle parut glisser dans le sommeil. Mais Amélie ne la quittait pas du regard. Des minutes noires s'additionnaient dans la tête de la jeune fille. Elle en était alourdie, étourdie. L'horloge de l'église sonna une heure. Soudain, les paupières de Maria se soulevèrent sur un regard fixe. Un soupir s'échappa de ses lèvres entrebâillées. Sa bouche continua à s'ouvrir, comme si ses mâchoires eussent refusé d'obéir à sa volonté. Pendant quelques secondes, Amélie considéra avec angoisse ce masque livide, percé d'un trou où brillait la courbe rose de la langue. La bouche ne se refermait pas. Au creux de l'oreiller, reposait une figure de matière inerte.

« Maman! »

Amélie colla son oreille contre la poitrine de sa mère. Une syncope? Non! Le silence. L'absence. Un corps inhabité livrait son reste de tiédeur aux doigts qui le palpaient follement.

La brusquerie de l'événement laissait Amélie désemparée et incrédule. Cette mort, à laquelle elle se préparait depuis tant de jours, la surprenait comme si elle n'en eût jamais admis l'éventualité. « Maman!... Maman!... Ce n'est pas possible!... Ce n'est pas vrai!... » Dérangée par un mouvement de la jeune fille, la tête s'inclina, roula sur son épaule. Amélie la redressa, la prit entre ses paumes, la couvrit de baisers craintifs. Ce contact, la douceur de la peau, le parfum glissant des cheveux, prolongeaient en elle l'idée d'une richesse irremplaçable. Elle balbutiait des paroles sans suite. Ses larmes débordaient. Un peu plus tard, elle avança le pouce et, se retenant de crier, abaissa l'une après l'autre les paupières dociles. Il fallut aussi fermer la bouche. Maria se laissa faire. Elle était séparée du monde. Plus rien d'humain ne pouvait l'atteindre. Pas même la douleur de sa fille, qui s'était agenouillée au pied du lit, à bout de forces, et appliquait sa joue contre une main blanche et légère, aux ongles bombés. La maison continuait à dormir autour de cet événement surnaturel. Chaque chose restait à sa place. Les fenêtres étaient tapissées de nuit. A dix pas de là, Jérôme et Denis reposaient, calmes et détendus, inconscients de leur perte. Amélie leva le front et, de nouveau, regarda sa mère. La bouche pincée, les joues creuses, elle était étonnée par un songe révélateur. Partant de ce point, la zone de mystère s'élargissait par cercles concentriques. Bientôt, tout sembla pétrifié dans le silence, pour toujours. Conquise par cet engourdissement solennel, Amélie n'osait pas bouger. Elle sentait son cœur battre, ses pleurs couler, ses membres faiblir. Mais, placée devant le fait accompli, elle ne se révoltait plus, elle ne s'inquiétait plus. A son insu même, la sérénité du cadavre influait sur le cours de ses pensées. Ce qu'elle perdait en agitation, sa tristesse le gagnait en profondeur. Longtemps elle demeura ainsi, retirée dans une adoration muette. Quand elle entendit sonner la demie, elle se dressa enfin et s'éloigna du lit sur la pointe des pieds. Elle marchait sans effort. Sa fatigue avait disparu. Arrivée dans le corridor, elle ouvrit doucement la porte de sa chambre. Une bougie était allumée sur la table de nuit. La flamme mince et droite se reflétait dans la glace de l'armoire. Sur le lit, qui n'était pas défait, Jérôme gisait de tout son long, les bras pendants, les jambes écartées, pris à la gorge par un sommeil de brute. Un souffle puissant roulait dans sa poitrine. Elle le contempla avec un sentiment d'amour et de pitié incoercible. Puis elle dit :

« Papa... papa... réveille-toi... »

Cet appel dut traverser une grande épaisseur de rêve. Soudain, il se haussa sur ses coudes et tendit la tête. Une expression ahurie passa sur son visage. Ses paupières battaient. Il fit claquer ses lèvres collantes et chuchota :

« Hein? Quoi? Qu'y a-t-il? »

Elle lui prit la main :

« Viens la voir, papa. C'est fini. Elle ne souffre plus. »

12

DEBOUT entre Jérôme et Denis, au premier rang de l'assistance, Amélie avait l'impression d'être reportée quelques semaines en arrière et de revivre intensément une scène à laquelle, jadis, elle n'avait prêté qu'une attention distraite. Le même abbé Pradinas, blond et rougeaud, les mêmes chants, les mêmes cierges, le même drap noir, taché de cire et bordé d'un galon d'argent terni... Mais ce n'était plus à l'âme de Jules Mazalaigue que les fidèles dédiaient leurs prières. Le catafalque, en apparence inchangé, avait pris une signification nouvelle. Maria était là-dessous. Tant de magnificence lugubre s'accordait mal avec le souvenir charmant qu'Amélie avait gardé de sa mère. Incapable d'associer l'idée du néant à celle d'un être, qui, deux jours plus tôt, lui parlait, lui souriait encore, elle attribuait à la dépouille invisible les réactions d'une personne vivante. Ainsi se disait-elle que Maria, toujours soucieuse de passer inaperçue, devait être gênée par un appareil théâtral qui la désignait aux regards de tous. Comme sa fille, elle avait hâte, sans doute, que la cérémonie se terminât. Mais, après la cérémonie, il y aurait le transport au cimetière, la fosse ouverte, l'enterrement... Pour se délivrer de cette vision glaçante, Amélie tâchait de s'élancer dans la dévotion. Privée d'un espoir immédiat, elle voulait croire, maintenant, à l'existence future, à un au-delà vaporeux où sa mère serait heureuse et où tous, tôt ou tard, ils la rejoindraient. Cette promesse incertaine adoucissait momentanément son chagrin. Puis, elle entendait un soupir, glissait un coup d'œil vers son père, vers son frère, et, comme si un cran eût lâché dans sa poitrine, la peine retombait de haut, écrasait son cœur sous le choc. A ses côtés, l'homme et l'enfant, engoncés dans leurs vêtements noirs, cravatés, peignés bien à plat, tendaient leurs figures blafardes vers le curé qui saluait le tabernacle. Depuis le décès de sa femme, Jérôme vivait dans un état de stupeur permanente, parlant à peine, n'écoutant pas ce qu'on lui disait et refusant de prendre de la nourriture. A deux reprises, il avait déclaré devant Amélie : « C'est ma faute... S'il n'y avait pas eu cette dispute, ta mère ne serait pas sortie sous la pluie, elle n'aurait pas pris froid, elle serait encore près de nous... » Quand il se confiait ainsi, son visage avait une expression têtue et déraisonnable. « Pourvu qu'il ne s'effondre pas avant la fin de la messe », se dit-elle. Insensiblement, le souci qu'il lui inspirait par sa faiblesse dans le malheur la détournait de songer à celle qui en était la cause. Venue pour ne penser qu'à la morte, elle devait déjà s'inquiéter d'un vivant.

« *Pater noster...*

— ..., *Requiem œternam dona ei, Domine, et lux perpetua luceat ei...* »

Denis, la face larmoyante, les bras croisés, reniflait, n'osait se servir de son mouchoir. Amélie en fut fâchée, comme si Maria eût pu voir que son fils se tenait mal à l'église. Jérôme avait caché sa figure derrière ses dix doigts crispés. Elle le crut sur le point de défaillir et murmura :

« C'est bientôt fini... »

Mais il ne l'entendait pas. Un gargouillement étrange remuait dans sa gorge. De petites taches humides marquaient le haut de sa chemise.

« *Requiescat in pace.*

— *Amen.*

— *Domine, exaudi orationem meam...* »

Jérôme se courba en avant. A quoi pensait-il en écoutant cette prière inintelligible et solennelle, lui qui ne croyait pas au Dieu de l'Église et critiquait les prêtres? Acceptait-il la célébration de la messe comme une formalité fastidieuse? Ou trouvait-il un secret réconfort à constater que sa femme était traitée avec tous les égards dus à une personne de qualité? Amélie entendit le crissement des chaises derrière son dos. Bien des gens étaient venus. Des amis, des relations, des clients. La tante Clotilde de la Jeyzelou, avec son mari et sa fille Thérèse, la tante Hermance de Brive, d'obscures cousines des environs, qui, toutes, connaissaient Amélie, bien qu'elle fût certaine de les rencontrer pour la première fois. Mme Tabaraud et sa fille étaient arrivées, la veille, de Limoges. On prévoyait un repas de trente couverts, à l'auberge, après les funérailles. Comme Jérôme était trop abattu pour s'occuper de la chose, c'étaient ses beaux-frères Caloustre de Brive et Chazal de la Jeyzelou, qui avaient dressé la liste des invités et commandé le menu. Hier, en descendant de la chambre mortuaire dans la cuisine, Amélie était tombée sur une réunion de messieurs, qui discutaient pour savoir s'il valait mieux servir du civet de lièvre ou une omelette aux champignons avant le rôti. La perspective de cette épreuve excitait la répugnance de la jeune fille. Ayant déjà pris part à trois ou quatre déjeuners semblables, elle pouvait imaginer sans peine ce que serait celui-ci. Au début, paralysés par la gêne, hommes et femmes mangeraient comme à regret, en poussant des soupirs. On vanterait les vertus de Maria entre deux gorgées de vin rouge. On plaindrait, la bouche pleine, le pauvre Jérôme et ses aimables enfants. Puis, la vie reprenant ses droits, les voix deviendraient plus fortes, les joues se congestionneraient, quelques rires étouffés monteraient du bout de la table réservé à la jeunesse. Et, vers les trois heures de l'après-midi, détendus par la nourriture et la boisson, tous ces convives, qui avaient rarement l'occasion de se rencontrer, oublieraient le deuil de leur hôte et parleraient de leurs affaires personnelles dans une rumeur de banquet finissant.

« *Dominus vobiscum...*

— *Et cum spiritu tuo...* »

Elle retrouva l'air et la lumière du jour avec un sentiment de libération. Le ciel gris vaporisait une petite pluie froide, impalpable, qui mouillait à peine le sol et donnait du luisant à la pente des toits. La cloche de l'église sonnait à pleine voix au-dessus du troupeau d'hommes et de femmes, vêtus de noir, qui se pressaient en désordre sur la place. Dans la foule, quelques visages retenaient l'attention d'Amélie : Marthe, grande, blanche, potelée sous un large chapeau de deuil à aigrette ; Mme Tabaraud, le chef enturbanné, le cou serré dans une étole de fourrure grise ; Justin, plus bossu que de coutume, les pieds en dedans, la face balafrée, parce qu'il s'était rasé de trop près ; la tante Clotilde avec son lorgnon et son col baleiné ; les parents Eyrolles, abritant leur double consternation sous un même parapluie. Jean, debout à l'écart de tous, tête basse, les mains nouées derrière le dos. Quand elle le vit, il y eut dans sa tristesse comme un élan de joie honteuse, frénétique.

Un chuchotement respectueux parcourut l'assemblée. Six hommes sortirent de l'église, portant le cercueil. Trois de chaque côté, ils marchaient à petits pas, en haletant sous la charge. Leur effort semblait disproportionné à l'extrême légèreté de ce corps vidé par la maladie. D'un geste brusque, ils poussèrent la bière sur le plancher du corbillard. Il y eut un craquement. Jérôme tressaillit et pressa convulsivement la main de sa fille. Des couronnes en perles de verre furent disposées autour de la caisse. C'était le meunier Françou qui louait la voiture funéraire et faisait fonction de cocher pour les enterrements. Il monta sur son siège. La guimbarde s'affaissa un peu sous cet excédent de poids. Comme pour Jules Mazalaigue, on déplia deux pièces de tissu noir devant le cheval. Mais, cette fois-ci, les derniers honneurs étant destinés à une femme, ce furent les plus proches amies de la défunte qui se rangèrent autour des carrés de drap symboliques pour les porter, tendus entre leurs mains, jusqu'à la grille du cimetière. Le cortège s'organisait dans une rumeur de piétinements et de murmures. Le prêtre et les enfants de chœur prirent la tête du mouvement. On entendait des bribes de voix, récitant le *De Profundis*. La grande croix d'argent, scintillant dans la brume pluvieuse, montait et descendait selon les ondulations du terrain. Le corbillard se dandinait sur ses hautes roues aux moyeux grinçants. Marchant immédiatement derrière le char funèbre, Amélie frémissait à chaque cahot, comme si elle l'eût ressenti pour le compte de sa mère. Jérôme, voûté, les bras ballants, le cou tendu, paraissait vouloir, pour la dixième fois, déchiffrer l'inscription de la grande couronne centrale, dont les minuscules boules blanches, violettes et noires étaient distribuées selon un motif floral compliqué : « A ma chère épouse. A notre mère bien-aimée. » De temps en temps, il butait contre un caillou, marquait un pas de côté et frôlait mollement l'épaule de sa fille. Elle voulut prendre la main de Denis, mais l'enfant refusa d'un froncement de sourcils irrité. Son deuil lui ayant conféré une dignité soudaine, il tenait à faire preuve de bravoure et d'indépendance devant la population de la Chapelle-au-Bois. Selon l'habitude, des commerçants sortaient sur le pas de leur porte, des faces roses se collaient aux vitres. On se signait. On hochait la tête. Des chiens surgissaient d'une cour, d'un hangar, humaient l'odeur de la mort et, au lieu d'aboyer, s'en allaient lentement, la queue basse.

Après les derniers jardins et le terrain vague, ce fut la campagne. Mais, à travers son voile de deuil, Amélie ne voyait qu'un paysage de suie. La lumière du ciel, les couleurs des champs, tout avait pris pour elle un aspect désolé et fumeux. Ne pouvant s'échapper à l'air libre, son souffle, intercepté par le crêpe, revenait lui chauffer la face. L'itinéraire longeait la voie ferrée. Le chef de gare sortit de son bureau et ôta sa casquette. La garde-barrière attira son gamin contre ses jupes et se signa. Au-delà d'un talus d'herbe fanée, s'étendaient des labours gras et luisants, baignés de pluie. Une charrette gémissait dans un sentier invisible. Les nuages pressaient l'horizon. Le chemin devenait mauvais, creusé de grosses ornières aux veines enchevêtrées. Amélie sentit que, dans son dos, le cortège se débandait. Chacun, à sa manière, s'efforçait d'éviter les flaques. Elle-même dut s'écarter du corbillard pour faire quelques pas sur le bas-côté de la route. Derrière le mur du cimetière, des croix se haussaient, bras écartés, tête droite, comme pour guetter de loin l'arrivée du convoi. La grille était ouverte. Impressionné, Denis se rapprocha de sa sœur et chercha la main qu'il avait repoussée moins d'un quart d'heure auparavant. Jérôme chuchota :

« Allons-y... »

Ensemble, ils s'engagèrent dans l'allée centrale bordée de grands caveaux, solidement enracinés dans le sol. Sur les grilles pendaient des couronnes à demi détruites, qui laissaient voir leur monture de fil de fer rouillé. L'emplacement réservé à Maria se trouvait à l'extrémité opposée de l'enclos. Le maçon et son aide servaient de fossoyeurs. Bras croisés, ils attendaient, debout devant la tranchée rectangulaire. A l'approche de la famille et du prêtre, ils se découvrirent. Le cercueil arriva, dansant comme une barque entre les porteurs. La pluie ruisselait sur le couvercle de bois poli, glissait en chapelets de gouttes rapides dans les rainures. Un cercle d'habits noirs et de visages blancs se forma aussitôt, débordant les tombes voisines. Ceux des derniers rangs se dressaient sur la pointe des pieds pour mieux voir. Le prêtre marmonnait des prières. Des parapluies s'ouvraient. L'eau coulait dans le trou aux parois bosselées, d'où sortaient de maigres racines. Tenu par quatre cordes, le cercueil descendit lentement dans son lit, large et profond, qui soufflait une haleine de cave. Amélie serrait le bras de son père, comme pour l'empêcher de se jeter dans la fosse. Il tremblait de tous ses membres. Ses yeux exorbités suivaient stupidement la plongée de la caisse, qui s'éloignait de lui pour toujours. Quand elle toucha le fond, il fit entendre un gémissement absurde, ses mâchoires claquèrent. Il balbutia :

« Non! Non!... »

Une pelletée de terre résonna sur le couvercle. Ce bruit retentit dans la tête d'Amélie, comme un tonnerre de protestation. Elle voyait sa mère, si délicate, si jolie, si frileuse! couchée entre quatre planches et promise à la nuit pesante de l'ensevelissement. On n'avait pas le droit de lui faire ça! Le goupillon passait de main en main. Les yeux noyés de larmes, elle prit l'aspersoir, le secoua tel un hochet, le tendit à son frère. Ne comprenant pas ce qu'elle voulait de lui, Denis, effrayé, eut un mouvement de recul. Jérôme ne maîtrisait plus ses sanglots, dont les coups de boutoir l'ébranlaient du ventre aux épaules. On l'emmena. Amélie le retrouva, avec Denis, à la sortie du cimetière, parmi un grand concours de femmes voilées et geignardes, et d'hommes qui serraient les dents sous leur moustache pour montrer que la douleur était là, mais qu'ils savaient lui imposer silence. Prise dans un remous d'étoffes sombres, qui fleuraient vaguement la benzine et le cosmétique, la jeune fille, embrassée, consolée, par des tantes, des oncles, des cousins, des cousines, éprouvait son chagrin comme un écœurement. Sur l'ordre de l'oncle Chazal tous se rangèrent au bord du chemin pour le défilé de condoléances.

Maintenant, Amélie voyait couler devant elle une procession noire et lente, d'où jaillissait, à intervalles réguliers, une main qui cherchait la sienne. Tour à tour étreints et libérés, ses doigts ne lui appartenaient plus au bout de son poignet sans force. Un bourdonnement incompréhensible montait à ses oreilles. Elle disait : « Merci », au hasard. Ses regards allaient d'un visage à l'autre sans pouvoir se poser. Mme Tabaraud, Marthe, Antoinette, les parents Eyrolles, Jean, Mme Barbezac, Justin, Mme Ferrière, Mlle Bellac, M. et Mme Calamisse, Mme Croux, la sage-femme, Mme Calajoux, qui tenait l'épicerie concurrente, rue de la Poste... Tous glissaient comme des fantômes dans le champ restreint de sa vision. Quand elle bougeait la tête, son voile se déplaçait, et des moires sombres couraient étrangement sur ces figures d'un autre monde. Combien y en avait-il encore? Elle eût juré qu'ils étaient plus nombreux qu'à l'église. Une brève secousse la tira de sa songerie. On lui serrait la main avec vigueur. On la regardait jusqu'au fond des yeux. Qui? Elle dut s'imposer un effort mental pour reconnaître le fils Mazalaigue. Mais elle ne comprit pas ce qu'il lui disait. Comme aux autres, elle murmura :

« Merci! »

Il lui lâcha la main. Ses larges épaules pivotèrent. A sa place, une vieille femme moussue bafouillait :

« Je l'ai bien connue, la pauvre! Elle vous a sûrement parlé de moi! Agathe... Agathe de Pérols... Vous savez?... »

Ne recevant pas de réponse, la vieille femme s'éloigna, mécontente. Elle était la dernière. Soudain, le cimetière parut plus vaste, mieux ordonné. Dans le silence revenu, Amélie entendit résonner la pelle des fossoyeurs qui comblaient le trou.

DEUXIÈME PARTIE

1

LA neige, tombée dans la nuit du samedi au dimanche, avait commencé à fondre dès le matin. Cependant, protégé par son mur d'enceinte, le cimetière offrait encore l'aspect d'un petit champ propre et farineux. Une nappe de grésil scintillait sur les dalles lisses des caveaux. Les croix portaient à leur sommet des casquettes d'albâtre poreux. Détachées des couronnes mortuaires, quelques perles multicolores brillaient sur un tapis qui avait la pureté et la consistance du sucre. Comme les autres, l'emplacement de Maria disparaissait sous une couche blanche, marquée, çà et là, de petits trous en forme de rosettes. Assis à croupetons, Jérôme mesurait le pourtour de la tombe avec un mètre pliant en bois jaune. Amélie et Denis le regardaient faire. Dans la neige, à côté de lui, gisaient son calepin et son crayon. Enfin, il se redressa et rangea son attirail dans la poche de son paletot. Son visage était rougi par l'effort. Entre ses paupières larmoyantes, ses yeux avaient une expression de fausse bravoure.

« Voilà, dit-il, j'ai tout noté. On lui fera un petit mur en pierre taillée, et, dessus, je scellerai une grille en fer forgé. J'ai déjà mon idée. Les montants seront prolongés par des épines et unis entre eux par des rinceaux... Qu'en penses-tu, Amélie?

— Ce sera sûrement très bien, papa.

— Personne n'en a de semblable dans le pays. Sur le

devant, je ménagerai un portillon, pour qu'on ne soit pas obligé d'enjamber la clôture quand on veut arracher des herbes ou apporter des fleurs.

— Oui.

— Il faudra aussi une grande croix en fer forgé pour remplacer celle en bois... Je m'en occuperai... Je trouverai le temps... »

Il toussa et fit un pas en arrière. Rangés sur la même ligne, ils regardaient, tous trois, cette croûte glacée, sous laquelle, par endroits, on devinait la couleur de la terre. Une commune pensée les tirait vers la demeure invisible où tant de souvenirs étaient livrés à la destruction. Depuis deux mois que Maria était morte, chaque dimanche matin elle recevait la visite de son mari et de ses enfants. Même au cours de la semaine, il n'était pas rare que Jérôme s'échappât de la forge pour courir jusqu'au cimetière, et rester là, immobile, désarmé, implorant, dans un silence qui n'avait pas de fin. Le temps qui passait, loin d'adoucir sa peine, en accusait la profondeur, comme s'il eût découvert chaque jour une nouvelle raison de se désoler. Son deuil lui avait fait perdre le goût du travail, le sens de la responsabilité et jusqu'au désir de vivre. Vidé de tout espoir, il se laissait porter par l'habitude, tel un bouchon par l'eau. Denis, les pieds gelés, se dandinait et battait la semelle. Amélie toucha la main de son père :

« Cela suffit, papa. Viens...

— Un petit moment encore, balbutia-t-il.

— Mais pourquoi? Que veux-tu?...

— On est bien ici, avec elle... On pense à des choses, et c'est comme si elle entendait... »

Sa voix s'embourbait. Il renifla, se racla la gorge. Des corbeaux passèrent en croassant. Au-delà du mur, s'étalait un paysage de vapeur froide, d'arbres noirs, tordus, et de champs en pente aux grasses mottes givreuses. Jérôme abaissa les yeux vers le sol. Les couronnes s'appuyaient contre la croix. Elles étaient encore presque neuves. Mais, sur celle du beau-frère Chazal, de la Jeyzelou, il manquait une lettre à l'inscription montée sur fil de fer. Hésitant à marcher sur la tombe, comme par crainte de s'enfoncer et d'écraser Maria sous le poids de son corps, Jérôme se pencha, allongea la main pour fouiller la neige autour de l'insigne funéraire. Tâtonnant au hasard, ses doigts rencontrèrent bientôt un caractère de métal argenté. C'était le « g » de « regrettée ». Il le glissa dans son gousset.

« Il faudrait réparer ça, dit-il.

— Plus tard », dit Amélie.

Elle le prit par le bras. Un court moment il refusa d'obéir à cette pression affectueuse. Puis, secouant la tête, il murmura :

« Eh bien, partons... »

Sur le chemin du retour, elle eut l'impression qu'elle conduisait un vieillard. Silencieux et lourd, il avançait lentement, à côté d'elle, comme si l'air eût opposé une grande résistance à l'effort de ses jambes. Denis courut devant eux pour se réchauffer, s'arrêta, ramassa de la neige au revers du talus et revint sur ses pas, la face réjouie, une boule blanche à la main. L'ayant pressée jusqu'à la rendre aussi dure qu'une pierre, il la lança au loin.

« Si seulement la neige pouvait rester! dit-il. Mais, ce soir déjà, il n'y aura plus que de la boue.

— Oui, dit Jérôme, c'est le dégel. »

Il prononça ces mots avec une gravité insolite. Depuis quelque temps, parlant des choses les plus banales, il laissait passer dans sa voix l'accent d'une tristesse qui se rapportait à un autre sujet.

« On doit tout de même pouvoir faire des glissades sur le champ de foire, près de la pompe, là où c'est mouillé, reprit Denis. J'irai voir cet après-midi.

— Si tu veux », dit Jérôme.

Ils étaient arrivés près de la station de chemin de fer, dont les murs paraissaient plus sales que d'habitude, par contraste avec la pâleur poudreuse des toits. Une silhouette familière sortit du baraquement des marchandises et s'avança sur la route. Amélie savait que Jean Eyrolles avait affaire, ce matin-là, avec le chef de gare pour une expédition de bois. Bien qu'elle s'attendît à cette rencontre, elle en fut heureuse comme d'un coup de chance. Jérôme redressa la taille et essaya de se montrer insouciant et jovial devant le nouveau venu. Avec une sorte d'entrain factice, il lui demanda des nouvelles de ses parents, de son travail, des dernières commandes passées à la scierie par l'administration des chemins de fer. Mais rien de ce qu'il disait ne semblait engager sa pensée. Après quelques minutes de bavardage oiseux, il donna des signes de lassitude. Pour remonter vers le bourg, Amélie décida d'éviter la rue centrale et de suivre une voie moins passante, qui contournait l'agglomération par le sud. Le chemin était trop étroit pour qu'il fût possible d'y marcher à quatre de front. Jérôme alla devant, avec Denis, afin de laisser les jeunes gens ensemble. Jean Eyrolles prit la main d'Amélie et murmura :

« Comme votre père est triste! La vie doit être pénible pour vous, à la maison!

— J'ai trop à faire pour avoir le temps de me plaindre.

— Tout cela nous met bien loin de nos fiançailles!

— Oui, Jean. Dans l'état où se trouve mon père, je ne veux pas lui en parler. Une telle cérémonie, même tout à fait entre nous, serait gênante, vous le sentez bien!...

— Quand donc croyez-vous que ce sera plus facile?

— Dans un mois, dans deux mois. Je ne sais que vous dire...

— C'est long!

— J'en souffre autant que vous, Jean. J'aimerais pouvoir être, dès maintenant, traitée par tous comme votre fiancée. Ce qui m'aide à me résigner sur ce point, c'est la pensée que, de toute façon, notre mariage sera impossible pendant l'année du grand deuil.

— Oui, Amélie.

— Aurez-vous le courage d'attendre? »

Elle leva sur lui un regard où elle avait mis toute sa volonté d'être aimée, respectée et comprise. Il portait sa casquette à petits carreaux verts et marron, et un gros foulard gris noué autour du cou, dont les pans descendaient entre les revers de sa veste. Sa longue figure se décontracta dans un sourire confiant. Il dit :

« Je suis sûr de moi. Et vous... et vous, Amélie? »

Ils s'étaient arrêtés de marcher. Elle ne le quittait pas des yeux, se reposait sur ce visage comme sur un terrain conquis.

Les prunelles petites et dorées, le nez busqué, le menton large, charnu, rasé de près, tout cela était devenu son bien pour la vie. Elle n'imaginait pas un autre avenir que celui qui se déroulerait dans la chaleur de cette affection raisonnable et discrète.

« Vous avez ma promesse, Jean », dit-elle.

Il lui prit le bras et se pencha sur elle en chuchotant :

« Merci. »

Rapprochés, ils firent quelques pas sur le chemin montant. A leur gauche, s'étageaient des collines de brume, striées de charpies blanches. Mais, à leur droite, derrière des barrages de palissades et d'arbustes, les fenêtres des maisons étaient à l'affût. Des gens pouvaient les voir de loin. Amélie craignait d'être surprise dans une attitude contraire à la bienséance. Comme Jean cherchait à l'embrasser, elle se dégagea et dit :

« Il ne faut pas, Jean... Vous perdez la tête!... »

Devant elle, Jérôme et Denis avançaient, la main dans la main, sans se retourner. Elle regarda longuement ces deux silhouettes, l'une robuste, carrée, l'autre, petite, aérienne, dansante. Et, soudain, il lui sembla qu'elle s'était déjà mariée, que son frère et son père n'étaient plus avec elle, qu'elle les avait laissés, qu'ils s'éloignaient, misérables, désemparés, vers leur nouveau destin. Elle eut un arrêt de la respiration, un court vertige. Insidieusement, une mélancolie étouffante se mêlait à son espérance.

« Savez-vous, dit Jean Eyrolles, que mon père a fait commencer les travaux dans notre petite maison, près de la scierie? Si cela vous amuse de voir ça, nous pourrions y aller cet après-midi, avec Antoinette. »

Ce fut comme un rappel à l'ordre. Prête à sombrer dans une compassion vague et débilitante, elle se retrouvait sur la terre ferme, à côté d'un ami sûr, qui ne tolérait pas qu'elle se désintéressât de son propre bonheur pour penser à celui des autres. Tournée de force vers l'avenir, elle répliqua :

« Oui, j'irai.

— Je vous attendrai vers trois heures sur le pont », dit Jean Eyrolles.

Rentrée à la maison, Amélie prépara le repas, pendant que

Denis dressait le couvert et que son père, assis dans le *cantou*, lisait un vieux numéro du *Courrier du Centre*. Pour commencer, elle servit des châtaignes blanchies et trempées dans du lait. Jérôme plongea la cuillère dans son bol, la porta à sa bouche et fit une moue de contentement :

« Elles sont bonnes!

— N'est-ce pas? dit Amélie.

— Oui, bien bonnes, bien bonnes... »

Subitement, ses joues, son front, ses lèvres se mirent à trembler comme de la gélatine. Un reflet rond apparut dans ses prunelles. Il marmotta :

« Ta mère... elle aimait les châtaignes... justement ainsi... avec... avec un peu de pommes de terre dessous... »

Un flot de larmes jaillit de ses paupières. Il les laissait couler, étonné lui-même de sa faiblesse, et répétait :

« Eh bien, eh bien, quoi?... Ce n'est rien... Eh bien, par exemple!... »

De la main, il fit signe à ses enfants de ne pas s'occuper de lui. Quand la crise fut passée, il sourit à la ronde, se moucha vigoureusement et se remit à manger de bon appétit. Le déjeuner s'acheva sans autres incidents. A peine levé de table, Denis s'envola vers les glissades du champ de foire. Amélie lava la vaisselle, monta dans sa chambre pour se recoiffer et se présenta devant son père, éclairée, transfigurée. Elle l'avait averti du rendez-vous dont ils étaient convenus avec Jean Eyrolles :

« Je ne serai pas longue.

— Prends ton temps, ne te soucie pas de moi.

— Que vas-tu faire en m'attendant?

— Le travail ne manque pas à la forge.

— En rentrant, je te raconterai.

— Oui, oui!... Dépêche-toi!... Ne le fais pas languir!... »

Il lui souhaita un bon après-midi, l'embrassa et sortit sur le seuil de la cuisine pour la regarder partir. A deux reprises, elle se retourna et lui fit un salut de la main. Il en fut touché et attendit qu'elle eût disparu au tournant de la rue pour fermer la porte. Alors, le sentiment de sa solitude et de son désœuvrement s'appesantit sur lui, comme un couvercle, un instant soulevé, qui retombe. Aucune présence vivante ne le séparait plus de ses souvenirs. Il était libre de souffrir comme il l'entendait. A petits pas, il fit le tour de la cuisine, considérant chaque chose, non pour elle-même, mais pour l'empreinte qu'elle gardait de Maria. La cuisine s'emplissait de mille mains blanches, toutes semblables, empilant des assiettes, récurant des casseroles, ranimant le feu dans le fourneau. Des pieds lestes enchevêtraient leurs itinéraires entre le buffet, l'évier, la table et la porte. Les murs se renvoyaient les paroles, les soupirs, accumulés en ce lieu depuis tant d'années. Il sourit à cette agitation domestique, imperceptible mais permanente, et se dirigea vers l'escalier, d'un mouvement pressé, comme si quelqu'un l'eût attendu dans sa chambre. Là aussi, l'air tenait en suspension une multitude de mots familiers, de rires et de larmes. A côté de la gravure illustrant le triomphe de la mère de famille sur la coalition des vices déchaînés, Jérôme avait pendu une grande photographie de Maria, faite à Limoges, en 1910. Elle n'aimait pas ce portrait conventionnel qui la représentait debout, une main effleurant le dossier d'une chaise, le pied droit reposant sur le sol par la pointe de la chaussure, le buste tourné face à l'objectif, l'œil fixe et un sourire crispé aux lèvres. De son vivant, l'image était restée cachée sous une pile de linge, dans l'armoire. Mais, après sa mort, Jérôme n'avait pas résisté au désir d'encadrer et d'exposer la seule effigie d'elle qu'il possédât. Certes, au début, il n'avait pas reconnu sa femme dans cette étrangère au chignon orgueilleux et à la robe neuve. Toutefois, n'ayant pas d'autre document avec quoi il pût confronter ses propres réminiscences, il s'était habitué, insensiblement, à cette figuration infidèle. Maintenant, il se disait qu'elle était bien ainsi, le jour où on l'avait photographiée. Il se rappelait leur voyage à Limoges, le déjeuner dans un restaurant bruyant, place de la République, l'atelier perché au dernier étage d'une vieille maison, et encombré de toiles de fond au pâle décor agreste et de petits meubles précieux pour faciliter la pose. L'artiste déplaçait les tentures noires, à l'aide d'une baguette, sur les vitrages inclinés. Le visage de Maria était confus et digne. Elle respirait à peine. De temps en temps, elle portait un minuscule mouchoir à ses narines, car elle était incommodée par l'odeur de produits chimiques qui s'échappait du laboratoire. Pour la centième fois, Jérôme se rassasia de ces félicités disparues. Après un détail, il en venait un autre. Une source intarissable abreuvait son chagrin. Submergé, étourdi, il finit par détacher ses yeux de la photographie. D'autres occupations l'attendaient. Il ouvrit l'armoire où pendaient encore les vêtements de Maria, toucha les tissus, compta les boutons, huma le parfum de savon aux amandes qui se dégageait de cette garde-robe inutile. Ensuite, il fouilla les tiroirs de la table de toilette. Il en connaissait le contenu par cœur. Une boîte de talc, des épingles, des bigoudis, des cartes postales de Nouvel An, des ciseaux à ongles, un peigne dont deux dents étaient cassées. Elle s'en était encore servie la veille de sa mort. Il tenait le peigne dans sa main. Il avait envie de le passer dans l'air, comme pour démêler une chevelure invisible. Un mouvement de flux et de reflux emplissait ses oreilles. Il lui sembla que quelqu'un l'appelait par son nom. D'un geste brusque, il écarta le paravent. Son regard rencontra le lit large et vide, garni d'un seul oreiller. Elle n'était pas là. Elle ne serait plus jamais là. Il était seul. Pour toujours. Il dit à mi-voix :

« Maria... Maria... »

Il sortit de la chambre. Il ne savait où diriger ses pas. Cette journée, comme les journées à venir, ne pouvait lui apporter ni réconfort, ni surcroît de peine. Il n'attendait rien de personne. Quoi qu'il fît, il n'aurait de comptes à rendre qu'à lui-même. Il avait été habitué à vivre depuis si longtemps selon les exigences de Maria, qu'il s'accommodait mal de cette liberté sans limites. Abandonné à sa propre initiative, privé d'ordres et de conseils, d'approbations et de réprimandes, il avait l'impression de flotter dans un univers inconsistant. Machinalement, il traversa le magasin et pénétra dans la forge. Il y faisait très froid. Le foyer était éteint. Les outils dormaient. La pie le salua d'un cri de bienvenue et sauta du soufflet sur son épaule. Il s'assit sur un escabeau. L'oiseau fouillait ses cheveux, sur sa tempe, à petits coups de bec.

« Quoi? Qu'est-ce que tu veux? dit-il doucement. Tu m'aimes bien? C'est ça? Moi aussi, je t'aime bien. Mais il y a des choses que tu ne peux pas comprendre. Elle est partie, et il faut vivre quand même. Pour quelle raison? Jusqu'à quand?... Hein?... »

La pie ne bougeait plus, attentive aux accents de la confidence. Jérôme sentait la tiédeur du plumage frémissant contre son cou. Il leva la main pour caresser l'oiseau. La pie s'envola et se percha sur l'enclume.

« Oui, dit-il. Laisse-moi. J'ai à faire. »

Il prit un bout de craie, s'approcha du mur et se mit à tracer le dessin d'une grille. Entre le projet de deux barreaux fixes, il encastrait de souples volutes, les effaçait avec sa paume, s'éloignait d'un pas, recommençait, plissait les yeux :

« Là!... C'est déjà mieux!... Peut-être une rosace pour terminer les rinceaux?... Oui?... Non?... »

Il avait l'air d'interroger quelqu'un. Soudain, il s'arrêta de dessiner et resta la main suspendue. Une ombre glissait derrière les vitres sales de l'atelier. On frappait à la porte. Il ouvrit et recula sous l'effet de la surprise. Devant lui se tenait l'abbé Pradinas. Son visage coloré, solide, était celui d'un paysan habitué à vivre au grand air. Les sourcils étaient blonds, le nez ramassé en boule et semé de petits trous comme un dé à coudre. Toute la douceur et la science du visiteur s'étaient concentrées dans ses yeux bleus au regard limpide. Malgré sa méfiance à l'égard des ecclésiastiques, Jérôme entretenait avec celui-ci des rapports de bon voisinage. Souvent même, il avait travaillé pour l'église ou le presbytère. Mais, sans pouvoir s'expliquer les raisons de sa gêne, depuis qu'il avait vu le curé officiant devant le cercueil de Maria, il évitait les occasions de le rencontrer.

« Je ne vous dérange pas? demanda le prêtre en entrant dans la forge.

— Mais non, dit Jérôme.

— Je ne fais que passer : les enfants de chœur ont encore détérioré la serrure de la porte menant à la sacristie. Si vous pouviez y jeter un coup d'œil, vous me rendriez service.

— J'irai sans faute, monsieur le curé, dit Jérôme.

— Toujours beaucoup de travail?

— Toujours.

— J'en suis heureux pour vous. Quand les mains besognent, l'esprit se repose. »

Tout en parlant, il s'était approché du dessin, dont les traits blancs s'inscrivaient sur le fond gris sombre de la muraille.

« Un projet? demanda-t-il.

— Oui, dit Jérôme, je voudrais forger une grille.

— Quel genre de grille?

— Pour la tombe de ma femme.

— Très bien, très bien! dit l'abbé Pradinas précipitamment. C'est une belle pensée et ce sera sûrement une belle œuvre. »

Les yeux de Jérôme voyaient trouble. Il sentit un barrage dans sa gorge. Le prêtre lui tendit la main :

« Je compte sur vous pour la serrure. Quand viendrez-vous me voir?

— Dans deux ou trois jours, un matin de préférence », dit Jérôme.

Après le départ du curé, il regretta de ne l'avoir pas retenu. Mille questions l'assaillaient, qu'il aurait voulu lui poser pour le jeter dans l'embarras. En tant qu'homme d'Église, ne se disait-il pas le ministre de Dieu? Et n'était-ce pas Dieu qui, selon les dogmes chrétiens, décidait la minute où chacun de nous devait quitter la terre? Ainsi, ce prêtre au visage sain et à l'œil paisible ne pouvait qu'approuver la mort prématurée de Maria. Il était pour Celui qui l'avait enlevée et contre celui qui ne se consolait pas de l'avoir perdue. Complice du bourreau, comment osait-il se présenter dans la demeure de la victime? Jérôme eût aimé le pousser dans ses derniers retranchements et le forcer à avouer sa pensée véritable. Peut-être, mis au pied du mur, eût-il déclaré sa lamentable ignorance des choses de l'au-delà? Peut-être, en revanche eût-il donné à son interlocuteur la solution du problème qui le tourmentait? De toute façon, provoqué sur son propre terrain, l'abbé n'aurait pas hésité à se défendre. Excité par l'idée de ce débat manqué, Jérôme imaginait les demandes et les réponses, s'échauffait, s'emportait, s'octroyait le beau rôle en face d'un M. Pradinas balbutiant de dépit. Enfin, il se lassa de ce jeu. Il éprouvait dans son corps une lourdeur, une paresse désagréables. « Qu'il ait raison ou que j'aie raison, se dit-il, où est la différence?

Maria est morte. On ne peut rien contre cela. Et c'est cela seul qui compte. » Le jour baissait. Les traits blancs s'estompaient sur le mur. Il alluma une lampe à pétrole, prit un autre morceau de craie et se remit à dessiner, repassant sur les mêmes lignes, avec une obstination désenchantée.

*

Quand Denis eut fini de parler, une large ovation secoua les gamins, armés de bâtons et de lance-pierres. Réunis sur le champ de foire, ils avaient déjà joué à la guerre contre les Prussiens, à l'enlèvement de la fiancée blanche par une tribu de Sioux et à la poursuite des poules du père Ferrière, baptisées girafes pour les besoins de la cause. A court d'idées, ils s'apprêtaient, par habitude, à tirer quelques moineaux à la fronde. La proposition de Denis leur ouvrait un nouvel horizon. Le fils cadet des Marchelat, qui, par ses treize ans, était le chef de la bande, calma l'impétuosité de ses subordonnés et dit :

« Denis, tu es un type formidable. Jamais je n'aurais pensé à ça. Maintenant, tu seras mon second. »

Une fierté immédiate jeta le sang au visage de Denis. Il redressa la taille, tel un soldat décoré sur le front des troupes. Mais, au fond de lui-même, il était un peu inquiet des suites que comporterait l'aventure. Il avait parlé sans croire vraiment que sa suggestion serait retenue. La brusque adhésion de ses camarades, tout en flattant son amour-propre, l'incitait à penser qu'il eût peut-être mieux fait de se taire. A tout hasard, il murmura :

« Je vous préviens, ce ne sera pas facile!

— On s'en doute, dit Augustin Marchelat, mais, autrement, ce ne serait pas drôle. Nous ne pouvons pas y aller tous. Je vais composer l'équipe. »

Grand et maigre, les oreilles décollées, le menton piqué de boutons que le froid faisait virer au mauve, il parcourait du regard les réserves humaines livrées à son autorité. Enfin, il décréta d'une voix tranchante :

« Charlot et Léonard. Avec Denis et moi, cela fera quatre. Suffit. Rompez les rangs. »

Les autres se dispersèrent en bougonnant et en traînant les sabots. La règle très stricte de la confrérie rendait inutile de leur recommander la discrétion.

« Alors? dit Charlot, un rouquin râblé, au front de petit buffle. On y va?

— Il nous faut une paire de gros ciseaux, dit Augustin.

— J'en ai chez moi », dit Léonard.

Il partit en courant, les bras écartés, la bouche bourdonnante, car il était Blériot traversant la Manche en aéroplane. Pendant son absence, Denis et Augustin discutèrent le programme de l'opération. Le gardien du château des Aylettes ayant sa maison à l'entrée du parc, le plus simple était de prendre le terrain à revers, d'escalader le mur du verger et de pousser jusqu'à l'écurie en se dissimulant derrière les bâtiments de la vieille serre. Tous les gosses du pays connaissaient cette partie de la propriété pour y avoir, selon la saison, chapardé des pommes, des poires ou des cerises. Jusque-là, l'exploration ne présentait que des risques dérisoires. Mais comment déjouer la surveillance du cocher et du palefrenier?

« On décidera sur place, dit Augustin.

— Et s'ils nous voient pendant que nous sommes après la jument, que dirons-nous? demanda Denis.

— Rien. Que veux-tu qu'on dise?

— C'est vrai qu'elle a une belle queue! soupira Charlot, dont les yeux brillaient de convoitise. Je l'ai vue, un jour, quand M. Dieulafoy l'a amenée pour ferrer chez le père à Denis. De la vraie chevelure de femme, qui tombe à mi-jarret. On s'en fera des moustaches.

— Ballot! dit Augustin. Des chaînes de montre, oui! On tresse les crins et c'est plus solide que du cuir!

— Il va en faire une tête, M. Dieulafoy, quand il verra ce qui reste! » chuchota Denis.

Augustin haussa les épaules et avança une lippe de macaque :

« Ça lui apprendra à jouer le fier dans tout le pays sur son canasson anglais. Un cheval, c'est fait pour travailler, pour tirer des voitures, et pas pour danser sur place en lâchant du crottin sous une queue qui n'en finit pas.

— Voilà l'affaire! » cria Léonard, qui revenait en caracolant sur un pur-sang invisible.

En même temps, il brandissait au-dessus de sa tête de solides ciseaux de tailleur.

« Cache ça, imbécile! grogna Augustin. Tu nous ferais repérer!

— On pourrait peut-être y aller faire un tour, simplement, dit Denis. Et, dimanche prochain...

— Tu canes? demanda le chef avec un froncement de sourcils redoutable.

— Non. C'était pour plus de sûreté.

— La sûreté, c'est d'agir vite. Et pas de remettre à plus tard. En route. »

Il leur fallut trois quarts d'heure pour arriver en vue du château, qui se dressait, à l'écart de toute habitation, sur une colline salée de givre. Dans la clarté froide du crépuscule, deux tourelles dominaient un enchevêtrement de branchages nus. Les fenêtres n'étaient pas encore allumées. Le mur d'enceinte courait comme un ruban pâle autour du massif ombreux. Un chemin carrossable menait au grand portail. Augustin le dédaigna et s'engagea dans le sentier qui contournait le domaine. Les quatre compagnons marchaient sans mot dire, en file indienne. Denis, qui fermait le cortège, sentait qu'à chaque pas sa résolution s'effritait et que ses jambes devenaient plus faibles. La dernière partie du chemin fut franchie à quatre pattes, en longeant l'écran touffu des broussailles. Enfin, ils se trouvèrent devant la clôture, à l'endroit où, l'année précédente, ils avaient déchaussé les tessons de bouteille pour faciliter le passage des spécialistes du ravitaillement en légumes et en fruits. On fit la courte échelle. Charlot, dont les larges mains avaient servi de marchepied aux trois autres, dut être hissé, à bout de bras, par Augustin, assis à califourchon sur la crête. Le verger s'étalait devant eux, pétrifié dans le gel et le silence. Ils le traversèrent, courbés en deux, courant sur un remblai de terre qui assourdissait le bruit de leurs pas. Derrière la vieille serre aux vitres défoncées, ils s'arrêtèrent enfin, à bout de souffle, pour se concerter. Au-delà de cette construction, commençait une plate-forme de boue compacte, mâchurée par les fers des sabots et rayée par les roues des voitures. L'écurie était juste en face. Basse, coiffée d'ardoises, avec un beau tas de fumier sur le devant. Plus loin, à gauche, les communs. Quant au château, il se dissimulait derrière un rideau de sapins aux branches loqueteuses et noires. Augustin avança la tête prudemment pour s'assurer que la voie était libre. Denis fit de même.

« Personne, dit Augustin.

— Personne, répéta Denis, avec une pensée de regret.

— Charlot restera ici pour faire le guet, reprit Augustin. En cas de danger, le signal de ralliement, comme d'habitude. Denis et Léonard, vous venez avec moi. Prêts?

— Prêt! répondit Léonard.

— Prêt! » balbutia Denis.

Ils s'élancèrent. Le temps d'un éclair, il sembla à Denis que mille regards le piquaient au vol. Il se plaqua, grelottant, contre la porte. Augustin souleva le loquet. Un rire muet fendait son visage.

« C'est chouette! » dit-il.

L'un derrière l'autre, ils pénétrèrent dans l'écurie obscure, parfumée d'une chaude exhalaison de pelage, de paille et de crottin. Une lueur grisâtre, tombant d'une lucarne, révélait les formes vagues et sages de trois chevaux, rangés côte à côte, et séparés par des bat-flanc. Les bêtes tournaient vers leurs visiteurs de longues têtes pensives, aux prunelles bombées et luisantes. Leurs lèvres mâchaient un reste de fourrage. On entendait le tintement des chaînes fixées au mur et le claquement mou des sabots, se déplaçant, à petits pas latéraux, dans la litière.

« Laquelle est-ce? demanda Augustin.

— Je ne sais pas », dit Denis.

Ils s'avancèrent dans le passage de service, qu'une rigole à purin séparait des logements. Devant le premier cheval, Denis s'arrêta et leva les yeux vers une pancarte noire à lettres blanches, clouée au-dessus du râtelier. Ses regards s'étaient habitués à la pénombre. Il lut à mi-voix :

« *Dolorès.*

— C'est elle? chuchota Léonard.

— Oui, dit Denis. Je la reconnais. Regarde la queue! »

Augustin lâcha un sifflement admiratif :

« Eh bien, mon vieux! Il y aura de quoi faire! »

La jument inclinait le col, bougeait les oreilles. Denis lui flatta la hanche et elle répondit par un tendre frisson.

« Elle est douce, dit-il. C'est un plaisir.

— Ne perds pas de temps, dit Augustin. Léonard, tu as les ciseaux?

— Oui.

— Passe-les à Denis.

— Pourquoi à moi? murmura Denis. C'est toi le chef, tout de même...

— Oui, mais tu as plus l'habitude des canassons. Pas de rouspétance. Au boulot! »

Denis prit les ciseaux d'une main tremblante et se glissa le long du bat-flanc, qui oscillait en grinçant sur ses sauterelles. A portée de son souffle, il vit la croupe fauve, brillante et musclée, que terminait une longue queue où se mariaient les nuances de la châtaigne et du café au lait. Les crins en étaient si légers, si précieux, qu'on eût dit un écheveau de soie fait pour la broderie. A la pensée de trancher net cet appendice glorieux, l'enfant était près de défaillir comme sous le poids d'un sacrilège. Dolorès le regardait de ses gros yeux tristes. Elle respirait doucement. Sans doute se figurait-elle qu'on venait la panser à une heure inhabituelle. Les deux autres chevaux tiraient sur leur longe pour mieux observer la scène.

« Qu'est-ce que tu attends? » demanda Augustin.

Denis ravala sa salive, passa la main gauche sous les fesses de la jument et serra une petite mèche de crins entre ses doigts.

« C'est tout ce que tu prends? dit Léonard.

— Ça suffit peut-être? dit Denis.

— T'es pas fou? dit Augustin. Faut tout enlever! »

Lentement, Denis approcha les ciseaux de la queue. Les lames ouvertes étincelèrent d'un éclat cruel. Comme avertie du danger, la jument poussa un hennissement plaintif.

« Va nous faire repérer, cette garce! » grogna Augustin.

Et, soudain, Denis comprit que l'épreuve était au-dessus de ses forces. Sa main, tenant les ciseaux, s'en allait à la dérive. Il gémit :

« Je peux pas, Augustin! »

D'un geste brusque, Augustin le tira en arrière.

« Couillon! dit-il. Passe-moi les ciseaux. Je vais te montrer... »

Il s'avança vers le cheval, mais un ululement aigu l'arrêta, les bras coupés, la tête rentrée dans les épaules.

« Le signal! s'écria-t-il. On est cuits! Sauve qui peut, les gars! »

Ils se ruèrent vers la porte. Dehors, dans la brume du soir, une ombre menaçante, coiffée d'une casquette et armée d'un gourdin, marchait à grands pas vers l'écurie.

« Le palefrenier! dit Denis. Qu'est-ce qu'on fait? »

Sans répondre, Augustin se mit à courir en direction du verger. Les deux autres le suivirent. Une voix énorme tonnait à leurs oreilles :

« Sales morveux!... Je vous ai vus!... Arrêtez!... Arrêtez!... »

Dans son dos, Denis entendait le bruit d'une galopade pesante. Heureusement, ils avaient pris une bonne avance. Mais le passage du mur leur ferait perdre du temps. Le palefrenier pourrait les coiffer là. Charlot n'était plus à son poste. Quittant l'abri de la serre, il avait dû se réfugier près de la clôture pour aider les copains dans leur escalade. La terre, gelée en surface, crevait sous le choc des sabots. Ivre de peur, Denis eut l'impression qu'il était sur le point de vomir. Sa poitrine soufflait rudement. La détente de ses genoux se répercutait dans sa tête. Devant ses yeux, sautait un régiment d'arbres tordus et corsetés de paille. Il dépassa Léonard, rattrapa Augustin. Ils coururent ensemble, unis par l'effort saccadé de leurs jambes et de leurs bras. Derrière eux, la voix se rapprochait :

« Arrêtez!... Arrêtez!...

— Merde! gémit Augustin. J'ai laissé tomber les ciseaux!

— Où?

— Je ne sais pas.

— Arrêtez!... »

Enfin le mur! Charlot, assis à cheval sur le sommet, tendait la main dans le vide. Augustin, négligeant cette offre de service, prit appui des deux pieds sur une caisse, agrippa le rebord de pierre, et, par un rétablissement de gymnaste, rejoignit son compagnon qui criait :

« Grouillez-vous! Il arrive! »

A eux deux, ils hissèrent Denis, dont les sabots raclaient la paroi à la recherche d'une aspérité secourable. L'air du soir avait un goût de fumée. En contrebas, les ramures s'unissaient pour dessiner un gribouillage grisâtre. Du verger monta un appel qui navrait le cœur :

« Eh! les gars!... Attendez-moi!... »

Des branches craquèrent. Il y eut une rumeur de piétinements confus et de soupirs. Quelque chose tomba avec un bruit mat sur le sol. La voix du palefrenier retentit, essoufflée, victorieuse :

« Non, je ne te lâcherai pas! Petite crapule! Ah! tu voulais!... Ah! tu croyais!... »

Une gifle claqua, lourdement appliquée.

« Filons! dit Augustin. C'est foutu! »

*

En rentrant de promenade, Amélie trouva son père assis dans la cuisine, un livre ouvert sur les genoux. La lampe à pétrole auréolait son visage d'une lumière tranquille. Il posa la main à plat sur la page qu'il était en train de lire et leva vers sa fille un regard dénué d'expression.

« Denis n'est pas encore là? demanda-t-elle en se débarrassant de son manteau et de son chapeau.

— Non.

— Il est six heures et demie!

— Bah! une demi-heure de plus ou de moins!... A son âge, on a besoin de se dégourdir. Alors? Cette maison?...

— Ce n'est encore qu'un chantier », dit-elle.

Par égard pour le chagrin de son père, elle n'osait avouer à quel point elle était heureuse d'avoir discuté avec Jean l'aménagement de leur vie future.

« Eh bien, parle-moi du chantier, dit Jérôme. Avez-vous déjà distribué les chambres?

— Oui, papa.

— Tu es contente?

— Très contente. »

Elle détourna la tête. De plus en plus, elle se sentait gênée d'être occupée par des projets d'avenir, tandis que son père, frappé en même temps qu'elle, s'abîmait dans un désespoir sans issue. Elle balbutia :

« Notre chambre aura deux fenêtres ouvrant sur la forêt. A côté, un débarras...

— C'est bien, ça! As-tu pris les dimensions?

— Quatre mètres cinquante sur cinq mètres...

— Vous aurez de la place!

— Oui. Jean m'a même dit... »

Elle avait de la peine à former ses mots. Sa gorge se serrait. De nouveau, elle regarda son père, il avait l'air d'un mendiant. Elle faisait étalage de sa richesse devant un pauvre, de sa santé devant un infirme! C'était intolérable!

« Que t'a-t-il dit? demanda Jérôme.

— Rien... rien d'intéressant...

— Avez-vous fixé la date de vos fiançailles?

— Non, papa. Ce n'est guère pressé. Maintenant, je ne pourrais pas... Tu le sais bien... »

Brusquement, elle se dirigea vers le fond de la pièce, prit sur un rayon le panier de chaussettes à raccommoder et l'apporta sur la table. Jérôme s'était remis à lire. Son index rampait le long des lignes. Il remuait les lèvres, en silence. Amélie cueillit une chaussette sur le tas et glissa l'œuf en bois jusqu'au bout du pied. Son aiguille filait d'un bord à l'autre du trou, dans le sens de la chaîne. La petite plage jaune et polie se couvrait de traits parallèles serrés.

« Que lis-tu, papa? demanda-t-elle.

— *Les Misérables*. C'est très beau. Ta mère aimait ce livre. Je me rappelle... quand elle était malade... Écoute un peu :

« La mer, c'est l'inexorable nuit sociale où la pénalité jette ses damnés. La mer, c'est l'immense misère... »

Il lisait avec effort, le front plissé, la voix hésitante. Amélie tourna son ouvrage et fit glisser l'aiguille dans le sens de la trame. Son regard suivait le jeu de la pointe d'acier, passant alternativement au-dessous et au-dessus des brins déjà tendus. Sa pensée flottait. La nuque inclinée, la main agile, elle subissait une honte si poignante, tant de rancœur contre elle ne savait quoi, tant d'espoir à longue échéance, qu'elle envia soudain la tristesse de son père comme un état de sécurité morale auquel elle ne pouvait prétendre. Jérôme toussota, pencha le livre pour mieux présenter la page à la lumière de la lampe et poursuivit en haussant le ton :

« L'âme à vau-l'eau dans ce gouffre peut devenir un cadavre. Qui la ressuscitera? »

Il répéta gravement : « Qui la ressuscitera? » et resta un long temps, les yeux écarquillés, la bouche entrouverte, comme étonné par la résonance que cette interrogation éveillait en lui.

*

La nuit était déjà venue, quand Denis, ayant pris congé de ses deux camarades, s'approcha de la maison en rasant les murs. Une lumière brûlait derrière la fenêtre de la cuisine. Amélie devait être occupée à dresser la table pour le souper. Il avança le cou, glissa un regard à l'intérieur et recula dans l'ombre, épouvanté. Sa sœur et son père n'étaient pas seuls. Un homme, debout devant eux, leur parlait avec véhémence. Casquette à la main, bottes boueuses et veste en velours côtelé : le palefrenier! Pas de doute possible! Sous la menace des sanctions, Léonard avait donné ses complices. Il était encore heureux que la jument eût gardé sa queue intacte. Le coup ayant échoué, peut-être pourrait-on nier la préméditation et invoquer des circonstances atténuantes? Ah! il n'avait pas perdu de temps pour descendre au bourg, cet infâme valet d'écurie! Pendant que les trois rescapés tenaient conseil sur le champ de foire, lui, déjà, visitait les familles, dénonçait les coupables et semait partout la consternation.

« Le salaud! » grommela Denis.

Ses genoux s'enfonçaient sous lui comme des boules de coton. Une deuxième fois, il s'approcha de la vitre. Jérôme et le palefrenier lui tournaient le dos. Amélie, qu'il voyait de face, avait une figure tragique. Mais il se moquait de ce que pensait sa sœur. Il regardait les épaules larges de son père, imaginait son indignation et regrettait sincèrement de lui apporter un regain de soucis par sa mauvaise conduite. Il n'avait pas prévu cela. Il était prêt à demander pardon. Non pour ce qu'il avait médité de faire, mais pour le chagrin qu'il causait involontairement à son entourage. Les larmes l'étouffaient. Il détestait le palefrenier, Augustin, Charlot, Léonard et M. Dieulafoy. Il souhaitait, tour à tour, leur mort et la sienne. Soudain, la porte s'ouvrit, projetant une nappe de clarté sur le sol. Denis se cacha derrière l'angle de la bâtisse. Le battant se referma. Un pas pesant s'éloignait dans la rue, en direction de la maison où habitaient les parents de Charlot. Le mouchard continuait sa tournée de représailles. Secoué par un élan de haine, Denis tendit le poing vers cette silhouette abhorrée. Quand elle eut disparu, il se sentit encore plus seul et plus désemparé que naguère. A l'idée d'affronter son père, une frayeur panique lui creusait le ventre. Ne valait-il pas mieux fuir sa famille, gagner une grande ville, s'embarquer pour l'Amérique en travaillant comme soutier? On le chercherait, on le croirait mort, on se ferait des reproches, et, un jour, il reviendrait, souriant et bien vêtu, pour recevoir les excuses et les compliments de ceux qui n'avaient pas su le comprendre. Et que se passerait-il s'il se pendait à une poutre de l'atelier ou se jetait dans la rivière? Détaché ou repêché à temps, soigné, dorloté, sauvé, il verrait se pencher sur lui les visages affectueux de son père et de sa sœur, bouleversés par le remords de l'avoir contraint à cette extrémité funeste. Il ferma les yeux, les rouvrit. Le décor n'avait pas bougé. Tout à coup, il reconnut qu'il n'y avait pas d'autre parti à prendre que celui de rentrer à la maison.

A peine eut-il ouvert la porte, qu'un cri le frappa au visage :

« Ah! te voilà! »

En même temps, un soufflet maladroit lui éraflait la mâchoire. Devant lui se dressait son père, les yeux ronds, la moustache hérissée, comme un chat en courroux. Amélie, pâle et droite, se tenait en retrait, les bras croisés sur son corsage noir.

« D'où viens-tu? reprit Jérôme.

— De là-bas, dit Denis en faisant un geste imprécis vers la fenêtre.

— Sais-tu qui sort d'ici?

— Non, papa.

— Le palefrenier de M. Dieulafoy. Ça te dit quelque chose? »

D'instinct, Denis avait opté pour une attitude évasive, qui lui permettait de ne pas se compromettre en attendant d'être renseigné sur la gravité de l'accusation.

« Ça te dit quelque chose? répéta Jérôme.

— Je le connais, oui », chuchota Denis.

Il gardait les paupières baissées pour éviter de rencontrer le regard de son père. Mille petites veines vibraient dans les profondeurs de son corps.

« Tu le connais? C'est tout? Qu'est-ce que tu es allé faire avec cette bande de sacripants, dans son écurie? Il en a attrapé un. Mais il vous a tous reconnus!

— On voulait voir les chevaux...

— Pour leur couper la queue, oui! » cria Jérôme.

Denis sentit que le plancher, sous ses pieds, devenait mouvant comme une onde.

« C'est pas vrai, marmonna-t-il sans grande conviction.

— Léonard a tout raconté.

— Il a dit des mensonges!

— Et les ciseaux qu'on a trouvés?

— Quels ciseaux?

— Ceux qu'Augustin Marchelat a laissés tomber en prenant la fuite... »

Denis jugea qu'il était plus sage de ne pas envenimer le débat par une résistance systématique. Timidement, il hasarda un coup d'œil vers Amélie qui se taisait, vers la table où brillaient les assiettes, vers son père dont le front se gonflait, dont les oreilles bougeaient. Il ressemblait de plus en plus à un chat. Son haleine atteignit l'enfant au visage :

« Tu t'es conduit comme un malhonnête! Si vous aviez réussi votre coup, le palefrenier aurait été renvoyé pour défaut de surveillance! Un brave homme, qui n'a que ça pour vivre, avec sa femme et ses trois enfants! Et moi, qu'aurais-je dit à M. Dieulafoy, qui me donne des commandes et me traite avec amitié? Hein? Réponds! Mais réponds donc! »

Il secoua son fils par le bras. Denis laissait baller sa tête. Une seule chose le consolait dans ce discours : le palefrenier n'avait averti ni son maître, ni les gendarmes, par crainte d'ébruiter une affaire qui pouvait se retourner contre lui. Jérôme repoussa l'enfant, comme pour le renvoyer dans les abîmes de l'ignominie. Amélie murmura :

« C'est insensé! Tu n'as pas honte? Qu'allons-nous faire de toi?

— Oui, reprit Jérôme. Qu'allons-nous faire de toi? Tu découragerais les meilleures volontés. T'attaquer à des chevaux! Dégrader des chevaux! Toi, le fils d'un forgeron! »

Cinglé par cette réplique, Denis frémit et redressa la taille. Son orgueil était mis en cause. On ne le grondait plus comme un enfant, mais comme un homme. Il bredouilla :

« Ne dis pas ça, papa! J'aurais pu couper la queue du cheval. Je ne l'ai pas fait. Parce que... justement... à cause de ce que tu dis... J'étais devant... j'avais les ciseaux... Et c'était impossible pour moi... La jument... elle avait de si beaux crins!... Oh! papa... Comme fils de forgeron... je t'assure... »

Il hoquetait de sincérité et de faiblesse. Il eût donné n'importe quoi, pour être cru sur parole. Jérôme haussa les épaules. Sa voix résonna sourdement :

« J'espérais que la mort de ta pauvre mère t'aurait rendu raisonnable, que tu deviendrais pour moi un ami dans la vie, un compagnon dans le travail. Et voilà! Ah! que tu me déçois! que tu me fais mal! »

Le cœur barbouillé de tendresse, le nez coulant, les paupières humides, Denis voulut se jeter sur la poitrine de son père. Mais Jérôme prévint son geste en étendant le bras :

« Non, non... Tu es puni... Va te coucher... Tu te passeras de manger, ce soir... Et, dimanche prochain, tu scieras du bois au lieu de jouer avec tes camarades!... »

Denis se tourna vers sa sœur.

« Tu entends ce que dit papa? Va te coucher », marmotta Amélie.

Denis sortit de la cuisine, poussé dans le dos par un double regard de mépris. Jérôme s'assit sur une chaise et cacha sa tête dans ses mains. C'était la première fois qu'Amélie le voyait en colère. Du vivant de sa femme, il lui laissait le soin de gronder les enfants. Vis-à-vis d'elle, il faisait même partie de leur groupe, en quelque sorte, par sa naïveté et sa crainte du châtiment. Ce brusque passage de l'état d'obéissance à celui de domination devait le déranger dans ses habitudes. Il releva le visage. Il semblait épuisé, vaincu. Il dit :

« J'ai peut-être été trop dur?... Je n'ai pas la manière!... Si tu lui montais son souper dans sa chambre?

— Non, papa, répondit Amélie. Tu as eu raison de te montrer énergique. S'il a pu avoir cette idée abominable, c'est qu'il est capable du pire. Lorsque maman était auprès de nous, il se retenait encore. Mais maintenant?... Les deux poules étranglées chez M. Ferrière, c'est peut-être lui! Et les carreaux cassés chez le boulanger! Et les pommes volées au château des Aylettes!...

— C'est pourtant vrai!... Je n'y pensais plus!...

— Crois-moi, nous devons redoubler de sévérité à son égard!

— Alors, on va manger sans lui? murmura-t-il d'un air dépité.

— Bien sûr!

— Quelle triste journée! » dit Jérôme.

Pendant qu'Amélie remuait les casseroles, il prit le volume qui était resté sur un coin de la table, l'ouvrit au hasard et feignit de lire pour cacher son embarras.

*

Arrivé à un certain degré de malheur, on ne pouvait songer à faire sa toilette. Denis se coucha sans se laver, avec ses égratignures, ses souillures et son chagrin de la journée. Il reconnaissait que la semonce paternelle était juste, mais éprouvait, en même temps, un besoin immodéré d'indulgence et d'affection. Comme chaque fois qu'il était dans le désarroi, le souvenir de sa mère se présenta à son esprit. Il la revoyait toujours dans la même robe et la même pose. Elle coupait du pain, en appuyant la miche contre sa poitrine. Et elle le regardait. Il se laissait emplir jusqu'aux bords par la lumière noire et douce de ces yeux. Tout en lui devenait beau et bon. Du bout des lèvres, il murmura : « Maman... maman... » Puis il se dit qu'elle était morte, qu'il était un enfant sans mère, que les orphelins, chacun le savait, étaient voués à une existence de solitude et de désolation. Le goût des larmes, l'odeur tiède des draps embaumaient son âme. N'eût-il pas été plus simple pour lui de disparaître à son tour, de monter au ciel, de rejoindre Maria dans un pays aérien de nuages roses, de chants angéliques et d'éternelles vacances?... Plus de classes, plus de devoirs, plus de réprimandes!... Il s'endormit sur ce songe réconfortant.

Le lendemain matin, une grande surprise lui était réservée. Il avait neigé pendant la nuit. De nouveau, toute la campagne était blanche. Des flocons maigres tourbillonnaient encore dans l'air gris. Les maisons respiraient à peine sous une lourde pèlerine de coton. Justin déblayait le seuil de la forge, à longs coups de pelle.

2

JÉROME dévissa la vieille serrure disjointe et rouillée. Sans doute les enfants de chœur l'avaient-ils faussée en essayant d'ouvrir la porte pour boire du vin de messe en cachette. C'était la troisième fois qu'elle se détraquait en deux ans. « Ces gosses, quand même! Quel besoin de détruire tout ce qui leur tombe sous la main? » Il pensait à Denis, qui, depuis l'admonestation, s'était mué en fils modèle, respectueux et appliqué. « Combien de temps cela durera-t-il? » La boîte en fer était solidement encastrée dans l'épaisseur du bois. Pour la décoller de son logement, il dut se servir du tournevis comme d'un levier. Le grincement de l'outil se répercutait d'une manière scandaleuse sous les hautes voûtes de l'église. Jérôme était gêné de faire tant de bruit dans ce sanctuaire voué au silence et à la méditation. Là, autrefois, entouré de flambeaux d'argent, se dressait le catafalque de Maria. Deux mois déjà! Était-ce possible? Il frissonna et tourna ses regards vers la nef où s'alignaient, dans la lueur verdâtre des vitraux, des rangées de chaises et de prie-Dieu. Dans tout ce vide, une seule forme humaine, ratatinée et murmurante : le grand-père de Mlle Bellac, la couturière. Il avait perdu sa femme, lui aussi. Mais dix ans plus tôt. On le disait faible d'esprit. La serrure se détacha dans un craquement. Jérôme acheva de l'extirper par petites secousses et la fourra dans sa poche avec les vis et les instruments. Il la vérifierait et la réparerait à la forge cet après-midi. Privée de son système de fermeture, la porte restait entrebâillée, devant lui, sur la sacristie. Il fit pivoter le vantail, examina la gâche, puis, marchant sur la pointe des pieds, contourna le chœur et s'engagea dans l'allée latérale, pour gagner la sortie. Agenouillé sur son prie-Dieu, la tête appuyée dans les mains, le grand-père de Mlle Bellac marmonnait toujours des paroles inintelligibles. Tout à coup, il se redressa et regarda au loin, comme si un appel discret eût frappé son oreille. Jérôme lui fit un salut, en passant. Le vieillard n'eut pas l'air de le remarquer. Drôle de bougre! Pourquoi venait-il ici en dehors des offices? Pour remercier Dieu de l'avoir fait veuf? Pour le supplier de lui réserver une place auprès de son épouse, dans le Ciel? Ou pour goûter du repos dans un lieu calme et richement orné? Jérôme reconnaissait que, même pour un incroyant, l'église de la Chapelle-au-Bois constituait un refuge agréable. Les hommes qui avaient uni leurs efforts pour construire et embellir ce temple étaient des compagnons qui savaient leur métier. En tant qu'artisan, il leur rendait justice. Simplement, il regrettait que cette décoration solennelle fût dédiée à un mythe auquel il ne pouvait souscrire. Il s'arrêta devant un renfoncement obscur, où se trouvait une statue représentant la Vierge et l'enfant Jésus. Taillé dans le bois, le visage de la Vierge avait une expression souriante et triste. Ses paupières étaient baissées. Son voile retombait en plis mous de son front à ses épaules. Elle pressait contre son sein un nourrisson replet, à la tête ronde et aux yeux aveugles. Il manquait deux doigts à la main de la mère. « C'est dommage, pensa Jérôme. On devrait réparer ça. » Il fit un pas en avant pour mieux admirer le talent de l'artiste. L'outil avait fouillé la matière sombre sans laisser la moindre trace d'écorchure. Par endroits, cependant, la surface était grêlée de petits trous creusés par les vers. Une fente s'était ouverte dans la joue du bébé. « Ce doit être un ouvrage qui date de plusieurs siècles. On ne saurait plus faire aussi bien, de nos jours. » Il hocha la tête avec respect et continua sa prospection. Un peu plus loin, sur le mur du bas-côté, étaient pendus les tableaux du chemin de croix. Il les avait aperçus au cours de ses précédentes visites, mais il les revit avec plaisir. Les soldats aux cuirasses luisantes, les valets rieurs, la blanche silhouette de Jésus fléchissant sous le poids de la croix, son corps écartelé, avec les clous, le sang fluide, la couronne d'épines, le regard au ciel, tout cela était d'un effet terrible, malgré le mauvais état des toiles, craquelées et noircies par le temps.

Quand Jérôme sortit de l'église, il eut l'impression qu'il émergeait d'un rêve très ancien pour se heurter à la lumière et au bourdonnement de la vie quotidienne. La neige commençait à fondre sur la place. Les toits étaient encore blancs, mais le sol avait une vilaine couleur boueuse.

« Monsieur Aubernat! »

Il reconnut la voix et tourna la tête. Absorbé par ses pensées, il n'avait pas vu le curé, qui conversait à quelques pas du porche avec une vieille femme courbée sous un châle noir. Laissant là sa paroissienne, le prêtre s'approcha de Jérôme, la main tendue, le visage rouge et souriant :

« Alors, cette serrure?

— On va la nettoyer une fois de plus, dit Jérôme.

— J'ai encore un travail pour vous, au presbytère. La sonnette ne marche pas.

— Il faut voir sur place.

— Si vous avez une minute... »

Jérôme se laissa conduire jusqu'à la maison du curé, qui était située derrière l'église. Du premier coup d'œil, il jugea que le mal n'était pas grave. Fil de fer rompu, ressort détendu, en une demi-heure la sonnette fut réparée.

« J'ai presque honte de vous avoir dérangé pour si peu, dit le curé. Vous prendrez bien un verre de quinquina... »

Jérôme accepta, moins par goût du quinquina que pour ne pas désobliger son hôte.

Ils pénétrèrent dans une pièce assombrie par des rideaux en filet jaunâtre. Au mur, un crucifix en ivoire, chargé d'un chapelet et d'une branche de buis. Comme meubles, un petit bureau, trois fauteuils paillés et une table basse. Cela sentait le moisi et la confiture de pommes. L'abbé apporta une bouteille et deux gobelets dépareillés. Jérôme ne voulait pas s'asseoir.

« Vous n'allez pas boire debout, tout de même! »

Devant l'insistance du curé, il consentit à prendre place sur un siège. Mais, dans cette attitude commode, son malaise se trouva encore aggravé. Il ne pouvait s'habituer à sa présence dans cette pièce où régnait comme un relent de messe refroidie. Son regard s'abaissa vers les souliers du prêtre, qui étaient de gros cuir et tachés de boue. La soutane, un peu relevée, laissait voir des chaussettes de forte laine grise. Ce détail, inexplicablement, rapprocha Jérôme de son interlocuteur. Soudain, comme par l'effet d'un éclairage nouveau, il devina que, derrière les gestes officiels du curé, il y avait l'existence de tous les jours, avec ses soucis de cuisine, de raccommodage, de rhumes, d'insomnies et de fins de mois difficiles. Mis en confiance par sa découverte, il but une gorgée de quinquina et dit :

« Vous avez de belles choses à l'église, monsieur le curé. La Vierge en bois...

— Elle date du XVIe siècle et bien des connaisseurs nous l'envient.

— Qui l'a faite?

— On ignore tout de l'artiste. Il n'a pas signé. D'ailleurs, je trouve que cet anonymat est une merveilleuse preuve de ferveur et d'humilité chrétiennes. L'homme s'efface devant la destination de son œuvre. Celui qui doit savoir son nom le sait pour l'éternité. Et c'est cela seul qui importe!

— Je ne vous comprends pas.

— Vous me comprendriez si vous aviez la foi.

— La foi! La foi! » grommela Jérôme.

Il tournait son verre dans ses mains. Les paroles qu'il n'avait pu dire au curé, le dimanche précédent, à la forge, lui revenaient en mémoire dans un bouillonnement confus. Le désordre de son esprit se communiquait à son corps. Une chaleur mauvaise lui monta au visage.

« Vous m'êtes très sympathique, monsieur le curé, murmura-t-il. Seulement, nous ne pouvons pas nous entendre. Vous expliquez tout par la volonté de Dieu. Mais que savez-vous de lui au juste? »

L'abbé Pradinas eut un haut-le-corps. Ses yeux bleus se plissèrent sous les sourcils blonds ébouriffés.

« Vous voudriez que je vous prouve Son existence, comme on démontre un théorème à un écolier? demanda-t-il.

— Ce ne serait déjà pas si mal.

— D'accord, mais le théorème est une invention humaine. Si j'arrivais à démontrer l'existence de Dieu, ce serait que je l'aurais, en quelque sorte, inventé. Mon opération se retournerait contre moi. On ne se persuade pas de la présence de Dieu en accumulant des arguments logiques, mais en le sentant par le cœur, mêlé à chaque instant de notre destin.

— C'est donc une supposition?

— C'est une certitude. Mais une certitude de l'âme et non de l'intelligence. »

Jérôme posa son verre vide sur la table et s'essuya la moustache avec le revers de la main. L'abbé Pradinas le considérait avec une curiosité amusée :

« Vous ne me suivez pas?

— Non, répondit Jérôme, Après tout, ce sont des mots... des mots pris dans vos livres. Moi, je ne vois qu'une chose. Si Dieu existe, s'il est bon et juste, pourquoi laisse-t-il vivre des canailles jusqu'à quatre-vingts ans et emporte-t-il une femme comme la mienne, toute jeune, et qui n'avait rien à se reprocher? »

Le prêtre croisa sur son ventre ses mains fortes, piquées de poils roux, et renversa légèrement la tête :

« Si vous étiez croyant, au sens précis du mot, je vous dirais que d'être rappelé par le Seigneur n'est pas un châtiment mais une grâce, que notre existence vraie commence au moment où nous avons dépouillé notre enveloppe charnelle, et que votre épouse, à l'heure actuelle, est sans doute plus heureuse que vous. Mais, comme vous n'êtes pas croyant, je ne puis que vous répéter : en refusant la foi, vous vous privez d'une consolation merveilleuse.

— Quelle consolation? s'écria Jérôme. Que j'aille à l'église ou non, qu'est-ce que cela change? J'aurai beau prier, elle ne reviendra pas!

— La prière n'est pas faite pour ressusciter les défunts, mais pour recommander leur âme à la miséricorde divine et apaiser la souffrance morale des survivants.

— Comment voulez-vous que ma souffrance soit apaisée puisque tout est perdu, puisque tout est fini?

— Encore une fois, rien n'est perdu, rien n'est fini pour qui croit en Dieu. »

Jérôme jeta à l'abbé un coup d'œil hostile. Le calme et l'assurance de cet homme lui étaient pénibles, comme une injure à son propre désarroi. Dominant son émotion, il articula d'une voix étouffée :

« Vous voulez dire qu'elle n'est pas entièrement morte, qu'il y a encore quelque chose d'elle, quelque part?

— J'en suis sûr.

— Pourquoi?... Pourquoi en êtes-vous sûr? »

L'abbé Pradinas se leva et pesa de tout son regard sur le visage de Jérôme :

« Pourquoi j'en suis sûr? C'est vous qui me posez cette question? Mais examinez-vous, mon ami! N'agissez-vous pas comme si vous partagiez en tout point mes idées? Avez-vous eu l'impression, quand vous avez considéré votre femme sur son lit de mort, qu'elle avait absolument cessé d'exister, qu'elle était comme si elle n'avait jamais existé? Et, depuis, lorsque vous songez à elle, n'éprouvez-vous pas, par moments, la certitude que votre pensée rejoint la sienne? Pourquoi allez-vous sur sa tombe?

— Parce que c'est là qu'on a mis tout ce qui reste d'elle, balbutia Jérôme.

— N'est-ce pas plutôt pour communier avec elle, à l'endroit de sa dernière demeure, comme si son âme ne pouvait être très éloignée du lieu où fut enterré son corps?

— Ce n'est pas ça, non...

— Et pourquoi avez-vous décidé de forger cette grille, dont j'ai vu le dessin sur le mur de votre atelier?...

— Pour que la sépulture soit plus convenable...

— Parce que vous cherchez à honorer, non point une dépouille ensevelie et déjà dégradée, mais la partie impérissable, éternelle, de tout être humain. Voulez-vous que je vous dise? si vous étiez réellement convaincu que tout se terminait ici-bas, je ne tenterais pas de discuter avec vous! Mais je sens qu'à votre insu même vous devinez, vous admettez que tout continue ailleurs, d'une manière inconnue de vous...

— ... Et de vous, monsieur le curé!

— Et de moi, en quelque sorte, je vous le concède.

— Alors?

— Alors... si vous avez conscience de ce prolongement au-delà du visible, vous êtes un chrétien sans le savoir et nous pouvons beaucoup pour vous. »

Jérôme secoua la tête et se leva à son tour.

« Ce que vous pouvez pour moi ne m'intéresse pas, dit-il.

— Vous êtes têtu!

— Pas plus que vous, monsieur le curé! »

L'abbé Pradinas se mit à rire :

« Quel homme! Quel homme! »

Mais Jérôme était mécontent de lui. Il eût aimé soit confondre le prêtre par un réquisitoire impitoyable, soit être convaincu par lui au point d'envisager son deuil avec sérénité. Or, son adversaire ne paraissait nullement ébranlé dans sa position, et lui-même n'avait rien appris, en retour, qui pût le guérir de sa peine. Cette visite n'avait servi qu'à leur faire perdre du temps à tous deux.

« Je reposerai la serrure demain, dit-il.

— Je vous remercie, dit le prêtre. Sans rancune! Revenez me voir quand vous aurez un moment... »

Jérôme rentra chez lui en luttant de toute la poitrine contre le vent qui avait pris de la violence. Amélie s'affairait dans la boutique. Denis était à l'école. Justin affûtait un soc de charrue. La terre continuait à vivre sans Maria. Il était seul au monde à ne pouvoir accepter cette absence.

3

LE 25 février était jour de marché à la Chapelle-au-Bois. Jérôme ouvrit la forge aux premières lueurs de l'aube pour accueillir les paysans venus des environs et pressés de donner leurs bêtes à ferrer avant le début des négociations sur le champ de foire. Il n'y avait plus trace de neige sur les toits. Dans la courette, devant le travail, quatre vaches, deux chevaux et trois petits ânes gris attendaient patiemment leur tour. Vêtus de blouses bleues, délavées, leurs maîtres parlaient entre eux en patois et suivaient les gestes du forgeron avec méfiance. Malgré leur habitude, Jérôme et Justin avaient fort à faire pour contenter tout le monde. Le soufflet grinçait, les marteaux frappaient, l'air s'imprégnait d'une odeur de corne roussie. De son côté, Amélie retirait les volets de la boutique et servait les premières clientes. Le bourg s'emplissait d'une multitude lente et bavarde. Des voitures arrivaient par les deux bouts de la rue principale. Les fermiers déchargeaient leurs animaux engourdis par un long voyage. Des marchands forains dressaient leurs baraques de toile, déballaient des pièces de tissu, des casseroles, des galoches, et disposaient des étiquettes sur les tas. Au-dessus du bourdonnement des voix humaines passait, de temps en temps, un meuglement rauque et désespéré. Vers neuf heures du matin, Jérôme vit entrer Espalioux, qui venait payer sa dernière mensualité pour la faucheuse. Il était content de la machine et voulait offrir un verre à son ancien camarade de régiment, qui l'avait si bien conseillé.

« Je ne peux pas laisser ici, dit Jérôme. Le travail me presse.

— Ton ouvrier s'en arrangera bien. Dans dix minutes, tu seras de retour...

— Dix minutes d'aujourd'hui, c'est comme une heure d'un autre jour!...

— Ne dis pas ça! Le père Doulournat, qui a sa ferme auprès de la mienne, à la Croix-du-Jouneix, il aimerait te rencontrer aussi. Je crois qu'il est chez Mazalaigue, à cette heure. Il a vu ma faucheuse. Il se déciderait peut-être à en prendre une pour son compte, au mois de juin. Viens donc!... »

Ils discutèrent longtemps.

Enfin, comprenant qu'Espalioux était sur le point de se vexer, Jérôme accepta de le suivre. A peine sortis dans la rue, ils furent pris par les remous de la foule, qui se déplaçait le long des éventaires. Les jeunes filles déambulaient trois par trois, en se tenant par la taille et en riant très fort quand on les heurtait du coude. Quelques gamins jouaient à cache-cache sous les tréteaux des commerçants. Le flot s'écartait autour de deux hommes graves, qui discutaient à voix basse en agitant les doigts. Des ménagères volumineuses, empaquetées dans plusieurs épaisseurs de jupes et de châles, encombraient le passage avec les gros paniers qui pendaient à leur bras et les longs parapluies qu'elles serraient en travers de leur ventre. Partagées entre le désir d'acheter et la crainte d'être trompées, elles écoutaient d'un air soupçonneux les criailleries des forains, qui secouaient sous leur nez des rubans qu'on ne trouvait nulle part ailleurs, des pantoufles recommandées par le corps médical, des mouchoirs inusables et des tabliers vendus à perte pour complaire à l'honorable clientèle du canton. A ces clameurs engageantes, répondait l'appel monotone des paysannes, qui avaient étalé par terre, sur un lit de paille, les œufs, le fromage et le beurre de leur ferme. Des files de chariots s'adossaient aux murs des maisons, le cul au sol et les brancards levés. Le brigadier de gendarmerie frisait sa moustache en regardant, accrochée à une tringle, une robe de cotonnade rose qui grelottait au vent.

Tout en marchant, Jérôme songeait que, du vivant de Maria, il n'eût pas accepté de laisser sa forge un jour de grand travail comme celui-ci, pour aller palabrer avec un Doulournat aux intentions hypothétiques. Mais, depuis qu'il était veuf, il ne voyait plus la nécessité de se donner entièrement à la tâche. Soudain, il se dit qu'Espalioux n'était peut-être pas au courant de son deuil.

« Tu sais, grommela-t-il, ma femme est morte!

— Je sais, je sais, répliqua Espalioux. C'est un malheur!

— Un grand malheur, oui.

— Surtout qu'elle n'avait pas l'âge!

— Eh! non... »

Il n'y avait plus rien à dire.

Passé les dernières baraques, le champ de foire étalait son vaste grouillement de bêtes et de gens confondus. Attachées à une corde, tendue par des piquets, des vaches d'inégale grosseur, rousses et blanches, ruminaient côte à côte, le mufle lourd, le pis pendant. Les brebis, serrées en troupeaux, formaient comme un nuage de bourre sale, porté par le grêle échafaudage des pattes. Des truies ballonnées, aux flancs roses et noirs, fouillaient le sol, devant elles, avec un groin pareil à une fleur de chair indécente. Dans un enclos limité par des caisses, quelques porcelets duveteux se heurtaient et se chevauchaient à la recherche d'une issue. Des acheteurs s'approchaient d'eux, enfonçaient leurs doigts dans cette réserve de graisse, débattaient le prix, marquaient un animal à la craie bleue sur le derrière, le soulevaient par l'oreille et la queue et l'emportaient, insensibles à ses soubresauts de panique et à ses vagissements étranglés. On discutait ferme autour d'une vache maigre à la corne cassée. L'acheteur, un boucher chaussé de bottes et habillé d'une veste de cuir, glissait la main sous la queue de la bête, découvrait ses dents jaunes, inspectait l'œil, tâtait ses trayons :

« C'est quatre pistoles de moins ou pas du tout!

— Demande-la-moi pour rien, pendant que tu y es! » disait

le propriétaire, un petit vieux aux pommettes roses et à la moustache poivre et sel.

Sa femme, ridée, pointue, se trémoussait sous son bonnet blanc :

« Te laisse pas faire, Casimir! Il veut t'avoir, comme l'autre! Nous ne sommes pas en peine avec une bête de ce choix!... »

Le boucher haussait les épaules et s'éloignait du groupe. Un compère le rattrapait et lui parlait à voix basse. Casimir, de son côté, se laissait entourer par des spécialistes de la conciliation. On ramenait l'acheteur récalcitrant. Il disait :

« Moitié-moitié. Mais j'y perds. Tape là! *Bourro ottïi!...* »

La main ouverte, il attendait le signe de conclusion. Mais l'autre se fâchait, roulait des yeux terribles, secouait sa moustache, pendant que la femme gémissait :

« Casimir, ne l'écoute point! »

L'accordeur prenait les deux mains et les rapprochait de force en grondant :

« *Bourro! Bourro!* Casimir! »

Enfin, comme écœuré par ce marchandage indigne, le petit vieux appliquait une claque dans la paume tendue et s'écriait avec l'accent du désespoir :

« Prends-la, et qu'elle crève en route! »

Des rires approbateurs saluaient l'heureux dénouement de l'affaire. L'acquéreur sortait des ciseaux d'un étui en cuir et taillait une mince bande de poils sur la croupe de la bête. Casimir et son épouse regardaient, avec consternation, la vache qui s'en allait, tirée par son licou, vers la charrette du boucher. On eût dit deux malheureux, détroussés et abandonnés sur le bord de la route. Mais Espalioux les connaissait :

« Ils étaient prêts à vendre n'importe comment, dit-il. Pour eux, c'est une bonne journée! »

Sur toute l'étendue du champ, se jouaient des scènes identiques entre des acheteurs et des vendeurs indignés par leurs prétentions respectives, et des accordeurs au langage inspiré par le souci de l'équité commerciale. Cette agitation et ce bruit, loin d'amuser Jérôme, accusaient en lui le sentiment d'une solitude sans remède. Comme Espalioux s'attardait à écouter le bavardage des paysans, il le tira par la manche pour lui rappeler qu'ils avaient affaire chez Mazalaigue.

Toutes les tables étaient prises. Mais personne n'avait vu Doulournat au café, ni même sur le champ de foire.

« Il sera déjà reparti, dit Espalioux. Enfin, puisqu'on est là, on ne va pas se priver d'une chopine. Patron ! Eh ! Patron ! »

Les voix résonnaient fort sous le plafond bas. Un nuage de fumée couronnait les têtes des consommateurs, aux chairs congestionnées par le grand air, la fatigue et le vin. Des verres tintaient. On redemandait à boire. On se donnait des tapes dans le dos. Certains avaient dégrafé leur ceinture et retiré leur col pour respirer à l'aise. Pierre Mazalaigue, qui tenait l'établissement depuis la mort de son père, ménagea deux places, au fond de la salle, pour les nouveaux venus. Indifférent au vacarme, il promenait sur l'assistance un regard de domination tranquille. Ses manches étaient retroussées. Les bouchons des bouteilles servies gonflaient la poche de devant de son tablier. Par politesse, Jérôme l'interrogea sur la marche de ses affaires.

« Je ne me plains pas, dit-il. Mais, dès que je pourrai, je retournerai à Paris. Là-bas, c'est quand même autre chose pour le travail et pour tout.

— Tu y faisais quoi, au juste ? demanda Espalioux.

— C'est difficile à expliquer. Tu n'as pas entendu parler du procédé Ozolithe ? Non, bien sûr ! Une sorte d'enduit, mieux que le linoléum. Cela s'appelle aussi : les parquets sans joints. Alors, voilà, je posais des parquets sans joints !...

— Des parquets sans joints ! dit Espalioux. Voyez-vous ça ? Eh bien, tu nous serviras du vin sans eau, pour la peine ! »

Dehors retentissait un concert de bêlements et de mugissements contrariés. Le vent poussait des brins de paille sous la porte et faisait bouger les guirlandes en papier fané pendues sous les poutres du plafond. Pierre Mazalaigue emplit les verres à ras bord. Jérôme leva le sien, le regarda par transparence et dit :

« A ta santé, Espalioux.

— A ta consolation ! » répliqua l'autre.

Ils burent avec une lenteur et une gravité sacrificatoires.

*

La paysanne, forte en chair et coiffée d'un bonnet tuyauté sur trois rangs, hésitait devant le moulin à café, dont Amélie lui démontrait les nombreux avantages. Derrière elle, quatre personnes attendaient en furetant le long des rayons. Toutes profitaient de la concurrence créée par le passage des forains à la Chapelle-au-Bois pour critiquer la marchandise et exiger des réductions de prix inacceptables. La jeune fille se contraignait à sourire et à parler d'une manière enjouée, malgré son impatience. Après avoir examiné l'ustensile sur toutes ses faces, tourné la manivelle, sorti le tiroir, glissé le doigt dans l'engrenage, la femme dit : « Je vais voir Mme Calajoux, à l'épicerie de la Poste. » Et, ramassant ses paniers, elle se dirigea vers la sortie.

Au même instant, Justin ouvrit la porte de la forge et entra dans le magasin. En voyant sa mine affolée, Amélie éprouva une poussée d'inquiétude. Il lui faisait signe d'approcher. Elle s'excusa auprès de ses acheteuses, s'avança vers l'ouvrier et demanda à voix basse :

« Que se passe-t-il?

— Le pa-tron, bégaya Justin. Au ca-af-fé...

— Mon père? Au café? Tu es fou!

— *Siei plo,* mad-demoiselle! *Siei plo!...* Les b-bêtes... comment f-faire?... »

Ses paupières battaient sur ses gros yeux stupides.

« Ne t'énerve pas, dit Amélie. Raconte-moi tout, calmement. »

A travers ses explications embarrassées, elle finit par comprendre que Jérôme était parti depuis une heure et demie pour se rendre au café avec Espalioux, que Justin, débordé de travail, se faisait houspiller par les propriétaires des bêtes parce qu'il ne savait pas les servir assez promptement et que, pour rétablir la situation, il était indispensable de ramener le maître, de gré ou de force, à l'atelier.

« Eh bien, va vite le chercher », dit Amélie.

A cette injonction, Justin répondit qu'il n'avait pas l'autorité nécessaire pour décider Jérôme à le suivre et que, du reste, il n'osait pas abandonner la forge avec tous les hommes furieux qui s'y étaient assemblés.

« Bon, dit Amélie. Je vais aller le chercher moi-même.

— C'est un ma-malheur ! » gémit Justin en s'éloignant à reculons.

Elle servit les dernières clientes, mit son manteau, son chapeau, ferma la boutique, retira le bec-de-cane de la porte et se dirigea résolument vers le champ de foire.

Malgré ce qu'elle avait entendu, il lui était difficile d'admettre que Jérôme, si scrupuleux dans l'exercice de son métier, eût laissé Justin aux prises avec les paysans, pour le seul plaisir d'aller boire un verre de vin en joyeuse compagnie. Sans doute y avait-il à cela une raison importante qu'elle ne tarderait pas à connaître ? Dans sa hâte d'être rassurée, elle s'irritait des embarras de gens et de voitures qui l'obligeaient à ralentir le pas.

Quand elle entra enfin dans le café, un frisson de dégoût courut entre ses épaules. Toutes les têtes s'étaient tournées vers elle. Aveuglée par la pénombre fumeuse, suffoquée par l'odeur de tabac et de vinasse qui lui emplissait les narines, elle essayait de discerner le visage de son père parmi ces faces rudes, assemblées comme des moellons. Des yeux luisants la reluquaient de près. Des moustaches bougeaient. Après un moment de silence, les conversations reprirent. Mais on continuait à la regarder.

« Vous cherchez M. Aubernat, mademoiselle ? »

Pierre Mazalaigue s'était dressé devant elle, souriant, les manches roulées sur des avant-bras nus et musclés, un torchon à la main, une cigarette collée au coin de la lèvre. Elle fut étonnée de le voir là, bien qu'elle sût qu'il avait repris le café à son compte.

« Oui, murmura-t-elle. Serait-il chez vous, par hasard ?

— Au fond de la salle, je vais vous conduire. »

Elle le suivit, glissant entre des flots de consommateurs aux épaules inébranlables. Soudain, le cœur lui manqua. Dans le coin le plus sombre, contre le mur, Jérôme était assis, seul, voûté, la tête basse. Devant lui se trouvaient trois bouteilles et deux verres. Une petite flaque violette maculait le bois de la table. Il l'étalait d'un geste machinal, avec le bout de son doigt.

« Je vous laisse », dit Pierre Mazalaigue.

A ces mots, Jérôme parut s'éveiller et leva le front. Amélie retint une exclamation en apercevant son visage aux traits affaissés, aux lèvres molles. Deux prunelles, noyées de brume, se tournaient vers elle et l'observaient comme si elle eût été une étrangère. Enfin, il marmonna :

« Ah! c'est toi, fillette!

— Pourquoi es-tu venu ici? demanda-t-elle en étouffant le son de sa voix.

— C'est Espalioux... Il devait me faire rencontrer Doulournat... pour une faucheuse... Mais Doulournat n'est pas arrivé... Espalioux est parti... »

Il fit un sourire triste :

« Et moi... moi, je suis resté... »

Elle joignit les mains :

« Dans quel état t'es-tu mis, papa?... Toi qui ne bois jamais!... C'est insensé!...

— Tout est insensé! dit-il en levant un doigt.

— Et Justin qui est seul à la forge, avec les clients qui attendent!

— Pourquoi n'attendraient-ils pas... puisque... puisque moi je ne fais qu'attendre?...

— Qu'est-ce que tu attends?

— Ça, c'est mon secret, fillette! J'attends, voilà tout!... J'attends d'avoir quelque chose à attendre... Dieu l'a voulu ainsi, paraît-il... »

Il fit un geste large, qui accrocha la bouteille. Amélie la rattrapa au moment où elle allait tomber de la table. Un filet de vin, débordant le goulot, coula sur son poignet.

« Viens, papa, dit-elle.

— Où veux-tu aller?

— A la maison. Ensemble...

— Je peux très bien rentrer tout seul... Ne t'imagine pas...

— Dépêche-toi. J'ai laissé le magasin. Je manque des ventes...

— Manquer une vente n'est rien... mais manquer une vie... ça, mon enfant!... Tu comprendras plus tard... On ne réfléchit pas assez à ces choses... »

Il se dressa, une main appuyée sur le dossier de la chaise, et embrassa le café d'un regard seigneurial. Puis ses lèvres se distendirent. Il se mit à fredonner d'une voix enfantine, hésitante et mélancolique :

Bevan, bevan d'un si boun jù,
Mà conservan l'espri tranquile...

Amélie le prit par le bras et le tira vers la sortie. Il trébuchait, saluait, à droite, à gauche, avec civilité :

« Adieu, messieurs... Adieu, Mazalaigue... Adieu, tout le monde... »

Elle défaillait de honte et de colère. Les rires sournois des consommateurs se soulevaient par vagues autour d'elle. Leurs regards se collaient à sa peau comme des limaces. Quelqu'un cria :

« Encore une chopine, Aubernat? C'est moi qui paie!

— Fous-lui la paix! » gronda Pierre Mazalaigue.

Il ouvrit la porte et la maintint calée avec son pied pour faciliter le passage. Au moment où la jeune fille franchissait le seuil, il se pencha vers elle et dit :

« Ce ne sera rien, mademoiselle. Il se remettra vite. Demain, vous n'y penserez plus. Je regrette... »

Elle feignit de n'avoir rien entendu pour n'avoir pas à le remercier de sa complaisance. Dehors, l'air vif ranima Jérôme, qui haussa le cou, s'assura sur ses jambes et prétendit marcher seul. Mais Amélie refusa de lui lâcher le bras. Serrée contre lui, elle le guidait, en bordure du champ de foire, vers une petite rue qui allongeait leur chemin, mais avait l'avantage d'être peu fréquentée. Il avançait par saccades, en traînant les pieds. Ses genoux étaient raides. Pour mieux nier son malaise, il imposait à son visage une expression de majesté superflue. Elle, cependant, était obsédée par la crainte d'être vue ramenant son père ivre à la maison. Dans ses appréhensions quant à l'avenir de la famille, elle n'avait jamais imaginé une aussi affreuse déchéance. Elle songea au tableau représentant les vices de l'humanité tenus en échec par la vertu d'une mère. Le plus horrible de ces vices, Jérôme en était devenu l'esclave après une longue vie d'abstinence et d'honnêteté. Serait-elle assez forte pour l'empêcher de glisser sur la pente?

« Pourquoi vas-tu si vite? grommela-t-il.

— Je suis pressée de rentrer, papa. »

Il se pencha sur elle. Avec répulsion, elle respira cette haleine qui sentait le vin :

« Pressée de rentrer? J'étais comme toi dans ma jeunesse, Amélie. Mais, avec l'âge et le deuil, on finit par voir plus clair... dans... dans le sens de la destinée humaine... tu comprends?...

— Oui, papa. Ne parle pas tant!

— Non... écoute... C'est important... On a tort... grand tort d'agir toujours comme si on était maître des minutes qui vont suivre... Nous allons vite, vite, à cause du magasin, de la forge... de ceci, de cela... Et une tuile ou une brique nous tombe sur la tête... Tu es tuée... Ou bien moi... Et alors... celui qui reste... il commence à se poser des questions... Si on était allé moins vite... Si on avait marché de l'autre côté de la rue... Si Maria, après s'être fâchée contre moi, ne s'était pas enfuie par ce mauvais temps... »

Sa voix était devenue pâteuse, étirée. Ils arrivèrent sur la place de l'église, rendue méconnaissable par le désordre multicolore des étalages. Impossible d'éviter cet endroit populeux. Amélie chuchota :

« Tiens-toi bien, papa. Nous allons passer vite devant les gens... »

Mais il résistait de tout son poids à cette invitation suppliante. Les pieds rivés au sol, le buste vacillant, il marmottait :

« Non. D'abord... il faut que j'aille voir M. le curé... au presbytère... Il m'a dit des choses, sur l'âme... Je ne suis pas d'accord... L'âme, vois-tu?... l'âme c'est très joli... Mais on ne sait rien d'elle... C'est comme le bon Dieu... on ne sait rien de lui... Alors... Quoi? Les prêtres, ils prennent tout... tout sur quoi on ne sait rien... Ça les arrange... Ils font leur cuisine avec... La religion... la religion pour moi... »

Il s'arrêta de parler et s'inclina profondément devant Mme Barbezac, qui passait au bras de sa fille. Amélie, craignant qu'il ne perdît l'équilibre, le retint par le coude et murmura :

« Papa, ne fais pas ça, je t'en prie. »

Mme Barbezac baissa la tête en un léger salut. Mlle Barbezac esquissa un sourire. Avaient-elles remarqué que Jérôme n'était pas dans son état normal? Déjà, il regardait ailleurs :

« Les parents de ton fiancé, Amélie!... Tout là-bas!... Au coin de l'école... On va leur dire bonjour... »

Elle se sentit devenir rouge et brûlante, comme si la porte d'un four se fût brusquement ouverte devant son visage.

« Non! s'écria-t-elle. Je ne veux pas qu'ils te voient ainsi!...

— Mais qu'est-ce que j'ai?

— Ce que tu as?... Tu es... tu es... »

Elle hésitait à prononcer le mot. Il la considéra humblement et dit soudain :

« Eh bien, allons-nous-en, Amélie. Si tu as honte de moi, allons-nous-en... »

Elle l'entraîna dans la foule. Des marchands les interpellaient :

« Un petit coup d'œil, messieurs-dames! Voyez, voyez nos gilets de corps! Qui n'a pas son mouchoir réclame?... »

Des attroupements de badauds les détournaient de la ligne droite. De temps en temps, quelqu'un disait :

« Tiens! Amélie! Bonjour!...

— Bonjour », répondait-elle sans lever les yeux.

Enfin, ils plongèrent dans une rue plus calme. La maison était proche. Devant le magasin fermé, six personnes attendaient, rangées en file. Il fallut passer devant elles. Jérôme cambra les reins et s'efforça de communiquer à son pas une mesure et une direction irréprochables. Les yeux des commères se fixaient sur lui avec curiosité. Il dit :

« Voilà, voilà, on arrive!... Un peu de patience, mesdames!... »

Mais il dut s'adosser au mur pendant qu'Amélie ouvrait la porte de la boutique.

*

Convaincue que son père n'était pas en état de reprendre le travail, la jeune fille le pria d'aller se reposer dans sa chambre. Mais il refusa de lui céder sur ce point et se rendit droit à l'atelier, où Justin l'accueillit avec un soulagement mêlé de rancune. Jusqu'à l'heure du déjeuner, Amélie, tout en servant les clientes, ne cessa d'épier les bruits qui venaient de la forge. Entendait-elle un cri, un juron ? et aussitôt, elle s'imaginait que Jérôme, étourdi par les fumées de l'alcool, s'était brûlé au fer rouge ou avait écrasé ses doigts sous un coup de marteau. Étaient-ce des éclats de rire qui frappaient ses oreilles? et elle se figurait qu'il amusait la compagnie à ses dépens par des gestes et des propos de buveur. Elle ne consentit à se rassurer qu'après l'avoir vu assis en face d'elle, à table. Le remords et l'excès de besogne l'avaient évidemment dégrisé. Il ne gardait de son ébriété passagère qu'un peu de trouble dans le regard et de lenteur dans la prononciation. L'expression d'ensemble de son visage était humble, morne et distraite. Heureusement, Denis entretenait la conversation par le récit de ses prouesses au jeu de barres. Le repas fut vite expédié et chacun retourna à ses occupations.

Dès cinq heures du soir, le bourg commença à se dépeupler. Les forains remballaient leurs marchandises et démontaient leurs baraques. Les charrettes des acheteurs de bétail, qui étaient arrivées vides le matin, repartaient pleines à craquer dans le crépuscule, celles des vendeurs, qui avaient amené les animaux au marché, s'en allaient allégées, bringuebalantes, avec, parfois, au fond de la caisse, un porcelet ou un mouton, laissé pour compte et incapable de concevoir sa chance. Des ménagères querellaient leurs maris, qui avaient cédé la dernière vache à un prix dérisoire, et se faisaient injurier en retour pour avoir dépensé trop d'argent dans les boutiques. Quelques hommes, pris de boisson, quittaient le café en titubant et cognaient sur de petits ânes qui refusaient d'entrer dans les brancards. D'autres discutaient encore sous un porche et comptaient leurs sous à la lueur d'un briquet. Le vent dispersait la paille et les papiers gras sur les places désertes. Les chiens excités humaient dans l'air l'odeur des nourritures envolées. Et des familles d'oiseaux se gavaient de crottin aux quatre coins du champ de foire.

A sept heures, Jean Eyrolles entra dans le magasin pour bavarder avec Amélie. Accablée par l'inquiétude que lui causait la conduite de son père, elle accepta cette visite avec un sentiment de contrariété. On eût dit qu'en se livrant à la débauche, Jérôme avait modifié les rapports existant entre sa fille et son futur gendre. Qu'elle le voulût ou non, elle était intimement marquée par ce déshonneur, et le désir de préserver la réputation de la famille l'obligeait à cacher sa peine devant l'être pour qui elle eût aimé n'avoir pas de secrets. Mais peut-être était-il déjà renseigné par des témoins et feignait-il l'ignorance afin de ne pas la mettre dans l'embarras? La pensée de cette charité lui était aussi insupportable que celle de sa propre dissimulation. Placée dans une situation fausse, elle souhaitait qu'il disparût rapidement pour n'avoir pas à subir l'interrogation de son regard affectueux, de sa voix prenante. Elle écouta ses propos avec impatience, lui répondit d'un air évasif et le congédia en invoquant sa lassitude après une longue journée de labeur.

Ses épreuves n'étaient pas cependant terminées. A la fin du souper, Denis avoua qu'il avait déchiré son capuchon au cours d'une bagarre, qui s'était engagée contre sa volonté et avait tourné à la confusion de ses adversaires. Bien que ses réserves d'indignation fussent largement entamées par la faute de Jérôme, Amélie dut obéir à sa mission d'éducation et gronder son frère avec toute la véhémence qu'il attendait d'elle :

« Un capuchon tout neuf!... Il devait te faire l'année!... Mais tu t'en moques!... Je croyais que tu serais devenu raisonnable après ton exploit dans l'écurie!... »

Au lieu de la soutenir dans cette remontrance, Jérôme piquait du nez dans son assiette, comme si les réprimandes qu'il entendait se fussent adressées à lui en même temps qu'à son fils.

« Mais puisque ce n'est pas ma faute! bredouilla Denis.

— Ce n'est jamais ta faute!

— Les autres me sont tombés dessus...

— Les autres! Toujours les autres. On ne se laisse pas entraîner quand on ne le veut pas vraiment... »

Jérôme se tassa un peu contre le dossier de sa chaise.

« Si tu crois que c'est facile! grommela Denis. Les copains m'ont dit : « Juste pour cinq minutes... on va jouer à délivrer les prisonniers du fortin... »

— De quel fortin? murmura Jérôme d'un air rêveur.

— Cela n'a pas d'importance, papa! dit Amélie.

— Non, non...

— Eh bien, reprit-elle, tu aurais dû répondre à tes copains que tu avais autre chose à faire.

— J'aurais passé pour qui? »

Jérôme toussota, se versa un verre de vin et, machinalement, le porta à ses lèvres. Amélie lui jeta un regard aigu. Il reposa le verre. Elle ferma un instant les paupières, comme sollicitée par une angoisse plus profonde que celle dont elle faisait étalage, et poursuivit dans un souffle :

« Si tu te souciais moins de ce que pensent de toi tes camarades et davantage de ce que pensent de toi ton père et ta sœur, tu serais peut-être un garçon convenable. Mais, pour l'instant, tu n'es qu'un chenapan. J'ai honte de toi... »

Elle détacha ces derniers mots afin de leur donner une résonance pathétique. Jérôme passa sur son front une main tremblante, ouvrit la bouche pour parler et la referma sans avoir proféré un son.

« Ne compte pas avoir un autre capuchon, reprit Amélie. Je raccommoderai celui-ci. Et, si tu y fais un nouvel accroc, nous saurons te punir comme tu le mérites. Maintenant, monte dans ta chambre pour finir tes devoirs.

— Je vais monter aussi », dit Jérôme.

Il fit un vague sourire et ajouta, comme pour s'excuser :

« Je suis très fatigué, tu sais... Cette journée... »

Les deux coupables quittèrent la cuisine, le père devant, le fils derrière. Vus de dos, ils se ressemblaient par le port affligé de la tête et la courbe fautive des épaules.

Restée seule, Amélie lava la vaisselle et s'installa devant la table pour mettre à jour les comptes du magasin. Mais ce travail requérait une attention dont elle se sentait incapable après le choc qu'elle avait subi. Pour la première fois, elle ne pouvait plus respecter son père. Le chagrin qu'il éprouvait n'était pas une excuse suffisante à sa dépravation. Quand on pleurait le souvenir d'une personne chérie, il fallait se garder d'agir d'une façon qu'elle n'eût pas tolérée de son vivant. Jérôme n'avait-il été un homme estimable que grâce à la surveillance qu'exerçait sur lui son épouse? En tout cas, livré à lui-même, il ne savait plus se comporter dignement. Comme si elle eût rouvert un livre dont elle avait été trop jeune, lors d'une première lecture, pour comprendre toute la valeur, et qui, maintenant, lui révélait, phrase par phrase, une richesse d'inspiration surprenante, ainsi, en repassant dans sa mémoire les images de la vie familiale, Amélie se persuadait-elle de l'influence admirable que Maria avait exercée sur son entourage. Assise dans cette salle vide, devant ces registres et cet encrier, elle avait honte de l'aveuglement qui l'avait poussée jadis à critiquer l'intransigeance de sa mère. Qu'elle se découvrait donc seule et faible depuis que cette fière conscience avait déserté la maison! Comme elle avait envie d'appeler à son secours la dispensatrice de tant de bienfaits, dont elle commençait à mesurer le prix. La remplacer? Continuer son œuvre? La jeune fille avait cru un moment qu'elle serait à la hauteur de la tâche. Mais son frère et son père lui infligeaient, à tour de rôle, un démenti qui ne lui laissait plus grand espoir. Que deviendraient-ils, l'un et l'autre, après son mariage? Ne devait-on pas redouter le pire de la part d'un homme qui s'enivrait sur un coup de tête et d'un enfant qui s'introduisait dans une propriété privée pour couper la queue des chevaux? Elle voyait déjà le magasin à l'abandon, la forge délaissée, la vaisselle sale empilée par terre, Denis cassant des carreaux, volant des poules, et Jérôme sortant du cabaret, les jambes molles, le nez rouge et une bouteille dans la poche de son veston. Cette dégradation morale, qu'elle aurait peut-être eu la chance d'éviter en demeurant à son poste, comment s'y opposerait-elle en habitant au loin, dans la coquette maison de la scierie? A supposer même que Jean acceptât, sur ses instances, de renoncer à son projet de logement séparé et de venir ici, avec elle, pendant les premières années de leur union, saurait-elle s'occuper de lui comme il le méritait sans que le reste de la famille eût à pâtir de ce détournement d'affection et de soins? De quelque manière qu'elle agitât les données du problème, aucune solution ne se dessinait dans son esprit. Prise de panique, elle invoqua le souvenir tutélaire de Maria. Qu'aurait-elle fait à la place de sa fille? Les prunelles écarquillées, Amélie interrogeait le vide et attendait qu'une voix intérieure prononçât le jugement. Mais tout se taisait. Devant ses yeux, comme dans son cœur, il n'y avait qu'une cuisine close, avec une lampe, un livre de comptes, des casseroles et le silence. Elle trempa sa plume dans l'encrier et écrivit : « 3 kilos de cristaux : 0,45 F; 4 tasses : 0,60 F; un balai : 0,90 F... »

Le papier brillait. La plume grinçait. Elle songeait à Jean Eyrolles. Mais sans élan, sans enthousiasme, avec un peu de crainte même à l'idée de leurs futures rencontres. Elle travailla ainsi jusqu'à dix heures du soir. Quand elle monta se coucher, elle n'avait pris aucune décision et, cependant, l'extrême lassitude de son corps lui donnait à penser que le calme était revenu en elle.

4

CONTRAIREMENT aux appréhensions d'Amélie, dans les jours qui suivirent la foire, aucun client, aucune connaissance, ne fit allusion devant elle aux excès dont son père s'était rendu coupable en public. C'était à croire que personne ne l'avait aperçu, titubant dans la rue, ou qu'un pareil spectacle était familier aux habitants de la Chapelle-au-Bois. Cette discrétion unanime, loin d'apaiser la susceptibilité de la jeune fille, l'incitait à se dire que les témoins de la scène se taisaient par pure politesse en sa présence, mais se rattrapaient derrière son dos. N'agissait-elle pas de même, en quelque sorte, vis-à-vis de Jérôme? Elle ne lui avait jamais reproché ouvertement sa conduite. Mais elle ne cessait d'y penser avec une honte et un effroi invariables. La crainte de le voir retomber dans ses errements la contraignait à être toujours sur le qui-vive. Elle était auprès de lui comme une infirmière, veillant sur un grand malade irresponsable et doux. A la dérobée, elle observait son visage, afin d'y lire les signes d'une rechute possible. Quand il lui parlait, elle humait son haleine pour s'assurer qu'il ne sentait pas l'alcool. S'il s'écorchait la main dans son travail, elle l'interrogeait attentivement sur les raisons de sa maladresse. A table, bien qu'il bût du vin coupé d'eau, elle contrôlait du regard le niveau de son verre. Un jour, profitant de son absence, elle visita même l'atelier, de peur qu'il n'eût caché quelque bouteille derrière un tas de vieux fers. Dès qu'il quittait la forge, elle dépérissait d'angoisse. Il avait dit à son ouvrier qu'il se rendait au cimetière, ou à la gare, ou chez M. le curé... Mais n'était-il pas plutôt installé dans le café du champ de foire? Elle n'osait courir là-bas, ni même y envoyer Justin, car elle ne voulait pas qu'on l'accusât de monter la garde autour de son père. Parfois, à son retour, elle lui trouvait l'œil vif et le teint animé. Sans se troubler, il avouait qu'il venait de déposer une serrure ou de réparer des volets et que son client lui avait offert un verre de vin doux. Elle pinçait les narines et murmurait :

« Tu aurais dû refuser, papa.

— Pourquoi? Ça l'aurait vexé, cet homme! »

Elle ne trouvait rien à redire, mais, dans son for intérieur, elle ne pouvait s'empêcher de penser que ce verre de vin doux était peut-être un litre de vin rouge et que le client en question ressemblait étrangement à Pierre Mazalaigue. De soupçon en soupçon, elle finissait par détester ce patron de café, qui arrondissait sa fortune en exploitant le vice de ses concitoyens. Protégé par la loi, il était un marchand de misère, de perversion et de folie. C'était sa faute si Jérôme avait cédé à la tentation! C'était sa faute si elle était malheureuse! Il méritait qu'on le dénonçât aux autorités, qu'on fermât son établissement, qu'on l'expulsât du bourg! Justin était bien de cet avis. A plusieurs reprises, constatant qu'Amélie était inquiète au sujet de son père, parti soi-disant pour livrer du travail, il avait dit, la voix tremblante :

« Ce ca-a-fé... Ma-a-demoiselle... T-tout le ma-alheur il vient de là-b-bas!... On d-devrait le démolir comme un v-vieux tonneau!... »

Elle devinait que cet homme simple, qui avait vu Jérôme rentrer ivre, le jour de la foire, la plaignait, la respectait et cherchait une occasion de se dévouer à la cause de la famille. Éprouvant de la difficulté à parler, il concentrait toute sa pensée dans un regard fidèle. Elle l'aimait bien. Elle essayait de le tranquilliser :

« Que vas-tu chercher là, Justin? Mon père est sûrement sorti pour faire une course. Toi qui le vois à l'ouvrage, il ne travaille pas moins bien qu'autrefois, tout de même?

— Ce n'est p-plus ça, mademoiselle... Il t-tape s-sans p-penser... Ouf! Ouf!... Et t-tout triste dans le d-dedans...

— Préviens-moi dès qu'il reviendra. Je serai au magasin. »

Soudain, pendant qu'Amélie servait une cliente, la porte de la forge s'ouvrait, Justin passait sa tête par l'entrebâillement, clignait de l'œil et disait :

« Le pa-atron est là! T-tout va b-bien!... »

Amélie le remerciait d'un sourire et, soulagée, continuait à vanter l'article qu'elle tenait en main.

Tous les deux jours, juste avant l'heure de la fermeture, Jean Eyrolles se glissait discrètement dans la boutique mal éclairée. Sa haute taille l'obligeait à courber la tête pour ne pas accrocher au passage les faisceaux de brosses et de balais qui pendaient au plafond. L'expression de son visage était soucieuse. En le voyant s'avancer vers elle, Amélie ne pouvait se défendre d'un sentiment de gêne. A trop s'occuper de son père elle avait oublié cet autre motif de déconvenue. Derrière ce garçon timide, une vague de tristesse entrait dans la salle basse. Il était là, implorant et correct, avec son long nez, ses oreilles écartées et sa casquette à carreaux verts et bruns. Il attendait qu'elle montrât du contentement à se retrouver en sa compagnie. Mais elle, nouée par un secret indicible, subissait sa présence comme celle d'un importun. Il parlait, et ses propos les plus affectueux la laissaient indifférente. Quand il lui donnait des nouvelles de leur future maison, elle détournait la conversation en hâte. Elle voulait l'intéresser à autre chose. Et elle découvrait qu'elle n'avait rien à lui dire. Un vide l'entourait. Elle était seule. Ne l'aimait-elle plus? Ou souffrait-elle d'une désaffection passagère? Il était si bon, si patient!

« Et aujourd'hui, demandait-il, vous avez fait de bonnes ventes?

— Pas mauvaises, oui.

— Votre père va bien?

— Très bien. Et le vôtre?

— Très bien aussi. Vous paraissez bizarre, Amélie. Je ne vous dérange pas, au moins? Vous ne voulez pas que je m'en aille?

— Mais non! »

Il appuyait sur elle un regard désenchanté et disait :

« Eh bien, je m'en vais. A après-demain, Amélie. »

Elle ne le retenait pas. Quand il était parti, elle restait longtemps assise derrière la caisse. Une étreinte se desserrait autour de sa poitrine. Les quarante-huit heures à venir lui apparaissaient comme un délai de rémission dans le cours de sa peine. Peut-être se leurrait-elle en croyant trouver du plaisir dans le commerce d'un homme, fût-il digne d'être aimé comme celui-ci? Si elle avait été une jeune fille comme les autres, impatiente d'être conquise, elle n'eût pas hésité à se marier avec Jean Eyrolles, malgré les dangers qui menaçaient de fondre, après son départ, sur la famille. Puisque le souci de ses proches l'arrêtait au bord de la décision, c'était qu'elle n'avait pas la vocation d'épouse. Mais elle avait donné sa parole. Elle était engagée. Elle ne pouvait se rétracter sans être accusée de parjure.

Un dimanche matin, comme elle achevait de s'habiller dans sa chambre, son père lui dit, à travers la porte, qu'Antoinette voulait la voir. Amélie fit entrer son amie, qui, d'emblée, lui proposa d'aller se promener avec Jean du côté de la rivière.

« Je ne peux pas, dit Amélie. Je vais au cimetière avec mon père et Denis.

— Cet après-midi alors?

— Non. Le dimanche après-midi, je m'occupe du ménage que j'ai négligé pendant la semaine.

— Et de ton futur ménage tu ne veux pas t'en occuper un peu? » demanda Antoinette en s'asseyant sur le bord du lit.

Amélie haussa les épaules et continua à se coiffer. Elle voyait en retrait, dans la glace de l'armoire, le visage effronté de la visiteuse, tendu vers elle, comme pour épier ses moindres mouvements.

« Tu n'es pas gentille avec mon frère », reprit Antoinette.

Un tremblement courut dans les mains d'Amélie. Elle se sentait en posture d'inculpée et manquait d'assurance pour se défendre.

« De quoi se plaint-il? demanda-t-elle.

— Oh! de rien! Il est discret. Mais je l'observe. Quand il vient te voir, cela dure dix minutes, un quart d'heure. Et, au retour, il a l'air tout malheureux! A croire que, chaque fois, tu lui dis des choses désagréables!...

— Tu te trompes, murmura Amélie. Je n'ai pas changé vis-à-vis de Jean. Je regrette qu'il ne le comprenne pas...

— Que veux-tu qu'il comprenne? Vous deviez être fiancés au début de l'année, nous sommes déjà le 16 mars et...

— Tu oublies que ma mère est morte, Antoinette!

— Je ne l'oublie pas. Et je respecte ton chagrin. Mais, sans parler de mariage, tu pourrais au moins te décider pour les fiançailles!

— C'est encore trop tôt.

— Pourquoi? Je suis sûre que ton père n'y verrait pas d'inconvénient. On fêterait ça dans l'intimité, évidemment. Rien que la famille. Et, à partir de ce moment-là, vous auriez le droit de sortir ensemble sans vous cacher.

— Est-ce ton frère qui t'a chargée de me faire cette proposition?

— Mon frère? Il ne sait même pas que je suis ici. S'il apprenait notre conversation, il serait furieux.

— Il aurait raison! » dit Amélie entre ses dents.

Mais les reproches d'Antoinette la touchaient à un point sensible. Elle convenait que, depuis quelque temps, Jean était fondé à se plaindre de sa froideur. Elle déplorait qu'il fût si désemparé par sa faute. Elle souhaitait lui venir en aide. Mais pas au prix d'un mensonge.

Antoinette se leva et posa ses mains sur ses hanches :

« Si tu l'aimes vraiment, comment peux-tu te contenter de le rencontrer à la sauvette, entre deux portes, au coin d'une rue, ou derrière tes casseroles et tes livres de comptes? Je ne suis peut-être pas faite comme toi, mais je te jure qu'à ta place je laisserais tout pour rejoindre mon fiancé. Et, quand nous serions ensemble, nous ne parlerions pas de la pluie et du beau temps. Nous n'accepterions pas que quelqu'un nous surveille. Nous penserions à notre plaisir et pas à l'opinion des voisins! »

Amélie pivota sur ses talons et fit face, la tête haute, à son amie qui osait sourire :

« Chacun ses idées, Antoinette. Tu n'es pas faite comme

moi, tu viens de le dire. Ne te mêle donc plus de me juger. Si ma façon d'être ne convient pas à ton frère, il est assez grand pour me le dire lui-même.

— Lui? Penses-tu! Il a trop peur de te déplaire! Son Amélie! Il en a plein la bouche! Il ne faudrait pas y toucher! D'ailleurs, il n'ose pas y toucher lui-même... Par délicatesse!... Quel idiot!... Tu te figures peut-être que personne ne remarque votre manège dans le pays?... Allons donc!... Vous avez beau prendre des précautions, les gens ne sont pas aveugles. Ils voient bien que mon frère tourne autour de toi, que vous vous promenez ensemble, qu'il te rend visite au magasin. Ils en déduisent des choses qui devraient être et qui ne sont pas. Tout le monde jase de vous et tu ne te doutes de rien! En retardant l'annonce des fiançailles tu ne détruis pas seulement le bonheur de Jean, mais ta propre réputation, dont tu es si fière!... »

Amélie eut un sursaut de révolte :

« D'où sais-tu qu'on parle de nous dans le pays?

— Il faudrait être sourde pour l'ignorer! On ne garde pas un secret pareil pendant des mois! Hier soir encore, papa nous a dit à table que M. Calamisse lui avait demandé si la noce était pour bientôt!

— Vous en avez parlé, à table?

— Oui. Et toute la famille commence à trouver que tu exagères!

— Sans doute... sans doute... »

Elle ne trouvait rien d'autre à répondre. Subitement, elle se sentait entourée d'une foule de visages curieux. Des inconnus s'occupaient de son avenir, l'imaginaient pâmée dans les bras de son fiancé et échangeaient des propos grivois où sa vertu était mise en cause. Offensée dans sa pudeur, dans sa dignité, elle serrait les mâchoires pour se retenir d'insulter l'annonciatrice d'un pareil affront.

« Tu me comprends, maintenant? reprit Antoinette. Jean ne t'aurait jamais parlé comme je l'ai fait. Mais tout ce que je t'ai dit, il le pense. Viens avec moi. Nous le prendrons à la maison, en passant. Et, à nous trois, nous choisirons la date...

— Quelle date?

— Celle des fiançailles. »

Amélie fronça les sourcils. Son visage était pâle et dur. Elle prononça nettement :

« Dis-lui que je veux le voir seul, cet après-midi, à trois heures, près du pont. »

Une lueur d'inquiétude glissa dans les yeux d'Antoinette :

« Que lui diras-tu?

— J'arrangerai tout pour le mieux. Sois tranquille. »

*

Il n'y avait plus rien à dire. Cependant, étourdi, malheureux, il s'obstinait encore à essayer de défendre sa chance. Pour la dixième fois, les mêmes mots inutiles lui montaient aux lèvres. Il balbutia :

« Ce n'est pas possible, Amélie!... Vous n'allez pas me quitter comme ça... Réfléchissez... Je vous aime, moi... Et je suis sûr que vous aussi, à la longue... »

La phrase resta en suspens. Jean Eyrolles détourna la tête. La rivière fuyait devant lui, froide et rapide. A courte distance du bord, une frange d'herbes jaunes bougeait dans les nœuds coulants des remous. On voyait, par transparence, les cailloux déposés au fond. Amélie éprouvait, à travers son corps, le passage monotone du courant, qui emportait au loin mille brindilles insignifiantes : la maison proche de la scierie, les randonnées dans la forêt, les pressions de mains, les sourires... Le pilier du pont la dérobait aux regards des passants. Elle ne se tenait ni plus près, ni plus loin de Jean que lors de leurs précédentes rencontres. Rien n'avait changé dans leur attitude. Et, pourtant, il avait cessé de représenter pour elle les rêves et les angoisses de son premier amour. Dépouillé de son ancien privilège, il n'était plus qu'un garçon comme les autres, un peu triste, sans doute, mais qui se consolerait rapidement. A le considérer sous ce nouveau jour, elle ne comprenait même pas ce qui l'avait poussée à vouloir se marier avec lui. Un frisson de crainte lui vint à l'idée du péril qu'elle avait évité de justesse. Elle dit :

« Au revoir, Jean. Ne m'en veuillez pas trop. Nous resterons bons amis... »

Il lui serra la main, s'efforça de sourire et chuchota :

« Oui, Amélie. Comptez sur moi, toujours... pour tout... C'est dommage... Au revoir... »

Il y avait comme un voile de brouillard sur sa figure. Ses prunelles s'ouvraient démesurément. Ses lèvres se crispaient dans une grimace de pauvre vaillance. Elle eut un pincement au cœur, un accès de pitié malsaine. Il était temps de partir. Elle se dirigea vers le talus. Jean Eyrolles demeurait au bord de l'eau. Quand elle l'eut perdu de vue, elle se sentit mieux. La route s'étirait, droite et déserte. Son pas sonna sur la terre dure. Exorcisée, libérée, lucide, elle s'étonnait d'avoir rompu si aisément des liens qui paraissaient si vivaces. Dix minutes lui avaient suffi pour abolir l'ouvrage de plusieurs mois. Et, la veille encore, elle se croyait victime d'une coalition de forces contre laquelle il n'y avait pas de recours. Maintenant, tout était clair et simple dans son esprit. Elle avait nettoyé les taches, balayé les ombres. Elle était comme une ménagère qui a remis de l'ordre dans le logis.

Denis, dont la punition n'était pas encore levée, sciait du bois dans la cour et bougonnait en songeant aux camarades, qui, pendant ce temps-là, s'amusaient sur le champ de foire.

« Papa est à la maison? demanda-t-elle en passant devant lui.

— Où veux-tu qu'il soit? » grommela-t-il en lui jetant un regard de rancune.

Elle entra dans la cuisine. Jérôme, assis devant la table, lisait *Le Courrier du Centre*. Il n'y avait ni bouteille, ni verre à portée de sa main. Elle lui sut gré d'avoir employé son temps avec sagesse.

« Papa, dit-elle, j'ai à te parler sérieusement. »

Effrayé par ce préambule, il repoussa son journal et leva sur sa fille un regard perçant. Son attitude était celle d'un suspect. Qu'allait-on lui reprocher encore? Mais, dès les premiers mots d'Amélie, l'expression de son visage changea. Sans oser l'interrompre dans son récit, il soupirait et hochait la tête, comme pour lutter contre les effets d'un malaise.

« Eh bien, gémit-il enfin. Tu m'en apprends de belles! Je suis consterné, mon enfant!... »

Il se mit debout, fit trois pas dans la pièce et s'écria soudain :

« Pourquoi ne m'as-tu pas prévenu avant d'aller le voir? Je t'aurais conseillé...

— Quoi?

— D'attendre un peu... de ne pas agir à la légère...

— J'avais bien réfléchi.

— Tu le crois aujourd'hui! Mais, demain, tu regretteras de t'être précipitée! Et il sera trop tard! Que s'est-il passé entre vous?...

— Mais rien, papa...

— Comment ça, rien? Vous vous êtes peut-être disputés bêtement?... Cela arrive...

— Même pas.

— Tu lui reproches quelque chose?

— Non.

— Il n'a pas de torts envers toi et tu romps tes fiançailles?

— Oui. »

Il porta les deux mains devant sa figure et les laissa retomber inertes :

« Je ne comprends pas! Tu le trouvais très bien, ce garçon... Tu étais heureuse de devenir sa femme... Et, subitement...

— De toute façon, nous resterons bons amis », dit-elle.

Il se rassit, accablé, le front creusé de rides :

« Que vont penser les Eyrolles?

— Je n'étais pas fiancée officiellement, dit-elle. Vis-à-vis de Jean, je me suis conduite avec loyauté.

— Est-il vraiment impossible de rattraper ça?... de réparer?... »

Elle eut un mouvement d'impatience :

« Je t'ai déjà dit que je ne voulais pas revenir sur ma décision!

— Ta mère tenait tant à ce mariage! murmura-t-il. Si elle avait été en vie, je suis sûr que tu aurais tout de même épousé Jean Eyrolles! »

Cette réplique inattendue pénétra en elle si vivement, si

profondément, qu'elle tressaillit sous le choc. Il y eut un silence. Au bout d'un moment, rassemblant ses idées, raffermissant sa voix, elle dit :

« Maman n'aurait pas réussi à me convaincre. Je crois même qu'elle m'aurait approuvée. Et je voudrais que tu m'approuves, toi aussi !

— T'approuver? Il faudrait pour cela que je sache ce qui vous a pris, l'un et l'autre, de vous séparer... Mais tu ne me dis rien... rien de raisonnable... Aimerais-tu quelqu'un d'autre? »

Elle rougit violemment, le sang à fleur de peau, le souffle coupé. Tant d'incompréhension la confondait.

« Comment peux-tu supposer? balbutia-t-elle.

— Mets-toi à ma place. Je cherche une explication...

— Et c'est là tout ce que tu trouves? Tu connais mal ta fille, papa ! Non, je n'aime pas quelqu'un d'autre. Et je suis même sûre que je n'aimerai personne jusqu'à la fin de mes jours ! »

Cette certitude était devenue le centre éblouissant de sa joie. Elle se sentait exhaussée, magnifiée, comme par l'accomplissement d'un sacrifice nécessaire.

« Tu es bien jeune pour parler ainsi, dit Jérôme.

— J'étais jeune, papa, dit-elle. Je ne le suis plus. Depuis la mort de maman, j'ai vieilli de dix ans, j'ai appris à réfléchir, à voir clair en moi. Si je refuse d'épouser Jean Eyrolles, ce n'est pas dans l'espoir de découvrir, plus tard, un meilleur parti... oh ! non... épargne-moi cette pensée !... quelle horreur !...

— Et pourquoi donc alors?

— Parce que le mariage ne m'attire plus, tout simplement... parce que je ne tiens pas à partager ma vie avec un homme, quel qu'il soit... parce que je ne veux pas d'une autre existence que celle que je mène ici, entre mon frère et mon père... »

Jérôme la considérait en silence. Sans doute, après une désillusion rapide, était-il heureux de penser que sa fille ne le quitterait pas de sitôt. Mais il n'osait donner libre cours à un contentement qu'il jugeait égoïste. Comblé dans son espérance, il se contraignait encore à feindre la perplexité.

« Ne te tourmente pas, mon enfant, dit-il enfin, et ne te mets pas dans la tête que jamais, jamais... non... Tu n'étais pas en âge de te marier, voilà tout... Je le devinais bien un peu... Tu as le temps... Un jour viendra... »

Elle dressa le menton :

« Tu ne me crois pas? Tu t'imagines qu'il s'agit d'une lubie? Mais je te jure... »

Son père lui coupa la parole en appliquant une claque légère sur le bois de la table :

« Ne jure pas, tu t'en repentirais. »

Il souriait d'un air incrédule.

« Tu ne veux tout de même pas rester vieille fille? » reprit-il avec un accent d'ironie dans la voix.

Elle le dévisagea froidement et dit, en pesant chaque mot, comme si elle eût prononcé un serment dont personne, hormis elle, ne pouvait mesurer l'importance :

« Avec vous deux, je ne serai jamais vieille fille, papa. »

5

AU milieu de la nuit, la cloche se mit à tinter. Éveillée en sursaut, Amélie se demanda d'abord si cet appel saccadé n'était pas un prolongement de son rêve. Inquiète, elle s'assit au bord du lit et chercha ses pantoufles à tâtons. Derrière la porte, la voix de Jérôme cria :

« Tu entends, Amélie?

— Oui, qu'est-ce que c'est?

— Le tocsin. Il doit y avoir le feu, quelque part!

— Mon Dieu!

— Je vais y aller.

— Je t'accompagne », dit Amélie.

Les incendies étaient rares dans la région et la commune n'avait pas de compagnie de pompiers régulièrement constituée. C'étaient les habitants eux-mêmes qui se chargeaient de maîtriser les flammes, en s'aidant de tous les récipients qui leur tombaient sous la main et d'une vieille pompe à bras, manœuvrée par les gendarmes, sous la direction de M. Calamisse.

« Dépêche-toi, reprit Jérôme. Je vais chercher des seaux... »

Elle se vêtit rapidement, enfila un manteau, jeta un fichu sur sa tête et sortit dans le corridor, où son père l'attendait déjà. Il s'était habillé par-dessus sa chemise de nuit et avait noué un foulard autour de son cou. Son pantalon était mal boutonné.

Ses cheveux se hérissaient en touffes autour de ses grosses oreilles. Il piétinait d'impatience!

« Vite, vite!... »

Denis se joignit à eux au dernier moment. Amélie voulut le renvoyer, mais Jérôme s'y opposa :

« Il ne sera pas de trop. Puisqu'il est levé, autant qu'il nous donne un coup de main... »

Ensemble, ils se précipitèrent dans la rue noire. On entendait le choc des seaux qui raclaient la pierre des façades. Des lampes s'allumaient aux fenêtres. L'une après l'autre, toutes les maisons sortaient du sommeil. Tirés de leurs draps chauds, des retardataires poussaient les volets et demandaient :

« C'est chez qui? »

Du côté de l'ouest, une clarté rose haletait au-dessus des toits. Le tocsin sonnait toujours d'une voix brisée. Des chiens hurlaient. Une bruine glacée descendait du ciel.

« On dirait bien que c'est vers le champ de foire! » cria Jérôme.

Ils se hâtèrent en pataugeant dans les flaques de boue. Denis voulut prendre les devants. Amélie le retint :

« Reste avec nous!

— Vous n'allez pas assez vite... »

Ils débouchèrent sur le terrain, bordé par une ceinture de petites maisons, aux vitres éclairées comme pour une fête. Par-dessus un barrage de têtes noires et mouvantes, Amélie découvrit le feu. C'était l'atelier de M. Péchadre, le marchand de sabots, qui brûlait. Mais les flammes, couchées par le vent, gagnaient déjà le café de Pierre Mazalaigue, auquel s'accotait la bicoque de l'artisan. Amélie éprouva un coup au cœur, comme à l'annonce d'un châtiment surnaturel, qu'elle avait souhaité sans le croire possible et dont l'exécution, maintenant, l'effrayait. Alimenté par les copeaux de bois, le foyer crevait la toiture légère et crachait vers le ciel des gerbes de papillons rouges. Par les lucarnes défoncées, la fumée déboulait en lourdes volutes. L'air était imprégné d'une odeur âcre de planches calcinées, de peinture recuite.

« Un désastre! gémit Jérôme. Ah! les pauvres gens!... »

Il se poussait vers les premiers rangs. Amélie le suivit. Elle voulut prendre la main de Denis, mais il avait disparu dans la foule. Chemin faisant, Jérôme rencontra M. Barbezac et lui demanda d'une voix essoufflée :

« Comment est-ce arrivé?

— On ne sait pas. Ça a pris brusquement, en pleine nuit, dans l'atelier de Péchadre.

— Drôle d'histoire!

— Eh! oui... En tout cas, le café de Mazalaigue y passera, pour sûr!...

— Où est-il, Mazalaigue?

— A la pompe. Il essaie de la réparer... »

Aux fenêtres des maisons voisines, menacées par le sinistre, des gens apparaissaient, gesticulaient et jetaient dans le vide des matelas, des baluchons, des casseroles, qui touchaient terre avec un bruit fracassant. Les Ferrière, qui habitaient par là, chassaient devant eux leurs vaches mugissantes. Une femme échevelée courait en tous sens à la poursuite de ses poules. Un homme la suivait, hagard, tenant dans chaque main, par les oreilles, un lapin aux pattes agitées de contractions spasmodiques. Près de l'abreuvoir, un groupe, commandé par M. Calamisse, mettait la pompe en batterie. On jurait ferme. Le tuyau était percé. Deux chaînes de seaux partaient de la fontaine. Amélie et son père prirent place dans l'alignement. Ils se trouvaient à proximité du foyer, dont la chaleur leur écorchait la face. Des voix discordantes hurlaient :

« Le vent tourne!... Faut monter sur le toit!... Faut faire la part du feu! »

De temps à autre, une gifle d'eau s'écrasait mollement contre la façade. Parmi les hommes qui dansaient comme des diables devant les flammes, Amélie reconnut Jean Eyrolles. Il saisissait les récipients qu'on lui tendait, les vidait d'un geste large et les renvoyait à la file descendante, qui les dirigeait, de main en main, vers leur point de départ. Au bout d'un moment, ne pouvant plus supporter cette température de fournaise, il céda sa place au fils Barbezac et s'en alla, tête basse, pour se reposer. Antoinette sortit de l'ombre et rejoignit son frère. Ils passèrent, bras dessus, bras dessous, devant Amélie. Jean Eyrolles lui fit un sourire. Elle répondit par une inclination de tête. Antoinette, en revanche, cingla son ancienne amie d'un regard méprisant, la frôla de l'épaule et s'éloigna sans la saluer. Sauf le principal intéressé, tous les membres de la famille Eyrolles avaient accueilli la rupture des fiançailles comme un outrage. Pour eux, depuis dix jours, Amélie était un objet d'indignation permanente. Elle le savait, mais n'en souffrait guère, tout entière à la satisfaction de s'être libérée d'une promesse qu'elle eût été incapable de tenir, le moment venu.

La transmission monotone des seaux l'épuisait. Les anses froides gelaient ses doigts. L'eau débordait à chaque mouvement et giclait par nappes sur ses chaussures. Devant ses yeux dansait une fantasmagorie de visages, que la lueur du brasier prenait en enfilade. Cheveux nimbés d'une vapeur fauve. Pommettes de cuir luisant. Éclat minéral des regards. Elle se trouvait entre son père et M. Barbezac. Tout à coup, elle se rappela les feux allumés, jadis, dans les ruines du Veixou, les sons de l'accordéon, la danse avec Jean Eyrolles... Une mélancolie fugitive survola ses pensées. Elle se raidit.

« Passe le baquet!

— Il est lourd!...

— Attention... »

Elle empoigna le baquet à deux mains et le tendit à Jérôme. Un cri monta du côté de la pompe :

« Ça y est! Elle marche! »

Les képis des gendarmes s'agitaient. Une échelle glissa obliquement au-dessus des têtes. Par une brèche ouverte dans la masse de l'assistance, Amélie aperçut un homme qui courait vers l'incendie : Pierre Mazalaigue. Il était tête nue, la chemise ouverte sur la poitrine. Une hache pendait à sa ceinture. Jean Eyrolles et Antonin Ferrière le suivaient, tirant le tuyau, qui se déroulait lentement. Arrivé devant sa maison, Pierre Mazalaigue fit un signe. Deux seaux d'eau, balancés à bout de bras, l'aspergèrent des pieds aux cheveux. Il s'ébroua, hurla des ordres incompréhensibles et disparut dans un tourbillon de fumée. L'échelle avait été appliquée contre le mur du café. Amélie, la poitrine oppressée par l'angoisse, vit une silhouette mi-noire, mi-blanche, qui rampait par degrés vers le toit.

Parvenu à hauteur du premier étage, Pierre Mazalaigue serra la lance contre son ventre, comme un gros serpent apprivoisé. Le jet pénétra par la fenêtre. Un chuintement furieux répondit de l'intérieur. Prise dans un vomissement de vapeur ocre, la forme humaine chancela, se décolla des barreaux.

« Il est fou! cria Jérôme. Il n'y arrivera jamais! Il faut isoler... il faut... »

Mais, déjà, Pierre Mazalaigue passait la lance à l'un de ses compagnons, qui l'avait rejoint sur l'échelle. Lui-même continuait à monter. Il apparut agenouillé sur l'arête du toit. A coups de hache, il écrasait les ardoises et entamait les solives, qui reliaient sa maison à l'appentis du sabotier. Des croisillons de bois, chargés de plâtras, s'effondraient en flammes dans le vide. Autour du tailleur de feu, des langues ardentes sautaient, s'éteignaient, fauchées à leur base par le jet d'eau, et renaissaient plus loin, dans une explosion d'étincelles. Parfois, il s'arrêtait de cogner et passait son avant-bras sur son visage. Puis, de nouveau, il élevait sa hache et l'abattait avec violence sur le pignon mitoyen. Il devait se hâter pour empêcher l'incendie de se propager de la charpente de l'atelier aux combles de sa propre demeure. Enfin, la poutre maîtresse céda dans un bâillement rageur. La bicoque embrasée s'affaissait, pliait du genou. Amélie ferma les yeux en entendant le vacarme de l'avalanche. Près d'elle, une voix dit :

« Ça-a brûle b-bien! N'est-ce pas, ma-ademoiselle? »

Justin! Il était là, les mains dans les poches, la face hilare. Elle marqua un temps de surprise. Et, subitement, un soupçon horrible l'effleura. N'était-ce pas lui qui avait allumé le feu? A plusieurs reprises, il avait souhaité, devant elle, que le débit de boisson fût anéanti par un cataclysme. Croyant bien faire, il s'était peut-être finalement érigé en exécuteur de la colère divine. Elle voulut l'interroger. Mais il était déjà loin.

« Eh bien, Amélie... »

M. Barbezac lui tendait un seau. Elle l'empoigna machinalement et, tournant le buste, le présenta à son père. Là-bas, entre les cubes de deux maisons en pierre, l'appentis écroulé n'était plus qu'un amas de torches aux chevelures éblouissantes. La pompe, mal réglée, crachotait sur le tas, d'où fusaient de brusques exhalaisons de vapeur. Le vent brassait une odeur nouvelle de braise mouillée, de cendre boueuse. Pierre Mazalaigue descendait du toit, échelon par échelon. Puis il enjamba une fenêtre entourée de flammèches et disparut à l'intérieur. Le feu n'avait pas eu le temps de s'installer fermement dans les chambres. Par les croisées béantes, on apercevait une vague rougeur d'aurore.

« Si le plancher tient, il n'y aura pas de trop gros dégâts, dit Jérôme. La boutique de Péchadre aura tout pris... »

Le cœur d'Amélie s'allégeait, battait plus à l'aise. Pierre Mazalaigue revint à la fenêtre et se fit passer l'extrémité de la lance. On réserva les seaux d'eau pour les débris du baraquement. La lueur rouge baissait par pulsations irrégulières. Le vent mollit. Une petite pluie fine se mit à tomber. Dans la chaîne, les mains devenaient paresseuses. Rassurés sur la fin du sinistre, bien des gens s'en retournaient chez eux. Des voix traînantes disaient :

« T'as vu quand il est monté sur le toit?...

— Paraît qu'il a la main gauche brûlée...

— Et Péchadre! Ah! le pauvre! Ruiné, quoi? il est ruiné... »

Le brasier était presque éteint. On arrosait encore cette marmelade charbonneuse, où éclataient parfois de rapides feux follets. Mais c'était vers la maison que les sauveteurs concentraient le meilleur de leur énergie. Quelques volontaires avaient rejoint Pierre Mazalaigue dans le café. La lance entrait maintenant par la porte. La façade, imbibée d'eau et noircie par les flammes, était comme un masque monstrueux, aux prunelles excavées, dont la bouche eût été un chalumeau ramolli. Le tuyau, peu étanche, gargouillait, hoquetait drôlement. Les maisons d'alentour s'enfonçaient dans la nuit. Amélie vit repasser M. Ferrière, avec ses vaches au mufle altéré.

« On l'a échappé belle! » dit-il en reconnaissant Jérôme.

Son fils le suivait, poussant la bicyclette aux nickels brillants. M. Calamisse hurla :

« Arrêtez les seaux! C'est plus la peine! »

Le brigadier de gendarmerie prenait des notes sur son

calepin. Denis accourut, exalté, échevelé, tenant à la main un bout de bois où sautillaient encore des puces lumineuses :

« J'ai été à la pompe avec les gendarmes... J'ai aidé... J'ai vu... »

Amélie redressa la taille. Ses reins étaient douloureux. Un goût de suie collait à sa langue. Elle pensait à Justin : « Est-ce possible? Qu'allons-nous faire de lui? »

Des hommes sortaient de la maison. Il faisait trop sombre pour qu'on pût distinguer leurs visages. Au-dessus des toits, le vent et la pluie déchiraient un nuage grisâtre, dont les racines plongeaient encore dans les restes de la saboterie. M. Barbezac, qui était allé aux nouvelles, revint tout joyeux et annonça :

« La cave est intacte. Les fûts n'ont pas été touchés. Mazalaigue offre une tournée à tous ceux qui lui ont prêté la main...

— Viens, papa, dit Amélie. Il est temps de rentrer. Je suis fatiguée. »

6

LE lendemain matin, le facteur remit à Amélie une lettre de Marthe Tabaraud et lui apprit, par la même occasion, que les gendarmes avaient déjà terminé leur enquête sur les causes de l'incendie. De son propre aveu, Péchadre, avant d'aller se coucher, avait oublié d'éteindre le peu de braise qui restait dans le poêle de l'atelier. Des escarbilles étaient tombées du cendrier sur un tas de copeaux, et, une heure plus tard, la saboterie était en flammes. Cette explication logique dégageait entièrement la responsabilité de Justin. Mais Amélie luttait encore contre l'évidence. Son esprit était ainsi fait qu'après avoir accepté un soupçon elle ne pouvait s'en déprendre, malgré l'excellence des arguments qu'on lui présentait pour la convaincre de son erreur. Tenant sa lettre à la main, elle considérait le facteur d'un œil sceptique.

« Ils ont travaillé vite, les gendarmes! dit-elle enfin.

— Dame! C'était pas difficile, puisque Péchadre lui-même les a renseignés... »

Jérôme, qui se trouvait dans le magasin, déclara qu'en effet seule une imprudence du sabotier avait pu provoquer ce désastre :

« Il est trop vieux, et si distrait, le pauvre homme!

— Encore heureux que sa maison n'ait pas été touchée! dit le facteur. Mais, avec l'atelier, c'est toute sa réserve de bois qui a brûlé.

— Et il n'a que ça pour vivre! dit Amélie. C'est affreux! Que va-t-il faire maintenant? »

Le facteur soupira, toucha sa casquette et sortit de la boutique pour continuer sa tournée. Après son départ, Jérôme demeura un moment perplexe, puis décida de se rendre sur le champ de foire afin d'évaluer les dégâts et de réconforter les victimes.

En arrivant devant les ruines calcinées de l'appentis, il constata qu'il n'était pas le seul à s'intéresser au sort des époux Péchadre. Une dizaine de personnes, parmi lesquelles l'abbé Pradinas, Pierre Mazalaigue, M. Barbezac, M. Calamisse, M. Ferrière, piétinaient les débris et fouillaient les cendres avec des bâtons. Au milieu du groupe, se tenait le sabotier, ratatiné sous le poids du mauvais sort. Le mouvement de sa bouche édentée aspirait ses lèvres et relevait son menton. Son nez coulait. Ses yeux étaient usés par les larmes. Il laissait pendre sur ses cuisses deux longues mains, aux articulations noueuses, qui, à force de travailler le bois, en avaient pris la couleur, la craquelure et la rigidité. En voyant Jérôme, il refit à son intention le récit de son grand malheur :

« J'étais couché, n'est-ce pas?... Je dormais, pour ainsi dire... Et tout à coup, n'est-ce pas?... voilà ma femme qui me secoue : « Tu ne sens rien? » Je lui réponds : « Non, je ne sens rien... » Et c'était vrai, je ne sentais rien, n'est-ce pas?... Alors!... »

Debout à côté de lui, la mère Péchadre, une petite vieille rose aux yeux bleus, l'écoutait avec attention et hochait la tête, parfois, comme s'il eût récité une leçon qu'ils avaient apprise ensemble et dont elle était fière qu'il se souvînt mot à mot.

« Ce maudit poêle, il était presque éteint!... Je ne pouvais pas prévoir, n'est-ce pas?... Quand j'y ai pensé, il était trop tard... Des flammes, des flammes comme en enfer, M. le curé pourrait le dire!... Aïe, aïe, aïe!... Je cours, j'appelle... »

Il revivait la scène, plaquait les poings contre sa poitrine et dardait dans le vide un regard encore effrayé par le spectacle de la nuit dernière. On le laissa raconter son épreuve jusqu'au bout, sans l'interrompre. Ensuite, comme il commençait à pleuvoir, Pierre Mazalaigue entraîna toute la compagnie au café. Jérôme, qui n'y était pas retourné depuis le jour de la foire, hésita pendant une seconde à suivre le mouvement. Il pensait qu'Amélie ne serait pas contente si elle le savait occupé à boire, sur les lieux mêmes de sa première faute. Mais, cette fois, la présence de M. le curé et de M. Calamisse donnait à la réunion un caractère tout à fait honorable.

« Vous venez, monsieur Aubernat! dit Pierre Mazalaigue. Sans vous, on ne décidera rien de bon. »

Vaincu par cette déclaration flatteuse, Jérôme pénétra à son tour dans la salle. Toutes les vitres étaient brisées. Des léchures noires souillaient les murs et le plafond. Le plancher, grillé par endroits, montrait des dépressions pleines d'un dépôt de poudre charbonneuse. Dans un coin, étaient empilés des meubles aux moignons carbonisés. Pierre Mazalaigue apporta des bouteilles et des verres et les posa sur une table demeurée intacte. On but debout, à petites gorgées, le coude écarté du corps, la main légère. Le vin avait un arrière-goût de fumée. Par égard pour le patron, personne n'en fit la remarque.

« Pour moi, dit Mazalaigue, ce n'est pas grave. Des vitres à remplacer, des portes à réparer, quelques meubles à remettre d'aplomb, un coup de peinture sur la façade... De toute façon, je n'ai pas l'intention de rester ici jusqu'à la fin des temps. A la première occasion, je remonterai sur Paris. Mais, pour le père Péchadre, c'est différent. Il faudrait qu'on s'arrange entre nous pour lui rebâtir sa bicoque. J'ai parlé au fils Eyrolles. Il nous donnera les planches.

— Je me chargerai bien de la maçonnerie, dit M. Ferrière.

— Pour le toit, on s'en occupera avec mon fils, dit M. Barbezac.

— Côté serrurerie, dit Jérôme, j'en fais mon affaire. »

M. Calamisse se rappela qu'il avait quelques carreaux de verre en réserve et proposa de les utiliser pour la nouvelle construction. L'abbé Pradinas s'offrit à coordonner et à surveiller les travaux. Tremblants de reconnaissance, les époux Péchadre encensaient de la tête comme de vieux chevaux. Le peu de vin qu'ils avaient bu leur chauffait les pommettes. Le sabotier serrait contre son ventre une taraudière qu'il avait retrouvée dans les décombres. Il marmottait :

« Eh! oui... Eh! oui... C'est bien de la complaisance à vous tous!...

— Bien de la complaisance, oui! disait la femme.

— Mais, à notre âge, la pauvreté c'est comme une maladie!

— Ne vous désolez pas, père Péchadre, dit Mazalaigue. Dans pas longtemps vous serez de nouveau devant votre encoche, le grattoir au poing.

— Et avec quoi que je les ferai, mes sabots? gémit-il. Tout ce bon bois qui est parti! Il faut des sous pour en racheter...

— Les sous, on en trouve toujours. L'important, c'est d'avoir gardé la tête, les mains et le coup d'œil. Votre vrai capital, il n'y a pas d'incendie qui puisse vous l'enlever.

— Voilà un langage qui me plaît », dit l'abbé Pradinas.

Jérôme était de son avis. Le courage et la bonne humeur de Pierre Mazalaigue lui étaient sympathiques. Il regretta de ne pouvoir le rencontrer ailleurs que dans un débit de boissons. Le regardant droit dans les yeux, il dit :

« Si, de ton côté, tu as besoin d'un coup de main pour les réparations, fais-le savoir. Je trouverai bien le temps de venir t'aider. »

Pierre Mazalaigue le remercia et remplit son verre. Ils trinquèrent si fort que le vin déborda du gobelet de Jérôme sur sa manche.

« C'est signe d'amitié », dit Mazalaigue.

Ce fut à ce moment-là que M. le curé s'aperçut de la disparition des époux Péchadre. Ils étaient sortis du café sans déranger personne.

« Où diable sont-ils passés? » s'écria Mazalaigue.

Il s'avança vers la porte. Tous le suivirent. Les deux vieux étaient revenus sur l'emplacement de leur boutique. Pareils à des chiffonniers malchanceux, ils palpaient à pleins doigts des vestiges innommables, se penchaient, se relevaient, se parlaient à voix basse. Parfois, d'un geste agacé, la femme chassait un chien qui reniflait les cendres sur ses talons.

*

Profitant d'une absence de clients dans le magasin, Amélie tira la lettre de son tablier pour la relire.

« Ma bien chère amie, écrivait Marthe Tabaraud. A mon tour de t'annoncer une nouvelle, qui, je pense, te fera plaisir. Ouvre bien tes jolis yeux et aussi ton cœur qui sait si bien me comprendre. Je suis fiancée. Oui, avec ce jeune homme dont je t'ai parlé, qui prépare les Arts et Métiers et se nomme Gilbert Vasselin. Ai-je besoin de te dire que je suis folle de joie? Le mariage est prévu pour le mois de septembre, en raison de diverses considérations familiales qu'il serait trop long de t'expliquer ici. Chaque soir, en m'endormant, je rêve de m'éveiller le lendemain matin plus vieille de quelques mois. Que le temps me dure! Et qu'il est doux d'attendre! Tu dois éprouver la même chose en ce moment, et c'est pourquoi j'ose me confier à toi sans réserve. N'est-il pas merveilleux que nos deux destinées reçoivent presque en même temps la consécration de l'amour? J'espère que nos futurs maris sympathiseront à notre exemple. Si vous pouviez venir habiter Limoges, que de charmantes rencontres en perspective entre nos deux ménages! Je suis sûre que Gilbert te plaira beaucoup. Il est très distingué, très sensible, très... »

Amélie glissa la lettre dans la poche de son tablier et s'avança vers Mme Croux, la sage-femme, qui voulait acheter du coton mercerisé, de couleur prune. Puis, ce fut Justin qui vint déranger la jeune fille en lui demandant si le patron allait rentrer bientôt. Elle lui répondit faiblement qu'elle n'en savait rien. En dépit des conclusions de l'enquête, elle ne pouvait le regarder sans lui trouver un air de criminel endurci. Son front bas, son œil obtus, sa parole embarrassée, en faisaient incontestablement le type même de l'incendiaire. Elle eut peur de lui, se reprocha son inquiétude et le renvoya à l'atelier avec plus de rudesse qu'elle ne l'eût voulu. Sur ces entrefaites, Jérôme poussa la porte du magasin. Il paraissait d'excellente humeur et sentait légèrement le vin. Mais, à première vue, rien ne donnait à supposer qu'il en eût absorbé une dose nocive. Avec entrain, il raconta sa visite au champ de foire, le désespoir du ménage Péchadre et les décisions généreuses prises en commun dans le café. Il insistait beaucoup sur la présence de M. le curé à cette réunion. Le nom de Pierre Mazalaigue revenait souvent dans son récit :

« Comme l'a dit Mazalaigue... Avec Mazalaigue on a pensé... L'idée de Mazalaigue... »

Il parlait de cet homme avec une considération tout à fait déraisonnable. Au bout d'un moment, constatant qu'Amélie ne le suivait pas dans ses éloges, il baissa le ton, éteignit l'expression de ses yeux et se retira, comme à regret, dans sa forge.

Il y avait longtemps que la jeune fille ne l'avait vu dans une aussi heureuse disposition d'esprit. Fallait-il attribuer une pareille transformation au vin qu'il avait bu, aux propos qu'il avait échangés avec des compagnons optimistes? Non, les causes de cette régénération morale étaient, sans doute, plus profondes. En fait, Jérôme avait commencé à montrer des signes de soulagement à partir du jour où il avait appris la rupture des fiançailles. N'ayant plus à craindre que le départ de sa fille vînt aggraver la solitude dont il souffrait depuis la mort de Maria, il se soumettait inconsciemment à de nouvelles raisons de vivre. Avec quelques débris sauvés du désastre, il se construisait un espoir de rechange, comme le capitaine d'un navire démantelé par la tempête utilise les derniers lambeaux de toile pour obliger l'épave à continuer sa route, vaille que vaille, jusqu'au port. Maintenant, Amélie était sûre que son père triompherait, grâce à elle, de la prostration qui le tenait éloigné du monde. Cette certitude la confirmait dans l'idée qu'elle avait eu raison de renoncer à un mariage, qui, sans la rendre heureuse, eût augmenté le chagrin de Jérôme. La lettre de Marthe Tabaraud, débordante d'une allégresse naïve, la faisait sourire mais ne lui donnait pas de regrets. Déjà, en pensée, elle préparait sa réponse : « Autant je suis persuadée que tu as tout ce qu'il faut pour réussir dans la merveilleuse entreprise d'une existence à deux, autant je me sens peu faite pour me consacrer à l'amour d'un être qui ne serait ni mon père, ni mon frère... Pourquoi devrions-nous toutes, malgré la différence de nos caractères, suivre la même voie? N'y a-t-il de salut pour personne en dehors du mariage? Je suis fermement convaincue que si. La preuve? Je suis comblée de joie, Marthe, depuis cette rupture, comme je ne l'ai jamais été... » Ces paroles exprimaient si bien sa croyance intime, qu'elle déplora de ne les avoir pas notées au passage. Il y avait du papier et un encrier sur la tablette de la caisse. Elle prit une plume dans le tiroir, s'assit et commença à écrire sa lettre. Mais un bruit de sabots lui fit tourner la tête. Denis revenait de l'école. Il était temps de préparer le déjeuner.

*

En sortant de classe, à quatre heures, Augustin Marchelat entraîna la petite bande vers le champ de foire. On devait jouer au tournoi entre chevaliers rivaux, luttant pour l'amour d'une belle châtelaine. Les chevaliers rivaux étaient Augustin et Denis; les chevaux, Léonard et Charlot; la châtelaine, le petit Désiré, qui avait sept ans, un visage de fille et de grosses fesses. Une dizaine de gamins se partageaient en outre les rôles d'écuyers, de pages, de père noble et de destriers de rechange. A peine arrivés devant la fontaine, tous se débarrassèrent de leurs cartables. Désiré, humilié par son changement de sexe, marmottait avec obstination :

« Je veux pas être la châtelaine!... Je veux pas être la châtelaine!... »

Il fallut lui frotter violemment les oreilles pour qu'il consentît, entre deux sanglots, à son nouvel emploi.

« Elle pleure, ma jolie princesse! glapit Augustin. Ah! que je l'aime!... »

Et, saisissant Désiré à bras-le-corps, il fit mine de l'embrasser dans le cou. L'autre se débattait faiblement. Augustin se redressa, un peu pâle, fit un sourire contracté, toussota, et dit :

« Bon... Amenez les chevaux! »

Il grimpa sur le dos de Charlot, pendant que Denis escaladait les épaules de Léonard. Les chevaux, lourdement chargés, fléchissaient les jarrets et tendaient le col. Comme frappé par les premiers signes d'une évolution physique incroyable, Désiré s'écria :

« Ça y est! Je suis plus châtelaine! Je suis châtelain!

— Ta gueule! dit Augustin.

— On peut y aller? » demanda Denis.

Brandissant une règle en guise d'épée, les deux champions se mesuraient du regard et serraient les genoux, au risque d'étouffer leurs montures. A un signal donné, ils s'élancèrent péniblement l'un vers l'autre. Les règles voltigèrent et s'abattirent sur les épaules, sur les crânes. Des clameurs d'encouragement s'élevaient du public. La châtelaine gémissait :

« Moi, je trouve pas ça drôle!

— Tu trouveras ça plus drôle, rugit Augustin, quand j'aurai défait ce fils de chien et que je t'emmènerai dans mon lit, ma belle! »

Il se tut dans un hoquet. Une bourrade de son adversaire lui avait fait perdre l'équilibre. Désarçonné, il s'agrippa à la manche de Denis, et tous deux s'effondrèrent dans un mélange de cris, de rires et de claques. Inquiet sur son sort, Désiré demanda :

« Alors? Qui c'est qui m'a gagnée? »

Personne ne lui répondit. Saisis par l'émulation, les spectateurs s'étaient précipités sur les lieux de la chute et échangeaient des coups de poing, au hasard, pour se réchauffer. La rencontre d'honneur dégénérait en bagarre de truands. Une voix grave retentit, dominant le tumulte :

« Qu'est-ce que vous foutez là, les gosses? »

Il y eut un moment de stupéfaction. L'un après l'autre, les combattants se remirent sur pied. Ébouriffés, égratignés, haletants, ils considéraient l'homme qui s'était approché du groupe : Pierre Mazalaigue. Depuis son exploit de la veille, il jouissait d'une grande estime dans l'esprit des enfants.

« On rigole, quoi? dit Augustin.

— Je vois, je vois... Et que ferez-vous après?

— Je ne sais pas. »

Pierre Mazalaigue parcourut du regard ce cercle de visages échauffés par le jeu. Un sourire passa sur ses lèvres.

« J'ai quelque chose à vous proposer, dit-il. Mais il faut que je puisse avoir confiance en vous. Qui est le chef ici?

— Moi, dit Augustin. Et Denis est mon second.

— Êtes-vous sûrs de vos hommes? » demanda Pierre Mazalaigue.

Ce langage sérieux impressionna favorablement l'auditoire. Les tailles se redressèrent sous les capuchons.

« Sûrs, dit Augustin.

— C'est que, reprit Pierre Mazalaigue, je voulais vous charger d'une mission importante. Il faudra prêter serment...

— De quoi s'agit-il ? demanda Léonard, en reniflant un filet de morve.

— Je ne peux pas vous l'expliquer ici, dit Pierre Mazalaigue. Venez à la maison, nous serons plus tranquilles.

— En avant ! Marche ! » cria Augustin.

Dans un vigoureux martèlement de sabots, la petite troupe se dirigea en ordre vers le café.

*

Amélie finissait d'écrire sa lettre, quand le carillon du magasin retentit brutalement. Elle leva les yeux. Denis s'avançait vers elle, tenant un papier à la main. Derrière lui, venait son camarade Charlot. Tous deux portaient sur leur figure un air d'intransigeance et de solennité. Croyant que son frère rentrait à la maison pour prendre son goûter, elle dit :

« Attends un peu. Je vais te préparer ton *brézou.*

— Je n'ai pas le temps.

— Pourquoi ?

— Nous avons une mission à remplir. Lis ça. »

Il déposa sur la caisse une page de cahier, à demi couverte de noms et de chiffres.

« Qu'est-ce que c'est ? demanda-t-elle.

— Une liste.

— Une liste de quoi ?

— D'acheteurs. Il faut que tu retiennes trois paires de sabots et que tu me les paies d'avance. Tu marques ton nom là-dessus et combien tu m'as donné.

— Nous n'avons pas besoin de sabots, Denis !

— Peut-être, mais Péchadre a besoin de sous.

— C'est lui qui vous envoie ?

— Non, c'est Mazalaigue.

— Mazalaigue ! s'écria-t-elle, avec un sentiment d'agacerie qui fit trembler sa voix.

— Oui. Il nous a divisés par groupes de deux. Chaque

groupe a son secteur, tu comprends? On va de maison en maison, on fait marquer les commandes, on rassemble l'argent et on apporte tout au café, ce soir. Avec ça, Péchadre pourra s'acheter du bois et reprendre son commerce. »

Amélie gardait le silence. Tout en reconnaissant la générosité d'une pareille entreprise, elle déplorait que le responsable en fût un personnage auquel elle ne pouvait accorder son estime. Le seul fait que Pierre Mazalaigue eût organisé cette campagne de bienfaisance donnait à l'effort des enfants un caractère de mauvais aloi. Quel dommage que l'idée de la quête ne fût pas venue de Jérôme, ou de M. Calamisse, ou de M. le curé! Irritée, ne sachant quelle contenance prendre, la jeune fille murmura enfin :

« J'admire que M. Mazalaigue vous fasse confiance pour la collecte. Il ne vous connaît pas! A sa place, je me méfierais!

— Il n'a pas à se méfier, dit Denis. On a prêté serment.

— Oui, renchérit Charlot. On est lié par la parole. On a déjà fait huit maisons. »

Denis appliqua une tape sur la poche de sa culotte, où des pièces de monnaie tintèrent :

« Tout est là! Alors, tu les commandes, ces sabots? »

Il était impossible de refuser. Amélie inscrivit son nom, au bas de la feuille, pour trois paires de sabots. Denis tendit la main :

« C'est deux francs la paire.

— Ils étaient à trente-cinq sous, autrefois.

— Tarif spécial! »

Elle se retint de sourire, prit six francs dans la caisse et les remit au gamin, qui les empocha gravement.

« En route », dit Charlot.

Elle les accompagna jusqu'à la porte et les vit partir, côte à côte, sous les cloches jumelles de leurs capuchons, d'où dépassaient des jambes maigres. Soudain, elle se sentait tout émue à la pensée que son frère participait à une bonne action. Ses yeux s'épuisaient à fouiller l'ombre brumeuse qui descendait sur le bourg. Elle demeura un long moment dans un état de béatitude tranquille, rêvant à cette marche des enfants dans le crépuscule. Il devait y en avoir dans toutes les rues. Des portes s'ouvraient devant eux, projetant sur le sol un tablier de lumière jaune. Les grandes personnes accueillaient avec étonnement ces messagers au regard intraitable. Le nez rose de froid, les mains tachées d'encre, ils tendaient leur papier comme un ordre de réquisition. Chaque famille se voyait imposée pour quelques paires de sabots. Les listes s'allongeaient. Les sous tombaient dans les poches, sur un lit de billes, de bouts de ficelles et de plumes. En une soirée, par décision supérieure, tous les pieds de la Chapelle-au-Bois étaient chaussés de neuf. Et, pendant ce temps-là, le père Péchadre, ignorant le complot qui se tramait en sa faveur, contemplait tristement ses outils échappés au désastre et se demandait s'il aurait encore l'occasion de s'en servir pour tailler le bois.

Amélie frissonna, les épaules touchées par un coup de vent glacé, rentra dans la boutique et ferma la porte. Un sentiment de fête persistait dans son cœur. Après quelques minutes d'hésitation, ne tenant plus en place, elle se rendit dans la forge afin d'apprendre à son père la démarche tentée par les enfants pour secourir le sabotier. Jérôme se montra enchanté de cette mesure charitable, mais, instruit par une récente expérience, évita de célébrer trop haut les mérites de l'instigateur. Elle retourna dans le magasin, se rassit derrière la caisse et continua à écrire pour passer le temps. Ses regards se blessaient à l'éclat de la page blanche. Des centaines de sabots dansaient dans son esprit. Sans se l'avouer, elle attendait le retour de Denis avec impatience. Il ne parut qu'à l'heure du souper, et cria, dès le seuil, d'une voix enrouée par le grand air :

« Amélie! On a reçu les félicitations de Mazalaigue! »

Il semblait si fier de cette distinction, qu'elle se fit un devoir de le complimenter à son tour.

7

« JE voudrais une savonnette », dit-il.

Elle accusa le coup par un raidissement du buste et, sans prononcer un mot, se dirigea vers le fond de la salle. C'était la première fois que Pierre Mazalaigue venait au magasin. D'habitude, la femme de charge, qu'il employait au café, s'occupait de tous les achats à sa place. Amélie dut déranger des piles de boîtes sur les rayons avant de découvrir l'article demandé. Quand elle se retourna, tenant la savonnette à la main, son regard rencontra celui du visiteur. Il l'examinait avec une insolence paisible. Comme chaque fois qu'elle le voyait, elle fut frappée par la robustesse de son cou et de ses mâchoires. Son front était un peu bas. Ses narines s'ouvraient largement au-dessus d'une forte moustache brune. Sur tout son visage était répandu un air d'avidité et d'entêtement.

« Voici », dit-elle.

Il prit la savonnette et en respira le parfum :

« Elle sent bon.

— Oui.

— Combien vous dois-je?

— Cinquante centimes.

— Ce n'est pas cher. Pourriez-vous m'en donner encore quatre? »

Elle maîtrisa son impatience et revint à pas légers vers le

coin dévolu aux produits de toilette. Mais il ne restait plus que deux savonnettes à portée de sa main. La réserve se trouvait sur le rayon supérieur, qui était d'un accès difficile.

« Deux vous suffiront, peut-être? demanda-t-elle.

— Vous n'en avez pas d'autres?

— Si, mais il faut que je les cherche.

— Faites donc! Je ne suis pas pressé. »

Rageusement, elle poussa une chaise contre les casiers, grimpa sur le siège de paille et allongea le bras pour essayer d'atteindre le grand carton. Pendant que ses doigts reconnaissaient à tâtons le contour des emballages, elle sentait sur ses épaules, sur ses reins, sur ses hanches, le glissement de deux yeux animés d'une pensée impertinente. Sous la pression d'une telle curiosité, le tissu de sa robe semblait mincir jusqu'à la transparence. L'impression d'être déshabillée et palpée à distance était si intolérable, qu'Amélie fit un faux mouvement et manqua de tomber. Enfin, elle put saisir la boîte contenant les savons, sauta à terre et vira brusquement sur ses talons pour surprendre l'homme dans sa posture malhonnête. Il lui tournait le dos et observait tranquillement la rue par la vitre de la devanture. Elle fut un peu confuse en constatant qu'elle s'était inquiétée à tort. Comme pour se faire pardonner ses soupçons, elle dit avec une note d'amabilité dans la voix :

« Est-ce tout ce que vous désirez, monsieur?

— Non, dit-il en s'avançant vers la caisse. Je voudrais encore un litre d'alcool à brûler. »

Pendant qu'elle le servait, Mme Barbezac poussa la porte et entra dans un joyeux tintement de grelots. Pierre Mazalaigue salua la nouvelle venue et elle lui répondit avec courtoisie. Amélie bénit cette intervention, comme si elle eût couru quelque danger en restant seule avec un homme dans le magasin.

« Dois-je vous faire un paquet, monsieur? demanda-t-elle.

— Pas encore, dit-il. J'ai d'autres petites choses à vous acheter. »

Elle fut déconcertée par son aplomb, chercha une réplique cinglante, n'en trouva pas et dit à regret :

« Je vous écoute.

— Oh! j'ai tout mon temps. Servez donc Madame d'abord.

— Je vous remercie, monsieur! s'écria Mme Barbezac.

— Ce n'est rien, murmura-t-il en s'inclinant.

— On m'attend à la maison. J'aurai vite fait. C'est juste pour une livre de café, ma petite Amélie. Tu la porteras sur mon compte. »

Quelques instants plus tard, elle s'en allait, volumineuse et leste, un large sourire sur sa face poudrée, et une livre de café sous le bras.

« A nous deux, maintenant », dit Pierre Mazalaigue.

Amélie frémit en entendant ces mots chargés d'allusions redoutables. Pierre Mazalaigue se tenait tout près d'elle, mais ne bougeait pas : il réfléchissait, il rassemblait ses forces avant de bondir.

« Je voudrais aussi du café, dit-il enfin.

— Combien?

— Une livre. Il est bon?

— Tous nos clients en sont satisfaits. »

Elle avait de la peine à parler. Elle manquait de souffle. Lui, cependant, laissait courir un regard intéressé sur les rayons. Visiblement, il cherchait ce qu'il pourrait bien se payer encore. Successivement, il acheta des bougies, une boîte de sardines, du vinaigre, un paquet de nouilles, un pot de confiture, 250 grammes de riz... A plusieurs reprises, des clientes se présentèrent et il leur céda son tour avec un empressement suspect. Après leur départ, il disait :

« Ah! où en étions-nous restés, mademoiselle? »

Comme il lui parlait poliment, elle n'avait rien de précis à lui reprocher et, cependant, jamais encore elle ne s'était sentie aussi humiliée dans l'exercice de sa profession. En tant que client, il avait le droit d'être servi selon ses désirs. Mais, alors qu'elle mettait sa fierté à satisfaire les exigences des autres acheteurs, elle ne pouvait souffrir l'idée d'obéir aux caprices de celui-ci. Était-il venu pour se moquer d'elle, ou pour chercher à pénétrer dans ses bonnes grâces? Les bouteilles et les boîtes s'alignaient sur le comptoir. On eût dit que Pierre Mazalaigue se ravitaillait en prévision d'un siège. Elle ne put s'empêcher de lui faire remarquer l'importance extraordinaire de sa commande.

« Il le faut, soupira-t-il, avec tout ce qui a été détruit dans l'incendie! »

Elle ne s'attendait pas à cette réplique et regretta l'étourderie dont elle venait de faire preuve devant un homme abattu par le sort. Mais, peut-être ne disait-il pas la vérité? Sur le point de s'attendrir, elle se crispa, refusa d'être dupe, aiguisa terriblement son regard.

« Dans ce cas, vous auriez dû dresser une liste, dit-elle. J'aurais pris le temps de préparer tout ce dont vous aviez besoin et me serais arrangée pour vous faire porter le paquet à votre domicile.

— Cela vous ennuie donc de me servir comme ça? » demanda-t-il.

Elle rougit, se sentit perdue et balbutia :

« Nullement...

— Eh bien, alors?... C'est en voyant les marchandises à l'étalage qu'on se rend le mieux compte de tout ce qui est nécessaire dans une maison. Et vous êtes si complaisante!... »

Elle pinça les lèvres et saisit son crayon, son calepin d'une main qui tremblait. Mais il ne la laissa pas poser son addition et s'écria :

« J'allais oublier! J'ai perdu deux boutons. Si je trouve à les remplacer chez vous... »

Il ouvrait son veston et montrait son gilet, auquel, en effet, manquaient les deux boutons du bas.

« Je crains qu'on ne puisse les assortir, reprit-il. Vous voyez, ils sont noirs, mais tirant sur le gris, avec deux trucs... deux petits sillons au bord... »

Tout en parlant, il soulevait le coin de son gilet pour inviter la jeune fille à prendre connaissance des données du problème. Puis, comme elle demeurait immobile, la tête dressée, le regard fixe, il s'avança vers elle en tenant toujours le pan d'étoffe serré entre ses doigts. Elle respira une odeur de tabac, de vin et de cosmétique. Il avait dû passer chez le coiffeur avant de venir au magasin. Ses cheveux étaient coupés court. Sa moustache luisait.

« Je m'excuse de vous déranger pour ça, dit-il, mais vous vendez bien des boutons?... »

Elle détourna les yeux. Son cœur battait vite. Prise d'une peur irraisonnée, elle chuchota :

« Je vais voir ce que j'ai.

— S'il vous plaît », dit-il.

Nerveusement, elle ouvrit des tiroirs et en sortit des dizaines de fiches cartonnées, qui servaient de supports aux boutons. Il prenait un carton, l'approchait de son gilet, hochait la tête, le rejetait sur le tas, en choisissait un autre et l'examinait, plissant les paupières, comme un artiste qui poursuit la ressemblance :

« Ceux-ci, peut-être? Qu'en pensez-vous? Mais ne sont-ils pas un peu plus foncés que les miens?

— Si, dit-elle.

— Et les autres, à gauche... Voudriez-vous me les passer?... Trop clairs!... Ah! que c'est difficile!... Je crois que je ferais mieux de les changer tous... »

Il avait une voix lente et rauque, dont Amélie percevait la vibration à travers toute l'épaisseur de son corps. Son esprit s'endormait. Des constellations de boutons disparates tournaient devant ses yeux.

« Lesquels me conseillez-vous? » demanda-t-il.

Comme sous l'effet d'un cahot, elle se ranima et dit :

« J'en ai là qui iront très bien... »

Il s'empara du carton qu'elle lui offrait, l'étudia en l'inclinant vers la lumière et conclut gaiement :

« Puisque vous avez préféré ces boutons, je n'en veux pas d'autres! Au besoin, nous élargirons les boutonnières d'un petit coup de ciseaux... »

Elle hasarda un regard vers le gilet de Pierre Mazalaigue et constata que les boutons choisis par elle étaient, en effet, deux fois trop grands pour ses boutonnières.

« Excusez-moi, murmura-t-elle, je me suis trompée...

— Non, non! Ils me plaisent beaucoup. Je les garde.

— Mais je ne peux pas vous laisser prendre des boutons qui ne vous conviennent pas!

— Ai-je le droit, oui ou non, d'acheter ce que bon me semble?

— C'est... c'est absurde!...

— Si vous insistez, je vous en prendrai deux douzaines! »

Elle baissa la tête et toute la chaleur de son corps lui monta au visage.

« Je vais faire l'addition », dit-elle.

Elle était sûre que sa figure était moite, avec deux plaques rouges sur les joues. Ses bandeaux un peu défaits glissaient sur ses oreilles. Il y avait une petite tache de graisse sur le devant de son corsage. Et Pierre Mazalaigue voyait tout cela. Pour se donner du courage, elle pensa que, dans cinq minutes, elle serait débarrassée de sa présence. Les doigts crispés autour d'un crayon au nez rabougri, elle marquait les prix sur un calepin, en chuchotant pour elle-même :

« Alcool : 0,80 F; nouilles : 0,40...

— C'est drôle, dit-il, je vous observe et j'essaie de me rappeler la petite fille que vous étiez quand j'ai quitté le pays, en 1904. J'avais dix-huit ans et vous... quoi?... neuf ans?... dix ans?... Je vous revois très bien avec votre tablier et votre natte dans le dos... Vous ne vous souvenez pas de moi?...

— Non.

— Pas étonnant! Déjà, à cette époque-là, vous ne regardiez personne. Vous passiez dans la rue, la tête droite, l'air sérieux! Vos camarades riaient, se retournaient... Vous, non...

— Est-ce une ou deux bouteilles de vinaigre que vous m'avez demandée?

— Une.

— Vinaigre : 0,50 F. »

Elle tira un trait sous la haute colonne de chiffres et commença son addition. Troublée par cette voix qui bourdonnait à ses oreilles, elle prenait un signe pour un autre, oubliait ses retenues et se trompait dans le total :

« Vingt-deux et cinq, vingt-sept... Et je retiens deux...

— Quand je vous ai vue à l'enterrement de mon père, je ne vous ai pas reconnue, sur le moment, tant vous aviez changé! Je vous remercie d'être venue ce jour-là... »

De nouveau, elle perdit le fil de son opération.

« Je vous remercie, vous aussi, d'être venu, dit-elle, pour... pour ma mère... »

Il y eut un moment de silence. Elle en profita pour reprendre ses comptes. Enfin, avec un soupir de délivrance, elle annonça :

« Douze francs vingt. »

Il tira un porte-monnaie de sa poche et mit l'argent sur le comptoir, pendant qu'elle rangeait les articles d'épicerie et de mercerie dans deux grands cartons aux coins renforcés.

« Allez-vous pouvoir porter tout cela? demanda-t-elle.

— Bien sûr! »

Il serra un paquet sous son bras et dit :

« Passez-moi l'autre. »

Amélie souleva le second carton et le lui présenta dans un mouvement malhabile. Mais il n'avait qu'une seule main libre. Son bras gauche s'écartait de son corps. Un léger parfum de transpiration venait de son aisselle.

« Calez la boîte contre ma hanche, dit-il. Je la tiendrai mieux. »

Elle obéit, les yeux baissés, gênée de se trouver si près de cet homme.

« Là », dit-il.

Il rabattit son coude. Elle fit un pas en arrière. Un colis sous chaque bras, le torse bombé, les épaules larges, il encombrait le magasin par sa masse considérable et l'éclat de son rire :

« Au revoir, mademoiselle. Me voici paré pour longtemps. »

Rendue à la solitude, elle s'étonna de son brusque désœuvrement après tant d'agitation et tant de contrainte. Pierre Mazalaigue avait laissé sa fiche sur la caisse. Par acquit de conscience, elle vérifia l'addition. Soudain, elle sursauta. Une erreur! Le total n'était pas de douze francs vingt, mais de dix francs vingt. Elle recommença ses calculs. Pas de doute possible. Elle lui devait deux francs sur son compte. Sans hésiter, elle prit l'argent au fond du tiroir et sortit dans la rue. Pierre Mazalaigue était déjà loin. Il avançait rapidement, à longues enjambées, les bras arrondis sur son double fardeau. L'appeler? C'eût été se conduire en personne dévergondée. Indécise, elle fit quelques pas dans sa direction, puis songea que des voisins pouvaient la voir marchant sur les traces d'un homme et rentra précipitamment dans le magasin.

Peu de temps après, son frère revint de l'école, et elle le chargea de la commission. C'était, assurément, la solution la plus simple et la plus correcte. Lui ayant fait répéter ce qu'il devait dire à Pierre Mazalaigue, elle lui remit une pièce de deux francs et la facture corrigée au crayon rouge. Il partit au galop. Combien de temps lui faudrait-il pour accomplir sa course? Un quart d'heure au plus. Peut-être vingt minutes. Une demi-heure passa. Trois fois, elle sortit sur le pas de la porte pour épier le retour de l'enfant. Elle s'irritait contre lui, l'accusant de s'être arrêté en chemin pour bavarder avec des camarades. Et, aussitôt après, elle se reprochait son impatience. Deux clientes entrèrent, qu'elle servit en hâte, avec le sentiment d'être dérangée pour rien. Comme la dernière acheteuse quittait le magasin, Denis se cogna dans ses jambes. Amélie s'excusa et entraîna son frère à l'intérieur de la boutique :

« Alors? Qu'a-t-il dit? »

Le gamin, essoufflé, balançait sa langue d'un coin à l'autre de ses lèvres entrouvertes :

« Il a dit... il a dit... qu'il te remerciait... qu'il n'avait rien remarqué... que ce n'était pas grave... Il a pris les deux francs et il m'a donné cinq sous pour la peine...

— Tu n'aurais pas dû accepter!... Mais pourquoi n'es-tu pas revenu plus tôt? »

Denis, ayant retrouvé une respiration normale, cambra sa taille et dit avec fierté :

« On est des copains avec lui, depuis l'histoire des sabots. Quand on se rencontre, on se cause...

— Vous avez parlé ensemble, tout ce temps-là?

— Oui.

— De quoi? »

Il fit un sourire mystérieux :

« Ça ne te regarde pas. »

Une appréhension affreuse traversa l'esprit d'Amélie. Peut-être Pierre Mazalaigue avait-il posé à Denis des questions sur le compte de sa sœur? Et l'enfant, trop content de pouvoir satisfaire la curiosité de son nouvel ami, s'était laissé aller devant lui aux confidences les plus intimes! Les rendez-vous avec Jean Eyrolles, la rupture des fiançailles... Certes, tout le pays connaissait déjà cette histoire. Mais pas dans les détails. Denis avait sûrement donné les détails. Au besoin même, il en avait inventé! Et l'autre se gobergeait de ces racontars misérables. Débordée par l'angoisse, elle s'écria :

« Je ne plaisante pas, Denis! Je veux savoir! De quoi avez-vous parlé?

— De Péchadre », dit-il avec une moue compatissante.

Fallait-il le croire? Elle ne savait quel parti adopter. Sa colère éclatait dans le vide.

« On mange bientôt? demanda Denis.

— Dans un quart d'heure, dit-elle, va prévenir papa. »

Après le déjeuner, Amélie fut prise d'un besoin de nettoyage et de rangement. Malgré les remontrances de Jérôme, elle prétendait récurer à fond la cuisine, sans cesser de surveiller le magasin par la porte de communication. Dès qu'elle entendait le carillon de l'entrée, elle s'essuyait les mains, rectifiait sa coiffure et s'élançait au-devant des clientes, un sourire de bienvenue aux lèvres. Puis, elle retournait vaillamment à ses besognes ménagères. Cette activité farouche usait son énergie et obnubilait ses pensées. Elle expulsait la poussière et réduisait les taches, comme si elle eût assouvi une vengeance.

On soupa dans un relent âcre de serpillière. Amélie, les mains rouges, les yeux cernés par la fatigue, humait délicieusement l'odeur de son triomphe. Les casseroles brillaient. Les meubles avaient fait peau neuve. Denis et Jérôme, impressionnés, surveillaient leurs gestes et modéraient le ton de leurs voix, comme s'ils eussent été en visite.

Le lendemain matin, Amélie mit à exécution un projet téméraire. Levée plus tôt que de coutume, elle décida de changer l'arrangement de ses cheveux. Il lui semblait, en effet, qu'il y avait un désaccord pénible entre sa coiffure de jeune fille et les graves responsabilités qui lui incombaient depuis la mort de sa mère. Elle ne se sentait plus à l'aise sous ses bandeaux renflés et sa tresse pliée en rouleau à hauteur de la nuque. Pour être fidèle à elle-même, il lui fallait le chignon.

Elle le dressa sur sa tête, le fixa avec des épingles et recula de deux pas pour se contempler dans la glace. Ses joues dégagées paraissaient plus maigres, son front, plus large, son cou, plus élancé et plus blanc. Un coussinet lustré dominait la construction fine de son visage. Ce n'était plus une adolescente, mais une femme altière et expérimentée qui se posait devant elle dans l'encadrement du miroir. Encore tout émue par cette métamorphose, elle descendit l'escalier d'un pas de reine, et pénétra dans la cuisine, où son père et son frère l'attendaient pour prendre leur café.

« T'es pas folle ! s'écria Denis en la voyant. Pourquoi as-tu fait ça ? »

Jérôme, lui, se taisait, comme ébloui par une apparition surnaturelle.

« Eh bien, papa, murmura Amélie. Tu ne dis rien ? Que penses-tu de ma nouvelle coiffure ? »

Il ne cessait de la regarder, avec une attention et une tendresse étranges. Enfin, il dit :

« Ah ! Amélie ! Comme tu ressembles à ta mère ! »

8

UNE caisse de vaisselle, expédiée de Limoges, était arrivée à la gare de la Chapelle-au-Bois. A trois heures de l'après-midi, Amélie mobilisa Justin pour prendre livraison de la marchandise. Il marchait au milieu de la rue, poussant une brouette vide. La jeune fille le suivait à quelques pas de distance. Chemin faisant, elle croisa Antoinette, qui, une fois de plus, refusa de la reconnaître. Cette attitude désobligeante agaçait Amélie, qui jugeait n'avoir rien à se reprocher, puisque Jean Eyrolles lui avait gardé son estime après la rupture. L'idée lui vint de rattraper son ancienne amie pour lui demander des explications. Puis elle se dit qu'il était inutile de perdre son temps à essayer de convaincre une créature dont l'hostilité était fondée sur la bêtise, l'orgueil et la mauvaise foi. Soulagée par cette résolution, elle se hâta de rejoindre l'ouvrier de son père, qui l'avait largement devancée et attendait, les bras ballants, derrière le portillon du quai. Après avoir payé les frais de transport au guichet, elle surveilla le chargement de la caisse sur la brouette et recommanda à Justin de rentrer sans se presser et en évitant les cahots. Elle-même prit la direction du cimetière, car elle voulait revoir la grille que Jérôme avait scellée la veille, sur la tombe de Maria.

Maintenant, le rectangle de terre précieuse se trouvait entouré d'une véritable dentelle de fer forgé. Montant à hauteur des genoux, la clôture était constituée par un enchevêtrement gracieux de rosaces et de volutes. Tout l'art, tout l'amour, toute la patience de Jérôme, s'inscrivaient dans cet ouvrage à la fois solide et léger. Il y avait travaillé pendant plus de deux mois. Il en était fier. Et Amélie l'approuvait dans son émotion. Elle n'aurait jamais cru que son père fût capable d'une pareille réussite. Sans doute, le souvenir de sa femme l'avait-il heureusement inspiré. Debout devant cette barrière ajoutée, la jeune fille devinait confusément qu'en dépit de la mort, qui ronge les chairs et disperse les âmes, Maria, ensevelie, évaporée, insaisissable, devait ressentir, de très loin, l'hommage qui lui était fait. Une charrette passait sur la route. Sous le ciel, couleur d'étain, les pierres semblaient plus blanches et plus lourdes que d'habitude. Quelques gouttes d'eau se détachèrent des nuages. Pourtant, le vent n'était pas à la pluie. Poursuivant son rêve, Amélie se demanda si sa mère eût été contente de la voir avec un chignon. Cette question saugrenue l'étonna elle-même. Était-ce un sacrilège? Non. En cessant d'être de ce monde, Maria n'avait pas changé de caractère. Rayée des vivants, elle n'était pas devenue une figuration solennelle, à qui l'on n'ose s'adresser que dans les grandes circonstances et avec une nuance de respect dans la voix. Comme jadis, les plus humbles problèmes de l'existence étaient de son ressort. Elle voyait tout, elle comprenait tout. Mais elle ne pouvait se faire entendre de ceux qui sollicitaient ses conseils. « Que je suis sotte! De quoi vais-je me préoccuper? » Machinalement, elle caressait du bout des doigts le fer froid et sombre de la grille. Enfin, comme si la morte elle-même lui eût donné congé pour la journée, elle sentit qu'elle n'avait plus rien à faire en ce lieu et, lentement, sagement, se dirigea vers la sortie.

Sur la route qui montait vers le bourg, elle aperçut son père et M. le curé, venant à sa rencontre. Jérôme gesticulait en marchant. Sous sa cape flottante, l'abbé Pradinas avait l'air d'un manchot. Ils étaient si absorbés par leur discussion, qu'ils eurent un mouvement de surprise en découvrant Amélie à dix pas devant eux.

« D'où viens-tu? demanda Jérôme.

— Du cimetière.

— Justement, nous y allons, dit le prêtre. J'ai demandé à votre père de me montrer la grille tombale qu'il a posée hier.

— Elle est très belle », dit Amélie.

Jérôme ne savait pas cacher son contentement :

« Oui, vous verrez, je n'ai jamais fait mieux.

— Eh bien, dit-elle, je ne veux pas vous retenir davantage. Vous devez être pressés...

— Pas du tout! dit l'abbé Pradinas. Grâce à vous, je goûte un répit salutaire. Votre père est un homme terrible! Dès que nous sommes seuls, en avant la discussion...

— Quelle discussion?

— Comment? Vous ne savez pas? Nous nageons en pleine controverse théologique... Il me martèle comme un fer rouge sur une enclume... Avec cette différence que, moi, je ne cède pas... »

Il se mit à rire et ses petits yeux disparurent entre deux plis de peau rose, bordés de cils blonds.

« Tu ennuies peut-être M. le curé, papa? dit Amélie.

— Penses-tu! s'écria Jérôme. Il est ravi! Et puis, avec qui d'autre pourrais-je parler de certaines choses? Tu ne veux vraiment pas retourner au cimetière avec nous?

— Non, papa. Le magasin est fermé. Il faut que je me dépêche. »

L'abbé Pradinas ouvrit ses deux mains comme pour laisser échapper un oiseau :

« Que de soucis, mon enfant, et que de vaillance! Votre père m'a dit que vous vous donniez trop durement à la tâche!

— Mais non. Je ne me plains pas.

— Il se plaint pour vous.

— Il a tort, je vous assure...

— Je lui ai conseillé de vous adjoindre une femme d'expérience, qui pourrait vous aider dans le commerce, ou tout au moins dans le ménage...

— Oui, soupira Jérôme, ce serait plus raisonnable. »

Stupéfaite, Amélie considérait les deux hommes comme s'ils lui eussent fait une proposition déshonorante.

« Voyons, papa, dit-elle, je n'ai besoin de personne pour me seconder. Je me débrouille très bien toute seule...

— Et tu te ruines la santé, dit Jérôme. Si tu voyais la mine que tu as depuis quatre jours!...

— Votre père a raison, reprit le curé. Vous ne pouvez continuer sans danger à veiller tout ensemble sur votre maison et sur votre magasin. Du vivant de votre mère, vous partagiez la besogne avec elle. Pourquoi prétendez-vous donc assumer seule, maintenant, un travail que vous faisiez péniblement à deux autrefois?

— Je ne veux pas d'une étrangère dans la maison!

— La personne que je vous recommanderais n'est pas tout à fait une étrangère.

— C'est cette bonne Mme Pinteau, dit Jérôme.

— Je ne la connais pas.

— Mais si! Ta pauvre mère t'en a souvent parlé. Une amie d'enfance : Antoinette... Antoinette Pinteau. Tu étais toute petite quand le père Pinteau est mort et qu'elle a quitté le pays pour s'installer à Meymac avec son fils. Voilà deux ans, son fils, un apprenti maçon, s'est tué en tombant d'un échafaudage. Elle n'a rien pour vivre. Elle va revenir habiter ici, chez Mlle Bellac, qui lui louera une chambre. M. le curé et moi, nous avons pensé qu'on pourrait peut-être l'employer quelques heures par jour, pour te décharger...

— Non, papa, dit-elle. C'est inutile d'insister. Je suis très heureuse ainsi et je ne me suis jamais mieux portée. »

L'abbé Pradinas inclina la tête sur le côté :

« Loin de nous l'idée de vouloir vous brusquer, mais réfléchissez bien, mon enfant...

— Vous vous faites des illusions! dit Jérôme en riant. Quand elle dit non, c'est non. Tout comme sa pauvre mère!... »

Ces paroles flattaient l'amour-propre d'Amélie. Émue, rougissante, elle murmura :

« En tout cas, monsieur le curé, je vous remercie pour votre sollicitude. »

Elle s'éloigna, avec la sensation qu'on la suivait du regard, pendant qu'elle montait la côte. Sans doute allaient-ils encore parler d'elle. A moins qu'ils ne fussent repris par leur débat religieux. Depuis la mort de Maria, Amélie avait remarqué que son père recherchait la compagnie du prêtre, comme s'il eût été en affaire avec lui. Le curé n'était pas son ami, mais son adversaire de prédilection, le représentant d'une maison rivale. Jérôme estimait la science, la sérénité, la franchise de l'ecclésiastique, et ne songeait qu'à l'attaquer pour déceler son point faible. Et l'autre se prêtait à ce jeu, qui, assurément, ne l'inquiétait guère. L'idée de cette camaraderie querelleuse amusait la jeune fille, comme une nouvelle preuve de la naïveté masculine. Jamais une femme n'aurait perdu son temps à palabrer de la sorte sur des sujets qui échappaient à sa compétence. Elle apprécia sa chance d'appartenir à un sexe qui dédaigne les divagations politiques et philosophiques pour mieux se consacrer au service de la vie quotidienne. Le souvenir de son chignon lui revint inopinément et la combla d'aise. Elle en sentait le poids infime sur sa tête, sous le chapeau. Sa personnalité lui semblait confirmée et accrue par le symbole qui la dominait depuis peu.

En arrivant devant le magasin, elle se mira furtivement dans la vitre de la devanture et se trouva très distinguée dans les vêtements de deuil qui amincissaient sa silhouette et accusaient la pâleur de ses traits. Avant de partir, elle avait retiré le bec-de-cane de la serrure. Elle le prit dans son sac et ouvrit la porte. A ses pieds, sur le plancher, gisait une feuille de papier blanc, pliée en quatre, qui avait dû être glissée là pendant son absence. Intriguée, elle la ramassa et en écarta les bords avec précaution. Quelques mots griffonnés au crayon :

Chère mademoiselle,

Votre meilleur client est venu pour compléter son ravitaillement. Il lui manquait encore un tas de choses. Mais vous n'étiez pas là. Il reviendra ce soir à six heures,

P. MAZALAIGUE.

Ce message irrévérencieux était bien dans les façons du personnage. Cinq jours s'étaient écoulés depuis sa visite au magasin. En considérant tout ce qu'il avait acheté, Amélie s'était persuadée qu'il n'aurait pas avant longtemps l'occasion de se représenter à elle. Et voici qu'il se permettait de lui écrire! D'où lui venait cette assurance? Se figurait-il qu'elle éprouvait du plaisir à le recevoir? Il s'était trompé d'adresse. Elle n'était pas une créature prête à accepter les galanteries du premier venu. Il l'apprendrait à ses dépens, ce soir même. Secouée par un ressentiment nerveux, elle arracha son chapeau, son manteau, les jeta dans un coin et s'assit derrière la caisse pour relire le billet. Les jambages des lettres, déformés par des nodosités minuscules, révélaient que Pierre Mazalaigue avait appuyé son papier contre le mur pour écrire. Il n'y avait pas de fautes d'orthographe. Elle tourna la page. Au dos, une indication qu'elle n'avait pas remarquée d'abord : « Mlle Amélie Aubernat. — Personnelle. » Sans savoir pourquoi, elle jugea cette formule plus offensante encore que le texte qu'elle recouvrait. Que faire? Comment le punir? Ses doigts pétrissaient le feuillet, le réduisaient en tapon. Elle l'enfouit dans la poche de son tablier. Des coups de marteau venaient de la forge. Justin devait être en train de déclouer la caisse de Limoges. A travers le tissu de sa jupe, Amélie sentait la petite boule froissée, légère comme un nid. « Mlle Amélie Aubernat. — Personnelle. » Elle se mit debout, fit quelques pas dans la boutique, en écrasant ses mains l'une contre l'autre, et passa dans la cuisine pour consulter la pendule : cinq heures moins dix. Dans un peu plus d'une heure, Pierre Mazalaigue serait là. Entre-temps, il fallait qu'elle prît ses dispositions. Le mieux était de ne pas le recevoir. Elle demanderait à son père de la remplacer jusqu'à la fermeture du magasin. Sous quel prétexte? Elle trouverait bien. Et si Jérôme ne rentrait pas avant six heures? Alors, elle serait obligée d'affronter cet individu, dont les manières la choquaient. Froide et calme, elle lui annoncerait : « Monsieur, vous vous méprenez sur mon compte; je vous prie de cesser vos assiduités qui me sont désagréables. » Ou bien : « Monsieur, si vous insistez, je dis tout à mon père! » Mais que dirait-elle à Jérôme, si Pierre Mazalaigue la mettait au défi d'exprimer publiquement ses griefs? Entre elle et lui, il n'y avait rien eu de répréhensible! Rien, sauf ce billet. Et, cependant, elle était outragée jusqu'au fond de l'âme, comme si tout un passé de honte l'eût liée à son tourmenteur. « Mlle Amélie Aubernat. — Personnelle. » Ses idées se brouillaient. Elle se rendit dans l'atelier, où Justin achevait de déballer le colis. Des piles d'assiettes, de plats et de tasses en grosse porcelaine s'élevaient entre des montagnes de paille. Amélie vérifia le compte des articles et les fit transporter dans le magasin. Pendant qu'elle disposait la vaisselle sur les rayons, la sonnette de l'entrée tinta. Elle faillit s'évanouir. C'était Mme Ferrière, qui venait acheter du savon de Marseille. Quatre clientes se présentèrent encore, presque coup sur coup. Chaque fois que la porte s'ouvrait, Amélie, la respiration fauchée, craignait de voir paraître le sourire hardi de Pierre Mazalaigue.

Jérôme ne revint qu'à cinq heures et demie. Elle l'accueillit dans un élan de reconnaissance. Il était heureux de sa promenade avec M. le curé. Ce dernier l'avait chaleureusement complimenté pour le travail de la grille.

« C'est un connaisseur, tu sais? Il m'a dit... »

Elle écouta ses explications avec impatience, et, au bout d'un moment, n'y tenant plus, murmura :

« Papa, je suis un peu fatiguée. Je voudrais monter me reposer dans ma chambre. Ne pourrais-tu recevoir les clients à ma place? »

Il s'affola :

« Ce n'est pas grave, au moins?

— Mais non... J'ai mal à la tête, voilà tout!

— Tu travailles trop. Je te le disais bien! Nous devrions vraiment engager cette Mme Pinteau...

— S'il suffit que j'aie une petite migraine pour que tu songes à prendre quelqu'un à notre service, où allons-nous?

— Oui, bien sûr... J'ai si peur que tu tombes malade comme ta pauvre mère... Enfin, va vite... Allonge-toi... Veux-tu que je te monte le souper dans ton lit?...

— C'est inutile. Je suis sûre qu'au moment de passer à table je me sentirai mieux. »

Depuis la mort de Maria, Jérôme s'était familiarisé avec le

travail du magasin et ne redoutait pas outre mesure d'avoir à servir les ménagères, à faire des additions, et à rendre la monnaie. Rassurée sur ce point, Amélie se réfugia dans sa chambre comme dans un abri imprenable. Par la porte ouverte, elle pouvait entendre les bruits de la boutique. Quand Pierre Mazalaigue, croyant la découvrir, docile et charmée, derrière son comptoir, se trouverait soudain en face de Jérôme, il comprendrait qu'elle avait déjoué sa manœuvre et préférait ne plus le voir. Ainsi, sans rien lui dire, elle obtiendrait qu'il la laissât tranquille. L'oreille aux aguets, elle ne songeait ni à s'asseoir, ni à allumer la lampe. Le carillon sonna, lointain, affaibli. Était-ce lui, déjà? Elle discernait des rumeurs de voix, sans parvenir à les identifier. Tout son être se tendait vers cette partie de la maison où se déroulait une scène, dont elle imaginait les répliques à distance. « Votre fille n'est pas là? — Elle est souffrante. Vous désirez quelque chose?... — Non. J'ai compris. Excusez-moi! » Frappé au point sensible dans sa vanité, il poussait un soupir, éteignait son regard et s'en allait, tête basse, tel un vaincu. Un martèlement sonore la fit sursauter. Denis montait l'escalier en courant. Elle n'eut pas le temps de refermer la porte.

« Que fais-tu là dans le noir? dit-il.

— Rien. Je me repose. Va dans ta chambre.

— Ce que t'es compliquée! Je suis sixième en histoire et géographie. C'est bien?

— Oui, oui, mais va-t'en! »

Elle s'agaçait. Il l'empêchait d'écouter à sa guise. Le visiteur était peut-être sorti, et elle ne l'avait pas entendu. De nouveau, le timbre de la porte retentit, étouffé par l'épaisseur des murs. Un autre client? Qui?

« Laisse-moi, Denis, dit-elle. Tu me déranges. »

Quand son frère fut parti, elle s'avança dans le couloir et s'arrêta au bord de l'escalier. Une lueur bleuâtre tombait de la lucarne. La rampe luisait comme un long serpent. Là-bas, on discutait. Homme ou femme? Un rire. Des paroles indistinctes. Le silence. Elle s'assit sur une marche. Un cercle étreignait son front, juste au-dessus des sourcils. Sa curiosité cédait devant une tristesse lourde et sans cause. Qu'attendait-elle? Pelotonnée dans l'ombre, elle eut l'impression qu'on l'avait privée d'une joie exceptionnelle en la chassant de la boutique. Comme une fillette en pénitence, elle écoutait le bruit que faisaient les grandes personnes et se désolait de ne pouvoir participer à leur conversation. Mais qui donc l'avait renvoyée dans sa chambre? La décision venait d'elle seule. C'était trop bête! Elle serrait ses poings contre son menton. Elle écarquillait les yeux sur les ténèbres. Au bout d'un long moment, ses pensées prirent un tour nouveau et elle se crut le jouet d'un songe. Couchée dans son lit, elle rêvait qu'elle était accroupie dans l'escalier obscur et que Pierre Mazalaigue parlait d'elle à son père. Mais elle allait s'éveiller, d'une seconde à l'autre. Combien de temps avait passé depuis qu'elle s'était mise à l'affût? Son sang bourdonnait dans sa tête. Pierre Mazalaigue était entré dix fois dans le magasin. Et dix fois Jérôme l'avait reconduit jusqu'à la porte.

Soudain, elle entendit des pas dans la cuisine. Un reflet jaune brilla sur la courbe de la rampe. Amélie se dressa d'un bond, courut jusqu'à sa chambre et s'y enferma à double tour. Son cœur cognait contre ses côtes. Quelqu'un approchait de sa porte. Qui? Ah! son père...

« Amélie, dit Jérôme, comment te sens-tu?

— Très bien, papa, répondit-elle d'une voix étranglée.

— J'ai fermé la boutique. Veux-tu venir pour le souper? »

Amélie avait espéré qu'il lui raconterait d'emblée sa conversation avec Pierre Mazalaigue, mais sans doute réservait-il cette nouvelle pour le moment où il la verrait à table. Elle avait une telle hâte d'être renseignée, qu'elle ne prit pas la peine de se recoiffer avant de descendre dans la cuisine. Pour le repas, il suffisait de réchauffer de la soupe aux choux, des pommes de terre et du lard. Pendant que la jeune fille surveillait le fourneau, Denis mettait le couvert. La face enflammée par la chaleur du feu, elle attendait toujours que Jérôme parlât. Mais il feuilletait un journal, bâillait, collait le nez au carreau, déplaçait un couteau, un verre. A bout de résistance, elle balbutia :

« Et au magasin, papa, tout s'est bien passé?

— Très bien.

— Tu as eu des clients?

— Oui.

— Qui?

— Mlle Bellac, la bonne de M. le curé, Mme Croux, Mme Castagnol...

— C'est tout?

— Oui. »

Elle se sentit pâlir. De deux choses l'une : ou son père, pour une raison mystérieuse, ne voulait pas lui révéler qu'il avait reçu Pierre Mazalaigue; ou celui-ci, mettant le comble à son impolitesse, s'était abstenu de venir au rendez-vous qu'il avait lui-même fixé. Elle hésitait à poser d'autres questions par crainte de se compromettre. Le dépit, la honte l'étouffaient. On se mit à table. Près d'elle, Jérôme et Denis raclaient le fond de leurs assiettes avec leurs cuillères. A leur exemple, elle s'efforça d'avaler de larges gorgées de cette soupe épaisse et odorante, qui lui brûlait les entrailles. Mais bientôt, elle se renversa sur le dossier de sa chaise et dit :

« Je n'ai plus faim.

— Force-toi un peu, Amélie, dit Jérôme. Il faut te nourrir, si tu veux prendre le dessus. Tout le monde était étonné de voir que tu n'étais pas au magasin. J'ai dit que tu ne te sentais pas bien. On m'a conseillé un reconstituant... Un vin tonique... J'ai marqué le nom sur un papier...

— Qui?... Qui t'a conseillé cela? murmura-t-elle.

— Mme Castagnol.

— Ah? »

Elle ferma les yeux. Son cœur était soulevé comme par une vague.

9

À cause de la pluie, qui tombait par rafales, les trois clientes n'étaient pas pressées de quitter le magasin. Deux d'entre elles, ayant déjà été servies, se tenaient près de la devanture et regardaient, d'un air consterné, le ruissellement de l'averse sur les vitres noires. La troisième, une vieille paysanne à demi sourde, manquait d'argent pour prendre tout ce qu'elle avait commandé et ne pouvait se décider à sacrifier un article au profit de l'autre :

« Si tu m'enlèves la paire de pantoufles, ça fera combien de moins?...

— Deux francs, dit Amélie en forçant la voix.

— C'est beaucoup!... Laisse les pantoufles. J'ai trop souci de mes pauvres pieds, à cette heure. Enlève plutôt le savon.

— Comme vous voulez.

— Comme je veux! Moi, je ne veux pas! C'est toi qui veux!... Laisse... Laisse le savon... Attends... Je trouverai autre chose... J'ai pas tant besoin de riz... Eh! si... pourtant!... Ah!... misère!... Qu'est-ce que tu conseilles, toi?... »

Amélie ne répondit pas. Son cœur ne tenait plus qu'à un fil. La porte venait de s'ouvrir sur une bouffée d'air sombre et humide. Pierre Mazalaigue entra dans le magasin. L'eau coulait de son vieux feutre aux bords cabossés comme une feuille de chou. Un paletot détrempé pendait sur ses épaules. Il racla ses gros souliers ferrés contre le plancher, retira son chapeau, et passa une main sur son visage rude et luisant.

« Qu'est-ce que tu conseilles? répéta la paysanne.

— Je... je ne sais pas! murmura Amélie, dont une brusque fatigue avait coupé les jambes.

— Parle plus fort.

— Renoncez à vos pelotes de laine! cria-t-elle avec l'accent du désespoir.

— Et avec quoi que je tricoterai mon caraco?

— Alors... ne prenez pas de café!...

— Et qu'est-ce qu'il boira, mon homme? »

Le regard de la jeune fille coula timidement vers Pierre Mazalaigue. Il avait une expression réfléchie, attentive. Pourquoi venait-il aujourd'hui, alors qu'il avait annoncé sa visite pour la veille, à six heures? Comptait-il lui présenter des excuses pour la rencontre manquée? Ou espérait-il la troubler en surgissant devant elle au moment où elle s'y attendait le moins? Elle sentit que son chignon chavirait un peu sur la gauche. D'une main tremblante, elle raffermit une épingle dans ses cheveux, releva une mèche sur sa tempe. La pluie se calmait. Les deux premières clientes ouvrirent la porte, consultèrent le ciel et se fondirent dans la nuit. La paysanne mit un peu de tabac dans le creux de son pouce et l'aspira en battant des narines. Des larmes perlèrent à ses paupières rouges.

« Si tu retires les bougies, ça me donnera quoi? glapit-elle soudain.

— Vingt sous! » répliqua Amélie sur le même ton.

Elle était honteuse d'avoir à crier ainsi pour se faire entendre.

« Et comment m'éclairerai-je, alors? » vociféra la vieille.

Amélie avait envie de l'insulter, de la jeter dehors. Mais, en même temps, elle avait peur de se retrouver seule avec Pierre Mazalaigue. Que se passerait-il entre eux après le départ de cette femme? Ne fallait-il pas souhaiter qu'elle restât le plus longtemps possible dans le magasin?

« Non, reprit la paysanne. Je veux les bougies, et les pantoufles, et la laine, et le riz, et le café!...

— Mais vous n'avez que cinq francs sur vous!

— Je te paierai plus tard. Tu peux me faire confiance, à mon âge.

— C'est entendu, dit-elle. Je marquerai le reste sur votre compte.

— Ne marque rien, je m'en souviendrai.

— Mais moi, je ne m'en souviendrai pas!

— Qu'est-ce que tu dis? »

Amélie eut un sursaut d'impatience.

« Je dis que moi je ne m'en souviendrai pas! » hurla-t-elle.

Elle devait être défigurée par cet effort vocal. De nouveau, une mèche de cheveux glissait sur sa joue. Elle la repoussa d'un revers de la main et décocha un regard traqué vers le fond de la boutique. Pierre Mazalaigue lui sourit.

« Bon, dit la vieille, marque ce que tu veux. »

Elle tendait son panier. Amélie y déposa les objets, l'un sur l'autre, avec hâte.

« Eh! Eh! ne pousse pas tant! grommelait la paysanne. Voilà tes cent sous! Je te devrai combien encore?

— Deux francs vingt!

— Deux francs vingt? Comment comptes-tu ça, petite?

— Voici l'addition. »

La vieille saisit sa fiche et, les sourcils froncés, les lèvres marmonnantes, fit mine de s'absorber dans un calcul compliqué. Mais elle tenait le papier à l'envers. Enfin, elle dit :

« C'est juste. Je t'apporterai ça à la Quasimodo. Et je te prendrai encore autre chose. Tu es bien brave! »

Un panier à chaque bras, elle se dirigea vers la porte en se dandinant comme une oie gavée. Une petite flaque d'eau demeurait sur le plancher, à l'endroit où elle avait posé son parapluie. Quand elle eut quitté la boutique, Amélie se sentit livrée, sans défense, aux entreprises de l'ennemi. Raidissant son attitude, elle demanda d'une voix ferme :

« Vous désirez, monsieur? »

Pierre Mazalaigue fit deux pas en avant. Sa figure pénétra dans la lumière du quinquet. Elle crut qu'il allait parler. Mais il l'observait en silence. « C'est à cause de mon chignon, se dit-elle. Il ne m'a pas encore vue avec les cheveux relevés. » Elle ne doutait pas qu'il fût impressionné par sa nouvelle coiffure. Au lieu de la jeune fille naïve qu'il s'attendait à rencontrer, c'était une femme, sûre de ses droits, qui se dressait en travers de sa route. Il posa son chapeau sur le comptoir et dit :

« Avez-vous reçu mon billet? »

Cette entrée en matière déconcerta Amélie. Sans prendre le temps de la réflexion, elle balbutia :

« Oui.

— Alors pourquoi n'étiez-vous pas au magasin, hier, à six heures?

— Vous êtes venu?

— Bien sûr. »

Amélie tressaillit et baissa les paupières. Une lueur de joie, absolument inattendue, traversa le bouillonnement confus de ses idées.

« Mon père ne m'a rien dit, murmura-t-elle.

— Parce que je ne suis pas entré.

— Ah! non?

— Non. En m'approchant de la vitrine, j'ai vu que vous étiez absente. Alors, j'ai rebroussé chemin.

— Vous n'auriez pas dû. Mon père vous aurait servi à ma place. »

Elle croyait l'embarrasser. Il se mit à rire :

« Ça n'aurait pas été la même chose!

— Je ne vois pas pourquoi.

— Moi, si, figurez-vous... »

Son regard était si affectueux et si pressant, qu'elle fut prise de faiblesse et s'appuya des deux mains au comptoir. Il fallait dire à cet homme que sa lettre l'avait révoltée, que ses visites lui étaient odieuses, qu'elle ne voulait plus jamais le revoir. Mais les paroles qu'elle avait préparées la veille, dans un élan de colère, se révélaient imprononçables aujourd'hui. Comme elle luttait contre sa torpeur, la voix grave reprit :

« Vous ne m'avez toujours pas dit pourquoi vous avez quitté la boutique, hier, au lieu de m'attendre!

— Je... j'étais fatiguée...

— Vraiment?

— Oui.

— Ce n'était donc pas pour éviter de me rencontrer? »

Elle hésita, sentit qu'elle perdait pied et dit d'une voix expirante :

« Non.

— J'aime mieux ça. Et aujourd'hui, vous portez-vous mieux?

— Oui.

— Je ne vous dérange pas?

— Non.

— Vous ne préférez pas que je m'en aille? »

Elle balança la tête, comme pour refuser une médecine amère :

« Ça m'est égal...

— Alors, je peux rester?...

— Oui... Vous avez besoin de quelque chose?

— Bien sûr! Mais je ne me souviens plus de quoi! Voyons, que vous ai-je pris, l'autre jour?

— Des boutons, des nouilles, des sardines... »

Ses lèvres lâchaient chaque mot dans un petit soupir.

« Quand je vous regarde, j'ai envie d'acheter tout le magasin! » dit-il.

Elle crispa ses muscles pour vaincre l'ébranlement nerveux qui la secouait jusqu'à l'extrémité des doigts.

« Pourquoi dites-vous cela? chuchota-t-elle.

— Parce que vous me plaisez.

— Je ne veux pas...

— Qu'est-ce que vous ne voulez pas? Personne ne peut me défendre de vous trouver jolie! D'ailleurs, vous le savez bien que vous êtes jolie! On a dû vous le dire!

— Non... jamais...

— Quelle chance!... »

Un rire muet retroussa les coins de sa bouche. Ses yeux brillaient d'une lueur exigeante. Elle crut qu'il allait se ruer sur elle, et, instinctivement, recula vers le mur. Sa main cherchait la poignée de la porte qui menait au couloir et à la cuisine.

« Où allez-vous? dit-il.

— Nulle part. »

La porte s'ouvrit. Elle restait là, debout, indécise, avec un rectangle noir derrière le dos. Il contourna le comptoir pour se rapprocher d'elle. Elle voulut crier : « Ne me touchez pas! » Mais sa voix s'étouffait dans sa gorge. Une terreur affreuse courait dans ses veines. Les prunelles dilatées, elle ne pouvait détacher son regard de cette figure d'homme au cou large, aux mâchoires solides, dont la proximité, la vérité, étaient fascinantes.

« Il me faudrait des lacets de chaussure », dit-il d'une voix enrouée.

Inexplicablement, ces paroles banales, au lieu de la rassurer, portèrent son angoisse au paroxysme. A demi inconsciente, elle tourna sur ses talons, gravit deux marches et se jeta dans le couloir obscur. Pierre Mazalaigue la suivit sans hâte. La porte de la cuisine était juste en face. Mais Amélie, bien que forcée dans sa retraite, ne songeait pas à aller plus loin. Une vague lumière, venant du magasin, lui permettait de deviner les contours de la grande ombre qui s'avançait vers elle, en faisant craquer le parquet sous son pas. Une haleine chaude effleura son visage. Quelqu'un parlait :

« N'ayez pas peur, mademoiselle Amélie... Je ne vous veux pas de mal... Croyez-moi... Au contraire... »

Une main s'appuya sur son épaule, une autre glissa sur son avant-bras. Elle voulut se dégager, mais ses membres étaient sans vie. Contre son oreille gauche, la moustache soyeuse bougeait comme un petit animal apprivoisé :

« Je vous aime... »

Amélie renversa la tête. Les lèvres de l'étranger descendaient le long de sa joue, goûtaient la peau de son menton, cherchaient le creux tiède et sensible de son cou. Cette caresse mobile, délicate, la libérait progressivement de ses craintes. Elle allait se laisser engourdir quand, subitement, elle éprouva un poids de chair sur sa bouche entrouverte. La violence du baiser lui arracha un gémissement de révolte :

« Allez-vous-en!... »

Il s'écarta légèrement et elle eut l'impression qu'elle n'était plus soutenue, qu'elle allait tomber. Détendue, amollie, elle ne pouvait concevoir encore ce qui se passait en elle. La honte, le dépit, la colère se mêlaient dans son cœur à un âcre sentiment de triomphe. A travers les bourdonnements du vertige, elle entendait une respiration haletante, comme celle d'un blessé. Il ne bougeait plus. Elle dit encore :

« Allez-vous-en... On peut venir...

— Je vous reverrai demain, chuchota-t-il.

— Non.

— C'est dimanche. Arrangez-vous pour rester seule à la maison, l'après-midi, vers quatre heures...

— Non.

— Il faut que je vous revoie. Je vous aime...

— Non... non... »

Soudain, elle fut seule dans le corridor sombre, où son regard le cherchait encore.

10

LES yeux fixés sur la pendule, Amélie écoutait le battement monotone du balancier dans sa poitrine. Quatre heures moins vingt. Bientôt, il serait là. Elle n'avait pas eu de mal à persuader Jérôme et Denis de se rendre en promenade au Veixou pendant qu'elle resterait à la maison pour s'occuper, soi-disant, de rangements et de raccommodages. Mais cette précaution ne suffisait plus à la rassurer. Des voisins pouvaient la surprendre ouvrant la porte à Pierre Mazalaigue. En le recevant chez elle, un dimanche, elle risquait de compromettre sa réputation, déjà fortement ébranlée par la rupture des fiançailles. Comment avait-elle osé se laisser aller à une pareille imprudence? De toute façon, ce serait leur dernière rencontre. Elle lui ferait comprendre qu'il ne devait plus chercher à la revoir. Depuis qu'il l'avait touchée, elle ne se reconnaissait pas, elle avait peur d'elle-même. Durant toute la nuit, elle s'était débattue sous un flot d'images abominables. Maintenant encore, le souvenir du baiser qu'elle avait reçu était pour elle, tour à tour, un sujet de délices et de confusion. Quatre heures moins dix. Subitement, elle éprouva le besoin de se regarder dans un miroir pour vérifier l'ordonnance de sa toilette. N'était-elle pas mal coiffée? Avait-elle bien agrafé sa jupe? Affolée, elle se précipita vers l'escalier, pénétra dans sa chambre en courant et s'arrêta devant l'armoire à glace. Le chignon siégeait fermement sur un dôme lustré. La collerette de dentelle blanche s'appuyait sans un pli sur le corsage noir. La jupe fraîchement repassée s'évasait autour des reins avec élégance. Mais Amélie fut alarmée par l'expression lasse de sa figure. Un cerne mauve entourait ses paupières, et ses lèvres étaient pâles. Elle les mordit un peu pour les colorer. Immédiatement après, elle se reprocha ce réflexe de coquetterie. A quoi bon soigner sa mine, puisqu'elle ne se préparait pas à séduire un homme, mais à le répudier! Vite, il fallait descendre. Peut-être avait-il déjà frappé à la porte, et elle ne l'avait pas entendu? Elle dégringola les marches de l'escalier, poussa le battant, hasarda un regard à l'extérieur. Personne. Une brume froide étouffait le bourg. Sur la petite place déserte, deux chiens se disputaient un os. Quatre heures sonnèrent. Amélie laissa la porte entrebâillée pour que Pierre Mazalaigue s'exposât le moins de temps possible à la curiosité des passants. Puis elle rentra dans la cuisine. Il était en retard. Elle s'assit, croisa les mains sur son ventre, se releva, s'approcha de la fenêtre. « Comme tout serait simple s'il ne venait pas! » Un grincement discret. Le vantail tournait sur ses gonds. Elle voulut s'élancer en avant et resta immobile, les bras pendants, le regard large.

Pierre Mazalaigue entra lentement, comme s'il se fût avancé sur un terrain peu sûr. Il était mieux rasé que la veille. Elle remarqua aussi que ses yeux étaient presque noirs. Ce fut tout. Déjà, il était trop près d'elle pour qu'elle pût songer à autre chose qu'à son propre émoi.

« Personne ne vous a vu? murmura-t-elle.

— Je ne crois pas. »

Elle eut un mouvement de recul. Cette voix d'homme, résonnant dans la veille cuisine familiale, lui rappelait tout à coup l'extravagance de sa conduite. Un sentiment de profanation l'envahit. Elle avait menti à son père. Elle introduisait un étranger dans la maison. Le cœur soulevé, elle porta les deux mains devant son visage et gémit :

« Oh! pourquoi êtes-vous venu? »

Des doigts durs saisirent ses poignets et les écartèrent avec douceur :

« Parce que je ne peux pas me passer de vous, Amélie.

— J'ai honte... ici... chez nous... il ne faut plus!...

— N'avez-vous pas confiance en moi?

— Si... mais il ne faut plus...

— Qu'est-ce qu'il ne faut plus?

— Que nous nous voyions!...

— J'accepterai de ne plus vous voir si vous me dites que vous ne m'aimez pas. »

Elle le couvrit d'un regard implorant.

« Allons, reprit-il, dites... dites : « Je ne vous aime pas... »

Ses yeux ne quittaient pas les yeux de la jeune fille. Elle était sûre que ni lui ni elle ne bougeaient, et, cependant, l'espace, entre eux, diminuait imperceptiblement. Soudain, sans l'avoir voulu, elle se trouva blottie contre sa poitrine. Deux bras de ravisseur l'entouraient. Elle écrasait son visage contre le tissu froid d'un paletot, qui fleurait le tabac, la rue. Sur le moment, elle craignit qu'il n'abusât de sa faiblesse pour l'embrasser de nouveau sur la bouche. Mais il se contentait de la bercer comme une enfant malade. Elle était bien dans ce nid de force et de gentillesse. Elle ne voulait plus en sortir. Elle chuchota :

« Je vous aime. »

Pierre Mazalaigue s'inclina vers elle.

« Merci, Amélie, dit-il.

— Qu'allons-nous devenir?

— Des gens heureux.

— Le croyez-vous vraiment?

— Bien sûr!

— Moi, j'ai peur!

— De quoi?

— Tout cela est trop étrange, trop rapide... Hier, je vous connaissais à peine. Et, aujourd'hui, vous êtes ici, près de moi, dans ma maison, dans ma vie, et je vous dis tout, et vous m'écoutez...

— Qu'y a-t-il d'effrayant à cela?

— Vous ne pouvez pas comprendre... Avant vous, il n'y avait rien... personne...

— Personne?

— Mais oui...

— Et Jean Eyrolles? »

Elle sursauta sous le coup de fouet de l'indignation, la gorge battante. Une lueur de défi dilata ses prunelles. Elle s'écria :

« Oui! J'ai été sa fiancée, si c'est cela que vous voulez m'entendre dire!

— Je le savais, murmura-t-il.

— Vous le saviez?

— Mais je savais aussi que vous aviez rompu. »

Incapable de maîtriser le bouillonnement coléreux qui montait en elle, Amélie bégaya :

« Justement... J'ai rompu... Et cela ne regarde que moi!

— Je ne vous reproche rien.

— Si... au contraire... Vous avez l'air de croire...

— Quoi?

— Des choses indignes! »

Elle s'aperçut qu'elle ne pensait pas un mot de ce qu'elle disait. Son énergie s'épuisait dans une direction absurde. Pierre Mazalaigue hocha la tête. Il avait un air sérieux, fraternel.

« Eh bien, dit-il, Amélie, en quoi vous ai-je offensée?

— Il n'existe plus rien entre ce garçon et moi! reprit-elle un ton trop haut.

— J'en suis persuadé.

— D'ailleurs, je ne l'ai jamais considéré comme vraiment... il n'a jamais été pour moi ce que vous êtes, vous... je vous le jure... »

Elle respira profondément, comme une asphyxiée, et dit encore :

« Oh! ce serait affreux si je me trompais...

— Sur qui?

— Sur vous.

— Soyez aussi sûre de vous que je le suis de moi, Amélie, et tout ira bien! Maintenant, souriez.

— Je n'en ai pas envie! dit-elle.

— Je vous le demande... »

Elle baissa les paupières et esquissa un sourire à lèvres closes, dont le bienfait descendit jusqu'au fond de son cœur.

« Comme vous êtes belle! » dit-il gravement.

Il prit la main d'Amélie et la baisa sur les phalanges, puis la tourna un peu et appliqua sa bouche sur la paume ouverte. Elle frissonna, le poignet engourdi, la gorge sèche. Sous cette caresse, elle se sentait devenir fragile et précieuse. Elle participait à l'adoration de l'autre pour elle-même. Elle s'animait parce qu'elle était aimée. Le monde s'en allait à la dérive. Une seule certitude : ces bras, cette poitrine qui la recevait à nouveau, comme après un très long voyage, ces lèvres qui se collaient aux siennes, les froissaient, les buvaient inlassablement. Elle n'avait plus honte. Il ne pouvait pas y avoir de honte entre eux. Tout ce qu'ils faisaient était beau et chaste, puisqu'ils avaient été créés l'un pour l'autre. Les yeux grands ouverts, elle regardait, de bas en haut, sans ciller, ce visage brumeux, appuyé sur le sien comme une montagne sur une plaine. Soudain, elle perçut la fraîcheur de l'air à la naissance de sa gorge. Pierre Mazalaigue avait déboutonné le haut du corsage. Ses lèvres cherchaient la peau nue, entre les deux seins. Un spasme la secoua de la nuque aux talons. Elle faillit crier, éblouie, tremblante. Au moment où elle s'y attendait le moins, il se rejeta en arrière. La souffrance figeait ses traits. De sa bouche s'échappait une respiration sifflante.

« Amélie, chuchota-t-il, excusez-moi... Je préfère m'en aller...

— Vous en aller? Pourquoi?

— Il le faut.

— Mais il n'est pas tard!...

— Si, Amélie... Il est tard... il est très tard... Je vous expliquerai... Un autre jour... »

Il reculait vers la porte, le regard anxieux, les épaules basses, tel un voleur surpris dans son travail. D'instinct, elle ne chercha pas à le retenir. Sans bien comprendre les motifs de cette retraite précipitée, elle devinait qu'en brusquant leur séparation il rendait hommage involontairement à l'ascendant qu'elle avait pris sur lui.

Longtemps après qu'il eut refermé la porte, elle resta immobile, les lèvres meurtries, le corsage fripé, savourant la merveilleuse nouvelle, qui faisait battre son âme et son corps à l'unisson. De sa bouche à ses genoux, elle gardait le souvenir d'une pression autoritaire. Il l'avait marquée. Il se l'était attribuée. Grâce à lui, elle perdait, en quelque sorte, tout privilège d'exclusivité sur sa propre vie. D'objet à usage personnel, elle devenait objet à usage d'autrui. Du bout des lèvres, elle chantonna :

« Pierre... Pierre... Pierre... »

Enfin, Pierre Mazalaigue lui parut plus nécessaire, plus important, plus vrai qu'elle-même. Elle avait besoin de lui plus que d'elle-même pour vivre. Elle n'était elle-même que dans la mesure où elle était habitée par lui. L'ombre s'épaississait dans la cuisine. Le cœur un peu mou, un goût de fièvre dans la bouche, Amélie alluma une lampe et s'assit devant une corbeille de chaussettes à repriser. Tout en tirant l'aiguille, elle attendait le retour de son père avec impatience. Non qu'elle eût l'intention de lui raconter la visite de Pierre Mazalaigue à la maison! Mais, sans songer à livrer ce merveilleux secret à quiconque, elle avait envie de faire rayonner son bonheur sur les êtres qui lui étaient chers. Il était six heures du soir, quand elle entendit le roulement de la carriole sur les pavés. Elle se leva, tira ses manches, vérifia la fermeture de son corsage, l'équilibre de son chignon et s'avança vers la porte. Son cœur battait à coups brutaux, comme si elle eût été porteuse d'une information dont dépendait l'avenir du monde : « Il est venu! Nous nous sommes embrassés! Il m'aime! »

Quand Jérôme et Denis entrèrent dans la cuisine, Amélie les reçut d'un air bizarre, avec beaucoup de grâce et d'empressement. Ils étaient très contents de leur promenade.

« Dans quel état as-tu trouvé les ruines, papa? demanda Amélie.

— Hélas! Les gelées ont fait leur mauvaise œuvre, dit Jérôme. Et la bruyère aussi. Tout se disloque, tout s'enfonce!...

— Vous devez être transis. Je vais chauffer la soupe.

— Tu es bien gentille!

— Mais non... c'est normal... »

Amélie sourit à son père, à son frère. Ils baignaient dans une allégresse dont ils étaient loin de soupçonner la cause. Elle les devinait intrigués par sa nouvelle façon d'être. Et elle s'amusait de leur étonnement :

« Denis, retire ton foulard! Il fait trop chaud, ici. Et aide-moi à mettre la table. En tout cas, tu as bonne mine. Il a été sage? »

Denis haussa les épaules. Pourquoi sa sœur s'obstinait-elle à parler de lui comme d'un bambin de six ans?

« Très sage, dit Jérôme.

— A la bonne heure! susurra Amélie.

— C'est moi qui ai conduit, à l'aller et au retour », dit Denis.

Amélie lui tapota la joue :

« C'est bien, ça!

— Oui, reprit-il. Et on n'est pas descendu pour la grande côte.

— Par exemple!

— Et toi, ma fille, demanda Jérôme, qu'as-tu fait en notre absence? »

Amélie plana pendant quelques instants sur un nuage.

« Rien, dit-elle enfin. J'ai travaillé, j'ai rêvé...

— Tu aurais mieux fait de venir avec nous...

— Ah! oui?... Je ne sais pas... peut-être... »

Passant du fourneau à la table, disposant les assiettes, parlant, écoutant, inclinant la tête, elle avait l'impression tout ensemble de jouer un rôle et de s'y montrer naturelle, de n'être plus elle-même et de se laisser aller à sa véritable nature. Ses mains avaient une légèreté ailée. Les inflexions de sa voix répondaient à une musique intérieure voluptueuse. Et son regard effleurait les objets avec une extrême délicatesse, comme si, derrière chaque chose, elle eût découvert un reflet de Pierre Mazalaigue. Malgré les apparences, il n'avait pas quitté la maison. Jérôme roula une cigarette, l'alluma et se plaça le dos au mur, à l'endroit précis où le couple s'était tenu enlacé. Les deux images se superposaient dans l'esprit de la jeune fille. Elle fut troublée un moment par cette conjonction insolite. Ses pensées galopaient follement. Une rosée tiède perlait à ses joues.

« A table, dit-elle. Je vais vous servir. »

Penchée sur la marmite, une cuillère à la main, elle tournait la soupe fumante. Et il lui était difficile de croire que Pierre Mazalaigue ne respirait pas, en même temps que Jérôme et Denis, cet aigre parfum de pain bis détrempé, de choux cuits et de lard.

11

LE lendemain, levée au chant du coq, Amélie commença à attendre. Au début, le sentiment de son impatience ne lui fut pas désagréable. Son esprit, ravi dans l'extase, ne participait en rien aux mouvements de son corps. Qu'elle parlât aux clientes, pesât la marchandise, alignât des chiffres ou rendît la monnaie, elle n'arrêtait pas de vivre en pensée avec Pierre Mazalaigue. Puisqu'il l'aimait, il n'allait pas tarder à demander sa main. Et elle, après avoir juré de ne pas se marier, donnerait raison, en riant, à son père, qui s'était toujours refusé à croire qu'elle fût faite pour demeurer vieille fille. Aucun des motifs qui l'avaient retenue d'épouser Jean Eyrolles n'avait de valeur quand Pierre Mazalaigue était le prétendant. Comment avait-elle pu supposer que ses proches pâtiraient de son mariage? A quelle aberration avait-elle obéi en se figurant qu'elle ne saurait pas rendre heureux à la fois son père, son frère et son mari? Jérôme serait si content en apprenant la nouvelle! Et Denis, donc! Ils avaient tous deux beaucoup d'amitié pour Pierre Mazalaigue. D'ailleurs, personne ne pouvait rester indifférent devant lui. Un seul regret attristait Amélie : que sa mère ne fût pas là pour compléter le cercle de famille! Mais Maria était déjà renseignée. Elle approuvait. Elle souriait de loin. Bien entendu, on laisserait passer quelques semaines, par convenance, avant d'annoncer les fiançailles. La cérémonie nuptiale aurait lieu vers la fin de l'année. Entretemps, Pierre s'occuperait de vendre son café. Il ne pouvait continuer à tirer profit d'un commerce aussi dégradant. Après le mariage, il viendrait habiter la maison. La chambre de jeune fille deviendrait la chambre du ménage. On la tapisserait à neuf. On changerait quelques meubles. On mettrait des rideaux de couleur grenat. Elle frémit d'une tendre appréhension en imaginant un homme qui se rasait devant sa table de toilette. Il était fort, habile, courageux. Il apprendrait le métier de forgeron. Il aiderait Jérôme. Au besoin, on se séparerait de Justin.

Tout en mesurant du ruban bleu ciel, Amélie voyait son père et son mari, les bras nus, la face enflammée, frappant à deux marteaux sur le même bout de fer éblouissant. Leurs muscles saillaient dans un rougeoiement de fournaise. Elle ravala une gorgée de salive et coupa le ruban : « Est-ce tout ce que vous désirez, madame? » De temps à autre, il viendrait la surprendre au magasin. Il l'embrasserait dans le cou. Elle rirait, chatouillée. Et Jérôme crierait : « Pierre, qu'est-ce que tu fais? Je t'attends pour ferrer. » Puis il y aurait les repas : tous autour de la table, et elle debout, servant la soupe, taillant le pain, versant le vin à trois hommes, dont chacun aurait besoin d'elle pour une raison différente! L'agrément de ces images dura pour Amélie aussi longtemps qu'elle n'eut aucun motif de craindre que la journée s'achevât sur une déception. Pourtant, de délai en délai, elle finit par se sentir lasse de reporter toujours plus loin sa charge d'espérance. A six heures du soir, elle n'avait pas encore vu Pierre Mazalaigue. Un pincement au cœur l'avertit qu'elle était menacée. Et s'il ne venait pas? Folie! Il avait encore une heure, deux heures devant lui. Elle s'inquiétait trop tôt. C'était à partir de maintenant qu'il fallait commencer à attendre. Pour se distraire, elle voulut de nouveau penser au mariage. Une gêne superstitieuse la retint de le faire. Il lui sembla qu'elle compromettait son bonheur en le définissant à l'avance. Le regard tendu vers la porte, elle s'efforça de ne rien désirer audelà de cette visite, qui déjà devenait improbable. Six heures vingt-cinq. Hier, il était parti comme un insensé. Il n'avait même pas fixé une date, une heure pour le rendez-vous : « Je vous aime... il est tard... Je vous expliquerai un autre jour... » Un autre jour, ce ne pouvait être qu'aujourd'hui. Du moins était-ce ainsi qu'elle avait interprété ses paroles. Mais lui, quel sens leur avait-il donné? Peut-être craignait-il d'exciter les soupçons du voisinage en rôdant autour du magasin? Tant de prudence n'était pas dans son caractère. Peut-être était-il tombé malade? Dans ce cas, il l'eût prévenue par un billet. Peut-être ne l'aimait-il plus? Mais pouvait-on cesser d'aimer quelqu'un en vingt-quatre heures? Des gens entraient, achetaient, parlaient, payaient, sortaient et, sur le cadran, l'aiguille des minutes approchait de la verticale. Bientôt, il serait trop tard pour espérer. Il y avait de l'intrigue là-dessous. De méchantes langues avaient desservi Amélie auprès de Pierre Mazalaigue. Elle ignorait ce qu'on avait pu lui dire, mais sans doute, maintenant, la considérait-il comme une fille perdue! Un coup d'Antoinette! Une vengeance! Il fallait s'attendre à tout! Elle entendit sonner sept heures. Jérôme poussa la porte :

« Veux-tu que je t'aide à fermer?

— Non, papa. Je reste encore un peu au magasin. Le lundi, la clientèle arrive tard... »

Elle savait qu'il ne viendrait plus, et elle ne pouvait se résoudre à quitter sa place. Un enchantement funèbre la tenait immobile dans la lueur verdâtre du quinquet, au milieu des brosses, des boîtes de conserve et des sacs de légumes secs. Personne ne passait dans la rue. Le magasin était vide et froid. Le temps coulait avec lenteur. A huit heures, Amélie posa les volets et éteignit la lumière.

*

Elle dormit mal, et s'éveilla rompue et malheureuse. Sa journée commença par une lettre de Marthe Tabaraud, qui ne fit qu'accroître son mécontentement :

« Je ne doute pas, ma chère Amélie, que tu aies mûrement réfléchi avant de rompre le doux lien qui t'attachait à l'élu de ton cœur. Mais peut-être es-tu trop entière, trop romanesque? Rappelle-toi nos conversations de jadis. A cette époque, déjà, tu m'affirmais que tu n'accorderais ta foi qu'à un garçon parfait sous tous les rapports. Et moi, je te mettais en garde contre une exigence dont je craignais que tu n'eusses à te repentir. Je te répète aujourd'hui ce que je te disais hier : n'es-tu pas trop sévère pour de menus défauts masculins, qui ne tirent pas à conséquence et font même parfois, inexplicablement, le charme d'un époux? Un homme n'est qu'un homme, Amélie. Je ne connais malheureusement pas assez bien Jean Eyrolles, mais comme je serais fière si j'arrivais à te faire revenir sur ta décision!... »

Amélie déchira la lettre et reprit sa faction dans le magasin. Les heures passaient et Pierre Mazalaigue ne se montrait pas. Certes, elle aurait pu se rendre au café pour lui demander des explications. Mais c'eût été le meilleur moyen de donner de la publicité à une aventure qui devait demeurer secrète et de perdre à jamais l'estime d'un homme qui n'aimait probablement pas qu'on vînt le relancer chez lui. Trop fière pour s'abaisser à une pareille manœuvre, Amélie n'osait pas, non plus, charger quelqu'un de se renseigner à sa place. D'ailleurs, à qui se fût-elle confiée? Ni son frère, ni son père ne pouvaient l'aider en cette conjoncture. A deux heures de l'après-midi, Jérôme quitta la forge, son sac à outils sur les reins.

« Où vas-tu, papa? demanda-t-elle en le voyant passer devant le magasin.

— Au champ de foire, répondit Jérôme.

— Chez Mazalaigue?

— Non, chez Péchadre. »

Elle se consuma d'anxiété en observant la rue à travers la vitre de la devanture. On ne pouvait aller chez Péchadre sans voir Mazalaigue. Peut-être ce dernier, profitant de la rencontre, prierait-il Jérôme de transmettre à sa fille quelque propos banal dont elle saurait dégager la vraie signification? Dès que son père fut de retour, elle courut le rejoindre dans la forge. Justin coudait des tuyaux. Jérôme affûtait un outil sur la meule. Des étincelles sortaient de ses ongles. La pie, perchée sur son épaule, le regardait faire. Amélie piétina un moment derrière lui, irritée, mécontente, ne se décidant pas encore à l'interroger. Enfin, il retira son pied de la pédale.

« Alors, papa, tu as été au champ de foire? demanda-t-elle d'une voix faussement enjouée.

— Oui. »

Elle rassembla son courage :

« Quoi de neuf par là-bas?

— J'ai posé la serrure du père Péchadre. La nouvelle échoppe est plus belle que l'ancienne. On a eu vite fait de la lui mettre debout. Avec tous les sabots qu'il a en commande, il est heureux comme pas un, le pauvre homme!

— Tu n'as vu personne d'autre? »

Il la regarda avec surprise :

« Au retour, j'ai croisé M. Calamisse et M. le curé. Pourquoi me demandes-tu ça? »

Elle rougit et serra ses deux mains en boule. Un doigt faisait mal à l'autre :

« Quelle question, papa! Parce que... parce que cela m'amuse de savoir ce que tu fais quand je ne te vois pas!... Si tu crois que c'est drôle pour moi de rester seule, toute la journée, au magasin!... Du temps de maman, nous étions deux, nous nous tenions compagnie... »

Elle sentit un picotement humide à ses paupières. Allait-elle pleurer devant son père, pour qu'il attribuât ces larmes à un accès de chagrin filial, alors que le dépit amoureux en était seul la cause? C'était trop stupide, trop laid! Elle se raidit, comme si on lui eût enfoncé la pointe d'un bâton entre les omoplates. Tout attendri, Jérôme murmurait déjà :

« Amélie, mon enfant, si tu as le cœur gros, il ne faut pas te cacher de moi... »

La sonnette du magasin la délivra du souci de poursuivre une conversation délicate. Elle sortit de la forge en courant. Peut-être était-ce lui? Son espoir tomba devant un visage morose, qui appartenait, sans contredit, à l'épouse du chef de gare.

Il était quatre heures de l'après-midi. A cinq heures et demie, Denis rentra à la maison.

« Pourquoi reviens-tu si tard? demanda Amélie.

— On a été faire une partie avec les copains.

— Où ça?

— Derrière la gendarmerie.

— C'est drôle!... D'habitude vous vous réunissez plutôt sur le champ de foire!

— Faut bien changer, de temps en temps... »

Elle se mordit les lèvres. On eût dit que, dans sa poitrine, un ballon se gonflait, allait éclater soudain. L'idée insensée la visita de charger Denis d'un message pour Pierre Mazalaigue.

« Tu ne ressors pas? demanda-t-elle.

— Non, pourquoi?

— J'aurai peut-être une commission pour toi.

— Laquelle?

— Je t'expliquerai, attends... »

Elle souleva la tablette de la caisse et en tira une feuille de papier à en-tête de la maison Aubernat, épicerie, mercerie, quincaillerie, maréchalerie (une médaille de vermeil et deux médailles d'argent). Cette désignation commerciale, agrémentée de deux vignettes, représentant l'une un bonnet phrygien et l'autre une gerbe de blé, la gênait un peu. Après une seconde d'hésitation, elle décapita la page d'un coup de ciseaux et se mit à écrire :

Cher monsieur Pierre,

Je suis vraiment étonnée de votre long silence. Voudriez-vous, je vous prie, dire au porteur de ce mot...

Elle regarda « le porteur de ce mot » et son esprit se troubla. Les mains dans les poches, le ventre en avant, il suçait un bâtonnet de réglisse. Un jus roussâtre barbouillait le pourtour de ses lèvres. Ses yeux avaient une expression narquoise. Elle comprit qu'elle perdrait son autorité sur lui en le mettant dans le secret de son désarroi. Ce qu'elle avait imaginé était impossible. Elle froissa le papier.

« Alors? demanda Denis.

— J'ai réfléchi, dit-elle. Ce n'est pas la peine.

— T'as tort. »

Il penchait la tête et clignait d'un œil.

« Pourquoi dis-tu que j'ai tort?

— Comme ça. Je n'aurais pas demandé mieux que de la faire, ta commission...

— Tu ne sais même pas de quoi il s'agit!

— Si...

— C'est... c'est une facture que je préparais pour Mlle Bellac... »

Il planta un doigt dans son nez, en retira la matière d'une boulette infime, et la projeta d'un coup d'ongle devant lui :

« Pourquoi que t'as coupé l'en-tête, alors?

— Parce que le haut de la page était sale », dit-elle.

Elle avait honte d'en être réduite à mentir devant ce gamin au sourire astucieux. Qu'avait-il deviné au juste? Que savait-il?

« Je vais faire mes devoirs, dit-il. Si tu as encore besoin de moi...

— Je n'aurai pas besoin de toi. »

Il s'éloigna en chantonnant :

« Serments d'amour!

« Heures d'ivresse!... »

Amélie crut qu'elle n'aurait pas le courage de supporter l'épreuve du souper entre son père et son frère. Pourtant, là encore, elle sut dominer son émotion. Elle monta se coucher la dernière, après avoir rincé la vaisselle, récuré les casseroles et astiqué le fourneau. En se fatiguant ainsi, elle espérait préparer son corps au sommeil. Mais, dès qu'elle fut dans le lit, elle comprit que cette nuit serait plus pénible encore que la nuit précédente. Ses nerfs crispés refusaient de se détendre. L'obscurité et le silence, au lieu de calmer son esprit, l'encourageaient à une activité rapide et désordonnée. Une idée poussait l'autre. Toujours la même chose : « Pourquoi n'est-il pas revenu? Que vais-je faire s'il ne revient pas? Comment saurai-je s'il reviendra? Dort-il? Pense-t-il à moi? M'aime-t-il? Ne m'aime-t-il pas? » Elle se tourna sur le ventre et cacha sa face dans l'oreiller. Ainsi, elle touchait le fond de sa détresse. Il était impossible de tomber plus bas, d'avoir plus mal. Peut-être allait-elle devenir folle? Elle le souhaitait. Sa chemise collait à sa peau. Ses yeux se gonflaient de larmes. Soudain, elle se mit debout et secoua ses cheveux. Que faisait-elle ici à se morfondre? Qui l'obligeait à la patience? Il ne tenait qu'à elle d'en finir avec le supplice qu'elle endurait. Elle alluma une bougie. Les meubles firent un pas en avant et sortirent de l'ombre. Tous étaient là. Mais ils avaient un air étrange. Elle consulta sa montre : deux heures du matin. C'était le moment le plus profond, le plus immobile de la nuit. Celui où tous les bruits de la terre se taisent. Celui où il ne se passe rien qui ne soit voulu par une puissance surnaturelle. Amélie ne savait plus si elle agissait en rêve ou à l'état de veille. Elle s'habilla, se coiffa en hâte. Les choses ne comprenaient pas, la regardaient faire. Elle devinait leur étonnement silencieux.

Ayant soufflé la bougie, elle ouvrit la porte de sa chambre. Un grincement prolongé la glaça d'épouvante. A sa façon, la maison donnait l'alerte. Debout dans le couloir, une main posée sur son corsage, l'autre tenant ses bottines, Amélie s'attendait à l'éclatement du monde. Dans sa précipitation, elle n'avait même pas préparé une excuse à l'usage de son père. « Je lui dirai que je n'avais plus sommeil, que j'ai voulu revoir les comptes du magasin, ou me préparer une tisane... » Cependant, rien ne bougeait dans l'ombre. Jérôme, Denis, continuaient à dormir. Marchant sur la pointe des pieds, elle passa devant la chambre de son père. Une vraie voleuse. Elle respirait à peine. Le plancher craqua. Une marche après l'autre. Elle se répétait : « Mon Dieu, mon Dieu, mon Dieu!... » Quand elle fut enfin dans la rue, elle se sentit sauvée. Appuyée au mur, elle chaussa ses bottines et les boutonna à demi. Un coup de vent froid lui lava la figure. Le vide du monde était surprenant. A croire que personne n'était venu depuis très longtemps en ce lieu. Amélie trottait à travers une bourgade morte, aux fenêtres aveugles, aux portes clouées, aux toits rongés par le clair de lune. La crainte que quelqu'un pût la rencontrer ne la troublait même plus. « Qu'est-ce que cela fait? » murmura-t-elle. Au point où elle en était, il lui importait peu de savoir ce qu'on pensait d'elle! Ce qu'elle voulait, c'était aller jusqu'au bout de son entreprise, sans réfléchir, sans hésiter, sans regarder en arrière. Pourtant, quand elle arriva sur le champ de foire, une mauvaise lassitude l'immobilisa au bord de l'esplanade. La sueur perlait à la racine de ses cheveux. Le sang chantait dans ses oreilles. Elle reprit sa respiration et fit quelques pas sur le terrain mou et herbeux. Devant elle, toutes les fenêtres étaient sombres, sans vie. Même le café était fermé. Amélie avait entendu dire par son père que Pierre Mazalaigue était seul à habiter sa maison. Sa chambre se trouvait au premier étage. On y accédait par un maigre escalier, collé au mur et coiffé d'un auvent de tôle. Une exaltation subite l'envahit à l'idée qu'elle était tout près de cet homme endormi, solitaire et chaud. Elle serra les pans de son manteau sur sa gorge. Puis, ayant coulé un regard à droite, à gauche, elle commença à gravir l'escalier. Les marches geignaient sous son pas. Elle était sûre que, de tous côtés, des voisins allaient surgir, le bonnet de coton sur la tête et la bougie au poing. Mais non, ils préféraient encore le sommeil. Tout était calme. Elle huma une odeur de pluie rabattue par le vent. Comme elle prenait pied sur le palier, un filet de clarté jaune encadra le vantail. Pierre Mazalaigue avait allumé sa lampe. Elle demeura quelques secondes interloquée, sans cœur, sans pensée, sans voix. Ses jambes tremblaient si fort qu'elle se crut malade. La porte s'ouvrit violemment, et elle reçut un flot de lumière au visage.

« Amélie! chuchota-t-il. Que faites-vous ici? »

Il avait enfilé un pantalon sur sa chemise de nuit. Des mèches de cheveux se dressaient en cornes sur ses tempes. Ses pieds étaient nus. Elle tomba contre sa poitrine en gémissant :

« Oh! Pierre!...

— Pourquoi êtes-vous venue? reprit-il en la secouant par les épaules. Que se passe-t-il? »

Au ton angoissé de sa voix, elle devina qu'il craignait d'apprendre une mauvaise nouvelle. Elle dit :

« Je vous ai attendu hier et aujourd'hui. »

Il s'écarta d'elle pour la regarder dans les yeux. Il comprenait maintenant. Il lui souriait comme à une enfant qui se plaint d'un rêve.

« C'est cela? dit-il.

— Oui.

— Mais, ma petite Amélie, c'est absurde! J'ai dû partir hier matin pour Limoges... Et, ce soir, à mon retour, il était trop tard pour chercher à vous rencontrer...

— Vous êtes resté absent deux jours! dit-elle avec reproche.

— Bien malgré moi! Je vous expliquerai. Rendez-vous demain, à la boutique, vers six heures. D'accord? Maintenant, allez-vous-en! Il ne faut pas qu'on vous voie ici!... »

Il la poussait vers l'escalier. Mais elle se dégagea d'un mouvement sec :

« Cela m'est égal qu'on me voie ici! Je suis venue pour savoir. Je ne m'en irai pas avant.

— Pour savoir quoi? »

Il étouffait sa voix de peur d'être entendu des voisins. Derrière lui, par la porte ouverte, Amélie aperçut un lit aux draps froissés.

« Est-ce que vous m'aimez? demanda-t-elle.

— Bien sûr! dit-il. Mais, je vous en supplie, allez-vous-en! Si on apprenait!... Une jeune fille!... »

Elle ne comprenait pas qu'il fût si pressé de la voir partir. Il ne l'avait même pas embrassée. D'un geste vif, elle lui entoura le cou avec ses deux bras. Leurs bouches s'unirent. Ce fut elle qui le fit reculer dans la chambre. Il rompit ce baiser avec rage, en secouant la tête. Son visage, à la lueur de la bougie, était celui d'un homme exténué, altéré. Elle sentit cette soif tournée vers elle. Il dépendait d'elle qu'il continuât à souffrir ou s'apaisât au contact de ses lèvres. Mais il ne semblait plus vouloir qu'elle l'approchât. D'un coup d'œil, elle recensa les mégots dans un cendrier, le fusil de chasse au mur, un vieux fauteuil bancal, un pot à eau, et ce creux dans les draps d'où il était sorti pour se dresser devant elle. La porte restait ouverte. Un courant d'air froid venait de la rue. Il repoussa le battant. Elle était chez lui. Un bonheur aigu la traversa. Elle demanda :

« Pourquoi êtes-vous allé à Limoges?

— Pour affaires.

— C'était urgent?

— Très urgent, Amélie.

— Plus urgent que de venir me voir?

— Avant de venir vous voir, je voulais avoir réglé certaines questions importantes. Je l'ai fait hier et aujourd'hui. Je suis content. »

Il hésita un moment et ajouta avec brusquerie :

« J'ai vendu le café. »

Elle tressaillit :

« Est-ce possible?

— Ma foi, oui. »

Amélie le regardait avec émerveillement. Sans qu'elle lui eût rien dit, il agissait exactement comme elle l'avait souhaité. Seul un très grand amour pouvait conduire à une pareille communion de pensée.

« Qu'est-ce qui vous a décidé? » demanda-t-elle.

Elle espéra qu'il lui répondrait : « C'était pour vous être agréable. » Mais il dit :

« Il fallait en finir, Amélie. Après la mort de mon père, j'avais cru sage de reprendre son commerce, comme il le voulait. Mais j'ai vite compris que je perdais mon temps dans cette baraque où il avait déjà perdu le sien. Peu de profit et aucun agrément. Et, pour ce bouchon de quatre sous, j'avais laissé une bonne situation à Paris. Alors, j'ai pensé à vendre. De braves gens de Limoges m'ont fait une offre. Vous les connaissez peut-être : les Sénéjoux? Non? Ils voudraient s'installer à la Chapelle-au-Bois, où ils ont de la famille. On discutait depuis un mois. Ils ne sont pas riches. Je ne demandais pas grand-chose, mais encore trop pour eux. Enfin, hier, on s'est entendu... Voilà...

— Vous ne le regretterez pas », dit-elle avec élan.

Il y eut un silence. Pierre Mazalaigue captait Amélie dans son regard. Il dit :

« Amélie, demain je verrai votre père. S'il le veut bien et si vous le voulez bien, nous nous marierons. »

Amélie ferma à demi les paupières. Elle était heureuse, profondément, sans surprise, comme d'une chose depuis longtemps décidée entre eux. Ce qui se passait ce soir était à la fois miraculeux et inévitable. Elle n'avait traversé tant d'années que pour aboutir à cet instant solennel. Avec gravité, elle annonça :

« Je serai votre femme, Pierre. »

En disant ces mots, il lui sembla qu'elle éprouvait aussi vivement le plaisir de Pierre à les entendre que le sien à les prononcer.

« Merci, Amélie », dit-il.

Il avait de bons yeux hardis, pleins de lumière. Il l'embrassa encore, mais avec plus de retenue qu'au début. On eût dit que, la considérant comme son bien, il la respectait davantage. Amélie dut s'appuyer contre lui, lourdement, pour qu'il refermât les bras sur sa taille. La joue collée contre cette dure poitrine, elle avait l'impression d'être emportée dans les airs. Elle chuchota :

« Seulement, Pierre, pour le mariage il faudra attendre la fin du deuil.

— Je le sais.

— Les fiançailles, nous pourrons les annoncer quand nous voudrons.

— A mon retour de Paris, ce serait bien », dit-il.

Comme sous l'effet d'un choc, elle se crispa et fit un mouvement de recul :

« Vous devez aller à Paris? demanda-t-elle.

— Oui, Amélie.

— Quand?

— Le plus tôt possible.

— Pour quoi faire?

— Pour voir mes anciens patrons à la Société Ozolithe et essayer de m'arranger avec eux.

— Vous arranger? A quel sujet?

— Au sujet de mon avenir... de notre avenir... Ils manquent de spécialistes, ils me réclament, c'est très bien! Mais, si je reprends mon travail chez eux, je ne veux plus avoir à voyager de chantier en chantier, comme je le faisais autrefois. Cette vie-là, c'était bon pour un célibataire! A un homme marié, il faut une situation stable. Je sais qu'il y a un bon poste au service technique, je finirai bien par le décrocher... »

Amélie baissa la tête. Une crainte insinuante se faisait jour dans son esprit.

« Quel besoin avez-vous de décrocher ce poste? dit-elle.

Vous n'avez tout de même pas l'intention d'aller vivre à Paris?

— Si, Amélie », dit-il.

Elle se redressa, ses prunelles étincelèrent.

« Ce n'est pas vrai? s'écria-t-elle. Vous n'y pensez pas réellement?

— Pourquoi donc croyez-vous que j'aie vendu le café aux Sénéjoux?

— Parce que ce n'était pas une occupation digne de vous, parce que vous sentiez que cela ne me plaisait pas... »

Il se mit à rire :

« Et aussi parce que je ne nous voyais pas installés à deux derrière ce comptoir qui ne rapporte pas assez pour un seul. Nous devons viser plus haut, Amélie, avoir de l'ambition. Il n'y a pas de débouchés dans le pays. La plupart des jeunes s'en vont. Puisque j'ai la chance d'avoir, à Paris, des patrons qui m'attendent, qui ne demandent qu'à me reprendre, eh bien! il faut en profiter, il faut y aller!

— Allez-y, dit-elle. Personne ne vous en empêche.

— J'irai. Je préparerai tout. Et je reviendrai vous chercher.

— Vous êtes trop bon! »

Il se rembrunit :

« Qu'avez-vous, Amélie? Vous êtes fâchée?

— Non, dit-elle. Surprise, tout au plus. »

En quelques mots, il avait jeté bas tout ce qu'elle avait imaginé. Empêtrée dans ses illusions mortes, elle mesurait la vanité de sa confiance, de son impatience. Elle se jugeait ridicule. Elle le repoussait du regard.

« Amélie, reprit-il, ce n'est pas sérieux. Nous y serons très bien, à Paris. J'ai une belle chambre, là-bas. Vous l'arrangerez. Je travaillerai deux fois plus...

— Tant mieux pour vous.

— Et, quand nous serons vieux, nous retournerons au pays, comme vous le voulez. Mais pas avant. Vous voyez, j'ai tout prévu. »

Elle chercha les mots les plus durs et dit :

« Vous avez tout prévu, sauf que je ne vous suivrai pas.

— Mais pourquoi? Pourquoi? »

Il voulut la prendre par les poignets. Elle se déroba. Sa chair se raidissait, se durcissait dans le refus.

« Expliquez-vous, Amélie, murmura-t-il.

— Je ne peux pas abandonner mon père et mon frère, dit-elle.

— Nous ne les abandonnerons pas. Même installés à Paris, nous continuerons à nous occuper d'eux.

— A distance? Par lettres?

— Mais oui.

— Vous plaisantez! Je dois être près d'eux. Ils ne peuvent se passer de moi depuis la mort de ma mère. Et puis, qui dirigerait la maison, le magasin? »

Il réprima un geste d'impatience :

« S'il en est ainsi, si vous ne voulez pas vous séparer de votre famille, comment donc pouviez-vous penser à notre mariage?

— Vous seriez venu habiter chez nous, dit-elle. Vous auriez travaillé à la forge.

— Je ne suis pas forgeron!

— Mon père vous aurait appris.

— Quoi?

— Le métier.

— Mais j'ai un métier! Je n'ai pas besoin de celui de votre père!

— Vous ramenez tout à vous, dit-elle. Vous ne pensez qu'à vous! »

Pierre Mazalaigue s'adossa au mur. Des contractions imperceptibles faisaient vibrer la barre de ses sourcils.

« Amélie, reprit-il enfin, j'aime beaucoup votre père, mais je veux avoir mon foyer à moi. Où il me plaît. Avec nous deux dedans. Et personne d'autre. Il y va de notre bonheur, croyez-moi.

— Ce bonheur-là ne peut me convenir », dit-elle dans un souffle.

Pendant quelques secondes, elle éprouva avec délices la résonance fatale de ces mots. Elle savait qu'elle avait tort de parler ainsi, qu'elle dépassait son sentiment, qu'elle courait peut-être au-devant d'un affreux regret, mais une nécessité impérieuse l'obligeait à le faire. Trompée dans son attente, elle se laissait aller au mouvement naturel de son âme, qui était de refuser les accommodements. Tout son être réclamait une décision immédiate et brutale. Elle se dirigea vers la porte, avec la certitude que Pierre l'arrêterait au passage. En effet, il se planta devant elle, les bras écartés :

« Où allez-vous?

— Je pars!

— Pourquoi?

— Nous n'avons plus rien à nous dire.

— Mais si, Amélie! s'écria-t-il. Que signifie cette querelle stupide? Vous m'affirmez que votre père et votre frère ont besoin de vous! Et je vous réponds que, moi aussi, j'ai besoin de vous! C'est clair, non? Où est l'offense? J'ai besoin de vous! De vous seule!... »

Elle chuchota :

« Vous êtes monstrueux!

— Non. Je suis amoureux. Et, en amour, il n'y a pas d'obstacles, pas de politesses. Ou bien vous m'aimez assez pour me sacrifier tout, pour me suivre n'importe où, ou bien vous ne m'aimez que dans la mesure où je ne dérange pas vos projets, et alors ce n'est pas la peine d'employer les grands mots... Demain, je verrai votre père. Lui me comprendra. »

Leurs figures se touchaient presque. Mais elle ne le reconnaissait plus. Elle ne l'aimait plus. En la contrariant, il avait perdu tout attrait pour elle.

« Je vous défends d'aller déranger mon père, dit-elle. De quoi lui parleriez-vous?

— De notre mariage.

— Il n'y aura pas de mariage.

— Comment, pas de mariage?

— A moins que vous ne reveniez sur vos intentions. »

Pierre Mazalaigue serra les mâchoires. Cette grimace donna un aspect carré au bas de son visage. Un scintillement d'acier glissa sur la frange de ses cils. Il grommela :

« Vous êtes folle, Amélie! Réfléchissez bien. Je ne céderai pas.

— Moi non plus », dit-elle.

Elle se grisait de ce défi. Un sentiment de richesse et de royauté la détachait du sol. Dans une sorte de vertige, elle vit Pierre Mazalaigue qui faisait un pas de côté pour lui laisser la voie libre. Rapidement, elle sortit de la chambre et se mit à descendre les marches. Au bas de l'escalier, il la rattrapa :

« Amélie, je vous en prie!... Ne partez pas ainsi!... C'est de l'enfantillage!... Reprenez-vous!... »

Ses yeux la suppliaient dans l'ombre. Sa voix se faisait douce :

« Amélie, Amélie!... »

Mais elle ne désirait plus savoir s'il persistait dans son intransigeance ou consentait à y renoncer par amour pour elle. Quelque chose avait été tranché, mutilé dans sa poitrine. Un sanglot monta à ses lèvres. Elle se mit à courir. La nuit lui sautait au visage, froide, hostile, à chaque pas. Ayant traversé le champ de foire, elle ralentit son allure. Elle avait cru qu'il la suivrait, qu'il essayerait de la rejoindre pour lui parler encore. Mais non. Rien ne venait. Pierre Mazalaigue était resté là-bas, au pied de l'escalier. Il ne tentait pas un geste. Il ne poussait pas un cri. Il la laissait partir, seule, résolue, furieuse. Comme elle l'avait voulu.

12

PENDANT trois jours, elle ne sut rien de lui. Au début, ce manque de nouvelles la confirma dans l'idée funeste qu'elle ne devait plus espérer le revoir. Mais, à la réflexion, ses craintes s'apaisèrent. Une assurance tranquille succéda à son affolement. Elle comprit soudain que, dans le choc qui l'avait opposée à Pierre Mazalaigue, elle avait, par sa fermeté d'âme, remporté sur lui un précieux avantage. S'il hésitait à reparaître devant elle, c'était uniquement parce qu'il ne pouvait s'habituer encore à l'idée que, pour une fois, sa volonté n'était pas la plus forte. Une pareille constatation mettait son amour-propre à l'épreuve. Sans doute, bien que décidé à reconnaître ses torts, cherchait-il rageusement un moyen de le faire sans perdre la face. Elle se refusait à le plaindre. Qu'avait-elle exigé d'extraordinaire? Qu'il restât au pays, qu'il vînt habiter la maison familiale, qu'il fût à la fois son mari et le compagnon de son père? N'importe qui, à sa place, eût été attendri par une proposition si spontanée et si sage. Mais il était orgueilleux et buté. Soucieux de son seul agrément. Accoutumé à marcher droit devant lui, à tout plier, à tout fouler sur son passage. Amélie s'excitait à critiquer ce caractère intraitable, dont la violence pourtant ne lui déplaisait pas. Un quatrième jour passa sans que le coupable vînt à résipiscence. Le cinquième jour, Amélie apprit par les propos des clientes que le ménage Sénéjoux était arrivé à la Chapelle-au-Bois pour signer l'acte de vente du café par-devant notaire, et que, tout en cédant le fonds de commerce et les murs, Pierre Mazalaigue se réservait un droit d'usufruit sur une petite pièce au premier étage. Cette dernière information acheva de rassurer la jeune fille : puisque Pierre Mazalaigue se préoccupait de conserver une chambre dans la maison, c'était que, contrairement à sa menace, il n'avait pas l'intention de quitter immédiatement le bourg. L'emménagement des nouveaux propriétaires suscitait un tel intérêt dans la population, que, sans bouger du magasin, Amélie était tenue au courant de leurs faits et gestes. Tour à tour, son père, son frère, Justin, Mme Barbezac, Mme Ferrière, la renseignaient, par bribes, sur des événements qui la passionnaient, bien qu'elle feignît de ne leur accorder qu'une attention distraite. Les meubles étaient arrivés de Limoges par chemin de fer. On les déchargeait. On les mettait en place. Rien que des articles solides, en chêne tourné. Les abat-jour, les rideaux, les napperons étaient égayés par la même garniture de pompons vieux rose. Le père Sénéjoux faisait installer une glace biseautée au-dessus du comptoir. Il parlait de repeindre la devanture en « façon marbre ». Pierre Mazalaigue avait promis d'aider le patron dans ses premiers rapports avec la clientèle. « Encore un prétexte pour ne pas partir! se disait Amélie. Croit-il vraiment que je sois dupe de son jeu? »

Un soir, après la soupe, comme elle s'apprêtait à se mettre au lit, elle entendit un choc léger contre le carreau. On eût dit un bec cognant la vitre noire. Non, c'était un caillou. Pierre Mazalaigue était en bas. Il voulait la voir, pour lui demander pardon. Amélie avait si longtemps attendu cette minute, que, sur le point de la vivre, elle défaillait sous un excès de bonheur. Elle ouvrit la fenêtre, se pencha dans la nuit. Au pied de la maison, une ombre était collée contre le mur pâle. Lui! Enfin! Un chuchotement parvint jusqu'à elle :

« Amélie! Amélie!... Attention!... »

L'ombre se détacha du mur, leva un bras. Quelque chose tomba avec un bruit mou dans la chambre. Sur le plancher, gisait un papier roulé en boule et lesté d'une pierre. Elle ramassa le message et, avant d'en prendre connaissance, jeta encore un regard dans la rue. Pierre Mazalaigue n'était plus là. Elle ferma la croisée, s'assit, les jambes mortes, sur son lit et déplia la lettre :

« Ma chère Amélie, il faut absolument que je vous revoie ce soir même. Je vous attendrai derrière le lavoir. Venez. C'est important. Nous parlerons de ce projet... »

La proximité de Pierre Mazalaigue entretenait en elle une émotion si intense, qu'elle avait de la peine à comprendre ce qu'elle lisait. Elle fronça les sourcils et concentra toute son attention sur la page froissée, où couraient des phrases griffonnées au crayon :

« Cette séparation nous aura fait du bien à l'un et à l'autre. Je suis sûr qu'après avoir réfléchi vous avez compris que vous n'auriez pas dû vous fâcher contre moi. Il faut me faire confiance, Amélie. Si je n'étais pas sûr d'avoir raison je n'insisterais pas. Mais c'est comme ça, vous êtes bien de mon avis maintenant, je pense... »

Les mots dansaient devant ses yeux, qui restaient secs et brûlants :

« Donc, je vous attends, avec beaucoup d'impatience et d'amour. Mais, si vous ne venez pas, je comprendrai que vous vous êtes détachée de moi et j'agirai en conséquence. Toujours à vous : PIERRE. »

Amélie lâcha la lettre qui glissa sur le plancher. Le sang affluait à son visage. Une indignation grondante s'emparait de son cerveau. Ainsi, pendant qu'elle se préparait à recevoir la soumission de Pierre Mazalaigue, lui, de son côté, attendait qu'elle s'avouât vaincue. Et, comme elle n'obéissait pas assez vite, il la rappelait à l'ordre, il la sommait de comparaître devant lui, sous peine d'être délaissée. Quelle outrecuidance! Elle regrettait maintenant d'avoir ouvert la fenêtre à son signal. En.tout cas, ce serait le dernier point qu'il marquerait sur elle. « Je n'irai pas! »

Elle se leva et vit, dans la glace de l'armoire, que son regard était méchant. La violence de ses pensées lui prouvait qu'elle avait le bon droit pour elle. On ne pouvait s'exalter de la sorte que si tous les torts étaient du côté de l'autre. Il fallait élaborer un plan d'action. Répondre à Pierre Mazalaigue. Coup pour coup. Et sans perdre de temps. Mais comment? Par écrit. Ne lui avait-il pas enseigné la manière? Demain soir, après le souper, il entendrait un choc au carreau, ouvrirait la fenêtre de sa chambre et recevrait une boulette de papier, lancée par une main invisible. Cette lettre, sans signature, serait rédigée comme suit : « Je vous attends chez moi, à la cuisine. La porte donnant sur la rue est ouverte. Mais ne venez que si vous avez renoncé à votre projet de départ pour Paris. Sinon, je ne vous écouterai pas. Et tout sera fini entre nous. » On verrait bien s'il trouverait le courage de résister à un appel aussi pressant! Surtout après les moments pénibles qu'il aurait passés près du lavoir. Elle l'imagina, les mains dans les poches, le col relevé, piétinant la boue, humant le vent, tressaillant d'espoir, à la moindre rumeur née des profondeurs de la nuit. Combien de temps resterait-il à son poste? Une heure? Deux heures?

« C'est bien fait! C'est bien fait! » murmura-t-elle.

Soudain, elle eut peur que, déçu dans son attente, il ne rebroussât chemin et n'essayât de l'appeler à nouveau par la fenêtre. Vivement, elle éteignit la lampe pour faire croire qu'elle était endormie. Ainsi protégée par l'ombre, elle se déshabilla et se glissa sous les couvertures. Mais elle ne s'assoupit que très tard, après avoir eu l'impression, à plusieurs reprises, qu'un pas d'homme tournait autour de la maison.

Le lendemain matin, en s'éveillant, Amélie n'était déjà plus aussi sûre des avantages de son projet. Cet envoi d'un billet nocturne était dangereux et compliqué. Ne valait-il pas mieux traiter l'affaire de vive voix? Elle regretta de ne s'être pas rendue, la veille, au lavoir et décida de réparer cette erreur, le soir même, en allant retrouver Pierre Mazalaigue chez lui pour une dernière explication. Lui ayant déjà fait visite la nuit, en secret, elle était persuadée qu'une fois de plus tout se passerait bien. Les mots qu'elle lui dirait pour le convaincre obsédaient son esprit, comme si elle les eût appris en vue d'un examen. Elle se les répétait sans parvenir à en épuiser la vertu vengeresse. Cette récitation intérieure l'accompagna, à travers toutes ses occupations, jusqu'à l'heure du déjeuner. La pluie battait les carreaux. Il y avait un plat de choux au milieu de la table. Denis et Jérôme mangeaient d'abondance. Amélie rêvait à la réconciliation prochaine. Elle fut tirée de sa songerie par la voix de son père, qui disait :

« Évidemment, c'est dommage! Tous les jeunes s'en vont! Il n'y aura bientôt plus que des vieux dans le pays! »

N'ayant pas entendu le début du discours, Amélie demanda :

« Pourquoi dis-tu ça, papa?

— A cause de Mazalaigue.

— Ah! oui? » dit-elle.

Son cœur se serrait. Elle devenait blanche et froide. Elle reprit, sans lever les yeux :

« Et alors? Qu'a-t-il fait, Mazalaigue? »

La réponse lui arriva comme un coup étourdissant en plein ventre :

« Il est parti pour Paris ce matin. »

13

A l'affût derrière la vitre de la devanture, Amélie voyait le facteur descendre la rue, allant de porte en porte, avec sa sacoche et sa pèlerine, qui lui donnaient un air de vieil écolier. Tandis qu'il approchait du magasin, elle sentait croître en elle une émotion irrésistible. Pourtant, elle était sûre qu'il ne lui apporterait pas la lettre qu'elle attendait. Si Pierre Mazalaigue avait voulu lui écrire, il l'aurait fait dès son arrivée à Paris. Chaque jour qui passait rendait cet espoir plus improbable. Il était temps d'admettre que tout était fini entre eux. Mais le facteur poussait la porte. Au son de la clochette, le cœur d'Amélie s'affolait. Elle se retenait de s'élancer vers l'homme aux fines moustaches noires et aux joues en pommes. Debout au milieu de la boutique, il fouillait dans sa poche de cuir. Puis, il tirait du tas une enveloppe, deux enveloppes, disait quelques mots aimables, touchait sa casquette du doigt et repassait le seuil, laissant derrière lui un silence de consternation. Une lettre de la tante Clotilde, des factures, une carte annonçant la prochaine visite de M. Dubech... Toujours rien de Paris. Amélie se reprochait sa crédulité inlassable. Combien de fois faudrait-il qu'elle fût déçue pour reconnaître que Pierre Mazalaigue l'avait oubliée, qu'il s'était moqué d'elle, qu'il ne l'aimait pas?... En vérité, loin de déplorer la brusquerie de cette rupture, elle devait se féliciter qu'il ne cherchât pas à la revoir. Pour guérir plus vite, elle eût voulu arracher de sa tête les misérables souvenirs qui lui restaient de l'absent. L'expulser d'elle à tout jamais. Se refaire une mémoire vierge. En attendant d'avoir l'esprit libre, elle s'acharnait à briser son corps dans les besognes du ménage. La cuisine, l'escalier, les chambres, le magasin furent soumis à un nettoyage farouche. Le matin, elle se levait plus tôt que de coutume pour astiquer les meubles et frotter le parquet à genoux. Le soir, après le souper, elle refusait de monter se coucher et s'installait sous la lampe pour raccommoder le linge. Ses reins lui faisaient mal. Ses paupières étaient brûlantes. Sous l'excès de fatigue, elle avait l'impression, parfois, que la chambre tanguait. Et elle se réjouissait de cet hébétement comme d'une assurance prise contre les menaces de la pensée.

Jérôme, cependant, l'observait avec inquiétude. Rien qu'à la voir, il devinait qu'elle était en proie à une déconvenue amoureuse. Sans doute Jean Eyrolles n'avait-il pas fini de la tourmenter. Après avoir rompu avec ce garçon, elle se découvrait seule et triste, trop fière pour revenir à lui et trop tendre pour l'oublier. Il était bien dommage que Maria ne fût plus là pour encourager les confidences et prodiguer les consolations. Entre mère et fille, tout se dit, tout s'écoute, tout se comprend. Un père, en revanche, est nécessairement maladroit quand il s'agit de débrouiller une histoire sentimentale. Il y apporte, malgré lui, le point de vue rigoureux de l'homme. Et, dans son désir de tout simplifier, de tout arranger, il exaspère des rancunes qui ne demandaient qu'à s'éteindre.

Un soir, pourtant, après que Denis eut quitté la table, Jérôme estima qu'il ne pouvait se dérober plus longtemps à ses obligations tutélaires. Ramassant son courage, il décocha un regard à Amélie qui lavait la vaisselle, et dit d'une voix mal assurée :

« Pourquoi ne me parles-tu jamais, Amélie? »

Elle leva les sourcils :

« Mais je te parle, papa, je te parle même souvent!

— Pour les petites choses, oui.

— Qu'appelles-tu les petites choses? demanda-t-elle.

— Le magasin, la santé, les études de Denis, la nourriture...

— Et quelles sont, à ton avis, les grandes choses? »

Jérôme se troubla :

« Comment t'expliquer? Les grandes choses sont celles qui se passent là. »

Il se frappait la poitrine avec l'index de la main droite. Les joues d'Amélie s'empourprèrent. Un sourire dédaigneux brisa le coin de ses lèvres :

« Tu vas être déçu, papa, mais ce genre de grandes choses ne me préoccupe nullement. »

Il se reprocha d'avoir mal aiguillé la conversation. Maintenant, Amélie était sur le qui-vive.

« Tu ne me comprends pas, soupira-t-il. Je voudrais, simplement, que, si tu as des soucis, des chagrins, tu me le dises.

— Mais bien sûr, papa!

— ... Que tu ne gardes pas tout pour toi...

— Oui.

— Je suis ton père, n'est-ce pas? Je dois pouvoir t'aider. Pas comme ta pauvre maman, hélas! Mais enfin... enfin tu n'es pas seule! Quoi qu'il arrive! Sache-le bien! »

Sa voix tremblait. Il se moucha. Amélie s'approcha de lui et l'embrassa sur les deux joues, si vivement qu'il n'eut pas le temps de lui rendre ses baisers.

« Ne t'inquiète de rien, papa, chuchota-t-elle. Je suis heureuse.

— Tu dis ça et je suis certain que non.

— Pourquoi ne serais-je pas heureuse?

— Eh! je ne sais pas, moi!

— Tu vois bien... »

Elle rit. Il devinait que cette réaction n'était pas sincère. Pourtant, même feinte, la gaieté d'Amélie le soulageait un peu. Il se dit qu'il lui avait parlé comme il devait le faire.

« En tout cas, reprit-il, tu n'as pas bonne mine. »

Il crut qu'elle allait protester, selon son habitude. Mais elle releva une mèche de cheveux qui pendait sur son front et dit :

« Je suis, en effet, fatiguée. »

De sa part, un tel aveu était inattendu. Jérôme profita de l'occasion pour reprendre une vieille discussion avec des chances neuves :

« Tu en fais trop, Amélie. Tu seras bien avancée le jour où tu tomberas malade!

— Nous n'en sommes pas là.

— Si tu continues, nous y arriverons bientôt! »

Cette supposition correspondait-elle aux craintes de la jeune fille? Au lieu de s'exclamer, elle dit faiblement :

« Mais non, papa... Tu exagères... »

Puis elle rangea la vaisselle et dénoua les brides de son tablier. Ses yeux brûlaient d'un feu noir et doux. Ses lèvres souriaient à peine. Elle devait penser à quelque chose de lointain, car elle semblait devenue elle-même lointaine et comme embrumée.

« Pourquoi ne veux-tu pas prendre cette Mme Pinteau pour t'aider? » demanda Jérôme.

Amélie battit des paupières. Elle sortait d'un songe.

« Cela nous ferait des dépenses, dit-elle.

— Mais non. Il paraît que cette femme est très raisonnable. Nous nous arrangerions pour ne l'employer qu'une heure ou deux par jour. Elle ferait la lessive, les raccommodages, par exemple...

— Je voudrais arriver à me débrouiller seule.

— En voilà une idée! Est-ce que je me débrouille seul, moi, à la forge?

— Tu ne vas pas comparer!

— Eh si! J'ai la forge et tu as le magasin, avec la maison en plus. J'ai pris un homme pour me seconder dans mon travail d'homme. Tu dois prendre une femme pour te seconder dans ton travail de femme. Ou alors, reproche-moi la paye de Justin! Dis-moi que je pourrais apprendre à me passer d'ouvrier! Pauvre Justin, que ferait-il sans moi? Et moi, que ferais-je sans lui?... »

Il attendit une réplique d'Amélie et, encouragé par son silence, reprit à mi-voix :

« En engageant Mme Pinteau, tu feras aussi une bonne action. Rappelle-toi ce qu'a dit M. le curé. Elle n'a rien pour vivre. Elle est dans le deuil. Elle a besoin d'un peu de sous et de beaucoup d'amitié. »

Mme Pinteau était déjà venue à plusieurs reprises au magasin : une petite dame rondouillarde, aux bras courts et au bon sourire. Elle ou une autre ! Pourquoi pas ? Amélie rabattit ses manchettes sur ses poignets, qu'elle avait dénudés pour laver la vaisselle. Elle ne comprenait pas ce qui se passait dans son cœur. Subitement, elle n'avait plus envie de contredire son père. Elle trouvait même du plaisir à céder mollement devant la volonté d'autrui. Il lui semblait qu'elle avait déposé son caractère, comme une armure lourde, incommode, et qu'elle soufflait un peu, les membres et l'esprit à l'aise, avant de reprendre le fardeau.

« Alors, demanda Jérôme, qu'est-ce qu'on décide ? »

Amélie abaissa la tête en signe d'acquiescement.

« Tu as raison, papa, dit-elle. J'irai la voir après-demain.

— Pourquoi pas demain ?

— Demain, j'attends la visite de M. Dubech.

— Il t'a écrit qu'il serait là vers midi. Tu as toute la matinée devant toi. Je surveillerai le magasin pendant ton absence.

— Oui, papa. »

Elle prononça ces mots d'une voix suave. En acceptant de prendre Mme Pinteau à son service, elle se prouvait à elle-même et elle prouvait aux autres qu'elle était capable, parfois, de renoncer à ses idées. Si Pierre Mazalaigue avait pu lire dans son âme, maintenant, il eût été étonné d'y découvrir tant de faiblesse, d'amertume et de docilité. Mais il était loin. Il n'avait pas su la comprendre. Il avait emporté d'elle l'image d'une fille autoritaire et hautaine. C'était injuste ! C'était faux ! Elle n'était pas ainsi ! Le cas de Mme Pinteau était là pour en témoigner. La pensée d'Amélie déviait. Elle fut reprise par ce vertige honteux, présageant la suffocation et les larmes. Son père la dévisageait avec une affection intolérable. Elle se contraignit pour ne pas lui raconter son chagrin.

« Papa, dit-elle, apporte-moi la comptabilité de la forge. Je voudrais la mettre à jour. »

Quand il fut sorti de la pièce, elle s'approcha de la fenêtre et appuya son front contre le carreau. Le froid de la vitre engourdissait le haut de son visage. Elle regardait la nuit vide et se disait que, sans doute, il y avait peu d'êtres au monde aussi malheureux qu'elle en ce moment.

*

Mme Pinteau habitait chez sa cousine, Mlle Bellac, au-delà du champ de foire. En approchant de la place, Amélie éprouva dans tout son corps comme une pression anxieuse et mélancolique. C'était la première fois qu'elle revenait en ce lieu depuis sa visite nocturne à Pierre Mazalaigue. Elle vit le café, rajeuni, repeint, méconnaissable. M. Sénéjoux, un homme bedonnant, coiffé d'une casquette de chasse, cassait du bois devant le seuil. Amélie jeta un regard vers l'escalier extérieur, qui conduisait à la chambre de Pierre Mazalaigue. L'auvent de tôle. Les marches étroites. La porte. Cette porte la fascinait. Une idée folle la traversa. Et s'il était revenu? S'il était là-haut? Soudain, un cri la fit sursauter :

« Amélie! Amélie! »

C'était le père Péchadre, qui la hélait de sa boutique. Pendant une fraction de seconde, elle se sentit désorientée.

« Bonjour, monsieur Péchadre », dit-elle enfin.

Le sabotier fit un sourire en biais, qui entailla profondément son vieux visage poudré de sciure :

« Vos sabots sont prêts.

— Mes sabots? »

La pensée des sabots la ramenait encore à Pierre Mazalaigue. Elle se rappelait l'incendie, la liste de souscription, la quête des enfants, un soir, dans le bourg froid et brumeux. Très vite, elle murmura :

« Mettez-les-moi de côté. Je repasserai... »

Et elle se dirigea tout droit vers la maison de Mlle Bellac, qui se distinguait des autres par un décor de briques émaillées autour des fenêtres. La couturière était assise à la croisée de sa chambre, au rez-de-chaussée. Le nez pointu, l'œil vif, la peau olivâtre, elle portait des frisures grises, légères comme de la bourre, sur le front. Elle vit passer Amélie, se leva et courut lui ouvrir la porte. La jeune fille pénétra dans un vestibule petit et sombre, qu'une tenture en toile à matelas séparait de l'atelier. La machine à coudre était découverte. Sur la grande table, gisaient des lambeaux de tissu, des ciseaux, des bobines, des journaux de mode aux pages cornées. Un mannequin sans tête prêtait ses avantages à une veste de lainage écossais marron et noir, à brandebourgs.

« C'est pour Mme Barbezac, dit la couturière. Un modèle un peu enlevé. Mais elle peut se le permettre. Dans le même journal, j'ai vu quelque chose qui vous irait si bien... mais si bien ! »

Elle révulsa les prunelles comme pour regarder au-dedans d'elle-même.

« Je n'ai besoin de rien pour l'instant, dit Amélie.

— Avec le printemps qui approche? s'écria Mlle Bellac en lui décochant un coup d'œil de réprimande féminine. Ce serait dommage ! On fait des choses de plus en plus ravissantes. C'est à ne pas croire. Regardez-moi cette jaquette noire, très moulante... »

Elle lui tendait un dessin collé sur carton.

« Je venais voir Mme Pinteau, dit Amélie.

— L'un n'empêche pas l'autre. Ma cousine est sortie pour livrer du repassage. Oui, elle repasse maintenant. Si vous la voyiez tuyauter un bonnet ! Des doigts de fée ! Quand vous aurez de l'ouvrage pour elle...

— Justement, dit Amélie, je voulais lui parler à ce sujet.

— Eh bien, tant mieux. Elle se navre, la pauvre ! Elle ne veut plus m'être à charge. Avez-vous vu cette petite robe noire, toute simple, avec des entre-deux de dentelle à mi-corsage et aux manches?... Et celle-ci, n'est-elle pas mignonne, toute en imprimé noir et gris?... »

Amélie passait d'une image à l'autre, avec un amusement qu'elle ne cherchait pas à se dissimuler. Depuis la mort de sa mère, elle n'avait guère eu l'occasion de penser à des toilettes. Le bavardage de Mlle Bellac lui rappelait une époque d'insouciance. Elle s'imagina habillée de la veste en lainage écossais, de la robe à entre-deux de dentelle, ou d'un petit ensemble gris perle, avec chaussures, gants et chapeau assortis. Son esprit se perdait dans des méandres de chiffons, de soutaches et de broderies. Puis, une rancœur lui vint de cette coquetterie inutile. Elle ne désirait plaire à personne. Elle était fatiguée d'elle-même.

« On fera beaucoup de taffetas, cette année », dit Mlle Bellac.

Elle s'était remise à coudre, la main preste, le dos bossu et les pieds posés sur une chaufferette. Un léger parfum de colle montait de ses pantoufles. La porte s'ouvrit et se ferma.

« La voici! » dit Mlle Bellac sans lever le nez de son ouvrage.

Amélie tourna la tête. Une petite femme d'une quarantaine d'années, molle et blanche, le menton rond, l'œil atone, se coulait timidement dans la pièce. Elle avait du volume et de la douceur. Sa voix manquait d'accent. Quand Amélie lui eut exposé la raison de sa visite, Mme Pinteau joignit les mains et son regard se mouilla. Elle gémit :

« Mais avec joie, Amélie! Pensez donc! J'ai tant le souvenir de votre pauvre maman! En vous aidant, ce sera un peu comme si je l'aidais elle-même!... »

On décida l'emploi du temps. Quatre heures chaque matin. En outre, Mme Pinteau emporterait de l'ouvrage chez elle : lavage, repassage, raccommodage. Quant aux conditions, elle ne voulait pas en discuter encore :

« Vous me donnerez ce que vous voulez. On s'entendra toujours. Pour ce que j'ai à faire dans la vie, maintenant!... »

Son désir d'être engagée était si évident, qu'Amélie en fut secrètement émue. « Elle a l'âge de ma mère, songeait-elle. A la suite d'un revers de fortune, ma mère aurait pu être obligée, comme elle, de chercher du travail chez les autres... » Un rien la bouleversait, ce matin. Mlle Bellac lui offrit quelques bonbons dans une coupe.

« Non, dit-elle la gorge serrée. Il faut que je me sauve.

— Vous avez bien cinq minutes encore?

— Même pas! C'est le jour du représentant. Il doit être déjà arrivé... »

Les deux femmes l'accompagnèrent jusqu'à la porte. Pour rentrer à la maison, Amélie évita de repasser par le champ de foire.

*

M. Dubech secoua longuement les mains d'Amélie entre ses pattes potelées et chaudes :

« Ah! mon enfant... Quelle triste rencontre!... Je vous ai bien mal exprimé par lettre toute la part que je prenais à votre affliction!... »

Arrivé au magasin avant elle, il avait déjà dû présenter ses condoléances à Jérôme, car celui-ci avait les paupières rouges et reniflait en bougeant fortement les narines. Au bout d'un moment, il retourna dans sa forge, tandis que le voyageur de commerce ouvrait ses valises d'échantillons. Pour n'être pas dérangée, Amélie retira le bec-de-cane de la porte. Tout en passant sa commande, elle éprouvait la sensation bizarre de n'être pas elle-même, de jouer un rôle.

« Je vous renouvelle ma proposition pour les petits sujets en porcelaine », dit M. Dubech.

Il avait sorti de son emballage la statuette représentant une marquise, avec son lévrier et son négrillon assemblés sur le même socle. Amélie posa sur le bibelot un regard vague et déformant. Enfin, elle dit :

« Non, monsieur Dubech.

— Pourtant, la dernière fois, vous aviez paru regretter que...

— Non, monsieur Dubech, répéta Amélie avec fermeté.

— Parfait, je n'insiste pas. »

Il avait l'air vexé. Elle signa les bons de commande pour la vaisselle et la quincaillerie. Puis, comme sa mère le faisait jadis, elle chargea le représentant de quelques messages pour des parents ou des amis qui habitaient la région. De même, elle n'eut garde d'oublier le petit verre de marc servi sur une soucoupe. Sensible au maintien de cette tradition, M. Dubech dégustait son alcool en plissant les yeux. Entre deux gorgées, il parlait de ses voyages, de ses affaires et des gens qu'il avait vus. Soudain, il demanda :

« N'avez-vous besoin de rien à Paris?

— A Paris? » balbutia Amélie.

Un frisson la parcourut. Ses lèvres refusaient de sourire.

« Oui, dit-il, je dois y aller la semaine prochaine pour affaires. Nous avons un magasin d'exposition et de vente, rue de Paradis. Les résultats en sont si décevants, que la direction m'a chargé... »

Amélie ne l'écoutait pas. Son attention restait accrochée au début du discours. Elle voyait réellement une grande ville, des lumières, la foule, les voitures. Et, au milieu de ce bruit, de cette agitation, Pierre Mazalaigue. Elle prononça d'une voix faible :

« Non, monsieur Dubech, je vous remercie. Je n'ai pas de commission pour Paris. »

14

AMÉLIE s'accoutuma très vite aux services de Mme Pinteau. Malgré ses formes plantureuses, cette femme tenait peu de place dans le logis. Elle arrivait tôt le matin, travaillait rapidement, silencieusement, sans poser de questions, sans déranger personne, comme si les habitudes de la famille eussent été les siennes depuis longtemps. Parfois même, les jours de forte clientèle, elle aidait la jeune fille au magasin. Puis, vers midi, elle s'en allait, aussi alerte et souriante que si elle venait de vivre une partie de plaisir. Libérée, grâce à elle, de quelques besognes domestiques, Amélie n'en continuait pas moins à mener une existence de recluse. Rien ne l'attirait hors de la maison. Elle avait cessé d'attendre une lettre de Paris. N'ayant plus d'espoir, elle ne souffrait plus. Cependant, la belle saison approchait, avec ses soupirs tièdes, ses averses coléreuses, ses ruisseaux gonflés, ses chemins boueux et ses bourgeons gluants, qui crevaient en frissons de dentelle verte. Une brume d'herbe et de feuillage novices adoucissait la courbe des collines. Les bêtes sortaient des étables. Dans les champs et les petits jardins qui entouraient le bourg, les hommes soignaient la terre et faisaient les semailles. Organisés en bandes rivales, les gamins de la Chapelle-au-Bois s'occupaient à la cueillette des pissenlits. Les ménagères servaient des pissenlits au lard dans toutes les demeures. Les fenêtres s'ouvraient. Les chambres s'aéraient à fond. Des filles riaient dans les cuisines. Antonin Ferrière et ses amis faisaient des tours, place de l'église, sur leurs bicyclettes bien astiquées. Le samedi soir, l'accordéon jouait plus fort dans le hangar qui tenait lieu de salle des fêtes. Les pieds des danseurs battaient le plancher en cadence. Cela s'entendait de loin. Il y avait même de la gaieté dans le chant du coq, dans le sifflet des trains, dans le tintement du fer sur l'enclume.

Pour la première fois de sa vie, Amélie restait insensible à cette allégresse, qui montait du sol réchauffé. Elle se croyait définitivement inapte au bonheur. Aussi fut-elle tout étonnée du plaisir que lui procura une lettre de Marthe Tabaraud, lui annonçant son arrivée prochaine à la Chapelle-au-Bois. La jeune fille devait passer une semaine chez sa grand-mère, la vieille Mme Tabaraud, qui se plaignait d'être délaissée : « Ma mère m'accompagnera et mon père viendra nous chercher. Certes, je reverrai avec tendresse ma grand-mère si délicieuse et si bougonne, qui me gâtera comme si j'avais encore cinq ans, mais c'est surtout toi que je rêve de rencontrer, ma chère Amélie, afin de m'épancher dans ton cœur et d'obtenir que tu me rendes la pareille. Le 22 mai, je te serrerai dans mes bras. Est-ce possible? J'ai envie de chanter comme un oiseau. Mille baisers avant-coureurs sont enfermés dans les plis de cette missive... »

Ayant lu la lettre, Amélie, oppressée par la joie, se précipita dans la forge, où elle trouva son père qui réparait un vieux broc d'étain. Le métal fondait sous le fer à souder, avec un rauque sifflement de vapeur. Amélie cria :

« Papa! Marthe m'écrit qu'elle viendra nous voir la semaine prochaine! »

La pie répliqua par un éclat de rire. Justin lança un chiffon, roulé en boule, que l'oiseau esquiva en sautant du soufflet sur l'enclume. Jérôme posa son fer à souder sur le coin de l'établi, regarda longuement sa fille et murmura :

« Ah! je suis bien content pour toi, Amélie. Il est grand temps que tu te changes les idées!... »

De l'atelier, elle passa dans la cuisine. Mme Pinteau nettoyait les vitres avec du blanc d'Espagne. Amélie lui dit sur un ton faussement désinvolte :

« Pourriez-vous me remplacer au magasin, un après-midi ou deux, la semaine prochaine? Je vous donnerai tous les tarifs et la liste des clients à qui nous faisons crédit. Je l'avais préparée autrefois pour mon père. Vous verrez, ce n'est pas difficile. Figurez-vous que j'attends mon amie, ma meilleure amie, Mlle Tabaraud!

— La fille du docteur?

— Oui, nous ne nous sommes pas vues depuis très longtemps!

— Comptez sur moi, dit Mme Pinteau, la boutique sera bien tenue. Ah! ça me ravigote de vous voir le regard brillant. Je commençais à croire que vous n'aviez plus de goût à rien, moi! »

On eût dit qu'avant de parler elle s'était concertée avec Jérôme. La jeune fille songea que, quoi qu'elle fît, sa tristesse devait être perceptible aux personnes les moins averties. Il émanait d'elle, à son insu, des effluves de froid et de désespoir. Peut-être Marthe pousserait-elle un cri d'effroi en la voyant? « Ma chérie, que t'est-il arrivé? » Amélie décida de ne pas lui révéler les raisons de sa douleur et de mettre pour la recevoir sa jupe de drap noir plissé et son corsage en crêpe de Chine noir, brodé de petits sapins sur le devant.

*

Avant même que le train se fût arrêté, Amélie reconnut la silhouette de Marthe, penchée à une fenêtre du dernier wagon. La locomotive cracha un juron de fumée. Les tampons s'entrechoquèrent. Il y eut un tassement de voyageurs et de valises à l'intérieur des voitures. Le chef de gare cria quelque chose d'impératif dans son porte-voix. Et Amélie se mit à courir le long du quai, suivie de son frère qui poussait une brouette. Le 22 mai étant un jeudi, elle avait exigé que Denis profitât de son congé pour aider au transport des bagages.

« Amélie! Amélie!

— Marthe! »

Par la portière ouverte, un nuage doré prit son vol. Marthe Tabaraud portait un tailleur de couleur puce et un chapeau plat, en paille blonde, orné d'un nœud de taffetas jaune citron. Les deux jeunes filles s'étreignirent, s'exclamèrent et s'élancèrent au-devant de Mme Tabaraud pour l'aider à descendre du marchepied. Le voyage l'avait fatiguée. Un cache-poussière gris souris pendait sur ses épaules. Derrière l'écran d'une voilette piquée de mouches, sa figure épaisse et digne essayait vainement de sourire :

« Ah! mes enfants! Je suis rompue! Que tu es belle, mon Amélie! Nous allons t'emmener à Limoges pour t'avoir toujours sous les yeux! Et Denis! Il a encore grandi, celui-là! Mon Dieu! les bagages! Qui s'en occupe?

— Moi, madame, dit Denis. Je voulais prendre la carriole, mais, comme vous allez tout près, j'ai pensé que ce serait aussi vite fait avec la brouette.

— Tu es un garçon raisonnable. Ton père va bien, Amélie?

— Très bien, madame. Et le docteur Tabaraud?

— On ne peut mieux. Sauf une petite crise d'asthme, la semaine dernière. Il nous a chargées de ses affections pour vous tous... »

Des paysannes, portant des paniers, se hâtaient vers la sortie. On entendait braire un petit âne derrière la barrière fermée. Quelqu'un cria :

« En voiture!

— Dépêche-toi, Denis! » dit Amélie.

Des portières claquèrent. La locomotive siffla, vibra. Denis empilait deux valises, trois cartons à chapeaux et un sac en cuir à soufflets sur la brouette. Le convoi s'ébranla sous un panache de fumée sombre et nauséabonde. Le chef de gare suivit de l'œil le wagon de queue, comme s'il avait quelque chose à lui reprocher. Puis, pivotant sur ses talons, il s'approcha de Mme Tabaraud et la salua, deux doigts à la casquette et la barbiche affable :

« Alors, vous venez nous rendre visite, tout de même? C'est gentil de ne pas oublier le pays depuis le temps!...

— Nous aimerions pouvoir être plus souvent des vôtres, dit Mme Tabaraud en faisant chanter la fin de sa phrase.

— Vous aura-t-on au moins pour un bon moment, cette fois-ci?

— Hélas, non!

— Ah! ces gens des villes! s'écria le chef de gare.

— Plaignez-les : leur sort n'est pas toujours rose », dit Marthe avec un sourire mignard.

Amélie la jugea bien audacieuse d'intervenir ainsi dans la conversation. Sans doute, fallait-il voir là les conséquences de son éducation citadine. Une sonnerie tinta. Le chef de gare se précipita vers la porte de son bureau :

« Excusez-moi! Les devoirs du service... »

On sortit en groupe. Mme Tabaraud donnait le bras gauche à Marthe et le bras droit à Amélie. Denis marchait devant, poussant la brouette. Les deux jeunes filles, séparées par la masse flottante du cache-poussière, inclinaient la tête l'une vers l'autre et bavardaient avec des voix aiguës, comme si le bruit du train eût continué à les assourdir. Toutefois, instinctivement, elles ne prononçaient que des paroles banales, gardant les nouvelles importantes pour le moment où elles se retrouveraient sans témoins. De temps en temps, il fallait s'arrêter, parce qu'un passant reconnaissait les voyageuses et se jetait vers elles, les mains tendues :

« Bonjour, madame Tabaraud! En voilà une surprise! Tu permets que je t'embrasse, ma petite Marthe! Petite! Je ne devrais plus dire cela! Comme le temps passe! Et le docteur? Toujours beaucoup de travail? »

Mme Tabaraud se rengorgeait derrière sa voilette. Marthe, prise de fou rire, toussait dans son poing. Et Amélie lui faisait les gros yeux à la dérobée. La plus longue halte leur fut imposée par la boulangère, Mme Rigodas, qui était une amie d'enfance de Mme Tabaraud. Les deux femmes s'embrassèrent. Profitant de la diversion, Marthe s'approcha d'Amélie et chuchota :

« J'ai tant de choses à te dire! Il me semble qu'une semaine n'y suffira pas. Peux-tu me voir cet après-midi?

— Je m'arrangerai. Mais ta grand-mère?...

— Je resterai avec elle jusqu'à cinq heures. Passe me prendre à ce moment-là.

— Aimes-tu toujours le bon pain bis, ma Marthe? demanda la boulangère.

— J'en raffole! s'écria la jeune fille.

— Mais son père lui interdit d'en manger, dit Mme Tabaraud. Nous suivons un régime.

— Pas ici, tout de même! dit Marthe en faisant une moue suppliante. Je viendrai vous en prendre en cachette, madame Rigodas. »

Il y eut des rires, des mots pour rien, des baisers à distance. Et on se remit en marche. Mme Tabaraud s'essoufflait. Marthe se plaignait de ses chaussures trop étroites. Il fallut encore saluer Mme Calamisse, le brigadier de gendarmerie et M. le curé, avant d'arriver à la maison de la grand-mère. La vieille femme, à demi impotente, était sortie sur le perron pour accueillir son monde. Debout, le dos rompu, les mains appuyées sur deux cannes, elle tendait en avant sa face plissée et tavelée, qu'encadraient les brides d'un petit bonnet blanc. L'émotion l'obligeait à branler la tête. Ses lèvres remuaient mollement. Une voisine la soutenait par le coude et disait, sur le ton que l'on prend pour faire honte aux enfants de leurs vaines frayeurs :

« Eh bien, qui avait raison, mémée? Vous voyez qu'elles n'ont pas manqué leur train, vos voyageuses! »

*

Tandis que Marthe et sa mère s'attablaient pour une collation dans la cuisine de l'aïeule, Amélie prit le chemin du retour. Elle marchait vite dans la rue principale, montant vers le centre de la Chapelle-au-Bois. Denis courait devant elle en essayant de faire le plus de bruit possible avec sa brouette vide, qui tressautait sur les pierres. Des gamins se joignirent à lui. Bientôt, tous disparurent derrière une palissade. La jeune fille s'arrêta, les appela en vain, haussa les épaules et continua sa route. L'arrivée de Marthe Tabaraud l'avait mise de si bonne humeur, qu'elle avait envie de sourire au ciel, aux maisons, aux gens. Tout à coup, elle aperçut Jean Eyrolles, qui venait à sa rencontre. Sans doute allait-il surveiller un chargement de bois à la gare. Il la salua. Elle inclina la tête. Comme s'il n'eût attendu que ce signal, il s'approcha d'elle, avec un air de gêne et de camaraderie, et murmura :

« Bonjour, Amélie.

— Bonjour, Jean, dit-elle. Comment allez-vous? Comment vont vos parents? »

Le souvenir de son aventure avec Pierre Mazalaigue était si présent, si cuisant en elle, que tout ce qui concernait ses relations avec Jean Eyrolles lui semblait appartenir à un passé très lointain et presque à une autre vie. Elle ne voyait plus en lui un fiancé éconduit, mais un ami inoffensif, résigné et fidèle.

« Mes parents vont bien, dit Jean Eyrolles. On a toujours beaucoup de travail à la scierie. Seulement, je n'y prends plus de goût. J'aimerais partir d'ici, jouer ma chance ailleurs...

— Vous aussi, dit-elle. Décidément, c'est une maladie! »

Elle tenta de rire, mais s'arrêta aussitôt, consciente de son inadvertance, les joues roses, le regard fuyant. Heureusement, il n'avait pas relevé l'étrangeté de cette réplique.

« Oh! ce n'est encore qu'un projet, dit-il. J'ai un oncle qui est ébéniste à Paris. Si je pouvais entrer dans son affaire...

— Cela ne vous chagrinerait pas de quitter le pays? » demanda-t-elle.

Il la regarda tristement :

« Plus rien ne m'y retient, maintenant! »

Amélie feignit de ne pas comprendre :

« Tout de même... la famille... les habitudes... la campagne... Moi, je suis sûre que je ne pourrais pas vivre dans une grande ville.

— Il y a eu un temps où je pensais comme vous », dit-il.

Manifestement, il était encore épris d'elle. C'était à la fois déplorable et flatteur. Amélie se surprit à regretter qu'il ne fût pas une fille : elle en eût fait sa compagne, sa confidente. Il soupira :

« Ici, tout est vide, tout est mort.

— Peut-être, dit-elle. Je ne m'en rends pas compte.

— Tant mieux pour vous, Amélie. Il paraît que Marthe Tabaraud est arrivée ce matin. Vous devez être contente!

— Très contente. »

Jean Eyrolles écarta ses bras et les laissa retomber sur ses flancs. Il portait toujours la même casquette à petits carreaux verts et bruns...

« Eh bien, voilà, dit-il, c'est tout... Bonne santé et à bientôt... »

Ils se séparèrent. Amélie rentra au magasin. Mme Pinteau, fidèle au poste, pesait du fromage râpé.

*

« Ne me dis pas que ta décision est irrévocable, soupira Marthe, tu me fais trop de peine! Après tout, Jean Eyrolles n'est pas le seul garçon sur terre! Le foyer que tu n'as pas pu fonder avec lui, tu le fonderas avec un autre...

— Je ne le crois pas, dit Amélie.

— Mais pourquoi cette obstination?

— Parce que, ma chère Marthe, pour se marier, il faut en avoir envie.

— Tu n'en as pas envie?

— Non. »

Elles marchaient depuis une heure sur le chemin qui longeait la voie ferrée. Marthe, la face poupine, l'œil bleu, le nez retroussé, était surexcitée par le feu du débat. Les mots se pressaient sur ses lèvres. Elle parlait comme un vase déborde. Amélie, en revanche, bien résolue à taire son aventure avec Pierre Mazalaigue, conservait un maintien réservé, mais sans ombre de tristesse sur le visage. L'air était tiède. Des oiseaux se pourchassaient en piaillant.

« Regarde, les premiers genêts! » dit Amélie en tendant le bras vers l'horizon.

Des taches jaunes marquaient le flanc des collines. Mais Marthe suivait son idée :

« Comment peux-tu être si catégorique? Moi aussi, avant d'avoir rencontré Gilbert, j'étais persuadée que je ne me marierais que très tard, et peut-être même jamais... Et puis, il est venu!... Et tout a changé!... Simplement, parce qu'il était celui que j'attendais, sans le savoir. Pour chacune de nous, il y a ainsi, j'en suis sûre, un homme que nous attendons sans le savoir.

— Pas pour moi », dit Amélie.

Et elle rougit. Elle venait de penser à Pierre Mazalaigue.

« Pour toi comme pour les autres, dit Marthe. Seulement, tu l'ignores. Et tu l'ignoreras jusqu'au moment où tu seras devant lui. Là, le doute ne sera plus possible.

— As-tu sa photographie? demanda Amélie pour changer le cours de la conversation.

— Oui », dit Marthe.

Elle tira de son corsage un médaillon doré, pendu à une chaînette, et l'ouvrit en pressant sur une saillie du bord. Le cadre ovale enfermait la minuscule effigie d'un garçon maigre, triste et moustachu.

« C'est très petit, dit Amélie. On ne peut pas bien voir. Mais il a l'air charmant!

— N'est-ce pas? Charmant et un peu anglais.

— Peut-être...

— Tout le monde lui dit qu'il a l'air anglais. Il a la distinction anglaise, le flegme anglais. D'ailleurs, il parle anglais...

— Tu le vois souvent?

— Oui et non. Comme je te l'ai dit, il prépare les Arts et Métiers. Ses études le retiennent donc à Paris. Mais, pendant les vacances de Noël et de Pâques, il a passé tous ses après-midi avec moi. Il a pour moi, je puis bien l'avouer, une véritable adoration. Je suis exactement son idéal de jeune fille. Tu sais que chaque homme a ainsi un idéal de jeune fille et qu'il ne se fixe pas tant qu'il ne l'a pas trouvé... Maman est aux anges!...

— Et vous vous écrivez? demanda Amélie.

— Deux fois par semaine. J'ai apporté ses lettres. Je t'en lirai des passages. »

Amélie inclina le front et porta son regard à trois pas devant elle. Auprès de cette fiancée heureuse, naïve et volubile, elle sentait mieux encore tout le poids de sa propre expérience. Ayant connu l'étreinte de l'homme et sa trahison, elle ne pouvait plus participer aux illusions d'une vraie jeune fille.

L'exaltation de Marthe lui donnait envie de la plaindre. « Ma pauvre petite, songeait-elle. Puisses-tu garder longtemps cette foi innocente. Le meilleur de ta vie est inclus dans ces instants menteurs. »

« La première fois qu'il m'a embrassée, j'ai failli me fâcher! dit Marthe.

— Ah! oui? murmura Amélie d'un air condescendant. Comment cela s'est-il passé?

— Bêtement. Entre deux portes. Nous étions allés prendre le thé chez ses parents, avec ma mère... »

Après avoir impatiemment souhaité cette entrevue, Amélie s'étonnait d'en tirer si peu de satisfaction. Chaque mot, chaque geste de sa compagne semblait calculé pour aggraver leur incompréhension réciproque. Se pouvait-il que Marthe fût inconsciente de cet échec? Chapeau de paille, robe bleue pervenche, soulier pointu et mordoré, elle était agréable à voir. Mais c'était tout. « Ai-je encore une amie? » Amélie se posa la question et fut effrayée par la vague de tristesse qui ébranlait son cœur. Subitement, elle regretta que Marthe fût venue jusqu'ici avec son gros bonheur tout neuf.

Elles s'assirent sur un talus, dominant la voie ferrée. Marthe parlait toujours :

« Le mariage aura lieu en octobre. Pour commencer, nous habiterons Limoges. Après, peut-être, Paris... »

Les collines s'assombrissaient lentement. Un arôme âcre montait de la terre. La fumée sortait des toits. Dans le ciel bleu et vert, une petite tache blanche parut : la lune.

« J'ai une grande faveur à te demander, dit Marthe. Pour que mon union avec Gilbert soit vraiment une réussite, j'aimerais t'y associer, en quelque sorte. Tu comprends?

— Non.

— Mais si... il faut que tu acceptes...

— Quoi?

— D'être demoiselle d'honneur à mon mariage. »

Amélie fut frappée par le sentiment d'une affreuse injustice. Que répondre? Comment refuser? Sa bouche tremblait de honte. Enfin, elle dit :

« Je le voudrais bien, mais c'est impossible. Je serai encore en deuil au moment où vous vous marierez.

— Excuse-moi ! s'écria Marthe. Je t'ai causé de la peine!... »

Pour se faire pardonner sa bévue, elle étreignit son amie, la serra contre son cœur en poussant des soupirs. Amélie s'abandonnait à cette compassion qui se trompait de chemin. En même temps, elle songeait : « Si Marthe savait ce que j'ai vécu, ce que je suis devenue loin d'elle!... » Le silence de la campagne lui donnait envie de verser des larmes.

« Rentrons, dit-elle. Il est tard. »

L'une aidant l'autre, elles se levèrent et défripèrent leurs robes. Le chemin était presque blanc dans le crépuscule bleu. Les jeunes filles marchaient sans parler, en se tenant par la main. Chacune suivait son rêve.

15

APRÈS le départ de Marthe Tabaraud, Amélie, qui pourtant n'avait trouvé aucun réconfort auprès d'elle, éprouva subitement une recrudescence de chagrin. La vie qu'elle menait lui semblait plus monotone et plus vaine encore que naguère. Le malaise de son âme se communiquait à son corps. Elle mangeait peu, dormait mal et se fatiguait vite. Cette dépression physique l'incitait à recourir, de plus en plus souvent, aux offices de Mme Pinteau. Celle-ci, d'ailleurs, ne demandait pas mieux que de l'aider en toute circonstance. « Reposez-vous sur moi, lui disait-elle. Sortez, respirez le bon air, faites quelques courses : cela vous distraira. » La jeune fille prit l'habitude d'obéir à cette injonction charitable. Même lorsque rien ne l'appelait au-dehors, elle mettait soudain son manteau, son chapeau, priait Mme Pinteau de surveiller la boutique, et allait se promener toute seule dans le bourg ou dans la campagne. A son retour, Mme Pinteau lui rendait compte des clients qui s'étaient présentés et des ventes qu'elle avait faites. D'abord engagée pour travailler seulement le matin, elle finit par venir également l'après-midi, sans demander d'augmentation en échange de ce surcroît de besogne. N'ayant plus de foyer, elle ne cachait pas le plaisir qu'elle avait à se rendre utile dans une maison où on la traitait comme étant un peu de la famille.

Un soir du mois de juin, vers six heures, Amélie revenait

d'une promenade sur la route du Veixou, quand elle vit Mme Pinteau debout devant la porte du magasin, les poings plantés dans les hanches et un large sourire aux lèvres.

« Enfin, vous voici! s'écria Mme Pinteau, en reculant pour dégager le passage.

— Oui, j'ai été bien longue, dit Amélie. Je m'excuse... »

Elle avait marché en plein soleil, et ses yeux éblouis s'accoutumaient difficilement à l'ombre de la salle. Une chaleur moite montait de sa peau. Ses lèvres étaient sèches, altérées.

« Quoi de neuf? reprit-elle en retirant son chapeau.

— Quoi de neuf? dit Mme Pinteau. C'est à vous qu'il faut demander cela! »

L'intonation ironique étonna Amélie.

« A moi? Oh! je n'ai rien de bien intéressant à raconter.

— Vraiment?

— J'ai fait une excellente promenade...

— Et c'est tout?

— Ma foi, oui!

— Vous n'avez rencontré personne?

— Non. »

Mme Pinteau croisa ses bras courts sur sa poitrine rebondie. Dans sa face lunaire, ses prunelles prirent un éclat malicieux. Elle murmura :

« Je devrais vous gronder! Hou! Cachottière!... »

Déconcertée, Amélie ne savait si elle devait rire ou s'offenser de cette plaisanterie.

« Je ne vous comprends pas, dit-elle.

— Moi, je me comprends! Vous n'avez rien voulu m'avouer, mais mon petit doigt m'a tout dit.

— Eh bien, expliquez-vous!

— Je connais quelqu'un qui va se marier bientôt! »

Amélie haussa les épaules :

« Je ne sais de qui vous parlez!

— Mais de vous, Amélie, dit Mme Pinteau avec douceur.

— De moi?

— De vous et de Pierre Mazalaigue.

— Quoi?

— Oui, oui. Il veut vous épouser... »

Amélie s'appuya des deux mains au comptoir. Le sang se retirait de son visage. De grands battements sourds emplissaient sa poitrine.

« Qu'en savez-vous? balbutia-t-elle.

— Il l'a dit.

— A qui?

— A Mme Sénéjoux, qui me l'a répété, tout à l'heure, en venant au magasin. »

Devant cette figure, qui lui souriait d'une manière sotte et affable, Amélie perdait le contrôle de ses nerfs. La rage, la honte éclataient en elle. C'était une moquerie. Une insulte. Un coup monté. De quel droit?... Une palpitation horrible gagnait sa bouche. Elle bégaya :

« Ce n'est pas vrai!... Je vous défends!... Il n'a pas pu dire cela!... Quand aurait-il dit cela?...

— Aujourd'hui, en arrivant.

— En arrivant où?

— A la Chapelle-au-Bois.

— Il est ici?

— Oui, depuis ce matin.

— Mon Dieu! » murmura Amélie.

Sous l'effet de la surprise, sa hargne était tombée net. Tout occupée à ressaisir ses pensées en déroute, elle ne prenait même plus garde à Mme Pinteau, qui la considérait très attentivement. Hébétée, enchantée, elle laissait son secret paraître clairement dans ses yeux. Était-il vraiment revenu? Alors qu'attendait-il pour se présenter devant elle? Pourquoi parlait-il de ce mariage aux autres avant de l'avoir consultée? On n'agissait pas ainsi quand on avait de l'éducation. C'était incorrect. C'était maladroit. Comme tout ce qu'il faisait. Elle avait mille raisons de s'indigner contre lui, et, cependant, elle ne savait plus prendre sa colère au sérieux. Tout ensemble choquée et heureuse, comme si elle eût échappé à un accident, elle s'étonnait de cette exaltation paradoxale, de cette joie de vivre, qui subitement lui tournaient la tête.

« Vous êtes sûre? dit-elle humblement.

— Sûre de quoi, ma petite Amélie? » demanda Mme Pinteau.

Amélie eut un sursaut de pudeur outragée. Ce regard la mettait à nu. Elle ne pouvait pas admettre qu'une étrangère allât si loin dans la connaissance de son âme. Ses joues cuisaient. Elle souhaitait disparaître, s'évanouir.

« Je monte me changer, dit-elle. Vous vous occuperez de... »

Le carillon de la porte lui coupa la parole. Mme Barbezac entra puissamment dans le magasin. Elle semblait portée par un coup de vent. Son visage mafflu et enfariné rayonnait d'allégresse.

« Qu'est-ce que j'apprends? s'écria-t-elle. En voilà une bonne nouvelle! Je ne veux pas être la dernière à te féliciter, ma jolie! »

Comme frappée par une vision épouvantable, Amélie reculait vers le mur. Celle-là aussi savait! Tout le monde savait! Tout le monde la montrait du doigt! Incapable de prononcer un mot, les dents soudées, l'œil dur, la jeune fille balançait la tête dans un mouvement de négation absurde. A tâtons, elle saisit la poignée de la porte.

« Où vas-tu? dit Mme Barbezac. Est-elle timide, cette enfant!... Viens!... Viens donc!... »

Entraînée par son élan, Amélie traversa la cuisine, gravit l'escalier en butant contre les marches, pénétra dans sa chambre et tourna la clef dans la serrure. La sueur coulait sur ses tempes et le long de ses joues. Elle retira son corsage, déboutonna le haut de sa chemise et rafraîchit la peau de son visage, de son cou, de ses bras, avec un linge trempé dans l'eau froide de la cruche. Les volets à demi fermés maintenaient entre les murs une pénombre étouffante, qui donnait soif. La glace de l'armoire était fendue en deux par un rayon de soleil. Des poussières dansaient autour de cette épée de feu. Amélie entendit le rire de Denis dans la rue. Il passait en courant avec des camarades. Lui aussi devait être dans la confidence. Il allait colporter la nouvelle aux quatre coins du bourg. Bientôt, il y aurait foule devant la maison. « Je suis stupide. Il faut faire quelque chose. D'abord, me rhabiller. » Elle ouvrit l'armoire, choisit un autre corsage, l'enfila, le boutonna de travers. Il lui semblait qu'elle se préparait pour une fête, puis, aussitôt après, qu'on l'avait insultée en public et qu'elle était déshonorée pour le restant de ses jours. « Il est ici — ici — ici ! » Soudain, elle tressaillit et laissa retomber ses bras le long de son corps. Son père criait dans l'escalier :

« Amélie ! Amélie ! Où es-tu ?

— Dans ma chambre ! répondit-elle.

— Je voudrais te parler.

— Une minute, papa. Je descends.

— Non, reste là-haut. Je vais monter... Je préfère... »

Elle entendit le pas de Jérôme et ouvrit la porte. Il avait roulé les manches de sa chemise sur ses avant-bras velus. Ses cheveux grisonnants pendaient en boucles sur son front hâlé et ridé. Il entra, repoussa la porte et se campa devant Amélie. Sa moustache prit une position oblique. Sa pommette gauche se haussa un peu. Son œil gauche se ferma à demi.

« Quelle histoire ! dit-il. Je n'aurais jamais cru ça ! Tu vas être étonnée !... »

De toute évidence, il espérait qu'elle l'encouragerait à poursuivre. Mais Amélie avait peur de trahir son émoi en parlant. Il toussota, sourit et reprit sur un ton bourru :

« Devine qui je viens de voir ! »

Amélie secoua la tête en signe d'ignorance.

« Pierre Mazalaigue ! dit-il. Qu'en penses-tu ?

— Mais rien, papa, chuchota Amélie.

— Il est venu me trouver à l'improviste... Et là... hum !... pour ainsi dire... Sais-tu ce qu'il m'a demandé ?

— Non.

— Il m'a demandé ta main. »

Tout vacillait et se confondait dans un rêve. Amélie ne savait même plus si elle était encore debout. « Donc, c'est vrai ! Donc, il m'aime ! Donc, il ne se moque pas de moi ! » La voix de son père la retint au bord de l'étourdissement :

« Je lui ai répondu que personnellement j'avais de la sympathie pour lui... et... et pour son projet... mais que je devais t'en parler d'abord... que tout dépendait de toi... Alors, il m'a dit qu'il était sûr que tu accepterais...

— Il t'a dit ça? » s'écria-t-elle.

Elle voulut se fâcher, mais n'en eut pas la force et répéta dans un gémissement :

« Il t'a dit ça?

— Oui. »

Amélie s'assit sur le lit et cacha son visage dans ses dix doigts crispés. Dès le début de l'entretien, Jérôme avait redouté cette réaction sauvage. Navré et gauche, il s'approcha de sa fille, posa une main sur son épaule et soupira :

« Ce n'est pas très grave qu'il ait dit ça...

— Ah! tu trouves? gronda Amélie sans découvrir sa figure. Si encore il ne l'avait dit qu'à toi! Mais je suis sûre qu'il l'a dit de la même façon aux autres!

— A quels autres?

— A Mme Sénéjoux, à... à... tout le monde!... De la même façon!... « Elle acceptera... Elle ne peut pas refuser... » Et d'abord, pourquoi est-il allé en parler à travers le pays avant même de savoir si j'étais d'accord, si nous étions d'accord? Pour m'humilier? Pour me mettre au pied du mur? Pour me forcer à dire oui, même si je n'en ai pas envie? »

Débordé par ce flot de paroles, Jérôme clignait des yeux et remuait faiblement les doigts.

« Eh! non! grommela-t-il enfin. Il n'a pas tant de méchanceté, le pauvre! Je sais bien ce qui s'est passé, moi...

— Comment le sais-tu?

— Il m'a expliqué.

— Ah! oui?

— Ce matin, quand il est arrivé, Mme Sénéjoux lui a demandé la raison de son voyage. Alors, ma foi... comme il est franc et simple de nature, il ne lui a pas caché qu'il était venu... surtout à cause de toi, tu comprends?

— Non, je ne comprends pas.

— Et Mme Sénéjoux, au lieu de garder le secret pour elle... »

Amélie laissa retomber ses mains sur ses genoux. Sa figure apparut, pâle, avec une lèvre inférieure qui tremblait.

« Quelle insolence! dit-elle.

— Pourquoi? Si jamais tu refuses, ce sera lui qui aura l'air ridicule de s'être vanté trop vite! Pas toi! Lui!

— Je te trouve bien bon de le défendre!

— Je ne le défends pas!

— Un homme si sûr de lui qu'il en est malhonnête!...

— Peut-être, je ne dis pas...

— Un... un rien du tout qui se croit!... »

Elle s'étrangla avec ce dernier mot et se tut.

Jérôme se gratta la nuque. L'échec de sa mission ne l'étonnait guère. Mais il ne comprenait pas que le refus d'Amélie s'accompagnât d'une telle agitation. Peut-être soupçonnait-elle son père de vouloir la contraindre à ce mariage? Une fois de plus, il eut l'impression d'être devant sa fille comme devant une mécanique aux déclenchements imprévisibles. Soucieux de ne la brusquer en rien, il dit :

« Amélie, mon enfant, ne te tourmente pas ainsi. Puisque tu ne veux pas de ce garçon, tout est simple. Je vais aller lui dire que tu refuses. Il comprendra. Il s'en ira. Et fini!... »

Il attendit qu'elle l'approuvât. Mais le silence, entre eux, se prolongeait. Amélie, le dos rond, ne bougeait pas. Sa poitrine se soulevait et s'abaissait à peine sous le corsage noir, mal boutonné. Jérôme fit un pas vers la porte.

« Attends, papa, balbutia-t-elle. Que t'a-t-il dit d'autre?

— Oh! rien qui puisse t'intéresser. Il m'a parlé de sa situation à Paris.

— Et alors? Raconte...

— Il a une bonne place. Il fait la pose des parquets sans joints dans des hôpitaux, dans des hôtels. C'est un travail de spécialiste. Un travail bien rétribué...

— Et il voulait continuer ce travail après son mariage?

— Bien sûr! Pourquoi pas?

— Il ne t'a pas laissé entendre qu'il pourrait, à la rigueur, changer de métier, revenir vivre ici?

— Non.

— Il t'a dit que, si j'acceptais, nous irions habiter Paris?

— Oui. »

Amélie rapprocha ses mains et les écrasa l'une contre l'autre, en faisant une grimace de souffrance.

« C'est trop fort! » dit-elle.

Jérôme fronça les sourcils. L'attitude de sa fille lui paraissait décidément tout à fait illogique. Il avait de la peine à conserver son sang-froid.

« Encore une fois, s'écria-t-il, pourquoi te fâches-tu, puisque tu n'as pas l'intention de l'épouser? »

Mais elle ne l'écoutait pas :

« Cela dépasse tout!

— Bon. Calme-toi.

— Il ose... il ose encore!... »

Soudain, elle se tourna vers son père et dit :

« Et toi, que penses-tu de cette proposition de mariage? Cela te plaît? Cela te convient?... »

Jérôme s'attendait si peu à cette question, qu'il resta un moment abasourdi, le regard flottant. Il se massait le bas du visage avec le plat de la main. Enfin, il grogna :

« Cela ne peut me convenir que si cela te convient, à toi. En tout cas, le garçon me semble sérieux et honnête...

— Sérieux et honnête? reprit-elle avec une intonation sarcastique.

— Oui. Mais tu n'y tiens pas. C'est ton affaire. Personne ne te pousse... »

Il y eut encore un silence. Jérôme déplaça une chaise et se tourna vers la porte. Amélie dit :

« Où vas-tu?

— Lui porter ta réponse.

— Ma réponse?... Je ne suis pas pressée... Il peut attendre... Il mérite d'attendre... »

Jérôme se mit à rire :

« Tu crois ça? Le pauvre! Il est venu de Paris exprès. Et maintenant, il s'impatiente, il piaffe, il tourne en rond. Si je le laisse seul trop longtemps, il va tout me démolir...

— Tout te démolir? Où ça?

— Dans la forge. »

Amélie se dressa d'un bond, la face nue, les yeux écarquillés et brillants.

« Il est dans la forge? demanda-t-elle.

— Oui. »

Un tremblement courut sur tout le visage de la jeune fille. Elle appliqua ses deux poings contre ses lèvres. Des larmes jaillirent de ses paupières. Avant que son père eût pu esquisser un geste, elle avait ouvert la porte et s'était précipitée dans le couloir.

Quand Jérôme arriva sur le seuil de l'atelier, Amélie était déjà dans les bras de Pierre Mazalaigue. Elle avait retrouvé sa place au creux de l'épaule. Tendrement et fortement serrée, elle se sentait devenir petite, légère, malléable, comme si sa vocation eût été précisément d'être soulevée et pétrie, bercée et emportée au loin. Il avait une chemise blanche et une cravate noire. Ses mains étaient dures. Ses vêtements fleuraient le tabac. Il ne cherchait pas les lèvres de la jeune fille. Et elle ne voulait pas de baiser. Son seul désir était de prolonger indéfiniment cette pure étreinte. Attentive, recueillie, elle écoutait battre le cœur de Pierre Mazalaigue. Tout était pardonné, oublié, balayé. Quelque part, au bout du monde, on entendait les exclamations de Mme Pinteau, les rires de Denis et la voix de Jérôme qui disait :

« Mais alors? C'était convenu? Vous m'avez roulé, tous les deux? Ah! bête que je suis! »

TROISIÈME PARTIE

1

LE train ralentit, siffla, souffla, s'arrêta en grinçant dans une gare. Éveillée par le dernier cahot, Amélie ouvrit les paupières et crut qu'elle rêvait encore. La lanterne du compartiment, voilée en veilleuse, dispensait à ses yeux une lueur bleue et sombre de crépuscule. Sa tête reposait sur l'épaule de Pierre. Sans bouger, elle leva son regard et le promena avec gratitude sur la pente de la joue osseuse et mal rasée, sur le bord luisant des lèvres, tout autour des narines, d'où naissait la moustache noire. Il dormait. Elle baignait dans le rayonnement de ce corps aux muscles détendus. A travers le tissu de sa jupe, elle sentait le dessin d'une main chaude, appuyée sur son genou. Il avait posé sa main là, au moment de s'assoupir, comme pour bien marquer que cette femme était à lui, qu'on n'avait pas le droit de la lui prendre. La main était blanche et sèche dans l'éclairage de la lampe masquée. Une alliance brillait à l'annulaire. « Mon mari! » songea-t-elle. Un frémissement d'orgueil lui vint à cette pensée. Elle répéta le mot, en elle-même, pour s'habituer à sa résonance : « Mon mari! Je vous présente mon mari! Vous ne connaissez pas mon mari? » Affalés sur la banquette d'en face, un gros homme bouffi et barbu, une petite vieille, un militaire, une jeune fille à la longue figure de cire, ronflaient, côte à côte, dans des attitudes disloquées. Des papiers gras gisaient entre leurs pieds. L'air était imprégné d'une odeur de charbon et de charcuterie. Derrière le rideau baissé, on devinait des lumières fixes. Des gens passaient en courant sur le quai. Un chariot roulait avec un grondement de tonnerre. Quelqu'un, à l'extérieur, parlait fort, criait, et un jet de vapeur emportait sa voix. Où se trouvait-on? Quelle heure était-il? Des portières claquèrent. Le train s'ébranla. De nouveau, les roues se mirent à vibrer sous le siège d'Amélie. Derrière le rideau, des lunes mouillées défilaient toujours plus vite. Les trépidations du convoi se communiquaient aux voyageurs. Ils tremblaient tous au même rythme, sans que leur sommeil en parût affecté. Fascinée par le spectacle de ces mannequins au chef branlant, Amélie comprit qu'elle ne pourrait plus s'endormir. D'ailleurs, elle n'en avait pas envie. Elle était trop heureuse pour prendre du repos. Sans se lasser, elle retournait aux journées exaltantes qu'elle venait de vivre. Leur écho ne faiblirait jamais dans sa mémoire. Le merveilleux avait commencé pour elle quand elle avait revu Pierre Mazalaigue dans la forge, après une si longue séparation et tant de mauvaises pensées. Immédiatement, tout était devenu très facile. Malgré les exigences du deuil, Jérôme avait insisté pour que le mariage fût célébré le plus tôt possible. Le 12 août était un bon jour. On avait résolu qu'après le départ du jeune couple pour Paris Mme Pinteau s'occuperait du ménage et de la boutique. Quant à Denis, il avait étonné tout le monde en se faisant recevoir à son certificat d'études. Libéré des obligations scolaires, il allait pouvoir travailler comme apprenti sous la direction de son père. L'un et l'autre semblaient enchantés de cette perspective. Où étaient les craintes, les complications de jadis? Il n'y avait plus sur terre que des gens débordant de joie. On hâtait les préparatifs de la noce. Prise de court, Amélie complétait son trousseau par des commandes passées à Limoges. Mlle Bellac, défigurée par l'inspiration, lui soumettait chaque jour un nouveau dessin de mode pour sa toilette de mariée. Mme Pinteau et Mme Barbezac donnaient leur avis. Mme Calamisse essayait d'imposer le sien par-derrière. Enfin, en grand secret, on se décida pour un modèle très simple, dont tout le chic venait d'un mouvement de drapé sur la hanche droite, avec rappel des plis sur la manche gauche, et la couturière, éperdue de zèle, se noya dans le satin blanc duchesse. Quelques jeunes filles, conseillées par Françoise Roubaudy, se coupèrent des mèches de cheveux et les glissèrent dans l'ourlet de la robe, ce qui, d'après une superstition ancienne, devait aider ces demoiselles à trouver rapidement un époux. Il y eut des échanges de lettres entre Limoges et la Chapelle-au-Bois. Amélie se mariant avant Marthe, celle-ci accepta d'être la demoiselle d'honneur de celle-là. Bien entendu, à cause du deuil, il ne fallait pas songer à inviter grand monde. On convia les parents et amis, une trentaine de personnes en tout (les mêmes, à peu de chose près, que pour l'enterrement de Maria), et on espéra qu'il ferait assez beau pour pouvoir servir le repas sur une longue table dressée dans la cour, devant la forge. Tout à coup, alors qu'on croyait avoir encore beaucoup de temps devant soi, le grand jour arriva, ensoleillé, poussiéreux, solennel.

La nuque appuyée au dossier de la banquette, Amélie revivait sans effort ces minutes inoubliables. Elle sentait encore, derrière elle, la présence raide et légère de son voile; des gants blancs enserraient ses doigts; sa taille, comprimée dans un vrai corset, lui donnait l'impression d'être plus fine que d'habitude; et l'harmonium jouait, les cierges brûlaient, l'abbé Pradinas prononçait des paroles d'union en latin; on entendait craquer des chaises et soupirer des personnes émues dans l'assistance. Jean Eyrolles n'était pas venu. Ni Antoinette, bien sûr. Cela valait mieux ainsi. Pierre, les cheveux coupés court, les oreilles dégagées, portait une fleur d'oranger à la boutonnière. Il se tenait très droit et bombait le torse. Elle avait été fière de traverser le bourg à son bras pour revenir à la maison. Le cortège les suivait, dans une rumeur de flatteries. Des gens faisaient la haie pour regarder passer la noce. On mangea en plein air, comme convenu, à deux pas du travail aux sangles pendantes. Mme Pinteau surveillait la cuisine. Les servantes de Mme Calamisse et de Mme Barbezac présentaient les plats et versaient le vin. Tout le monde parlait à la fois. Mais les facéties et les compliments n'offensaient pas la bienséance. Jérôme avait un visage rouge. Son regard fuyait le regard de sa fille. Il buvait. On lui tapait dans le dos. Et il se mettait à rire, d'une voix cassée, en secouant la tête : « Eh! oui... Voilà... le devoir des parents, c'est d'élever les enfants, et après, hop!... » Denis sautait de sa chaise, toutes les dix minutes, pour porter un morceau à des camarades qui attendaient derrière la maison. M. Calamisse fit un discours pour célébrer les unions entre enfants du pays et flétrir les injustices sociales « qui déparaient encore le tableau de la Corrèze républicaine et laïque ». La cousine Thérèse récita une poésie, où il était question d'un moussaillon aux yeux bleus, embarqué sur une « fière corvette ». Pierre raconta des histoires très drôles, datant de son service militaire. Il prenait volontiers la taille d'Amélie, ou se penchait comme pour lui chuchoter quelque chose à l'oreille, en réalité pour l'embrasser dans le cou. Cette privauté la gênait un peu. Elle soupirait : « Pierre, voyons!... Que va-t-on dire? » Marthe, assise entre son cavalier, Antonin Ferrière, et le beau-frère Caloustre, de Brive, avait l'air de s'ennuyer dans sa robe rose à volants. Il était cinq heures de l'après-midi quand on se leva de table. Et, pourtant, Amélie avait à peine touché au repas. Qu'avait-on servi pour le dessert? Elle ne le savait plus au juste. Ses idées s'embrouillaient.

Elle eut un sursaut de frayeur. Débouchant de l'ombre, une tornade de fer hurlante prenait le wagon en écharpe. Des lumières folles galopaient derrière le rideau tendu. Un accident? Non, on croisait un autre train. Les deux convois glissaient parallèlement, en sens inverse, et échangeaient au passage des battements, des halètements, des coups de sifflet furieux. Soudain, le vide se creusa sur la droite. Comme une muraille qui s'écarte, qui tombe. Quelque chose fuyait dans la nuit. Le grondement des roues s'apaisait, devenait aussi doux qu'une musique. Pierre n'avait pas bronché. Mais une petite ride s'était creusée entre ses sourcils. Il semblait contrarié par un rêve. Elle eût aimé entrer dans sa tête. Puis elle regretta de n'être pas couchée à côté de lui dans un lit. Cette réflexion lui parut impudente et délicieuse. Elle se sentit rougir parmi tous ces gens qui dormaient. La main, sur son genou, se faisait brûlante.

Tard dans la nuit, après une dernière collation, les invités s'étaient dispersés, et Pierre avait rejoint Amélie dans sa chambre. Le grand lit des parents avait été dressé là, à la place du petit lit de jeune fille, qui se trouvait tout démonté, dans le couloir. Les oreillers jumeaux étaient ornés de touffes de rubans blancs aux quatre coins. Il y avait des fleurs des champs dans tous les vases et jusque dans le pot à eau. Le clair de lune entrait par la fenêtre. La tante Clotilde avait cru bon de « prévenir » Amélie. Son œil brillait de tendresse derrière son lorgnon. Sa voix d'institutrice prenait des inflexions mystérieuses : « En souvenir du temps que tu as passé auprès de moi, à la Jeyzelou, permets-moi, aujourd'hui, de remplacer ici ta pauvre mère. Si elle avait vécu, elle t'aurait dit que, pour une jeune épouse, le premier contact est toujours à craindre... Il faut que tu saches, mon enfant... Le mariage intéresse l'âme et le corps à la fois... Cette nuit, même si tu es très étonnée, très fâchée, rappelle-toi qu'à la longue, on s'habitue à tout et que... et que ce qui déplaît d'abord peut plaire par la suite... » Malgré cette confidence inquiétante, Amélie n'avait pas eu peur quand Pierre s'était couché à côté d'elle et l'avait enlacée dans l'ombre. Eût-elle su qu'il allait la tuer, elle ne se fût pas dérobée à son étreinte. Elle sourit en se remémorant son hésitation à comprendre ce qu'il attendait d'elle. Ensuite, elle pensa à certains gestes précis, aux mots qu'il balbutiait en touchant sa peau nue sous la chemise, à la secousse vertigineuse, qui, soudain, l'avait comme éblouie et enlevée au monde. Son cerveau s'échauffait. Elle regarda la main sur son genou. Cette main effrontée, renseignée. Elle eut envie de la prendre, de la poser sur sa poitrine, sur sa hanche, sur son ventre. Était-il normal de désirer cela? N'avait-elle pas un besoin immodéré, monstrueux, d'être caressée? Les nerfs à vif, elle s'étonnait de sa hardiesse. C'était sa troisième nuit de femme mariée. Il lui semblait qu'elle n'avait plus rien à apprendre. Le « premier matin », avant de descendre dans la cuisine, elle s'était contemplée dans la glace de l'armoire pour déchiffrer sur sa figure les traces de la révélation. Oui, *cela* se voyait : à l'expression langoureuse des yeux, au port gracieux de la tête, au teint rayonnant des joues ; *cela* se voyait, et elle n'en était pas fâchée. Pendant toute la journée, elle supporta la curiosité de ceux qui venaient à la maison, ou au magasin. Assurément, chacun, sans le dire, était frappé de la transformation qui s'était opérée en elle. Son mari la suivait partout, la tutoyait, la taquinait, l'entraînait sous de faux prétextes dans le couloir, ou dans la chambre. Entre le déjeuner et le souper, elle avait dû se recoiffer quatre fois.

Le lendemain, il fallut partir. Pierre était obligé de rentrer à Paris, à cause de son travail. Une dizaine de personnes accompagnèrent le couple jusqu'à la gare. Jérôme affectait la vaillance et la bonhomie, mais, à tout moment, ses traits s'affaissaient, son regard se chargeait de tristesse. Au départ du train, il avait agité son mouchoir, pour faire comme les autres. Du groupe collé à la poussière du quai, et qui s'éloignait, qui rapetissait si vite, Amélie ne voyait que lui. On eût dit qu'entre eux deux un lien se tendait, s'étirait, allait se rompre. Le train siffla. « Pauvre papa, songea Amélie, il est bien à plaindre. Je lui écrirai tous les jours. Peu à peu, il s'habituera à mon absence. Me sachant heureuse, il retrouvera, lui aussi, le bonheur. Avec Mme Pinteau pour s'occuper d'eux, je suis tranquille... » C'était la Providence qui avait placé Mme Pinteau sur sa route. Sans cette femme, Amélie eût hésité à abandonner la maison, le magasin. Peut-être, son mariage avec Pierre n'avait-il tenu qu'à cela ! Elle frissonna. Non. Même si Mme Pinteau n'avait pas existé, elle serait devenue l'épouse de Pierre. On aurait trouvé un autre moyen de tout arranger. « En amour, il n'y a pas d'obstacles. » Pierre avait dit cela, jadis. Et elle ne l'avait pas compris. Elle ne l'avait pas cru. Ignorante et présomptueuse. Autant elle jugeait sévèrement la jeune fille qu'elle avait été, autant elle se plaisait en femme. Sa gorge se desséchait. Elle avait soif. A Limoges, où on avait changé de train, elle avait bu un peu de bière au buffet de la gare.

Le gros homme barbu piqua du nez dans son plastron. Le militaire étendit ses jambes. Tout retomba dans l'immobilité. Les voyageurs dormaient aussi profondément que les valises et les cageots rangés au-dessus d'eux dans le filet à bagages. Amélie posa sa main sur la main de Pierre. Il tourna son visage vers elle, ouvrit à demi les yeux, sourit, poussa un soupir et lui entoura les épaules de son bras droit. Elle murmura :

« Pierre... Pierre... »

Il ne répondit pas. Le sommeil l'avait déjà repris. « Quelle brute ! » pensa-t-elle, et elle sentit comme un nid qui palpitait dans sa poitrine. « Une vraie brute ! Il dort. Il est beau. Il est fort. Je l'aime. C'est mon mari... » De petites phrases bêtes se succédaient dans son esprit, cependant que son corps s'engourdissait, faisait bloc avec un autre corps, et acceptait délicieusement la lumière bleue, la chaleur âcre de l'air et le martèlement monotone des roues, qui tournaient, tournaient dans la nuit.

*

Une tache blanche s'élargissait dans sa tête. Ses paupières ne suffisaient plus à la protéger contre la clarté du monde extérieur. Elle glissa un regard entre ses cils. Le petit jour. Rideaux levés. Faces blafardes. Le train courait dans un infini de brume. Mais ce vide soudain contre son épaule, cette absence ! Mon Dieu ! Pierre n'était plus là ! Amélie se retint de crier, écarquilla les yeux et l'aperçut, debout dans le couloir. Il lui tournait le dos et contemplait le paysage. Soulagée, elle s'accusa de céder trop vite à des appréhensions puériles. Puis elle songea qu'éveillé avant elle il avait dû s'amuser à la regarder dormir. Cette pensée lui fut désagréable. Comme si on lui avait pris quelque chose sans sa permission. Peut-être était-elle tout à fait déplaisante à voir dans l'abandon du sommeil ? Peut-être ressemblait-elle à ces gens qui émergeaient de la nuit, devant elle, avec des masques souillés par la fatigue et la poussière de charbon ? Le militaire s'étira et fit claquer ses lèvres dans un bruit de salive. Amélie ouvrit son réticule, en sortit un mouchoir, un peigne et un minuscule flacon de vinaigre de toilette. Elle espérait beaucoup que Pierre ne se retournerait pas pendant qu'elle rafraîchissait sa figure à petits gestes rapides et relevait les mèches de cheveux qui tombaient sur ses oreilles. Heureusement, il paraissait fasciné par le défilé des poteaux télégraphiques. Elle croqua un bonbon à la menthe pour se donner meilleure haleine, défripa sa robe, se mit debout et rejoignit son mari dans le couloir. Sans se soucier des gens qui les entouraient, il la prit par la taille et l'embrassa au creux du cou. En même temps, il lui dit qu'elle était encore plus jolie quand elle dormait que quand elle était éveillée. Elle se défendit faiblement, assura qu'elle ne le croyait pas, le supplia de rester sage et se serra contre lui comme pour l'empêcher de l'être. La vie des autres fuyait derrière la vitre sale. Une flaque d'eau. Un cheval jaune et un cheval noir dans un pré. La maison d'un garde-barrière. Deux gamines arrêtées au bord de la voie. Elles saluaient les wagons en agitant la main, comme les jeunes filles de la Chapelle-au-Bois le faisaient naguère. Le temps d'un clin d'œil, Amélie fut auprès de ces inconnues, se regarda passer et envia sa chance. Puis elle reprit son rôle à côté de Pierre, toute frissonnante encore, comme si, dans l'intervalle, elle avait manqué se faire voler sa place au jeu des quatre coins.

Il dit :

« Regarde bien, Amélie. On approche. Bientôt, tu verras Paris... »

Quand il la tutoyait ainsi, elle éprouvait une sensation de rapt, de soumission équivoque, d'emprisonnement inexorable et voluptueux. Elle chercha une réplique qui lui permît de le tutoyer à son tour. Mais, par malchance, seules des phrases à tournure impersonnelle lui venaient en tête. Enfin, elle murmura avec effort :

« Tu crois... tu crois vraiment que nous sommes presque au bout du voyage? »

Et elle rougit, enflammée de honte et de plaisir par sa hardiesse dans les rapports conjugaux. Quelqu'un baissa une vitre. Un courant d'air chaud s'engouffra dans le passage, avec le bruit forcené des roues et l'odeur de la fumée volante. Vaguement écœurée, Amélie savourait une envie de café au lait et de tartines. Devant ses yeux, la campagne se chargeait de maisons, de plus en plus hautes, de plus en plus sales, de plus en plus serrées. Partout, l'herbe usée, râpée, cédait la place à la pierre, au fer, au bitume. Les routes devenaient des rues. Le train roulait entre des falaises percées de fenêtres. Quelques voyageurs nerveux descendaient leurs valises des porte-bagages. Il y avait beaucoup de monde dans le couloir. Des messieurs fumaient. Des dames rajustaient leurs voilettes. Un enfant pleurait devant la porte des lavabos.

« Et maintenant, sommes-nous à Paris? demanda Amélie.

— Non, dit Pierre. Pas encore. La banlieue seulement...

— Mais Paris?...

— Dans un quart d'heure. Tu es impatiente? »

Elle acquiesça de la tête et dirigea son regard vers un lointain d'écailles grises, de tours et de vapeurs.

*

Le fiacre dépassa les grilles de la gare, franchit un grand pont et prit de la vitesse. Assise sur la banquette, à côté de Pierre, Amélie chercha sa main et la serra très fort, comme pour lui rappeler qu'elle s'était placée sous sa protection. Il comprit sa pensée, fit un sourire d'homme tranquille et commença à parler. Mais elle n'entendait pas ce qu'il lui disait. L'extraordinaire mouvement de la rue accaparait déjà son attention. A tout moment, elle craignait que leur voiture n'entrât en collision avec une autre ou n'écrasât un piéton. Des cyclistes impertinents se faufilaient, au péril de leur vie, entre les équipages. Les chevaux trottaient, sans dévier d'une ligne, près des automobiles pétaradantes. Le claquement des sabots répondait au grondement irrité des moteurs. Un tramway vert et blanc s'enlisait dans la foule. A un carrefour, obstrué par l'afflux des véhicules, les trompes engageaient une conversation de canards. Sur les trottoirs, des passants au profil tranchant marchaient vite et se traversaient l'un l'autre. L'odeur de l'essence évaporée donnait mal à la tête. Des arbres sortaient de l'asphalte, le pied pris dans une grille en fer, les branches coupées court et le feuillage anémié. La lumière du soleil coulait sur des façades rongées par une lèpre grise. Toutes les maisons étaient vieilles, encrassées, malades. Amélie avait trop souvent entendu vanter les agréments de la capitale pour n'être pas déçue par l'aspect malpropre et besogneux qu'elle en découvrait aujourd'hui. Elle regarda Pierre; il était heureux de lui présenter la ville :

« Nous sommes dans l'avenue Ledru-Rollin et j'habite rue de Charonne... Tout près d'ici... Vite... vite, regarde, c'est la Bastille!... Quel remue-ménage, hein? Est-ce grand? Est-ce vivant? Est-ce gai? Qu'en penses-tu?... Cela te change de la Chapelle-au-Bois!... »

Le fiacre s'arrêta devant une maison de cinq étages, aux fenêtres carrées, sans volets, sans barres d'appui. L'enduit de la façade se boursouflait et découvrait par places des morceaux de pierre grumeleuse et noirâtre. Une lézarde, partie du toit, descendait en suivant l'axe de la gouttière. A la porte d'entrée veillaient les tourelles métalliques de deux robustes boîtes à ordures. Amélie huma une odeur de légumes pourris et d'eau grasse.

« C'est ici! » dit Pierre.

Il sauta à terre, paya le cocher, déchargea les bagages. Elle le suivit dans un couloir aux parois couleur de moutarde. L'escalier prenait là, dans la pénombre, avec son bout de rampe qui tournait court et son paillasson élimé. Les marches en bois étaient étroites. La loge de la concierge s'accrochait à mi-étage, sur un palier triangulaire, pavé de carreaux rouges. Pierre posa les valises et frappa à la porte vitrée :

« Bonjour, madame Cordier! »

Hors du réduit, émergea une masse considérable, qui semblait venir du fond des eaux. Mme Cordier avait de l'embonpoint, un teint de beurre, et de grosses prunelles noires, larmoyantes. Elle joignit les mains et gémit :

« Enfin, tout de même! On se languissait de vous, dans la maison! Et voici votre petite dame! Mignonne comme un cœur frisé! Sont-ils gentils, tous les deux!... »

Elle saisit les mains d'Amélie, l'enveloppa d'un regard gluant et reprit, essoufflée par l'émotion et la bienveillance :

« Il avait besoin de quelqu'un comme vous! Et il était le seul à ne pas s'en rendre compte! Ah! les hommes!... S'il vous fait des misères, dites-le-moi, je lui tirerai les oreilles! »

Amélie était gênée par cet accès de familiarité bavarde.

Pierre s'en rendit compte et l'entraîna, laissant Mme Cordier enracinée au seuil de sa loge. La tête penchée en arrière, le cou tordu et le sourire aux lèvres, elle suivait des yeux la montée du couple vers les félicités des étages supérieurs.

« Encore un petit effort, dit Pierre. Une fois là-haut, tu verras comme c'est clair, comme c'est aéré!... »

Il allait devant, portant les valises, qui, au passage, butaient contre le mur ou contre les barreaux. Deux portes par palier. Deux paillassons. Deux sonnettes. Mais, à partir du quatrième étage, la maison changeait d'aspect et se montrait en petite tenue. La rampe en bois devenait une rampe en fer. Les parois de l'escalier présentaient des initiales gravées au canif, des traces de doigts sales et des dessins grossiers. Une lucarne éclairait les dernières marches. Pierre les escalada lestement et s'engagea dans un corridor, bordé sur la gauche par un mur aveugle, et, sur la droite, par des portes toutes pareilles, à un seul battant. Devant l'une de ces portes, il s'arrêta, déposa son chargement et tira une clef de sa poche. Le vantail, poussé d'un coup de genou, se rabattit en claquant contre la cloison.

« Te voici chez toi », dit Pierre.

Elle franchit le seuil avec timidité, et, dès l'abord, fut agréablement surprise par la lumière et la propreté de la chambre. Mais il y faisait très chaud car elle était située sous les combles. Pierre se hâta d'ouvrir la fenêtre mansardée. Un peu de fraîcheur entra avec la rumeur de la ville. Le plafond était bas, le plancher nu et les murs tendus d'un papier moderne à fines rayures bouton-d'or et gris ardoise. Un paravent, tapissé de la même façon, dissimulait en partie la table de toilette. Il y avait aussi une étagère garnie de livres, une table de jardin en osier, servant de bureau, un fauteuil canné, deux chaises, une armoire à glace, mais la jeune femme négligeait ces meubles secondaires pour concentrer toute son attention sur le lit. Un lit pour deux personnes, avec un châssis en fer passé au vernis noir, quatre boules de cuivre pour terminer les barreaux et des pieds montés sur roulettes. Intriguée par cette couche, dont les dimensions considérables s'accordaient mal, à première vue, avec les habitudes d'un homme vivant seul, Amélie n'osait pourtant exprimer son inquiétude par peur de paraître novice. Pierre posa une main sur son épaule et murmura :

« Ça te plaît?

— Quoi? demanda-t-elle.

— La chambre...

— Bien sûr... Tout est très bien... Je suis enchantée... »

Elle parlait d'une manière saccadée, l'œil un peu rond, le menton mal assuré. Il la considéra avec étonnement :

« Oh! mais!... Oh! mais!... Qu'as-tu donc, mon Amélie?...

— Moi? Rien!

— Si, si! Je te connais!... »

Elle haussa les épaules. Ses yeux parcoururent la chambre et revinrent se fixer sur le lit.

« Tu regardes le lit? dit-il.

— Pas du tout.

— Tu peux le regarder. Il le mérite!...

— Pourquoi?

— Je l'ai eu d'un copain, en échange de mon lit de garçon, d'une table de nuit et d'une salamandre. Juste avant de partir pour la Chapelle-au-Bois. Une idée! Tout préparer pour forcer la chance. Comme si j'étais sûr que je ne reviendrais pas seul! Comme s'il était impossible que tu refuses d'être ma femme!... »

Troublée, elle regretta ses soupçons. Toujours, elle se jetait trop vite dans le drame. Elle se voulut plus confiante, plus généreuse, essaya de sourire et d'alléger le ton de sa voix :

« C'est un beau lit, dit-elle. Je vous félicite... »

Il fit les gros yeux. Elle rougit et se rattrapa promptement :

« Je te félicite pour ta prévoyance... Mais que serait-il arrivé si j'avais dit non? Aurais-tu gardé le lit tout de même? »

Elle jugeait cette question ridicule, voire même dangereuse, mais ne pouvait s'empêcher de la poser. Il éclata de rire :

« Quelle idée! Bien sûr! J'y aurais dormi seul, voilà tout! »

Sur le moment, Amélie fut désappointée par la simplicité de cette réponse. Mais, au fond, elle était déjà lasse de son humeur combative. Sa vigilance s'endormait. Elle souhaitait une trêve. Cherchant un propos de transition, elle demanda :

« Et la cuisine, où la fait-on?

— Tu vas voir », dit Pierre.

Il cligna de l'œil et posa les mains à plat sur le mur, de part et d'autre d'une raie bouton-d'or, qui se fendit dans le sens de la hauteur. Le papier de tenture recouvrait la porte à double vantail d'un placard. Au fond de la niche, se trouvaient un réchaud à gaz, une cuvette et un rayon supportant des tasses, des assiettes et des casseroles. Amélie battit des mains :

« Comme c'est amusant!

— N'est-ce pas? dit-il.

— C'est toi qui as arrangé cela?

— Oui.

— Et tu préparais tes repas toi-même?

— Bien sûr.

— Tu sais donc cuisiner?

— Un peu. »

Elle s'assit lestement au bord du lit, comme pour en essayer le moelleux, et dit sur un ton de taquinerie :

« En somme, tu n'avais pas besoin d'une femme dans ton intérieur?

— Je ne me suis pas marié pour mieux manger.

— Ah! non? demanda-t-elle en lui décochant un regard de malice et de tendre défi.

— Non, dit-il.

— Et pourquoi donc?

— Pourquoi? Pourquoi?... »

Il répétait ce mot d'une langue lourde. Le haut de son visage se contractait, cependant que sa bouche ne cessait de sourire. Comme si elle eût reçu le pouvoir de commander aux éléments, Amélie, frémissante d'orgueil et de crainte, regardait se former devant elle l'orage qu'elle avait voulu. Soudain, une pudeur anachronique, virginale, l'incita à tenter de se lever et de fuir. Mais elle eût été désolée que Pierre obéît à la supplication de ses yeux. Enfin prise aux poignets, jetée sur la couche, embrassée, écrasée, étouffée, caressée, elle s'abandonna au travail des mains qui écartaient ses vêtements. La lumière vive du jour la blessait. Elle voyait trop bien la figure de son mari pour ne pas redouter qu'il eût d'elle une image aussi précise à l'instant où elle ne saurait plus dominer son émoi. Elle chuchota :

« Pierre!... Non!... Tu es fou!... Pas maintenant!... »

Il ne répondit pas. Sa respiration était courte. Ses doigts nerveux tiraient sur les boutons. La maladresse même qu'il mettait à dévêtir Amélie la comblait de joie, comme un témoignage de sincérité.

« Les rideaux! » dit-elle faiblement.

Il se leva, méfiant, tendu, ferma les rideaux qui étaient en percale, de couleur prune. Dans l'ombre imparfaite, Amélie finit de déboutonner et d'enlever sa robe.

*

Vu du lit, le décor prenait un aspect différent, à cause du plafond dont on découvrait soudain l'importance. Les meubles se détachaient du plancher et s'ordonnaient par rapport à ce rectangle de crépi blanc, que traversait une cassure en forme de baïonnette. Pierre, debout, paraissait trop grand pour sa chambre. Quand il s'était levé, Amélie avait eu l'impression qu'il allait défoncer le couvercle de la maison avec sa tête. Maintenant, blottie sous le drap mincc, qui la dissimulait jusqu'au menton, elle savourait le double agrément d'observer son mari se rhabillant après l'amour, et de le sentir encore présent en elle par le frisson qui se propageait dans sa chair. Elle n'était plus seule. Elle ne serait plus jamais seule. Il y aurait toujours cet homme mêlé à sa pensée, à son sang et à ses regards. Ayant cru naguère être comblée au-delà de toute espérance, il lui fallait à l'instant reconnaître que les plaisirs de la nuit de noces étaient bien peu de chose auprès de ceux que Pierre lui avait révélés ce matin. Elle dit, paresseusement :

« Cela m'ennuie que tu sortes.

— Je ne serai pas long.

— On pourrait bien se passer de croissants!

— Non, non. J'y tiens. Des croissants chauds. Et deux cafés-crème que je monterai du bistrot. Tu prendras ton petit déjeuner au lit... »

Tant de prévenance la touchait. Elle n'avait pas l'habitude

d'être gâtée. Chez ses parents, on ne mangeait au lit que quand on était malade. Sans doute, en devenant la femme de Pierre, avait-elle acquis une valeur qu'elle ne mesurait pas encore. Il ajusta sa cravate, enfila son veston et fut, tout à coup, un homme prêt pour la rue, pour le regard des autres. Elle le dévisageait comme s'il se fût introduit par erreur dans la chambre. Parce qu'il était habillé, elle se sentait plus nue qu'auparavant.

« C'est promis, dit-il, tu ne bouges pas! Si tu savais comme tu es belle, couchée dans ce lit!... »

Avant de partir, il s'inclina sur elle et la provoqua par un sourire si proche, que, ne pouvant résister, elle lui jeta les bras autour du cou. Immédiatement repris par le désir, il perdit toute patience. Elle feignit d'en être fâchée, se débattit et le repoussa, penaud, froissé, la lèvre un peu enflée, l'œil étrange.

« Tu ne veux pas? demanda-t-il dans un souffle.

— Non », dit-elle.

Et elle s'aperçut avec surprise qu'en face d'un être aimé le refus même était agréable. Il tirait ses manchettes :

« Pourquoi non?

— J'ai faim!

— Mais après?

— Va-t'en! s'écria-t-elle. Va-t'en!... »

Elle ramassa un de ses souliers au pied du lit et le lança dans la direction de Pierre. Il esquiva le coup, éclata de rire, ouvrit la porte et disparut. Amélie entendit son pas qui s'éloignait. Lorsque la maison fut redevenue silencieuse, elle se leva, s'avança vers la fenêtre et écarta les rideaux. Son regard découvrit l'étendue des toits de Paris, immense massif aux pentes métalliques contrariées, hérissé de cheminées en poterie rose, de pignons, de mitres baroques. Le bruit de la rue se rapprochait : les autos, les marchandes des quatre-saisons, les fiacres aux sabots sonores, toute la ville entrait dans la chambre. Saisie de vertige, Amélie se détourna de ce grand espace où se dépensait, en bourdonnant, l'énergie d'un peuple invisible. Au reste, elle n'avait plus de temps à perdre, si elle voulait être prête pour le retour de son mari. En hâte, elle fit sa toilette, se recoiffa et enfila une chemise de nuit en linon rose, qu'il ne lui connaissait pas encore, et dont les incrustations étaient dues à l'aiguille ingénieuse de Mlle Bellac. Quand Pierre revint avec ses croissants et sa bouteille pleine de café au lait, il trouva sa femme assise dans le lit, fraîche, sentant bon et le regard sage.

2

ILS sortirent de la chambre, un peu avant midi, pour faire quelques emplettes. Apaisée et reconnaissante, légère comme un pur esprit, Amélie marchait au bras de Pierre. Des passants les croisaient, et elle lisait dans leurs yeux qu'ils étaient charmés par la vue d'un couple si parfaitement assorti. Paris avait les dimensions d'un village. Les habitants se connaissaient entre eux. On parlait d'une porte à l'autre. On se retrouvait chez les commerçants. Des enfants jouaient à la marelle sur le trottoir. Un orgue de Barbarie geignait dans une cour. Pierre désigna à Amélie les meilleures boutiques du coin : une boucherie, une épicerie, l'échoppe d'un marchand de couleurs, une boulangerie dont le soupirail soufflait une odeur de levure chaude. Habituée au pain gris et rassis de la campagne, la jeune femme voulut immédiatement acheter une baguette de pain blanc. La boulangère, qui était une personne appétissante et aimable, complimenta « monsieur Mazalaigue » sur l'épouse qu'il s'était choisie. L'hommage du boucher ne fut pas moins éloquent. Amélie lui prit deux entrecôtes. Il y ajouta d'autorité un os à moelle et dit à voix basse :

« Vous lui ferez des entrecôtes Bercy. Je suis sûr qu'il aimera ça ! »

Elle rougit, comme s'il lui eût donné un conseil de caractère très intime, et n'osa pas lui demander de précisions sur cette recette qu'elle ne connaissait pas. D'autres femmes attendaient dans le magasin. On la regardait à la dérobée. Jamais elle n'avait eu, comme aujourd'hui, l'impression de plaire à tout le monde.

Elle avait décidé d'étonner son mari par ses talents de cuisinière. Et, en effet, le déjeuner fut excellent. Pierre déclara qu'il n'avait jamais rien mangé d'aussi bon que cette entrecôte, dont le jus était épaissi avec de la moelle de bœuf écrasée. Il ne voulut pas croire qu'Amélie s'était fiée à son seul instinct pour réussir le plat :

« Qui t'a appris?

— Personne, je t'assure!

— Alors, c'est un miracle?

— Un petit miracle.

— Alors, il ne faut plus que je m'occupe de cuisine?

— Plus jamais.

— Alors, tu mérites vraiment que je t'aime? »

Tandis qu'il restait assis, en manches de chemise, un verre de vin entre les doigts, la tête droite, le regard amusé, elle évoluait autour de lui, sans hâte et sans heurt, avec une grâce acrobatique, débarrassant la table, cueillait les miettes au creux de sa main, rinçait prestement la vaisselle (« Ne bouge pas, c'est déjà fini! »), servait le café (« C'est tout ce que tu as comme tasses? »), et se laissait descendre enfin sur une chaise, l'air modeste, immatériel et triomphant. Il alluma une cigarette. Elle ouvrit les narines sur ce parfum viril. « Je viens de déjeuner avec mon mari. Nous sommes installés dans notre chambre. Et il fume. » Elle rêva à toutes les journées qui allaient suivre. Elle joua à se dire qu'ils étaient déjà mariés depuis dix ans, vingt ans. Cheveux gris, regards voilés, mais toujours aussi épris l'un de l'autre. Puis, comme Pierre lui parlait, elle fit le même chemin à reculons et s'éveilla devant lui, jeune mariée. Il lui expliquait sérieusement les avantages de son poste aux Établissements Ozolithe, parquets sans joints et revêtements en tous genres : des patrons compréhensifs, une besogne intéressante et bien payée (dix francs par jour!) et la possibilité d'arrondir son salaire par des frais de déplacement, dès qu'un chantier s'ouvrait en province. Comme il était l'un des rares spécialistes de cette technique sur la place de Paris, les frères Cotentin, directeurs de l'affaire, le traitaient plus en ami qu'en employé. Ils l'avaient laissé partir, à regret, une première fois après la mort de son père, et une seconde fois à l'occasion de son mariage. Maintenant, ils comptaient sur lui pour toute la campagne d'automne et d'hiver.

« Tu veux vraiment reprendre ton travail lundi? demanda-t-elle.

— Il le faut bien.

— Cela ne nous laisse que deux jours...

— Trois. Nous sommes vendredi.

— Est-ce que tu ne pourrais pas leur faire comprendre?... »

Il écrasa sa cigarette dans une soucoupe et dit gravement :

« Non, Amélie. Je ne veux pas abuser de la bienveillance de ces messieurs. Ils ont ma promesse. Je les ai prévenus par lettre. Je ne vais pas me dédire maintenant! Et puis, si je ne fais rien, de quoi vivrons-nous? »

Il parlait comme s'il se fût adressé à une enfant qui ignore tout des difficultés de l'existence. Cette intonation souveraine déplut à Amélie. La croyait-il incapable d'assumer les obligations d'une véritable épouse, avec tout ce qu'un pareil rôle suppose de labeurs obscurs et de patience dans l'expectative? Elle s'apprêtait à répliquer par des paroles acerbes, mais il se leva, s'étira, les poings fermés, les bras écartés du corps, et elle tressaillit, émue par une odeur d'homme qui la frappait au visage. Oubliant ce qu'elle voulait dire, elle tendait le reste de sa lucidité vers son propre épuisement, comparait cet arôme à l'exhalaison du café, de la terre, de la résine, et se demandait pourquoi elle en était à ce point troublée. Quand les effets de ce traumatisme étrange se furent dissipés, elle entendit Pierre qui disait :

« Maintenant, habille-toi. Fais-toi belle. Je t'emmène!

— Où?

— En ville, sur les grands boulevards... »

Il enfilait son veston. Elle aspira l'air par le nez, à deux reprises, d'une manière discrète et rapide. C'était fini. Elle ne sentait plus rien. Mais elle savait que l'enchantement allait revenir d'une minute à l'autre. Et cette certitude suffisait à entretenir en elle une impression de mystère physique, de chance amoureuse, qu'elle ne pouvait ni ne voulait confier à personne.

Pour sa première grande sortie dans Paris, elle mit une robe de satin noir, égayée par un empiècement lacé à la taille et par un boléro de soie gris tourterelle à larges revers. Un chapeau de paille gris et noir, à aigrette blanche, complétait cet ensemble de demi-deuil. La concierge se planta sur le pas de sa porte pour regarder la nouvelle locataire, qui passait dans un glorieux bruissement d'étoffes neuves. Pierre souleva son chapeau melon. Amélie fit un sourire. Et Mme Cordier, frappée d'extase, hocha la tête à court de compliments.

Une chaleur grise pesait sur les toits. N'ayant pas l'habitude de marcher en ville, la jeune femme éprouvait durement le choc de ses talons contre le trottoir. En outre, il lui semblait constamment qu'elle manquait d'air. A chaque aspiration, c'était comme si le bruit des voitures, l'odeur de la poussière et de l'essence, les couleurs des affiches, les regards des passants, se fussent enfoncés plus profondément en elle. Mais cette sensation d'étouffement, d'encrassement, n'était pas désagréable. Plus on s'éloignait de la Bastille, plus la foule devenait dense aux terrasses des cafés et aux abords des vitrines. Des bribes de conversations flottaient autour d'Amélie. Elle se laissait amuser par l'accent parisien, à la fois vif et traînant, qui donnait de la gaieté aux moindres répliques. Il y avait beaucoup de femmes sur le boulevard. Certaines étaient fardées et portaient des toilettes provocantes. On devinait leurs formes sous les jupes ajustées, les corsages échancrés, les guimpes de mousseline. La hardiesse de leur tenue faisait que des hommes se retournaient sur elles. Amélie nota des échanges de regards entre personnes de sexe différent, qui, sans aucun doute, ne se connaissaient guère. On eût dit que, par instants, des signaux s'allumaient, s'éteignaient dans la cohue, selon les exigences d'un code secret. Cette impression d'impudeur générale était assez accrue par la disposition des étalages. A plusieurs reprises, Amélie se sentit gênée en passant avec Pierre devant des boutiques de lingerie, où des mannequins de cire, aux seins tendus, aux hanches superbes, proposaient à la convoitise des badauds un assortiment de corsets, de jupons et de pantalons à trou-trous. Ailleurs, c'était un kiosque à journaux pavoisé de brochures, dont les couvertures illustrées représentaient quelque fille à demi nue grondant son caniche, ou se lavant le haut du corps avec une grosse éponge. Sur les murs des maisons même, qu'il s'agît de vanter l'excellence d'une marque de dentifrice, ou la saveur d'un apéritif, les affiches offraient l'image de créatures lascives, enroulées dans les plis d'un voile transparent. Heureusement, les Parisiens, habitués à ce déballage de visions libertines, n'y accordaient aucune attention. Pierre, en tout cas, paraissait inconscient de la dépravation dont témoignait cet aspect de la grande ville. Peu à peu, guidée par lui, elle oublia ses préventions et s'abandonna au plaisir de la découverte. Un sac à main en maroquin rouge foncé à cordelière : 70 francs; un service de table de cinquante-deux pièces, en cristal : 115 francs; des draps en pur lin de Bretagne : 25 francs la paire; en coton : 20 francs la paire.

« Que c'est cher! » disait-elle, pour prouver qu'elle ne perdait pas la tête devant un si riche étalage. Mais, en vérité, tout ce qu'elle voyait était si beau, si étrange, si artistement présenté, que rien ne lui semblait trop coûteux. Pierre jouissait en connaisseur de cet étonnement dont il était responsable. Chaque fois qu'Amélie poussait une exclamation de surprise, il avait envie de la couvrir de baisers pour la remercier de sa fraîcheur. Il l'entraîna dans un grand magasin. Dès le seuil, elle crut défaillir sous un excès de respect et de crainte. Or et marbre, l'immense palais grouillait, ondulait, bourdonnait comme une ruche. La lumière électrique jaune se mêlait à la lumière bleuâtre du jour. L'air était imprégné d'un parfum de sueur féminine, de tissu apprêté et de savonnette. Des ruisseaux de clientes coulaient le long des escaliers royaux, se divisaient en remous paresseux autour des comptoirs, se soulevaient en mascarets aux abords des portes battantes. Amélie et Pierre sortirent de là épuisés, la plante des pieds brûlante, la gorge sèche, après avoir acheté un dessous-de-plat en liège, dont l'utilité n'apparaissait pas au premier abord.

Le temps avait passé si vite, qu'Amélie, en se retrouvant dans la rue, fut surprise de constater que le ciel avait déjà la couleur fauve du crépuscule. Il n'était pas loin de sept heures. Le nombre des passants avait considérablement augmenté. Les voitures avançaient pas saccades, en ponctuant chaque arrêt de sauvages appels de trompe.

« Où allons-nous maintenant? demanda Amélie.

— Cela dépend de toi, répondit Pierre. Si tu es très fatiguée, nous rentrons à la maison. Sinon, j'aimerais te présenter mes copains. »

Elle le regarda avec étonnement. C'était la première fois qu'il lui parlait de ses copains. Quand elle pensait à lui, elle l'imaginait toujours seul, coupé du monde extérieur, entouré d'une marge de vide et de silence inviolable. L'idée de rencontrer des gens qui avaient connu son mari quand il était encore célibataire éveillait en elle une curiosité amusée. Fallait-il qu'il fût fier de sa femme pour être si pressé de la montrer à ses amis! Elle sourit et demanda :

« Comment s'appellent-ils?

— Emmanuel Boursier et Maurice Jointoux. Nous avions l'habitude de nous retrouver à sept heures, après le travail, pour faire un billard à la Chope-d'Or. »

Elle eut un froncement de sourcils :

« Qu'est-ce que c'est que la Chope-d'Or?

— Un café, rue de la Roquette, pas loin de chez nous. Le patron est un Auvergnat. Une belle salle. Une clientèle sérieuse...

— Et tu voudrais m'amener là?

— Pourquoi pas?

— Une femme bien ne va pas dans les cafés, Pierre, dit-elle sévèrement.

— A Paris, cela se fait couramment. Je te jure qu'avec moi tu n'auras pas l'air déplacée!

— Mais tes amis ne seront peut-être pas là... tu ne les as pas prévenus...

— Ils y vont tous les soirs », dit-il.

Il y avait tant d'insistance dans son regard, qu'elle céda, en se promettant d'écourter l'entrevue si, contrairement aux affirmations de Pierre, la Chope-d'Or était un lieu mal fréquenté.

« Tu verras, reprit Pierre, ils te plairont beaucoup, mes copains. Emmanuel Boursier est ébéniste, Maurice Jointoux est serrurier. On a fait notre service ensemble.

— Sont-ils mariés ? demanda Amélie.

— Boursier est marié, Jointoux, non. Et maintenant, encore une surprise. Ouvre bien les yeux : on prend le métro. »

Amélie se laissa entraîner, un peu émue, vers l'entrée du souterrain, qui soufflait une haleine douceâtre et fraîche. Craignant de perdre son mari et de se retrouver seule dans la foule, elle se cramponnait à lui comme à un sauveteur. Dans le wagon, l'affluence était telle, qu'ils durent rester debout, pressés l'un contre l'autre, environnés de visages livides et mécontents. Les roues tournaient trop bruyamment pour qu'on pût parler avec quelque chance d'être entendu. Muette, assourdie, la jeune femme admirait le brillant des peintures et des nickels, qui reflétaient la lumière des lampes. La violence du mouvement faisait vibrer les vitres, danser les verrous et palpiter les feuilles des journaux que lisaient les hommes. Quand le train s'arrêtait dans une station, les portes s'ouvraient en claquant et le wagon expulsait d'épais caillots de voyageurs.

« C'est ici ? demandait Amélie.

— Non, pas encore », disait Pierre.

Les portes se refermaient. On plongeait à nouveau dans un tunnel noir, grondant, terrible, piqué, çà et là, d'une lueur qui fouettait l'œil au passage et permettait de mesurer l'effrayante vitesse du convoi. Instinctivement, Amélie glissa un regard vers la sonnette d'alarme et le frein de secours, peint en rouge. Ils descendirent à la Bastille. Pierre jeta son ticket dans une corbeille. Amélie garda le sien, en souvenir de son premier trajet sous terre. Rendue à l'air libre, il lui sembla qu'elle émergeait d'un long malaise respiratoire. Elle était sûre qu'elle avait mauvaise mine, que sa robe était fripée et que l'intérieur de son nez était noir de suie. Sans attacher la moindre importance à l'opinion des amis de Pierre, elle regrettait de se présenter devant eux à son désavantage.

La Chope-d'Or poussait sur le trottoir une maigre rangée de tables, qui étaient toutes occupées. En pénétrant dans la salle, on était immédiatement frappé par l'impression de bruit et de mouvement, qui naissait de tous ces gens immobiles et parlant à voix basse. Une glace murale doublait le nombre des consommateurs affalés sur des banquettes de moleskine chocolat, accouplait le percolateur à son propre reflet, alignait les bouteilles par paires, et donnait un frère jumeau à chaque garçon de café. Avec soulagement, Amélie aperçut quatre ou cinq femmes, assises devant des verres au contenu diversement coloré. Elles étaient toutes accompagnées et portaient des chapeaux sérieux.

« Où sont tes amis? » demanda Amélie.

Pour toute réponse, Pierre lui désigna deux hommes, qui se détachaient du comptoir avec un air de stupéfaction heureuse sur le visage. L'un était joli, fluet, l'œil vif, la moustache blonde et frisée, l'autre, robuste, lourd, sombre de cheveu, de sourcil, de regard. Tous deux portaient une cotte bleue au tissu usé et sali.

« Pierre! Eh bien, mon vieux! On ne t'attendait pas avant demain! Ça va toujours? »

Instantanément, il se fit une grande rumeur autour d'Amélie. En quelques mots, elle apprit que le petit blond était Jointoux et le gros brun, Boursier, que l'un et l'autre étaient enchantés de la connaître, et que, l'ayant vue, ils approuvaient le choix de Pierre et enviaient sa chance. C'était Jointoux qui parlait pour les deux. Visiblement, le son de sa voix le grisait. Il aimait rire et faire rire. Boursier, lui, se contentait de pousser, de temps en temps, un grognement jovial pour rappeler qu'il n'était pas étranger à la conversation. Il paraissait très timide et devait nourrir un chagrin inavouable qui mettait de la tristesse dans ses yeux. Peut-être n'était-il pas heureux en ménage? Par politesse, Amélie lui demanda si Mme Boursier ne leur ferait pas à tous le plaisir de les rejoindre au café, ce soir. Décontenancé, Boursier resta un moment les sourcils hauts, la bouche en cul de poule, et finit par dire que son épouse était malheureusement retenue à la maison par les soins du ménage et l'éducation des enfants.

« Quel dommage! dit Amélie.

— Elle regrettera beaucoup, dit Boursier.

— Ce n'est, je l'espère, que partie remise, dit Amélie.

— Mais oui, dit Jointoux. Avec Mme Boursier, c'est toujours partie remise!... »

Les trois hommes eurent un rire creux et chantant, dont Amélie ne comprit pas la cause. Là-dessus, un garçon de café chauve, à l'air de conspirateur, s'approcha d'eux pour leur annoncer, entre haut et bas, que le billard n° 1 (« Le bon; pas celui avec la reprise! ») allait être libre dans un moment. Aussitôt, tout le groupe se dirigea vers la salle du fond, qu'une porte en verre dépoli défendait contre la curiosité du vulgaire. Dans ce refuge, sentant la bière et le cigare froid, des lampes opalescentes, en forme de boule, concentraient leur lumière sur trois rectangles de drap d'un vert cru. Quelques tables étaient disposées contre les murs pour recevoir les consommations des joueurs. Des messieurs en manches de chemise, armés d'une queue fine et luisante, tournaient, à pas lents, autour des billes. Le choc léger de l'ivoire contre l'ivoire piquait le brouhaha des conversations. En attendant leur tour, Pierre et ses amis choisirent une table et commandèrent les boissons : une absinthe pour Jointoux, une mominette pour Boursier et un petit bordeaux pour Pierre. Amélie, après avoir longuement réfléchi, se décida, sur le conseil de son mari, pour une menthe à l'eau. Seule femme entre ces trois hommes, elle avait à cœur de les charmer par la grâce de ses manières. On lui demanda ce qu'elle pensait de la circulation et des bruits de Paris, si elle ne regrettait pas la Chapelle-au-Bois et par quel prodige elle avait pu apprivoiser un célibataire aussi intraitable que Mazalaigue. Elle répliqua avec un esprit d'à-propos dont elle ne se fût pas crue capable une heure auparavant. Était-ce l'air de Paris, qui, déjà, agissait sur elle? Un personnage petit et roux, ventru et barbu, s'approcha de la table, serra les mains, s'inclina, dit quelques mots pâteux : c'était M. Hautnoir, marchand de vin. Amélie le jugea hideux, malgré le compliment qu'il lui fit de sa beauté et de sa jeunesse. Quand il se fut éloigné, Jointoux chuchota :

« Tu connais la dernière du père Hautnoir? Les bistrots ne

lui suffisent plus. Il veut mettre de l'argent dans un hammam! »

Amélie ne savait pas ce que c'était qu'un hammam, mais, voyant que Pierre éclatait de rire, elle l'imita timidement, les yeux baissés, le rose aux joues, soucieuse avant tout de maintenir sa gaieté dans les limites de la bienséance. Encouragé, Jointoux voulut encore rapporter une histoire très drôle sur le même M. Hautnoir et sa passion pour les bains de vapeur et les massages, mais, d'un froncement de sourcils, Boursier lui déconseilla de le faire. Coupé dans son élan, l'autre resta la prunelle vide, avec tout un poids de paroles sur l'estomac :

« Tu la raconteras une autre fois, dit Pierre.

— Et tu la répéteras à ta femme? demanda Jointoux.

— Peut-être.

— Alors, c'est qu'elle peut l'entendre!

— Pas de toi, dit Pierre : de moi. Est-ce moi ou toi le mari? »

De nouveau, il y eut des rires. Amélie se demandait quelle contenance prendre. Heureusement, il se fit un mouvement de retraite autour de l'un des billards.

« Ça va être à nous », dit Boursier en tapant ses grandes mains l'une contre l'autre.

Il se leva, aussitôt imité par Jointoux. Pierre, lui, ne bougeait pas. Amélie comprit qu'il était partagé entre le désir de jouer et le scrupule de la laisser seule. Attendrie par cette réaction garçonnière, elle demanda :

« Eh bien, Pierre, qu'attends-tu?

— Oh! je ne suis pas pressé », dit-il.

Mais, quand Jointoux et Boursier s'approchèrent du râtelier pour choisir leurs queues, il ne put s'empêcher de tourner sa chaise de biais et de les envelopper d'un regard d'envie.

« Je t'assure que tu devrais aller avec eux, dit Amélie.

— Mais toi?

— Je te regarderai jouer.

— Cela ne t'amusera pas.

— Je suis sûre que si!

— Vraiment? »

Ses yeux s'allumèrent. Il la remerciait en silence. Elle lui en voulut un peu de s'être laissé si aisément convaincre. Déjà, il avait rejoint ses amis et retirait sa veste, soupesait une queue d'un air compétent.

La partie commença. Au début, Amélie tenta de s'intéresser à la trajectoire des billes, roulant avec précision sur une verdure de rêve. Toujours, une blanche allait déranger le couple de l'autre blanche et de la rouge. Les carambolages rendaient un son net et joyeux. Pour préparer leurs coups, les joueurs se penchaient, se fendaient, visaient, la main gauche posée en chevalet sur le drap. Leur front était plissé, leur lippe sévère. Ils avaient une lueur militaire dans l'œil. Comme ils se sentaient observés, ils s'appliquaient davantage. Après chaque point, il y avait des commentaires bruyants :

« Trop d'effet à gauche.

— J'ai joué bille et bande.

— Tu as joué ce que tu as pu, farceur! A toi, Jointoux. On te laisse un bel héritage. »

Parfois, Pierre glissait un regard vers sa femme pour quêter son approbation. Elle hochait la tête et disait : « C'est très bien... bravo! » comme si elle eût congratulé un enfant pour son habileté à faire des pâtés de sable. A mesure que le temps passait, elle se découvrait plus abandonnée et plus lasse. Il lui semblait affligeant que Pierre trouvât du plaisir en dehors de sa compagnie. L'amour qu'elle lui vouait exigeait qu'il fût entièrement et constamment soumis à son influence. Qu'étaient-ils, ces deux hommes, pour l'accaparer pendant qu'elle restait seule, à la table, avec sa menthe à l'eau? Pierre le lui avait expliqué : des témoins de son ancienne vie. Et, par conséquent, de mauvais conseillers pour sa vie nouvelle! Il suffisait de le voir dans le feu de la partie pour comprendre qu'il s'était remis à penser, à agir en solitaire. Il visait la bille: Et, pendant qu'il visait la bille, il n'avait plus de femme. Elle voulut se fâcher, quitter la salle. Ce jeu était trop bête! Et Pierre y prenait trop de goût! Comme s'il eût deviné son intention, il annonça :

« Patience, Amélie! C'est bientôt fini. »

Ayant dit, il s'approcha de la table, avala une gorgée de vin, cligna de l'œil et retourna auprès de ses amis. Il laissait derrière lui une fauve odeur de tabac et de transpiration. Longtemps, Amélie demeura ainsi, contractée dans la négation de son indulgence. Son attention s'endormait. Par désœuvrement, elle porta son verre à ses lèvres. Le goût de la menthe rafraîchit sa langue et lui fit un palais de bois. On avait puisé cette eau verte dans la cuve du billard. Une grande clameur retentit. Déjà la fin? Les hommes se donnaient des claques dans le dos. Leurs visages étaient luisants et hilares. Ils n'avaient pas perdu leur temps.

Machinalement, elle demanda :

« Qui a gagné?

— Moi, dit Pierre.

— Il a eu une de ces veines! s'écria Jointoux. Une de ces veines... »

Il s'arrêta, un mot planté en travers de la gorge.

« La prochaine fois, dit Pierre, je vous laisserai dix points d'avance. Vous êtes des gamins. Il faut que je trouve d'autres partenaires! »

Il paraissait si content de lui, qu'Amélie n'eut pas le courage de lui faire grise mine.

Les hommes reprirent leurs places autour de la table. On but un peu. On parla sans entrain. Et, vers huit heures et demie, Boursier et Jointoux se retirèrent, après avoir fait promettre à Pierre qu'il ne les laisserait pas tomber. Aussitôt après leur départ, il demanda à Amélie :

« Comment les trouves-tu? »

Elle chercha à être sincère, y renonça, et dit simplement :

« Très gentils.

— N'est-ce pas? Je suis content qu'ils te plaisent. On les reverra.

— Bien sûr... Je ne vais pas t'en empêcher!... »

Il ne remarqua pas l'intonation réticente et poursuivit avec chaleur :

« Eux, en tout cas, te trouvent merveilleuse! Si tu savais ce qu'ils m'ont dit de toi!

— Quand?

— Tout à l'heure, au billard.

— Je vous croyais absorbés par votre jeu!

— L'un n'empêche pas l'autre. Je jouais, mais je pensais à toi, je parlais de toi...

— Et tu as gagné tout de même! dit-elle. Tu es très fort. »

Il fut interloqué par cette réplique, se demanda un instant ce qu'il devait en penser, puis opta pour le rire, but le fond de son verre et s'écria :

« Que dirais-tu d'un dîner au restaurant pour bien finir cette journée?

— Tu es fou, Pierre! balbutia-t-elle. C'est beaucoup trop. Il ne faut pas... »

Ils mangèrent dans une grande salle, très éclairée et très bruyante, dont le plafond représentait un groupe de femmes à demi nues tenant des harpes et des violons. Le peu de vin qu'elle avait bu entretenait dans la bouche d'Amélie une saveur de poivre. Son sang battait dans l'ourlet de ses oreilles. Ses yeux nageaient dans la brume. Elle avait envie de rire, parce qu'elle trouvait que les serveurs ressemblaient à des corbeaux. Cependant, son mari consultait l'addition avec une sérénité incroyable, payait cinq francs vingt tout compris, et se plantait un petit cigare dans le coin de la bouche. Ils ne rentrèrent à la maison qu'à onze heures.

Ayant ouvert la porte de la chambre, Pierre voulut allumer la lampe à gaz, qui était fixée au mur. Mais Amélie souffla sur l'allumette et la flamme s'éteignit.

« Pourquoi fais-tu cela? » demanda-t-il.

Elle lui prit la main et chuchota :

« Le clair de lune! »

La lumière nocturne ciselait une boule du lit, poudrait de fausse neige le rebord du drap, la joue d'un oreiller. Amélie se tenait immobile dans tout ce bleu. Son cœur était gonflé de tendresse. Sa bouche s'ouvrait pour boire et être bue. « Est-ce qu'il va vouloir de moi, mon mari, mon mari qui fume un cigare? » Le cigare tomba dans une soucoupe. Pierre avait les mains libres. Elle ferma à demi les yeux, retint sa respiration et attendit.

*

« Pierre, tu dors? »

Il fit un soupir, se retourna et dit :

« Non. »

Elle devinait la courbe de son épaule, l'attache de son cou puissant.

« Pourquoi Mme Boursier n'est-elle pas venue avec son mari, ce soir? demanda-t-elle.

— Il te l'a dit : parce qu'elle est restée à la maison.

— Et pourquoi n'est-il pas resté à la maison avec elle?

— Quelle question! Parce qu'en sortant du travail il a l'habitude de passer à la Chope-d'Or, histoire de se changer les idées!

— Il a besoin de se changer les idées?

— Oui.

— Il s'ennuie donc avec sa femme?

— Ce n'est pas ça, grommela Pierre. Mais... enfin... il y a longtemps qu'ils sont mariés!

— Combien de temps?

— Quatre ou cinq ans, je crois...

— Tu appelles ça longtemps? » s'écria-t-elle.

A demi conscient, il se défendit d'une voix somnolente, mouillée :

« Pour eux, c'est longtemps, Amélie... Pour eux, parce qu'ils ne s'aiment pas... Quand on s'aime... quand on s'aime, ce n'est pas pareil... »

Il coulait à pic dans le noir. Elle entendit monter les dernières bulles :

« ... pas... pareil... du tout... »

C'était fini. Il dormait. Pur de tout souci, libéré de tout lien. Cependant, assise dans son lit, les genoux ramenés au ventre, la gorge battante, Amélie songeait aux innombrables menaces qui s'assemblaient déjà autour de son bonheur.

3

L'HABITUDE fut vite prise : Pierre quittait la maison chaque matin à sept heures, le chapeau melon sur la tête et le casse-croûte dans la poche, rentrait en hâte sur le coup de midi, pour embrasser sa femme et manger un plat chaud, et retournait à son travail jusqu'à sept heures du soir. En son absence, Amélie troquait son rôle d'amoureuse contre celui de ménagère. Secouant draps et couvertures, tournant le matelas, maniant le balai, le chiffon et la serpillière, lavant et repassant le linge, courant les fournisseurs, préparant les repas, elle s'ingéniait à occuper ses loisirs et à fatiguer ses nerfs jusqu'au moment où, enfin, son mari lui était rendu. Alors, son excitation, accrue tout au long du jour, éclatait avec une violence qui l'étonnait elle-même. Souvent incapable de dominer son impatience, elle descendait dans la rue pour le voir venir de loin.

Après deux semaines de cette vie régulière, il fut appelé à diriger un chantier dans un hôpital de Dijon. Les déplacements en province étaient intéressants à cause des indemnités qui s'ajoutaient au salaire. La société Ozolithe expédiait le matériel nécessaire par le train. Pierre était chargé de réceptionner les fûts de produits chimiques et d'embaucher sur place les manœuvres dont il avait besoin. Sa connaissance du métier lui permettait de prévoir assez exactement le temps que dureraient les travaux. Cette fois-ci, il annonça qu'il ne resterait pas absent plus de quinze jours. Amélie l'accompagna à la gare et ne le quitta pas des yeux jusqu'à la dernière minute. Elle était subjuguée par le prestige professionnel, qui émanait de cet homme debout sur le marchepied du wagon. Fière de lui, elle voulait qu'il emportât de sa femme une image souriante et raisonnable.

Ce fut quand elle se retrouva seule sur le quai que sa vaillance l'abandonna. Rentrée à la maison, elle se retint de pleurer à la vue de leur chambre, où, soudain, elle se sentait en visite. Les murs ne la reconnaissaient pas. Les meubles toléraient sa présence. La rumeur de Paris l'entourait, comme la voix d'un fleuve qui déborde. Elle se dit que, perdue dans la grande ville, elle ne pouvait compter sur personne en cas de nécessité. Puis, sa tristesse prit un autre cours, ses pensées la portèrent vers la Chapelle-au-Bois. Quand Pierre était là, elle songeait à Jérôme, à Denis, impétueusement, par à-coups, avec la volonté égoïste de les croire heureux pour continuer à être heureuse elle-même. Privée de son mari, elle se reprocha d'avoir manqué de compréhension à l'égard de son père et de son frère. Elle compara le désarroi où elle se débattait à celui qu'ils avaient dû éprouver après son départ. Certes, les lettres qu'ils lui avaient envoyées depuis son mariage témoignaient d'une louable sagesse. Mais ne dissimulaient-ils pas leurs sentiments pour ne pas l'inquiéter? C'était le garçon qui écrivait, sous la dictée de Jérôme. Ainsi pouvait-elle juger à la fois de l'état d'esprit de son père et des progrès en orthographe de Denis. Elle chercha dans le tiroir la plus récente missive, s'assit au bord du lit, laissa courir ses yeux sur la feuille de papier, réglée au crayon et couverte d'une écriture hésitante. Tout en lisant, elle imaginait son frère courbé sur cette page, mâchant sa langue, une plume dans la main droite et un buvard sous la main gauche. Dans la lumière de la lampe à pétrole, la cuisine basse, enfumée, sentait encore le dernier repas. Autour, il y avait l'extraordinaire silence de la nuit provinciale. Debout derrière son fils, Jérôme disait lentement :

« Ma chère Amélie, c'est avec grand plaisir que nous

recevons tes lettres, dont les heureuses nouvelles sont bien faites pour nous réjouir. Ici non plus nous n'avons pas à nous plaindre et tu aurais tort de t'inquiéter de rien. A la forge, l'ouvrage ne manque pas. Ce matin, j'ai ferré trois chevaux pour la gendarmerie et les deux vaches des Ferrière. Doulournat m'a aussi acheté une faucheuse. Et Rioutoux une faucheuse combinée, à la condition que, si la machine ne fait pas une moisson régulière et que la javelle n'est pas retirée pour le passage des bœufs, il prendra à la place une faucheuse simple. J'ai vendu la faucheuse combinée six cent soixante francs, avec accessoires et lames, et une meule en grès. Le tout payable en six mois. Cela me laissera soixante francs de commission. En plus, j'ai eu des travaux de serrurerie pour la gare, et Justin a été malade, mais maintenant cela va tout à fait bien, il ne tousse plus. Denis est en bonne santé et t'embrasse. Il est sage — c'est lui qui écrit — et il travaille à l'atelier comme un bon apprenti. S'il s'applique pour les petites choses, il sera fort dans les grandes. Quand il connaîtra mieux son métier, je pourrai le placer à Limoges. On y paie jusqu'à cinquante francs par mois, logé et nourri, pour des garçons de son âge, dans la maréchalerie. Tu me diras ce que tu en penses. Nous avons le temps de voir. Et le magasin marche bien, grâce à Mme Pinteau, qui t'envoie toutes ses affections et te fait dire que le nouveau café à 0,70 F le quart est moins bon que l'ancien à 0,65 F, et alors elle va revenir au premier fournisseur, qui est bien aimable et nous a envoyé ses félicitations pour ton mariage. C'est elle qui fait notre ménage et les repas, comme c'était convenu entre vous. Elle déjeune avec nous et soupe chez Mlle Bellac, où elle a toujours sa chambre. Vendredi dernier, M. Barbezac et M. Calamisse sont venus fumer une pipe à la forge. M. le curé était là aussi. On est tous montés au Veixou pour voir. Ce n'est pas beau. Mais il paraît que, l'année prochaine, les fouilles recommenceront. C'est M. Dupertuis qui l'a écrit à la mairie. Dans trois jours, c'est la foire et on se prépare bien. Mme Barbezac va faire le voyage de Limoges pour montrer sa fille au docteur Tabaraud. Elle a quelque chose d'incurable, mais je ne sais plus quoi. Tout le monde me dit de t'embrasser et qu'il ne faut pas que tu oublies les amis. Je le fais donc, ainsi que Denis et que Mme Pinteau, de tout mon cœur. Et je te prie de transmettre à ton époux, Pierre, mon salut affectueux et paternel... »

Jérôme s'arrêta de parler, mais sa voix résonnait encore dans les oreilles d'Amélie. Elle replia les feuillets et sourit, comme s'il eût réellement pu la voir en ce moment. Puis, entraînée par une humeur nostalgique, elle prit les autres lettres et les relut avec dévotion. De quelle poésie se paraient, tout à coup, les noms si familiers de Mme Pinteau, de M. Calamisse, de Justin, de Mme Ferrière, du sabotier Péchadre!... Pour peu qu'il appartînt au pays de l'enfance, le moindre visage, un pan de mur, un bout de palissade, une flaque d'eau, devenait un objet d'amour. La jeune femme dénombrait ces biens et s'étonnait d'être si riche. De toutes ses forces, elle souhaita revoir la Chapelle-au-Bois, la maison, coucher son front contre l'épaule de son père, entendre Denis raconter une histoire de pêche et courir jusqu'au cimetière, où Maria attendait les visites, derrière sa belle grille en fer forgé. « Qu'est-ce que je fais ici? se disait Amélie. Pierre est loin. Personne n'a besoin de moi. Tandis que là-bas, là-bas... » Son cœur s'emplissait d'une compassion orageuse. Elle se sentait reprise par le désir de consoler et de protéger sa famille. Tout n'allait pas aussi bien qu'on voulait le lui faire croire! Qu'il s'agît du magasin ou du ménage, il fallait qu'elle posât des questions précises et demandât une réponse par retour du courrier! Elle s'assit devant la table en osier, saisit une plume, attira une feuille de papier à lettres et souleva d'un coup d'ongle le couvercle de l'encrier. Cherchant l'inspiration, son regard fit le tour de la pièce et se fixa sur le réveille-matin. Il était onze heures dix. Le train roulait. Pierre se tenait dans le couloir. Une cigarette fumait à ses lèvres. Le paysage passait dans ses yeux. Elle trempa sa plume dans l'encrier. La locomotive siffla. Pierre jeta sa cigarette, l'écrasa sous son talon et fourra les mains dans ses poches. Elle savait ce qu'il y avait dans ses poches. Elle savait ce qu'il y avait sous ses vêtements. Elle rougit, sourit, rêva un moment encore, secoua la tête et commença à écrire :

« Mon cher Pierre, à peine rentrée dans notre chambre, je

veux t'adresser cette prompte missive pour que tu saches bien que je ne cesse de penser à toi... »

*

Le lendemain, il lui vint une grande idée. Elle allait profiter de l'absence de Pierre pour embellir leur logis à bon compte. Il lui avait laissé quarante francs avant de partir. Mais elle ne voulait pas toucher à cet argent, réservé aux dépenses du ménage. Les frais de décoration seraient prélevés sur ses économies personnelles. Son ingéniosité et son goût suppléeraient aisément à la modicité des crédits. L'important était de savoir ce qui manquait à cette chambre pour être tout à fait jolie. Or, il suffisait d'ouvrir les yeux pour que le doute ne fût plus possible : « Pas d'harmonie, pas de chaleur, pas d'intimité. » Ayant ainsi diagnostiqué le mal, Amélie chercha le remède. C'étaient les rideaux en percale, de teinte prune, qui donnaient à l'ensemble un air de pauvreté et de tristesse. Incontestablement, il fallait quelques touches de grenat là-dedans : des rideaux grenat, un couvre-lit grenat, un napperon grenat... Le grenat était une couleur généreuse. Elle avait toujours aimé le grenat. Elle calcula le métrage de tissu nécessaire et pria la concierge de lui indiquer le chemin jusqu'au boulevard Haussmann. N'osant encore s'aventurer seule dans le métro, elle voulait, en effet, se rendre aux grands magasins à pied.

Elle arriva sur les lieux, exténuée, apeurée, ayant failli dix fois se faire écraser et se perdre, mais retrouva toute son énergie devant le joyeux déballage des étoffes. Une pièce de pongé grenat semblait avoir été posée sur le comptoir providentiellement pour la séduire. Elle en prit neuf mètres et acheta encore des franges grenat pour la bordure.

Le trajet du retour lui parut interminable. Ses chaussures la blessaient au talon. La ficelle du paquet lui coupait la main. Pourtant, à peine rentrée, dédaignant la fatigue, elle se mit à l'ouvrage. Assise à même le plancher pour être plus à l'aise, elle reporta les mesures sur la pièce dépliée, marqua ses repères avec des épingles et, saisissant les ciseaux, s'apprêta à tailler sans hésitation dans le tissu. Ç'aurait pu être un massacre. Ce fut une réussite. Il resta même assez de pongé pour recouvrir les deux coussins du fauteuil.

Le jour suivant, Amélie faufila son ouvrage. Puis, sur l'invitation de la concierge, qui possédait une machine à coudre, elle s'installa dans la loge pour piquer les ourlets. Pendant qu'elle travaillait, Mme Cordier, assise à côté d'elle, observait ses moindres gestes avec bienveillance. Une odeur aigrelette filtrait hors d'un petit garde-manger au hublot de treillage, à moins qu'elle ne vînt du grand lit écrasé sous un édredon rose sale. Amélie pesait sur la pédale et poussait l'étoffe, d'un mouvement continu, sous le pied-de-biche. Le bourdonnement du mécanisme emplissait ses oreilles.

« Ce sera bien beau, une fois terminé, avec les franges autour! dit Mme Cordier.

— Oui, dit Amélie. Le meilleur moyen d'égayer une pièce, c'est encore de changer les rideaux et le couvre-lit.

— Il n'y aurait jamais pensé tout seul. Un homme, ça n'a pas d'idées pour ce genre de choses. Si je vous disais que le mien, quand nous sommes venus nous installer ici, il ne voulait même pas que je fasse retapisser! il a fallu que je passe outre! Depuis, bien sûr, le papier s'est usé, on ne peut plus se rendre compte. Mais, à ce moment-là, dans sa fraîcheur, c'était tout rose comme l'intérieur d'une boîte à bonbons!

— Y a-t-il longtemps que vous habitez la maison? demanda Amélie.

— Trente ans, ma petite dame! Ça ne vous dit rien? Aussi, vous pouvez me croire que je le connais, mon quartier!...

— Et vous vous y plaisez? »

Mme Cordier hocha sa grosse figure, au teint cireux de recluse. Ses yeux se nuançaient d'une mélancolie rétrospective. Elle soupira :

« Moins qu'au début! Les gens ont tellement changé! Autrefois, je vous parle de 85 ou 90, on ne voyait dans notre coin que des ébénistes, des tapissiers, des serruriers. Artisans ou commerçants, c'étaient des gens sérieux, avec leurs dames, leurs enfants. On vivait la vie de famille. Il y avait de la tenue partout. Quand on prenait l'air, c'était un plaisir de se saluer les uns les autres. Mais maintenant, avec toutes les filles qui traînent sur les trottoirs...

— Les filles? demanda Amélie en faisant pivoter son tissu.

— Vous ne les avez pas vues? »

Ne sachant à quelles filles Mme Cordier faisait allusion, Amélie hésita une seconde avant de répondre :

« Non.

— Eh bien, c'est que vous regardiez ailleurs! s'écria la concierge. C'est une honte, ma petite dame! La police ne devrait pas tolérer ça! En pleine place de la Bastille! Elles rappliquent de partout, ces roulures! Là où il y en avait une hier, il y en aura deux demain! »

Amélie sentit qu'elle n'était pas encore suffisamment informée des mœurs parisiennes pour comprendre les motifs d'une telle indignation. La crainte de paraître naïve et de faire rire à ses dépens la retint d'avouer son ignorance. A tout hasard, elle murmura :

« C'est insensé!

— Vous pouvez le dire! Un bon coup de balai là-dedans!... Mais qui le donnera? Allez, tout se pourrit avec le temps! Quand on voit comme le monde change, on n'a plus envie de mettre le nez dehors. D'ailleurs, moi, c'est bien simple : sauf pour quelques locataires bien plaisants, dans le genre de votre petit ménage, je ne fais plus conversation avec personne! S'il revenait sur terre, mon pauvre Auguste ne me reconnaîtrait pas!... »

Elle appuya cette déclaration par un regard de fidélité à une grande photographie ovale, qui dominait le lit. L'image représentait un homme à la barbe spongieuse et à l'œil de charbon. Le cadre, trop étroit, mordait sur les oreilles.

« Votre mari? demanda Amélie.

— Eh! oui, le pauvre. Douze ans qu'il est mort, et pour moi, cela date d'hier. Il n'avait jamais été très solide. Mais, l'hiver 1901, voilà qu'il me prend froid sur les bronches. Il était contrôleur aux omnibus... »

Soudain, Amélie fut envahie de peur. Elle écoutait Mme Cordier parler de « son défunt », et songeait à Pierre et à elle-même. Il était atroce de penser qu'un jour leur couple serait désuni par la mort. Farouchement, elle souhaita disparaître la première. Mais de quoi allait-elle s'inquiéter? Elle avait bien le temps! Ils étaient jeunes l'un et l'autre! Hélas! la jeunesse n'était pas une garantie contre la maladie ou l'accident. Peut-être Pierre courait-il un danger, en cette minute même? Et elle n'en savait rien. Son cœur faiblit. Une lettre de lui, hier, la troisième, pleine de recommandations et de mots d'amour. Mais pas de lettre ce matin. S'il n'y avait rien au prochain courrier...

« Arrêtez donc! Vous avez pris votre étoffe sous la pédale! »

Amélie tressaillit, s'éveillant d'un cauchemar. Toute froide encore et choquée, elle regardait, entre ses doigts, la coulée de pongé grenat, descendant jusqu'à terre. Imperceptiblement, la vue de ce tissu, qu'elle avait choisi, lui rendait confiance en l'avenir. Comme si rien de mal ne pouvait arriver à Pierre, puisqu'elle lui préparait une surprise.

*

« Alors, vraiment, ça te plaît? demanda Amélie.

— C'est magnifique! s'écria-t-il. Mais comment as-tu fait? En si peu de temps! Sans consulter personne!...

— Ah! voilà, c'est mon secret.

— Et moi qui t'ai demandé, en descendant du train, s'il y avait du nouveau à la maison.

— Oui, j'ai eu envie de rire! Tu ne t'es douté de rien, n'est-ce pas?

— Ma foi non!

— Et en entrant ici?

— J'ai cru que je me trompais de chambre! »

Elle eut un gloussement de plaisir, se colla contre lui, chercha sa bouche, son haleine, se rejeta en arrière et dit :

« Tu as vu? tout est assorti : les rideaux, le couvre-lit, les coussins, la petite nappe...

— Cela fait un bel ensemble.

— Tu aimes le grenat?

— Beaucoup.

— J'ai changé le lit de place. Il est mieux, face à la fenêtre. Cela agrandit la pièce... »

Il avait posé sa valise, et, debout, les poings sur les hanches, regardait autour de lui d'un air de contentement et de gratitude.

« Avant, c'était chez toi, reprit-elle. Maintenant, c'est chez nous. Et, tu sais, je n'ai dépensé que... »

Elle ne put achever, soulevée, emportée et réduite au silence par un homme au menton râpeux et aux yeux brillants.

Comme on était un dimanche et que le temps tournait à la pluie, ils ne déjeunèrent qu'à trois heures de l'après-midi et se recouchèrent jusqu'au soir. A sept heures, Amélie alluma la lampe à gaz, dont le manchon se coiffait d'un abat-jour grenat, et posa, sur la table de chevet, un plateau garni de fruits, de pain, de beurre et de confiture. Puis, elle retourna auprès de Pierre, impatiente de se loger entre le bras et le flanc de cet homme repu, attendri et fumant la cigarette. Ils s'étaient déjà dit tout ce qu'ils avaient à se dire sur leur existence, à l'un et à l'autre, pendant cette longue séparation. Maintenant, ils étaient à jour. Ils n'avaient plus qu'à se laisser vivre.

« Ce qu'on est bien! murmura Pierre.

— Tu as envie de manger? demanda-t-elle.

— Non.

— De boire?

— Non.

— De parler?

— Non.

— De m'aimer?

— A peine! »

Amélie lui pinça le bras. Il ne sursauta même pas. Elle fit la grimace :

« Tu as la peau trop dure! Je me suis retourné un ongle! »

Par jeu, elle poussait son visage contre ce beau cou cylindrique et fort, s'amusait d'un poil de sourcil plus long que les autres, promenait son doigt sur la ligne osseuse du nez, mordillait un lobe d'oreille, frais et charnu comme une baie sauvage.

« Je voudrais que tu ne fasses plus jamais de voyages », dit-elle enfin.

Il se détacha d'elle et la regarda profondément dans les yeux :

« Ce n'est pas raisonnable, Amélie. En déplacement, je gagne plus qu'à Paris. Tu devrais le comprendre...

— Je le comprends. Mais si tu savais comme il est pénible de rester seule! Je me sens bête, inutile, sans toi... Ma seule compagnie, c'est la concierge!... »

Il fit luire ses grandes dents saines dans un sourire, qui, vu d'en bas et de biais, semblait féroce :

« Je me demande de quoi tu peux parler avec elle!

— De tout et de rien. Elle me raconte des tas de choses sur sa vie, sur ses malheurs, sur les locataires, sur les voisins... A propos, sais-tu qu'elle est furieuse?

— Pourquoi?

— Il paraît qu'autrefois il n'y avait pas de filles dans le quartier, et que, maintenant, il y en a... à ne plus savoir qu'en faire! »

Elle disait cela dans l'espoir que la réaction de son mari lui permettrait enfin d'éclaircir l'énigme.

Pierre arrondit les yeux :

« Qu'est-ce qu'elle chante, la mère Cordier? Il y a toujours eu des filles, par ici. En quoi cela peut-il la gêner?

— Je ne sais pas, dit Amélie précipitamment.

— Peut-être a-t-elle des raisons personnelles de leur en vouloir?

— Peut-être, reprit Amélie. Elle n'a pas précisé. »

Par moquerie, Pierre affecta une expression de chercheur passionné.

« Je vois ce que c'est, dit-il. Sûrement, le père Cordier devait fréquenter ces dames!

— Pourquoi les appelles-tu des dames si ce sont des jeunes filles? » dit-elle.

Surpris, il la regarda attentivement et répéta d'une voix douce, comme s'adressant à une malade :

« Des jeunes filles?

— Des filles, si tu préfères!

— Ce n'est pas la même chose. »

Elle rougit, vexée d'être prise en flagrant délit de candeur. Mais sa curiosité l'emporta sur son amour-propre. Elle demanda :

« Que font-elles donc, ces filles?

— Le trottoir, dit-il.

— Quoi? Elles se promènent? »

Une lueur d'émerveillement passa dans les yeux de Pierre.

« Qu'ai-je encore dit de stupide? s'écria Amélie.

— Rien. Elles se promènent, en effet. Et elles proposent leurs services aux passants.

— Quels services?

— Tu ne devines pas?

— Non.

— Tu les as bien vues? Elles sont en cheveux, maquillées, provocantes...

— Provocantes? » dit-elle.

Et, soudain, éblouie par une révélation, elle murmura :

« Ce n'est pas possible!

— Si, Amélie.

— Mais pourquoi font-elles ça?

— Pour gagner leur vie.

— On les paie?

— Oui.

— C'est donc pour elles un... un...

— Un métier. »

Elle cacha son visage dans ses mains. Sa chair brûlait, comme si la honte de ces femmes se fût concentrée en elle. Il était affreux de penser que le miracle de l'union des corps, dont elle était encore toute troublée, fût pour ces malheureuses un objet de parodie et de commerce. A travers ses doigts joints, elle gémit :

« Comment se trouve-t-il des hommes assez vils pour les suivre?

— Un homme ne peut pas se passer de femmes, Amélie. Ceux qui n'arrivent pas à être aimés pour eux-mêmes achètent ainsi l'illusion de l'amour. »

Elle découvrit sa figure et dressa la tête, avec une raide fureur de serpent :

« Mais c'est sale! Cela devrait être interdit! Et puis, pourquoi prétends-tu qu'un homme ne peut pas se passer de femmes?

— Parce que c'est la vérité.

— Tu ne peux pas te passer de femmes, toi? »

Déconcerté par cette question directe, il manifesta un peu d'incohérence dans le regard, prit le temps de la réflexion et répondit sincèrement :

« Non.

— Si je n'avais pas existé, tu serais donc allé vers l'une de ces filles?

— Pas forcément.

— Et vers qui, alors?...

— Je ne sais pas, moi... Tu me gênes...

— C'est toi qui dis des inconvenances et c'est moi qui te gêne! Un comble! Regarde-moi dans les yeux, Pierre! Réponds! Si je n'avais pas existé...

— Mais tu existes! s'écria-t-il. Et je t'aime! Le reste ne compte pas!

— Quel reste?

— Le passé.

— Tu as eu « un passé »?

— Comme tout le monde.

— Un passé... un passé avec des filles... avec des filles que tu payais?...

— Je ne les payais pas.

— Elles le faisaient gratuitement?

— Oui.

— Pourquoi?

— Parce que... justement... ce n'étaient pas des filles... mais plutôt des femmes... »

Elle ferma les yeux, comme étourdie, les rouvrit et demanda dans un souffle :

« Quel genre de femmes?

— Des femmes seules... ou encore des femmes malheureuses en ménage... »

Il y eut un long silence. Amélie, tête basse, méditait, se résignait peut-être. Pierre put croire que l'offensive était à bout de course. Mais, déjà, une voix agressive résonnait dans la chambre :

« En as-tu connu beaucoup de ces femmes malheureuses en ménage? »

Il flotta un moment entre le plaisir vaniteux d'avoir provoqué la jalousie de son épouse et la crainte de perdre, par contrecoup, les avantages de la paix conjugale. Mais Amélie avait l'air de souffrir réellement. Il eut pitié d'elle, de son innocence, de sa fureur aveugle, de son refus d'admettre tout ce qui, en elle, blessait une conception virginale de l'existence. Avec tendresse, avec prudence, il répondit :

« Que j'en aie connu peu ou beaucoup, où est la différence? Je ne t'ai pas trompée, puisque je ne t'avais pas encore rencontrée à l'époque où je fréquentais ces femmes!

— Ai-je fréquenté des messieurs avant de te rencontrer, moi?

— Cela ne se compare pas, Amélie. Je suis un homme. Et un homme...

— Ne peut pas se passer de femmes, je sais.

— Parfaitement. C'est dans notre nature. C'est nécessaire à notre vie... »

Il s'épuisait à parler devant une Amélie qui manifestement ne voulait pas l'entendre. Les joues cuites de fièvre, les yeux écarquillés, la bouche légèrement haletante, elle accordait toute son attention à des visions intérieures atroces : Pierre dans les bras d'une autre, Pierre dans le lit d'une autre, Pierre prenant avec une autre le même plaisir qu'avec sa propre femme. Elle avait cru qu'il inventait pour elle ces baisers, ces caresses, ces mots d'amour. Mais il s'en était déjà servi pour enjôler des partenaires de rencontre. Son corps et son âme étaient marqués à jamais de louches réminiscences. Elle le détesta pour tout ce qu'il avait sali, envenimé et détruit en quelques minutes. A court d'arguments, Pierre leva la main et se gratta la nuque. Ce geste, découvrant le creux moussu et odorant du bras, déchaîna en elle un ouragan de haine : le frapper, le gifler, le fuir...

« Tu réfléchiras à tout cela, Amélie, reprit-il. Crois-moi, un homme doit vivre avant son mariage. Autrement, il manque d'expérience. Et c'est sa femme qui en souffre la première. Si ton père était là, il t'expliquerait...

— Je t'en prie, dit-elle d'une voix sifflante, ne mêle pas mon père à ces abominations! »

Il voulut sourire, mais un regard vindicatif d'Amélie le lui déconseilla. Elle s'était réfugiée au bord du lit, et, assise sur un oreiller, le devant du corps masqué par le drap, que ses deux poings tiraient jusqu'au cou, elle se raidissait contre la montée amère des larmes. Une grande tache grenat se déformait, se mouillait, palpitait devant ses yeux. Elle évoqua la peine qu'elle s'était donnée pour coudre les rideaux. La pensée de ce zèle, si tendrement offert et si mal récompensé, acheva de charger son cœur et elle se laissa déchirer par un sanglot. Dans un mouvement de sollicitude, Pierre s'approcha d'elle pour l'embrasser.

« Ne me touche pas! » hurla-t-elle.

Des hoquets brisaient ses épaules. Il insista :

« Amélie! Voyons... Ce n'est pas sérieux!... Qu'as-tu?... »

Au lieu de répondre, elle lui donna un coup de coude au creux de l'estomac, sauta du lit, ramassa son peignoir sur la chaise et l'enfila, tremblante d'horreur, les prunelles exorbitées, comme si cet homme, dont le torse nu émergeait dans la lumière, eût été un inconnu animé d'intentions criminelles à son égard. Puis, sans le quitter des yeux, elle s'assit dans le fauteuil. Pierre ne savait que répéter d'une voix bourrue :

« Eh bien,... Amélie, Amélie!... Tout de même!... »

Tête haute, les genoux serrés, elle le tenait en respect par la qualité de son silence, coupé de reniflements sauvages. Il se leva à son tour, mit une chemise, un pantalon, et glissa ses pieds dans des pantoufles charentaises. Mais ces gestes préliminaires ne menaient à aucune solution. Après un bref débat intérieur, Pierre renonça à convaincre sa femme par le raisonnement et prit, lui aussi, le parti de se taire. Il alluma une cigarette, s'approcha de la fenêtre et écarta les rideaux pour regarder les lumières de la ville. Derrière son dos, il entendait la respiration d'Amélie. Elle cuvait les fumées d'une colère absurde. Il fallait lui laisser le temps de reconnaître ses torts. Peut-être, du reste, était-elle déjà prête à voler dans ses bras? Il s'amusa des particularités de ce caractère si tendre, qui, soudain, se hérissait de piquants. Les minutes passaient trop lentement à son gré. Des fourmis couraient dans ses jambes. Il finit sa cigarette, la jeta par la fenêtre, en alluma une autre. Enfin, n'y tenant plus, il se tourna et dit :

« Nous n'allons pas rester ainsi toute la nuit, Amélie! C'est ridicule. Il est tard. Tu es fatiguée. Et moi aussi, je suis fatigué... »

Pas un muscle ne bougea sur la figure de la jeune femme. Ses yeux étaient éteints. Elle murmura, comme parlant à travers un masque de carton :

« Que dis-tu?

— Je dis qu'il est temps de se coucher!

— Je n'irai pas me coucher.

— Pourquoi?

— Je ne veux pas me mettre dans le même lit que toi.

— Tu es folle?

— Je n'ai jamais été aussi raisonnable. »

Il s'appliqua une claque sur le front. Autant il était disposé à se laisser émouvoir par une épouse repentante, autant il jugeait intolérable qu'elle s'obstinât dans sa mauvaise humeur. A bout de patience, il hurla :

« Ah! non, Amélie, là, tu exagères! Là, je ne permettrai pas! Et où coucheras-tu alors?

— Je ne sais pas... Dans le fauteuil... Cela m'est égal... »

Avant qu'elle eût pu faire un geste, il l'avait saisie par les épaules, tirée du fauteuil et soulevée dans ses bras. Elle poussa des cris stridents :

« Non! Non! Laisse-moi!... »

On frappa au mur. Un voisin protestait contre le bruit. Cependant, Amélie avait dépassé les lieux communs de la honte. A demi étouffée, elle secouait la tête, ruait dans le vide, donnait des coups de poing trop courts, qui s'écrasaient contre une poitrine au relief de cuirasse. Il la déposa sur le lit. Elle crut qu'il allait se jeter sur elle. Mais il fit un pas en arrière, les bras ballants, le dos rond, comme s'il se fût écarté d'un ennemi abattu. Elle dardait sur lui un regard de rage impuissante. Pierre haletait un peu. Il dit :

« Tiens-toi tranquille, maintenant. Essaie de dormir. Je ne te dérangerai pas. »

Et il éteignit la lumière. Plongée dans l'obscurité, elle entendit craquer le bois du fauteuil. Un peu plus tard, ses yeux s'habituant à la pénombre, elle devina la masse d'un corps assis, près de la fenêtre, dans une posture incommode. Elle restait sur ses gardes. Il pouvait changer d'avis, revenir à elle, la croyant endormie. A l'idée de subir le contact de ces mains, de ces lèvres, qui avaient touché d'autres femmes, elle éprouvait une rétraction nerveuse au plus profond de sa chair. Qu'allaient-ils devenir, tous deux, après cette dispute qui avait détruit l'harmonie du ménage? L'amour ne pouvait survivre à une déception si cruelle. Comme toujours, elle avait placé son espoir trop haut. Pour répondre à son vœu, il eût fallu que Pierre fût un être exceptionnel. Or, il se révélait pareil aux autres hommes. Cherchant à se justifier, c'était cette triste ressemblance qu'il invoquait comme un argument suprême : « Il faut qu'un homme vive avant le mariage... N'importe qui te le dira... C'est dans notre nature... » Bientôt, elle en était sûre, il la délaisserait pour faire, en fin de journée, sa partie de billard avec des amis. Elle serait comme Mme Boursier. Elle attendrait son mari à la maison. Et, quand elle le verrait arriver, elle ne lui demanderait même pas d'où il venait, ni pourquoi il rentrait si tard.

Après tout, on devait pouvoir aussi vivre de cette façon-là. L'habitude remplaçait l'amour. On vieillissait, côte à côte, unis par un nom, des intérêts et un domicile communs. On acceptait l'idée d'avoir manqué l'aventure du mariage. Aux yeux des voisins, on était un couple parfait. « Tout est si simple, se disait Amélie. L'essentiel est que papa n'apprenne pas notre mésentente. Il serait trop malheureux, le pauvre! Dans ma prochaine lettre, je lui écrirai, comme je le faisais avant, que tout va bien, que je suis heureuse avec Pierre, que je l'aime... » Elle s'arrêta de penser, prise d'une suffocation humiliante. Ses yeux se gonflaient de larmes. « Allons, bon! voilà que ça recommence! Je ne veux pas... Il ne le mérite pas... » Elle serrait les mâchoires, tendait les muscles, se raidissait des pieds à la tête dans le lit. Mais, soudain, elle relâcha son effort et prêta l'oreille. Une respiration régulière, profonde, venait du coin où se trouvait le fauteuil. Pierre s'était assoupi. Comment pouvait-il dormir après ce qui s'était passé entre eux? Amélie détesta, envia, cette faculté masculine de rompre avec les soucis, de déposer les armes, de prendre du repos sur le champ de bataille. Une vague lueur, filtrant à travers les rideaux, permettait de voir qu'il avait laissé tomber la tête sur sa poitrine. Ses jambes étaient tordues, comme celles d'un infirme, ses bras pendaient, les mains touchant presque le sol. Sans doute, en se levant demain, souffrirait-il d'affreuses courbatures. Ce serait bien fait pour lui. Elle se refusait à le plaindre. Pourtant, à l'aube, elle se dit que, tout en ne l'aimant plus, elle n'avait pas le droit de le priver d'un lit. Elle l'appela faiblement : « Pierre... Pierre... » Il n'entendait rien. Il vivait ailleurs. Un discret ronflement passait sous sa moustache. Elle n'osa pas élever la voix, et, fermant les paupières, glissa dans un sommeil, qui avait la saveur âcre de la fatigue, des larmes et du remords.

*

Lorsqu'elle s'éveilla, le soleil coulait par la fente des rideaux. Le fauteuil était vide. Pierre était déjà parti pour son travail. Comment avait-il fait pour se laver, s'habiller et sortir sans la déranger? Et où avait-il pris sa collation du matin? A la Chope-d'Or, sans doute. Elle fut étonnée, fâchée même, d'avoir dormi si profondément et si tard. Un poids écrasait son cœur, comme si elle n'eût pas souffert des souvenirs d'une discussion, mais des suites d'une maladie. L'eau fraîche sur son visage lui rendit la notion de sa présence dans le monde. Tout en rangeant la chambre, elle mit au point les consignes qui devaient régler sa conduite à l'égard de Pierre. Elle ne lui ferait plus de reproches. En rentrant, il trouverait une épouse serviable et souriante. Mais, derrière cette gentillesse de commande, il n'y aurait que le mécanisme de la routine conjugale, remonté pour toute la durée d'une vie. Peut-être se contenterait-il de ce faux-semblant? Elle le souhaitait, car elle ne voulait pas qu'il fût désespéré. A mesure que l'heure du déjeuner approchait, elle se sentait plus impatiente de s'essayer dans son nouveau rôle. Quand elle entendit le pas de son mari dans le couloir, un doute l'effleura : saurait-elle, à l'exemple de tant de femmes, composer avec l'adversité, accepter le malheur et s'en nourrir? Elle s'appuya d'une main au fauteuil. Pierre entra. Elle remarqua qu'il avait le menton mal rasé. Ses paupières étaient rouges. Il voulut l'embrasser. Elle tourna la tête et reçut le baiser sur la joue. C'était tout ce qu'elle pouvait faire pour lui. Il eut la délicatesse de ne pas en demander davantage et se réfugia derrière le paravent pour se laver les mains. L'eau clapotait dans la cuvette. Amélie respirait difficilement. Enfin, il reparut et dit d'une voix enrouée :

« Ce matin, en passant au bureau, j'ai appris qu'on avait signé pour des travaux dans un hôtel de Deauville. Il faudra que je parte mercredi ou jeudi, pour une quinzaine de jours. C'est ennuyeux.

— Mais non », murmura-t-elle.

Cette nouvelle ne la touchait pas. Elle était à l'aise dans l'indifférence. Pierre la regarda d'un air étonné et triste. Elle lui dédia un demi-sourire et dit avec l'entrain glacé d'une infirmière :

« Tu es pressé, Pierre. Assieds-toi. Je vais te servir tout de suite... »

4

DEUX lettres au courrier : l'une de Marthe, précisant que son mariage serait célébré le 27 octobre, à Limoges, l'autre de Pierre, annonçant qu'il venait d'arriver à Deauville et était descendu à *l'hôtel-pension de l'Étoile-Normande.* Amélie, qui n'avait pas varié dans ses sentiments, fut stupéfaite de constater que son mari lui écrivait avec plus de liberté encore que naguère. Pourtant, elle s'était refusée à lui trois jours de suite. Il était parti sans avoir obtenu d'elle autre chose que des paroles banales et des baisers froids. N'avait-il pas compris la signification de cette attitude réservée? Ou croyait-il avoir été pardonné à distance? La fin de la missive avait de quoi le faire supposer :

« Le temps est encore beau, quoique la saison soit pour ainsi dire finie. Je regrette, ma bien-aimée, que tu ne sois pas près de moi pour profiter de l'air pur, de la vue des vagues et de mes caresses. Je ferme les yeux. Je te vois. Et je pose mes lèvres sur l'image de ton corps, partout, partout, partout... »

Bien qu'elle fût seule dans la chambre, Amélie sentit le rouge lui monter aux joues. Jamais Pierre n'avait fait allusion aussi crûment dans ses lettres à leurs relations amoureuses. Sans doute était-il victime de sa solitude. L'abstinence enfiévrait son esprit. Il délirait. N'avait-il pas proclamé qu'un homme ne pouvait se passer de femme? Elle heurta la phrase de front, et en fut tout ébranlée. Comment n'y avait-elle pas réfléchi plus tôt? Puisque, de son aveu même, il était incapable de maîtriser son désir, n'importe quelle fille aurait tôt fait de l'induire en tentation. Les beautés de mœurs légères ne devaient pas manquer dans une station balnéaire de luxe comme Deauville. Le relâchement des liens conjugaux, l'air vivifiant du large, les toilettes pimpantes des promeneuses, tout, là-bas, invitait Pierre à suivre son instinct. Or, si elle tolérait, tant bien que mal, de n'avoir pas été la première femme qu'il eût tenue dans ses bras, elle entendait catégoriquement être la dernière. Un péril chassait l'autre. Il fallait parer au plus pressé. Ne pas regarder en arrière, mais en avant. Ne pas pleurer ce qui était perdu, mais défendre ce qui pouvait être encore sauvé. « L'aimerais-je malgré tout? » se demanda-t-elle avec un tremblement de rancune. Allons donc! on pouvait très bien ne plus être éprise d'un homme, et, cependant, exiger de lui un juste tribut de décence et de fidélité. En tant que femme mariée, elle avait droit à des égards imprescriptibles. Elle ne laisserait pas des créatures empiéter sur ses privilèges. Elle ferait le vide autour de Pierre, non pour qu'il fût à elle, mais pour qu'il ne fût à personne.

L'agitation de son esprit était si violente, qu'elle se mit à marcher en rond dans sa chambre. A chaque passage, son reflet minuscule, déformé, tournait dans les boules en cuivre du lit. La fenêtre était ouverte sur un ciel bas et tiède, qui avait pris la couleur des toits. Après la ville, Amélie évoquait la plaine, le fleuve, des forêts, des villages, et d'autres villes, et enfin la mer. Son destin se jouait au loin, et elle restait ici, comme dans une prison, captive sur parole, impuissante, ignorante. Brutalement, elle porta les deux poings contre sa bouche. Une protestation animale soulevait tout son être. Au bout d'un moment, ses traits se relâchèrent. Une lumière parut dans ses yeux. Elle poussa une chaise contre l'armoire, escalada le siège et allongea le bras pour atteindre, sur le toit du meuble, derrière le fronton triangulaire, une valise en cuir marron, à la poignée rompue et entortillée dans de la ficelle.

*

« M. Mazalaigue ne va pas tarder, madame. Il finit son travail à sept heures. Si vous voulez prendre place... »

La patronne de l'hôtel, hommasse, duveteuse et serviable, le cheveu tiré et une broche au col, désignait de la main une banquette, coincée entre la boîte de l'horloge et la plante verte. Amélie posa sa valise à terre et s'assit. La dame retourna derrière sa caisse et se pencha sur un livre. Au-dessus de sa tête, pendait un écriteau : « Vérifiez votre monnaie. » Dans un coin, près de la porte, étaient dressés des havenets aux filets raidis. Une odeur de pauvre friture venait de la cuisine, comme un aveu. Dehors, le vent soufflait et faisait grincer l'enseigne sur sa tringle. Au terme de son voyage, Amélie s'étonnait de l'audace qui l'avait soutenue dans la rue, dans la gare, dans le train, partout. Pas une fois, depuis son départ, elle n'avait regretté sa décision. Connaissant les idées de Pierre, elle n'aurait pu demeurer un jour de plus à Paris sans devenir folle. Comment se passerait leur rencontre? Peut-être le verrait-elle arriver avec une inconnue à son bras? Peut-être logeait-il dans cet hôtel avec une fille? Elle imagina le scandale, quatre ou cinq détails intimes, et frémit. Sans doute la patronne était-elle au courant des habitudes de son client? Il eût suffi de la questionner habilement pour savoir... Mais, malgré son désir d'être renseignée, Amélie n'osait pas étaler son angoisse devant une étrangère. « Je l'apprendrai bien assez tôt. Si c'est cela, je ne dis pas un mot, je les foudroie du regard, elle et lui, je tourne les talons, je m'en vais... Ou bien encore, je le laisse approcher de moi, je l'écoute, et... » Elle sursauta, comme si quelqu'un lui eût coupé la parole. La porte venait de s'ouvrir. La patronne sourit d'une manière engageante. Pierre entra. Il était seul. Soulagée, Amélie ne comprenait même pas comment elle avait pu s'attendre à autre chose. Spontanément, elle voulut se lever, s'élancer vers lui. Puis, elle se ravisa, honteuse de sa précipitation. Il ne l'avait pas remarquée, derrière les larges feuilles de la plante verte. D'un pas nonchalant, il s'avança vers la caisse. C'était la première fois qu'Amélie le surprenait dans sa vie d'homme solitaire. Elle fut saisie de constater avec quelle inconscience de ce qui allait suivre il saluait la patronne et tendait la main pour décrocher la clef de sa chambre, pendue à un clou sur le tableau :

« Rien au courrier, madame? »

« Il attend une lettre de moi! » songea Amélie. Une douceur étouffante lui vint dans la poitrine.

« Jamais le soir », dit la patronne.

Il toussa dans son poing, renifla, grommela :

« Tant pis! »

Amélie dressa l'oreille au son de cette voix enrouée. Pierre n'était pas enrhumé en partant. Il avait pris froid à Deauville. Et elle n'en avait rien su. « Je suis sûre qu'il ne se soigne même pas! » La patronne avança le menton et dit en clignant de l'œil :

« Pas de nouvelles, bonnes nouvelles : il y a une dame qui vous demande, monsieur Mazalaigue.

— Une dame? »

Pierre se retourna. Son regard tomba sur Amélie. Il était si peu préparé à la voir, que, pendant une fraction de seconde, il la considéra d'un air pétrifié, comme s'il ne l'eût pas reconnue. Subitement, un flot de joie anima, alluma son visage :

« Amélie! Que fais-tu ici? »

Il l'avait saisie par les mains, l'obligeant à se mettre debout et à venir contre lui. Mais, après avoir espéré cette étreinte, tout le corps d'Amélie se raidissait dans la circonspection. Était-ce le regard attendri de la patronne qui la gênait pour se montrer aimable, ou s'était-elle abusée sur ses propres capacités d'indulgence? Devinant son trouble, Pierre lui lâcha les mains, prit sa valise et dit :

« Tu m'expliqueras tout là-haut. Viens... »

Dans la chambre, qui était petite et propre, meublée d'un grand lit à oreiller unique, Amélie humait l'air avec une malveillance de chat dépaysé. Malgré la vue du manteau de Pierre pendu à un champignon, du rasoir et de la brosse à dents de Pierre posés sur la table de toilette, des pantoufles de Pierre gisant sur le plancher, elle sentait qu'en ce lieu elle était une intruse.

« Et maintenant raconte, dit Pierre. Que se passe-t-il? Pourquoi es-tu venue? »

Comme elle ne voulait pas qu'il la soupçonnât d'être jalouse, elle répondit simplement :

« Il me déplaisait de te savoir loin de moi. »

Il eût pu s'étonner, lui reprocher d'avoir agi avec une légèreté coupable, ou, tout au moins, s'inquiéter de la dépense qu'entraînait un pareil caprice, mais il était si excité par la présence de sa femme, que son seul souci était de ne la contrarier en rien.

« Je te comprends! dit-il gaiement. Tu as pensé: c'est demain dimanche. Que vais-je faire sans lui? Que va-t-il faire sans moi?...

— Exactement, dit-elle du bout des lèvres.

— Et hop! sans plus réfléchir, tu as pris le train!... tu as osé prendre le train, toute seule!...

— Il le fallait bien!

— Quelle bonne surprise, Amélie! J'en suis tout ahuri, moi! Je ne sais plus que dire, que faire!

— J'espère que je ne te dérange pas trop, reprit-elle avec une intention acide dans la voix.

— Pourquoi me dérangerais-tu?

— Tu peux avoir des obligations... des gens à recevoir... des visites à faire... »

Il l'observait avec une stupéfaction amusée. Au lieu de s'asseoir, elle restait debout, les mains gantées, le chapeau sur la tête et son parapluie sous le bras.

« Quels gens? Quelles visites? demanda-t-il. Je ne connais personne ici! »

Elle battit des paupières et fit un soupir de commisération perfide :

« Vraiment? Comme tu dois t'ennuyer!

— Mais oui, je m'ennuie!

— Je ne savais pas qu'on pouvait s'ennuyer à Deauville! Je vais finir par te plaindre!... »

Tout à coup, il serra les mâchoires. La peau de son front vint en avant, tirée par les sourcils noirs et touffus. Son regard étincela.

« Pourquoi dis-tu cela? » demanda-t-il.

Elle le défia, l'œil méprisant, la lèvre un peu tremblante :

« Pour rien.

— Si. Tu as une idée derrière la tête. Explique-toi! »

Elle devina qu'elle s'était mise dans un mauvais cas en faisant paraître son dépit. « Ce n'est pas ainsi que j'aurais dû lui parler. Je me suis laissé emporter par les mots. Maintenant, c'est lui qui est dans son droit et moi dans mon tort. Il a barre sur moi. Et il le sait. »

« Amélie, reprit-il, tu devrais avoir honte de me soupçonner. »

Comme souffletée, elle perdit la respiration, pâlit, s'écria :

« Je ne te soupçonne pas!

— Si, tu me soupçonnes! Tu me crois capable de je ne sais quelles horreurs en ton absence!

— Après ce que tu m'as dit de toi, il me serait difficile de penser autrement!

— Tu ne vas pas reprendre la discussion de l'autre soir?

— Cela te contrarierait?

— Beaucoup. J'espérais m'être fait comprendre... »

Elle eut un petit rire serré :

« Oh! mais je t'ai compris! Je t'ai très bien compris!

— A ta manière! Tu as trop d'imagination, Amélie. Tu compliques tout. Tu embrouilles tout. Notre amour est si simple!...

— Notre amour? demanda-t-elle avec une intonation ironique, comme si ce mot eût perdu toute signification pour elle.

— Parfaitement, notre amour! Je t'aime, Amélie. Je fais ma vie avec toi. En dehors de toi, rien ne m'intéresse, rien n'existe... »

Elle lui lança un bref regard de contrôle. Il ne mentait pas. Une chaude franchise bouleversait son visage. Renonçant à lui couper la parole, elle s'abandonnait aux inflexions de cette voix pénétrante :

« Tu n'as rien à craindre de mon passé. Tu n'es pas la première femme que j'aie connue, non! Tu es mieux que cela : tu es la première femme que j'aie aimée. La seule. Avec toi, tout est nouveau... »

Incapable de savoir si elle était convaincue ou simplement charmée, elle ferma à demi les yeux. Il lui semblait qu'elle buvait quelque chose de bon. Ses nerfs se détendaient. Son cœur se calmait. Une dernière fois, vaguement, elle voulut crier, affirmer, exiger, mais quoi? Elle ne trouvait plus les mots de sa colère.

« J'ai si peur de te perdre! » gémit-elle soudain.

Tout son corps se porta en avant. Il la reçut dans ses bras, le chapeau dévié, les yeux gros de larmes. Apeurée, écœurée, elle balbutiait :

« C'est trop difficile sans toi! Si tu me mentais, je préférerais mourir... Jamais, n'est-ce pas? jamais tu ne me seras infidèle!...

— Je te le jure.

— Tu ne m'en veux pas d'être venue?

— Je t'en remercie.

— Tu m'aimes. »

Comme il se penchait pour l'embrasser, Amélie plongea dans ces prunelles sombres et y perdit la notion d'elle-même.

La cloche du restaurant les rappela au sens de l'heure. Allongés sur le lit, ils décidèrent que, pour ce soir, ils se passeraient de dîner.

*

Pendant les déplacements, Pierre travaillait aussi le dimanche, mais seulement jusqu'à midi. Refusant de se séparer de son mari, fût-ce pour se promener au bord de la mer, Amélie se rendit avec lui dans le petit hôtel proche de la gare, où était établi le chantier. Là, assise sur une caisse, dans un couloir, elle regarda Pierre et ses deux aides gâcher une pâte brune dans un baquet et l'étaler sur le sol, déjà revêtu de ciment. A genoux, le dos rond, une raclette tenue à deux mains, ils poussaient, étiraient, nivelaient cette matière froide et épaisse, comme s'ils eussent enduit de confiture une énorme tartine. L'ouvrage avançait lentement. Pierre, de temps en temps, s'arrêtait, prenait des mesures avec un mètre pliant, et inscrivait des chiffres sur un carnet. Il semblait important et sûr de lui. Sa cotte bleue était tachée de peinture, ses moustaches poudrées de talc. Un mégot éteint pendait à sa lèvre. Peu avant midi, il se réfugia dans les lavabos pour se laver et se changer. Ce fut un homme au pantalon gris rayé et au veston noir à revers étroits, fermé par trois boutons, qui reparut devant Amélie. Le nœud de sa cravate reposait très bas entre les extrémités de son double col empesé. Il avait coiffé un canotier au ruban violine et noir, et fumait un petit cigare. Elle le trouva beau, inhabituel et redoutable.

Ils déjeunèrent dans la salle à manger de la pension, humide et froide. Trois tables sur quinze étaient occupées : deux voyageurs de commerce, la patronne et une jeune femme brune, assez jolie, avec des prunelles bleues et un teint de lait. Elle avait fini son dessert, et, en attendant le café, avait posé son menton sur ses mains unies. Son regard langoureux était dirigé du côté de Pierre. Un afflux de sang monta au visage d'Amélie. Outrée par le manège de l'intrigante, elle ne savait pas encore quelle contenance prendre. Riposter par un coup d'œil furieux. Prier son mari de changer de place. Faire une réflexion désobligeante à haute voix. Elle se tourmenta ainsi jusqu'au moment où l'inconnue se leva et s'approcha du calendrier des marées, fixé au mur, juste au-dessus de la table voisine. C'était à cette affiche et non à Pierre que s'adressait, depuis quelques minutes, toute son attention. Soulagée et confuse, Amélie regretta de s'être abandonnée, une fois de plus, à un mouvement de prévention. « C'est un reste d'hier. Il faut que je m'habitue à être raisonnable. Heureusement, il ne s'est aperçu de rien. »

Le café bu, Pierre proposa de faire un tour sur la plage. Ils sortirent. Un rideau de brume, venu du large, s'était appesanti sur la côte. La rue trempait dans un bain de vapeur grisâtre. Pierre déplorait que le temps fût à la pluie. Amélie n'ayant jamais vu la mer, il eût aimé qu'elle la découvrît sous un grand rayon de soleil et avec beaucoup de monde sur la promenade.

« Quinze jours plus tôt, tous les hôtels étaient encore ouverts, dit-il. C'est à ce moment-là que nous aurions dû venir. Maintenant, c'est mort, on ne peut pas se rendre compte... »

Elle protesta qu'elle n'était pas venue à Deauville pour admirer le paysage, mais pour rencontrer son mari. Serrée contre lui, elle marchait à petits pas pointus vers l'estuaire de buée laiteuse qui s'ouvrait entre deux maisons. Autant que cette lueur d'infini, le bruit roulant des vagues l'attirait. Ils débouchèrent sur une place bordée de fiacres pensifs, contournèrent une pelouse au gazon vert et, soudain, s'immobilisèrent, comme s'ils fussent arrivés au bout du monde. La terre finissait là, en effet, par une plage nue, déserte, imbibée de reflets blonds et mauves, glacée de flaques. Après, c'était la mer, d'un vert pâle dans la zone des sables immergés et couleur d'acier sur la tranche de l'horizon. De cette eau, étendue à perte de regard, montait la rumeur d'un travail profond. Rasant les flots, le vent jetait au visage une odeur âcre de goémon et de sel. Des mouettes criaient, blanches, affamées, déchirées par la brise.

« Regarde, Amélie, dit-il. Sur ta droite, au pied des collines, c'est Trouville. Tu vois le phare, la jetée? Le port est par là! Et, en face, l'Angleterre.

— L'Angleterre? » répéta-t-elle sur un ton incrédule.

Son émerveillement ressemblait à de la frayeur. Pâle, la bouche entrouverte, les yeux écarquillés, elle s'appuyait au bras de son mari, comme si elle eût éprouvé le besoin de le sentir à ses côtés pour supporter un spectacle si grandiose. Quelques flâneurs, des gens du pays sans doute, déambulaient sur une allée en planches, établie en lisière de la plage. Des cafés à ciel ouvert bordaient la piste. Mais toutes les tables étaient vides. Une rosée de perles brillait sur le dossier des chaises en fer. Des parasols laissaient pendre le long de leur hampe des ailes bariolées et flasques. Face à l'immensité vaporeuse, grondante, un régiment de cabines vides, montées sur roues, alignait des toits en accent circonflexe. Pierre conseilla à Amélie de s'abriter derrière un de ces édicules pour retirer ses bottines et ses bas.

« Pour quoi faire? demanda-t-elle.

— Nous allons nous tremper les pieds », dit-il.

Et il se déchaussa pour donner l'exemple. Elle le considérait avec un sourire scandalisé :

« Ce n'est pas convenable, Pierre! Si on nous voyait!

— Ici, les gens ont l'habitude.

— Tu ne me mens pas? »

Pieds nus et se tenant par la main, ils s'avancèrent sur la

plage. A mesure qu'on approchait de l'eau, le sable devenait plus dur. Des vagues sans méchanceté bombaient le dos et s'écrasaient sur le sol, où s'épandait leur bave blanche, crépitante et vite ravalée. A chaque déferlement, Amélie, inquiète, plantait ses ongles dans le poignet de son mari. Pour l'encourager, il releva le bas de son pantalon et entra dans l'eau jusqu'aux chevilles. Elle le suivit, les jupes ramassées en ballon devant son ventre. La morsure du froid sur ses pieds lui fit pousser un cri. Puis elle se mit à rire, abaissa les regards, et chancela un peu en voyant trembler, virer, bouillonner autour d'elle une nappe d'écume pétillante. Pierre, cependant, contemplait sa femme avec tendresse, comme pour la remercier de lui donner d'elle cette image qu'il n'oublierait pas. Debout, entortillée dans un excès d'étoffes, le chapeau de paille prêt à s'envoler sur un coup de vent, elle tendait vers l'horizon une figure d'enfant, rose et avide. Une lame plus forte que les autres les aspergea jusqu'aux genoux. Ils reculèrent précipitamment. Amélie rabattit ses jupes et passa la langue sur ses lèvres salées. Pierre lui prit le bras. Ils continuèrent leur promenade en marchant au bord extrême de la plage, là où mourait la léchure obstinée des vagues. Fouettée par les embruns, Amélie avait l'impression de braver, avec son mari, les bourrasques de l'existence. Après la réconciliation de la veille, un prodigieux appétit de vivre, de combattre, d'aimer, activait la course du sang dans ses veines.

« Oh! Pierre, soupira-t-elle, je suis si heureuse! Je voudrais que tous ceux que j'aime éprouvent la même chose que moi en ce moment! »

Elle pensait à son père, à Denis, et regrettait qu'ils ne fussent pas auprès d'elle.

« Nous leur écrirons d'ici. Nous leur raconterons tout. Tu veux bien, Pierre? » dit-elle encore à mi-voix.

Pour toute réponse, il l'attira, la courba sous un long baiser. Les yeux à demi clos, elle se laissait emplir de rumeurs tel un coquillage. Son amour était à la mesure du ciel et de la mer.

Plus tard, comme le vent fraîchissait, ils revinrent sur leurs pas, remirent leurs chaussures et s'installèrent à la terrasse d'un café, en bordure de la promenade des planches. Tablier blanc et veste noire, un garçon se précipita pour servir ces clients inespérés. D'autorité, pour Amélie et pour lui, Pierre commanda du cidre. Le garçon fit une moue dédaigneuse. Des nuages dérivaient dans le ciel, laissant traîner des voiles de brume amorphe au ras des flots. Pierre regardait au loin, comme s'il eût attendu le retour d'un navire.

« Quand je pense que tu aurais pu ne pas venir! dit-il enfin.

— J'ai beaucoup hésité.

— Pourquoi?

— A cause de la dépense », dit-elle sur un ton de bonne ménagère.

Il eut un geste vague :

« Je me moque de la dépense! »

Le garçon déposa les consommations sur la table, fit un sourire approbateur et s'éloigna, les pieds en dedans.

« Tout de même, dit Amélie, nous devons être raisonnables! La pension te coûte combien?

— Quatre francs cinquante.

— Pour nous deux, cela fera neuf francs. Et tu touches cinq francs de frais de déplacement par jour, n'est-ce pas?

— Oui.

— C'est de la folie!

— N'y pense pas. »

Il porta son verre à ses lèvres. Elle voulut faire comme lui, avala une gorgée de cidre, reçut un choc dans les fosses nasales, plissa ses paupières qui se mouillaient et dit avec pondération :

« Si, Pierre, il faut que j'y pense. Il faut que j'y pense pour deux. Je partirai demain...

— Ah! non, s'écria-t-il.

— Pourquoi pas? Je voulais te voir, simplement, passer un moment avec toi... C'est fait... Je suis rassurée... »

Il ne fut pas dupe de ce mensonge. Tandis qu'elle lui tenait le langage d'une femme mûrie dans l'indulgence et l'épargne il lisait sur sa figure les signes de la soif amoureuse. Or, justement, il lui plaisait qu'elle fût exclusive dans sa passion, jalouse, maladroite, barbare. Pour rien au monde, il n'eût échangé ces sautes d'humeur contre la certitude d'un avenir sans éclat.

« Je préfère ne pas rapporter un sou, mais t'avoir avec moi, dit-il. Pour une fois! On s'en souviendra! Ce sera notre voyage de noces! Et maintenant, finis vite ton verre. Il fait trop froid pour rester assis. Je vais te montrer la ville... »

Dans la rue, il lui offrit galamment le bras. Ensemble, ils s'arrêtèrent devant les grands hôtels clos de toutes parts, comptèrent les fenêtres, admirèrent la décoration des façades à croisillons de bois brun, et supputèrent le prix des chambres : au moins dix à quinze francs par jour. Derrière des palissades d'une blancheur de craie, de vastes jardins verts étaient au repos. Les villas, aux volets fermés, aux toits luisants, avaient commencé leur sommeil d'hivernage. Amélie disait :

« Laquelle de ces deux maisons te plairait mieux? Celle avec les trois balcons ou celle avec la terrasse?

— Celle avec la terrasse est trop moderne, répondait Pierre. Je n'en voudrais pour rien au monde!

— Tu as tort. Moi, si on me la donnait, je changerais simplement la couleur de la façade et j'enlèverais les colonnes de l'entrée. »

Elle se haussait sur la pointe des pieds pour mieux voir ce que lui cachaient les grilles et les bordures de troènes, condamnait un détail d'architecture, en approuvait un autre, s'installait partout comme chez elle, et, aussitôt après, riait de son effronterie. Ils saluèrent encore le casino, le champ de courses, quelques magasins vides aux enseignes remarquables... Bien que la vie se fût retirée de tous ces lieux, Amélie croyait ressentir dans son cœur l'écho très affaibli d'une agitation dépensière, futile et joyeuse. Inconsciemment, elle surveillait sa démarche, cambrait la taille et inclinait la tête sur le côté pour paraître plus distinguée. Ses yeux brillaient de plaisir. Au moment de rentrer à l'hôtel-pension de l'Étoile-Normande, elle serra la main de Pierre et chuchota : « Merci », comme si, grâce à lui, elle eût participé, pendant quelques heures, aux divertissements de la saison mondaine.

5

HUIT jours après son retour à Paris, Pierre fut appelé à partir pour Grenoble. Cette fois-ci, il n'osa même pas proposer à sa femme de le suivre. L'expérience de Deauville lui avait appris que, compte tenu des frais supplémentaires de transport et de séjour, voyager ensemble revenait presque à travailler pour rien. Le matin du départ, Amélie voulut préparer la valise elle-même. Il la regardait faire, attendri et fautif. Plus elle se montrait courageuse, et plus il regrettait d'avoir à la quitter. Elle vérifiait les chaussettes :

« Je t'en mets quatre paires, dit-elle. Cela suffira?

— Oh! oui...

— Et six mouchoirs?

— Très bien.

— Je crois que je n'oublie rien... »

Il s'apprêtait à répondre qu'il était tranquille sur ce point, quand, soudain, elle tourna vers lui un visage pâle, au regard anxieux, chargé d'ombre et de larmes.

« C'est la troisième fois que tu me laisses seule depuis notre mariage », dit-elle.

Il baissa la tête. A quoi bon protester? Elle avait raison. Leur vie était absurde.

« Un peu de patience, Amélie, dit-il. Ils finiront bien par me donner un poste au service technique.

— Quand?

— Je ne sais pas. Dans trois ans, dans quatre ans. Lorsque le vieux Stern aura pris sa retraite...

— Et d'ici là, pas de changement?

— Eh! non... C'est très ennuyeux... je le reconnais...

— Si ce n'était qu'ennuyeux, Pierre! Mais c'est grave. Grave pour nous, pour notre avenir. De quoi avons-nous l'air tous les deux? Tu m'aimes, et tu es plus souvent en province avec des ouvriers qu'à Paris avec moi, je t'aime, et il m'est plus facile de voir la concierge, le boucher, la boulangère, que de te voir toi!...

— C'est le sort de tous les ménages où le mari travaille, dit-il.

— Et où la femme ne travaille pas!

— Tu voudrais travailler?

— Oui, dit-elle. Mais avec toi. »

Interloqué, il leva le menton, comme pour mesurer la hauteur d'une barrière :

« Avec moi? A la société Ozolithe?

— Que ferais-je à la société Ozolithe?

— Justement, je me le demande... »

Amélie rabattit le couvercle de la valise. Peut-être Pierre n'éprouvait-il pas le besoin d'être constamment adonné à son épouse? Peut-être ne concevait-il pas, comme elle, qu'il leur fallût toujours penser, agir, dormir, respirer à deux?

« Non, Pierre, dit-elle, je voudrais travailler avec toi, dans un commerce. Avoir un magasin à nous. Prendre nos responsabilités ensemble. Gagner ou perdre de l'argent ensemble. Tu comprends? Ne fais pas ces yeux ronds. Si nous trouvions une mercerie par exemple? J'ai l'habitude...

— Pas moi! grommela-t-il. Tu me vois dans une mercerie, occupé à mesurer du ruban ou à débiter des boutons de culotte! »

Elle se rebiffa :

« J'ai parlé de mercerie, mais cela pourrait être autre chose. Une quincaillerie... une boutique de marchand de couleurs...

— Et avec quoi l'achèterions-nous?

— On nous ferait crédit, peut-être?... Je ne sais pas... Il faut se renseigner...

— C'est entendu, dit Pierre, nous nous renseignerons. Mais ne te fais pas d'illusions à ce sujet. Sans une sérieuse mise de fonds, tu n'obtiendras rien. Et les fonds, nous ne les avons pas. Laisse-moi plutôt parler à mes directeurs. Je vais leur expliquer notre situation. Peut-être trouveront-ils le moyen de me remplacer au moins sur les chantiers secondaires?... »

Elle faiblit sous cette avalanche de propos tièdes. Les objections de Pierre étaient certainement judicieuses. Mais, s'il était dans son rôle de mari en refusant de s'abandonner aux séductions d'un mirage, elle était dans son rôle d'épouse en essayant de l'éveiller à l'espoir d'un avenir meilleur. Tant qu'une femme ne l'avait pas tiré de son habitude, l'homme continuait à appliquer sa pensée et son industrie dans la même direction. Ce fut ce qu'elle tenta de lui expliquer, une dernière fois, sur le quai de la gare. Visiblement, il portait moins d'intérêt à ces paroles sages qu'à la bouche qui les prononçait. Quelques secondes avant le départ du train il l'embrassa encore, avec un air de tendresse désespérée, de rage suppliante, qui la remua jusqu'au fond de l'âme.

Restée seule, elle refoula ses larmes et se jura qu'elle profiterait de l'absence de son mari pour redresser la situation. Il ne devait pas être impossible de découvrir un magasin à acheter avec de larges facilités de paiement. Lorsque Pierre reviendrait, ce serait pour apprendre que sa jeune épouse avait fait preuve d'une initiative extraordinaire et qu'on leur proposait quatre ou cinq affaires, aussi tentantes l'une que l'autre, entre lesquelles ils n'avaient plus qu'à choisir. Elle était si sûre de la réussite, que sa timidité naturelle ne la retenait pas d'entreprendre les premières démarches. Méthodiquement, elle se renseigna auprès des commerçants du quartier, compulsa les petites annonces des gazettes spécialisées et visita les locaux qu'on lui signalait.

Les résultats furent, dès l'abord, affligeants. Pour la plus petite boutique, le fonds était évalué à cinq ou six mille francs. Et les vendeurs, s'ils accordaient du crédit, exigeaient un gros versement à la signature. Amélie s'étonnait de n'être pas mieux comprise. Ne devait-on pas la croire sur parole quand elle affirmait qu'aucune dette ne lui faisait peur, pourvu qu'on lui laissât le temps de la payer? Une consigne d'hostilité dressait contre elle tous les propriétaires. A mesure que les jours passaient en courses décevantes, la menace de l'échec se précisait à ses yeux. La veille du retour de Pierre, elle se rendit encore dans une agence, dont on disait grand bien dans le quartier.

Campé sur un fond de cartons verts, le directeur de l'établissement, petit homme sec et chauve, au nez pincé dans un lorgnon, entreprit d'interroger Amélie avec la précaution courtoise d'un confesseur :

« Êtes-vous fixée sur un genre de commerce? Commerce de dames, librairie, alimentation, bazar, couleurs...

— Je ne sais pas au juste, dit Amélie, Je me déciderai selon les prix. »

Il enfonça les pouces dans les entournures du gilet :

« Sage réponse! De combien pouvez-vous disposer? »

Amélie se sentit devenir transparente, détourna les yeux et murmura :

« Faites-moi des offres. Je vous dirai si elles me conviennent.

— Encore, chère madame, dois-je savoir si vous cherchez des fonds de commerce de première importance.

— Non, monsieur, pas de première importance, dit-elle avec effort.

— Bon. Je crois deviner ce qu'il vous faut. Un beau magasin de maroquinerie, rue d'Aboukir. Une affaire en plein essor. Dans les huit mille. A enlever tout de suite...

— C'est encore trop cher.

— Trop cher? »

Il haussa les sourcils au-dessus de son lorgnon vibrant. Elle regretta d'être venue.

« A moins, reprit-elle, que le vendeur n'accepte des paiements très échelonnés. C'est surtout cela que je cherche.

— Il sera d'accord si vous lui offrez des garanties suffisantes. Mais je sais que, de toute façon, il désire toucher deux mille cinq comptant. C'est raisonnable. »

Elle n'osa avouer que les économies du ménage se montaient à trois cent cinquante francs.

« Très raisonnable, dit-elle. Mais... je n'aime pas la maroquinerie.

— Et que diriez-vous d'une petite mercerie à sept mille, moitié comptant, dans le quartier de Barbès-Rochechouart?

— La mercerie n'intéresse pas mon mari. »

L'homme lui jeta un regard incisif :

« Est-il au courant de votre démarche?

— Bien sûr, dit-elle en rougissant.

— Vous devriez venir avec lui.

— Il est en voyage.

— A son retour... »

Elle comprit que son interlocuteur ne la prenait plus au sérieux. Il lui souriait, aimable et lointain, comme à une enfant.

« Voici une liste que vous pourrez consulter avec profit, reprit-il. Je vais donner des instructions à notre démarcheur et je reviens dans cinq minutes. Si quelque chose vous intéresse, cochez-le d'un coup de crayon... »

Une demi-heure plus tard, elle sortait du bureau, excédée, au bord des larmes, ayant passé en revue une cinquantaine de propositions mirifiques et inacceptables. Il lui semblait que les commerçants n'avaient pas de l'argent la même notion qu'elle. Là où elle comptait par cent francs, ils comptaient par mille. Elle était toujours en retard d'un zéro sur eux. Par acquit de conscience, elle se rendit chez un marchand de parapluies, dont l'agent immobilier lui avait donné l'adresse. Dans une boutique minuscule, vouée aux soies noires et aux manches sculptés, deux vieillards aimables la reçurent. Une lumière de deuil émanait des modèles exposés dans la vitrine. Par la porte du fond ouverte, on apercevait l'atelier où, sur un établi, gisaient des voilures funèbres, des squelettes ombelliformes. Amélie essaya d'imaginer Pierre dans ce décor étrange, frémit de tristesse et demanda les conditions, qui, d'après l'agent immobilier, étaient « à débattre » : six mille, dont deux mille comptant.

« C'est pour rien. Je vais vous montrer nos livres. Si nous

tenions compte de notre chiffre d'affaires, il faudrait exiger... »

Elle battit en retraite, avec le sentiment d'avoir épuisé sa dernière chance de succès.

*

Elle avait préparé un petit souper, mais ils y touchèrent à peine, plus affamés de caresses que de nourriture. Dédaignés, le pain, le vin, la viande froide et les fruits restèrent sur la table, pendant que la lampe s'éteignait et que le lit accueillait la chute de deux corps à demi vêtus et violemment enlacés. En reprenant conscience dans les bras de Pierre, Amélie se rappela qu'elle avait décidé de lui laisser ignorer ses démarches. Mais, à présent, proche de lui, pleine de lui, elle sentait qu'elle l'aimait trop pour lui rien cacher. Réfugiée contre sa poitrine, elle l'écoutait parler de son séjour à Grenoble. Il s'y était tellement ennuyé, qu'à dix reprises il avait failli écrire à sa femme de venir le rejoindre! Lui aurait-elle obéi? Ou aurait-elle eu la sagesse de résister à son invitation? Et d'ailleurs, qu'avait-elle fait en son absence? Il voulait tout savoir. Il la pressait dans ses bras, très fort, comme pour exprimer d'elle un dernier secret. Ivre de tendresse, elle commença le récit de ses déconvenues. Dès les premiers mots, il s'émerveilla :

« Ah! que tu es têtue! Je croyais que tu n'y pensais plus, à ce projet! Mais où as-tu trouvé le courage d'aller voir tous ces gens, de discuter avec eux?... »

Elle fut flattée de l'admiration qu'il lui témoignait et, naturellement, joua la modestie :

« Tu n'aurais pas eu le temps de t'en occuper toi-même. Et moi, je savais exactement le genre de commerce qui nous aurait convenu. Tout le monde a été très gentil avec moi. J'ai visité d'abord une crémerie, puis une épicerie... »

Renversée dans les bras de son mari, la chemise froissée, les seins meurtris, les yeux noyés d'ombre, elle citait sérieusement des noms et des chiffres, parlait de paiements différés, de droit au bail et de billets de fonds.

« En désespoir de cause, je me suis adressée à une agence.

— A quelle agence?

— A une agence immobilière. »

Il se mit à rire :

« Amélie dans une agence immobilière! Je n'en reviens pas! »

Elle se tourna un peu, le toucha de ses genoux frais. Ses ongles de pieds griffèrent une cheville dure, qui se retira :

« Parfaitement, une agence immobilière! Les renseignements que j'en ai eus ont fini de me décourager. Hier, j'aurais pleuré de dépit en rentrant bredouille à la maison! Tu ne peux pas comprendre! J'étais si sûre! Je voulais tellement!... »

De profonds soupirs coupaient ses paroles. Elle s'agitait, comme prise de fièvre :

« Maintenant, je sais que tout espoir est perdu, que nous mènerons toujours la même vie!...

— Mais non, Amélie, dit-il. Je suis aussi décidé que toi à changer de situation. Seulement, toi, tu es impatiente. Tu agis comme une enfant, sans réfléchir, sans calculer. A partir d'aujourd'hui, si tu veux bien, nous allons mettre de l'argent de côté pour acheter un fonds de commerce...

— Cela demandera des années, des années! dit-elle.

— Peut-être. Mais toutes ces années-là nous les vivrons avec un but devant les yeux... Et ça, c'est le plus important... »

Sans être convaincue par ce discours, Amélie l'entendait avec gratitude. Après avoir prouvé son indépendance et sa maturité en courant les boutiques à vendre, elle trouvait délicieux de s'éveiller candide, molle et prisonnière, à l'ombre d'un époux protecteur.

*

Le lendemain, en rentrant du travail, à midi, Pierre embrassa sa femme et annonça d'une voix sourde :

« Une mauvaise nouvelle, Amélie.

— Quoi?

— Dans trois jours, un nouveau chantier.

— Tu vas partir? demanda-t-elle faiblement.

— Oui, lundi prochain, pour Maubeuge. »

Il s'assit, la tête pendante. Son visage était durci par une grande colère. Une veine fourchue se gonflait au milieu de son front. Il donna un coup de poing sur son genou et gronda :

« J'en ai assez!... Ils exagèrent!... Ils ne me laissent pas souffler!... Je me fous de leurs primes!... Je leur dirai!... Qu'ils se débrouillent comme ils veulent!... »

Il paraissait si malheureux, qu'oubliant son propre chagrin, elle se précipita vers lui, passa un bras autour de son cou et l'attira dans un murmure de paroles douces. Renversant les rôles, c'était elle maintenant qui lui prêchait la patience et la résignation. Avait-il oublié leurs bonnes résolutions de la veille? Ne pas regimber devant les contraintes d'un métier qui compliquait leur existence. Économiser, sou par sou, l'argent nécessaire à leur installation dans un beau magasin.

« Tu as raison, dit-il enfin. Je me laisse aller bêtement. Mais c'est dur. C'est... c'est presque intenable!...

— Combien de temps resteras-tu là-bas? » demanda-t-elle avec une angoisse suspendue au creux de la poitrine.

Il hocha la tête :

« Le chantier est tout petit. Cinquante mètres carrés. En six jours, ce sera fini.

— Et pour six jours tu te fâches? »

Elle essayait de sourire avec une vaillance maternelle. Mais des larmes de femme amoureuse brillaient dans son regard. A la voir si brave et si faible dans le même temps, il conçut pour elle un sentiment d'estime tout à fait nouveau et qu'il ne savait pas définir lui-même. « Je viens de penser à elle non pas dans l'amour, mais dans l'amitié », se dit-il. Cette constatation le laissa songeur. Au bout d'un moment, Amélie le prit par la main et le guida vers la table.

*

Par toutes les portières ouvertes, le train se vidait de ses voyageurs. Dressée sur la pointe des pieds, Amélie cherchait le visage de Pierre dans la lente coulée humaine qui s'avançait vers la sortie. Soudain, elle l'aperçut, à dix pas devant elle. Il lui souriait, mal rasé, bien portant. Il lui criait quelque chose. Elle voulut s'élancer, mais des gens chargés de bagages l'arrêtèrent. Elle dut attendre que le courant amenât son mari jusqu'à elle. Enfin, ils se rejoignirent, s'embrassèrent, bousculés par la foule indifférente qui continuait à marcher.

« As-tu fait bon voyage? demanda-t-elle.

— Excellent! D'ailleurs, tu vois, j'avais de la compagnie! »

Alors seulement, Amélie vit qu'un homme se tenait à côté de Pierre. Elle mit quelques secondes à reconnaître M. Hautnoir, le marchand de vin, qu'elle avait rencontré à la Chope-d'Or. Bas sur pattes, le bedon en avant, il regardait Amélie avec des yeux couleur de réglisse. Ses lèvres charnues s'ouvraient dans une barbe d'un blond roux, courte, drue et bivalve.

« Une coïncidence! dit-il. J'étais en Belgique depuis quinze jours pour affaires. Ce matin, je prends le train à Namur. Et, à Maubeuge, qui est-ce que je vois monter dans le compartiment? L'ami Mazalaigue en personne!... »

Amélie eut la bonne grâce de manifester la surprise et le contentement qu'on attendait d'elle. Mais, en fait, elle déplorait que la présence d'un étranger l'empêchât de parler librement avec son mari. Pierre, en revanche, paraissait très heureux de cette conjoncture. Remarquant que M. Hautnoir avait de la peine à suivre le mouvement à cause de son embonpoint et de ses jambes courtes, il serra le bras d'Amélie pour l'inviter à marcher moins vite. Enfin, arrivé devant le portillon de la sortie, le marchand de vin souleva son chapeau et dit :

« Je vais vous laisser. Il faut que je m'occupe de mes bagages. En tout cas, je vous attends dimanche, n'est-ce pas?

— Dimanche, à cinq heures, à la Chope-d'Or, dit Pierre. C'est entendu. »

M. Hautnoir s'inclina devant Amélie, serra la main de Pierre et s'éloigna en se dandinant sur ses petits pieds.

« Pourquoi t'a-t-il donné rendez-vous pour dimanche? demanda Amélie.

— Ce n'est pas à moi qu'il a donné rendez-vous, c'est à nous! » dit Pierre.

Il souriait d'un air guilleret et peu intelligent. Elle s'agaça de tant de mystère :

« Que nous veut-il?

— Ah! voilà! Je crois qu'il nous aime bien!

— Et alors?

— Et alors il éprouve du plaisir à nous rencontrer. On ne peut pas lui refuser ça! Il est si sympathique!

— Je ne trouve pas!

— Quand tu le connaîtras mieux, tu changeras d'avis. »

Elle comprit qu'il jouait à piquer sa curiosité par esprit de taquinerie. Cette manière d'être la déçut; elle eût aimé moins de plaisanterie et plus de sentiment dans leurs rapports après une semaine de séparation.

Pendant le trajet en métro, il essaya de lui raconter quelques incidents de sa vie à Maubeuge, mais, assourdie par le bruit des roues, elle n'entendait pas la moitié de ce qu'il lui disait. Ce fut seulement quand ils rentrèrent dans leur chambre qu'elle eut l'impression d'avoir vraiment retrouvé son mari. Il posa la valise, saisit Amélie par la taille et la souleva de terre en faisant un grand rire d'ogre. En même temps, il cherchait à l'embrasser dans le cou. Chatouillée par sa moustache, elle poussa un éclat de rire nerveux, se jeta en arrière, échappa à ses mains et tomba sur le lit. Elle crut qu'il allait profiter de cette chute pour se pencher sur elle et l'entraîner en un voluptueux combat. Mais il restait debout, les poings sur les hanches et l'œil brillant de malice. Elle se redressa sur les coudes, un peu vexée qu'il eût arrêté son élan malgré le consentement qu'elle laissait paraître. Évidemment, il n'était pas dans son état normal. Elle pensa à une infidélité maubeugeoise, fronça les sourcils et demanda :

« Qu'as-tu, Pierre?

— Rien, dit-il avec un sourire niais.

— Je te trouve bizarre avec moi. Tu me caches quelque chose?

— Peut-être.

— Tu ne veux pas parler?

— Si.

— Eh bien, parle!

— J'ai peur que tu ne te trouves mal en m'écoutant. Ce que j'ai à t'apprendre est si inattendu, si extraordinaire!... »

Elle s'assit, retira son chapeau et aplatit sa jupe. Un calme tragique et vigilant s'était fait dans son âme. « S'il avait bu ! » se dit-elle soudain. Aussitôt, elle écarta cette supposition. Pierre leva la main et s'écria d'une voix prophétique :

« Amélie ! Je t'apporte une grande nouvelle ! Ton souhait va peut-être se réaliser !

— Quel souhait ?

— Le souhait qui t'est le plus cher ! Tu ne vois pas ? Tu hésites ?... »

Elle restait muette, perplexe. Un espoir insensé battait dans sa poitrine. Au bout d'un moment, forçant sa crainte d'être abusée, elle chuchota :

« Le... le fonds de commerce ?

— Oui ! dit Pierre. Le fonds de commerce. J'en ai trouvé un, qui est tout à fait dans nos prix ! »

Elle joignit les mains :

« Ce n'est pas possible ! Mais où ? A Maubeuge ? » Il haussa les épaules :

« A Paris, Amélie.

— Comment as-tu fait, puisque tu étais tous ces jours-ci en voyage ?

— J'ai agi par relations », dit-il sur un ton de haute négligence.

Prudente, Amélie se défendait encore contre les assauts de la joie :

« Tu me dis bien toute la vérité, Pierre ?

— S'il y avait le moindre doute sur l'affaire, je ne t'en parlerais même pas !

— Et quel est ce fonds de commerce ?

— Devine !

— Je ne sais pas !... Une épicerie ?... Une quincaillerie ?... Un dépôt de journaux ?... Un bazar ?... »

Il secouait le front d'une manière négative, et jouissait de la curiosité et de l'impatience qu'elle exprimait dans son regard. A la longue, elle se fatigua de chercher et poussa un soupir :

« Je donne ma langue au chat ! »

Satisfait, Pierre lui adressa un coup d'œil empreint de

mansuétude victorieuse, inclina le buste comme pour un salut de théâtre et dit :

« Il s'agit d'un petit café. »

Navrée de la tête aux pieds, Amélie répéta :

« Un petit café?

— Oui », dit Pierre.

Nulle proposition ne pouvait la heurter davantage. Elle avait de la peine à croire que Pierre fût sincère en soutenant devant elle un pareil projet. Les lèvres tremblantes, elle murmura :

« Tu n'y penses pas, Pierre?

— Mais si, dit-il, je suis sûr que ce sera très bien!

— Qui t'a donné cette idée?

— M. Hautnoir.

— Cela ne m'étonne pas! s'écria-t-elle.

— Il savait que j'avais tenu le café de mon père, à la Chapelle-au-Bois, que je connaissais un peu le métier...

— Et tu lui as demandé de te trouver du travail dans la même branche?

— Oui et non. Pendant le voyage, nous avons bavardé. Je lui ai expliqué notre cas. Et il m'a dit : « Vous êtes tous les deux courageux, sympathiques. Je cherche un jeune ménage dans votre genre pour reprendre un café où j'ai des intérêts... »

— Pourquoi a-t-il des intérêts dans un café?

— Parce qu'il est marchand de vin. Il contrôle ainsi tout un circuit d'établissements où il a placé de l'argent et dont il est le fournisseur exclusif, tu comprends?

— Nous serions donc à son service?

— Pas du tout. L'affaire serait à notre nom et nous rembourserions la valeur du fonds à M. Hautnoir par des versements trimestriels. Le café auquel il pense pour nous a été très mal tenu. L'actuel tenancier, qui renonce à exploiter, lui doit encore quatre mille francs. Ces quatre mille francs, nous les prendrions à notre charge par vingt billets de fonds de deux cents francs chacun, plus les intérêts. A l'entrée en jouissance, un paiement de quatre cents francs comptant. Un point, c'est tout. Le loyer est de quinze cents francs par an, mais on s'arrangera avec le propriétaire. Donc, pour trois fois rien, nous serions à la tête d'un commerce qui peut rapporter gros.

— Un commerce que je n'apprécie guère, tu le sais, dit-elle.

— Mais pourquoi? »

Elle le toisa d'un regard outragé. Une pureté intransigeante se levait en elle et condamnait de haut les débits de boissons et leur clientèle d'assoiffés. En la conviant à diriger un établissement de ce genre, Pierre ne faisait pas autre chose que lui manquer de respect. Oppressée par la colère, elle balbutia :

« Tu me vois versant à boire à des hommes venus de la rue?

— Ce serait moi qui leur verserais à boire. Toi, tu resterais à la caisse.

— Pour recevoir l'argent... l'argent de la honte? » dit-elle.

Il voulut lui prendre les poignets :

« Amélie! Voyons! N'exagère pas!... »

Elle eut un mouvement de recul et cacha ses mains derrière son dos :

« J'ai trop souffert de te voir tenir un café à la Chapelle-au-Bois avant notre mariage pour tolérer que tu en tiennes un, à Paris, après m'avoir épousée!

— A la Chapelle-au-Bois tu étais une gamine, tu t'effarouchais de rien...

— Pour certaines choses, Pierre, je n'ai pas changé! Si tu avais de l'estime pour moi, tu n'oserais même pas me proposer de vivre dans une atmosphère de débauche!...

— De débauche? Que crois-tu donc qu'on fait dans un café? dit-il en riant.

— On y boit... On y encourage les gens à se griser... à devenir comme des bêtes...

— En voilà des idées! La plupart des hommes que tu vois dans un bistrot n'y viennent pas pour s'enivrer, mais pour rencontrer des copains, pour bavarder, pour se détendre. Ils trouvent là le confort, la tranquillité, que, bien souvent, ils n'ont pas chez eux. C'est le patron d'un établissement qui donne le ton aux consommateurs. A nous deux, je suis sûr que nous finirions par trier la clientèle et par nous entourer d'habitués qui seraient pour nous comme des amis... »

Il se tut pour permettre à Amélie de le contredire. Mais elle se dressa, silencieuse, et s'approcha de la fenêtre. Il la voyait de dos. Elle avait incliné la tête et semblait réfléchir profondément. Réconforté, il poursuivit d'une voix douce :

« Comme je te l'ai déjà dit, ce café est un très petit café! Mais il faut un début à tout. Plus tard, s'il voit que nous réussissons dans cette affaire, M. Hautnoir nous aidera à en prendre une autre, plus importante... D'échelon en échelon, nous pouvons arriver à une grosse situation...

— Où se trouve ce café? demanda Amélie sans se retourner.

— Je ne sais pas.

— M. Hautnoir ne t'a pas donné l'adresse?

— Non. Il ne veut pas que nous allions visiter sans lui.

— Pourquoi?

— Parce qu'il tient à nous présenter l'affaire sous son meilleur jour. Dimanche, si nous lui disons que nous sommes d'accord, en principe, il nous emmènera sur les lieux et nous donnera tous les renseignements nécessaires. Ah! j'oubliais : en plus du café, le fonds de commerce comprend six chambres louées en meublé, au-dessus de la salle.

— Six chambres? » demanda Amélie.

Elle pivota sur ses talons et dirigea vers Pierre un regard dont l'expression le surprit.

« Mais alors, reprit-elle, ce n'est pas simplement un café, c'est une sorte d'hôtel... comme celui où nous avons habité à Deauville?... »

Il jugea déloyal de la laisser dans cette opinion.

« Pas exactement, dit-il. Ici, tout est loué au mois à des gens qui font leur ménage et leur cuisine eux-mêmes. Tu n'as donc pas à t'occuper d'eux, sauf pour toucher le montant du loyer.

— J'aimerais tenir un hôtel! dit-elle rêveusement. Recevoir des clients, les conduire dans de jolies chambres, leur servir des repas dont ils me feraient compliment... »

Elle s'écartait de la question. Pour l'y ramener par un biais aimable, il lui affirma que tous les hôteliers avaient commencé par être des restaurateurs, et que la plupart des restaurateurs avaient fait leur apprentissage dans un débit de boissons.

Tandis qu'il parlait, elle fixait son regard au sol, comme pour contempler, à ses pieds, les débris d'un vase.

« Tout de même, soupira-t-elle, quand tu m'as dit que tu avais trouvé un fonds de commerce, j'ai imaginé tout autre chose !...

— Ne pense pas à ce que tu as imaginé, pense à ce qui est !

— Je ne peux pas, Pierre ! C'est trop laid ! C'est trop triste !

— Et notre vie, actuellement, elle n'est pas laide, elle n'est pas triste ? s'écria-t-il avec une véhémence inattendue. Tu as vu par toi-même qu'il était pratiquement impossible de trouver un fonds de commerce quand on n'avait pas de capitaux ! Et voici qu'on nous propose, pour quatre sous, une affaire qui nous permettra, comme tu le veux, de travailler ensemble du matin au soir ! Prends garde, Amélie, une pareille chance ne se présentera plus. Nous n'avons pas le droit de faire les difficiles ! »

Défaillante, elle se laissa tomber sur une chaise, fléchit le cou et appliqua ses mains sur ses yeux. Aussitôt, il la rejoignit et chercha la place d'un baiser sur cette figure couverte par le barrage irrégulier des doigts. Ses lèvres effleurèrent le menton, la tempe, le bout du nez qui dépassait entre les deux auriculaires. Il l'entendait respirer à petits coups sous son masque. Enfin, elle chuchota d'une voix mouillée, à peine perceptible :

« Pierre... si tu crois vraiment que ce sera bien... nous pourrions... nous pourrions essayer de le voir, ce petit café... »

6

M. HAUTNOIR fut très heureux d'apprendre que Pierre et Amélie étaient intéressés par sa proposition. Après leur avoir rappelé les conditions du bail et de la vente, il leur révéla que le café se trouvait rue de Montreuil, à l'enseigne du Cycliste-Couronné. Étonné par cette dénomination originale, Pierre en demanda la raison.

« Je n'en sais rien, dit M. Hautnoir. Sans doute le premier patron était-il un vélocipédiste enragé. En tout cas, je vous préviens l'un et l'autre : ne vous attendez pas à trouver un établissement dans le genre de celui-ci !... »

D'un geste large, il désignait la salle de la Chope-d'Or, pleine de monde, où, dans une réverbération dormante et riche, se composaient les reflets de la glace murale, des barres de cuivre, des bouteilles, des verres et de la moleskine.

« Pourtant, reprit-il, si vous n'avez pas froid aux yeux, vous devez réussir.

— Avons-nous l'air de gens qui ont froid aux yeux, monsieur Hautnoir ? » demanda Pierre.

En même temps, il quêtait du regard l'approbation d'Amélie. Mais elle était allée si loin dans la voie des concessions en acceptant de tenir un café, qu'elle ne pouvait, de surcroît, se montrer enthousiaste.

« Avant de décider quoi que ce soit, il faudrait voir, dit-elle.

— C'est bien pourquoi je vous ai convoqués, dit M. Hautnoir. Puisque nous sommes d'accord, en principe, il ne nous reste plus qu'à aller visiter les lieux. Si vous voulez me suivre, en trois minutes nous serons rendus... »

On se leva, M. Hautnoir paya les consommations. Amélie se vit passer, belle et indifférente, dans une glace qui reflétait toute la profondeur du café.

Dehors, Pierre lui prit le bras et chuchota :

« Tu sais, si ce bistrot ne nous convient pas, nous ne sommes pas obligés de le prendre !

— Pourquoi ? Je suis sûre que ce sera très bien ! » dit-elle avec une gaieté funèbre.

La rue de Montreuil était bordée de maisons vieilles et sales. Les jalousies pendaient de biais sur les fenêtres, comme des paupières déchiquetées sur des yeux malades. Les porches béants découvraient des cours intérieures profondes, encombrées de charrettes à bras. Comme on était un dimanche, les boutiques étaient fermées, les passants rares, désœuvrés et vêtus avec soin. M. Hautnoir désigna le drapeau en fer d'un lavoir municipal et dit :

« C'est juste en face ! »

Amélie tourna les yeux vers le trottoir opposé et son cœur se serra.

Coincée entre de hauts immeubles noirs de crasse, une maisonnette à deux étages poussait en avant sa mauvaise façade, qui avait la couleur et la fragilité d'une coquille d'œuf. Une bande de tôle rouillée se détachait de l'avancée du toit et pendait un peu dans le vide, tel un ourlet décousu. Dans le mur mince et craquelé, s'ouvraient quatre fenêtres trop rapprochées l'une de l'autre. Entre deux croisées, on lisait : *Hôtel-café du Cycliste-Couronné.* Les lettres de l'inscription étaient disposées en demi-cercle autour d'un dessin représentant une roue de vélocipède. Au rez-de-chaussée, la vitrine et l'entrée du bistrot étaient masquées par de solides volets de bois brun.

« L'établissement est fermé depuis trois semaines, dit M. Hautnoir. Nous allons passer par-derrière. »

Pierre appuya sur Amélie un regard qui demandait l'indulgence. Elle lui sourit avec la gentillesse un peu insensée des martyrs. Il soupira :

« Oh ! Amélie !... »

Et tous deux suivirent M. Hautnoir, qui traversait la rue et pénétrait sous un porche, ouvert à droite du bistrot. Un passage voûté et sombre conduisait à une grande cour, de forme biscornue, au sol grossièrement pavé. Les maisons qui bornaient cet espace avaient laissé pousser à leurs pieds une colonie d'appentis branlants casqués de tôle. Au fond, se voyait une construction plus vaste, qui était un atelier d'ébénisterie. Les vitres en étaient poudrées de sciure blonde. Mais aucun bruit ne venait de l'intérieur. M. Hautnoir tourna à gauche et parut s'enfoncer dans un mur. Un corridor prenait là, froid, humide, éclairé par une lucarne ovale. Ayant fait six pas, le marchand de vin s'arrêta et tira une clef de sa poche. Une porte basse s'ouvrit.

« Ne bougez pas, dit M. Hautnoir. Je vais allumer le bec. »

Il descendit deux degrés de pierre, plongea dans la nuit, craqua une allumette. Une lueur jaune s'encadra dans le chambranle. Un rat charnu et vif trotta le long du mur et se mussa dans un trou.

« Vous pouvez venir. »

Amélie entra la première. M. Hautnoir lui fit traverser une petite cuisine encombrée de caisses. De là, on passait dans une salle étroite, qui ressemblait à un couloir. Le comptoir occupait toute la longueur du mur de droite. Quatre tables de bois maigre s'alignaient contre le mur de gauche. Entre les tables et le comptoir, le passage était à peine assez large pour deux personnes marchant de front. Du plafond au plancher, les parois étaient enduites d'une peinture épaisse, couleur de bile. Un duvet de poussière charbonneuse coiffait le dôme du percolateur. Sur un rayon, trois bouteilles vides et quatre verres ébréchés témoignaient d'un passé sans gloire. Amélie respira une odeur de vin aigre, de lattes pourries, qui lui souleva le cœur.

« Et voilà ! dit M. Hautnoir. Ce n'est pas grand ! Ce n'est pas luxueux ! Mais, avec le lavoir en face, et tous les ateliers dans les cours voisines, c'est bien placé ! »

Une main se posa sur l'épaule d'Amélie. Elle se retourna et vit Pierre qui la regardait d'un air confus.

« Amélie, murmura-t-il, je suis désolé... »

Elle ravala un goût de larmes qui montait dans sa gorge :

« Il ne faut pas...

— Tu me pardonnes? reprit-il.

— Quoi?

— Je me doutais bien que ce ne serait pas très reluisant, mais tout de même j'espérais autre chose!... »

Ils avaient parlé à voix basse pour n'être pas entendus de M. Hautnoir. Devinant qu'ils hésitaient à échanger leurs impressions en sa présence, le marchand de vin alluma une bougie fichée dans le goulot d'une bouteille et souleva la trappe, qui se trouvait derrière le comptoir.

« Que faites-vous? demanda Pierre.

— Je descends à la cave. Quand vous voudrez venir...

— On vous suit... »

M. Hautnoir disparut, à commencer par les pieds et à finir par le chapeau melon. L'échelle craquait sous le poids de son corps. Puis, on l'entendit tousser, marcher, sous le plancher mince de la salle. Pierre, abasourdi, ne savait plus que dire. Amélie ne bougeait pas, muette, blanche, et promenait ses regards autour d'elle avec lenteur. Elle essayait de s'imaginer en tenancière d'un café parisien. Sa main glissa légèrement sur le comptoir souillé par des attouchements louches et innombrables. Un frisson de répulsion grimpa le long de son bras. Pourtant, elle etait bizarrement attirée par l'horreur d'un pareil décor. Après avoir déploré que l'installation du bistrot fût si rudimentaire, elle voyait dans cette insuffisance même un prétexte à diverses actions méritoires dont son amour-propre se réjouissait par anticipation. Comme si tant de laideur n'eût été accumulée en cet endroit que pour lui donner, à elle, l'occasion de se surpasser, la crasse des murs, la pauvreté des meubles, devenaient les premiers éléments de sa foi en l'avenir. Elle contourna le comptoir et s'avança vers la trappe. Pierre, ignorant le cheminement de cette pensée capricieuse, crut le moment venu de rassurer sa femme.

« Amélie, dit-il doucement, ne te figure pas que je vais insister. J'ai compris : ce café n'est pas pour nous! »

Elle sursauta :

« Pas pour nous? Que veux-tu dire?

— Il faut chercher autre chose.

— Mais tu ne trouveras pas mieux pour le même prix! s'écria-t-elle.

— Nous attendrons donc d'être assez riches pour nous offrir un commerce convenable. »

Il y eut un silence. Elle fronçait les sourcils, rougissante, contrariée. Son menton pointait. Enfin, elle grommela :

« Je ne veux pas attendre!

— Tu ne te rends pas compte! Regarde autour de toi!...

— J'ai tout vu!

— Et cela ne te fait pas peur?

— Non. »

Une lueur d'inquiétude passa dans les yeux de Pierre. Il craignait pour Amélie les effets d'une imagination trop prompte à s'enflammer. Ennemie des solutions faciles, sans doute rêvait-elle déjà de transformer ce bistrot en un établissement modèle et de régénérer tout le quartier par l'exemple d'une vertu agissante. Quand elle se laissait emporter par une idée fausse, il était malaisé de l'arrêter à mi-course.

« Moi, je veux bien, dit-il. Mais as-tu réfléchi? Tu ne regretteras pas?

— Et toi? »

Il la serra contre sa poitrine, si fort qu'elle gémit sourdement. La tête de M. Hautnoir apparut au ras du sol :

« Eh bien? Que se passe-t-il? »

Le chapeau sur la nuque, le front balafré de suie, une toile d'araignée prise dans les poils de sa barbe, il ressemblait à un diable sortant d'une boîte.

« Vous pouvez compter sur nous, monsieur Hautnoir, dit Amélie. Ce café nous convient. »

Alors, M. Hautnoir émergea tout entier de la trappe. Il tenait une bouteille à la main.

« C'est tout ce que j'ai trouvé en bas, dit-il en souriant. Un petit sancerre. Nous allons le boire à la santé du Cycliste-Couronné! »

Pierre lava les verres sous un robinet crachotant. M. Hautnoir déboucha la bouteille, renifla le bouchon, cligna de l'œil et versa le vin. Ils trinquèrent tous trois, debout devant le comptoir. Puis, on visita la cave, le débarras et deux des chambres de l'hôtel, les quatre autres étant occupées. Mais elles étaient toutes identiques et meublées de la même façon. Derrière chaque porte, étaient affichés des recommandations d'hygiène et un inventaire : « Un lit en fer avec sommier et matelas, une table de toilette, avec cuvette, seau et pot à eau, une table, une chaise, une penderie... » L'appartement réservé de droit aux tenanciers du café était situé dans une autre maison, au fond de la cour. Il se composait de deux pièces, au rez-de-chaussée, également vides et froides. Les murs étaient tapissés d'un papier fané, qui partait en loques. Un carré de carton remplaçait un carreau brisé. Des taches de plâtre souillaient le parquet. Amélie, souriante, légère, et tenant sa jupe délicatement relevée entre deux doigts, arpentait son nouveau domaine et y disposait, par la pensée, le mobilier sommaire du ménage.

7

« MON cher papa, je suis heureuse que tu approuves notre acquisition. Tu penses bien que nous ne nous sommes pas décidés à la légère ! Si j'ai accepté une situation aussi peu en rapport avec mes goûts — que tu connais et qui n'ont pas changé ! — c'est que, comme dit Pierre, il y a café et café. Le nôtre, fais-moi confiance, ne sera nullement un endroit où l'on viendra pour boire inconsidérément. C'est petit à petit que nous rééduquerons les consommateurs. Grâce à nous, le Cycliste-Couronné finira par être un lieu de rendez-vous, petit mais coquet, pour tous les honnêtes gens du voisinage. Bien entendu, comme dit Pierre, il ne faudra pas, au début, les brusquer dans leurs habitudes. Notre premier effort portera sur la décoration. Dans un cas comme le nôtre, le cadre joue un grand rôle. Certes, nous ne disposons pas de grands moyens, et le temps aussi nous manque, puisque l'ouverture de notre établissement est fixée au 6 décembre prochain ! Mais notre volonté de réussir ignore les obstacles. Pierre et deux de ses amis, M. Boursier et M. Jointoux, se sont déjà mis au travail. Ayant donné sa démission à la société Ozolithe, Pierre est libre toute la journée. Les deux autres ne viennent qu'à sept heures du soir et le dimanche. Tout se fait selon mes directives, car Pierre estime que j'ai le sens des arrangements qui flattent l'œil, sans être pour cela le moins du monde dispendieux. Je te laisse juge. La salle du café, plus longue que large, et prenant jour par une vitrine sur l'importante rue de Montreuil, sera entièrement repeinte. Je penchais pour le jaune citron, mais Pierre a dit qu'il préférait la couleur chamois, aussi douce au regard et moins salissante. Il a déjà passé la première couche et c'est d'un effet surprenant. La pièce en est agrandie, au point qu'on hésite à la reconnaître. Quand il aura ajouté de fines baguettes grenat pour souligner les chambranles, nous serons comme dans une bonbonnière. A la place de l'ancien comptoir droit, M. Jointoux, dont c'est la spécialité, nous installe un comptoir en demi-fer à cheval. Ce comptoir comprendra un évier, une glacière, des casiers à bouteilles et un robinet pour l'arrivée de la pompe à bière. Mais attends, ce n'est pas fini : M. Boursier s'est arrangé avec un de ses camarades, qui, pour presque rien, nous a posé un plafond en « lincrusta ». C'est un revêtement moderne, décoré de petites rosaces en relief. Quand tu lèves les yeux, tu as l'impression de contempler un ciel de dentelles. A Paris, chez les maîtresses de maison les plus chics, c'est une véritable folie! Toutes veulent du « lincrusta »! Et, au Cycliste-Couronné, nous en avons! Autre chose : de chaque côté du comptoir, il y a deux panneaux à encadrements de moulures. J'ai eu l'idée de les utiliser pour donner un cachet plus artistique encore à l'ensemble. Comme dit Pierre, je vois grand dès le départ. Demain, notre voisin, le marchand de couleurs, qui fait aussi du dessin d'agrément, viendra pour peindre, à même le mur, aux endroits réservés, quatre figures de femmes représentant les quatre saisons. Ainsi, le consommateur, laissant errer son regard de la porte d'entrée à la porte de la cuisine, pourra admirer successivement le printemps au front ceint de fleurs, l'été aux bras chargés de gerbes mûres, l'automne couronné de feuilles mortes et l'hiver aux cheveux poudrés de neige. L'artiste nous a promis qu'à raison de deux jours par tableau il aurait fini en huit jours. Il s'inspirera de cartes postales, qu'il nous a montrées et qui sont la grâce même. Pierre le payera en apéritifs. Tu vois, mon cher papa, que notre café n'a aucun rapport avec celui que Pierre tenait à la Chapelle-au-Bois. Je pense même qu'il n'existe pas d'établissement comparable au nôtre dans tout l'arrondissement. Comme dit Pierre, nous allons révolutionner le quartier! La vitrine est barbouillée de blanc d'Espagne, pour que les curieux ne puissent pas deviner ce qui se fait à l'intérieur. Au-dessus de la porte, sur la rue, nous avons tendu un calicot : « Fermeture pour transformations et changement de propriétaire. Réouverture le samedi 6 décembre. » Les gens lèvent la tête, lisent l'inscription et passent. Mais, comme dit Pierre : ils sont tous plus ou moins intrigués par ce qui se prépare chez nous. Si tu savais comme j'ai hâte d'être enfin à l'aube de ce grand jour! Pourvu que tout soit prêt et bien prêt! M. Hautnoir fera livrer le vin la semaine prochaine. Pour les autres boissons, il s'est entendu avec un brasseur et un liquoriste, qui nous fourniront la marchandise à crédit, sous sa garantie. Tous ces messieurs croient à une prompte réussite. Je me suis également occupée de l'hôtel. Nous avons quatre locataires : une vieille demoiselle, qui fait de la passementerie en chambre, un graveur, un peintre en bâtiment italien et un apprenti relieur. Avec cela, j'oubliais de te dire que notre appartement, lavé et retapissé, est un pur bijou. J'ai déjà pendu les rideaux de pongé grenat. Ils ont juste la bonne longueur. Nous emménagerons définitivement après-demain. Peut-être te demanderai-je de m'envoyer, par petite vitesse, le guéridon qui est dans ma chambre et la descente de lit, ainsi que mon fauteuil et une chaise? On est toujours un peu démuni quand on passe comme nous d'un logement très réduit à un appartement plus vaste. Mais je bavarde impunément et ne prends pas de vos nouvelles. Comment te portes-tu? Es-tu toujours satisfait de Denis? N'as-tu pas de difficultés pour la comptabilité de la forge? Et Mme Pinteau se montre-t-elle toujours aussi bien avisée dans la tenue de notre magasin? Fais-lui mes amitiés et dis à Denis qu'il y avait six fautes d'orthographe dans sa dernière missive, dont une inacceptable au mot serrurier. J'espère que tu n'as pas oublié de lui faire écrire une lettre de félicitations pour le mariage de Marthe Tabaraud. Un pareil manquement serait impardonnable! Rassure-moi vite sur ce point. Pour ma part, j'ai adressé à ma chère amie et à son époux les vœux d'un cœur bien sincère, et une petite lampe de salon à l'abat-jour de soie brochée or, rouge et argent, que j'ai achetée à la Samaritaine, c'est un grand magasin de Paris où je me sers parfois. Puisse Marthe être aussi heureuse en ménage que je le suis moi-même!... Mon cher mari m'attend au café de la rue de Montreuil, un pinceau à la main. Il faut donc que j'aille le retrouver. Je jette en hâte mille baisers que tu partageras avec Denis. Comme dit Pierre, si vous pouviez être avec nous dans les jours à venir, notre bonheur serait complet. Mais ne soyons pas trop exigeants. Rappelle-moi au bon souvenir de nos amis de la Chapelle-au-Bois. Et sois sûr de l'affection émue et fidèle que te porte ta fille. — Amélie. »

8

L'OUVERTURE du café n'étant prévue que pour cinq heures de l'après-midi, Amélie se rendit, le matin même, chez un coiffeur du faubourg Saint-Antoine, dont une voisine lui avait vanté le coup de peigne inégalable. Arrivée devant l'hôpital, elle chercha du regard l'un des trois hommes-sandwiches que Pierre avait embauchés, la veille, sur le conseil de M. Hautnoir, pour annoncer la grande nouvelle au quartier. Loin devant elle, une pancarte se balançait au-dessus des têtes, comme la voile d'un navire en perdition. La jeune femme savait le texte de l'inscription par cœur : « *Au Cycliste-Couronné*. Aujourd'hui, à cinq heures, réouverture. Double prime. On emporte son verre et il y aura une surprise. » Le verre laissé en souvenir correspondait à une tradition fermement établie dans le milieu des limonadiers; quant à la surprise, elle consistait en un bon pour une brioche chaude, que le client était invité à déguster sur place, dans les deux jours, en consommant une tasse de café à deux sous. Fascinée par l'écriteau, Amélie songeait avec émotion que des centaines d'inconnus en avaient déjà pris connaissance. Cette publicité la flattait et la gênait à la fois, comme si, brusquement, elle et son mari fussent sortis de leur réserve habituelle pour se livrer en spectacle à la foule. Pendant tout le temps qu'elle resta assise chez le coiffeur, elle ne cessa de réfléchir avec angoisse à l'épreuve qui l'attendait. Absorbée par cette préoccupation, elle fut étonnée de se découvrir dans la glace, le front garni de frisettes régulières et le chignon exhaussé, renforcé, dans sa forme et dans son éclat. Cet arrangement capillaire imposait à son visage un air de compétence et de décision. Elle en fut satisfaite et complimenta l'artiste, qui lui assura n'avoir eu aucun mérite à la coiffer de la sorte, étant donné l'extraordinaire qualité de ses cheveux. Amélie sourit et se leva. Un nuage de parfum l'entourait. Elle l'entraîna, derrière elle, dans le café.

Là, portes closes et volets mis, Pierre, Jointoux et Boursier achevaient fiévreusement l'installation du comptoir. L'air était imprégné d'une odeur de peinture fraîche. Le percolateur, astiqué à la pâte rose, brillait d'un éclat d'armure. Une épaisse couche de vernis luisait sur les tables. Et les quatre saisons, le visage déformé par les aspérités du mur, l'œil résolument bleu, les joues pâles et grumeleuses, veillaient, deux par deux, avec leurs attributs respectifs, de chaque côté du rayon chargé de bouteilles pleines. Peu après midi, les hommes s'arrêtèrent de travailler pour manger de la viande froide et des œufs durs, qu'Amélie leur servit dans la petite cuisine attenante au café. Puis ils retournèrent à la tâche, silencieux, pressés par le temps. A trois heures et demie, le dernier coup de pinceau était donné, le dernier clou planté, et le premier fût de bière mis en perce à la cave. Boursier et Jointoux se retirèrent, après avoir promis de revenir en fin de journée avec des amis. Amélie passa dans sa chambre, au fond de la cour, pour s'habiller : corsage gris perle, jupe noire et tablier plissé, à petits carreaux bleus et blancs, de marchande de vin. C'était la tenue réglementaire. Quand elle rejoignit Pierre dans la salle, il finissait de déballer et de ranger les verres-souvenirs.

« Tu es trop belle ! s'écria-t-il. Il faut que je t'embrasse !... »

Pourtant, elle n'eut pas à se défendre contre sa violence. Impressionné par la coiffure de sa femme, il se contenta de déposer quelques lestes baisers sur sa joue, sur sa bouche et dans la pliure de son cou. Ensuite, il la prit par la main et la conduisit d'un pas cérémonieux jusqu'à la caisse. Elle s'assit sur la chaise qui lui était réservée. Un volumineux chrysanthème rose, cadeau de M. Hautnoir, s'épanouissait à sa droite. Derrière elle, se dressait un rempart de bouteilles aux étiquettes bigarrées : Noilly-Prat, Byrrh, Picon, Dubonnet, Guignolet... Elle frémit d'imaginer cette conspiration des alcools dans son dos. Heureusement, l'arôme intègre du café, émanant du percolateur, atténuait les scrupules que faisait naître en elle la pensée de tous les poisons, qu'elle avait si souvent maudits, avant d'en devenir la gardienne et la dispensatrice. Le tiroir de la caisse était entrouvert. A l'intérieur, reposait un paquet de bons pour les brioches. Cela aussi était rassurant. Pierre alluma une cigarette. Son visage était pâle, nerveux. Il tournait les regards du côté de la rue, bien que les gros volets de bois l'empêchassent de voir ce qui se passait dehors.

« Encore une demi-heure, dit-il. Pourvu que nous ayons du monde!

— Tu espères combien de consommations jusqu'à la fermeture?

— M. Hautnoir en prévoit deux ou trois cents. Mais je crois qu'il se fait des illusions! Avec cent, je serais content. Remarque bien que nous n'y gagnerons pas un sou, à cause des primes. Seulement, ils reviendront... ils amèneront des copains... »

Il s'arrêta de parler. On frappait à la porte du fond.

« Qui est là? cria Pierre.

— Ami », répondit une voix étouffée.

C'était M. Hautnoir. Pierre courut lui ouvrir. Le marchand de vin entra, suivi d'un de ses cavistes, qu'il avait amené pour aider au service, car il craignait une forte poussée autour du comptoir. Un coup d'œil lui suffit pour s'assurer que tout était en ordre.

« Mes compliments! dit-il. Vous avez bien travaillé. Et Mme Mazalaigue est la plus jolie caissière que j'aie jamais vue. Savez-vous qu'il y a déjà des clients qui attendent devant la porte? Dans dix minutes, vous pourrez ouvrir. »

Tandis qu'il continuait à inspecter les lieux, Amélie écoutait la sourde rumeur de voix et de piétinements qui traversait les murs. Elle avait l'impression de se trouver dans une forteresse assiégée. D'une seconde à l'autre, forçant le barrage des planches et des vitres, un flot d'inconnus se déverserait dans la place. Pierre s'approcha de sa femme et murmura, l'air heureux :

« C'est vrai... Tu entends?... Ça bouge...

— Oui, balbutia-t-elle.

— On y va?

— Attends encore...

— Pourquoi? Tu as peur?

— Un peu, dit-elle.

— Mes enfants, dit M. Hautnoir, il est l'heure. »

Pierre dédia un regard d'encouragement à Amélie, si sage et si jeune sous sa lourde coiffure, ouvrit la porte vitrée, la replia contre le mur et retira la barre qui maintenait l'assemblage des volets de bois. Tout à coup, il sembla à Amélie qu'elle était assise dans la rue. Une grande lumière et un grand bruit la frappèrent au visage. Se bousculant et riant, les premiers venus prenaient place devant le comptoir et autour des tables. Pierre criait :

« Entrez, messieurs... entrez donc!... »

Mais le café ne pouvait contenir plus de vingt personnes. Sous le plafond bas, les voix rendaient un son creux et fort. Les commandes se succédaient, comme des ordres prononcés dans une langue étrangère :

« Un picolo... Un arrosé... Une mominette... Un mandarin!... »

Du coin de l'œil, Amélie observait Pierre, le torse pris dans un gilet noir à la chaîne de montre apparente, les manches de la chemise roulées au-dessus du coude. Rapide comme un jongleur, il saisissait une bouteille après l'autre, emplissait les verres, coupait la goutte au ras du goulot d'un bref mouvement du poignet, renfonçait le bouchon, faisait sauter le flacon dans sa main, le rangeait sans erreur, annonçait la consommation suivante, et trouvait encore le temps de plaisanter et de rire avec les clients. Ceux qui étaient restés dehors attendaient avec impatience leur tour d'accéder au comptoir. La promesse de la prime avait attiré beaucoup de monde. Amélie surprit une expression victorieuse déposée, entre barbe et cheveux, sur le visage de M. Hautnoir. Le liquoriste et le brasseur s'étaient joints à lui. Ils formaient un groupe important à côté du chrysanthème. La jeune femme eût aimé entendre ce qu'ils disaient, mais elle était assourdie par le tintement des verres et le chuintement du percolateur. Suivant une discipline librement acceptée, la plupart des visiteurs ne s'attardaient pas dans le café. Ayant bu, ils glissaient leur verre dans leur poche, payaient et se retiraient pour céder la place à d'autres. Exceptionnellement, toutes les consommations étaient à quatre sous. Pierre annonçait le total. Amélie rendait la monnaie. Ce travail n'était pas nouveau pour elle, mais les chiffres se suivaient à un rythme si vif, qu'elle craignait à tout moment de se tromper dans ses comptes. Avant de partir, chaque client recevait de ses mains un petit ticket vert : « Bon pour une brioche chaude au *Cycliste-Couronné.* » On la remerciait. On la félicitait. Des regards admiratifs se posaient sur elle. Dominant la mêlée, elle reconnaissait au hasard Mme Cordier, à qui elle avait envoyé une invitation, le marchand de couleurs, l'ébéniste du fond de la cour, M. Clapeton, le graveur de la chambre n° 6, le boucher du coin, la friteuse du trottoir d'en face... Tous ces visages s'agitaient dans un éclairage irréel, brouillé de fumée bleuâtre. L'odeur âcre du vin se mariait avec les senteurs sucrées des apéritifs pour dames. Les sous tintaient net en tombant dans la caisse.

« Que c'est joli! Que c'est propre! Vous avez tout remis à neuf, ma parole! Quand on pense au taudis que c'était! Je connais des patrons de bistrots, par ici, qui doivent vous regarder d'un mauvais œil!... »

Pierre riait, haussait les épaules :

« Pensez-vous! On est trop petits pour inquiéter qui que ce soit! Ah! Voilà Jointoux! Qu'est-ce que tu prends, vieux frère?

— C'est ma tournée.

— Non, c'est la mienne! Amélie, tu ne vois pas Boursier qui te dit bonjour? »

Étourdie, Amélie tendait la main, souriait.

« Et voici Mme Boursier. »

Une petite personne blême, à l'œil fiévreux, au nez pointu, s'avançait sous un grand chapeau garni d'oisillons massacrés.

Amélie commençait une phrase aimable, entendait le cri de Pierre : « Huit sous sur deux francs », s'arrêtait pour rendre la monnaie et, ensuite, ne savait plus ce qu'elle voulait dire.

« Madame Mazalaigue! Madame Mazalaigue! »

C'était M. Hautnoir qui l'appelait en se haussant derrière le chrysanthème :

« Ces messieurs et moi voudrions vous offrir un verre! »

Amélie, ne pouvant refuser, rougit et murmura :

« Ce sera donc une menthe à l'eau!

— On n'y voit plus goutte, Amélie! dit Pierre. Je vais allumer le deuxième bec... »

Une clameur de satisfaction salua ce supplément de lumière :

« Aâh! En avant les lampions!

— Les quatre saisons sont encore plus belles dans cet éclairage! dit quelqu'un.

— N'avez-vous pas remarqué que le printemps ressemble à Mme Mazalaigue? » demanda M. Hautnoir.

Amélie eut l'impression qu'on lui arrachait son corsage. Tous les regards convergeaient sur elle. Un souffle chaud sortit de ses lèvres :

« Monsieur Hautnoir, vous ne savez pas ce que vous dites!

— Mais si! Le même port de tête! La même coiffure! Nous allons demander à l'artiste s'il n'a pas cherché la ressemblance! Où est-il?

— Il est déjà parti! dit Jointoux.

— Retrouvez-le! Ramenez-le! On veut savoir! On veut savoir! »

Des inconnus riaient, criaient. Amélie, au supplice, continuait à sourire, à rendre la monnaie et à distribuer des bons pour les brioches. Enfin, on parla d'autre chose. Elle se sentit soulagée. La nuit était venue. Le café ne désemplissait pas.

« Amélie, dit Pierre en se penchant vers elle, je crois que c'est gagné. Tu n'es pas trop lasse?

— Non. Et toi?

— Jamais été plus solide!

— Veux-tu manger quelque chose? demanda-t-elle.

— Pas le temps!

— Patron ! Deux demis ! »

Il la quitta, tourna le robinet, emplit les verres et égalisa la mousse avec une palette. Elle frissonna, comme touchée par une caresse rapide. « Je travaille avec mon mari. Toujours, il y aura d'un côté nous deux, et, de l'autre, le reste du monde. » La fumée des cigarettes lui piquait les yeux. Le chrysanthème inclinait ses grosses têtes roses, bouclées et somnolentes. Au bout du comptoir, Jointoux et Boursier réclamaient des dés pour jouer au zanzibar.

9

CHAQUE matin, Pierre se levait à quatre heures et demie, déposait un baiser sur la joue d'Amélie qui continuait à dormir, enfilait ses vêtements de travail et, sans prendre le temps de se raser, allait « faire l'ouverture ». La salle, quand il y pénétrait, était encore pleine d'une odeur de fumée refroidie et de vin aigre. Immédiatement, il garnissait le percolateur et le mettait en marche. Puis il retirait les volets, poussait la porte pour aérer largement, arrosait le plancher, le balayait, le poudrait de sciure de bois et astiquait le zinc du comptoir au savon minéral, étalé avec la paume de la main. Il avait juste fini ses nettoyages pour l'arrivée des clients du premier métro, grelottants, somnolents, peu bavards, et friands surtout de cafés-crème et de croissants chauds.

Amélie, elle, restait au lit jusqu'à sept heures et demie, parfois jusqu'à huit heures, et ne rejoignait son mari qu'après avoir fait le ménage de l'appartement et les courses de la journée. A neuf heures, le travail cessait dans la plupart des ateliers tassés au fond des cours, et les patrons venaient au bistrot, avec leurs ouvriers, pour casser la croûte en hâte et boire un coup de vin blanc. Aussitôt requinqués, les ouvriers retournaient à la tâche; les patrons, eux, s'attardaient, reprenaient un verre, fumaient rêveusement une pipe ou un « señoritas ». Ébénistes, serruriers d'art, marqueteurs, bahutiers, doreurs, ils étaient tous fiers de leur métier et jaloux de leur indépendance. Amélie aimait leur air de sagesse et de loyauté, leur accent parisien et la promptitude de leurs reparties. Ils parlaient volontiers politique et toujours avec mécontentement. Mais leur esprit de revendication était tempéré par le sens de l'ironie. Un bon mot suffisait à dégonfler leur colère. Au reste, n'étant pas ouvriers mais artisans, ils avaient inconsciemment le respect de l'ordre, de la tradition et des finances saines. En toute circonstance, le ton leur était donné par M. Florent, un vieil ébéniste à la moustache gauloise et à l'œil de myosotis. Il avait son atelier derrière la maison. Son orgueil était d'avoir construit, avec du bois de haute époque, une armoire gothique pour Mme Sarah Bernhardt. Il parlait volontiers de la réception du meuble par la grande actrice :

« Elle avait une robe en lamé or, avec des flots de dentelle qui lui sortaient des manches. Ses yeux se retournaient. Elle m'a dit : « Monsieur Florent, je n'ai jamais rien vu d'aussi beau que votre armoire... Permettez que je vous embrasse!... »

Autour de lui, on riait. Mais Amélie le regardait, le trouvait noble et grave comme un chef de tribu, et comprenait que la comédienne lui eût fait le don d'un baiser sur la joue. Vers dix heures, les petits patrons retournaient à leurs ateliers, bourrés de pots de vernis et de pots de colle. Jusqu'à la fin de la matinée, le café connaissait un calme relatif. Amélie et Pierre profitaient du répit pour se restaurer et échanger leurs impressions. Midi ramenait le gros de la clientèle. Certains ne venaient que pour l'apéritif. D'autres apportaient leur gamelle à chauffer. D'autres encore achetaient de la morue et des frites à la friteuse d'en face et les consommations au comptoir, en dégustant du picolo râpeux. A la reprise du travail, la salle se vidait de nouveau. Pierre laissait sa femme à la caisse et allait se coucher pour une heure ou deux. Pendant ce temps, Amélie était rarement dérangée. Parfois, des vernisseuses de M. Florent entraient, le fichu sur la tête, les mains noires de vernis, pour siroter un petit verre de marc ou de framboise. Ou bien, c'était une matrone au teint luisant, qui sortait du lavoir, traversait la rue, avalait un picon, et regagnait bien vite son univers de vapeur d'eau, de rinçures savonneuses, de clabauderies et de coups de battoir.

Amélie n'avait pas besoin de consulter sa montre : quand la porte s'ouvrait pour livrer passage à son locataire, M. Clapeton, le graveur de la chambre n° 6, elle savait qu'il était juste trois heures et demie. Chaque jour, M. Clapeton venait ponctuellement au Cycliste-Couronné boire ses quatre calvados à la file. Agé de soixante-cinq ans, il avait un visage blafard, aux bajoues pendantes, aux lèvres imberbes de vieille femme, une calvitie entourée d'une bourre de cheveux grisonnants, un œil glauque et un faux col blanc, demi-dur, d'où s'échappait une opulente cravate Lavallière. Sa main veinée et débile devenait singulièrement assurée dès qu'il s'agissait de porter le verre à sa bouche. A le regarder faire, Amélie éprouvait un frisson de répugnance et de pitié. Elle devinait que cet homme demandait à l'alcool l'oubli d'un chagrin extraordinaire. Tôt ou tard, elle était sûre de le voir s'écrouler à ses pieds, terrassé par l'effet du poison. Pourtant, comme il était âgé, correctement vêtu et d'aspect raisonnable, elle n'osait pas lui reprocher son vice. D'ailleurs, M. Clapeton n'était pas d'un naturel liant. Il buvait lentement, gravement, avec une application terrible. Parfois, d'une voix hésitante, il se plaignait du temps ou du prix des choses. Mais ces propos désabusés n'appelaient pas de réponse. Dès le deuxième verre, il ne parlait plus, n'entendait plus. Un sourire béat distendait les muscles de sa face. Le troisième verre lui faisait le regard bovin. Après le quatrième verre, il payait et sortait du café, le dos raide, le menton haut, porté en avant par une démarche d'automate. Délivrée de sa présence, Amélie se demandait s'il serait encore en vie le lendemain. Elle n'aurait jamais cru qu'on pût mettre tant de distinction dans l'ivrognerie. Sur ces entrefaites, Pierre apparaissait, rasé de près, la mine reposée et la chemise propre. A quatre heures, les artisans du quartier marquaient une petite pause, et il fallait que le patron du bistrot fût là pour les servir. C'était « le coup de quatre ». Brie et vin rouge, la journée tirait à sa fin. Les hommes avaient des figures lasses et contentes. Pierre les appelait presque tous par leur nom :

« Ça va, monsieur Sylvestre? Ça va, monsieur Moutonnet? Qu'est-ce que je vous sers, aujourd'hui? »

Quand il ne se souvenait plus du nom d'un client, il l'accueillait par une sorte de grognement aimable, comme si, ayant la bouche pleine, il lui était impossible de s'exprimer plus clairement :

« Ça va, m'sieur-eu-heu?... Ça va, madame-eu-heu? »

Le « eu » de « monsieur » et de « madame », prolongé, modulé, mâché, s'achevait dans un toussotement et un sourire. Nul n'était dupe de ce subterfuge, mais Pierre le considérait comme une marque de politesse élémentaire à l'égard des personnes qui lui faisaient l'honneur de fréquenter son établissement.

Il dînait avec Amélie, sur une table du fond, un peu avant sept heures. A sept heures, les ateliers se vidaient. La rue s'animait. La porte du bistrot happait des ouvriers au vol. Le local était exigu, les consommateurs qui avaient trouvé de la place devant le zinc passaient les verres à ceux qui ne pouvaient s'approcher du comptoir. On eût dit qu'ils étaient heureux d'être mal installés, mal servis, enfermés dans une boîte, où leur voix, leur chaleur, leur odeur, prenaient de l'importance et de la densité. Pierre les interpellait, plaisantait avec eux, et, invité à trinquer, tirait d'un casier sa bouteille personnelle. Après avoir bu, il clappait de la langue et plissait les lèvres, comme si ce breuvage lui eût échauffé l'estomac. En fait, il s'était rincé la bouche avec un peu d'eau parfumée de vin blanc. Amélie aimait que, parmi tant de gens assoiffés et braillards, il sût garder la tête froide. Par son humeur facile, enjouée, il la réconciliait peu à peu avec la vie de café. Le seul jour de la semaine qu'elle eût préféré passer ailleurs était le mardi. C'était le jour des blanchisseuses professionnelles.

Sans bouger de sa place, derrière la caisse, Amélie pouvait voir, de l'autre côté de la rue, les cylindres trapus des réservoirs d'eau et la haute bâtisse du séchoir, avec ses persiennes aux lames minces. Par la porte, surmontée du drapeau tricolore en métal, patronnes et employées s'engouffraient, tôt le matin. Les ménagères du quartier, qui venaient là pour leur lessive familiale, étaient submergées, emportées par ce flot de femmes effrontées et criardes. Dans le hangar où elles travaillaient toutes ensemble, l'atmosphère brumeuse, moite et chaude ne tardait pas à leur donner soif. Certes, les ouvrières étaient tenues de faire leurs heures coûte que coûte, mais les « maîtresses », ayant distribué la besogne, s'échappaient vite pour aller se désaltérer au bistrot d'en face.

Quand elle les voyait arriver, par groupes de cinq ou six, les jupes troussées, les chairs roses, fumantes, le chignon écroulé, les cheveux collés par la sueur, Amélie était prise d'une panique immobile. Elles entraient dans la salle comme en pays conquis. La plus jeune pouvait avoir trente ans, la plus vieille cinquante. Habituées au vacarme des batteries, elles forçaient naturellement la voix pour se faire entendre. La vulgarité de leurs propos et de leurs manières était odieuse. Mais il fallait les traiter avec bienveillance, car elles étaient des clientes assidues et bien payantes. La plus redoutable était Mme Louise, une rousse à la peau de cire molle et aux yeux jaunes. Un relent de sueur fauve l'entourait.

« Alors, petite, disait-elle en s'accoudant au comptoir devant Amélie, tu as bien mauvaise mine ce matin! Faut croire que, le bistrot fermé, vous travaillez encore! Couché c'est moins fatigant que debout, mais tout de même! A ce train-là, il va se faire péter le percolateur, ton homme! »

Amélie faisait mine de ne pas entendre.

« Qu'est-ce que je vous sers, madame Louise? demandait Pierre.

— Une tomate, mon joli! »

Les autres personnes donnaient leur préférence à l'amer picon ou au bitter. Mme Louise buvait et ses prunelles s'allumaient de convoitise :

« Elle est pas causante, la bistrote! Elle se méfie des blanchecailles! Et elle a raison! On est toutes des goulues, des croqueuses d'hommes!...

— C'est pas amical de le vouloir pour toi toute seule, ton pistolet de mari! disait Mme Germaine, une noiraude au front bas et aux lèvres moustachues. Prête-le-nous, qu'on se rende compte s'il est vraiment à répétition!

— Comme si vous n'aviez pas le nécessaire à domicile!

disait Pierre en riant très fort, pour attirer toute l'attention sur lui et décharger Amélie.

— Le nécessaire? susurrait Mme Germaine, on l'a. Mais il est usé! On voudrait tâter d'autre chose! Je parie qu'elle ne t'a jamais fait le coup du casse-pipe à tous les étages, ta petite dame!

— Et celui du verre d'eau froide en pleine figure, on vous l'a fait? » demandait Pierre très calmement.

Il y avait une cascade de rires enroués, qui agitait les gorges de ces dames.

« Jeune comme elle est, elle ne peut pas savoir! reprenait Mme Louise. Elle te prive du meilleur! Avec elle, t'es pas le cycliste couronné, mais le cycliste couillonné! »

A demi morte de honte, Amélie écoutait cet échange de répliques graveleuses et espérait que les « blanchecailles » s'en iraient bientôt. Soudain, elle se disait que Pierre éprouvait peut-être du plaisir à être admiré, désiré, par cette assemblée de femelles chaudes, dépoitraillées et obscènes. La vanité de l'homme était sans limites. N'importe quelle créature pouvait, en le flattant, l'accaparer pour quelques heures! Et cela se passait devant elle, dans son café, sans qu'elle fût autorisée à se défendre, parce que l'outrage lui venait d'un groupe de clientes! Les mâchoires crispées de rage, elle se repliait sur une envie affreuse de crier, de bondir. Mme Louise léchait, d'une langue pointue, le bord du verre où restait une écume rose. Mme Germaine bâillait, gonflée d'alcool, et rotait dans son poing. Pierre s'approchait d'Amélie et lui serrait la main, à la dérobée, sous le comptoir. Cette brève étreinte la rassurait : « Il est avec moi. Il pense comme moi. Il les déteste. Je suis stupide d'en avoir douté! »

Enfin, les blanchisseuses se retiraient sur une dernière allusion inconvenante. Elles revenaient à la charge plusieurs fois dans l'après-midi. Jusqu'à sept heures du soir, le mardi, Amélie n'était pas tranquille. Par contraste, le mercredi lui apparaissait sous un éclairage bénéfique.

Chaque nuit, un peu avant minuit, pendant que Pierre s'occupait des derniers consommateurs, elle regagnait sa chambre et se mettait au lit, recrue de fatigue. Mais elle ne pouvait s'endormir tant que son mari n'était pas auprès d'elle. Les moindres événements de la journée défilaient dans son esprit. Tout en reconnaissant que le commerce marchait bien et que les clients étaient, dans l'ensemble, sympathiques, elle regrettait que ce nouveau métier ne lui laissât aucun loisir. Elle avait beau travailler à côté de Pierre, leurs moments d'intimité étaient plus rares encore qu'à l'époque où il était employé à la société Ozolithe. Elle avait installé les deux pièces de leur appartement, mais ils y passaient si peu de temps, qu'elle ne se sentait pas chez elle dans sa chambre. Réfugiée sous les couvertures, elle considérait les rideaux de pongé grenat avec une pensée d'étrangeté et de malaise. Ses paupières tombaient. Un pas dans la cour. C'était lui. Elle se dressait sur son séant, réveillée.

Il avait fermé le café et apportait la recette dans une boîte en fer. Amélie vidait la caisse sur le couvre-lit. Puis, le dos soutenu par les oreillers, elle triait les pièces, faisait l'addition et notait le total dans un carnet. D'après ses calculs, si l'affaire continuait à prospérer de la sorte, en moins de deux ans, sans trop se priver, on pouvait avoir fini de payer les dettes : billets de fonds, dépenses d'installation et marchandises fournies à crédit. Après, tout serait bénéfice. On économiserait. On chercherait un meilleur placement. Elle parlait de cet avenir avec clairvoyance. Pierre l'écoutait, s'étirait, disait :

« Tu vois loin !

— Et toi, tu n'as pas de projets?

— Si ! Je voudrais faire installer le téléphone au bistrot. Cela attirerait encore des clients. Et puis, pourquoi pas? acheter un gramophone avec des disques ! »

Elle le regardait. Il avait un visage satisfait, sans inquiétude, sans mystère.

« Au fond, tu te plais bien dans ce petit café, n'est-ce pas? demandait-elle.

— Oui. Et toi? »

Elle n'osait pas le décevoir. Elle disait :

« Moi aussi, Pierre. »

10

PIERRE suivait son idée. Le gramophone fut acheté pour le Nouvel An 1914, avec quatre disques : *Quand les lilas refleuriront...*, *Tout le long du Missouri...*, *Les Mains de femmes...* et le grand air de *Carmen*. L'appareil était placé à droite de la caisse. Amélie le mettait en marche à la demande des clients. Le pavillon, tourné vers l'entrée, avait la grâce un peu inquiétante d'une fleur tropicale gobeuse de mouches. Dès que les premières notes d'une mélodie s'échappaient du calice béant, les consommateurs se figeaient dans une attitude déférente. On écoutait, l'œil vague, le geste suspendu. On se laissait emplir de poésie entre deux gorgées de bordeaux ou d'absinthe. Tout en approuvant le principe de ces intermèdes musicaux, Amélie eût souhaité plus de variété dans le répertoire. A force d'entendre les mêmes morceaux du matin au soir, elle était saturée de leur charme jusqu'à l'écœurement. Quand M. Florent, par exemple, redemandait *Les Mains de femmes...*, elle devait se contraindre pour lui sourire en remontant le phonographe.

Vers la fin du mois de février, des aménagements plus surprenants encore relevèrent le prestige du Cycliste-Couronné. Coup sur coup, on y installa l'électricité et le téléphone. Fort habilement, Pierre conseilla aux artisans du voisinage de marquer le numéro d'appel du bistrot sur leurs cartes professionnelles. Lorsqu'on leur téléphonait, il courait les prévenir, après avoir prié le correspondant de rester en ligne. Ainsi, son établissement devenait-il, pour nombre de petits patrons, une sorte de secrétariat. Ils n'y venaient plus seulement pour se désaltérer, mais pour traiter des affaires. En leur rendant service, Pierre s'assurait leur fidélité. Amélie savait que, neuf fois sur dix, quand le téléphone sonnait dans le café c'était pour un de ces messieurs. Aussi fut-elle très étonnée, un jour, d'entendre dans l'écouteur une voix de femme qui demandait Mme Mazalaigue.

« C'est moi-même », dit-elle.

Et, de la main gauche, elle arrêta le gramophone, dont la plainte d'amour s'acheva en un déraillement pâteux.

« Amélie! Amélie! criait-on à l'autre bout du fil.

— Qui est à l'appareil? demanda-t-elle.

— Marthe! »

Stupéfiée par la joie, Amélie balbutia :

« Mon Dieu! Ce n'est pas possible! Tu es à Paris?

— Oui, je suis arrivée avant-hier avec mon mari. Nous sommes descendus à l'hôtel. Mais nous cherchons un appartement pour nous y installer. Gilbert a trouvé une situation ici. Je t'expliquerai...

— C'est merveilleux!... Mais d'où as-tu eu mon numéro de téléphone?

— Tu me l'as envoyé par lettre, le mois dernier...

— C'est vrai, je ne m'en souvenais plus!... Tu aurais pu me prévenir de ta venue, vilaine!...

— Je voulais te faire une surprise... Ne coupez pas, mademoiselle... Une surprise... J'ai mille choses à te dire!... Quand nous voyons-nous?... »

Amélie resta une seconde interloquée. Elle regardait le visage d'un consommateur inconnu, accoudé au zinc, et associait difficilement l'idée de son amitié pour Marthe avec celle de sa vie besogneuse au café. Enfin, elle murmura :

« Ce ne sera pas facile. Je suis très occupée, ici... du matin au soir...

— La belle affaire! dit Marthe. Tu n'auras pas à te

déranger. Je viendrai te voir rue de Montreuil. Nous trouverons bien le moyen de bavarder tranquillement...

— Sans doute !

— Demain, à quatre heures, cela te convient ?

— Oh ! oui, dit Amélie avec élan. Je t'attends !... »

Elle reposa l'écouteur et se tourna vers Pierre, bouleversée, rayonnante. Il avait entendu la moitié de la conversation et deviné le reste.

« Tu es contente ? demanda-t-il.

— Follement ! Il y a si longtemps que nous ne nous sommes pas vues ! »

Subitement, elle se tut et ses yeux reflétèrent l'angoisse. Elle venait de se rappeler que le lendemain était un mardi : le jour des blanchisseuses !

*

A quatre heures moins dix, Mme Louise et Mme Germaine, collées au zinc, achevaient de siroter deux cafés arrosés de marc. Avachies, le corsage libre, l'œil vitreux, elles discutaient bruyamment des torts réciproques de deux laveuses, dont l'une avait assommé l'autre à coups de battoir pour la punir de lui avoir volé son mari, pendant qu'elle-même se faisait enlever un fibrome à l'hôpital Saint-Antoine. Leurs éclats de voix devaient s'entendre de l'extérieur. Percluse de honte, Amélie surveillait la rue, dans la crainte de voir apparaître, au plus mauvais moment, la silhouette élégante de son amie. Une bruine visqueuse descendait du ciel gris. Il faisait froid, humide. Le poêle allumé dégageait une odeur de fonte chaude. Pierre, ayant fait la sieste, reprit sa place derrière le comptoir, à quatre heures juste. En prévision de la rencontre, Amélie l'avait prié de soigner sa mise. Il portait une chemise blanche, un pantalon sans tache et un gilet fraîchement repassé. Ses joues étaient lisses, sa moustache luisait. Elle fut fière de lui et le remercia par un regard de tendresse. Il dit :

« Tu devrais sortir avec Marthe. Je me débrouillerai bien tout seul de quatre à sept.

— Vraiment ?

— Mais oui ! Que feriez-vous ici, toutes les deux ? Ce n'est pas un endroit pour parler entre femmes... »

Cependant, les minutes passaient et Marthe ne se montrait pas. Les blanchisseuses demandèrent deux marcs supplémentaires et « l'air du Toréador ». Amélie en aurait pleuré de dépit ! Enfin, à quatre heures et quart, une employée vint chercher ces dames, parce que la petite Josette aux grosses fesses et la grande Sophie au fibrome s'étaient de nouveau empoignées. A l'instant où les deux patronnes sortaient violemment du bistrot, Amélie aperçut un taxi rouge, qui s'arrêtait en rasant le trottoir. Il était rare qu'un taxi s'aventurât dans ces parages. Des passants se retournèrent. La portière s'ouvrit. Marthe mit pied à terre, paya le chauffeur et leva les yeux vers l'enseigne du café. Amélie vit le regard bleu, le teint de fleur sous la voilette blonde et, joyeusement, s'élança dans la rue pour accueillir son amie. Leurs exclamations et leurs baisers se croisèrent. Marthe trouva qu'Amélie avait une mine superbe, et Amélie, que Marthe avait encore embelli. Toutes deux parlaient vite, fort et avec une gaieté fébrile.

« Tu es venue seule ? demanda Amélie.

— Hélas ! Gilbert avait un rendez-vous d'affaire. Je dois le retrouver à six heures...

— Quel dommage !

— Oui, il est navré ! Et ton mari ?

— Il est ici. Tu vas le voir ! Entre ! C'est minuscule, tu sais !... Un point de départ !... »

Par chance, il n'y avait qu'un seul consommateur au bout du comptoir : un laqueur de la rue des Boulets. Il lisait un journal et trempait sa moustache dans le vin blanc.

« C'est charmant ! » dit Marthe.

Elle avait relevé sa voilette et tendait la main à Pierre, en plissant ses yeux myopes et ses lèvres roses dans une moue de contentement raffiné :

« Et c'est vous qui avez arrangé cela ?

— Oui, dit Pierre. Avec les moyens du bord...

— Même ces peintures ?

— Ce sont les quatre saisons, dit Amélie. L'idée te plaît ?

— Énormément ! »

Il sembla à Amélie que ce compliment s'adressait moins aux panneaux décorés qu'à son mari. Elle en fut flattée et un peu inquiète. Visiblement, Marthe était subjuguée par la prestance de Pierre. Certes, elle l'avait déjà vu le jour du mariage. Mais, maintenant, devenue femme, elle était plus à même d'apprécier la valeur d'un homme tel que lui.

« Que vais-je vous servir ? demanda-t-il.

— Mais rien ! » s'écria-t-elle.

Puis elle accepta une cerise à l'eau-de-vie. Elle avait pris le bras d'Amélie pour se donner de l'assurance. Sans doute n'avait-elle pas l'habitude des débits de boissons. Elle souriait et portait les yeux autour d'elle avec une curiosité amusée.

« Maintenant, raconte ! dit Amélie. Tes parents, ton mari ?... »

Marthe redevint sérieuse. On sut que, grâce aux relations de son père, Gilbert Vasselin avait obtenu une place de sous-directeur commercial dans une usine de lampes électriques, à Saint-Cloud. Il devait commencer son travail le mois suivant. En attendant, son principal souci était de trouver un logement dans le quartier du Champ-de-Mars :

« Il a une passion pour ce coin de Paris ! Ce soir, à six heures, j'ai rendez-vous avec lui, avenue de La Bourdonnais, pour visiter un appartement de cinq pièces, dont on nous dit grand bien.

— Cinq pièces ? dit Amélie. C'est beaucoup !...

— Oui, dit Marthe, pour l'instant. Mais plus tard... on ne sait jamais... »

Son regard prit de la profondeur, ses joues rosirent. Elle cueillit une cerise, la porta à ses lèvres et trancha la queue d'un petit coup de dents.

« Et vous, reprit-elle, où habitez-vous ?

— Derrière, dit Amélie, dans la cour. Je vais te montrer. »

La porte du café s'ouvrit. Amélie craignit un retour en force des blanchisseuses. Mais ce n'était que M. Florent, qui venait donner un coup de téléphone. On fit les présentations, et le vieil ébéniste tourna un compliment « très parisien » sur les charmes des deux jeunes femmes, qui, selon lui, se mettaient respectivement en valeur. Aussitôt après, Amélie, que la menace des matrones du lavoir ne laissait pas en repos, entraîna son amie dans sa chambre.

Tout en sachant que Marthe ne pouvait lui envier un intérieur si modeste, elle n'éprouvait nulle gêne à le lui faire visiter. Leur affection mutuelle excluait les pensées de fausse honte ou de rivalité ombrageuse. Jeunes filles déjà, elles avaient pris l'habitude de croire que la différence de leurs conditions ne les empêcherait jamais de se comprendre. Ce que l'une possédait, l'autre le jugeait non à son point de vue personnel, mais en se mettant d'emblée à la place de sa compagne. Ainsi, quand Marthe eut déclaré que ces deux pièces au rez-de-chaussée étaient « adorables », Amélie n'en conclut-elle pas que son amie eût souhaité y vivre, mais simplement qu'elle approuvait cette installation, réalisée avec de petits moyens.

Après avoir fait le tour de la chambre, elles s'assirent sur le lit, et Marthe, baissant le ton, se lança dans les confidences. Toutefois, ce qu'elle racontait ne révélait pas grand-chose de sa vie intime. A travers ses récits, son mari apparaissait aussi guindé et faux qu'un mannequin de vitrine. Il avait toutes les qualités : beauté, intelligence, élégance, esprit de décision, intuition de la femme et goût inné pour les œuvres d'art. Promis à un brillant avenir dans les lampes électriques, il désirait que son épouse accédât au premier rang de la société :

« Je m'entends si bien avec lui !... Nous n'avons jamais une discussion !... C'est agréable, n'est-ce pas ?...

— Très agréable !

— Une fois que notre appartement sera installé, nous donnerons des dîners... Plus tard, j'aurai un jour de réception... »

Amélie écoutait, approuvait, hochait la tête, et ne pouvait s'interdire de penser que leur commune expérience de femmes, au lieu de les rapprocher, les éloignait l'une de l'autre. Répondant à une question de Marthe, elle s'entendit, à son tour, parler de son mari comme d'un être irréel. Ce qu'il était vraiment pour elle, une pudeur farouche la détournait de le dire ; et aussi l'idée qu'elle eût profané son bonheur en le définissant par ses causes secrètes. Longtemps, les deux jeunes femmes jouèrent ainsi aux aveux éludés, différés, s'interrogeant, se coupant la parole, riant et soupirant, comme si elles eussent été au comble de la franchise. Puis, Marthe jeta un regard sur sa montre et proposa à Amélie de l'accompagner en ville pour voir les magasins. A six heures, elles iraient retrouver Gilbert et visiteraient avec lui l'appartement du Champ-de-Mars. Consulté sur cet emploi du temps, Pierre donna son accord, et elles sortirent, se tenant par le bras, frivoles et animées telles des pensionnaires en vacances.

Dans le faubourg Saint-Antoine, Marthe arrêta un taxi en maraude. Amélie avait mis son chapeau préféré noir, avec les bords doublés de satin blanc, et un manteau ample, gris souris, décoré de ganses noires aux manches, aux poches et au col. Ainsi habillée, elle se sentait parisienne jusqu'au bout des ongles. Depuis l'ouverture de Cycliste-Couronné elle n'avait guère eu l'occasion de quitter la rue de Montreuil. Cette excursion dans les quartiers du centre, aux trottoirs larges, aux façades cossues, était pour elle comme une récompense. Les deux jeunes femmes firent stopper le taxi place de l'Opéra et descendirent la rue de la Paix à pied, en s'attardant aux étalages. Chapeaux compliqués, bijoux de reine, fourrures, robes, lingeries, devant chaque exposition elles se récriaient, critiquaient et finissaient par tomber d'accord. Longtemps privée de ce genre de conversations, Amélie s'y adonnait avec une ivresse impatiente.

« C'est affreusement cher! disait Marthe. Mais, en regardant à droite, à gauche, on pêche des idées. Une vraie femme fabrique son chic à elle avec des détails pris un peu partout...

— As-tu vu ce corsage? demandait Amélie.

— Il te plaît?

— Je trouve ça d'une finesse, d'une légèreté!...

— Pas pour toi, Amélie! Tu as intérêt à dégager ton cou, qui est si joli...

— Tu as peut-être raison. Mais tout de même... Le modèle est bien seyant! Oh! et ce manteau!... Qu'est-ce que c'est comme fourrure?...

— Je me le demande!... Peut-être du chinchilla!... »

Babillant à perdre haleine, elles traversèrent la place Vendôme et continuèrent leur prospection jusqu'aux abords de la rue de Rivoli. Soudain, Marthe émit un gémissement coupable :

« Mon Dieu! Et Gilbert que j'oublie! Il est six heures et quart! Je vais me faire tirer les oreilles! »

Riant comme des folles, elles se précipitèrent vers une station de taxis.

Gilbert Vasselin attendait devant la porte de l'immeuble. Il était menu, blafard et sec, avec de grosses lunettes et une bouche mince, un grand front et de petits pieds. Malgré le retard considérable de sa femme, il l'accueillit avec une courtoisie exquise :

« Ne vous excusez pas, ma chère. Je ne suis pas à plaindre : je pensais à vous! »

Ce vouvoiement entre époux confondit Amélie. Mais elle n'eut pas le temps d'analyser son trouble. Déjà, Gilbert Vasselin s'inclinait devant elle et lui baisait la main. Surprise par ce geste, elle rougit un peu, se fâcha contre son embarras et devint écarlate.

« Vous avais-je menti, Gilbert, en vous disant que mon amie était ravissante? demanda Marthe.

— Vous êtes restée au-dessous de la vérité.

— Je suis allée la chercher dans le petit café si pittoresque qu'elle tient avec son mari et nous avons passé plus d'une heure à flâner devant les vitrines. Ne faites pas les gros yeux. J'ai été très sage. Je n'ai rien acheté!... »

Pendant que Marthe parlait, Amélie la considérait avec un étonnement mélancolique. La présence de son mari lui était néfaste. Pour être sûre de lui plaire, elle forçait son charme naturel et donnait dans l'afféterie. Même sa voix avait changé. Et sa façon de regarder, de sourire, de porter la tête. Pépiante, remuante, espiègle, elle semblait être en représentation.

« Vous plairait-il de voir l'appartement? dit Gilbert Vasselin. La concierge est prévenue...

— Avec joie, mon ami! Amélie, je compte sur toi pour nous donner un avis sincère. Elle a arrangé son petit intérieur avec un goût délicieux, savez-vous, Gilbert? »

Précédés d'une concierge éperdue d'amabilité, les visiteurs se dirigèrent vers l'ascenseur. La cabine étant trop petite, on se sépara en deux groupes pour la montée. Élevée au-dessus du sol avec une lenteur solennelle, Amélie, vaguement inquiète, écoutait murmurer une eau invisible et craquer les jointures de la caisse en bois, tandis que, devant ses yeux, défilaient des volées de marches tendues d'un tapis rouge à tringles de cuivre. L'appartement, situé au cinquième étage, comprenait un grand salon, une grande salle à manger donnant sur l'avenue et trois petites chambres, dont les fenêtres ouvraient sur une cour. En plus, une salle de bains, une cuisine et des cabinets d'une blancheur éblouissante. Les pièces étaient vides et sonores. Les plafonds atteignaient trois mètres vingt. Il y avait un balcon. Et les parquets étaient à points de Hongrie. Amélie n'avait jamais rien vu d'aussi beau, mais Marthe critiquait la disposition et l'exposition des chambres. Si elle prenait la dernière, au fond du couloir, elle n'aurait le soleil que tard dans l'après-midi, et, si elle prenait la première, elle serait trop loin de la salle de bains. D'ailleurs, chaque chambre mesurant seize mètres carrés à peine, il paraissait difficile d'y faire entrer autre chose qu'un lit et une armoire. Gilbert proposa d'abattre une cloison pour réunir deux chambres contiguës. C'était la solution idéale, mais la concierge fit remarquer qu'on ne pouvait rien décider sans le consentement du propriétaire.

« Je le verrai demain », dit Gilbert avec autorité.

Et, dans la main de la gardienne de l'immeuble, il glissa ostensiblement un gros pourboire.

« Si quelqu'un d'autre vient visiter?... demanda-t-elle en refermant les doigts sur sa gratification.

— Vous faites attendre.

— Jusqu'à quand, monsieur?

— Quarante-huit heures nous suffiront. »

Il parlait d'une voix tranchante. Son assurance émerveillait Marthe et agaçait Amélie. Elle le jugeait prétentieux et sot. Par contraste, les mérites de Pierre lui semblaient doublement admirables. Elle regretta de l'avoir quitté. Loin de lui, elle perdait son temps. Mais elle allait le revoir bientôt, très bientôt. L'idée de sa chance l'étourdit. Elle se sentit riche, puissante, enviable.

« Quelle heure est-il? demanda-t-elle précipitamment.

— Sept heures vingt, dit Gilbert.

— Il faut que je rentre.

— Oh! non, dit Marthe. Tu vas venir prendre un porto avec nous, à l'hôtel.

— Je ne peux pas.

— Pourquoi? Ton mari t'a recommandé de ne pas te presser. Il ne s'inquiète pas. Il te sait en bonne compagnie... »

Amélie remarqua que Gilbert Vasselin se gardait bien de confirmer cette invitation. Sans doute déplorait-il que Marthe eût choisi sa meilleure amie dans un milieu de petites gens. La désapprobation maritale conférait à son visage un air de suffisance et d'ineptie.

« Non, dit Amélie avec fermeté. Ce sera pour une autre fois.

— Alors, prenons rendez-vous! » dit Marthe.

Amélie se troubla :

« Il faut que je consulte mon mari, d'abord... Nous avons tant de travail, en ce moment! Quel est le numéro de téléphone de ton hôtel? »

Elle nota l'indication dans son carnet.

« Nous allons te raccompagner, dit Marthe d'une voix hésitante.

— Surtout pas! » s'écria Amélie.

Gilbert Vasselin, une fois de plus, évita de donner son assentiment à une offre si déplacée. Amélie avait l'intention de rentrer en métro, mais un sursaut de fierté la poussa, tout à coup, vers la station des taxis. Gilbert et Marthe la mirent en voiture. Il y eut encore des protestations d'amitié :

« Sans faute!... Nous comptons sur toi!... Sur vous!... Tu téléphones... Ou alors, je t'appelle moi-même!... »

Quand le taxi démarra, Amélie se sentit délivrée d'une obligation épuisante. Elle réintégrait son quartier, sa vie, avec le plaisir qu'on éprouve à retrouver un vieux vêtement formé aux habitudes du corps. La voiture roulait lentement. Du drap usé montait une odeur de fumée froide et de moisissure. Derrière les vitres, s'agitait un Paris noir, luisant, ponctué de brèves lueurs. Ce mouvement désordonné et sombre se communiquait aux idées de la jeune femme. Involontairement, elle se représentait Marthe et Gilbert, liés dans l'enfièvrement de l'amour physique. Cette vision lui fut désagréable. Le jeu des corps, qui entre Pierre et elle avait un sens si sauvage et si noble à la fois, lui semblait obscène dès qu'elle imaginait un autre couple adonné aux mêmes caresses. Déçue par eux, elle songea au moyen de ne plus les revoir. Puis, elle essaya de se rappeler le corsage qu'elle avait aperçu, rue de la Paix. Cette dernière préoccupation finit par la détourner de toutes les autres. Le corsage était en crêpe de Chine ivoire, les manches amples, serrées au poignet, le col montant, avec une double rivière de jours très fins passant d'une épaule à l'autre. La simplicité du dessin enchantait Amélie. On eût dit qu'il avait été conçu spécialement à son intention. Plus elle y pensait, plus elle était obligée de convenir qu'il existait entre elle et ce vêtement un réseau d'affinités mystérieuses. « Si Pierre me voyait habillée ainsi! » Subitement, elle voulut plaire à son mari. De toutes ses forces! Comme si elle n'avait pas fini de le conquérir! La plupart du temps, elle se montrait à lui dans des toilettes fanées. C'était un tort. Il fallait être plus coquette. Combattre l'habitude. Ménager des surprises. Avec un corsage comme celui-là, les jupes les plus banales devaient être mises en valeur. Était-il impossible de le reproduire à peu de frais? Elle se souvenait du modèle dans ses moindres détails. Elle pourrait coudre sans quitter sa place, à la caisse, pendant les heures creuses. Une fièvre de coupe, de faufilure et de broderie montait dans ses veines.

Arrivée au café, elle poussa la porte et s'avança vers son mari, heureuse, triomphante, comme si, déjà, il eût pu voir sur elle le vêtement dont elle rêvait.

« Enfin! s'écria-t-il. Je commençais à m'inquiéter. T'es-tu bien amusée au moins? Es-tu contente? »

Elle n'osa pas avouer son désappointement et dit :

« Très contente.

— Raconte.

— Plus tard. »

Il la serrait contre lui, l'embrassait. Heureusement, il n'y avait que Jointoux et Boursier au comptoir. Ils la saluèrent avec empressement. Elle trouva qu'ils avaient des visages fraternels. Ayant quitté le café pendant trois heures, elle le revoyait avec des yeux neufs. Il n'était pas si petit, ce café! C'était un joli café, un café bien fréquenté, bien tenu. Réconfortée, elle se retira dans sa chambre pour se changer.

11

AMÉLIE craignait que Pierre ne critiquât son idée, mais, dès qu'elle lui en eut parlé, il la pressa de se mettre à l'ouvrage. Le lendemain matin, laissant son mari au café, elle se rendit dans un grand magasin de la rive gauche pour choisir le tissu. C'était jour de soldes. On se bousculait autour des comptoirs. Les visages des femmes avaient une expression à la fois calculatrice et hagarde. Elles achetaient comme si elles eussent volé. Dans cette atmosphère électrisée, Amélie elle-même n'était plus très sûre de sa raison. Elle prit un crêpe de Chine ivoire et des boutons de nacre. Puis, sans se rendre compte du chemin qu'elle avait parcouru, elle se trouva à l'étage de la confection pour hommes. Là, elle fut accueillie par une assemblée de mannequins au teint de fille, aux moustaches de soie et aux habits raides. Elle regardait ces symboles étiquetés de l'élégance masculine et essayait d'imaginer Pierre dans leur tenue et dans leur pose. Ainsi le voyait-elle, tour à tour, en veston de chasse aux poches à soufflet, en complet de ville bleu marine, boutonné haut sur une cravate lie-de-vin, en frac noir de cérémonie, le huit-reflets à la main, le gant beurre frais et la fleur à la boutonnière, ou en culotte de cheval, avec un gilet en daim gris, une cravache, des bottes fauves et une casquette de jockey. Ces déguisements successifs la charmaient, lui tournaient la tête. Ce fut comme une illumination intérieure : son mari avait besoin d'un costume neuf. Elle jeta les yeux autour d'elle et un vendeur, âgé et paternel, accourut pour la servir. Guidée par lui, elle n'eut pas de peine à définir ce qu'elle cherchait : un vêtement de bonne façon, pratique et distingué, ni trop foncé, ni trop clair, et pouvant se porter à n'importe quelle heure du jour. Le modèle idéal, en lainage gris ardoise, éclairé par une légère rayure mauve, valait soixante-treize francs et existait dans toutes les tailles. Mais il ne fallait pas compter sur Pierre pour venir l'essayer. Si elle lui en parlait, il répondrait qu'il ne comprenait pas la nécessité d'un pareil achat et que, d'ailleurs, il n'avait pas le temps de s'en occuper. Mis au fait de la situation, le vendeur n'en parut nullement affecté. Amélie pouvait-elle donner les mesures approximatives de son époux ? Elle avoua, en rougissant un peu, ne pas les connaître.

« Eh bien, rentrez chez vous, prenez-les soigneusement et revenez me voir, dit le vendeur. Nous choisirons le complet d'après vos indications. Demain, le livreur vous l'apportera et attendra que vous l'ayez fait essayer à votre mari. S'il en est satisfait, vous le garderez après avoir réglé la facture. Sinon, vous le rendrez à notre employé, sans qu'il vous en coûte rien. »

Bouleversée par tant de confiance, Amélie remercia cet homme avisé et promit de suivre son conseil. De retour à la maison, elle se rendit droit dans sa chambre, tira de l'armoire un vieux costume de Pierre, en releva les mesures et ressortit sans passer par le café. Lors de sa seconde visite au magasin, il lui sembla qu'il y avait encore plus de monde et plus de bruit qu'auparavant. Une chaleur, une odeur sûre, se dégageaient de la foule en mouvement autour d'elle. En pénétrant dans l'ascenseur, elle crut étouffer entre tant de chairs compressées. La voix du liftier énumérait les tentations éternelles : passementerie, lingerie, parfumerie, chaussures..., comme s'il eût récité les étapes d'un itinéraire sacré. A chaque arrêt, le sursaut de la cabine se répercutait dans le cœur d'Amélie. Quand elle prit pied sur le palier du troisième étage, le calme qui régnait au rayon de la confection pour hommes accrut singulièrement son vertige. Les tempes battantes, la langue lourde, elle dut s'asseoir sur une banquette, en face d'une vitrine pleine de chaussettes de soie noire. Les chaussettes ressemblaient à d'énormes sangsues. Elle eut un frisson de dégoût et détourna les yeux. Plus tard, comme son écœurement persistait, elle le mit sur le compte de la fatigue. Vraiment, Pierre et elle menaient une existence très dure, depuis quelques mois. Résultat? elle ne tenait plus sur ses jambes, la tête lui tournait pour un rien... Elle décida de se coucher ce soir à neuf heures, après le gros passage de la clientèle. Un chef de rayon, en jaquette, l'observait du coin de l'œil. Honteuse, elle se leva et se dirigea vers le fond de la salle. Elle se sentait déjà mieux. Enfin, elle découvrit son vendeur.

« Avez-vous les mesures? » demanda-t-il.

Amélie tira un papier de son réticule et lut avec une vanité mal dissimulée :

« Largeur d'épaules : 47; tour de taille : 85, longueur de jambe : 94... »

Il hochait la tête en amateur. Lorsqu'elle eut fini, il se tourna vers la rangée des complets gris, pendus côte à côte sur des cintres, en saisit un, le décrocha et dit :

« C'est celui-ci qu'il vous faut. Votre mari a vraiment la taille du modèle. Juste les manches à raccourcir. Bâti comme il est, il ne doit pas avoir de mal à s'habiller dans la confection. »

Flattée, Amélie assura qu'en effet Pierre n'était pas difficile à vêtir. Ensuite, payant d'audace, elle demanda au vendeur de joindre à la livraison un autre complet, de même taille, en fin lainage marron :

« Il choisira.

— A moins qu'il ne les prenne tous les deux! dit le vendeur.

— Je le souhaite », dit Amélie avec un sourire de grande dame.

Elle donna son nom, son adresse. Le vendeur la raccompagna jusqu'à l'ascenseur. Mais, se rappelant son malaise, elle préféra descendre par l'escalier.

Il était plus de midi quand elle revint au café. Une dizaine de clients se pressaient dans la salle. Le bruit des voix couvrait, par instants, la plainte nasillarde du gramophone. Au bout du comptoir, un ouvrier maçon préparait religieusement son absinthe. De la carafe inclinée, l'eau coulait goutte à goutte sur le morceau de sucre, qu'une cuillère perforée maintenait au-dessus du liquide verdâtre et lactescent. Pierre s'effaça pour laisser passer Amélie. Elle s'assit à la caisse.

« As-tu trouvé ce que tu voulais pour ton corsage? demanda-t-il.

— Oui.

— Ce sera joli?

— Très joli... »

Ils échangèrent leurs regards, leurs sourires à travers le tumulte, la fumée, le bruit des autres. Ce fut bref et délicieux. Puis, chacun retourna à ses occupations. Amélie se félicitait de n'avoir pas consulté Pierre avant de lui acheter un costume. Demain, quand on livrerait le carton, quelle surprise! Pourvu qu'il prît bien la chose! Évidemment, la dépense était un peu forte. Mais il fallait savoir de temps en temps vivre au-dessus de ses moyens! Elle le regarda, l'habilla mentalement des pieds à la tête : « Le gris lui ira mieux que le marron. Lui dans son complet neuf, et moi dans mon nouveau corsage!... »

Des exclamations coléreuses la tirèrent de sa rêverie. Le maçon, un grand maigre, à la face souillée de taches blanches, aux moustaches raidies de plâtre, tapait du plat de la main sur le zinc. Ses yeux brillaient d'un éclat fixe, stupide. Il avait déjà sifflé son absinthe et en réclamait une autre. Mais Pierre secouait la tête :

« Ça suffit comme ça!

— Tu ne veux pas me servir?

— Non.

— Pourquoi?

— C'est mon affaire. Calme-toi. Tu gueules. Tu déranges tout le monde...

— Amène la bouteille... Une mominette et ce sera tout!...

— Où la mettrais-tu, la mominette? Tu es plein! »

Amélie sursauta, étonnée d'entendre des propos si vulgaires dans la bouche de son mari. Le maçon fronça les sourcils, avança la mâchoire. Ses prunelles s'injectaient de sang :

« Tu me prends pour une communiante? Je te dis que j'en veux encore!...

— Va le demander ailleurs.

— Et si ça me plaît de me mouiller ici?

— Moi, ça ne me plaît pas. Ce n'est pas le genre de la maison, tu comprends?

— De la maison? De la maison? » bredouilla l'autre.

Il eut un ricanement, qui retroussa ses lèvres crues dans sa face crayeuse, et jeta trois sous sur le comptoir :

« Je te paie, t'as pas le droit de refuser. Verse ta drogue! Et pas d'histoires! »

D'une chiquenaude, Pierre repoussa les pièces de monnaie :

« Rengaine ça et file. On t'a assez vu! »

La tête rentrée dans les épaules, les bras pendants, le maçon se balançait d'un pied sur l'autre. Autour de lui, les conversations avaient cessé. Tous les regards l'avaient pris pour cible. Pénétrée d'angoisse, Amélie voulut supplier son mari d'être prudent. Elle murmura :

« Pierre, Pierre, laisse donc... »

Mais il ne l'écoutait pas. Tourné vers l'ivrogne, il reprit, d'une voix étrangement calme :

« Tu as entendu ce que je t'ai dit? Décampe... »

Au lieu d'obéir, l'homme devenait lourd de muscles crispés, de pensées obtuses. Toute sa haine se ramassait dans ses yeux. Sa main rampait sur le zinc, empoignait le verre vide. Quelqu'un cria :

« Attention! »

Une lueur étincela, fendit l'air, se brisa contre le mur en miettes musicales. Amélie porta ses deux mains devant ses yeux. Pierre s'était baissé pour esquiver le projectile. Il se redressa, poussa le portillon qui fermait le comptoir et s'avança, à pas lents, vers le maçon. Celui-ci, le voyant venir, perdait son assurance. Levant les poings, il bégaya :

« M'approche pas ou je cogne! »

Son bras droit se détendit mollement. Pierre le saisit au vol par le poignet, le plia, le tordit d'une brève secousse. Le maçon fit entendre un râle de douleur. Alors, sans lâcher prise, Pierre le poussa vers la porte à rudes coups de genoux dans les fesses. Les consommateurs refluaient devant lui pour libérer le passage. Épouvantée, Amélie n'avait même plus la force de parler. Son cœur tombait. Tout dansait devant ses regards. D'une bourrade, Pierre jeta le pochard dans la rue :

« Ne reviens plus! Sinon, je t'abîme pour de bon! »

Derrière la vitre, une ombre vacillait, gesticulait. Les clients s'ébrouaient dans une rumeur de rires et de commentaires indulgents :

« C'est Marco... Il n'est pas méchant d'ordinaire... Mais, quand il a sa muffée, il faut se tenir à carreau... »

Pierre rentra. Il avait les joues blanches. Ses narines battaient. Il sourit à Amélie :

« Tu n'as pas eu peur, j'espère? »

Elle dit :

« Non. »

Mais un nœud lui serrait la gorge. Tremblante, défaillante, elle regardait Pierre avec intensité et grossissait mentalement le péril qu'il avait couru, comme pour se donner le droit de l'admirer davantage. Il l'avait habituée à trop de douceur dans leurs rapports pour qu'elle ne fût pas étonnée par la violence dont il venait de faire preuve. « Un homme dans toute l'acception du mot », se dit-elle avec une inquiète déférence.

Cependant, l'heure de l'apéritif était passée. Les clients s'en allaient, un à un. Bientôt, il ne resta plus au comptoir que M. Florent et une vernisseuse. Il était temps de déjeuner. L'émotion avait ouvert l'appétit d'Amélie. Elle eut une envie irrésistible de morue et de frites. D'accord avec Pierre, elle en acheta deux bonnes portions à la friteuse, qui travaillait sous le porche, en face. Ils s'installèrent pour manger à leur petite table habituelle, dans le fond du café. Avant même d'avoir goûté au poisson, Amélie en avait la robuste saveur sur la langue. Elle pressait Pierre de s'asseoir, de commencer : « Ça sent si bon! Viens vite! » Mais, quand elle porta la première bouchée à ses lèvres, sa faim avait déjà disparu. Valeureusement, elle se contraignit à mâcher ce goût d'huile et de fumée, qui lui tournait le cœur. Pierre, devant elle, plantait bien sa fourchette, cassait du pain, parlait, buvait à rouges rasades.

« Ça te plaît? demanda-t-elle.

— C'est fameux! dit-il la bouche pleine. Mais toi, tu ne manges pas? »

Elle lui fit un sourire de dévouement maternel :

« Ne t'occupe pas de moi...

— Que fais-tu?

— Rien, je réfléchis... Je te regarde... »

Or, plus elle le regardait, plus elle pensait au complet neuf. Et, plus elle pensait au complet neuf, plus elle avait envie d'en parler. Elle sentit qu'elle n'aurait pas la patience de garder son secret jusqu'au lendemain. M. Florent paya sa consommation et sortit, suivi de la vernisseuse. Le café était vide. Incapable de se contenir plus longtemps, Amélie murmura :

« Pierre, devine ce que j'ai fait ce matin.

— Tu as acheté du tissu pour un corsage, dit-il.

— Ce n'est pas tout.

— Ah! non?

— Non, j'ai pensé aussi à toi.

— C'est gentil!

— Il te manque tant de choses! »

Ce préambule éveilla la méfiance de Pierre. Il posa son couteau, sa fourchette, et dirigea sur sa femme un regard interrogateur.

« Oui, reprit-elle. Tu n'as vraiment plus rien à te mettre. J'ai noté tes mesures et retenu deux costumes pour toi. On te les livrera demain. Tu choisiras celui qui te plaît le mieux...

— Qu'est-ce que tu racontes? dit-il d'un air indécis, à demi souriant, à demi soupçonneux.

— La vérité.

— Tu n'as pas fait ça, Amélie?

— Mais si.

— Sans me prévenir? »

Elle haussa les épaules :

« Je te connais : tu n'aurais pas été d'accord. »

Il se mit à rire :

« Je ne le suis pas plus maintenant!

— Attends au moins d'avoir vu ces deux costumes, dit-elle sèchement.

— Combien coûtent-ils?

— Soixante-treize francs.

— Les deux?

— Non : chacun. »

Il sursauta, ahuri, incrédule :

« C'est de la folie! »

Amélie avait de la peine à dominer le dépit que lui causait ce réflexe d'incompréhension masculine.

« On voit bien que tu n'as aucune notion des prix, dit-elle. Il y a lainage et lainage. Celui-ci est de toute beauté! »

Pierre clappa de la langue :

« Il peut l'être, à ce tarif-là!

— Et les coloris sont très chics : gris ardoise et tête-de-nègre.

— Et tête-de-nègre! répéta-t-il avec lenteur, comme si cet argument eût forcé sa considération.

— Parfaitement, reprit-elle. Tête-de-nègre! On en fait beaucoup, cette saison. D'ailleurs, le gris ardoise te conviendra mieux.

— Peut-être, dit-il, mais qu'est-ce que cela change? Je n'ai pas besoin d'un costume neuf!

— Tous tes vêtements sont usagés!

— Pour travailler, il ne m'en faut pas d'autres.

— Et pour sortir?

— Pour sortir?

— Oui, si un soir, par exemple, nous sommes invités...

— Par qui?

— Je ne sais pas... Cela peut arriver... Ou encore, si nous décidons d'aller ensemble au restaurant, au théâtre!... »

Il la considérait avec l'expression amusée d'une grande personne écoutant le babil d'un enfant.

« Tu sais bien que c'est impossible, Amélie », dit-il enfin.

Elle sentait qu'il avait raison et, comme toujours, cette idée la poussait non point à reconnaître sa propre erreur, mais à s'en griser. La colère lui montait aux lèvres, avec le désir de discuter, de contredire, de tenir tête.

« Pourquoi est-ce impossible? s'écria-t-elle, un éclair de défi dans les yeux.

— Nous ne pouvons pas laisser le café, répliqua Pierre.

— Je ne dis pas maintenant!

— Et quand donc?

— Plus tard, lorsque nous aurons payé nos dettes et pris quelqu'un pour nous aider...

— Alors, nous aviserons. D'ici là, crois-moi, nous avons mieux à faire qu'à dépenser soixante-treize francs pour payer un costume que je ne pourrai pas mettre, faute de loisirs...

— Ce qui signifie?

— Ce qui signifie qu'il ne faut plus en parler. »

Pour corriger la brutalité de cette conclusion, il sourit et voulut prendre la main d'Amélie. Elle le repoussa. Jamais elle n'aurait supposé qu'il pût s'obstiner dans un refus si catégorique. En dédaignant les costumes qu'elle avait choisis pour lui avec tant d'amour, il lui infligeait une offense très grave.

« Amélie, murmura-t-il, j'espère que tu me comprends...

— Fort bien, dit-elle d'une voix sifflante. J'ai été stupide en commandant ces complets, et je te remercie de me l'avoir expliqué avec franchise. Mon excuse est que je croyais bien faire. Tout à l'heure, je téléphonerai au magasin pour annuler la livraison.

— Je peux bien téléphoner à ta place, dit Pierre.

— Non, non! s'écria-t-elle avec un ricanement amer. C'est moi qui ai commis la faute, c'est à moi de la réparer! »

Il y eut un silence. Amélie regardait dans le vide. Elle pensait au complet gris, au complet marron, à son espoir, à sa déception, et un poids se formait dans sa poitrine. La voix de Pierre lui parvint, lointaine et tendre :

« C'est ridicule, Amélie! Reprends-toi! Mange! Tout va être froid!... »

Elle abaissa les yeux sur son assiette. La chair blanche du poisson s'appuyait à la chair blonde des frites. Amélie contemplait ces nourritures figées, et l'univers se décolorait alentour. Soudain, elle tressaillit. Ses entrailles se soulevaient. Une nausée épaisse montait à ses lèvres. Elle se mit debout, livide, en repoussant la chaise, et écrasa un mouchoir contre sa bouche.

« Qu'as-tu? » demanda Pierre.

Elle l'écarta de son bras libre et chuchota :

« Laisse-moi aller...

— Tu n'es pas bien, Amélie? Réponds! Tu n'es pas bien? »

Marchant d'un pas rapide, elle gagna la porte du fond, l'ouvrit et sortit dans la cour, où se trouvaient les cabinets communs. Tenir jusque-là! Réfugiée dans l'édicule, elle eut un soupir de délivrance, s'abandonna, fiévreuse, grelottante, et commença à vomir.

Derrière le battant, elle entendait Pierre qui disait :

« Amélie! Amélie! »

Entre deux hoquets, elle cria faiblement :

« Va-t'en! Retourne au café! »

Mais il ne s'en allait pas. Elle haletait. Ses jambes étaient molles. Des perles de froid tremblaient à la racine de ses cheveux. Peu à peu, cependant, son cœur se remettait en place. Rassérénée, elle lissa ses cheveux devant un morceau de glace fixé au mur, épongea son visage moite, tira son tablier et ouvrit la porte.

« Alors? » s'écria Pierre.

Il était devant elle, stupide, bouleversé, comme si, des deux, c'était lui qui avait failli se trouver mal. Touchée par une sollicitude si évidente, elle en oublia momentanément sa rancune. Un pâle sourire effleura ses lèvres.

« C'est fini, Pierre, dit-elle. Je vais beaucoup mieux.

— Mais qu'as-tu eu, au juste?

— Un étourdissement, des nausées! Oh! ce n'est pas nouveau : ce matin déjà, au magasin, j'ai été prise d'une envie de vomir... Et hier aussi, vers la même heure... »

Il arrondit les yeux, leva les sourcils. Une idée heureuse parut éclairer son visage. Avec hésitation, comme s'il eût craint de compromettre son espoir en l'exprimant, il murmura :

« Amélie... Ce que tu me dis là... je m'excuse... mais n'attendrais-tu pas un enfant, par hasard? »

12

ELLE descendit rapidement les premières marches. Un regard pesait sur sa nuque. La sage-femme l'accompagnait des yeux par l'entrebâillement de la porte. Enfin, le battant se referma. Derrière et devant Amélie, l'escalier était vide. Soulagée, elle s'arrêta pour reprendre sa respiration. Toute sa chair fourmillait au souvenir des grandes mains fortes et rouges, crevassées, aux ongles coupés ras, qui s'avançaient vers elle comme des crabes. « Eh! oui, ma petite dame, ce sera pour le mois d'octobre!... » Amélie écouta l'écho de la phrase dans sa tête. Ces quelques mots suffisaient à la payer de sa gêne. Rien ne comptait devant la certitude merveilleuse qu'elle venait d'acquérir là-haut. Elle continua à descendre, en se tenant à la rampe. C'était Pierre qui l'avait poussée à faire cette visite. Resté seul dans leur café, il attendait le résultat de la consultation avec angoisse. « Quand je lui dirai que c'est vrai, quel bonheur! » L'autorité de Mme Portelouze était pour lui incontestable. Il l'avait choisie lui-même, après s'être discrètement renseigné sur ses mérites. On affirmait dans le quartier que, livrée à ses soins, une femme était sûre d'accoucher d'un enfant bien constitué, avec juste ce qu'il fallait de douleur au passage. De plus, Mme Portelouze avait l'avantage d'habiter près de la rue de Montreuil, à l'angle du boulevard de Charonne. Encore un étage, la loge de la concierge, le trottoir, la lumière, le bruit de la rue... Amélie fit un faux pas et faillit se tordre la cheville. Son cœur fléchit. Elle avait peur pour deux maintenant! Elle gardait dans son ventre la marque de l'amour de Pierre. Leur entente charnelle n'était plus un mystère indéfinissable, insaisissable, mais une réalité, un poids de vie déposé au centre d'elle-même. Quoi qu'elle fît, elle ne pouvait plus nier qu'elle fût la femme d'un homme. Bientôt même, elle ne pourrait plus le cacher. Rien qu'à la voir, les gens sauraient qu'elle avait été fécondée. Elle frissonna de honte et baissa la tête. Des passants la croisaient. « Cela » ne se remarquait pas encore, heureusement. Deux ou trois mois de répit, environ. Après?... Amélie refusa de penser aux désagréments de la grossesse. Elle ne marchait plus, elle planait, porteuse d'un miracle. Cependant, comme elle approchait du café, elle sentit soudain, hors de toute raison, qu'elle ne devait pas se présenter immédiatement devant Pierre. Un besoin farouche de solitude et de réflexion la poussait à retarder leur rencontre. Furtive, elle se glissa sous le porche. Personne ne l'avait vue. La cour était vide. Derrière les vitres de l'atelier, les vernisseuses frottaient au tampon de grandes surfaces de bois brillant. Une scie grinçait. Un marteau cognait. L'univers entier était au travail. Amélie s'enferma dans sa chambre. Il était onze heures du matin. A travers le tulle des rideaux, passait une lumière amortie. Dans la glace de l'armoire, une femme jeune et mince, le visage pâle, l'œil sombre, attendait qu'on l'interrogeât. Amélie regretta de n'avoir pas fini de coudre son corsage en crêpe de Chine ivoire. Elle l'aurait mis pour la circonstance. Quelle circonstance? Pendant un moment, elle joua à oublier qu'elle était enceinte. Elle faisait le vide dans sa tête et gardait les issues. Puis, à la limite de la résistance, comme on ouvre la bouche après s'être longtemps retenu de respirer, elle se laissait envahir de nouveau par l'idée exaltante : « Je vais avoir un enfant! » Cet enfant, elle n'avait même pas eu le temps de le souhaiter dans l'agitation de sa vie de besognes quotidiennes et d'amours égoïstes; mais maintenant, chargée de lui, elle tremblait de gratitude, comme si son désir le plus cher eût été enfin exaucé. Sans doute le besoin d'être mère s'était-il imposé lentement à son corps, avant qu'elle n'en prît conscience. De même serait-ce indépendamment de sa volonté que le travail de la croissance s'accomplirait en elle. Il était effrayant de penser qu'un petit être se développait déjà dans son sein, d'une manière sourde, aveugle, viscérale, et qu'elle était impuissante à le surveiller et à l'aider dans sa formation. Plus proche d'elle que quiconque, il échappait, plus que quiconque, à son pouvoir. Garçon ou fille? Pierre voulait un garçon. Il l'avait dit à plusieurs reprises. Elle eût aimé l'assurer qu'elle lui offrirait un fils. Mais elle devait se contenter d'espérer comme lui. C'était injuste. Subitement, elle douta d'elle-même. Elle se dit qu'elle manquait d'expérience. Ses notions sur la façon dont naissaient les enfants étaient encore très vagues. Saurait-elle faire un beau bébé, avec le compte exact de doigts aux pieds et aux mains, des oreilles bien ourlées, des yeux, une bouche, un nez réguliers, sans oublier les cheveux et les ongles? Il lui semblait qu'elle était la première femme au monde appelée à illustrer le prodige de la création. Ensuite, elle songea à sa mère, et son cœur bondit, se brisa. Les jambes faibles, elle recula vers le lit. Ah! qu'elle aurait voulu pouvoir se confier à sa mère, en cette minute! Lui poser des questions : « Étais-tu comme moi? Connaissais-tu aussi cette fierté de donner la vie et cette crainte, en même temps, de n'être pas à la hauteur de la tâche? Pensais-tu au visage qu'aurait ton enfant? M'imaginais-tu avant de m'avoir mise au monde? Suis-je devenue ce que tu croyais que je deviendrais, à l'époque où tu me portais si près de ton cœur? » Jamais Amélie n'avait éprouvé un besoin plus pressant de sa mère que maintenant qu'elle allait être mère à son tour. Mais, du côté de Maria, tout n'était que vide et silence. Une eau de larmes montait dans la bouche de la jeune femme. Elle suffoquait sous l'empire d'un sentiment étrange, doux-amer. Afin de réagir contre sa faiblesse, elle ouvrit l'armoire et en tira sa plus jolie robe, celle qu'elle avait mise pour sortir avec Marthe. Elle voulait se faire très belle pour annoncer à Pierre qu'elle allait lui donner un enfant. Il fallait que cet aveu fût pour lui une occasion supplémentaire d'apprécier le charme de son épouse. Elle se contempla de nouveau dans la glace, s'effraya de ses yeux rouges et versa de l'eau dans la cuvette pour se laver le visage. « Je suis stupide! Et Pierre qui attend! » Ses mains trempaient dans l'eau fraîche. Son regard était vague. Elle souriait, reniflait, et les pleurs continuaient à couler sur sa joie.

*

Sans quitter le comptoir, Pierre, nerveux, surveillait la porte qui donnait sur la rue. Ce fut la porte du fond qui s'ouvrit. Amélie apparut sur le seuil. Pourquoi entrait-elle par là? Il lui trouva un air de beauté et de mystère. Au lieu de pénétrer dans la salle, elle lui faisait signe de la rejoindre. Il eut peur. Plantant là ses clients, il vint à elle et demanda d'une voix basse :

« Alors? »

Elle l'entraîna dans le couloir sombre, qui débouchait sur la cour. Collée au mur, les yeux grands ouverts, elle dit :

« Oui, Pierre. c'est cela! »

Il s'attendait à cette réponse, et, cependant, l'ayant reçue, il fut stupéfié par l'émotion. Incapable de prononcer un mot, il ouvrit les bras. Amélie se blottit contre sa poitrine. Penché sur elle, il osait à peine la serrer, l'embrasser, tant elle lui semblait vulnérable et précieuse. Enfin, il murmura :

« Merci, Amélie. »

Et, soudain, un tumulte emplit sa tête. Il éclatait d'orgueil et de force. A présent, Amélie était encore plus à lui que naguère. Entre eux, l'amour se chargeait d'une signification nouvelle, noble et grave : « Ma femme. Mon enfant. » Il se répétait ces paroles, et une grosse ardeur virile secouait ses muscles. Travailler, protéger, combattre. Seul contre tous. On le verrait à l'œuvre. Il avait hâte de prouver de quoi il était capable quand le bonheur de sa famille était en jeu. Amélie, près de lui, respirait délicatement, fondue, légère.

« Comment te sens-tu? demanda-t-il humblement.

— Mieux.

— Veux-tu venir avec moi au café?

— Plus tard, Pierre. J'aimerais d'abord écrire une lettre à papa pour lui annoncer la nouvelle. »

Pierre trouva que l'idée de sa femme était excellente. Il avait envie de l'approuver en tout. Un sentiment de culpabilité, dont il ne s'expliquait pas bien l'origine, le poussait même à désirer qu'elle fût très exigeante envers lui.

« Je n'en aurai pas pour longtemps, reprit-elle. Retourne au comptoir. Sois heureux... »

Il rentra dans le café, où les clients continuaient à boire et à parler, comme si un événement extraordinaire n'avait pas, à l'instant, bouleversé le monde. Certes, il eût aimé les mettre au courant de sa joie, leur donner un peu de sa flamme. Mais une pareille indiscrétion n'eût pas été du goût d'Amélie. Il fallait attendre qu'elle consentît à ne plus faire mystère de son état. Possédé par une exaltation indicible, Pierre déplaçait des bouteilles, emplissait des verres, raflait des sous et songeait : « Je vais avoir un fils. Il sera brun, fort et intelligent. Il s'appellera Richard. Richard Mazalaigue... » Autour de lui, le bruit augmentait. Il avait l'impression d'être ivre. Subitement, il s'entendit annoncer :

« Messieurs, j'offre la tournée à tout le monde ! »

Des exclamations d'étonnement lui répondirent. M. Florent demanda la raison d'une telle générosité. Énigmatique et superbe, Pierre dit :

« Une idée à moi. Profitez-en et ne cherchez pas à comprendre ! »

Il jubilait. Il riait tout seul. Cette fois-ci, pour trinquer avec les clients, il dédaigna le vin blanc coupé d'eau qu'il avait l'habitude de boire et se versa un verre de cognac.

13

AVEC les premières chaleurs, Amélie se sentit davantage habitée, alourdie, par le tendre fardeau qui tirait les muscles de son ventre. Pourtant, ses nausées ne la tourmentaient plus. Elle mangeait avec un appétit régulier et passait des nuits reposantes. Aussi, malgré l'insistance de Pierre, refusait-elle de se considérer comme une personne dont l'état de santé nécessitait des ménagements. Il eût aimé qu'elle se couchât plus tôt, se levât plus tard et se promenât, une heure chaque jour, puisque Mme Portelouze lui avait recommandé de prendre de l'exercice. Sur le conseil de son mari, elle téléphona à Marthe pour la rencontrer. L'ayant revue, elle regretta de s'être dérangée pour rien. Certes, la jeune femme avait manifesté toute la joie et toute la curiosité désirables en apprenant que son amie était enceinte. Mais, une fois de plus, une impression embarrassante avait dominé leur entretien. Dans son nouvel appartement du Champ-de-Mars, décoré de tentures aux teintes mourantes, la jolie, la sensible Marthe Tabaraud était devenue une Mme Gilbert Vasselin futile, vaniteuse et bavarde, dont la fréquentation ne présentait plus le moindre intérêt. D'ailleurs, fût-elle restée la même, qu'Amélie n'eût pas été plus à l'aise auprès d'elle. Car Amélie, elle aussi, avait changé. Tout ce qui la distrayait de Pierre, de leur amour, de leur espoir, de leur labeur, ne tardait pas à lui être désagréable. C'était encore au café, derrière sa caisse, qu'elle était le plus heureuse. A force de travail et d'épargne, ils avaient déjà remboursé les billets de fonds échus et trois billets de fonds à échoir, dont ils n'avaient plus, par conséquent, à payer les intérêts.

M. Hautnoir était content de leur réussite. Tout le monde, dans le quartier, avait de la sympathie pour eux. Cependant, Amélie était soucieuse à l'idée qu'un jour ou l'autre les clients finiraient par s'apercevoir de sa situation intéressante. Dès la dernière semaine du mois de mai, sa taille s'étant épaissie, elle dut porter des corsages vagues, des vestes amples. Ce furent les blanchisseuses, qui, comme il fallait s'y attendre, s'avisèrent en premier lieu de sa métamorphose. Elle eut à subir les compliments et les moqueries de ces dames. On lui demanda si c'était en tombant sur le dos qu'elle s'était fait une bosse sur le devant. On conseilla à Pierre d'entailler le bois de la caisse pour que sa femme eût la place d'y loger son ventre. Mais Amélie ne bronchait pas, ne rougissait pas. Ces sarcasmes, qu'elle avait longtemps redoutés, la laissaient froide. Une grâce d'état la protégeait contre l'allusion piquante, le rire gras, le clin d'œil averti. Réfugiée dans sa dignité, elle en exploitait tous les recoins, comme un filon de minerai précieux. Une fois par semaine, une lettre de la Chapelle-au-Bois lui apportait l'affectueuse pensée de son père. Par la plume de Denis, Jérôme donnait de ses nouvelles et recommandait à Amélie de ménager sa peine : « Mme Pinteau te fait dire que tu devrais manger beaucoup de pommes de terre, ne pas boire de café noir et te frictionner les jambes pour éviter les crampes matinales. Moi, je n'y connais rien, mais je suis fier de penser que je serai le grand-père d'un petit Richard, tout fort et bravounet comme tu le veux... »

Bientôt, sans quitter la caisse, Amélie profita des heures de moindre affluence pour confectionner au crochet des brassières d'un bleu tendre. Lorsqu'un client inconnu entrait au café, elle posait son ouvrage. Mais il était rare qu'elle ne fût pas tentée de le reprendre après quelques minutes d'inaction. Obsédée par la pensée du petit être nu et chétif qu'elle allait mettre au monde, elle avait l'impression qu'elle n'accumulerait jamais assez de lainages pour le protéger contre le froid. Selon qu'elle songeait au délai qui lui était départi pour achever le trousseau ou au temps qui la séparait de son accouchement, elle voyait le mois d'octobre tout proche ou désespérément éloigné.

Le ciel était d'un bleu sec. Une chaleur à relent d'asphalte et d'épluchures écrasées entrait par la porte ouverte du café. Pierre regrettait qu'il fût impossible d'installer des tables sur le trottoir. Les femmes, dans la rue, portaient des corsages échancrés, transparents, où leur moiteur s'évaporait à l'aise. Les messieurs arboraient le veston d'alpaga et le canotier. Leurs moustaches altérées recherchaient la bière fraîche à grosse écume fondante. Ceux qui ne buvaient pas de demis parce que « ça ballonne » exigeaient beaucoup de glace dans leurs apéritifs.

De tout temps, on avait discuté politique devant le comptoir : résultats des élections, loi de trois ans, décisions des derniers congrès socialistes, affaire Caillaux... Amélie, qui n'avait aucun goût pour ce genre de conversations, s'étonnait de l'ardeur qu'y apportaient la plupart des hommes. Mais, soudain, elle-même fut contrainte de s'intéresser à leurs propos. Ils parlaient avec gravité d'un ultimatum que l'Autriche venait de lancer à la Serbie. Tout cela, à cause d'un archiduc, assassiné un mois auparavant, et dont la mort, sur le moment, ne les avait guère alarmés. Maintenant, ils se montraient les gros titres des journaux : « La menace autrichienne... » « La paix en péril... » « La tension austro-serbe rapproche les risques d'un conflit mondial... » Le verre à la main, le sourcil froncé, l'œil allumé de compétence, des clients qu'Amélie avait pris jusque-là pour d'honnêtes artisans du quartier se révélaient brusquement les égaux des ministres. Tour à tour, les gouvernements allemand, autrichien, russe, anglais, serbe, français recevaient d'eux des critiques violentes et méritées. Ils s'entretenaient avec une familiarité extraordinaire du Kaiser et du tsar, de Poincaré et de François-Joseph, du roi George V et de Jaurès. Ce dernier, à les entendre, était seul capable de maintenir la paix dans une Europe frappée de folie. Évidemment, il y avait l'Alsace-Lorraine opprimée, l'insolence des casques à pointe, l'honneur national menacé. Mais c'étaient des questions qu'on devait résoudre sans se rouler dans le sang. Tous les ouvriers du monde étaient frères. On ne pouvait pas forcer les peuples à se battre sans leur demander leur avis.

Cependant, les diplomates échangeaient des notes. Le président de la République voyageait en Russie. Aux vitrines des magasins apparaissaient des portraits de généraux et des images représentant les deux provinces sœurs qui se tenaient par la main. Amélie refusait de croire à la guerre. Sans chercher à comprendre les motifs de l'agitation fiévreuse qui l'entourait, elle était persuadée que l'enfant qu'elle portait en elle était pour tous comme un gage de sécurité. Un univers prêt pour la naissance ne pouvait l'être, dans le même temps, pour la mort. Certes, elle n'aurait pas osé expliquer aux autres les raisons précises de sa foi. Elle savait que son opinion n'était intelligible que pour elle-même. Mais elle n'en était que plus décidée à garder son calme devant les événements. L'annonce de l'ouverture des hostilités entre l'Autriche et la Serbie et de la mobilisation partielle ordonnée par le tsar ébranla un instant son optimisme.

Le café n'avait jamais attiré autant de monde. C'était un va-et-vient incessant de gens nerveux, suants et parlant fort. Plus les nouvelles étaient alarmantes, plus ils étaient impatients de se réunir pour les commenter. Pierre, exténué, la joue creuse, le front mouillé, n'arrêtait pas de manipuler des verres, des bouteilles et des soucoupes. Par égard pour Amélie, il essayait encore de nier l'évidence : « Ne vous en faites pas!... C'est de l'intimidation... Ils n'iront pas jusqu'au bout!... Ou alors, ça se passera entre eux, dans les Balkans... » Personne n'avait de petite monnaie. Cela compliquait le service. Des clients renouvelaient leurs consommations rien que pour former un compte rond. L'argent avait perdu toute valeur à leurs yeux. Ils pensaient à quelque chose de lointain et de terrible. Des journaux sortaient de leurs poches. Accoudés au zinc, ils s'interrogeaient mutuellement sur les fascicules de leurs livrets. Ceux-là mêmes qui maudissaient les patriotards paraissaient assez fiers d'être en règle avec l'autorité militaire.

« Et toi, patron, tu pars quand? demanda le peintre en bâtiments de la chambre n° 4.

— Le deuxième jour, dit Pierre.

— Comme moi », dit Jointoux.

Le deuxième jour! Amélie regarda Pierre avec étonnement. Il avait prononcé ces mots sur un ton de défi tranquille. On eût dit que, malgré ses affirmations pacifistes, un instinct batailleur venait de s'éveiller en lui. Tout à coup, il n'était plus son mari, mais un homme comme les autres, obsédé par des questions de poteaux-frontières.

Boursier affirmait qu'au Carreau du Temple les marchands avaient déjà exposé des uniformes d'officiers, des godillots et des ceintures de flanelle. Un pharmacien de la rue d'Avron offrait dans sa vitrine une trousse de campagne, dont une étiquette disait qu'elle était « approuvée par le Service de Santé ». M. Florent parlait d'un meeting socialiste où il s'était rendu la veille :

« Ils sont contre la guerre, mais pour la défense du territoire...

— Ça veut dire quoi, ça? grognait Jointoux.

— Que nous sommes conciliants, mais pas poires, dit Pierre.

— Si les socialos donnent dans le tricolore, s'écria Boursier, où allons-nous?

— Il ne s'agit pas d'être tricolore ou pas tricolore, reprit Pierre. Les choses sont beaucoup plus simples. Tous nous sommes pour la paix, avec Jaurès, mais il ne faudrait pas que les Pruscos en profitent pour nous marcher sur les pieds!

— M. Mazalaigue a raison, dit M. Florent. Le gouvernement doit tenter l'impossible pour éviter la bagarre. S'il échoue, si la France est forcée de se battre, il n'y aura plus de partis, tous les Français se retrouveront coude à coude pour défendre leur sol.

— C'est pas la France qui veut la guerre, dit le peintre en bâtiments, c'est la Russie. Ils ont trop de grèves par là-bas! Ils ne savent pas comment se débarrasser des ouvriers. Alors, ils les envoient à la boucherie...

— Et l'Allemagne? Tu crois que Guillaume...

— Tu crois que le Kronprinz...

— Tu crois que Jaurès... »

La friteuse arrivait avec des nouvelles fraîches. Les permissionnaires étaient rappelés. A Saint-Germain on réquisitionnait les chevaux.

Le cœur d'Amélie battait à grands coups rapides. Elle n'avait pas changé d'avis. Le meilleur moyen d'éviter le désastre était encore de nier farouchement, aveuglément, qu'il fût possible. Tous ces hommes mentaient. Il n'y avait de vrai, de sûr, que ce poids vivant dans son ventre, que cet amour inaltérable dans son cœur.

Une nuit étouffante, orageuse, dominait la ville. Les consommateurs, collés au comptoir, ressemblaient à des voyageurs attendant le train dans le buffet d'une gare de province. Ils n'étaient pas là pour leur plaisir. Soudain, dans l'encadrement de la porte, un homme apparut, essoufflé, décoiffé, livide. C'était M. Clapeton, le graveur aux quatre calvados quotidiens. Toutes les têtes se tournèrent vers lui. Il reprit sa respiration, dressa le menton au-dessus de sa cravate Lavallière et cria :

« Jaurès ! Jaurès a été assassiné !... »

Après une seconde de stupeur, des questions éclatèrent : « Quoi ? — Ce n'est pas possible ? — Qui ? — Où ? Comment ?... » M. Clapeton demanda un calvados, l'avala d'un trait et dit :

« Il paraît que c'est un fou... tout jeune... Il a tiré un coup de feu au Croissant, à travers la glace... Tué net !... »

L'un après l'autre, les consommateurs sortaient du café. Bientôt, la salle fut vide. Un voile de fumée flottait autour de l'ampoule jaune et nue, qui pendait du plafond. Pierre empoigna les volets de bois et les souleva pour les fixer sur la devanture.

« Tu fermes déjà ? demanda Amélie.

— Oui, dit-il, on va sortir. »

Elle le devinait si anxieux, si abattu, qu'elle ne voulut pas s'opposer à son désir. Sans se concerter, ils prirent la direction des grands boulevards. Partout, sur l'ordre de la préfecture de police, les bistrots avaient rentré les chaises et les guéridons de leurs terrasses. Des gardes à cheval et des agents étaient massés aux carrefours. Obéissant à un appel mystérieux, toute la population de Paris se déversait lentement dans les rues. Il pouvait être onze heures du soir. Le ciel était bas et chaud. Du sol montait une exhalaison de goudron mou et de poussière. Sur le boulevard Voltaire, des capuchons de feuillage vert vif coiffaient la lueur pâle des becs de gaz. Pas une voiture. Pas un appel de trompe. Les piétons débordaient des trottoirs sur la chaussée. Aux fenêtres lumineuses, des groupes noirs se penchaient. Il y avait quelque chose d'apprêté, d'inhabituel dans ce concours de monde en plein air. Instinctivement, on cherchait des yeux le spectacle qui attirait un public si nombreux. Mais il n'y avait rien de remarquable à voir. Rien, sauf la foule elle-même, avec ses visages, ses chapeaux, ses mains... Amélie tourna les regards vers un kiosque éclairé par un quinquet et pavoisé de journaux. Les titres gras s'étalaient sur des blancheurs d'assiettes : « Veillée d'armes en Europe... La civilisation au bord du gouffre... » Elle marchait difficilement, cramponnée au bras de Pierre. Autour d'eux, la multitude grondait. Un halètement régulier. Un piétinement de semelles patientes. Où allaient-ils, tous ces gens? Nul n'avait l'air de le savoir. Ils ne se hâtaient pas vers un but précis. Ils ne se promenaient pas non plus. Ils étaient dans la rue parce qu'il leur était impossible de rester chez eux plus longtemps, entre quatre murs, sous la menace de cette nuit d'été immobile et lourde. Tous parlaient de la même chose, à mi-voix :

« Paraît qu'il est mort sans reprendre connaissance...

— Mais qui est-ce qui a fait le coup?

— Un type de l'extrême droite, sans doute, un revanchard!

— Pourquoi qu'ils ne mobilisent pas encore, pendant qu'ils y sont?

— T'énerve pas. Tu ne perds rien pour attendre...

— Ils ont rappelé mon neveu qui est dans le génie.

— Les gares sont occupées par la troupe! »

Amélie ne réagissait plus contre l'obsession unanime. Pressée entre ces hommes et ces femmes en marche, elle se disait : « Voilà... c'est inéluctable... Nous sommes sur la pente... Ça va venir... Ça va éclater... » Elle leva les yeux vers Pierre. Leurs regards se joignirent. Il demanda :

« Tu n'es pas trop fatiguée? »

Au loin, des têtes s'agitaient. Un cortège patriotique venait de la place Voltaire. Des jeunes gens portaient des drapeaux et chantaient *La Marseillaise*. Un vieux monsieur, debout sur un banc, hurla :

« A Berlin! Vive la Serbie! Vive l'armée!... »

Des voix discordantes reprirent :

« Vive l'armée! Vive l'armée!... »

Une main secouait un bouquet. D'une fenêtre, quelqu'un cria :

« A bas la guerre! Vive la sociale!... »

Quelques regards coléreux se tournèrent vers la maison qui protestait. La croisée suspecte se vida. Amélie eut envie de rebrousser chemin, de revenir chez elle, de s'enfermer dans sa chambre avec Pierre. Que faisaient-ils dehors, dans cette cohue, alors que demain, après-demain peut-être?... Elle lui planta ses ongles dans la main et gémit :

« Allons-nous-en!

— Tu préfères rentrer?

— Je veux être seule avec toi! »

Il l'entraîna. Prise à contre-courant, la foule résistait, mécontente. Amélie, de plus en plus lasse, marchait, suspendue au bras de son mari. Une stupeur léthargique était tombée sur elle. La transpiration collait ses vêtements à son corps. Ses pieds étaient brûlants, sa tête douloureuse.

Au moment d'aborder la rue de Montreuil, elle eut encore la force d'accélérer son pas, tant elle avait hâte d'être rendue. Enfin, le porche, la cour sombre, mal pavée, la chambre, avec son éclairage rose, ses rideaux en pongé grenat et son lit à boules de cuivre. En fermant la porte, Amélie eut le sentiment qu'elle se barricadait avec son mari dans une retraite imprenable. La guerre ne pouvait pas entrer ici. Arrachant son chapeau, elle s'adossa au battant, dont le bois lisse et froid lui rafraîchit les épaules à travers le tissu du corsage. Pierre s'approcha d'elle et la prit dans ses bras. Il la pressait contre lui, doucement, avec une tendresse chaste et déférente. Elle s'abandonna un moment au plaisir d'être ainsi caressée, faillit en oublier sa crainte, sa fatigue et, soudain, comme tirée d'un songe, écarquilla les yeux.

« Qu'as-tu ? » dit-il.

Elle ne répondit pas. Elle le regardait avec la pensée que, dans quelques jours, si la guerre était déclarée, elle ne le verrait plus : ce grand visage rude et triste, cette bouche, ces mains, ces épaules... Une vague de détresse violente, amère, la submergea, lui coupa le souffle. Elle dit :

« Je ne veux pas que tu partes ! »

Il lui prit les mains, les serra entre ses paumes larges, comme pour l'empêcher de se débattre :

« Sois raisonnable, Amélie. »

Son regard la pénétrait profondément : un regard grave et affectueux, qui conseillait la patience.

« Je ne veux pas que tu partes, reprit-elle. Pas toi... pas maintenant... Ce n'est pas juste !... »

Pierre fronça les sourcils. Des gouttes de sueur perlaient à son front.

« Si tout le monde était comme toi, dit-il, il y a longtemps que la France n'existerait plus !

— Tu es pour la guerre ?

— Je ne suis pas pour la guerre. Je souhaite de tout cœur qu'elle soit évitée. Mais, au cas où elle éclaterait, je ferai mon devoir comme les autres. C'est tout vu. Ça ne se discute pas...

— Et papa, dit-elle soudain, sera-t-il mobilisé, lui aussi ?

— Penses-tu ! Il a passé l'âge ! D'ailleurs, je me demande pourquoi tu t'affoles... Rien n'est encore perdu...

— Tu ne crois pas ce que tu dis ! s'écria-t-elle avec un accent de reproche.

— Mais si, tant que la mobilisation n'est pas affichée... »

Il manquait de conviction. Les jambes faibles, elle s'assit au bord du lit. Un silence incroyable régnait dans sa tête. Ses yeux s'emplissaient de larmes. Dans la gare de marchandises de Reuilly, une locomotive siffla d'une voix déchirante. Amélie sursauta. Puis, ses épaules fléchirent. Elle dit, sans presque remuer les lèvres :

« Qu'allons-nous devenir, Pierre ? Qu'allons-nous devenir tous les trois ? »

QUATRIÈME PARTIE

1

DENIS poussait la brouette, chargée de deux valises, d'un gros sac en toile et d'un baluchon. En abordant la côte, qui, de la gare, menait au centre du bourg, il ralentit le pas et jeta un coup d'œil derrière lui. Amélie le suivait, au bras de son père. Elle avait un visage pâle et luisant, sous son volumineux chapeau parisien à plumes. Son ventre arrondi écartait les pans d'une veste flottante, en tissu léger, couleur cachou, fermée au col. Il faisait chaud. Le ciel était d'un bleu aveuglant. Un mince ruban d'ombre bordait le côté droit de la rue. Amélie s'arrêta pour souffler, sourit à son frère et lui fit signe de continuer son chemin. Il repartit. Elle le regarda de dos et jugea qu'il avait grandi en peu de temps. Ayant quitté un gamin, elle retrouvait, étonnée, un petit compagnon à l'esprit sérieux. Dans son désarroi, cette pensée ajouta une pointe de douceur à peine supportable. Jérôme, voyant que sa fille changeait de figure, demanda d'une voix inquiète :

« Ça ne va pas?

— Oh! si, dit-elle.

— Pas trop lasse?

— Mais non. Un peu lourde simplement. C'est normal! »

Il approuva, gêné et heureux :

« Oui, oui, c'est normal! Tu verras, tu seras bien ici!... »

Tant de sollicitude poussait Amélie au bord des larmes. Elle s'appuya fortement sur son père. Il avait un bon visage attentif. Il veillait sur elle. Il comprenait tout. Lentement, pesamment, ils se remirent en marche dans la chaleur poudroyante et blanche. Une fois de plus, Pierre avait eu raison. C'était lui qui, avant de partir, avait insisté pour qu'elle fermât le café et se réfugiât à la Chapelle-au-Bois. Il ne voulait pas que, dans son état, elle se fatiguât à tenir le commerce toute seule. En outre, il craignait qu'elle ne se sentît désemparée au moment de mettre son enfant au monde, dans cette grande ville où elle ne connaissait presque personne. Dès que les trains civils avaient été rétablis, Amélie avait fait valoir qu'elle était enceinte pour obtenir une place par priorité. Le voyage de Paris à Limoges avait duré vingt-deux heures. Elle éprouvait encore le roulement, le tressautement des roues dans ses reins. Aux passages à niveau, aux ponts, aux postes d'aiguillage, des hommes chenus et graves, képi sur la tête et brassard sur la manche, montaient la garde, appuyés sur de vieux fusils. On s'arrêtait en rase campagne pour laisser passer de lents convois militaires, marqués d'inscriptions à la craie : « Train de plaisir pour Berlin!... » « Vive la France!... » Par les portières des wagons à bestiaux, se penchaient des grappes de jeunes gens aux faces rougeaudes. Ils brandissaient des bouteilles, des branches feuillues, chantaient, riaient, criaient, cherchant sans doute à se donner du courage. Amélie pensait à Pierre. Un grand coup d'angoisse lui haussait le cœur. Aux dernières nouvelles, il avait quitté le centre de mobilisation de Tulle pour une destination incertaine. Depuis, pas une lettre. Peut-être montait-il sur Paris pendant qu'elle descendait vers la Corrèze? Peut-être était-il dans l'un de ces wagons en planches, bourrés de soldats braillards? Elle écarquillait les yeux. Un visage chassait l'autre. Rien que des inconnus. Heureusement! Sinon, qu'aurait-elle fait? Elle s'imaginait le voyant et ne pouvant le rejoindre. Les deux trains, qui roulaient en sens inverse, les arrachaient une deuxième fois l'un à l'autre...

Maintenant encore, accordée au pas de son père, elle luttait contre cette impression de déchirement et de perte. A quoi bon se leurrer? La vérité était plus simple. Il y avait longtemps que Pierre devait être dans le Nord. M. Florent, qui passait pour être bien renseigné, affirmait que le 300e avait été envoyé dans les Ardennes. On parlait d'une grande bataille, là-bas. Les Belges reculaient devant un ennemi nombreux et féroce. Les Français arrivaient à la rescousse. Dans sa dernière lettre à Pierre, Amélie lui disait d'adresser sa correspondance à la Chapelle-au-Bois.

« N'as-tu rien reçu pour moi? » demanda-t-elle.

— Non, dit Jérôme. Pierre sait que tu es ici?

— Pas encore... Mais, s'il m'écrit à Paris, on fera suivre. J'ai donné des instructions... »

Elle s'habituait à parler de lui sur un ton raisonnable; pourtant, en dépit de ses efforts, chaque fois qu'elle entendait prononcer son nom un voile de larmes lui serrait la gorge. Jérôme baissa la tête. Il semblait confus de se trouver auprès de sa fille, alors que Pierre était loin. Il dit :

« Ici, tous les jeunes sont partis. Ça a bien compliqué le travail. Heureusement, les foins étaient faits. Justin aussi a été mobilisé. Je dois me débrouiller avec Denis... »

Elle écoutait ces échos d'un autre âge. Les maisons de son enfance la regardaient passer. L'affreuse secousse, qui avait ébranlé tant de vies, n'avait pas ajouté une lézarde aux façades grises qui bordaient la voie du retour. En se retrouvant dans ce décor inchangé, Amélie avait le sentiment que son amour, son mariage, son existence heureuse à Paris n'avaient été qu'un rêve. Elle avait cru à un dépaysement merveilleux et s'éveillait, désenchantée, pour s'apercevoir qu'elle n'avait pas bougé de place. Son talon buta contre un caillou et Jérôme lui serra fermement le bras.

Des figures furtives se montraient aux fenêtres. On lorgnait la fille d'Aubernat, revenant au pays enceinte. On la plaignait d'être privée de son mari, dans le temps qu'une femme a le plus besoin d'être choyée. On soupesait son ventre, à bout de regard : « Porté en avant, comme ça, c'est sûrement un garçon. » La brouette de Denis sautait sur les pierres. Jérôme s'épongea le front avec un grand mouchoir à carreaux bleus et blancs. Doublement impressionné par le chagrin d'Amélie et par sa grossesse, il ne savait que lui dire pour l'intéresser. Après un long silence, il reprit faiblement :

« Tu sais, ils ont réquisitionné la grise.

— Notre jument?

— Oui. Il n'y a plus guère de chevaux dans le pays.

— Et le bétail?

— C'est tout comme. Paraît qu'ils le prendront où il se trouve pour en faire de la conserve... Moi, je ne suis pas mobilisé, si tu veux, mais, à cause de tous les forgerons qui sont partis, je dois aller dans les villages, aux jours qu'on m'indique, pour ferrer à leur place. Ah! ce n'est pas beau de voir toute cette belle besogne arrêtée, toute cette terre sans hommes... »

Soudain, elle demanda :

« Y a-t-il déjà eu des tués, des blessés? »

Il sursauta :

« Où?

— Parmi les gens du pays?

— Non, dit-il. La mairie n'a encore rien annoncé.

— C'est la mairie qui doit annoncer?

— Il paraît.

— M. Calamisse?

— Oui. »

Il ralentit le pas. Un groupe de femmes, dominé par la silhouette massive de Mme Barbezac, débouchait d'une rue transversale. Impossible de les éviter. D'un coup d'œil rapide, Jérôme consulta sa fille. Elle ne semblait pas autrement contrariée. Déjà, elle recevait en face les exclamations compatissantes de ces dames :

« Ma pauvre petite Amélie!...

— Te voilà plus rien que toute seule pour revenir au pays!...

— Ah! ils ne te l'ont pas laissé longtemps, ton homme!...

— C'est comme ce pauvre Julien!

— Et ce pauvre Louis!

— Et l'Antonin de Mme Ferrière!... Et Jean Eyrolles!... Et Joseph Calamisse!... Même le docteur Delattre!...

— On est bien presque toutes à plaindre par ici, va, qui par le fils, qui par le mari, qui par le fiancé ou par le frère!

— Encore toi, tu te revencheras sur le chagrin avec le joli petit que tu te prépares!... »

Embrassée, congratulée, consolée, Amélie songeait irrésistiblement aux rites funèbres des sorties de cimetière. De toutes ces femmes que le malheur rendait bavardes, émanait un relent de deuil. Devinant la gêne de sa fille, Jérôme l'enleva de force au babillage larmoyant des commères. Tandis qu'Amélie s'éloignait du rassemblement, derrière elle on soupirait encore et on hochait la tête.

La rue tourna, découvrant la maison, qui attendait, innocente, banale, chauffant ses vieilles pierres au soleil. Le cœur d'Amélie flancha. Dans son souvenir, tout était plus grand, plus propre : la façade, les fenêtres, la porte... Son regard, ayant effleuré mille détails, revint se fixer sur la devanture. Que se passait-il? On avait modifié l'étalage. Là où, jadis, elle avait disposé un amusant décor d'assiettes à dessins, de cafetières aux becs croisés et de petites cruches multicolores, se voyaient maintenant des éboulis de laine à tricoter grisâtre, de torchons, de serpillières, de pantouffles et de chaussettes. Sans doute était-ce Mme Pinteau qui avait fait cet arrangement? Quelle drôle d'idée!

Devant la boutique s'étalait une large bouse, attestant que les vaches de M. Ferrière n'avaient pas été réquisitionnées et n'avaient pas changé de chemin. Le coq de pêche des Barbezac picorait la poussière, comme autrefois. On était arrivé. Amélie s'arrêta. Ses genoux étaient faibles. Denis déchargeait la brouette. La porte du magasin s'ouvrit. Une ronde petite bonne femme jaillit en pleine lumière. Avant qu'Amélie eût pu faire un geste, Mme Pinteau l'étreignait avec une vigueur dévorante :

« Ah! qu'on l'a attendue! Ah! qu'on l'a espérée... »

Amélie ferma les paupières, oublia la vitrine bouleversée, et sentit qu'elle avait faim, soif, mal au cœur et envie de pleurer.

*

Un bruit de fer battu descendit au fond de son sommeil. Abusée par cet appel lointain et familier, elle s'éveilla avec une âme de très jeune fille. Les losanges mauves, sur le papier jaune fané du mur, le rayon de soleil passant entre les volets disjoints, la petite table tachée d'encre, dont les tiroirs contenaient encore ses cahiers d'école, ses vieilles lettres, ses vieux crayons, tout la confirmait dans son illusion d'un retour en arrière. Elle se frotta les yeux et s'assit dans son lit, les jambes repliées. Le tintement se fit plus précis, plus fort. Jérôme et Denis étaient au travail dans la forge. Elle en éprouva de la joie. Puis, un choc arrêta le cours de ses pensées : « La guerre, la guerre, la guerre... » Elle mâchait ce mot terrible. En reprenant ses esprits, elle retrouvait sa tristesse. Dans les circonstances actuelles, la lucidité ne se concevait pas sans la souffrance. Il fallait vivre avec ce goût de malheur dans l'arrière-gorge. Elle consulta sa montre. Huit heures dix. Le facteur ne commençait sa tournée qu'à neuf heures. Une lettre de Pierre? Ce serait trop beau. Surtout ne pas l'espérer. Aborder la journée avec la certitude qu'il n'y aurait rien de nouveau jusqu'au soir. Demain peut-être, ou après-demain...

Une nuit avait suffi à réparer la fatigue du voyage. Amélie se leva avec entrain. Dès que le facteur serait passé, elle irait au cimetière. Cette idée lui faisait du bien, comme la promesse d'une heureuse rencontre. Quelqu'un l'attendait vraiment là-bas, derrière la grille. Pendant qu'elle s'attardait à sa toilette, une petite masse intolérante bougea, se détendit dans son ventre. Elle tressaillit, rappelée à l'ordre, et resta un moment immobile, muette, heureuse, attentive à ce qui, en elle, était déjà autre chose qu'elle-même. Comment avait-elle pu, à la déclaration de la guerre, se dire que cet enfant ne serait pas le bienvenu? Ne devait-elle pas justement se réjouir qu'il fût là pour prolonger le souvenir de Pierre? C'était un peu comme si Pierre n'était pas tout à fait parti. Combien de femmes auraient souhaité être à sa place! Neuf heures sonnèrent à l'église. Selon leur habitude, les chiens protestèrent en aboyant. Reprise par son emploi du temps parisien, Amélie pensa machinalement au café, à la caisse, aux clients, aux fournisseurs... On était un mardi : le jour des blanchisseuses. Que c'était loin, déjà!...

Elle sourit tristement à ce passé irrécouvrable, acheva de boutonner sa robe et descendit dans la cuisine. Sa tasse était posée sur la table, avec le pain, le beurre et la confiture. Une odeur de café chaud flottait dans la pièce. Mme Pinteau avait tout préparé. Amélie eut honte de s'être levée si tard. Comme pour se punir, elle mangea debout. Tandis qu'elle mâchait une épaisse tartine, son regard se promenait sur les murs, les meubles, le plafond, le plancher. Elle reprenait possession de son intérieur. Une chaise, qu'elle avait toujours vue à gauche de la fenêtre, se trouvait maintenant à droite. Encore une initiative de Mme Pinteau! Et pourquoi les bols n'étaient-ils plus alignés sur le second rayon du buffet, mais sur le rayon inférieur? Et quelle idée d'avoir sorti la grande louche du tiroir pour la pendre à un clou au-dessus du fourneau?

Vite, elle remit en place toutes ces choses indûment dérangées. Sur le rebord de la fenêtre étaient empilés des journaux récents : *Le Courrier du Centre*... Elle prit les feuillets en main, croyant apprendre quelque chose de nouveau. Mais les titres du journal de province rappelaient étrangement ceux des journaux de Paris. Enthousiasme patriotique, dénonciation des cruautés allemandes et certitude d'une prompte victoire. Elle lut au hasard : « Vendredi 21 août : les troupes françaises réoccupent Mulhouse. Les armées russes entrent en Prusse... » « Samedi 22 août : exploits de nos aviateurs... » « Lundi 24 août : la bataille continue autour de Charleroi... Le Zeppelin n° 8 est abattu... » Dans un vieux numéro de *L'Humanité*, en date du 19 août, on parlait du moral excellent des premiers blessés évacués sur Vichy. « Qu'on nous guérisse vite pour retourner là-bas! » disaient-ils. Et ils précisaient que les Allemands « tiraient bas et fort mal ». Cette information, inexplicablement, soulagea Amélie. Sa crédulité répondait à un besoin lancinant d'être rassurée, apaisée.

Elle replia les journaux et passa dans le magasin. Les brosses et les balais pendaient du plafond comme des stalactites. De toutes ces réserves, se dégageait un parfum casanier et honnête. Enjambant un sac de légumes secs, Mme Pinteau se porta au-devant de la jeune femme avec une légèreté optimiste. L'absence de clients permit à Amélie d'inspecter rapidement les lieux. Elle en reconnut la parfaite ordonnance et annonça simplement que, dimanche prochain, elle s'occuperait de refaire l'étalage. Mme Pinteau parut enchantée de cette décision. Sa bonne volonté était indéfectible. Elle débordait du désir de se rendre utile, de se soumettre, de servir. Tant d'abnégation ne pouvait laisser Amélie insensible. Forçant sa timidité naturelle, elle trouva les mots qu'il fallait pour remercier la brave femme d'avoir si bien tenu le magasin et la maison. Aux premiers compliments, Mme Pinteau s'empourpra, se gonfla et ses yeux se mouillèrent. Elle s'essuyait les paupières avec le coin de son tablier bleu :

« J'aurais voulu en faire bien plus, ma petite Amélie! balbutiait-elle d'une voix melliflue. Pour moi, il n'y a plus que vous autres à soigner! Alors, c'est un plaisir de s'y donner de toute son âme! Surtout que votre papa c'est un homme de si grand mérite! On resterait des heures à l'écouter parler ou à le regarder faire! Et le petit Denis donc! Si jeunet! Si mignounet! On dirait mon pauvre grandet à moi, dans le même âge!... »

L'amabilité de Mme Pinteau était, à la longue, écœurante. Elle parlait de Jérôme et de Denis avec trop de sentiment. On eût dit qu'ils étaient devenus son bien. Amélie profita de l'arrivée d'une cliente pour rompre la conversation et se réfugier dans la forge. Son père et son frère la reçurent avec cet air faussement enjoué qu'on réserve aux convalescentes. Avait-elle bien dormi? N'était-elle pas trop fatiguée? Ne voulait-elle pas s'asseoir un peu?

« Le facteur est-il passé? demanda-t-elle.

— Pas encore, dit Jérôme.

— Il ne va pas tarder », dit Denis.

Ils se remirent à l'ouvrage. Elle fut émue de constater leur belle entente dans l'effort. Malgré la différence d'âge, ils se ressemblaient par les épaules, par la nuque, par la façon de se tenir et d'appliquer les coups. Farouchement, elle les unit dans une même tendresse. Puis, elle observa qu'ils portaient tous deux des chemises usées, reprisées, mais propres. Pas un bouton ne manquait. Le tablier en cuir de Jérôme laissait voir, en s'écartant derrière, un fond de pantalon renforcé par un empiècement en forme de cœur. Denis avait des chaussettes bien tirées et des sabots soigneusement brossés. En tout cela se devinait la main de Mme Pinteau. La pie, qui était sortie pour faire un tour dans la rue, rentra à petits pas, salua Amélie d'un joyeux sifflement et alla se percher sur un tas de barres de fer.

« Tu sais, dit Denis, je vais avoir des pantalons longs, Mme Pinteau m'en arrange une vieille paire de papa ! »

Amélie se sentit contrariée, comme si quelqu'un eût empiété sur ses privilèges.

« N'est-ce pas un peu trop tôt ? dit-elle.

— Oh ! non, alors ! s'écria Denis. Depuis le temps que j'attends ! Tous les copains sont déjà en long et moi je reste en court !

— La belle affaire ! » dit-elle.

Mais elle était lasse et n'avait pas la moindre envie d'imposer sa volonté. Un moment, elle se demanda si elle allait rester dans la forge, retourner au magasin, ou s'installer dans la cuisine. Nulle part on n'avait besoin d'elle. Tout marchait bien sans son aide.

« Que faites-vous là ? demanda-t-elle.

— Des triangles pour réparer la barrière du passage à niveau », dit Jérôme.

Denis tirait la chaîne du soufflet. Jérôme tenait une barre de fer sur le feu. Il la porta sur l'enclume. Maintenant, Denis, servant de frappeur, battait le fer avec le marteau à deux mains. Dans l'intervalle d'un coup à l'autre, son père tournait la barre et frappait à son tour avec un marteau plus petit pour raviver les angles. Des étincelles sautaient hors de la masse incandescente. L'air se chargeait d'une odeur de fer chaud.

« Que penses-tu de mon nouvel apprenti ? dit Jérôme. Il s'en tire bien, n'est-ce pas ? »

Denis avait un visage luisant et féroce. A chaque effort, il poussait un « han ! » de toute la poitrine. Le marteau à frapper devant était trop lourd pour lui. Mais il ne voulait pas le lâcher. Amélie s'assit sur une caisse et regarda la porte largement ouverte, où dansait une buée de soleil. Assourdie par le tintement du fer, elle essayait d'occuper son esprit à travailler sur des riens. En multipliant les pensées banales, elle espérait éloigner d'elle le grand souci qui la suivait depuis son réveil.

Subitement, elle se dressa, pâle et tremblante. Le facteur! Ce n'était pas le même qu'autrefois. Le jeune avait été mobilisé. Celui-ci, le père Piquerelle, était un retraité qui avait repris du service. Avec ses grosses moustaches de chanvre, son long cou noueux et ses joues craquelées, il avait l'air d'un vieil arbre en marche. Jérôme, l'ayant vu, s'avança d'un pas vers la porte. Le père Piquerelle, sans même s'arrêter, agita la main au-dessus de sa sacoche :

« Rien pour aujourd'hui! »

Jérôme baissa la tête. Amélie se rassit sur la caisse. Denis s'était remis à tirer la chaîne. Les charbons rougeoyaient.

« Laisse », dit Jérôme.

Et il ajouta, tourné vers sa fille :

« C'est normal que tu n'aies pas encore de nouvelles. Depuis huit jours, personne n'a rien reçu dans le pays. D'après M. Calamisse, qui a son fils dans le même régiment que Pierre, ils sont en plein mouvement sur les routes de Belgique. Alors, le courrier ne passe pas...

— Le fils de M. Calamisse est au 300e d'infanterie? demanda Amélie.

— Eh oui! Avec le fils Ferrière, le fils Marchelat, et bien d'autres du pays. C'est le régiment des Corréziens, comme on dit... »

Amélie se rappela le temps où, jeune fille, elle attendait vainement, désespérément, des nouvelles de Pierre, qui se trouvait à Paris. A cette époque-là, elle croyait avoir atteint le fond de la souffrance. Maintenant, par comparaison, son angoisse de jadis lui semblait enviable.

« M. Calamisse est-il bien renseigné? demanda-t-elle.

— Mieux que nous tous. Il est à la mairie. Il reçoit les dépêches, il apprend des choses par ses collègues des autres communes...

— Et il n'est pas inquiet?

— Non, dit Jérôme. Il est impatient d'avoir une lettre de son fils, mais il n'est pas inquiet.

— Moi non plus, je ne suis pas inquiète », dit Amélie.

Jérôme fit un signe à Denis. Le soufflet se remit en marche avec un halètement enroué. Amélie se leva et se dirigea vers la porte.

« Où vas-tu? demanda Jérôme.

— Au cimetière », dit Amélie.

Elle fit le long chemin sans se hâter et sans regarder autour d'elle.

Derrière la gare, il y avait un talus d'herbe haute. Elle s'arrêta et cueillit quelques maigres fleurs des champs. Le portillon du cimetière grinça. La tombe était propre. Un oiseau était posé sur la grille. Il s'envola. Au pied de la croix, Amélie aperçut une petite plaque de marbre, taillée en forme de livre ouvert, avec un coin de page comme soulevé par le vent. Une inscription était gravée dans la pierre : « Elle fut bonne épouse, bonne mère, et partit regrettée de tous. » Cet objet était laid et inutile. En outre, il avait dû coûter fort cher. Amélie déplora que son père eût éprouvé le besoin d'en décorer la sépulture. Sans doute l'avait-il fait dans un sentiment d'amour nostalgique, de pieuse déférence. On n'avait pas le droit de le lui reprocher, mais comment ne pas se dire qu'un pareil ornement n'était pas du goût de Maria? Avisant un petit vase en fonte, à demi enlisé dans la terre, Amélie le redressa et y plaça son bouquet. Son ventre la gênait pour se baisser; elle avait le sang à la tête et les yeux pleins de papillons noirs. Elle se releva, essoufflée, et se tint droite, les mains pendantes, en proie à un calme étrange, surnaturel et un peu effrayant.

Elle ne revint à la maison qu'à l'heure du déjeuner. Jérôme et Denis l'attendaient pour se mettre à table. Ils furent servis par Mme Pinteau, qui mangea en même temps qu'eux, mais debout, près de l'évier. Plusieurs fois, Amélie, confuse, lui demanda de s'asseoir.

« Que non! disait-elle. Je n'ai point l'habitude! Je suis plus à mon aise sur pied... »

Il fallut la laisser dans son idée. Amélie nota que Jérôme acceptait cet état de choses comme naturel. Il ne se pressait pas, montrait de l'appétit et buvait son vin clair à petites gorgées. Sa façon d'être assis et de se nourrir témoignait qu'il était le maître de la maison. Jamais encore, sa fille ne lui avait vu cet air de gravité et de dominance. On en était aux dernières bouchées, quand, soudain, la tête de M. Ferrière s'encadra dans la fenêtre ouverte. Il paraissait bouleversé, l'œil en bille, le menton luisant de sueur. Ses sourcils, sa moustache, bougeaient à contretemps. Il hurla :

« Aubernat! Aubernat! Calamisse a reçu une lettre de son Joseph!...

— Quand? s'écria Jérôme.

— Ce matin! C'est Barbezac qui vient de me le dire! »

Amélie devint froide et faible. Jérôme se leva :

« Ah! oui? Et qu'est-ce qu'il dit, le Joseph Calamisse?

— Pas grand-chose, paraît-il. Tout marche bien. Mais moi, j'y vais voir. C'est plus sûr!...

— Je vais y aller aussi », dit Amélie avec une intonation résolue.

Elle avait parlé comme dans un rêve. Jérôme tourna vers elle un regard alarmé et tendre. M. Ferrière la salua, s'excusa, car, dans sa précipitation, il ne l'avait même pas remarquée.

« Alors, on se retrouve là-bas? demanda-t-il.

— Oui », dit Jérôme.

M. Ferrière s'éloigna. On le vit entièrement par la fenêtre ouverte. Il balançait les bras en marchant.

« C'est une bonne chose, cette lettre du fils Calamisse, dit Jérôme. Cela prouve que le courrier va reprendre. Tu ne tarderas pas à avoir ton content de nouvelles, toi aussi, Amélie.

— Tu viens? demanda-t-elle.

— Bien sûr.

— Et moi? dit Denis.

— Non, dit Amélie. Nous serions trop nombreux. »

Mme Pinteau rangeait les assiettes avec des soupirs de commisération, qui faisaient bourdonner ses lèvres.

Il y avait beaucoup de monde chez M. Calamisse. Toutes les chaises de la cuisine étaient occupées par des femmes. Les hommes se tenaient debout, appuyés au mur. Deux bouteilles de vin et des verres figuraient au milieu de la table, mais personne n'y touchait. On n'était pas venu pour cela. Une rumeur de grosse amitié marqua l'entrée d'Amélie et de Jérôme. M. Ferrière avait prévenu qu'ils étaient sur ses talons. Mme Calamisse assit la jeune femme à côté d'elle, sur le banc, dans le *cantou.*

« Alors, dit Jérôme, il paraît qu'il y a une lettre de Joseph ? »

M. Calamisse bomba le ventre. Une expression de succès dilata son visage lourd et charnu.

« Eh oui ! dit-il. Ce n'est pas trop tôt...

— Elle est du combien ?

— Du 13 août, dit M. Calamisse. Et nous sommes le 25 ! Douze jours ! Quelle misère ! Encore ils ne peuvent pas écrire comme ils veulent, les pauvres ! La censure ne laisserait pas passer. Tu vas voir... »

Il plongea une main dans sa poche, en tira une mince feuille de papier quadrillé et l'éleva, tenue entre deux doigts, avec autant de précaution que si elle eût risqué de se résoudre en poussière au moindre choc. Puis il ajusta ses lunettes et toussa pour se donner du creux dans la gorge. Ce devait être la dixième fois, au moins, qu'il s'apprêtait à lire la lettre. Bien des gens autour de lui l'avaient déjà entendue. Mais, pour eux comme pour lui, l'événement avait encore la fraîcheur de la nouveauté. Un silence profond s'établit entre tous ces visages, rendus enfantins par l'attention. M. Calamisse prit sa voix de réunion publique :

Cher père, chère mère,

Je profite d'un moment de repos pour vous envoyer le bonjour et vous dire que je vais bien. Je suis dans le Nord par là. Mais il ne faut pas vous faire de mauvais sang. On est bonnement nourri. Et on ne risque pas pour l'instant, vu que ce sont surtout les régiments d'active qui se battent, et nous, on est de la réserve, et, par conséquent, on ne nous emploiera que si cela va très mal. Et il faut espérer que sera fini avant. Tous les camarades du pays vont bien. On n'a pas encore de lettres, ni de colis. Mais le vaguemestre dit que ça va venir bientôt. Recevez donc, ainsi que tous nos amis, les compliments de votre cher fils. — Joseph.

M. Calamisse se tut, replia le feuillet et le glissa dans sa poche. Amélie suivit son geste avec envie. Elle était à la fois touchée et déçue par ce qu'elle avait entendu. Si Joseph Calamisse avait nommé Pierre dans la lettre, sa phrase sur les camarades du pays eût reçu une signification tout à fait rassurante. Mais, telle quelle, l'information était trop vague pour être interprétée dans le meilleur sens. En outre, la missive était datée du 13 août. Que s'était-il passé depuis? Où se trouvaient ces hommes qui n'étaient plus libres de leur destin? N'y avait-il pas eu, entre-temps, des blessés, des morts dans leur nombre?

Après la lecture, les gens hésitaient encore à parler, à bouger, comme par crainte de rompre un enchantement. Chacun, sans le dire, rapportait à un être cher les renseignements que Joseph Calamisse donnait sur lui-même. Grâce à lui, tous ceux qui attendaient des nouvelles d'un absent avaient l'impression que cette lettre leur était un peu destinée. Enfin, Mme Barbezac se moucha avec sentiment. Jérôme grommela :

« C'est une bonne lettre!

— Oui, reprit M. Calamisse. Dans l'ensemble, il ne se plaint pas trop. S'il y avait eu quelque chose qui lui déplaisait, il aurait su me le faire comprendre entre les lignes. C'est un malin, mon Joseph! Tenez, ce qu'il dit sur la réserve, je l'ai toujours cru. La guerre sera faite par l'active et la coloniale.

— Dieu vous entende! soupira Mme Barbezac. Il paraît qu'en Belgique cela ne va pas fort du tout.

— Pourquoi? s'écria M. Calamisse. Bruxelles n'a pas de valeur stratégique. C'est entre Namur et Charleroi que nous allons porter le grand coup. Attendez un peu, quand les Alboches auront les Anglais, les Belges et les Français par-devant, et dix millions de Russes par-derrière! »

Il avançait ses deux larges mains l'une vers l'autre, comme pour simuler un épouvantable écrasement.

« Je pense comme toi, dit M. Barbezac. Joffre a bien combiné son coup. Dans deux mois, on les aura reconduits chez eux.

— Moi, je dis la fin de l'année, déclara M. Ferrière.

— La fin de l'année, si tu veux », concéda M. Barbezac.

Les femmes écoutaient leurs maris avec le désir éperdu de les croire. Tous les hommes se jetèrent bientôt dans le débat. Seul Jérôme ne disait mot et gardait un visage triste, fermé. La voix de M. Calamisse dominait le tumulte :

« Savez-vous quelle est la ration de viande fraîche d'un soldat allemand? J'ai lu ça dans les journaux : 250 grammes par jour. Le Français, lui, en touche 500. Et le Russe? Devinez! C'est à peine croyable : 800. Ça dit tout! Comment voulez-vous que les Pruscos tiennent longtemps si, dès le début de la guerre, ils n'ont presque rien à manger? »

Tout en parlant, il déplia une carte sur la table. Les visages se penchèrent dessus comme pour un travail à entreprendre. De gros doigts noirs glissaient sur les montagnes, écrasaient les villes, suivaient les veines capricieuses des fleuves.

« Ils sont par ici... Nous, par là... Suppose qu'ils avancent... nous, on les coupe, c'est réglé... »

Amélie se rappela les conversations entre hommes au café. Tous, ils se ressemblaient quand ils discutaient de politique ou de guerre. Même expression pesante et renseignée. Même désir de faire entendre leur voix par-dessus celle des autres. Seulement, ici, les figures étaient plus rudes, l'accent plus lent, plus chantant qu'à Paris. Assourdie par ce bourdonnement viril, Amélie songeait à ce qu'eût dit Pierre s'il avait pu prendre part à la réunion. Était-il sûr de la victoire? Espérait-il revenir bientôt? Il était parti, sans fausse exaltation, avec un air résigné et fort. Leur séparation devant la palissade en bois qui entourait la gare. Ce regard, ce baiser hâtif, furieux. Et, soudain, la solitude. Elle sur le trottoir, et lui, là-bas, perdu dans la foule des mobilisés, la musette au côté, le livret à la main, marchant vers elle ne savait quel rendez-vous urgent et terrible.

« Tu prendras bien un verre de quelque chose? » dit Mme Calamisse.

Amélie tressaillit, jeta à son père un coup d'œil désespéré et murmura :

« Non, merci, madame. Il faut que nous rentrions vite. »

De nouveau, elle avait cette sensation d'être attendue. Quelqu'un l'appelait ailleurs. Mais elle savait déjà qu'à la maison comme ici, dans la rue comme au cimetière, elle souffrirait du même dénuement.

2

JÉRÔME ne savait comment s'y prendre pour interroger la sage-femme quand elle quitterait la chambre d'Amélie. Laissant Denis à la forge, il se plaça au pied de l'escalier. Il n'avait aucune inquiétude, mais souhaitait que son espoir s'enrichît d'une confirmation officielle. C'était la même Mme Croux qui avait accouché Maria à deux reprises. Presque tous les enfants de la commune étaient venus entre ses mains. Lorsqu'elle avait appris qu'Amélie était arrivée à la Chapelle-au-Bois pour mettre son bébé au monde, elle s'était empressée de lui rendre visite et les protestations de la jeune femme n'avaient servi de rien. Usant de l'autorité que lui conférait une longue pratique, Mme Croux avait exigé d'être reçue séance tenante et sans manières : « Gêne-toi avec qui tu veux, mais pas avec moi qui t'ai vue naître! » De la savoir dans la maison, comme autrefois, éveillait en Jérôme un sentiment de coïncidence mélancolique et suave. Il leva la tête. Là-haut, on marchait, on parlait. Ce devait être la fin de la consultation. En effet, la porte s'ouvrit. Jérôme se dissimula dans l'encoignure, puis, entendant vibrer la rampe, sortit de sa cachette et s'avança, comme si sa présence sur les lieux eût été fortuite. Vieille, courte, bossue, l'œil droit masqué par une cataracte, l'œil gauche noir et pétillant, Mme Croux descendait les marches en se dandinant d'un pied sur l'autre. Par chance, elle était seule.

« Eh bien, madame Croux, demanda Jérôme, que pensez-vous de notre Amélie?

— J'en pense que, courant octobre, elle vous aura transformé en grand-père, aussi sûr que je m'appelle Croux, Honorine.

— Oui, mais est-elle en bonne santé? N'y a-t-il pas de complications à craindre?

— Quelles complications? Solide comme elle est, elle vous fera son petit dans un sourire. »

Jérôme se troubla, rougit. Ces allusions au mystère de l'enfantement heurtaient en lui un préjugé de pudeur masculine, considérable et un peu obtus. Se reprenant avec effort, il demanda :

« Et... à votre avis... ce sera quoi?... Un garçon? »

Mme Croux le regarda de son seul œil petit et luisant, et se mit à rire, par mille rides sautillantes :

« Je lui ai dit que ce serait un garçon!

— Parce que vous le croyez?

— Parce qu'elle le croit. Je ne vais tout de même pas la décevoir maintenant! Si c'est une fille, elle l'apprendra bien assez tôt!... »

Elle donna à Jérôme une tape gaillarde du bout des phalanges au creux de l'estomac. Au même moment, il entendit un bruit venant de la cuisine. La porte était restée entrouverte. Il soupçonna Denis d'avoir écouté la conversation. Brusquement, il poussa le battant. Personne.

« Je reviendrai d'ici deux semaines, dit Mme Croux. Si seulement elle avait une lettre de son mari, cela lui remonterait le moral! Sans nouvelles, comment voulez-vous qu'elle ait du goût à être mère, cette petite? »

Après le départ de Mme Croux, Jérôme entra dans la cuisine, se versa un verre d'eau et le but d'un trait. Des mouches bourdonnaient au plafond. La chaleur s'engouffrait par la fenêtre, avec une odeur de paille sèche et de roui. Il n'avait pas envie de travailler. Tout allait trop mal dans le monde. Cette guerre, que certains proclamaient juste, nécessaire, admirable, il n'y songeait qu'avec un sentiment d'horreur et de consternation. En dépit de tout ce qu'il entendait dire autour de lui, il était persuadé que le massacre aurait pu être évité, d'une façon ou d'une autre. Le peuple allemand, comme le peuple français, devait être fait d'hommes qui aimaient leurs métiers, leurs maisons, leurs femmes, leurs enfants et ne demandaient qu'à vivre en paix sur la terre. C'étaient de mauvais chefs, qui, des deux côtés de la frontière, avaient échauffé les esprits et poussé les travailleurs à un combat fratricide. En ces jours de folie collective, tuer n'était plus un crime, mais un acte héroïque. L'uniforme tenait lieu de conscience. Les champs de bataille se peuplaient d'assassins honorables. Et il n'existait plus aucun moyen d'arrêter cette effusion de sang. Lui-même, qui haïssait la guerre, n'eût pas toléré, à présent, que les Allemands profitassent de la situation pour envahir la France et y imposer leur loi. En vertu d'une combinaison mystérieuse des intérêts, d'une tension des antagonismes parvenue à son point de rupture, il fallait continuer à s'égorger, même si on condamnait le recours à la force. « Voilà... C'est trop tard... On est pris dans le mouvement... » Jérôme déplorait que son manque d'instruction l'empêchât de mettre de l'ordre dans ses idées. S'il avait lu plus de livres, s'il avait appris à mieux réfléchir, il eût certainement découvert, au bout du compte, une vérité apaisante. Mais, dans son état d'esprit, il ne pouvait qu'obéir à des jugements vagues et hâtifs, à des impulsions contradictoires. L'abbé Pradinas avait été mobilisé dans une formation sanitaire. Dommage. Il eût été intéressant d'avoir son opinion sur la grande tuerie qui déshonorait le monde chrétien. Si Dieu existait, pourquoi autorisait-il de semblables choses? Si l'Église était toute-puissante, pourquoi ne savait-elle pas interdire aux fidèles de porter les armes? Et comment se faisait-il que chacun des deux adversaires pût prier, avec les mêmes mots, devant la même croix, pour l'extermination méthodique de son prochain? Le remplaçant de l'abbé Pradinas était un vieux curé à demi sourd, obèse et charitable, envers qui Jérôme n'éprouvait pas la moindre sympathie. « J'écrirai à l'abbé, se dit Jérôme. Je lui expliquerai ce que je pense. Il me répondra... » Il but un second verre d'eau. N'était-il pas étrange que l'abbé Pradinas eût été mobilisé, et que lui, Jérôme, fût resté sur place? Trop jeune pour la guerre de 70, il était trop vieux pour celle de 14. Mais que signifiait l'âge? A cinquante ans, il était plus robuste que bien des blancs-becs qu'on avait envoyés au front. Tout en exécrant l'état militaire, il n'était pas à son aise dans cette position privilégiée. Comme s'il eût pris indûment la place de Pierre auprès d'Amélie! Comme si Pierre ne fût parti que pour permettre à son beau-père de ne pas changer d'existence! C'était absurde, il le savait bien! Et Amélie était incapable d'une pareille pensée! Mais, à tort ou à droit, il se sentait constamment fautif en sa présence. Soudain, il se dit que, seule dans sa chambre, elle attendait la naissance d'un enfant dont le père était peut-être déjà mort. Une horreur froide le saisit à la racine des cheveux. Il serra les poings. La conscience de son inutilité, de son impuissance, lui était odieuse. De nouveau, le souvenir de l'abbé Pradinas traversa son cerveau. Il avait envie de se plaindre à lui, de lui reprocher le mauvais fonctionnement du monde. « Quand il reviendra... S'il revient!... » Il glissa une main entre sa chemise et sa peau, sur sa poitrine, à l'endroit du cœur. Puis, n'y tenant plus, il sortit de la cuisine, monta l'escalier, s'arrêta devant la chambre d'Amélie et frappa timidement à la porte.

« Entre, papa. »

Elle était assise devant sa table et écrivait une lettre. Il demanda :

« Je te dérange?

— Mais non. Tu as vu Mme Croux? »

Il n'osa mentir et balbutia :

« Oui... juste là... en sortant...

— Elle t'a rassuré?

— Oh! je n'avais pas de crainte! »

Elle sourit. Elle était calme, pâle, avec des yeux cernés, des lèvres sèches et des sourcils très noirs. Elle reprit :

« Tu vois, j'écris à Pierre.

— Tu n'as pas son adresse!...

— Si, au 300e d'infanterie, 17e compagnie, à Tulle. Il paraît qu'on fait suivre. Je lui dis qu'aujourd'hui, 27 août, nous sommes toujours sans nouvelles de lui ; que nous nous portons bien ; qu'il doit nous prévenir s'il a besoin de quelque chose ; que son fils naîtra probablement vers la fin octobre ; que, d'ici là, peut-être, la guerre sera terminée... »

Jérôme écoutait, approuvait, l'œil trouble. Plus Amélie se montrait raisonnable, et plus il avait de peine. Il finit par dire :

« Tu lui feras aussi une lettre pour moi. Je te dicterai. »

*

Denis se retrouva, désœuvré et déçu, dans la forge vide. Ce qu'il avait entendu ou rien, c'était la même chose. Jérôme parlait trop bas et la sage-femme trop vite. En tout cas, l'événement était bien pour octobre. Cette promesse formelle intéressait le garçon au plus haut degré. Il avait beau savoir comment « cela » se passait pour les bêtes, l'idée qu'Amélie portât un bébé dans son ventre le laissait émerveillé et incrédule. Après l'avoir longtemps considérée comme une sœur, c'est-à-dire comme un être sans sexe défini et sans utilité véritable, il lui était difficile d'imaginer qu'elle fût une épouse et se préparât même à devenir une mère. Depuis qu'elle était revenue à la Chapelle-au-Bois, il l'observait à la dérobée et le mystère de l'organisme féminin obsédait son esprit. Il songeait à des étreintes approximatives. On se déshabillait plus ou moins. On s'embrassait. On se frottait peau contre peau. Pour le reste, quelques points demeuraient obscurs. Mais le résultat était indéniable : au bout de neuf mois, un enfant. Une certaine fierté lui venait du fait qu'il avait une sœur enceinte. Il lui semblait que cela le posait, dans le pays. Il sourit à ce neveu en gestation, qui, un jour ou l'autre, lui devrait le respect, et se mit à la meule pour affûter les couteaux et les ciseaux qu'on avait apportés la veille. La pédale ronflait. La pierre tournait. Les étincelles bleues sautaient en sifflant au ras des ongles. Jérôme ne revenait toujours pas. Vers six heures, à son habitude, Léonard, qui était apprenti chez le cordonnier, passa devant la forge en sifflant. Denis lui fit signe d'approcher. Ensemble, ils jouèrent à lancer des couteaux contre une planchette en bois. Ce n'était pas très amusant, mais que faire d'autre? Puis, ils pourchassèrent la pie avec des cailloux. Elle leur cria son indignation et s'en fut, sautillante. Léonard rit un bon coup, la bouche fendue, l'œil en boutonnière et les oreilles rouges. Après, il y eut un silence. Assis à croupetons sur le seuil de la forge, les deux camarades regardaient la poussière entre leurs sabots.

« Où il est, ton père? demanda Léonard.

— Chez ma sœur sans doute, dit Denis.

— Elle va bien? »

Denis haussa les épaules d'un air désabusé :

« Oui et non, tu sais ce que c'est, dans son état...

— C'est tout de même rigolo, cette histoire!

— Quelle histoire?

— Qu'elle va avoir un petit!... »

Il gloussait de joie.

Denis fut vexé, comme si, par ses éclats de rire, Léonard eût porté atteinte à la dignité de la famille.

« Ça n'a rien de rigolo, dit-il. C'est la nature...

— La nature de l'amour! » dit Léonard.

Et il leva un doigt.

« Pour ce que tu y connais! » dit Denis.

Léonard convint sans peine qu'il n'était pas un spécialiste des questions sexuelles. Sa passion, c'était la guerre. Il changea de conversation avec entrain :

« T'as vu l'exploit du lieutenant aviateur Césari? Pan! dans le hangar à dirigeable! Ce que j'aimerais être aviateur, moi! A dix-huit ans, je m'engage!

— La guerre sera finie, dit Denis.

— Pas sûr! Comment que je les bousculerai, les salauds! Et tac! Et tac! »

Il grimaçait, les sourcils froncés, l'œil terrible, des gouttes de sueur sur son front bas. Gagné par l'émulation. Denis regretta de ne pouvoir participer immédiatement à la défense de la patrie. Il songeait à Pierre Mazalaigue. Le rejoindre sur la ligne de feu. Monter à l'assaut avec lui. Coude à coude. Baïonnette au canon. Dans le sifflement des balles, les explosions des obus et les appels des clairons héroïques. « En avant! Vive la France! »

« Moi, j'irai dans l'infanterie, dit-il.

— Pourquoi?

— Parce que mon beau-frère y est. »

En fait de mobilisés, Léonard ne pouvait se prévaloir que d'un cousin, originaire de Treignac. C'était maigre. Il grommela :

« Dans l'infanterie, on se fait descendre comme des lapins.

— Je suis tranquille pour mon beau-frère, dit Denis. Tu te rappelles l'incendie? Comment il est monté sur le toit! Il n'a peur de rien! Il se tire de tout! Qu'est-ce qu'ils vont prendre avec lui, les casques à pointe!... »

Léonard fit une moue dubitative. Denis se tut, la poitrine pleine d'un affolement délicieux. L'admiration qu'il éprouvait envers Pierre Mazalaigue était pour lui-même une récompense. Il s'en trouvait réconforté et ennobli. Au bout d'un moment, il dit d'une voix faussement désinvolte :

« Tu sais, pour moi, ce n'est pas seulement le mari de ma sœur; c'est un ami.

— Je sais », grogna Léonard.

Et, pour ces seules paroles, Denis lui pardonna tout le reste.

3

LE père Piquerelle descendait la rue, les genoux fléchis, le chef branlant, une épaule plus basse que l'autre. Sa sacoche bourrée de lettres le tirait en avant. Debout sur le seuil de la boutique, Amélie attendait avec impatience l'instant où il lèverait la tête pour saisir son regard et y lire une réponse à l'angoisse qui la tourmentait. Mais, comme par taquinerie, il s'obstinait à tenir les yeux au sol. Tous les matins, depuis huit jours, il en était ainsi. Après avoir longtemps guetté le passage du facteur, elle rentrait dans la maison, les mains vides. Quinze pas, dix pas... La distance, entre eux, diminuait, et en même temps l'espoir. Soudain, au moment où Amélie avait déjà accepté sa déconvenue, l'homme dressa le cou, tel un cheval tiré par la bride. Sous la casquette trop petite, son vieux visage velu, moussu, se contracta dans un sourire. Il cligna de l'œil. Qu'est-ce que cela voulait dire? N'osant comprendre, Amélie s'avança à sa rencontre, comme fascinée. Et le miracle se produisit. Plongeant la main dans sa large poche de cuir noir, le père Piquerelle en extirpa une lettre. L'écriture de Pierre sur l'enveloppe! Amélie eut un éblouissement. Son cœur bondit, haut et fort. Elle balbutia :

« Merci. »

Puis, la lettre serrée entre ses doigts tremblants, elle se précipita dans le magasin. Derrière un brouillard dansant, elle vit Mme Pinteau qui écartait les bras, s'écriait, appelait Jérôme, Denis, ouvrait des portes. Traversant ce tumulte, Amélie s'abattit sur une chaise, dans la cuisine, et décacheta l'enveloppe frappée d'un cachet rond : « Trésor et Poste. » Une feuille de papier quadrillée, pliée en quatre. Des mots tracés au crayon. Son regard survola rapidement le texte grisâtre, piqua quelques phrases au hasard : « Ne t'inquiète pas... », « je vais bien... », « on ne risque rien... », « comment te portes-tu?... » Soulagée pour l'essentiel, elle revint en arrière, déchiffra la date : « 23 août 1914. » On était le 3 septembre. La lettre reculait devant ses yeux. Elle dut se contraindre pour lire lentement, posément, sans passer une ligne :

Ma chère petite femme,

J'espère que tu as reçu les précédentes lettres. Moi, je viens seulement d'avoir celle où tu me dis que tu te prépares à partir pour la Chapelle-au-Bois. Aussi est-ce là que je vais t'adresser la présente. Je suis bien content que tu fermes le café. Tu peux tout laisser à la cave. M. Florent m'a promis qu'il irait y jeter un coup d'œil, de temps en temps. J'ai aussi écrit à M. Hautnoir. Vu la situation, il va sûrement nous accorder des délais pour les billets de fonds. Je me suis renseigné ici. C'est régulier. Donc, ne t'inquiète pas pour les affaires. Ni pour moi, qui vais bien. Sauf que j'aimerais t'embrasser sur ta jolie bouche. J'y pense souvent, et cela m'échauffe. Je suis dans un pays qui n'est pas tout à fait la Hollande et pas tout à fait la France, tu comprends? Sur notre vie, je ne puis te dire grand-chose, car ma lettre ne t'arriverait pas. Tu me demandes si nous mangeons bien et dormons bien. Comment veux-tu que je dorme bien loin de toi, ma petite poupée si douce à toucher de partout? Depuis quinze jours, je n'ai pas retiré mes chaussures. Et je laisse pousser ma barbe. On n'a pas le temps de s'occuper de cela. Si tu me voyais, tu aurais peur! Mais, sois tranquille, on ne risque rien. On est solides. Quand la peine me prend, je sors ta photographie. Tous les copains la connaissent et me l'envient. J'en ai une jolie femme! Lorsque je la reverrai, je la tuerai de baisers, des pieds à la tête, en m'arrêtant, le temps qu'il faut, aux meilleurs endroits. Comment te portes-tu? J'espère que tu es prudente. Tu seras au calme chez ton père. Fais-moi un joli fils. Et sans trop souffrir. A l'idée que ton cher petit corps blanc et potelé pourrait avoir du mal, je me sens devenir moi-même tout malade. Ne m'envoie pas de mandat-carte : je n'ai guère l'occasion de dépenser de l'argent. Lis-tu les journaux? Que disent-ils? Ici, on espère que cela sera fini avant l'hiver. Tous les camarades du pays, au 300e, sont en bonne santé. Fais-le savoir autour de toi en donnant mon bonjour à tous. Salue bien ton père et Denis de ma part, ainsi que Mme Pinteau. Ne porte pas peine pour moi. Et reçois de bons baisers de ton mari, qui voudrait tant te revoir pour te prouver combien il t'aime.

PIERRE.

Elle ferma les yeux, pour mieux sentir se prolonger en elle la vibration d'une voix aimée. Il était vivant! Il pensait à elle! Il l'imaginait plus belle qu'elle n'était! L'affreuse séparation aurait servi au moins à lui dérober la vue de sa femme, déformée par les dernières semaines de la grossesse. Ce souci de coquetterie lui fit honte, en un pareil moment. Mais elle ne pouvait s'en dédire. Avidement, elle revint à la lettre, la relut et rougit de la hardiesse dont témoignaient certaines expressions. Il y avait là un mélange de fatigue et de crasse, d'ennui et d'amour refoulé, qui prenait à la gorge. Elle évoquait son Pierre, hâve et barbu, affalé dans la paille, écrivant la lettre sur son genou. Une pitié incoercible se mêlait à sa joie. A demi inconsciente, le cœur chaviré, les paupières soulevées par un flot de larmes, elle détacha les yeux du papier et vit, devant elle, son père, Denis, Mme Pinteau qui l'observaient, silencieusement. Elle ne les avait pas entendus entrer. Jérôme demanda :

« Alors? »

Elle eut la force de sourire :

« Ça va bien!

— Que dit-il au juste?

— Rien de précis, il est en bonne santé... il vous salue...

— C'est tout? »

Elle devina qu'il eût aimé en savoir davantage.

« Tiens », dit-elle en lui tendant la lettre.

Son geste la surprit elle-même. Soudain, elle ne ressentait plus de gêne à l'idée que son père pût prendre connaissance de ces allusions intimes. La gravité des circonstances était telle, que toute nouvelle, venant du front, était chaste et respectable.

« Je peux lire, moi aussi ? demanda Denis.

— Non, dit Amélie. Papa, seulement ! »

Et elle rougit, tandis que Denis, mécontent, haussait les épaules.

Sur ces entrefaites, la clochette du magasin tinta et Mme Pinteau se jeta hors de la cuisine pour recevoir les clients. Amélie se félicita intérieurement de ce départ, qui la laissait seule avec son père et son frère en un moment de douce émotion familiale. Jérôme, tenant le papier en main, s'approcha de la fenêtre. Il lisait difficilement, en fronçant les sourcils et en remuant les lèvres sur de petits noyaux de syllabes réfractaires. Enfin, il replia le feuillet, le rendit à Amélie et dit :

« Je suis content pour toi, ma fille. Tu as un bon mari, qui est courageux et qui t'aime. Je te souhaite beaucoup de lettres comme celle que je viens de lire. »

Le timbre de sa voix était sourd. Sa moustache pendait d'un côté, se relevait de l'autre. Il y avait dans ses yeux de l'eau et de la lumière. Amélie se réfugia contre sa poitrine. Il reniflait, se raclait la gorge et lui tapotait le dos du plat de la main.

Tout à coup, la porte s'ouvrit et Mme Pinteau reparut, un doigt sur les lèvres et l'œil pétillant de malice.

« C'est M. et Mme Calamisse, dit-elle. Ils ont appris par le facteur que vous aviez une lettre. Ils viennent aux nouvelles... »

Amélie eut un haut-le-corps.

« Je ne peux pas leur lire ma lettre ! » s'écria-t-elle.

Mme Pinteau, désappointée, laissa retomber ses mains sur ses petites hanches grasses. Jérôme prit un visage soucieux.

« Ils t'ont lu la leur, Amélie, dit-il.

— Mais, dans la leur, il n'y avait rien de... de personnel... Et ici... il y a... enfin, tu le sais bien, papa !... des passages uniquement pour moi !...

— Tu les sauteras...

— Comme c'est commode!...

— On ne peut guère faire autrement, Amélie. Une chose comme ça ne se refuse pas. »

La sonnette retentit encore. Sans doute, la nouvelle faisait-elle son chemin dans le bourg.

« Alors? Qu'est-ce que je leur dis? demanda Mme Pinteau.

— Dites-leur de venir ici », soupira Jérôme.

Ils entrèrent : les Calamisse d'abord, puis Mme Ferrière, puis M. Marchelat, puis M. et Mme Barbezac, le boulanger du coin, le boucher et sa femme... Une dizaine de personnes qui toutes avaient quelqu'un au 300e. Cette circonstance les rapprochait dans l'attente et l'échange des informations. On prit place dans la cuisine, avec des tousseries et des excuses :

« On vous dérange!

— Je ne voulais pas venir. C'est ma femme...

— A charge de revanche!

— Et M. Ferrière qui n'a pas pu! Je lui raconterai!...

— Asseyez-vous donc!

— Que non! Je suis mieux debout! Alors! ma petite Amélie, te voilà contente en tout et pour tout, j'imagine! »

Devenue le centre de l'attention, Amélie avait de la peine à vaincre sa timidité. Troublée par tant de regards, elle entendait mal ce qu'on lui demandait, répondait à contretemps, et souriait d'un air absent et malheureux. Enfin, le silence s'étant fait, elle tira la lettre de son corsage et commença la lecture d'une voix atone. Malgré sa connaissance du texte, elle craignait de se laisser emporter par l'élan et d'en dire plus qu'elle ne l'aurait voulu. Avant d'arriver au premier passage licencieux, elle sentit que le sang enflammait ses joues. Sa langue s'embarrassait. Tout le monde, elle en était sûre, avait déjà deviné la cause de sa gêne. En hâte, elle remplaça les mots d'amour qui lui venaient aux lèvres par quelques : « Heu... Heu... », lamentablement étirés, et se jeta sur la première phrase convenable, comme un naufragé empoignant une épave : « Je suis dans un pays qui n'est pas tout à fait la Hollande et pas tout à fait la France, tu comprends? » Ses hésitations la reprirent aux alentours de la « petite poupée si douce à toucher de partout ». Pour s'excuser, elle balbutia :

« C'est très mal écrit... au crayon... on peut à peine lire... »

Et, déjà, il fallait prendre garde aux « baisers sur les meilleurs endroits ». Elle ne respira vraiment qu'après avoir passé le cap du « petit corps blanc et potelé ». Les derniers mots furent salués par des murmures de sympathie. Amélie, sortant de l'épreuve, se découvrait tout heureuse de l'avoir subie. Maintenant, elle était à la fête. On la complimentait. On l'embrassait. On lui souhaitait du bonheur. Pendant que les femmes se groupaient autour d'elle, les hommes se remettaient à parler de la guerre. Les nouvelles étaient mauvaises. Devant Charleroi, les troupes françaises se repliaient en ordre. Les Allemands marchaient sur Paris. Un corps de cavalerie ennemi se trouvait dans la forêt de Compiègne. Le gouvernement se réfugiait à Bordeaux. Des bribes de ces informations parvenaient aux oreilles de la jeune femme. Mais elle refusait de leur prêter attention par peur de détruire la merveilleuse joie, qui, pour quelques heures encore, allait rayonner sur sa vie.

*

Au cours de la journée, elle relut la lettre à huit reprises, cinq fois pour son plaisir personnel, et trois fois, dans la version expurgée, à la demande de quelques voisins. Ces visites entretenaient son esprit dans un état de surexcitation fiévreuse. C'était encore dans le magasin, auprès de Mme Pinteau, qu'elle était le plus à son aise. Les entrées et les sorties des clientes, les menus propos échangés en pesant la marchandise ou en rendant la monnaie, tout, ici, l'amusait et lui donnait envie d'être sociable. Vers six heures du soir, requise par ses obligations de future mère de famille, elle plaça une chaise devant la porte de la boutique et s'assit, seule, à l'ombre, pour travailler encore à une brassière. Les dimensions de ce vêtement de poupée incitaient l'âme à des attendrissements sans fin.

Il y avait dix minutes à peine qu'elle était à l'ouvrage, quand elle vit Antoinette Eyrolles descendant la rue, le chignon à l'air, tout doré de soleil, la jupe ample, flottante, et un panier au bras. Son visage était durci dans une expression arrogante. Assurément, selon son habitude, elle se préparait à ne pas reconnaître son ancienne amie. Cependant, Amélie, en la regardant venir, ne pouvait se défendre d'une inquiétude houleuse et charitable. Tout son passé bougeait en elle, se remettait à vivre. Mme Pinteau lui avait dit qu'Antoinette s'était fiancée, juste avant la déclaration de la guerre, avec un fils Roubaudy, caporal au 263e. Jean Eyrolles, de son côté, avait été mobilisé dans l'artillerie. N'était-il pas temps d'oublier les vieilles querelles pour se réconcilier dans la grande peine commune? Tous ces hommes, au loin, devaient vouloir que, derrière eux, il y eût de la concorde entre les femmes et les filles. Comme Amélie formait cette réflexion, Antoinette passa devant elle, en faisant mine de ne pas la remarquer. « Pauvre sotte! » Un flot de sang monta au visage d'Amélie. Portée par la compassion, l'indulgence, elle se leva, fit deux pas en avant et cria faiblement :

« Antoinette! »

La jeune fille ralentit sa marche, hésita, tourna la tête. Une stupeur dilatait ses prunelles. Sa bouche tremblait. La colère, en se retirant, mettait son visage à nu. Soudain, elle se précipita vers Amélie et posa son panier à terre. Les deux amies s'embrassèrent en pleurant.

« Pardonne-moi! dit Antoinette. J'aurais dû venir à toi la première! Je suis bête!...

— Mais non, dit Amélie. Ce n'est rien. J'ai su que tu étais fiancée. Je te félicite. As-tu des nouvelles de ton promis?

— Pas encore!

— Et de ton frère? »

Antoinette parut déconcertée par cette question. Une ombre rancunière assombrit son regard. Puis, se ravisant, elle mit cette curiosité sur le compte d'une amitié persistante et inoffensive.

« Jean va bien, dit-elle en souriant. Nous avons eu une lettre de lui, ce matin même.

— Moi, ce matin, j'ai reçu une lettre de mon mari », dit Amélie.

Elle eût aimé qu'Antoinette lui demandât des détails. Mais l'autre n'osait pas encore se montrer si familière. Prenant les mains d'Amélie, elle murmura :

« Je te fais rester debout ! Ce n'est pas bien dans ton état !

— Mais si, justement ! Tu n'y connais rien ! » s'écria Amélie.

Elles rirent un peu, face à face, heureuses de leur entente retrouvée. Mais elles ne pouvaient rester indéfiniment dans la rue. D'ailleurs, Antoinette était pressée. On l'attendait à la maison. Elles s'embrassèrent encore en se quittant. Incontestablement, la jeune fille avait évolué à son avantage pendant ces derniers mois. La conscience du danger que couraient quelques êtres chers avait apporté à son caractère une note appréciable de décence et de gravité. Sans voir en elle une amie, une confidente possible, Amélie reconnaissait qu'il lui serait agréable de la rencontrer encore, de temps en temps. « Nous ferons du crochet ensemble. Nous parlerons de nos absents... » Déjà, sa vie à la Chapelle-au-Bois s'organisait, s'installait, sans qu'elle y prît garde. Elle frémit en pensant à la puissance de l'habitude, qui creusait son lit même dans le malheur. Tout à coup, il lui fallait convenir de cette chose atroce, à peine concevable : elle pouvait exister, manger, parler, dormir, loin de Pierre !

Le soir, après le souper, elle s'enferma dans sa chambre pour continuer à orner le berceau, qui était une panière à linge capitonnée et habillée de crêpe de Chine blanc. Des volants froncés couraient tout autour de la nacelle. Au-dessus, Jérôme avait fixé trois cerceaux en osier. Amélie cousait l'étoffe sur cette carcasse bombée et légère. Devant, elle voulait un grand nœud de satin bleu ciel. A l'intérieur, on placerait une paillasse en balle d'avoine et un oreiller de plume rêche. Les draps brodés, les taies d'oreiller minuscules, les couvertures de laine, tout était prêt. « Est-il possible qu'à cet endroit, où il n'y a rien encore, un jour repose un être à qui j'aurai donné la vie ? » Elle tirait l'aiguille. Son épaule s'engourdissait, elle s'arrêta de travailler, repoussa son ouvrage. « Cela peut attendre. Je suis si lasse!... » Il faisait chaud. La lampe à pétrole dégageait une senteur fade et grasse. Du bourg assoupi ne venait pas la moindre rumeur. Certaines phrases de la lettre chantaient dans la mémoire d'Amélie : « J'aimerais t'embrasser sur ta jolie bouche... Ton corps blanc et potelé... Les meilleurs endroits... » Son ventre pesait lourd. Ses seins étaient gonflés, douloureux au bout. Elle eut envie de respirer l'odeur de Pierre. Elle essayait de s'en souvenir. Comment était-ce? Elle fermait les paupières, se raidissait des talons aux épaules. Mais le plaisir se détournait d'elle. Abandonnée, la chair en feu, les yeux secs, elle défit son corsage, retira ses souliers. La dureté du plancher monta dans ses chevilles. Le long de ses bras, au creux de sa poitrine, entre ses omoplates, coulèrent comme des frissons de petit-lait froid. A demi nue, elle marcha un moment dans la chambre, puis, ayant jeté un dernier coup d'œil au bureau, elle s'assit devant sa table, prit un papier, une plume et écrivit :

Mon cher Pierre,

Enfin une lettre de toi, la première depuis que tu as quitté le dépôt de Tulle. Imagine ma joie en recevant ces nouvelles, en date du 23 août, qui, sans me rassurer pleinement, ont pu toutefois apaiser mes plus vives inquiétudes. Ai-je besoin de te dire que je ne cesse de penser bien tendrement à toi dans la terrible épreuve que nous traversons?...

4

MAINTENANT, pour Amélie, le personnage principale de la Chapelle-au-Bois était le père Piquerelle, avec sa casquette à cocarde et sa sacoche en cuir noir. De lui seul dépendait qu'elle passât une bonne ou une mauvaise journée. Comme tous les habitants du bourg partageaient cette façon de voir, le facteur se prenait volontiers pour un dispensateur de miracles. Les verres de vin qu'on lui offrait un peu partout l'aidaient à se maintenir dans l'idée euphorique de son importance.

Après deux semaines d'engorgement, il n'y avait plus trop à se plaindre du service postal. Des lettres arrivaient du front, tous les deux ou trois jours, par grosses fournées. Dans le même lot, des missives récentes voisinaient avec d'autres très anciennes, qui avaient déjà perdu leur intérêt. Selon l'usage, on continuait à se communiquer les moindres nouvelles entre maisons. Mais la crainte de la censure, et peut-être aussi le scrupule d'alarmer inutilement les familles, incitait la plupart des hommes à n'écrire qu'avec une extrême réserve. Amélie regrettait que Pierre employât toujours dans sa correspondance les mêmes expressions banales : « Ne porte pas peine pour moi, je ne risque rien... Il y a trois jours, nous avons eu un engagement un peu vif, mais, depuis, on est vraiment tranquilles... Je ne peux pas te dire où nous nous trouvons, mais tout le monde a bon moral malgré la fatigue... » Finalement, aux yeux de la jeune femme, la seule utilité de ces lettres était de prouver que, cinq jours auparavant, leur auteur était encore en vie. Cependant, *Le Courrier du Centre* publiait les premières listes de morts au champ d'honneur pour la région : « Soldat volontaire Jules Médéric, du 50ᵉ d'infanterie, tué à l'ennemi... Martial Langlade, caporal au 107ᵉ d'infanterie, tué à l'ennemi... caporal réserviste Lafon, du 173ᵉ d'infanterie, tué à l'ennemi... » La plupart étaient décédés depuis au moins trois semaines. En lisant ces noms inconnus, Amélie approchait de la catastrophe. Le massacre avait réellement commencé. Par extraordinaire, aucun enfant de la Chapelle-au-Bois ne figurait encore au nombre des victimes. A la porte de la mairie, chaque soir, M. Calamisse faisait afficher le communiqué officiel qu'il recevait de la préfecture. A côté, il y avait une place ménagée, dans un cadre, pour les annonces nécrologiques. Tout le monde savait que cette chance ne pouvait pas durer longtemps. On attendait le premier deuil. Sur quelle famille allait-il tomber? Les gens bien informés disaient que la retraite de Belgique et la bataille de la Marne avaient été très meurtrières. A n'importe quelle heure du jour, des femmes entraient furtivement dans la petite église pour s'abîmer en un murmure de prières et essayer de tirer à elles toute la bienveillance de Dieu.

Ce fut le mercredi 23 septembre, entre deux et trois heures de l'après-midi, que la chose inévitable arriva. Denis était parti avec la brouette pour livrer des outils à la ferme du Tourtillou. Mᵐᵉ Pinteau se tenait au magasin. Amélie et son père faisaient les comptes dans la forge. Par la porte ouverte, on apercevait le coin de la rue. Soudain, M. Calamisse parut au tournant, vêtu de ses habits du dimanche, le visage blanc sous son chapeau noir. Il suffisait de le voir pour comprendre ce qu'il allait faire. Amélie, défaillante, porta les deux mains à sa bouche. Jérôme sortit de l'atelier et demanda :

« Où vas-tu, Calamisse?

— Chez les Ferrière.

— Le fils? L'Antonin?...

— Oui », dit Calamisse.

Il baissa la tête, comme si tout était de sa faute.

« Misère! dit Jérôme. Un gars si solide, si gai, qui leur donnait tant de fierté à tous! Que s'est-il passé?

— Un éclat d'obus...

— Tu as reçu l'avis à la mairie?

— J'ai reçu l'avis. Et, à présent, il faut le leur dire. Ce n'est pas un travail que j'aime, tu sais. Je me sens comme si j'allais faire du mal par plaisir!

— Je vais avec toi.

— Non. On serait trop de deux. Laisse-les pleurer seuls le gros de leur peine.

— Quand, alors?

— Ce soir, avant la soupe. Ils auront eu le temps de se ressaisir. C'est ce que je conseille à tous ceux qui veulent leur dire un mot d'amitié.

— A ce soir donc, Calamisse.

— A ce soir, Aubernat. »

Lorsque M. Calamisse fut parti, Jérôme retourna auprès de sa fille. Elle avait entendu. Ils échangèrent un regard. Ni elle ni lui n'avaient envie de parler. Ce premier deuil plaçait le bourg sous la loi commune. On eût dit qu'après avoir longtemps erré aux alentours, la mort avait découvert l'entrée de la Chapelle-au-Bois. Maintenant qu'elle connaissait le chemin, on pouvait s'attendre à de fréquentes visites.

« Tu me préviendras quand tu voudras y aller », dit Amélie.

Un peu avant sept heures, ils se mirent en tenue de condoléances, fichu noir pour elle et chapeau noir pour lui. La mauvaise nouvelle avait déjà pénétré dans toutes les ruelles du bourg. Bien des gens se hâtaient vers le champ de foire, où les Ferrière avaient leur demeure. Quand Amélie et Jérôme arrivèrent devant la vieille maison basse, toiturée de chaume et épaulée par deux tas de fumier baveux, quelques personnes attendaient la permission d'entrer : M. et Mme Marchelat, Mme Calamisse, Mme Barbezac, la sage-femme, les époux Péchadre, le père Piquerelle... De l'intérieur parvenait un bruit confus de sanglots et de meubles remués. Les parents achevaient l'arrangement funèbre pour la veillée. Enfin, le battant s'ouvrit dans un long bâillement affamé. Les visiteurs s'avancèrent, fascinés par le vide. Amélie cligna des yeux en plongeant dans un bain de ténèbres jaunâtres. Les volets étaient clos. Une lampe, à la mèche basse, mettait un rond de lumière au plafond. Un drap blanc cachait le devant d'une armoire à glace. Les chaises et les bancs étaient alignés contre le mur. Aux solives pendaient des pans de lard, des bottes d'oignons et une petite claie pleine de petits fromages à demi enfouis dans la paille. Sur la grande table cirée, il y avait la photographie d'Antonin, avec un bout de crêpe noué autour du cadre. Une porte était entrouverte sur la chambre du disparu. D'instinct, tous les regards se tournaient de ce côté-là. Mais on ne voyait qu'un lit vide et une bicyclette aux nickels étincelants appuyée contre une caisse. Le mort n'était pas chez lui. A droite de la pendule, dont le balancier avait été arrêté pour la circonstance, se trouvait Mme Ferrière en grand deuil. Son visage blême, tiré, à la bouche humide, oscillait sous des châles et des voiles couleur de suie. Le mari, à côté d'elle, s'était coupé la joue en se rasant. Ses cheveux mouillés, luisants, étaient divisés par une raie médiane. Son faux col blanc brillait dans l'ombre. Il tenait par la main le petit Marcel, huit ans, en tablier d'école et socques noirs. L'enfant était coiffé comme son père, avec une raie au milieu. Mme Ferrière fit un mouvement vers Amélie et l'embrassa en gémissant :

« Ah! ma pauvre petite! »

Sa voix tremblait, comme celle d'une chèvre. Contre sa poitrine, Amélie éprouvait le retentissement d'une série de hoquets nerveux. Des doigts aussi durs que des griffes couraient sur ses épaules. Enfin, Mme Ferrière se détacha de la jeune femme, aspira une grande bouffée d'air et se tourna vers Jérôme. Il lui saisit les mains et dit :

« On prend bien part, vous savez! »

Il dit la même chose à M. Ferrière, et l'autre soupira :

« Merci bien! »

A la porte, M. Calamisse faisait entrer les gens et les dirigeait vers la famille. La salle s'emplissait d'un traînement de semelles, d'un gargouillis de voix. Chacun, passant devant M. et Mme Ferrière, disait :

« On est près de vous, allez!...

— On est bien frappé pour vous!...

— On prend bien part!... »

Et M. et Mme Ferrière répondaient :

« Merci d'être venus! »

Le petit Marcel, lui aussi, disait :

« Merci, monsieur. Merci, madame... »

Dominant ce murmure, on entendait, de temps en temps, le mugissement d'une vache dans l'étable, qu'une cloison en grosses planches séparait seule de la cuisine. Une odeur de paille chaude et de lait aigre pesait dans l'air. Des mouches se promenaient au plafond. Amélie, prise de faiblesse, s'assit sur un banc. Mme Ferrière, selon l'usage, se mit à « parler » de sa douleur :

« Oh! mon Antonin! Ils t'ont enlevé à moi! Et jamais plus tu ne seras parmi nous! Et je ne peux même pas te voir dans ta belle mort! On te veille sans toi! On te pleure à corps absent!... Et c'est tout ce qui reste à ta pauvre mè-è-ère!...

— Calme-toi! Calme-toi, Mathilde! bredouillait M. Ferrière. Ça ne sert à rien de se déchirer!

— Il faut vous dire que c'est pour la France! » chuchota M. Calamisse.

Elle dressa le cou et renifla vivement :

« Eh! oui, bien sûr!...

— Vous avez donné votre fils à la France, reprit M. Calamisse un ton plus haut.

— Je n'ai rien donné! On me l'a pris! »

M. Calamisse ravala son ventre et se gonfla, par compensation, de la poitrine :

« Une mort si glorieuse... honore... honore ceux qu'elle frappe et tout leur entourage!...

— Il a raison, Mathilde », dit M. Ferrière timidement.

Il avait peur de paraître mauvais Français. Mais Mme Ferrière ne l'écoutait pas et retournait déjà à ses lamentations rituelles :

« Ah! mon pauvre Antonin! Si jeune et pas en peine pour l'ouvrage! Il était ma meilleure joie ici-bas! Comment va-t-on l'enterrer, puisqu'il n'est pas là?... »

Amélie serrait les dents, pour contenir le gros sanglot qui se formait dans sa gorge. Près d'elle, Mme Croux, la sage-femme à demi aveugle, se mouchait en marmottant :

« Et c'est moi qui l'avais fait!... Et c'est moi qui lui avais donné son premier bain!...

— Et il était tellement l'ami du mien! geignait Mme Calamisse.

— Et le mien, dans sa dernière lettre, me demandait encore de ses nouvelles! » soupirait Mme Barbezac.

Gagnées par l'émulation, les autres femmes pleuraient aussi, en songeant à leurs propres défunts, passés et à venir.

L'arrivée de M. le curé prit tout le monde au dépourvu. On ne s'attendait pas à le voir, car les Ferrière n'allaient jamais à l'église. Si Antonin était mort dans son lit, on l'aurait enterré civilement. Au milieu d'un grand silence, le vieux prêtre s'avança vers les parents, leur exprima ses condoléances, salua toutes les personnes présentes et sortit, voûté et noir. Après son départ, il y eut un moment de perplexité. Enfin Mme Ferrière dit :

« C'est aimable à lui d'être venu quand même! J'aurais peut-être dû lui demander de faire sonner les cloches pour mon Antonin?

— Tu n'aurais pas pu lui demander de faire sonner les cloches sans lui demander, en même temps, de dire une messe, grommela M. Ferrière. Et une messe, l'Antonin n'en aurait pas voulu!

— Pour de son vivant, il n'en aurait pas voulu!

— Et pour de son mort, non plus!

— Alors, nous allons rester comme ça?

— Qu'est-ce que tu voudrais d'autre?

— Je ne sais pas! Qu'on se passe de messe quand le corps est là, cela se comprend. Mais s'il n'y a ni corps, ni messe, alors quoi? on est dans le vide... on dit : il est mort... et c'est tout!... »

M. Ferrière glissa deux doigts entre son cou et son faux col blanc :

« Si tu crois que ce sera mieux avec une messe... Qu'est-ce que tu en penses, Aubernat?

— C'est une question personnelle, dit Jérôme. On ne peut pas conseiller. Chacun fait selon son cœur.

— Au cas où il y aurait un service religieux, dit M. Calamisse, on décorerait l'église avec des drapeaux.

— Avec des drapeaux? s'écria Mme Ferrière. Pourquoi? »

D'instinct, elle avait pris un air méfiant.

« Parce que votre fils est tombé au champ d'honneur, dit M. Calamisse.

— C'est vrai! » dit-elle.

Son œil calculait. Ses lèvres oubliaient de trembler.

« Avec des drapeaux, ce serait bien, dit M. Ferrière en hochant la tête.

— Eh! dame! reprit M. Calamisse, on lui doit bien ça, à l'Antonin. Après tout, c'est le premier mort du pays!... »

Il s'aperçut de son étourderie et essaya de se corriger en ajoutant :

« Le premier et le dernier, j'espère!

— Oui, dit M. Barbezac, il faut marquer le coup par une cérémonie. Sinon, on aura l'air de manquer d'usage, vis-à-vis des autres communes...

— Voulez-vous que j'en parle au curé? » demanda Jérôme.

Sa fille l'observa avec surprise. Il y avait de la conviction dans son regard. Tout en critiquant les prêtres, il devait penser, lui aussi, qu'on ne pouvait pas laisser partir Antonin sans une prière.

« Ce n'est pas un peu trop tôt? dit M. Ferrière. On pourrait voir dans un jour ou deux... se renseigner... réfléchir...

— Allons donc! Il y a trois semaines qu'il a déjà passé, le pauvre! grogna Jérôme.

— Trois semaines! Oh! mon grand! Oh! mon beau! » glapit Mme Ferrière.

Amélie frémit en songeant à ces trois semaines, durant lesquelles M. et Mme Ferrière avaient vécu comme des gens qui ont un fils, alors que celui-ci n'était plus qu'un cadavre mutilé, souillé et enfoui dans la terre.

« C'est bon, dit M. Ferrière. On fera la messe.

— Ne t'occupe de rien, dit Jérôme. Je verrai le curé. On s'entendra sur tout.

— Question de drapeaux, j'ai ce qu'il faut à la mairie », dit M. Calamisse.

Pour réagir contre la terreur qui la gagnait, Amélie se dit très vite que la mort était pour Antonin, pour le fils Calamisse, pour le fils Barbezac peut-être, mais pas pour Pierre puisqu'elle allait lui donner un enfant. Elle répétait intérieurement, avec une force sourde, obstinée, mécanique : « C'est im-pos-sible, im-pos-sible. » Soudain, elle eut un haut-le-corps. La porte venait de s'ouvrir. Denis parut sur le seuil. Amélie marqua une seconde d'hésitation avant de reconnaître son frère dans ce jeune homme raide, au veston noir étriqué, et aux pantalons à coupe droite. C'était la première fois qu'il s'habillait ainsi. Ses yeux brillaient comme des éclats de charbon. Dans la pénombre, on pouvait même supposer qu'il y avait une trace de moustache au-dessus de sa lèvre charnue. Sans doute était-ce Mme Pinteau qui lui avait dit, à son retour de la ferme, que tout le monde était chez les Ferrière aux condoléances. Il s'avança, porté par ses superbes pantalons, qui bombaient aux genoux. Il dit :

« J'ai su tout à l'heure. Je prends bien part...

— Merci, dit Mme Ferrière.

— Merci, dit M. Ferrière.

— Merci », dit le petit Marcel.

Ayant rempli ses devoirs, Denis vint se ranger près de son père, contre le mur.

« Je suis content que tu sois venu, dit Jérôme à mi-voix.

— J'ai fait le plus vite que j'ai pu », dit Denis.

Amélie le regardait du coin de l'œil et regrettait qu'il n'eût pas mis ses culottes courtes. Déguisé en homme, il échappait à l'idée qu'elle se faisait de lui. Où le suivre? Comment le comprendre?

Un nouveau groupe de gens venait d'entrer dans la salle. A leur intention, Mme Ferrière reprit son gémissement monotone :

« Ah! mon pauvre Antonin!... Et dire que je n'ai pas été là pour te fermer les yeux!.... »

Autour de la lampe, les visages étaient immobiles, comme des masques de cuir aux grosses coutures d'ombre.

Jérôme toucha le bras de M. Ferrière :

« Nous allons partir.

— Revenez pour la veillée. On fera du café.

— Je reviendrai, mais seul.

— Comme tu veux. Merci bien, en tout cas, pour la visite et le réconfort...

— C'est naturel. »

Jérôme sortit le premier. Amélie et Denis prirent congé à leur tour. Ils se retrouvèrent tous trois sur le champ de foire. La nuit était venue. La campagne était noire et tiède, palpitante et sans voix. Des étoiles brillaient, comme les lumières d'une grande ville dans le ciel.

5

« Mon cher Pierre,

« Ce matin, 8 octobre, j'ai vainement attendu ta lettre. Rien depuis six jours. Que se passe-t-il? Peut-être m'écris-tu des choses que la censure se refuse à admettre? Peut-être êtes-vous en mouvement, ce qui, comme tu me l'as déjà expliqué, retarde l'acheminement du courrier vers l'arrière? J'essaie d'être raisonnable, mais, pardonne-moi, l'inquiétude est la plus forte. Il est affreux de rester ainsi, sans rien savoir, dans le vide. Sois prudent, je t'en supplie. Ne prends pas de risques inutiles. Je t'aime tant! Où es-tu pendant que je trace ces lignes? J'ai lu dans les journaux qu'une grande bataille était engagée entre la Meuse et la Somme. Ai-je tort de t'imaginer dans cette région dangereuse? Réponds-moi vite, comme tu le peux, pour me rassurer. Il me suffit de penser à tes pauvres pieds blessés par les grosses chaussures, à tes épaules sciées par le poids du sac, pour que mon cœur se serre. Je voudrais te laver entièrement, te donner une bonne soupe et te voir sourire. As-tu reçu les caleçons et les chaussettes de laine? Mon Dieu! que cette guerre est donc abominable! Plus de deux mois! Ici, après avoir tremblé pour le sort de Paris, tout le monde a poussé un soupir de délivrance en apprenant que nos vaillants soldats avaient remporté la victoire de la Marne et contraint les Teutons à se replier. Malheureusement, il y a aussi de grands deuils pour certaines familles. Antonin Ferrière a été tué. Et, hier, on a affiché à la porte de la mairie le nom de Joseph Souleyrat, le fils de la garde-barrière. On parle aussi de plusieurs blessés. Je te communiquerai leurs noms dans ma prochaine missive. Ah! cette porte de la mairie!... Je ne peux la regarder sans frémir. Elle est le lieu d'où partent toutes les mauvaises nouvelles. En passant devant elle, les gens baissent la tête. Que te dire d'autre au sujet de la Chapelle-au-Bois? Comme tu le supposes, avec tous ces jeunes mobilisés, la vie, dans nos parages, est morne et bien difficile. On s'aide, d'une maison à l'autre, d'une ferme à l'autre, pour les travaux. Les femmes et les vieux ont pu faire à temps la moisson de sarrasin, et il y aura du foin en quantité suffisante. A la scierie, M. Eyrolles embauche des filles du pays et même de très jeunes garçons. Au moulin, il n'y a plus que le grand-père Françou et son petit-fils. Partout, il en est ainsi. Mon père et Denis vont, deux fois par semaine, dans les villages des alentours pour ferrer à la place des forgerons absents. Aujourd'hui; requis par les gendarmes, ils se sont mis en route, de bon matin, la mailloche sur l'épaule, pour le hameau de Petit-Mazière. Ils reviendront tard dans la soirée. Dans six jours, se tiendra ici le conseil de révision de la classe 1915. Pauvres gamins! J'en connais qui sont très fiers à l'idée de partir! Denis enrage d'être trop jeune pour s'engager! Il a bien changé depuis la dernière fois que tu l'as vu. Sais-tu qu'il parle de toi comme de son meilleur ami? Il espère que tu lui rapporteras un casque à pointe. Si tu pouvais lui écrire un mot, il serait au comble de la joie! Dimanche dernier, mon père est monté à pied, tout seul, au Veixou. Il en est revenu, le soir, avec un vieux débris de poterie romaine. Après le souper, il s'est assis sur le banc, dans le *cantou,* son morceau de terre cuite entre les mains, et il l'a longtemps regardé, comme pour en tirer une leçon. Enfin, il a dit : « Il faudrait apprendre aux hommes à aimer la vie. C'est parce qu'ils ne savent pas qu'il y a du bonheur dans chaque brin d'herbe, dans chaque pierre, qu'ils gâchent les chances de la paix... » Puis nous avons parlé de toi. C'était si bon de l'entendre dire qu'il t'avait en estime! De quel droit nous vole-t-on ces heures que nous aurions pu passer ensemble, toi et moi? Je songe à tous les jours perdus, à toutes les occasions manquées! Toi là-bas, moi ici! Ce n'est pas juste! On nous doit une réparation. Nous serons heureux, Pierre! Bientôt, très bientôt! Je le sens! Tu vas me trouver bien exaltée. C'est que, mon bien-aimé, je suis à quelques jours d'un grand événement. Oui, Mme Croux prévoit que l'accouchement aura lieu avant la fin de la semaine. Ne t'inquiète pas, je suis très courageuse. Quelle que soit ma douleur, je ne pousserai pas un cri. Il me sera doux de souffrir en pensant à toi. Comme convenu, nous le nommerons Richard. Je peux déjà te certifier qu'il sera très turbulent. Il n'arrête de bouger, sans ménagement pour sa pauvre mère! Par moments, il me semble que je pourrais saisir son petit pied au passage. C'est drôle! En tout cas, son trousseau est déjà prêt. Hier, Antoinette Eyrolles, avec qui je me suis réconciliée, est venue admirer le berceau. Bientôt, dans cette couche douillette, reposera ton fils, l'enfant que tu m'as fait! Pourvu qu'il te ressemble!

« Papa me conseille de rester à la Chapelle-au-Bois après mon accouchement. Il est très impressionné par les aéroplanes allemands, qui ont lâché des bombes sur Paris. Mais moi, je crois qu'une fois remise je partirai pour la capitale avec notre cher petit ange. Ici, Mme Pinteau me remplace fort bien pour le magasin et le ménage. Là-bas, en revanche, avec le café fermé, nous avons un manque à gagner considérable. Qu'en penses-tu? De toute façon, je n'envisage pas de retourner rue de Montreuil avant le mois de décembre. D'ici là, peut-être la guerre sera-t-elle terminée? Quand on songe à tous les gens qui souhaitent la paix dans le monde, on s'étonne que le carnage continue par la volonté de quelques-uns. Je parle de carnage et, autour de moi, la nature est si calme! Le jour baisse. Une cloche sonne. Un chien aboie. Est-ce un rêve? Écris-moi vite, mon cher mari. J'ai besoin de tes nouvelles pour vivre. Et dis-toi bien que, sans doute, au moment où tu recevras cette lettre, il y aura déjà dans ton existence un être de plus à aimer. Je t'embrasse avec tendresse et signe : ta femme pour toujours.

Amélie. »

Ayant relu sa lettre, Amélie glissa les feuillets dans une enveloppe, la cacheta et la retourna pour écrire l'adresse :

Caporal Pierre Mazalaigue
300e régiment d'infanterie
17e compagnie
12e corps

Bien qu'elle eût laissé passer l'heure de la levée, elle décida de porter immédiatement le pli à la poste. En hâte, elle jeta un châle sur ses épaules, descendit l'escalier et entra dans la cuisine pour prévenir Mme Pinteau qu'elle comptait s'absenter pendant quelques minutes. Mais Mme Pinteau n'était pas là. Sur la table, Amélie vit un paquet de farine, un cornet de sucre en poudre et un bocal de cerises. A côté, il y avait un grand bol ébréché dans lequel flottaient trois jaunes d'œufs. Intriguée par ces préparatifs culinaires, la jeune femme ne pouvait détacher les yeux des petites coupoles bouton-d'or qui dormaient sur un lac de mucosité translucide. Une nausée montait à ses lèvres. Elle se versa un verre d'eau et l'avala d'un trait. Dans l'évier, gisaient les coquilles rompues dont l'intérieur gardait une humidité brillante de salive. Un bruit de voix venait du magasin. Mme Pinteau parlait à une cliente. Amélie passa dans le couloir et s'avança jusqu'à la porte, qui était restée entrouverte, mais, au moment de franchir le seuil, elle se ravisa et fit un pas en arrière. Elle avait reconnu Mme Dieulafoy, coiffée de plumes de faisan et vêtue d'un tailleur bleu de coupe militaire, avec poches plaquées, passepoil garance et double rangée de boutons. Devant cette personne au profil altier, Mme Pinteau paraissait encore plus molle et plus obséquieuse que de coutume. Sa voix coulait de sa bouche comme l'eau d'un robinet mal vissé. Avec stupeur, Amélie comprit qu'il s'agissait d'elle dans ce long discours :

« Pensez donc! Depuis six jours qu'on est sans nouvelles! On serait inquiet à moins! Surtout que M. Mazalaigue est des plus exposés! Ah! j'aime mieux n'y point penser, que mon sang se glace! Et elle est si méritante avec ça, notre petite Amélie! Si dévouée pour son pauvre père et pour son pauvre frère! L'œil à tout et le cœur sur la main!... Nous attendons un garçon, oui, madame! Un joli petit Richard!... Et avec ça, madame?... Du sucre?... Je vous en mets pour combien?... »

Suffoquée par ce flot de paroles doucereuses, Amélie rentra dans la cuisine. La propension de Mme Pinteau à s'associer entièrement aux soucis et aux joies de la famille était, par moments, à peine supportable. « Il faudra que je lui dise d'être plus discrète, songea la jeune femme. Elle s'oublie! Elle passe la mesure! Et devant qui? » Une lie de mauvais souvenirs se levait du fond de sa mémoire. Mme Dieulafoy était la dernière personne envers qui elle eût souhaité que Mme Pinteau se montrât aimable. « Cette créature extravagante!... Cette... cette vilaine femme!... » Debout devant la table, Amélie regardait les œufs, pensait à ce qu'elle avait entendu, et des images de fluence et de viscosité se glissaient dans son esprit. Brusquement, elle se rappela sa lettre et sortit dans la rue, honteuse de s'être laissé retarder par des préoccupations si médiocres.

A son retour de la poste, elle trouva Mme Pinteau installée sur le banc, dans le *cantou*. Manches retroussées et fourchette à la main, elle battait les œufs en omelette.

« Ah! vous voilà! s'écria-t-elle en voyant Amélie. Je vous ai cherchée tout à l'heure. Savez-vous qui j'ai reçu au magasin? Mme Dieulafoy!

— Et alors? » demanda Amélie avec froideur.

Mme Pinteau posa le bol sur la table et fit une moue de complicité attendrie, qui lui brida les yeux et lui arrondit le menton :

« Elle m'a demandé de vos nouvelles.

— J'espère que vous avez su lui en donner.

— Pensez! Je n'étais pas en peine. Mais elle aurait voulu vous voir pour vous complimenter. J'ai vraiment regretté que vous soyez sortie. Une femme si distinguée! Elle est bien éprouvée aussi, la pauvre! Son mari a été mobilisé comme capitaine. La réquisition est passée au château. Il ne leur reste plus qu'un seul cheval à l'écurie. Elle est venue à pied. C'est une de nos meilleures clientes. Rien qu'aujourd'hui, elle m'en a commandé pour quarante-sept francs. Dix kilos de sucre, six kilos de riz, cinq kilos de café... Nous allons lui livrer tout cela demain!

— Elle ne peut pas le faire prendre?

— Eh! non! Avec la mobilisation, elle manque de personnel. Mais nous avons l'habitude. Denis y va avec la brouette. Ce n'est rien pour lui. Là-haut, Mme Dieulafoy lui donne la pièce.

— Et il accepte?

— Pourquoi pas? »

Dépitée, Amélie ne savait comment assembler les mots de sa réponse. Mme Pinteau, imperturbable et souriante, avait repris son bol. L'odeur des œufs battus s'évaporait dans la salle. Amélie demanda brièvement :

« Que faites-vous là?

— Vous ne devinez pas? susurra Mme Pinteau.

— Non.

— Un clafoutis. C'est demain le 9 octobre!

— Eh bien?

— Le 9 octobre, c'est la Saint-Denis. »

Amélie arrondit les yeux. Une vague de feu passa sur son visage. Que signifiait cet excès de zèle? Ce n'était pas à Mme Pinteau de décider s'il y avait lieu de préparer un gâteau pour la Saint-Denis. D'ailleurs, on n'avait pas l'habitude de souhaiter les fêtes dans la famille.

« J'avoue, murmura la jeune femme, qu'avec la guerre ces histoires de fêtes me paraissent, excusez-moi, un peu déplacées...

— Oh! je sais, je sais! soupira Mme Pinteau. Mais, cet enfant, il faut bien le gâter un peu, le pauvre! Un clafoutis, ce n'est pas grand-chose. Et il en aura tant de plaisir! Je suis sûre que vous vous régalerez, vous aussi!... Dans votre état, il n'y a rien de meilleur... Des œufs et du lait, ça fortifie!... Je me rappelle qu'à l'époque où j'attendais mon pauvre mien j'avais des envies de clafoutis à en périr... »

Amélie n'avait jamais aimé le clafoutis. Mais, aujourd'hui, rien qu'à entendre prononcer ce mot, elle se sentait horripilée et défaillante. Le visage de Mme Pinteau tremblait, se déformait, comme s'il eût été lui-même modelé dans une pâte onctueuse, avec des cerises noires à la place des yeux :

« On le mangera ce soir... Quand votre père et votre frère reviendront de Petit-Mazière... Ou demain, si vous préférez... C'est léger... Ça se digère bien... »

Incapable de dominer plus longtemps son exaspération, Amélie voulut insulter Mme Pinteau, la renvoyer, lui crier de se taire. Soudain, son cerveau se vida de toute pensée. Une vive douleur l'avait saisie aux entrailles. Étonnée, elle poussa un gémissement :

« Aïe! »

D'instinct, elle avait porté les deux mains à son ventre. Mme Pinteau prit un air de stupidité radieuse et demanda :

« Qu'avez-vous?

— Je ne sais pas, balbutia Amélie en rougissant. Je viens de sentir comme un pincement très fort...

— Nous y voilà! s'écria Mme Pinteau. C'est le mal joli qui commence!...

— Mais ce n'est pas possible!... La sage-femme... Aïe!... m'avait dit : pas avant trois ou quatre jours... »

Mme Pinteau joignit ses mains courtes, poudrées de farine :

« Notre petit diable en a décidé autrement! »

La souffrance diminuait. Décontractée, Amélie chuchota :

« C'est passé... Je ne sens plus rien... Vous êtes sûre que c'est cela?...

— Tout à fait sûre, ma mignonne! »

Amélie se redressa, effrayée par l'imminence de l'épreuve. Après avoir longtemps réfléchi à son accouchement comme à quelque chose d'inexorable mais de lointain, elle avait de la peine à croire que le moment fût enfin venu pour elle de mettre son enfant au monde. Tout à coup, elle se découvrait vulnérable, faible, ignorante, au point de ne pouvoir retenir ses larmes. Une lueur d'affolement passa dans ses yeux. Elle dit :

« Allez vite prévenir Mme Croux!

— Comptez sur moi! dit Mme Pinteau avec un robuste entrain de matrone.

— Est-ce que je peux rester debout en l'attendant?

— Certainement! Il vaut mieux marcher. Cela aide au travail. La souffrance ne revient pas?

— Si... On dirait... non... je me suis trompée... »

Elle s'assit, la face crispée, les coudes collés aux hanches.

« Pauvre petite! dit Mme Pinteau. Ah! mon Dieu! Ah! mon Dieu! J'y vais et je la ramène!... Ah! mon Dieu!...

— Fermez le magasin... Enlevez le bec-de-cane...

— Mais oui!... mais oui!...

— Qu'est-ce que vous attendez?...

— Voilà!... Je suis déjà partie!... Ah! mon Dieu!... »

Restée seule, Amélie monta dans sa chambre pour se préparer à recevoir la sage-femme. Son appréhension se transformait déjà en une griserie logique et farouche. Un brusque besoin la possédait de mettre de l'ordre autour d'elle avant le suprême effort. Elle inspecta la literie du berceau, ouvrit le tiroir où étaient rangés les vêtements du bébé, vérifia le niveau du pétrole dans le réservoir de la lampe, débarrassa la table de ses papiers et la recouvrit d'un linge propre. En même temps, elle parlait à mi-voix :

« Bon... ne rien oublier... Voyons... les épingles de nourrice, j'en ai... le coton, j'en ai... l'alcool, il est là... le talc aussi... »

Elle s'appuya au dossier d'une chaise, car la douleur revenait, hargneuse, précise. Les dents serrées, elle songea : « Maintenant, je sais ce que c'est. On peut le supporter. Je m'y habituerai à la longue. Même si cela devient plus violent, je ne me plaindrai pas. » Cependant, comme le mal continuait à monter, elle exhala une lamentation enfantine :

« Oh! ça alors!... »

Quand le spasme se fut apaisé, elle eut un frisson de fatigue. Il fallait profiter du répit pour se changer, se coiffer. Rapidement, elle se déshabilla, enfila une chemise de nuit en batiste blanche et jeta sur ses épaules le châle mauve qui lui venait de sa mère; ensuite, elle natta fortement ses cheveux et se regarda dans la glace. Ses yeux brillaient de fièvre dans un visage pâle et luisant. Un petit souffle court écartait ses lèvres gercées. Elle avait un mauvais goût dans la bouche : le parfum du clafoutis, pâte sucrée et cerises. C'était grotesque! Pourquoi Mme Pinteau n'était-elle pas encore de retour? Avait-elle seulement trouvé la sage-femme? Il était fort possible que Mme Croux fût retenue dans un village des environs. Que se passerait-il alors? Amélie fut prise de panique à l'idée qu'il lui faudrait peut-être accoucher sans le secours de personne. Comme une bête dans le creux d'un fourré. Il faisait déjà sombre dans la pièce. La maison était vide, silencieuse. Son père, son frère étaient loin. Nul ne se souciait de la pauvre Amélie! Ployée en deux par une nouvelle vague de souffrance, elle se jura qu'elle aurait le courage de donner le jour, malgré tout, à l'enfant dont Pierre l'avait chargée. L'instinct de la femme, de la mère, triompherait de tous les périls. Au comble de cette exaltation sublime, elle entendit une porte qui claquait au rez-de-chaussée et la voix de Mme Pinteau qui disait :

« Passez devant. Elle doit être montée dans sa chambre, la pauvrette!... »

6

AMÉLIE renversa la tête en arrière, et crispa ses mains à droite et à gauche, sur le bois du lit. Attaquée de l'intérieur, elle s'abandonnait à cette exigence aveugle, qui poussait, tordait, déchirait en elle de délicates et sensibles enveloppes. A bout de résistance, les viscères labourés, les reins rompus, elle émit un long cri inarticulé, qui lui râpa la gorge au passage. Sa face ruisselait de sueur. Ses yeux exorbités et brouillés de larmes découvraient l'étrangeté d'une lampe allumée, d'un rideau mal tiré, d'un linge pendu à un dossier de chaise. Le lieu où elle était ne se situait pas dans l'espace. Les heures qu'elle vivait n'appartenaient ni à la nuit, ni au jour. Et ce n'était pas elle qui bougeait ainsi, qui geignait ainsi... On avait glissé une planche sous le matelas pour éviter qu'il se creusât au centre. Le froid de la toile cirée traversait le drap et les alèzes. Amélie le sentait sur sa peau. Cela lui donnait des frissons. Ses dents s'entrechoquaient. La douleur devenait supportable. Elle pensa à une bête féroce, qui rentre en grognant dans sa caverne. Mais elle reviendra. Nul ne pourra l'en empêcher. Combien de fois encore? Endolorie, épuisée, Amélie entendait craquer le parquet autour d'elle. Mme Croux lui rafraîchit le front avec un linge humide :

« Cela va mieux maintenant, ma jolie?... Détends-toi... Repose-toi...

— Oui, madame. »

Ivre de gratitude, Amélie regardait, au-dessus d'elle, ce vieux visage, dont un œil était noir, brillant, et l'autre voilé d'une taie laiteuse. Toute la sagesse, toute la bonté du monde s'étaient réfugiées dans ces rides.

« Vous devriez lui faire respirer un peu d'eau de Cologne, dit la voix de Mme Pinteau. Ça lui mettra le cœur d'aplomb. »

Amélie eut un sursaut de révolte. Elle n'avait pas remarqué que Mme Pinteau était entrée dans la chambre. Depuis quand se trouvait-elle là ? Qui lui avait permis de venir ?

« Vous avez de l'eau de Cologne ? demanda Mme Croux.

— Oui, dit Mme Pinteau, en bas... Dois-je vous en chercher ?

— Ma foi, ce ne sera pas de refus ! Qu'en penses-tu, ma fillette ?

— Je ne veux pas d'eau de Cologne. Je veux que Mme Pinteau s'en aille ! » souffla Amélie.

Elle ne pouvait s'accommoder de l'idée que Mme Pinteau l'avait vue dans cette position honteuse. Lâchant le bois de lit, elle tira sa chemise sur ses jambes nues.

« Eh ! là ! Eh ! là ! s'écria Mme Croux. Que se passe-t-il ? Tu ne veux plus le mettre au monde, ton petit ?

— Je veux que Mme Pinteau s'en aille ! répéta Amélie.

— Tu te gênes d'elle ?... Entre femmes, pourtant !... Elle est si brave et si aidante !...

— Non, non ! sanglota Amélie.

— Eh bien, c'est entendu... Ne te fâche pas... Nous allons lui demander de s'en aller... »

Mme Croux s'approcha de Mme Pinteau. Les deux silhouettes jumelles se découpèrent en noir sur le rayonnement jaune de la lampe. Penchées l'une vers l'autre, elles se parlaient à voix basse en hochant la tête. Cela ressemblait à un complot. Amélie eut peur : « Mme Croux ne m'aime plus. Elle va partir avec Mme Pinteau. Je resterai seule. »

Tandis que les pensées couraient dans son cerveau à une allure vertigineuse, de sourdes crispations l'avertissaient qu'une nouvelle crise était imminente. Épouvantée, elle se dit qu'elle ne pourrait y survivre si la tendresse de Mme Croux lui était ravie. Du bout des lèvres, elle gémit :

« Madame... Madame... ne me laissez pas... »

Une détente affreuse la jeta sur le côté droit. Elle vit le mur, avec ses losanges mauves sur fond jaune. Les mêmes losanges étaient dans son ventre. Des pierres. Des épées. Elle avait encore plus mal dans cette position. Profitant d'une brève accalmie, elle se recoucha sur le dos et tourna la tête. Mme Pinteau avait disparu. Au soulagement d'Amélie se mêlait une pointe de remords.

« Elle ne s'est pas vexée au moins? demanda-t-elle humblement.

— Elle est plus intelligente que toi! dit Mme Croux. Elle se met à ta place! Elle comprend!...

— Elle ne reviendra plus?

— Pas avant que je ne l'appelle.

— Et la porte... la porte est bien fermée?

— Mais oui... Ne te tourmente pas... Nous sommes seules... là... Ça revient!... Oh! mais ce sont de belles douleurs profondes!... Oh! mais nous arriverons vite à ce train-là!... »

Encouragée par cette bonne voix, Amélie donnait son corps à la douleur avec une sorte de frénésie studieuse et hagarde. Elle s'appliquait. Pour mériter des compliments. Pour faire plaisir à Mme Croux. Toutes les veines de sa tête étaient gonflées. Son crâne allait éclater sous l'afflux du sang. Elle eût voulu perdre conscience. Mais, au plus aigu de la torture, son esprit surexcité refusait de s'évanouir. La bouche altérée, elle marmonna :

« Je vous cause beaucoup de tracas... Je dérange tout le monde... Est-ce que papa est rentré de... de Petit-Mazière?...

— Il y a longtemps!

— Et Denis?

— Aussi.

— Ils sont à la maison?

— Oui.

— Ils m'entendent crier?

— Je ne pense pas. Et même s'ils t'entendaient, la belle affaire!...

— Je ne crierai plus!... Aïe!... A cause... à cause de Denis...

Il est trop jeune!... J'ai honte... Il n'a pas à savoir comment... comment on fait pour mettre un enfant au monde!...

— Compte sur moi. Je lui expliquerai que le tien on te l'a envoyé par la poste. »

Cette réflexion, tombant en pleine souffrance, parut si drôle à Amélie, qu'elle fut prise de hoquets, roula sa tête sur le traversin et gémit :

« Oh! ne me faites pas rire, madame!... J'ai trop mal!...

— Si tu ris en accouchant, ton enfant aura toute sa vie un caractère gai!

— Oui, oui... Je veux qu'il ait un caractère gai... »

En disant ces mots, elle songea à Pierre, et un flot de larmes jaillit de ses yeux. Elle eût tant aimé qu'il fût près d'elle en cette minute! Non dans la chambre, certes, mais dans la maison. Entendre son pas dans le couloir. N'avoir qu'à l'appeler pour qu'il parût. Savoir qu'il pensait à elle, qu'il la plaignait et qu'il l'embrasserait quand tout serait fini pour la remercier d'avoir été si courageuse! Mais cette joie, la plus simple de toutes, lui était encore refusée. Son mari ne soupçonnait même pas qu'elle était en train de souffrir pour lui donner un fils. Et elle, de son côté, ignorant tout de lui, ne pouvait que l'imaginer à distance dans le flamboiement et la boue de la guerre :

« Pierre! Pierre!... Appelez Pierre!... Je veux le voir!... Tout de suite... tout de suite!... »

Une douleur en coup de couteau, plus vive que les précédentes, la souleva dans un hurlement étrange, bouche ronde, regard perdu et salive au menton :

« Madame! Madame! Faites quelque chose! J'ai trop mal! Je vais mourir!... Appelez Pierre!... Appelez maman! Maman! Maman! Je veux maman!... »

L'effort qu'elle fit pour se redresser acheva de lui déchirer les flancs. Elle n'eût pas été étonnée de voir entrer sa mère dans la chambre. A ce degré d'angoisse et de misère, tout devenait possible. Un linge frais effleura le front d'Amélie. Des mains tièdes tapotèrent ses jambes. Elle feignit de croire que c'était sa mère qui la soignait. Ce jeu lui était doux.

A demi abusée, à demi consciente, elle balbutia :

« Merci, maman!... »

De nouveau, la bête rentrait ses griffes et s'éloignait à reculons. Un repos tremblotant se faisait au centre d'Amélie. Ses muscles se relâchaient. Elle se dit qu'aucune femme, sans doute, n'avait souffert autant qu'elle pour accoucher. « Jamais cet enfant ne sortira de moi. Je mourrai avant de l'avoir mis au monde. » Elle pensait à sa mort sans la moindre crainte :

« Madame, soyez franche... Ce n'est pas normal...

— Quoi, ma poulette? demanda Mme Croux.

— ... Que je souffre tant!... Je mourrai avant!...

— Tu en as de bonnes, toi!... Mais il est tout près de montrer son nez, ton petit drôle!... Ça marche à merveille!... De quoi te plains-tu?

— J'ai mal!

— Demain, tu n'y penseras plus.

— Est-ce que cela va durer longtemps encore?

— Cela dépend de toi... Si tu aides... Ah! Ah!... Ça recommence!... Écoute-moi!... Sois sage!... Pousse bien!...

— Oui, madame.

— A la bonne heure!... Oh! mais tu es une gaillarde!... Encore!... Encore!... »

A partir de ce moment, Amélie eut l'impression très nette qu'elle avait perdu la raison. Y avait-il six heures, douze heures qu'elle se débattait? Elle ne le savait pas au juste. Son corps était comme engagé dans un couloir de souffrances, de cris, de soupirs et d'ordres contradictoires. Impossible de reculer. Impossible de fuir. Il fallait accepter cette marche folle, de douleur en douleur, jusqu'à l'éclatement horrible de la fin. Toute honte étant dépassée, Amélie fit rouler un râle profond dans sa gorge. Des mains travaillaient entre ses cuisses. Elle n'était plus la femme de Pierre, mais une bête écartelée, impudique et hurlante. Tampons de coton souillés. Odeurs fétides. Badigeonnage preste à la teinture d'iode. Une porte s'ouvrait, se refermait. Mme Pinteau surgissait, énorme et légère, portant une cuvette d'eau chaude. Des ombres s'agitaient au plafond. La sage-femme glissait un rouleau de draps dur sous le siège d'Amélie :

« Pousse doucement, ma petite... Sans douleur...

— Je ne veux pas!... Laissez-moi... mourir!... »

Malgré les adjurations de Mme Croux, elle ne pouvait se retenir de bander les muscles de son abdomen pour expulser d'elle ce poids de chair compacte. Soudain, une explosion de douleur disloqua son bas-ventre, ses lombes, brisa les os de son bassin. Ses yeux se révulsèrent. Un glapissement inhumain jaillit de ses lèvres. Vertige. Chute dans le vide.

A présent, retranchée du monde, Amélie éprouvait une sensation d'affaissement intérieur, de libération apaisante et joyeuse. Des minutes tombaient. Goutte à goutte. « Je voudrais boire! » Autour d'elle, se déplaçaient des masses floues, pareilles à de lents nuages migrateurs. On chuchotait. On se passait des vases, des instruments. Un objet en métal heurta un verre. Puis le tumulte s'arrêta net. Un vagissement étranglé monta, seul, dans le grand silence. D'où venait ce cri? Amélie ouvrit à demi les paupières. Elle avait de la peine à distinguer la réalité du rêve. Son corps flottait entre ciel et terre, dans une lumière de veilleuse, dans une odeur de fièvre et de médicaments. Le visage fatigué de Mme Croux glissa d'un bord à l'autre de la chambre. Une voix, sortant du plafond, prononça très distinctement :

« Eh bien, mes compliments! C'est une belle petite fille! »

*

Il ne pouvait être question de dormir. Le corps épuisé et l'esprit en alerte, Amélie ouvrait les yeux sur la lumière de la veilleuse. La sage-femme était partie, après avoir tout lavé, tout rangé. Un ménage de chatte. La chambre était propre. Les draps sentaient bon. Dans un fauteuil, près de la porte, Mme Pinteau, gardienne des lieux, somnolait, replète, rose et ronronnante, les mains aux genoux et le menton bas. Non loin d'elle, sur la table, un verre et une carafe d'eau. A ses pieds, une pelote de laine. Cette nuit n'était pas une nuit ordinaire. Défaillante de douceur, Amélie essayait de s'habituer à l'incroyable nouvelle : une chair s'était détachée de sa chair, une vie était née de sa vie, elle avait recréé le monde! A portée de sa main, l'enfant, dans son berceau, respirait, geignait faiblement. Mme Croux avait prétendu l'installer dans une autre pièce. Mais Amélie s'y était opposée. Elle le voulait près d'elle. Ailleurs, il n'eût pas été en sécurité. Couchée sur le dos, la nuque soutenue par des oreillers, le ventre plat, serré dans des bandages, elle devait tendre le cou pour apercevoir, par l'entrebâillement des rideaux de mousseline, une petite boule de peau rose et fripée, coiffée d'un bonnet blanc. « Pourvu que Pierre ne soit pas déçu ! Il désirait tellement avoir un fils ! S'il allait m'en vouloir ? Ou bien ne pas l'aimer ? Mais non, je suis folle ! Mon père aussi souhaitait que j'aie un garçon, et, quand on lui a montré sa petite-fille... » Elle sourit au souvenir de Jérôme, élevant dans ses grandes mains noueuses et tannées le léger fardeau, enveloppé de langes, que Mme Croux venait de lui remettre. « Qu'elle est donc joliment laide, la pauvre poupée ! » disait-il. Une lumière d'émerveillement élargissait son regard. Sa moustache se hérissait sur ses dents luisantes. Il se retenait de respirer, comme s'il eût craint d'incommoder l'enfant par son haleine qui sentait le tabac. A côté de lui, Denis, mal éveillé, les yeux ronds, les cheveux hirsutes, était visiblement trop ému pour parler. Il cachait ses mains derrière son dos. Il n'osait lorgner du côté de sa sœur. « Ce n'est pas tout ça ! avait dit Mme Pinteau. Comment allez-vous la nommer, votre fifille ? » On n'avait pas le temps de prendre l'avis du père, puisque l'enfant devait être déclaré dans les trois jours. Mais Amélie s'était rappelé que, jadis, sans vouloir s'arrêter à l'éventualité d'une naissance féminine, Pierre lui avait cité le prénom d'Élisabeth comme étant le plus à son goût. Jérôme, lui, demeurait perplexe : Élisabeth Mazalaigue, n'était-ce pas un peu long et difficile à prononcer ? D'ailleurs, il n'y avait jamais eu d'Élisabeth dans la famille. Malgré ces réserves, Amélie avait maintenu son désir :

« Nous l'appellerons Élisabeth !...

— Comme tu voudras, mon enfant... »

Demain, Jérôme irait déclarer sa petite-fille au bureau de l'état civil. Dans cette mairie vouée aux mauvaises nouvelles, la petite Élisabeth serait comme la première messagère de la paix. Amélie le croyait réellement. L'épreuve de la maternité la rapprochait du grand mystère. Elle avait déjà connu un sentiment analogue au moment où sa mère avait rendu le dernier soupir. Soudain, une intervention surnaturelle bouleversait les habitudes confortables de la pensée. Dieu, qu'elle ne savait pas prier, entrait lumineusement dans sa vie. Pénétrée d'une certitude délectable, elle s'efforçait de prolonger en elle le temps de la lucidité et de l'adoration. Son âme et son corps subissaient la volonté de Celui qui réglait la germination des semences, la marche des astres, le mariage des veines minérales, l'accord nocturne des animaux et le mouvement immense des marées. A ce palier de haute connaissance, la vie et la mort échangeaient leurs attributs respectifs. Elle songea que le lit où elle se trouvait avait appartenu à sa mère. Maria y était morte. Élisabeth y était née. Maria, Amélie, Élisabeth... Trois chaînons d'une même chaîne. Elle frémit. Sa chair brûlait. L'étoffe de sa chemise collait à ses épaules. Elle avait envie de parler à sa mère. C'était facile. Il suffisait de l'appeler doucement, très doucement, pour ne pas réveiller Mme Pinteau : « Maman... maman... » On ne la voyait pas, mais elle était là, attentive, penchée, prête à répondre. Et Pierre aussi était là, averti par l'effet d'une télépathie amoureuse. A l'instant précis où sa fille était venue au monde, il avait su, dans son cœur, qu'il était comblé. Pourquoi n'écrivait-il pas? Huit jours sans nouvelles. C'était beaucoup. « Demain, j'aurai une lettre. J'en suis sûre. Une longue lettre de courage... » Elle exultait. Comment avait-elle pu souhaiter un fils? Il ne lui eût pas donné la même joie que cette fillette minuscule et ridée, avec son toupet de cheveux noirs. Sept livres juste : on l'avait pesée sur la balance du magasin! « Elle sera belle, douce, intelligente, aimable. Chaque mouvement de son âme retentira dans la mienne. Nous n'aurons pas besoin de nous parler pour nous comprendre... » Fermant ses paupières lasses, Amélie se voyait marchant avec sa fille sur une longue route. Elles avaient la même silhouette, la même robe, le même pas. Puis elle essaya d'imaginer le visage d'Élisabeth à l'âge de dix ans, de quinze ans, de vingt ans. Les lignes se croisaient, se brouillaient, et finissaient par dessiner la figure de Pierre. Élisabeth avait une moustache. Elle s'appelait Richard. Amélie riait toute seule, avec bonheur et extravagance. Il y avait du feu dans le creux de ses mains. Un tremblement parcourait ses cuisses et son ventre. Elle se rappela le premier baiser qu'elle avait donné à sa fille. Mme Croux avait déposé l'enfant dans ses bras. Instant merveilleux ! Ses lèvres, en effleurant cette chair neuve et lisse, avaient goûté une saveur venue de l'autre côté du monde. Il lui en restait comme une soif tapie au fond de la bouche. Ardemment, elle désira embrasser encore son enfant. Mais l'enfant dormait. Il fallait être raisonnable. « Demain, je me rattraperai... » Un coq chanta d'une voix violente et enrouée. Bientôt le jour. Mme Croux avait promis de venir, « à la première heure ». Amélie était impatiente de la revoir. Elle était si affectueuse, si indulgente et si enjouée, Mme Croux ! Et Mme Pinteau donc ! Après l'avoir souvent critiquée, Amélie ne pouvait plus la regarder sans un grave sentiment de reconnaissance. Affalée dans son fauteuil, elle souriait en dormant. Que voyait-elle en rêve ? Le bonheur d'Amélie ? « Pauvre femme, elle a tout perdu, son mari, son fils. Elle est seule au monde. Elle doit se contenter de la chance des autres. Pourquoi lui ai-je reproché de vouloir faire un clafoutis ? Oh ! quand je serai debout, je la remercierai, je réparerai mes torts ! »

Une lueur bleue et froide montait derrière les rideaux. Hors du berceau, chargé de mousseline vaporeuse, s'échappa un aigre vagissement. Mme Pinteau se dressa en sursaut, les yeux écarquillés, la face bouffie et blanche :

« Hein ?... Quoi ?... Que se passe-t-il ?... C'est le bébé qui a crié comme ça ?... »

Amélie sourit, gonflée de tendresse et d'importance maternelles.

« Oui, dit-elle, c'est Élisabeth. »

7

DEUX cartes postales et une lettre. Son pressentiment nocturne ne l'avait pas trompée. Tout se passait selon la mystérieuse promesse qu'elle avait reçue dans son âme. Elle regardait ce cadeau, posé sur ses genoux, avec un plaisir inquiet, comme s'il se fût agi d'un message acheminé jusqu'à elle par des voies extraordinaires. Son père, Denis, Mme Croux, Mme Pinteau, rangés autour du lit, attendaient qu'elle prît connaissance de son courrier.

« Eh bien, tu ne lis pas? demanda Jérôme.

— Si! » dit-elle.

Elle hésitait encore, tant sa propre joie lui faisait peur. Ses mains tremblaient. Enfin, elle prit les cartes postales. L'une était datée du 25 septembre, l'autre du 28. Toutes deux étaient écrites au crayon et ne donnaient que des informations banales. Elle ouvrit l'enveloppe. Trois petites pages de carnet. La lettre était vieille de huit jours. Elle lut, pour elle-même, sans passer un mot :

Ma chère petite femme,

Je viens de recevoir, coup sur coup, tes lettres du 15, du 17 et du 19, qui m'ont bien fait plaisir. Si je ne me trompe pas, le grand événement est pour bientôt. Continue donc à être courageuse et tout ira bien. Je suis content que tu aies une bonne sage-femme. A vous deux, vous me fabriquerez un bel enfant. Dès qu'il sera né, envoie-moi un télégramme et une lettre. Cela ne m'étonnerait pas que la lettre arrive avant le télégramme, mais on ne sait jamais! Plus tard, quand ce sera possible, tu le feras photographier, que je le connaisse un peu! Et de toi aussi, je veux une photographie. Ce serait bien si je pouvais vous avoir tous les deux sur la même : toi le tenant dans tes bras, par exemple. J'ai un besoin de toi qui grandit chaque jour. C'est terrible d'aimer ainsi et de ne pouvoir le dire que sur le papier. Ici, toujours la même chose. Cela ne peut se décrire. Je crois aussi que cela ne peut s'oublier. Nous venons de faire trois jours de tranchées, à cinq cents mètres des Boches. J'avais un bon gourbi où on a même pu allumer du feu, mais, malgré cela, la nuit nous avons cru geler sur place. Ton passe-montagne, ton gilet et tes chaussettes de laine m'ont été bien utiles! Maintenant, nous sommes au repos pour trois jours. C'est presque la belle vie! Tout de même, à l'occasion, fais-moi donc un colis avec du chocolat, du tabac, quelques boîtes de conserve et une grosse gousse d'ail. Cela me changera un peu le goût de la soupe. Pour le vin et la gnole, on n'en manque pas. Rien de nouveau sur les camarades du pays. Je crois qu'un Doulournat, de la Croix-du-Jouneix, a été blessé. Mais ce n'est pas confirmé. Pour la suite de la guerre, on dit ici que c'est une affaire de patience, d'usure. Et chez vous, que dit-on? Écris-moi souvent, ma chère petite femme, que je suis si privé de ne pouvoir caresser qu'en rêve! Donne-moi des nouvelles de tous. Mais surtout de toi et du bébé! Remarque bien que, si c'était une fille, je n'en serais pas moins content! C'est joli et affectueux, une fille! Et puis, pour ce qu'on en fait des garçons!... En saluant aussi ton père et Denis, Mme Pinteau et tes bons voisins, je t'envoie mille baisers qui se poseront partout où tu le permettras.

PIERRE.

Amélie releva la tête. Les larmes l'étouffaient. Jamais elle ne s'était sentie aussi impuissante à faire le bonheur de son mari qu'en ce moment où elle lui donnait la plus grande preuve d'amour dont elle fût capable. Grelottant, exténué, dévoré de vermine, aurait-il seulement le temps et le désir de se réjouir d'une naissance si lointaine? Ah! ne pouvoir courir à lui, l'embrasser, le réconforter dans son trou de misère! Leurs voix se répondaient à contretemps. On eût dit un dialogue de sourds.

« Qu'y a-t-il, Amélie? demanda Jérôme. Une mauvaise nouvelle?

— Non, soupira-t-elle. Mais il ne sait rien. Il ne saura rien avant huit jours... »

Elle lui tendit la lettre. Il mit longtemps à la lire. Enfin, il dit :

« Qu'il le sache aujourd'hui ou dans une semaine, le bonheur pour lui sera aussi grand. Veux-tu dicter une lettre à Denis?

— Je peux bien l'écrire moi-même, papa! » dit-elle.

Le châle mauve de Maria lui couvrait les épaules. Ses pieds, au fond du lit, s'appuyaient sur une boule chaude. Coiffée, lavée, la bouche fraîche, les mains parfumées à l'eau de Cologne, elle tournait résolument le dos au cauchemar de la nuit précédente.

« Peut-elle vraiment écrire une lettre, madame Croux? demanda Jérôme.

— Une toute petite lettre, dit la sage-femme.

— Il faudra aussi envoyer un télégramme, pour plus de sûreté, reprit Amélie.

— Je ne sais pas si on a le droit de télégraphier comme ça à un militaire, dit Jérôme. Il doit y avoir des formalités à remplir...

— Même dans un cas pareil? s'écria Mme Pinteau. Mais ils n'ont donc pas de cœur, dans l'armée! »

Denis cligna de l'œil à sa sœur :

« Ne t'inquiète pas, Amélie. Je passerai me renseigner à la poste. Qu'est-ce que tu veux lui dire?... »

Il avait tiré un crayon et un calepin de sa poche. Amélie fronça les sourcils, réfléchit un moment et dicta d'une voix mesurée :

« Caporal Pierre Mazalaigue. 300e d'infanterie. 17e compagnie. 12e corps. Suis heureuse annoncer naissance fille Élisabeth. Tout va bien. Lettre suit. Tendres baisers. — Amélie. »

Denis relut le télégramme et demanda :

« C'est tout?

— Oui », dit-elle.

Mme Pinteau ravala un sanglot vibrant. Denis dit :

« Alors, j'y vais?

— S'il te plaît », murmura Amélie.

Il sortit, tête basse. Une pluie fine se déposait en vapeur sur la vitre. Le nouveau-né geignait d'une manière monotone et avide. Après la toilette, Mme Croux avait poussé le berceau contre le lit. Amélie caressa des yeux cette figure d'avenir, couchée de profil sur l'oreiller.

« C'est ma foi vrai qu'elle ressemble à Pierre! » dit Jérôme.

Et, à son tour, il se dirigea vers la porte.

« Où vas-tu, papa? » demanda Amélie.

Il redressa la taille. Son regard brilla fièrement.

« Je vais déclarer l'enfant à la mairie, dit-il. Comme second prénom, nous lui donnerons Maria. »

Alors seulement, Amélie remarqua qu'il portait un faux col dur, un veston boutonné et la cravate des grands jours.

ŒUVRES DE HENRI TROYAT

Romans isolés

FAUX JOUR (Plon)
LE VIVIER (Plon)
GRANDEUR NATURE (Plon)
L'ARAIGNE (Plon) *Prix Goncourt 1938*
LE MORT SAISIT LE VIF (Plon)
LE SIGNE DU TAUREAU (Plon)
LA TÊTE SUR LES ÉPAULES (Plon)
UNE EXTRÊME AMITIÉ (La Table Ronde)
LA NEIGE EN DEUIL (Flammarion)
LA PIERRE, LA FEUILLE ET LES CISEAUX (Flammarion)
ANNE PRÉDAILLE (Flammarion)
GRIMBOSQ (Flammarion)

Cycles romanesques

LES SEMAILLES ET LES MOISSONS (Plon)
I. Les Semailles et les moissons
II. Amélie
III. La Grive
IV. Tendre et violente Élisabeth
V. La Rencontre

LES EYGLETIÈRE (Flammarion)
I. Les Eygletière
II. La Faim des lionceaux
III. La Malandre

LA LUMIÈRE DES JUSTES (Flammarion)
I. Les Compagnons du coquelicot
II. La Barynia
III. La Gloire des vaincus
IV. Les Dames de Sibérie
V. Sophie ou la fin des combats

LES HÉRITIERS DE L'AVENIR (Flammarion)
I. Le Cahier
II. Cent un coups de canon
III. L'Éléphant blanc

TANT QUE LA TERRE DURERA... (La Table Ronde)
I. Tant que la terre durera...
II. Le Sac et la cendre
III. Étrangers sur la terre

LE MOSCOVITE (Flammarion)
I. Le Moscovite
II. Les Désordres secrets
III. Les Feux du matin

Nouvelles

LA CLEF DE VOÛTE (Plon)
LA FOSSE COMMUNE (Plon)
DU PHILANTHROPE À LA ROUQUINE (Flammarion)
LE JUGEMENT DE DIEU (Plon)
LE GESTE D'ÈVE (Flammarion)
LES AILES DU DIABLE (Flammarion)

Biographies

DOSTOÏEVSKI (Fayard)
POUCHKINE (Plon)
L'ÉTRANGE DESTIN DE LERMONTOV (Plon)
TOLSTOÏ (Fayard)
GOGOL (Flammarion)

Essais, voyages, divers

LA CASE DE L'ONCLE SAM (La Table Ronde)
DE GRATTE-CIEL EN COCOTIER (Plon)
SAINTE-RUSSIE, *réflexions et souvenirs* (Grasset)
LES PONTS DE PARIS, *illustré d'aquarelles* (Flammarion)
NAISSANCE D'UNE DAUPHINE (Gallimard)
LA VIE QUOTIDIENNE EN RUSSIE AU TEMPS DU DERNIER TSAR (Hachette)
LES VIVANTS, *théâtre* (André Bonne)

Achevé d'imprimer en février 2000
sur les presses de l'Imprimerie Bussière
à Saint-Amand (Cher)

POCKET - 12, avenue d'Italie - 75627 Paris Cedex 13
Tél. : 01-44-16-05-00

— N° d'imp. 417. —
Dépôt légal : 2e trimestre 1976.

Imprimé en France